C. K. MCDONNELL

ELAINE OFORI

Ursula und das V-Team

Weitere Titel des Autors:

The Stranger Times

This Charming Man

Love Will Tear Us Apart

Relight my Fire

Bunny McGarry und der Mann mit dem Allerweltsgesicht

Bunny McGarry glänzt durch Abwesenheit

C. K. McDONNELL
ELAINE OFORI

URSULA UND DAS V-TEAM

Das Schicksal muss warten

ROMAN

eichborn

Die Bastei Lübbe AG verfolgt eine nachhaltige Buchproduktion. Wir verwenden Papiere aus nachhaltiger Forstwirtschaft und verzichten darauf, Bücher einzeln in Folie zu verpacken. Wir stellen unsere Bücher in Deutschland und Europa (EU) her und arbeiten mit den Druckereien kontinuierlich an einer positiven Ökobilanz.

MIX
Papier | Fördert gute Waldnutzung
FSC® C014496

Eichborn Verlag

Bei Fragen zur Produktsicherheit wenden Sie sich bitte an:
produktsicherheit@bastei-luebbe.de

Textredaktion: Daniela Jarzynka, Mechernich
Umschlaggestaltung: bürosüd, München
Satz: two-up, Düsseldorf
Gesetzt aus der Warnock
Druck und Verarbeitung: GGP Media GmbH, Pößneck

Printed in Germany
ISBN 978-3-8479-0210-2

1 3 5 4 2

Sie finden uns im Internet unter eichborn.de

Für Köln. Für die vielen inspirierenden Mythen und Legenden dieser Stadt. Und für die ursprüngliche Ursula und ihr V-Team. Wir wünschten, du wärst noch bei uns und könntest die Geschichte selbst erzählen.

KAPITEL 1

»Babys sind ekelhaft«, verkündete Anna lautstark. Ihre Überzeugungen verkündete sie *grundsätzlich* lautstark.

Delilah lächelte verlegen, da der Ausbruch ihrer Freundin nicht unbemerkt geblieben war. Eine ältere Frau, die ihnen auf dem Bürgersteig entgegenkam, schaute die beiden abschätzig an. Die Frau hatte sich gegen den Kölner Wind dick eingepackt und zog einen rollbaren Einkaufstrolley hinter sich her. Selbst im schummrigen Licht der Straßenlaternen erkannte Delilah, dass ihr entschuldigendes Lächeln gegen den vernichtenden Blick der alten Dame keine Chance hatte. Sie begegneten ihr regelmäßig auf ihrem Weg zum Supermarkt, aber wenn sie sie grüßten, ernteten sie nie mehr als ein missmutiges Nicken. Ob es regnete oder die Sonne schien, immer trug sie dieselbe Daunenjacke, und Delilah fragte sich mittlerweile, ob es sich um ihre zweite Haut handelte.

Sie blieb kurz stehen, um die alte Dame und ihren abschätzigen Blick durchzulassen.

»Ist einer deiner gewagteren Aussprüche, Anna. Aber klar«, sagte sie. »Babys sind schon viel zu lange mit viel zu viel durchgekommen. Wird mal Zeit, dass sie jemand in ihre Schranken verweist.«

Anna ließ die Henkel der beiden vollen braunen Papiertüten in ihren Händen zu ihren Handgelenken hinunterrutschen und versuchte so vergeblich, sich mehr Freiraum zu verschaffen. Ausgiebiges Gestikulieren machte ihr nämlich ebenso viel Freude wie lautstark ihre Überzeugungen zu verkünden. »Ich meine es ernst. Okay, vielleicht nicht die Babys selbst, aber das ganze Theater drumherum.«

»Meinst du …?«

»Nein.« Anna verstand sofort, worauf ihre Freundin hinauswollte. »Nicht den Sex. Ich meine … nicht wirklich.«

Ehrlicherweise kannten sie sich auf diesem Terrain nicht besonders gut aus. Sie hatten – natürlich – oft darüber gesprochen, wie es sein musste, sich mit jemandem zu verabreden und sich auf alle möglichen weiterführenden Aktivitäten einzulassen. Aber die ungewöhnlichen Umstände ihrer Jugend hatten bei diesem Thema für erhebliche Bildungslücken gesorgt. Die Menschen in ihrem Alter, die auf den Kölner Straßen an Delilah in Autos vorbeisausten, auf Motorrädern oder auf den E-Rollern, von denen Bug so besessen war, schienen in einer vollkommen anderen Welt zu leben. Ein Umstand, der sich für sie und die anderen Mädchen jedoch dramatisch ändern sollte – und zwar sehr bald. Mit dieser Aussicht gingen sie ganz unterschiedlich um. Anna offensichtlich, indem sie noch mehr Anna war als sowieso schon.

»Denk mal drüber nach«, fuhr sie fort. »So ein Ding wird dir einfach in den Bauch gesetzt –«

»Ich glaube, dabei hilfst du durchaus mit«, unterbrach sie Delilah. »Ich gehe außerdem davon aus, dass die meisten Menschen es gar nicht gern hören, wenn man ihre Babys als ›so ein Ding‹ bezeichnet.«

»Na ja, meinetwegen. Ich will auch bloß sagen: Es ist in deinem Bauch und fängt an zu wachsen. Es ernährt sich von dir, wird größer und größer. Das Baby ist im Grunde nichts anderes als ein Parasit. Zahlt keine Miete. Isst dein Essen. Tritt dich! Hallo!? Das kleine Scheusal tritt dir in den Bauch!«

»Dass das alles auch was Magisches hat, scheint ziemlich an dir vorbeizugehen.«

»Mit Magie kenn ich mich aus«, entgegnete Anna, »und das hat mit Magie nichts zu tun. Folgendes ist der springende Punkt: Es isst, was du isst, oder?«

»Na ja …«, erwiderte Delilah zögerlich. »Teilweise, nehme ich an.«

»Genau. Und was reinkommt, muss auch wieder raus. Das kleine Monster kackt in dich rein! Ich meine, kann man sich was Ekelhafteres vorstellen? Es erstaunt mich echt, dass das irgendwer mit sich machen lässt.«

»Tja, wir haben da keine wirklichen Alternativen. Du weißt schon, sonst wäre ja keiner von uns auf der Welt.« Noch so ein Thema, über das sie eher selten sprachen.

Die beiden hätten kaum unterschiedlicher aussehen können. Anna war kräftig und vibrierte vor nicht zu bändigender Energie. Ihr lockiges Haar war aus rein praktischen Gründen kurz geschnitten. Delilah dagegen war auffällig groß, was sie stets verlegen machte, und sie bewegte sich träge. Zudem trug sie ihr Haar lang, um weniger schlaksig zu wirken. Delilah war dunkel- und Anna hellhäutig. Beide waren sich nicht sicher, woher sie stammten. Sie wussten nur eines über den Ort ihrer Geburt: dass sie bald dorthin zurückkehren würden. Hoffentlich. Das hieß auch, sie würden die einzige Familie zurücklassen, die sie kannten. Immer vorausgesetzt, dass sie lange genug am Leben blieben. Es war eine Menge, mit dem sie fertigwerden mussten. Und das war auch der Grund dafür, dass Anna sich einer ihrer unzusammenhängenden Tiraden hingab, die ihr Markenzeichen darstellten.

Während Delilah kurz zum Abendhimmel aufsah, erhaschte sie aus dem Augenwinkel eine Bewegung. »Da ist schon wieder diese Taube.«

»Eine *weiße* Taube«, fügte Anna hinzu.

Diese Auseinandersetzung hatten sie schon hundertmal gehabt. Jedes Mal, wenn Delilah den Vogel entdeckte.

»Das ist schon was Besonderes.«

»Ach ja?«, entgegnete Anna. »Oder haben die weißen Tauben einfach die bessere PR? Ist dieselbe Vogelart, nur dass die weißen ein heiß geliebtes Friedenssymbol sind und die grauen als ›Ratten der Lüfte‹ bezeichnet werden. Das ist doch ein schlechter Witz!«

»Es ist –« Delilah verstummte, als Anna sich plötzlich anzuspannen schien.

»Was ist denn da los?«, fragte sie.

Delilah warf einen Blick über die Schulter und erkannte sofort, was ihre Freundin meinte. Ein junges blondes Mädchen in roter Adidas-Jacke, vielleicht ein, zwei Jahre jünger als sie, eilte auf der anderen Straßenseite den Bürgersteig entlang. Sie hielt die Jacke eng um sich geschlungen, und ihre schnellen Schritte hallten dumpf vom Pflaster wider, während sie von einem schwachgelben Lichtkegel der Straßenlaternen zum nächsten huschte und sich immer wieder umschaute. Bald würden sie die Venloer Straße erreichen, wo viele Leute jetzt noch ihre Einkäufe erledigten. Hier befanden sie sich aber in einer ruhigen Wohngegend voller Altbauten und einiger neuerer Mietshäuser, und abgesehen von ihnen und dem Mädchen war kein Mensch unterwegs.

»Sieht nicht gut aus«, stellte Delilah fest. »Sie läuft nicht einfach irgendwohin …«

»Nope«, stimmte Anna zu. »Sie läuft vor irgendwas *weg.*«

Delilah wuchtete nervös ihre Tüten herum. Der Einkauf, das Abendessen – das war ihre Art, sich abzulenken. Ihre Tagliatelle all'arrabiata war das Lieblingsessen der Kohorte. Allerdings vermieden sie es angestrengt, von ihrer letzten gemeinsamen Mahlzeit zu sprechen. Wenn sie heute Abend eines nicht gebrauchen konnten, war es eine *echte* Ablenkung.

»Una hat gesagt, dass wir vom Supermarkt direkt nach Hause kommen sollen.«

Die junge blonde Frau blieb an der Ecke einer Seitenstraße stehen. Kein Zweifel, sie wirkte wie ein gehetztes Tier.

Auch Anna hielt inne und sagte, ohne den Blick von dem Mädchen abzuwenden: »Und?«

»Ich meine ja bloß«, sagte Delilah.

»Und ich halte bloß die Augen offen. Schadet ja nichts, wenn –«

Der Rest von Annas Satz ging unter, als ein weißer Van mit quietschenden Reifen um die Ecke raste. Das Mädchen in der roten Jacke rannte sofort los, sprintete die Straße hinab. Sekunden später bremste der Van mit einem neuerlichen Aufschrei seiner Reifen. Drei Männer sprangen aus der hinteren Tür und nahmen sofort die Verfolgung auf.

Lebensmittel flogen in alle Richtungen, als Anna ihre Tüten fallen ließ und quer über die Straße stürmte.

»Ach, verdammt.« Delilah ließ ihre Tüten ebenfalls fallen und heftete sich an Annas Fersen. Ohne einen Blick zurückzuwerfen, vollführte Delilah eine kurze Handbewegung. Daraufhin stiegen die verschütteten Einkäufe vom Boden auf und flogen ordentlich in die Tüten zurück, die anschließend sauber aufgereiht am Bordstein standen. »Wir sollten wirklich nicht –«

»Dauert bloß ein paar Sekunden«, rief Anna ihr über die Schulter zu, während ihre muskulösen Beine zur Höchstform aufliefen und sie um die Ecke schoss.

Delilah folgte ihr – was blieb ihr übrig?

Als sie die angrenzende Straße erreicht hatten, war die junge Frau nirgends zu sehen, dafür die drei Männer, die im Laufschritt die Fahrbahn überquerten. Sie trugen Bomberjacken, einander ähnlich genug, um als Uniform durchzugehen. Einer hatte hellblonde Haare, ein anderer dunkle. Der dritte, kahlgeschoren und untersetzt, hielt sich schwer atmend in ihrem Windschatten.

Anna wurde nicht langsamer, während sie ebenfalls auf die Fahrbahn sprang. Ein einsamer Wagen ließ ein wütendes Hupen ertönen. Delilah stoppte kurz, um das Fahrzeug durchzulassen, und erhaschte einen Blick auf den rotgesichtigen Fahrer, der wütend vor sich hin murmelte. Dann rannte sie ihrer Freundin hinterher. Die drei Männer waren in einer Toreinfahrt verschwunden, zwischen einer Secondhandboutique und einem Elektrogeschäft, die bereits geschlossen hatten. Anna setzte ihnen nach.

Als Delilah bei der Toreinfahrt ankam, sah sie, dass diese zu einem Hinterhof mit Parkplatz führte. Höchstens zwölf Fahrzeuge ließen sich hier abstellen, jetzt aber war er leer. An der rechten Hauswand standen drei Mülltonnen, und an die gegenüberliegende Wand war in grellem Orange und Grün das Wort »Zero« gesprayt worden. In der äußersten Ecke hatte die Männergruppe das Mädchen eingekesselt.

Delilah spurtete näher und kam neben Anna zum Stehen. Ein rascher Blick zurück auf die leere Straße bestätigte, dass ihnen niemand gefolgt war. »Okay, lass uns bitte nicht überreagieren.«

»Überreagieren?«, wiederholte Anna mit leiser Stimme. »Weil drei große Männer ein verängstigtes Mädchen durch die Straßen jagen? Oh, ich werde nicht überreagieren.«

Delilah fiel auf, dass einer der Männer kurz in ihre Richtung schaute, ihnen dann aber keine weitere Aufmerksamkeit schenkte. Neben ihr ballte Anna ihre rechte Faust, aus der sofort Flammen aufstiegen.

»Du kannst doch nicht –«, begann Delilah.

»Wir reden bloß mit ihnen.« Sie trat einen Schritt vor. »Kleine Plauderei, nichts weiter.«

Kaum hatte Delilah einen zweiten Schritt auf den Parkplatz getan, spürte sie es. Etwas stimmte nicht. Ganz und gar nicht. Erinnerungen an einzelne Lektionen ihrer Ausbildung stürmten auf sie ein. Aber das ergab keinen Sinn. Ebenso wenig wie das altbekannte Kribbeln in ihrem Hinterkopf.

Der Höhepunkt im Terminkalender der Mädchen war ihr monatlicher Kinobesuch. Die Wahl des Films führte immer zu heißen Diskussionen, und häufig brach ein erbitterter Wahlkampf unter ihnen aus, bis sie sich einigen konnten.

Einmal im Jahr nahm Una sie stattdessen allerdings mit ins Theater, um – wie sie sagte – ihren kulturellen Horizont zu erweitern. Sie hatten bereits ein Musical gesehen, von dem Delilah begeistert gewesen war, dann ein ebenfalls fantastisches Shakespeare-Stück, auch wenn sie nicht alles verstanden hatte. Sie hatte es nie laut ausgesprochen, aber tief in ihrem Inneren spielte sie mit dem Gedanken, Schauspielerin zu werden. Das Theater verfügte über eine ganz eigene Magie.

Letztes Jahr war Una offenbar in besonders abenteuerlicher Stimmung gewesen und hatte sie in ein kleines Theater im Stadtzentrum gebracht, wo eine Adaption von *Einer flog über das Kuckucksnest* aufgeführt wurde. Gut war das nicht gewesen. Genau genommen war es das erste Mal, dass Delilah auf einer Bühne etwas Schlechtes gesehen hatte. Der Unterschied war verblüffend. In einer guten Aufführung ging man ganz auf, verlor sich in der Geschichte, wurde von der Erfahrung mitgerissen. In einer schlechten verließ einen nie das Gefühl, dass die Darsteller lediglich ihre einstudierten Sätze wiederholten, die sie schon hundertmal aufgesagt hatten. Die ganze Erfahrung hob nie vom Boden ab.

An diese Aufführung musste sie jetzt denken, denn langsam dämmerte ihr, dass sie ein schlechtes Schauspiel vor sich hatte. Delilah trat einen weiteren Schritt vor, und plötzlich hatte sie keinen Zweifel mehr. Beklommen packte sie Anna am Arm. »Das ist nicht real.«

»Wieso?«

»Es ist eine Illusion«, sagte Delilah und ließ ihren Blick

über den Parkplatz huschen. Sie hatten das in ihrer Ausbildung durchgenommen. »Wir befinden uns in einer Illusion.«

Anna sah sich um. »Wer würde die Illusion eines leeren Parkplatzes erschaffen?«

»Ich weiß nicht …« Delilah wandte ihre Aufmerksamkeit noch einmal dem Quartett in der äußersten Ecke zu. Die vier sahen mehr und mehr wie Schauspieler aus, die nur darauf warteten, dass die Souffleuse ihnen den Text zuflüsterte. »Und er ist nicht leer«, zischte sie.

»Was meinst –«

Und dann explodierte die Welt.

KAPITEL 2

Adam sah zu, wie sich sein Glass auf magische Weise füllte.

Alkoholmagie.

Eine spezifisch deutsche Art von Alkoholmagie.

»Und ich sag dir noch was ...« Er gestikulierte vage in den Raum.

Hinter der Theke stieß Günther ein hörbares Seufzen aus. »Wirklich nicht nötig.«

»Frauen«, fuhr Adam fort. »Wer braucht die eigentlich?«

»Ich nicht.«

»Ganz ... genau.«

»Ich bin schwul«, sagte Günther.

»Oh.« Adam klang überrascht. »Ähm ... gute Entscheidung.«

»Wie bitte?«

Der kleine Teil von Adams Gehirn, der noch nicht komplett betrunken war, verabreichte dem Rest rasch einen Tritt. »Ich meine ... ist keine Entscheidung. Ist offensichtlich keine ...« Er geriet kurz ins Stocken, bevor er eine neue Richtung einschlug. »Aber da hast du echt Glück gehabt. Männer ...« Er unterdrückte ein Aufstoßen. »Viel vertrauenswürdiger als Frauen.«

»Das ist ganz eindeutig nicht der Fall.«

»Nein, nein, ist es nicht. Oder?«

Adam griff nach seinem Bierglas und leerte es unklugerweise in einem Zug.

»Ich mag dich, Günther.« Er deutete mit dem Zeigefinger zwischen ihnen hin und her. »Du und ich, wir haben dieselbe Einstellung.«

»Nein, haben wir nicht«, sagte Günther.

»Nein«, stimmte Adam zu, »haben wir nicht.«

Wenn man Kölsch trank und seinen Bierdeckel nicht aufs Glas legte, sobald es leer war, ging man davon aus, dass nachgeschenkt werden sollte – und das passierte dann auch. Adam arbeitete neben seinem Studium als Stadtführer, und wenn er diese Information an die Touristen weitergab, waren die Reaktionen äußerst vielsagend: Sie reichten von freudiger Erregung bis zu reinem Ekel, je nachdem, wie die jeweilige Person zum Thema Alkohol stand.

Kölsch hatte eine gelbe, strohartige Farbe, eine stabile Schaumkrone und einen fruchtigen Geschmack. Und nichts sorgte in dieser Stadt schneller dafür, dass einem die Willkommensmatte unter den Füßen weggezogen wurde, als eine abfällige Bemerkung über dieses Getränk. Die Kölner nahmen ihr Bier sehr ernst.

Randy Beck aus Kentucky etwa hatte dies erst letzte Woche am eigenen Leib erfahren müssen. Adam blieb danach nichts anderes übrig, als seine Touristengruppe so rasch wie möglich aus Günthers Kneipe hinauszulotsen. Schließlich bewahrte ihr namensgebender Besitzer einen gewaltigen Vorschlaghammer über der Theke auf, der vermutlich nicht nur aus Deko-Gründen dort hing.

Ohnehin gehörten die Mitglieder der Familie Beck zur schlimmsten Art von Touristen: Sie redeten laut und viel, gaben wenig Trinkgeld und reisten sowieso nur, um sich dabei die amerikanische Überlegenheit bestätigen zu lassen. Da er selbst Amerikaner war, hatte Adam kein Problem damit, dies zuzugeben. Zumal Randy davon überzeugt zu sein schien, dass es nicht nur völlig in Ordnung war, eine laute und wenig schmeichelhafte Kritik an der Kneipe zu äußern. Offenbar ging er auch davon aus, dass dies von ihm erwartet wurde. Während Adam den immer noch schwafelnden Randy vor die Tür geschoben hatte, war das Gewitter auf Günthers Gesicht unübersehbar gewesen – und ein baldiger Blitzeinschlag mehr als wahrscheinlich. Die große Mehrheit von Adams Landsleuten benahm sich nicht so, aber leider waren es die lauten, an die sich alle erinnerten.

Günther war ein großer Mann mit schaufelartigen Händen und einem zerfurchten, äußerst robusten Gesicht. Seine Nasenlöcher hätte man gewiss als Flaschenöffner nutzen können. Man musste schon eine ganz bestimmte Sorte Vollidiot sein, um solch einen Mann an dessen Arbeitsplatz zu beleidigen.

Ebendieses Gesicht starrte Adam nun finster an, wenn auch aus anderen Gründen. Mit einem vielsagenden Seufzen füllte Günther widerwillig nach – zum x-ten Mal. Adam belohnte diesen Vorgang mit einem Lächeln und hoffte, dass es halbwegs gewinnend wirkte. Günther schnaubte bloß mit seinen bullenartigen Nüstern und kehrte zum anderen Ende der Theke zurück, wo er in einem Taschenbuch voller Eselsohren las.

Adam hatte geglaubt, Günther würde ihn mögen. Jetzt aber wurde ihm klar, dass sich jegliche Zuneigung verflüchtigt hatte, seit er auf das Angebot eingegangen war, Günthers Kneipe in seine Tourroute aufzunehmen und dafür Freibier als Gegenleistung bekam. Er griff nach seinem Glas. Wenn der heutige Abend eines bewies, dann seine schlechte Menschenkenntnis. Sie sprang ihm regelrecht ins Gesicht – in etwa wie die Bratwurst, die Randy Beck getroffen hatte, nachdem er während ihres Besuchs des meet & eat-Markts auf dem Rudolfplatz eine beleidigende Bemerkung an den falschen Verkäufer gerichtet hatte. Auch mit ihren Würsten verstanden die Leute in dieser Stadt keinen Spaß. Randy und ihn verband also doch mehr als gedacht: Sie hatten beide keine gute Menschenkenntnis.

Adam hob sein Glas zu einem ironischen Toast. »Scheiß auf Belgien!«, rief er laut, was Günther von seinem Taschenbuch aufschauen ließ. »Was ist das überhaupt für ein Land? Was haben die schon zu bieten?«

»Waffeln«, grummelte Günther.

»Abgesehen von Waffeln.«

»Schokolade.«

»Abgesehen von Waffeln und Schokolade.«

»Den pinkelnden Jungen.«

»Abgesehen von den Waffeln, der Schokolade und dem ... Moment. Dem ... was?«

»Manneken Pis.«

Adam runzelte die Stirn. Er bildete sich viel auf sein gutes Deutsch ein, aber hier verstand er ja wohl irgendwas falsch. »Wie bitte?«

»Das ist eine Statue!«, blaffte Günther. »Manneken Pis. Sehr berühmt. Stellt einen pinkelnden Jungen dar. Ich dachte, du wärst Kunststudent?«

»Bin ich!«, entgegnete Adam beleidigt. »Aber das klingt für mich nicht nach Kunst. Es klingt wie ... na ja, wie etwas, das keine Kunst ist. Was habe ich gerade gesagt?«

»Scheiß auf Belgien«, erwiderte Günther tonlos.

»Nein, ich ... Wobei ... Ja, genau, das war's.« Adam hob erneut sein Glas. »Scheiß auf Belgien! Belgien scheißt ja auch auf mich.«

Günther zuckte mit den Schultern. Adam nahm an, dass Belgien zu den vielen Punkten auf der endlos langen Liste von Dingen gehörte, für die Günther nicht viel übrighatte.

Adam setzte sein Glas an die Lippen, um einen weiteren Schluck zu trinken, hielt dann aber überrascht inne. Rechts neben ihm, wo eben noch ein freier Platz gewesen war, stand eine junge Frau. Sie hatte blondes Haar, das auffallend glänzte, aber dieser Effekt war womöglich auf die seltsame weiße Robe zurückzuführen, die sie unter ihrer Jeansjacke trug. Sie schenkte ihm ein vorsichtiges Lächeln, das von Grübchen eingerahmt wurde, die ihm ziemlich reizend vorgekommen wären, wenn er auf so etwas noch Wert gelegt hätte. Was nicht der Fall war. Nie wieder.

»Hallo«, sagte die junge Frau.

»Hi«, erwiderte Adam verlegen. »Tut mir leid, dass ich … Hab dich gar nicht gesehen.«

»Kein Problem.«

Er warf ihr einen argwöhnischen Blick zu. »Du bist nicht zufällig aus Belgien, oder?«

»Nein«, sagte sie.

»Okay. Gut.« Er nickte und stellte sein Glas ab.

»Ich bin Ursula.«

»Adam.« Er schaute sich nervös um. »Ähm … möchtest du was trinken?«

»Nein, vielen Dank«, sagte Ursula.

»Wer hierbleiben will, muss was bestellen«, warf Günther ein.

»Das ist nicht sehr gastfer … gast … gastfreundlich«, sagte Adam.

»Sollte es auch nicht sein«, entgegnete Günther. »Auf mich wartet zu Hause ein schönes Steak, und euretwegen bin ich immer noch hier. Ihr solltet woanders hingehen.«

»Ich kenne sie überhaupt nicht, und …«, er wandte sich Ursula wieder zu, »nichts für ungut, aber ich traue Frauen nicht mehr über den Weg. Auch nicht denen, die ich nicht kenne.«

»Oh«, sagte sie. »Warum das?«

Günther entfuhr ein lautes Stöhnen. »Frag nicht! Jetzt wird er eine endlose Geschichte vom Stapel lassen. Und ich bekomme Sodbrennen, wenn ich zu spät noch esse.«

»Das ist sehr unsensibel von Ihnen«, tadelte ihn Ursula.

»Vielen Dank«, sagte Adam, der ihre Unterstützung wirklich zu schätzen wusste.

»Schaut euch mal um!« Günther gestikulierte mit seinem Taschenbuch in den leeren Raum. »Es ist halb elf, und meine einzigen Gäste sind ein Mann, der nicht fürs Bier bezahlt, und eine Frau, die nichts trinken will. Das sollte hier eigentlich ein Geschäft sein, ist aber gerade das genaue Gegenteil.«

»Können Sie ihn nicht einfach auffordern zu gehen?«, fragte Ursula.

»Nein«, erwiderte Günther. »Ich habe ihm Freigetränke zugesagt, und ich halte immer mein Wort. Du wiederum –«

»Ich bin nüchtern, höflich und belästige niemanden. Solange dieses Lokal geöffnet hat, können Sie mich nicht rausschmeißen. Ich studiere Jura.«

Günther verdrehte die Augen. »Na toll. Ein betrunkener Künstler und seine abstinente Anwältin. Heute gehen alle meine Wünsche in Erfüllung.«

Ursula beachtete Günther nicht weiter und schaute stattdessen auf ihre Armbanduhr. Dann wandte sie sich wieder an Adam. »Was wolltest du gerade sagen? Warum vertraust du Frauen nicht mehr?«

»Da du mich fragst …«, erwiderte er. »Ich habe mich heute Abend von meiner Freundin getrennt.«

»Da wär ich ja nie drauf gekommen«, brummte es vom anderen Ende der Theke.

»Das tut mir leid.« Ursula zog ein seltsam aussehendes Gerät aus einer Tasche ihres Gewands und stellte es auf die Theke. »Was ist denn passiert?«, fragte sie geistesabwesend, während sie daran herumfuhrwerkte.

»Ich möchte nicht darüber sprechen.«

»Okay«, sagte sie, ohne aufzuschauen.

Das Gerät sah aus wie eine Mischung aus Miniatur-Guillotine und einem auf dem Kopf stehenden Metronom, von dem ein Metallpfeil baumelte.

»Wenn du es unbedingt wissen willst ...«, sagte Adam. »Sie war angeblich krank. Also hab ich ihr eine Hühnersuppe vorbeigebracht und sie mit Bernard, dem Belgier aus unserem Kurs, erwischt.«

»Oje«, sagte sie und drehte an einem hölzernen Rädchen. »Was wurde aus der Suppe?«

Adam hob überrascht die Brauen. »Dein Ernst?! Ich erzähle dir das alles, und deine erste Frage lautet: ›Wo ist die Suppe?‹«

Die junge Frau schaute auf. »Na ja, ich hatte andere Fragen parat, aber diese schien mir die unverfänglichste zu sein. Sitz bitte mal eine Sekunde lang still!« Sie versetzte dem kleinen Pfeil einen leichten Stoß.

»Was ist das für ein Ding?«, fragte Adam.

Der Pfeil begann, erratisch hin und her zu schwingen.

»Es ist ein ... Gerät. Ich will damit nur was überprüfen.«

»Oh«, sagte Adam. »Vielen Dank für die Aufklärung.«

Ursula senkte den Kopf fast bis zur Theke, um die Vorrichtung genauer in Augenschein zu nehmen. »Es ... es soll etwas ermitteln, nur tut es das nicht. Es ist ...« Sie richtete sich wieder auf und schlug sich die Hand gegen die Stirn. »Natürlich, mich erfasst es auch. Verdammt.«

Adam schaute zu Günther hinüber. Dieser hatte sich demonstrativ seiner Lektüre zugewandt und tat so, als würde er sie ignorieren.

»Versteh das bitte nicht falsch«, sagte Adam und wandte sich wieder an die Frau, »aber du bist ein bisschen komisch.«

»Ja, ich verstehe, dass das so wirkt.« Sie sah ihn direkt an, und ihre verblüffend blauen Augen verunsicherten ihn sofort. »Ich vermute, wir müssen das auf die altmodische, peinliche Art erledigen. Ich wünschte, Joy oder Sasha wären hier.«

»Wer sind Joy und Sasha?«, fragte Adam.

»Und was noch wichtiger ist: Zahlen die für ihre Getränke?«, warf Günther ein, ohne von seinem Buch aufzuschauen.

Ursula beachtete ihn nicht, atmete tief durch und schenkte Adam ein gequältes Lächeln. »Das mit deiner Freundin tut mir leid. Das ist schrecklich.« Sie neigte den Kopf. »War es für dich besonders belastend, weil ihr euch darauf geeinigt hattet, noch zu warten, bevor ihr …«

Adam verschränkte die Arme. »Das ist eine sehr persönliche Frage.«

»Ja«, erwiderte sie und schaute auf ihre Armbanduhr. »Das stimmt. Und die Antwort auf die Frage ist …«

»Geht dich nichts an.«

»Okay. Nachvollziehbar. Es ist nur folgendermaßen …« Sie setzte sich auf den Hocker neben ihn. »Es mag schwer zu glauben sein, aber ich muss eine Jungfrau finden, und zwar schnell, sonst wird etwas Schlimmes passieren. Ich habe keine Zeit, höflich zu sein und mich mit meinen Fragen langsam heranzutasten, oder … ich weiß nicht …« Sie biss sich auf die Unterlippe. »Ich bin nicht besonders gut in dieser Sache.«

»Moment mal …«, sagte Günther. »Du brauchst eine Jungfrau, und die suchst du ausgerechnet in einer Kneipe?«

»Es ist schon fast elf Uhr abends, da sind die Möglichkeiten begrenzt. Ich habe es schon in dem 24-Stunden-Waschsalon probiert, hatte aber kein Glück.« Ursula rümpfte angewidert die Nase. »Da war so ein Typ in der hintersten Ecke, und man könnte wohl sagen, dass er genau in diesem Moment Sex hatte. Allerdings nicht mit einer anderen Person. Es war widerlich. Und deshalb bin ich jetzt hier.«

»Machen junge Menschen heutzutage so ihre Verabredungen klar?«, fragte Günther.

»Bei allem Respekt«, sagte Ursula, »halten Sie jetzt bitte mal die Klappe, Günther.«

Adam zuckte zusammen, ahnte Schlimmes. Zu seiner großen Überraschung starrte der sonst so aufbrausende Günther die junge Frau jedoch nur lange an und wandte sich dann wieder seinem Buch zu.

Erneut betrachtete Adam Ursulas fließende weiße Robe. Jetzt fiel ihm auch auf, dass sie Sandalen trug.

»Bist du so eine Art religiöse Fanatikerin, ist es das?«

»Nein. Na ja, vielleicht … aber andererseits … nein.«

»Okay, dann danke, aber nein, danke, was auch immer du verkaufen willst. Ich habe wirklich die Nase voll von Leuten, die sich damit rausreden, angeblich religiös zu sein.«

Damit sollte die Unterhaltung eigentlich beendet sein, und so war er ziemlich irritiert, als Ursula hocherfreut in die Hände klatschte.

»Deine Freundin …« Sie legte eine vielsagende Pause ein.

Einen Augenblick später gab er nach. »Caroline.«

»Caroline«, wiederholte sie. »Sie hat behauptet, sie wäre religiös und dass sie deshalb warten wollte mit …«

Adam wandte sich wieder seinem Bier zu. »Okay, du hast deinen Spaß gehabt. Günther! Schenk noch mal nach. Und meinetwegen kannst du sie ruhig rausschmeißen.«

»Sei nicht so!«, sagte Ursula. »Und hör dir bitte an, was ich zu sagen habe!«

»Günther?«, sagte Adam.

»Hör dir halt an, was die junge Dame von dir will!«

»Das sagst du nur, weil du mich loswerden willst.«

»Und, werde ich dich los?«

»Nein«, sagte Adam. »Dafür musst du mich erst raustragen.«

»Dann soll sie weiterreden, das macht mir weniger Umstände.«

»Danke, Günther«, sagte Ursula.

»*Nicht* gern geschehen.«

»Bitte, Adam, gib mir sechzig Sekunden! Hör dir an, was ich zu sagen habe! Wenn du mir dann immer noch nicht helfen willst, verschwinde ich.«

»Abgemacht«, sagte Günther.

Adam warf ihm einen wütenden Blick zu, bevor er widerwillig hinzufügte: »Na schön.«

»Okay«, sagte Ursula, blieb dann aber stumm.

»Also?«

»Gib mir einen Moment. Ich hatte nicht erwartet, dass du zustimmen würdest.«

»Fünfundfünfzig Sekunden«, warf Günther ein.

»Halten Sie die Klappe, Günther!«, entgegnete sie und fügte hastig hinzu: »Ich meinte, halten Sie *bitte* die Klappe.«

»Darum will ich auch gebeten haben!«

»Okay.« Ursula nickte. »Schön, es ist so: Heute Nacht wird etwas passieren – etwas wirklich Schlimmes. Etwas, das der gesamten Stadt Köln unfassbaren Schaden zufügen wird. Entsetzliche Dinge. Tod. Zerstörung. Das volle Programm. Zusammen mit einigen Freundinnen habe ich mich darauf vorbereitet, dies zu verhindern, schon mein ganzes Leben lang. Leider ist aber etwas schiefgegangen, und wir brauchen ein weiteres Mitglied in unserem Team. Ich weiß, das klingt alles nicht sehr sinnvoll, aber schau mir bitte in die Augen.« Sie legte sanft eine Hand auf Adams Wange und zog seinen unkonzentrierten Blick auf sich. »Wenn du jetzt mitkommst, wird das vermutlich die beste Entscheidung sein, die du jemals treffen kannst. Wenn nicht, wirst du morgen aufwachen – wenn du Glück hast – und es für den Rest deines Lebens bereuen. Ich weiß, das klingt vollkommen dämlich, aber bitte sag Ja!«

Vielleicht war es der verzweifelte Blick in ihren Augen, oder es lag daran, dass sie ihn entfernt an seine liebe, verstorbene Tante Gigi erinnerte.

»›Lass dich auf was Dummes ein!‹«

»Was?«, fragte Ursula.

»Das waren so ziemlich die letzten Worte, die meine Tante Gigi zu mir gesagt hat.«

»Okay …«

»Na schön«, erwiderte er und schlug mit der flachen Hand auf die Theke. »Ich mach's.«

»Wirklich?«, fragte Ursula.

»Wirklich«, sagte Adam.

»Wirklich?«, fragte Günther. »Du willst dich als Jungfrau opfern?«

Adams Kopf fuhr zu Ursula herum. »Muss ich das?«

»Nein«, erwiderte sie rasch. »Musst du nicht. Wir werden nur … Ich bin auch eine Jungfrau. Genau wie alle anderen im Team.«

Günther schüttelte den Kopf. »Klingt nach 'ner ziemlich wilden Party.«

»Oh«, sagte Adam, der seine Entscheidung in Rekordzeit bereute. »Okay, und warum …?«

»Wir haben keine Zeit. Wir müssen los.«

»Na gut.« Bevor er es sich anders überlegen konnte, sprang Adam vom Barhocker, stolperte aber sofort.

Ursula hielt ihn am Arm fest. »Idealer wäre es natürlich, wenn du nicht betrunken wärst.«

»Ach ja?«, fragte er eingeschnappt. »Na, ich bitte vielmals um Verzeihung.«

»Aber ich erkenne natürlich an, dass du es vorher nicht wissen konntest und du für uns eine große Hilfe darstellst.«

Adam schüttelte ihre Hand ab und ging in einer beinahe geraden Linie auf die Tür zu.

Ursula folgte ihm.

»Ich sag euch, was ihr beiden dringend tun solltet –«

Ursula und Adam antworteten im Chor: »Halt die Klappe, Günther!«

KAPITEL 3

Die frische Luft traf Adam wie ein Hochgeschwindigkeitszug. Er lehnte sich schwer gegen die Hauswand der Kneipe, um nicht vornüberzukippen. Dass frische Luft und Alkohol so eine kraftvolle Kombination waren, erklärte, warum Günther seine Bar so stickig wie möglich hielt. Niemand bestellte ein alkoholisches Getränk nach dem anderen, wenn er diese Wirkung auch umsonst haben konnte.

Ursula legte ihm sanft eine Hand auf den Rücken. »Geht's dir gut?«

»Nein, ich glaub nicht. Bin ich gerade einer Sekte beigetreten?«

»Auf keinen Fall.«

»Würde jemand, der Leute für seine Sekte rekrutiert, nicht genau das sagen?«

»Weiß ich nicht«, erwiderte Ursula. »Ich bin noch nie einer Sekte beigetreten.«

Adam nickte. »Hast mich überzeugt.«

Ursula zog ein Aufklapphandy aus ihrer Tasche und begann, eine Nachricht zu tippen. Das Ding sah stark nach dem Modell aus, das Adams Großmutter früher gehabt hatte.

»Jetzt kapier ich«, sagte er. »Du bist eine Zeitreisende und kommst aus der Welt vor zwanzig Jahren.«

Verwirrt schaute sie auf. »Was?«

»Dein Handy.«

»Was ist damit?« Plötzlich wirkte sie verlegen. »Ich hab

mir das erst vor sechs Monaten besorgt. Man kann damit auch Leute anrufen.«

Adam nickte langsam. »Ja, ist ein Handy.«

Schnell steckte sie es zurück in ihre Tasche. »Also, was hat dich nach Köln verschlagen?«

»Versuchst du nur, mich wach zu halten?«

»Ja. Ich würde es aber auch gern wissen.«

Er dachte darüber nach. Zumindest war das eine ehrliche Antwort.

»Willst du die lange oder die kurze Version?«

»Die, die du in unter einer Minute auf die Reihe bekommst.«

»Ich war so eine Art Mathewunderkind. Hatte ein volles Stipendium ... Massachusetts Intstitute of Technology ...«, brachte er mühsam hervor.

»Beeindruckend.«

»Danke. Gab nur ein Problem: Ich bin zu dem Schluss gekommen, dass ich Zahlen hasse.«

»Wirklich?«

»Na ja, nein. Eigentlich habe ich mehr das gehasst, was mir die Zahlen gebracht hätten. Abschluss. Master. Guter Job. Da hängt ein ganzer Rattenschwanz dran. Was ich sagen will: Mein ganzes Leben war eine einzige gerade Linie in die Zukunft.« Er ließ seine Hand nach vorn schießen, um dies zu unterstreichen. »Und am Ende wartete nur der Tod. Ich hätte das alles durchlaufen können und hätte nie wirklich *gelebt*.«

»Klar.«

»Aber ... meine Tante Gigi, das schwarze Schaf der Familie ... Sie war die Einzige, die meine Zeichnungen mochte. Ich hab nämlich auch gezeichnet.«

»Cool.«

»Sie ist gestorben.«

»Oh.«

»Und hat mir Geld hinterlassen für den Fall, dass ich weglaufen und Dummheiten machen will – ihre Worte. Also bin ich hierhergekommen, um Kunstgeschichte zu studieren, und damit in ihre Fußstapfen getreten. Jetzt bin *ich* das schwarze Schaf der Familie.«

»Glückwunsch«, sagte sie.

»Wozu genau?«

Bevor Ursula antworten konnte, lenkte Adam das hydraulische Zischen von Bremsen ab. Ein alter, verbeulter Minibus hatte neben ihnen am Bordstein gehalten.

»Glückwunsch vor allem, weil du es geschafft hast, das alles in sechzig Sekunden zusammenzufassen«, sagte Ursula. »Deine Tante Gigi scheint eine ziemlich coole Person gewesen zu sein.«

Die vordere Tür des Busses wurde aufgeschoben. Auf dem Fahrersitz thronte eine Frau um die siebzig. Ihr weißes Haar war zu einem Knoten zusammengebunden, und sie trug ein schwarz-rosa gemustertes Kleid. Mit dem starrenden Blick, den sie auf sie richtete, hätte man Metall durchschneiden können.

»Was Besseres hast du nicht auftreiben können?«, fragte sie.

»Una!«, rief Ursula, dann wandte sie sich rasch wieder Adam zu. »Beachte sie gar nicht.«

»Moment«, sagte Adam. »Warte mal 'ne Sekunde. Du hast nicht erwähnt, dass wir irgendwo hinfahren müssen. Ich steige nicht einfach mit irgendeiner fremden Frau in den Bus ihrer Oma.«

»Bitte«, sagte Ursula, »wir haben keine Zeit. Ich erkläre dir alles auf dem Weg.«

»Auf dem Weg wohin?«

Una klopfte auf einen hölzernen Kasten, der auf dem Armaturenbrett angebracht war. »Wo immer dieses Ding uns hinführt. Aber wir müssen jetzt los, sonst kommen wir zu spät.«

Adam streckte abwehrend beide Hände aus. »Ich glaube, ich bleibe lieber hier.«

Die alte Dame schnalzte laut und missbilligend mit der Zunge. »Ich wusste, ich hätte mich selbst darum kümmern müssen.«

»Darüber haben wir doch gesprochen«, warf Ursula streng ein. »Mal wieder so ein Moment, in dem es extrem hilfreich wäre, wenn du dir einen Kommentar verkneifen würdest.«

Die alte Frau schüttelte den Kopf und ignorierte den Vorschlag. »In der guten alten Zeit drückte man einem jungen Mann eine Waffe in die Hand, sagte ihm, die Gefahr lauert in dieser Richtung, und schon stürmte er ihr brüllend entgegen. Diese jungen Leute heutzutage!«

Ursula trat vor Adam und sperrte Una so aus der Unterhaltung aus. »Hör zu!«, sagte sie zu ihm. »Ich verstehe deine Zweifel. Wirklich. Das wirkt ziemlich verrückt. Aber, hey, wenn es nicht wichtig wäre, würden wir dann all das auf uns nehmen, um dich zu überzeugen?«

»Na ja, ich weiß nicht …«

»Und wenn wir schlechte Menschen wären, würde ich dann überhaupt versuchen, dich zu überzeugen, obwohl ich dich genauso gut zwingen könnte, in diesen Bus zu steigen?«

»Mich zwingen?«, wiederholte Adam. Die Stimme seiner Maskulinität hatte sich selbstständig gemacht, bevor sein Gehirn einschreiten konnte. »Wie genau, glaubst du, könntest du mich zwingen?«

»Schließlich ist sie ja bloß ein kleines Mädchen«, zwitscherte Una aus dem Bus.

»Nicht hilfreich!«, erwiderte Ursula barsch über ihre Schulter hinweg. Dann drehte sie sich wieder in Adams Richtung und musterte ihn. »Ich bin mir sicher, dass du in der Lage wärst, dich zu wehren – unter normalen Umständen, aber … na ja …«

Er sah nur verschwommen, wie ihre Hand Millimeter neben seinem Ohr entlanghuschte. Ein knirschendes Geräusch folgte, dann ein dumpfes Rumpeln. Er drehte sich um. An der Ecke der Hauswand von Günthers Kneipe fehlte ein Ziegelstein. Er lag neben Adam auf dem Boden, direkt vor der Eingangstür.

»Du … hast einen Stein aus der Wand geschlagen?«

»Hab ich. Ich musste es dir schließlich demonstrieren.«

»Und dafür hast du aus Günthers Wand einen Stein rausgeschlagen?«

Ursula biss sich auf die Unterlippe. »War vielleicht nicht meine beste Idee.«

Adam machte einen Schritt um sie herum und trat auf den Bus zu. »Okay, ich komme mit. Nicht, weil du mich überzeugt hättest, aber wo auch immer du hinwillst – da kann es unmöglich so gefährlich sein wie hier, wenn Günther rauskommt und sieht, was du angerichtet hast.«

Una schenkte ihm ein verschmitztes Grinsen. »Das wage ich zu bezweifeln.«

Die Kombination aus Una, Ursula und seinem betrunkenen Zustand hatte Adam derart in Beschlag genommen, dass er den Rest des Busses noch gar nicht wahrgenommen hatte. Daher war er ziemlich überrascht, als er in das Fahrzeug stieg und sechs junge Frauen erblickte. Sie alle trugen weiße Roben, genau wie Ursula.

»Wusste ich's doch. Ich bin einer Sekte beigetreten.«

»Keiner Sekte. Einem Team.«

»Was denn für einem Team? Einer Fußballmannschaft?«

»So was in der Art«, sagte Ursula.

»Ja«, stimmte Una zu und zog die Bustür hinter ihnen zu. »Nur dass wir bei unseren Spielen die Menschheit vor den

Mächten der Finsternis schützen und es dabei um Leben und Tod geht. Außerdem gibt es in der Halbzeit keine Bockwürste, und Fouls sind dringend erwünscht.«

Die alte Frau packte Adam am Arm und zog ihn zu sich heran. Dabei bewies sie eine derart unerwartete Kraft, dass er sich bei jeglicher Gegenwehr vermutlich die Schulter ausgekugelt hätte. Aus nächster Nähe roch sie stark nach Pfefferminzbonbons. Ihre Haut erinnerte an vergilbtes Pergament, und ihr Blick durchbohrte ihn mit einer solchen Intensität, dass ihm augenblicklich die Wangen brannten. Sie musterte ihn von Kopf bis Fuß, stieß ihr Gesicht direkt an seins und schnupperte an ihm. »Ja. Jungfrau. Betrunkene Jungfrau, aber immer noch Jungfrau.« Sie ließ ihn los.

Adam richtete sich wieder auf und rieb sich den Arm, der endlich aus Unas schraubstockartigem Griff befreit war.

»Dieser Abend wird immer irrer und irrer. Moment, können wir noch mal zurückkommen auf den Punkt mit dem Leben und Tod –«

Der Rest von Adams Frage ging unter, da Una den ersten Gang einlegte und den Bus so rasant beschleunigte, dass Adam nach vorn stolperte, das Gleichgewicht verlor und mit dem Gesicht voran auf den Boden des Fahrzeugs stürzte.

Wieder schnalzte Una mit der Zunge. »Die Jungfrauen von heute sind wirklich nicht mehr das, was sie mal waren.«

KAPITEL 4

Zwei Minuten später saß Adam neben Ursula auf einem der vorderen Plätze. Eine der anderen Passagierinnen hatte ihr dabei geholfen, ihn auf den Sitz hinaufzuziehen. Es war ein hellhäutiges Mädchen mit Sommersprossen, roten Haaren und einem nervösen Lächeln, das viele Zähne zeigte und so die böse Narbe ausglich, die sich über die linke Seite ihres Gesichts erstreckte. Die Aktion war deutlich von der Tatsache erschwert worden, dass Una den Minibus mit einer derartigen Geschwindigkeit um die Kurven lenkte, dass es sich keinen Moment lang anfühlte, als würden alle vier Räder gleichzeitig den Boden berühren.

Vor dem Fenster rauschte die Kölner Innenstadt verschwommen an ihnen vorbei. Verriegelte Läden und immer noch geschäftige Kneipen ließen sie derartig geschwind hinter sich, dass es unmöglich war, auch nur die Häuserfassaden wahrzunehmen. In seinem ganzen Leben hatte Adam noch nie in einem Bus gesessen, der so schnell unterwegs gewesen war. Auch jetzt, nach elf Uhr, hätte solch ein Tempo eigentlich unmöglich sein müssen – schon wegen der Ampeln, anderen Verkehrsteilnehmern und den Grundgesetzen der Physik.

Ursula rutschte auf ihrem Platz hin und her und stellte ihm nacheinander alle vor, die sich an Bord befanden. Ihm drängte sich der starke Verdacht auf, dass sie dies vor allem tat, um ihm nicht erklären zu müssen, was genau sie eigentlich vorhatten. Er ließ sie aber vorerst damit durchkommen. Außerdem musste er sich stark darauf konzentrieren, der Welt nicht all das Freibier zurückzugeben, das er zuvor genossen hatte, während der Bus mit höchster Geschwindigkeit durch die Gegend raste.

»Una kennst du ja schon.« Ursula deutete auf die gegenüberliegende Sitzbank. »Das ist Wish …«

Das sommersprossige blasse Mädchen winkte ihm nervös zu. Adam nickte zur Antwort.

Die beiden Schwarzen Mädchen hinter Wish waren die Einzigen, die in einer Sitzreihe nebeneinandersaßen.

»Das sind unsere Zwillinge, Sasha und Joy …«

Ihm war nicht aufgefallen, dass es sich bei den beiden um Zwillinge handelte, da Sasha ihr Haar in einem großen Afro trug und Joys geglättete Haare in einem Kupferton gefärbt waren. Wenn man danach suchte, fand man aber durchaus eine Ähnlichkeit.

Sasha warf ihm ein bezauberndes Lächeln zu. »Hi.«

»Freut mich«, sagte Adam.

»Er lügt«, sagte Joy.

»Bitte, Joy, nicht jetzt!«, sagte Ursula.

»Na ja, tut er aber«, platzte diese heraus, bevor sie sich ihrer Schwester zuwandte. »Hör auf, mich so anzubrüllen!«

»Fun Fact«, sagte Ursula, »die Zwillinge können telepathisch miteinander kommunizieren.«

»Wow!«, sagte Adam.

»Jep«, sagte Joy ohne jede Begeisterung. »Es ist magisch.«

»Und das …« Ursula deutete rasch auf eine junge Frau, von der er vermutete, dass sie Polynesierin war. Sie hatte lockiges Haar, Arme wie Baumstämme, und ihre Gestalt füllte einen Doppelsitz. »… ist Masina.«

Das Mädchen nickte ihm scheu zu und machte mehrere Handzeichen in Ursulas Richtung.

»Stimmt«, erwiderte diese. »Aber man muss berücksichtigen, dass die Zeit beschränkt war.«

»Was war …?«, begann Adam.

»Nichts.« Ursula nickte in Richtung der äußersten Ecke des Busses, wo ein unfassbar bleiches, gertenschlankes Mädchen mit langen schwarzen Haaren saß. Sie hatte den Kopf zurückgeneigt, den Mund weit geöffnet und schlief tief und fest. »Das ist Trinity. Sie … meditiert.«

»Du musst wissen«, warf das Mädchen mit den kurzen, zerzausten grünen Haaren auf dem Sitz direkt hinter Adam ein, »das Schnarchen hilft ihr, sich mit ihrem Chi zu verbinden.«

Ursula seufzte. »Und last, but not least haben wir hier Bug.«

Bug salutierte lässig. »Hocherfreut, deine Bekanntschaft zu machen, liebe Mit-Jungfrau.«

»Hallo«, sagte Adam. »Ich werde mir keinen von diesen Namen merken können.«

»Keine Sorge«, sagte Bug. »Die Chancen stehen hoch, dass du keine Gelegenheit bekommen wirst, sie je zu benutzen. Hey, Una, wie weit noch?«

Adam wandte sich dem Fahrersitz des Minibusses zu. Una hatte nur eine Hand am Steuer, während sie einen Schwerlaster überholte. Die andere steckte in dem Holzkasten auf dem Armaturenbrett. Von seinem Platz aus erkannte Adam, dass der Kasten einen dünnen vibrierenden Draht enthielt. Unas Finger waren darumgelegt, berührten ihn aber nicht.

»Noch ein paar Minuten«, erwiderte sie. »Wenn wir nicht sowieso schon zu spät sind.«

»Okay«, sagte Adam. »Ich denke, dass ist jetzt der Zeitpunkt, an dem ihr mir erklären solltet, was zur Hölle hier vor sich geht.«

Ursula nickte. »In Ordnung. Ist dir zufällig die Legende der heiligen Ursula bekannt?«

»Natürlich. Ich bin zwar noch ziemlich neu in dieser Stadt, aber zufällig arbeite ich als Fremdenführer. Die heilige Ursula war eine Märtyrerin, hat irgendwann um das Jahr 300 oder 400 gelebt. Sie und ihre Begleiterinnen befanden sich auf Pilgerschaft. Es sollen elf oder elftausend Jungfrauen gewesen sein, je nachdem, wen man fragt.« Adam ließ den Blick durch den Bus wandern, von einer weiß gekleideten jungen Frau zur nächsten. Augenblicklich schaltete sein alkoholgetrübtes Gehirn einen Gang hoch. »Die Hunnen, die Köln erobern wollten, töteten sie, weil sie sich weigerten ... Oh mein Gott, das ist hier so eine Todessekte!«

»Nein«, sagte Ursula streng. »Ist es nicht.«

»Na, irgendwie doch«, warf Bug ein.

»Nicht hilfreich, Bug!«

»Will ich auch gar nicht sein«, erwiderte diese munter.

»Eins muss man wissen«, erklärte Wish, das rothaarige Mädchen, »die Geschichte wurde fast vollständig falsch überliefert.«

»Ja«, sagte Sasha, der Zwilling mit dem Afro. »Es geht schon damit los, dass es insgesamt nur elf Jungfrauen waren, einschließlich Ursula.«

»Und sie wurden von den Hunnen nicht bloß getötet«, fügte ihre Schwester Joy hinzu. »Obwohl sie ohnehin dazu bestimmt waren, sich zu opfern. Menschen sind nämlich der letzte Dreck.«

»Zuvor aber griffen sie zu den Waffen«, fuhr Ursula fort, »zur großen Überraschung der Hunnen –«

»Und Ursula«, sagte Wish, »also Ursula 1.0, das Original, gelang es, ihren Anführer zu töten. Das führte zu völligem Chaos in seiner Armee, was Köln vor der Eroberung bewahrte.«

»Und *dann*«, beendete Joy den Satz, »wurden sie getötet.«

Ursula schaute finster in ihre Richtung. »Dazu wäre ich noch gekommen.«

»Ach ja?«

»Aber das ist ganz anders als in der Legende«, sagte Adam.

Einige der jungen Frauen stießen ein genervtes Stöhnen aus, und Una, die auf dem Fahrersitz offenbar immer noch nicht genug zu tun hatte, rief über ihre Schulter: »Vertraue niemals einem Buch über eine Frau, das von einem Mann geschrieben wurde. Wollte man den Geschichtsbüchern glauben, hätten Frauen nie was anderes getan, als Babys zu kriegen und Kekse zu backen. Ist nicht der Fall. Die Geschichte ist voll von Frauen, die nicht angemessen gewürdigt wurden. Maria Magdalena, Marie Curie, Mary Anning – und da sind wir nur beim Buchstaben M.«

»Darüber diskutierst du lieber nicht mit Una«, sagte Wish. »Du möchtest nicht, dass sie so richtig in Fahrt kommt.«

Die Passagierinnen lehnten sich kollektiv zur Seite, als der Bus sich derartig unvermittelt in die nächste Kurve legte, dass Adam in den Mittelgang fiel und dem gegenüberliegenden Sitz beinahe eine Kopfnuss verpasste. Bemerkenswerterweise schlief Trinity im hinteren Teil des Busses einfach weiter.

»Ja«, stimmte Ursula zu. »Wenn es heißt, die Geschichte wird vom Sieger geschrieben, meint man in der Regel einen Typen namens Victor.«

»Okay«, sagte Adam und fragte mit schwacher Hoffnung: »Ihr seid also so eine Art historische Reenactment-Gruppe, ja?«

Dies ließ Bug sarkastisch auflachen, aber Ursula ging nicht darauf ein.

»Nein«, erwiderte sie, »wir ... Dieser Teil könnte jetzt vielleicht etwas schwer zu glauben sein.«

»Klar«, sagte Adam. »Weil sich bisher ja alles völlig glaubhaft angehört hat.«

»Gutes Argument. Also, lange Rede, kurzer Sinn: Es gab einen mächtigen Nekromanten in diesem Heer, der einen Fluch verhängt hat: Alle achtzehn Jahre würden die Geister der getöteten Hunnen aufs Neue versuchen, Köln zu erobern, und eine Nacht lang Verheerungen anrichten, wenn sie nicht aufgehalten werden von …«

»Ursula und ihren elf Jungfrauen«, beendete Adam den Satz.

»Es sind elf, einschließlich –« Sie unterbrach sich. »Ja, im Wesentlichen stimmt es.«

»Willkommen im V-Team!«, sagte Bug. »*Ursula and her Virgins!* Wir lassen uns T-Shirts drucken.«

»Nein«, sagte Wish und wurde rot. »Tun wir nicht. Und bitte hör auf, uns so zu nennen!«

Bug streckte ihr die Zunge raus. Wish erwiderte die Geste.

»Das heißt«, sagte Adam, »wir ziehen jetzt gegen eine Geisterarmee in den Kampf?«

»Mehr oder weniger«, sagte Ursula.

Er schaute kurz zur Tür hinüber. Sobald dieser Bus auch nur ein bisschen langsamer fuhr, würde er die Flucht ergreifen. Diese Mädchen waren vollkommen geisteskrank. Doch bis sich die passende Gelegenheit bot, musste er sie wohl noch bei Laune halten, indem er sich weiter mit ihnen unterhielt. »Alle achtzehn Jahre, ja? Wenn das stimmt, wäre das seitdem nicht ziemlich oft passiert? Also … genau einundneunzig Mal?«

»Du hast wirklich ein Händchen für Zahlen«, sagte Ursula.

»Wechsle nicht das Thema!«

Sie nickte. »Tut mir leid. Du hast recht.«

»Ihr seht alle sehr jung aus für Frauen, die seit Jahrhunderten Eroberungsarmeen bekämpfen.«

»Danke«, sagte Bug. »Ich vergesse nie den Moisturizer.«

»Das ist unser erstes Mal«, erklärte Ursula. »Ich bin lediglich die neueste in einer langen Reihe von Ursulas.«

»Bei der Geburt auserwählt«, fügte Wish hinzu, was ihr einen strafenden Blick von Ursula einbrachte. »Na ja, stimmt doch. Sie hat ein –« Sie biss sich auf die Zunge. Ganz offenbar bereute sie es, den Satz überhaupt begonnen zu haben.

Adam schaute Ursula mit erhobenen Brauen an. »Wollt ihr mir weismachen, dass ihr euch euer ganzes Leben lang auf heute Nacht vorbereitet habt?«

»Nein«, sagte Ursula. »Erst, seit wir zehn Jahre alt waren. Wir haben aus einem Kelch getrunken und damit unsere besonderen Kräfte erhalten, gleichzeitig aber alle Erinnerungen an unser früheres Leben verloren. Wenn ich das laut ausspreche, wird mir klar, dass das doch irgendwie nach Sekte klingt. Aber ganz im Ernst: Wir sind keine Sekte. Wir machen auch ganz andere Sachen. Wir denken zum Beispiel gerade darüber nach, eine Band zu gründen.«

»Aber hauptsächlich«, fügte Bug hinzu, »haben wir geübt, eine wild gewordene Geisterarmee umzulegen. Ich für meinen Teil sehe mich allerdings durchaus als toughe Drummer-Bitch.« Sie vollführte ein enthusiastisches Lufttrommeln, um dies zu unterstreichen. »Ich muss nur noch irgendwo ein Schlagzeug auftreiben.«

»Darf ich fragen …«, begann Adam und blickte sich nervös um, »was passiert, wenn ihr das nicht tut?«

Er überlegte, wie er diesen jungen Frauen höflich vermitteln konnte, dass sie wohl doch in die Fänge einer verrückten Sekte geraten waren, auch wenn sie es selbst nicht wussten.

»Dann bricht sie durch«, sagte Ursula. »Die Hunnenhorde. Und schreckliche Dinge passieren.«

»Die Massenaufstände von 1845«, sagte Wish, »waren gar keine echten Aufstände. Zumindest nicht vonseiten der Bevölkerung.«

»Und das schwere Feuer am Ende des siebzehnten Jahrhunderts«, fügte Bug hinzu. »Das war zwar ein Feuer, aber, na ja, es kam dazu, weil Hunnengeister eine Nacht lang durch die Stadt wüteten.«

»Wir sind uns nicht ganz sicher, was genau im zwölften Jahrhundert passiert ist«, warf Sasha ein, »aber es war schlimm.«

»Ich habe die gesamte Geschichte von Köln studiert«, entgegnete Adam, »aber von keinem dieser Ereignisse habe ich jemals etwas gehört.«

»Geschichtsbücher!«, rief Una. »Gott bewahre uns vor Geschichtsbüchern!« Noch während ihr diese Worte über die Lippen kamen, schrammte der Bus an einem VW-Bulli vorbei und riss seinen Seitenspiegel ab. Una winkte über die Schulter ab. »Wie kann man denn so parken?«

Adam ließ noch einmal seinen Blick durch den Bus wandern und zählte im Kopf durch. »Aber … Ursula und die elf Jungfrauen. Ihr seid keine elf.«

»Es sind elf –«, begann Ursula.

»Dich miteingerechnet«, warf Adam rasch ein. »Ja. Hast du gesagt. Die Sache ist bloß, selbst wenn wir Una mitrechnen, sind wir nur neun.«

Una stieß am Steuer des Fahrzeugs ein bellendes Lachen aus. »Ich zähle nicht.«

»Du zählst nur die, die du sehen kannst«, sagte Bug.

»Was soll das denn bedeuten bitte?«

»Mach dir keine Gedanken darüber!«, sagte Ursula. »Die anderen werden … noch auftauchen, wenn wir ankommen.«

»Verstehe ich nicht.«

»Was genau?«

»Ich hab gar nichts verstanden.«

»In diesem Fall«, sagte Ursula, während sie sich um ein beruhigendes Lächeln bemühte, »mach dir einfach keine Sorgen!«

»Ich mache mir aber Sorgen! Um ehrlich zu sein, so langsam mache ich mir um alles Sorgen!«

»Willkommen in meiner Welt«, murmelte Wish.

Ursula versetzte seinem Arm einen aufmunternden Klaps. »Hey, sieh's doch mal positiv! Hört sich ganz so an, als wärst du ziemlich schnell wieder nüchtern geworden.«

»Das macht die Panik.«

»Und hey«, fügte Sasha hinzu. »Positiv ist auch, dass das Ganze ziemlich bald vorbei sein wird. Und dann gibt's Pfannkuchen für alle.«

»Und wo wird das stattfinden?«

»Der Pfannkuchen-Laden ist –«

»Nicht der Pfannkuchen-Laden«, blaffte Adam, und Sasha zuckte erschrocken zusammen. »Tut mir leid, ich meinte … diese Sache. Wo findet die statt?«

Alle hielten sich an ihren Sitzen fest, während der Bus durch einen Kreisverkehr raste und nur knapp zwei Hochgeschwindigkeitskollisionen entging.

»Wo uns der Himmelsweiser hinführt.«

»Der was?«

»Das Ding in dem Kasten«, erklärte Sasha und deutete auf das Armaturenbrett.

»Cool. Cool, cool, cool.«

»Sonst noch irgendwelche Fragen?« Ursulas Stimme klang nicht unfreundlich.

»Ja«, erwiderte Adam langsam. »Ein oder zwei. Ich meine, ihr habt euch alle darauf vorbereitet, seit …«

»Seit wir zehn waren. Das stimmt.«

»Wie kommt es dann, dass ihr nach all der Mühe jetzt irgendeinen x-beliebigen Typen in einer Kneipe finden musstet, um euer Team vollzukriegen?«

Diese Frage sorgte für eine Reihe verlegener Blicke zwischen den jungen Frauen hinten im Bus und ein lautes Schnaufen von Una auf dem Fahrersitz.

»Zu unserer Kohorte gehören noch zwei weitere Mitglieder. Es ist vorgesehen, dass wir immer noch eine Ersatzjungfrau in petto haben, falls irgendwas passiert, und na ja …«

»Na ja, was?«

»Sie sind heute am frühen Abend in den Supermarkt gegangen und dann verschwunden.«

»Wartet …«, sagte Adam. »Ich bin hier, weil zwei Mitglieder eures Teams Reißaus genommen haben?«

Kaum waren die Worte ausgesprochen, wusste Adam, dass er das Falsche gesagt hatte. Augenblicklich wurde die Atmosphäre im Minibus frostig.

»Nein«, sagte Ursula mit einer Stimme, die kaum lauter war als ein Flüstern. »Das würden sie niemals tun.«

Adam betrachtete die Gesichter um ihn herum, die plötzlich sehr ernst aussahen. »Okay, und wo sind sie dann –«

»Wir wissen es nicht«, unterbrach ihn Wish. »Wir … wir wissen es nicht«, wiederholte sie mit belegter Stimme und senkte den Blick.

»Der Zeitpunkt spricht dafür, dass es kein Zufall war«, gab Joy finster zu.

»Und wenn wir herausfinden, wer uns hier in die Quere kommen will«, fügte Bug hinzu, »wird derjenige es bereuen. Gewaltig bereuen.«

Die Unterhaltung kam zu einem abrupten Ende, als Una den Bus per Handbremse wendete, sodass sowohl das Fahrzeug als auch Adams Magen sich um Haaresbreite überschlagen hätten. Sie klopfte mit ihrer nicht steuernden Hand auf die Oberseite des Holzkastens, dann steckte sie sie wieder hinein. »Verdammt. Das Ding springt dauernd hin und her.«

»Um das ganz klar zu sagen«, fügte Ursula hinzu und nahm

das Gespräch wieder auf, »sobald wir hier fertig sind, wird es unsere oberste Priorität sein, Delilah und Anna zu finden.«

»Und«, fragte Adam, »weil die beiden verschwunden sind, habt ihr stattdessen mich ins Boot geholt?«

»Ja.«

»Aber ich bin ... keine Frau.«

»Musst du auch nicht sein«, rief Una. »Dass es bisher immer Frauen waren, liegt nur daran, dass sie grundsätzlich besser darin sind ... Wie hast du es noch genannt, Bug?«

»Den Schlüpfer anzubehalten!«

»Genau.« Una nickte.

»Die Sache ist die«, sagte Ursula, »du kannst dich zurücklehnen. Wir kümmern uns um alles.«

»Okay. Kann ich ...?« Adam war sich nicht sicher, welche der tausend Fragen, die ihm durch den Kopf gingen, er als nächste stellen würde.

Er sollte es auch nicht herausfinden, da der Bus ruckartig zum Stehen kam.

»Die gute Nachricht ist«, rief Una, während sie den Kopf aus dem Fenster streckte, »wir sind da.«

»Und die schlechte Nachricht?«, fragte Wish.

Statt zu antworten, deutete Una nach oben.

Die Mädchen huschten zur linken Seite des Busses und drückten die Gesichter gegen die Fensterscheiben. Der gesamte Himmel war erfüllt von einem gewaltigen Wirbelsturm wütender roter Wolken.

»Oooh«, sagte Ursula.

»Offenbar war es deshalb so schwer für mich, den Ort zu finden. Es ist hier überall.«

KAPITEL 5

Ursula atmete tief ein, stemmte die Hände in die Hüfte und schaute zum Himmel, während sie versuchte, die Gesamtsituation auf sich wirken zu lassen. Das war er also. Der Moment, auf den ihr ganzes Leben ausgerichtet war. Acht Jahre Training, Selbstaufopferung und bange Erwartung hatten sie hierhergebracht. Es fühlte sich nicht ganz so an, wie sie erwartet hatte. Vor allem hätte sie sich nie vorstellen können, dass der Soundtrack zu diesem Moment von einem amerikanischen Typen stammen würde, den sie vor nicht mal einer Stunde aus irgendeiner Kneipe gezogen hatte und der sich nun hinter einem Busch übergab.

Die zwölf hatten sich unerbittlich auf diesen Augenblick vorbereitet, und nun ... Wie auch immer, sie hatte keine Zeit, weiter darüber nachzudenken. Ohne Delilahs besondere Kräfte als Magierin stand ihnen die Absicherung durch die Trishula-Anrufung nicht mehr zur Verfügung, und so blieb ihnen nur eines übrig: zu siegen. Für Ursula änderte das allerdings gar nichts, denn eine andere Option war nie infrage gekommen. Sie würde niemanden aus dem Team verlieren. Nicht, solange sie die Verantwortliche war.

Sie standen am Rand eines recht hübschen Stadtparks, der einen mulchbedeckten Spielplatz mit Schaukeln, Rutschen und kleinen Karussells beherbergte. Da dieser Park mitten in der Stadt lag, kam noch die obligatorische Standardbank hinzu, auf der kichernde Teenager Zigaretten, Alkoholdosen und Gott weiß was untereinander herumreichten. Ursula verspürte ein seltsames Gefühl von Neid. Ganz gewöhnliche Leben wirkten irgendwie cool.

Sie bemerkte, dass Adam neben ihr stehen blieb. »Geht's dir besser?«

»Besser?«, wiederholte er. »Nein. Ich nehme an, ich bin nüchterner, aber dadurch hab ich nur noch mehr Angst.«

»Angst ist eine gesunde Reaktion auf diese Situation.«

»Du scheinst keine Angst zu haben.«

Sie begegnete seinem Blick. »Ich habe mich auf diesen Moment vorbereitet, seit ich zehn war. Du bist mit dieser Aufgabe erst vor etwa einer Viertelstunde konfrontiert worden. Sei nicht so streng mit dir!«

»Du hast *das* erwartet?«, fragte Adam. »Du hast erwartet, dass der Himmel sich verwandelt in ein ... ähm ...? Ich versuche, den Begriff ›flammendes Tor zu Hölle‹ zu vermeiden.«

»Ich weiß deine Zurückhaltung zu schätzen«, erwiderte sie, »aber der Begriff ist durchaus treffend.« Wieder schaute sie zum Himmel hinauf. »Und groß ist es. Ich dachte nicht, dass es so groß sein würde.«

»Oh Gott! Das Tor zur Hölle ist größer als erwartet?«

»*Du* hast es so genannt. Rein technisch gesehen, wissen wir nicht, wo genau die Geister herkommen.«

»Nicht?«

»Nein. Wir konzentrieren uns darauf, sie wieder zu vertreiben.«

»Okay«, sagte Adam. »Aber das hier ist größer, als du erwartet hast?«

»Ich könnte mich allerdings auch täuschen. Una hat schon einige von diesen Dingern gesehen.«

»In der Tat«, bestätigte Una, die neben ihnen auftauchte. Sie hatte ein Stativ mit einer uralten hölzernen Kamera im

Arm, die aussah, als gehöre sie in ein Museum. »Und das hier ist größer als die letzten beiden zusammen.«

Ursula wandte ihren Blick nicht vom Himmel ab. »Hast du irgendeine Ahnung, warum?«

»Hat sicher nichts Gutes zu bedeuten.« Una trat das Stativ auseinander, stellte es auf und richtete die Kamera gen Himmel, bevor sie unter dem schwarzen Tuch verschwand, um den Fokus einzustellen.

Adam zog sein Handy aus der Tasche und nickte in Richtung Una, die unter ihrer Abdeckung steckte. »Wenn sie ein Foto braucht, könnte ich auch einfach mein Handy benutzen.«

»Kannst du gern versuchen«, sagte Bug und gesellte sich ebenfalls zu ihnen.

Er tat es.

Dann versuchte er es ein zweites Mal.

Und ein drittes Mal.

Doch jedes Bild, das Adam mit seinem Handy aufnahm, zeigte lediglich einen dunklen Himmel mit wenigen zerzausten Wolken. Nicht der Hauch eines roten Wirbelsturmportals zur Hölle. »Was zum Geier?«

»Wenn dich das schon fertigmacht«, sagte Ursula, »hast du eine lange Nacht vor dir.«

»Apropos«, sagte Bug und warf ihm im Vorbeigehen eine vollgestopfte Tragetasche zu. »Zieh das an!«

Adam spähte in die Tasche. »Ein weißes Kleid? Ich muss ein Kleid tragen?«

»Herrgott, worüber Jungs sich so aufregen! Außerdem ist es ein Gewand«, sagte Ursula. »Und du kannst es einfach über deine Kleidung ziehen, wenn du willst.«

»Warum?«

»Es gehört dazu. Es gibt bestimmte Dinge, die wir bei dieser Aufgabe beachten müssen. Wir sind uns nicht ganz sicher, ob es absolut notwendig ist. Kann auch eine völlig sinnlose Tradition sein, aber wir werden nicht riskieren, dass etwas schiefgeht, nur weil sich irgendwer nicht an den Dresscode hält.«

Adam begann, das Gewand über seine Kleidung zu ziehen, hielt aber auf halber Strecke inne. »Na toll. Nicht nur sterbe ich gleich, vorher macht man sich auch noch über mich lustig.«

Ursula wandte sich um und schaute ihn mit gerunzelter Stirn an. »Wovon redest du?«

Er nickte der Bank zu, wo die Teenager ungeniert in ihre Richtung zeigten und lachten.

»Oh«, sagte Ursula und tippte Una auf die Schulter.

Diese zog unwirsch den Kopf unter der Abdeckung hervor. »Was? Ich muss –«

Ursula ließ ihren Zeigefinger in der Luft kreisen.

»Aber –« Unas genervter Blick löste sich auf, als sie die Lage erfasste. »Ah, okay. Das hatte ich vergessen.« Aus ihrer Tasche zog sie einen Gegenstand, der einem Wikingerhorn ähnelte. Mit ganzer Kraft blies sie hinein, doch peinlicherweise kam nicht der leiseste Ton heraus.

»Es funktioniert nicht«, stellte Adam wenig hilfreich fest.

»Nicht?«, fragte Ursula und blickte zu den Schaulustigen hinüber.

Adam sah, dass die Teenager aufhörten zu lachen und mit blanker Panik im Gesicht von der Bank aufsprangen. Seelenruhig steckte Una das Horn zurück in ihre Tasche und wandte ihre Aufmerksamkeit wieder der Kamera zu.

»Was war das denn gerade?«, fragte Adam.

»Wir sind verschwunden««, sagte Ursula. »Also, für sie zumindest.«

Die Teenager suchten rasch das Weite. Einige bemühten sich noch, cool zu wirken, stürmten dann aber, zusammen mit ihren Freunden, so schnell ihre Füße sie tragen konnten, aus dem Park.

Adam deutete zum Himmel. »Das können sie auch nicht sehen, oder?«

»Nein.«

»Mann, ich wünschte, ich wäre einer von ihnen.«

»Es wird bald vorbei sein.«

Adam hob den Blick. »Sollte das beruhigend klingen?«

Sie zuckte mit den Schultern. »Ich habe viel gelernt. Öffentlichkeitsarbeit gehörte leider nicht dazu.«

»Übrigens«, sagte Adam. »Mir ist schon klar, dass das nicht der richtige Zeitpunkt für so eine Frage ist, aber warum habt ihr alle unterschiedliche Akzente?«

»Das ist dir aufgefallen?«

»Ja, du klingst deutsch, aber die Zwillinge hören sich an, als kämen sie von der anderen Seite des Atlantiks. Bug ... ich bin mir nicht sicher. Wish ... schottisch?«

»Wir glauben, irisch.«

»Ihr glaubt?«

»Ja. Wir haben uns alle mit zehn Jahren kennengelernt, und ich habe dir ja schon erzählt, dass unsere Erinnerungen allesamt gelöscht wurden, als wir aus dem Kelch getrunken haben, der uns magische Kräfte verliehen hat. Stell's dir so vor: Irgendwer klatscht in die Hände, und du findest dich in einem Kreis mit acht anderen zehnjährigen Mädchen wieder. Eben fragst du dich noch, wer sie sind, und dann wird dir plötzlich klar, dass du nicht einmal weißt, wer du selbst bist. Das war der ›Tag des Werdens‹, und dies ist die ›Nacht der Vergeltung‹. Frag mich bitte nicht, wer sich diese Bezeichnungen ausgedacht hat.«

»Das ist doch Wahnsinn!«, sagte Adam aus vollem Herzen.

»Die Namensgebung wurde vor Jahrhunderten vorgenommen«, sagte Ursula. »Da darf man im Nachhinein nicht zu streng sein.«

»Nicht die Bezeichnungen«, sagte Adam. »Ich meine …«, er kam ins Stocken, »… alles andere.«

Ursula zuckte wieder mit den Schultern. »Wir kennen es nicht anders. Du hättest dabei sein sollen, als wir mit verbundenen Augen Dartpfeile auf einen Kalender werfen mussten, um unseren jeweiligen Geburtstag festzulegen. Bug hat den neunundzwanzigsten Februar getroffen. Deshalb erzählt sie den Leuten gern, sie wäre viereinhalb.«

Sie schaute sich um. Die anderen Mädchen wärmten sich auf. Sasha und Joy dehnten sich, Masina saß im Schneidersitz auf dem Gras und meditierte. Bug jonglierte, und Trinity …

»Ich will hier nicht der Typ mit den nervtötenden Fragen sein«, sagte Adam, »aber warum konsumiert das Goth-Mädchen massenweise Gummibärchen und zwei Liter Ginger-Ale?«

»Na ja, das Ginger-Ale braucht sie, um die Gummibärchen runterzuspülen. Ist ja eigentlich offensichtlich.«

»Wie dumm von mir.«

Wieder wandten beide ihren Blick zum Himmel.

»Kommt's nur mir so vor«, fragte Adam, »oder wird das immer … wilder da oben?«

»Nein, das kommt nicht nur dir so vor.«

Inmitten des Wirbelsturms formte sich ein helles gelbes Zentrum, und die Wolken drum herum hatten den höchsten Waschmaschinen-Schleudergang erreicht.

»Ich will ehrlich sein«, sagte Adam. »Als der Bus eben gehalten hat, war ich fest entschlossen, einfach wegzurennen.«

»Ich weiß. Bist du aber nicht.«

»Nein. Ich dachte, ich wäre im Bus einer völlig verrückten Sekte gelandet, aber …«

»Aber«, fuhr Ursula fort, »dann hast du das hier gesehen.«

»Genau. Vor Verrückten wegzurennen kam mir vernünftig

vor, aber vor einer realen Gefahr wegzulaufen schien mir bloß feige zu sein.«

Ursula warf ihm einen Seitenblick zu. »Glückwunsch, dass du so tapfer bist.«

»Ich bin nicht tapfer. Ich bin in Panik.«

»Schließt sich nicht gegenseitig aus. Tapfer sein bedeutet, vor etwas Angst zu haben und es dennoch zu tun. Und da wir schon so ehrlich miteinander sind ... Was ich vorhin in der Kneipe gesagt habe – dass ich Jura studiere –, das war komplett ausgedacht.«

»Okay.«

Es schien ihr seltsam peinlich zu sein. »Ich meine, ich würde das gern studieren. Eines Tages. Glaube ich.«

»Warum tust du's nicht?«

»Weil ich dazu ausgebildet wurde, eine Horde untoter Hunnen zu bekämpfen.«

»Oh, okay«, sagte Adam.

»Sag mal, darf ich dich was fragen? Günther hatte in seiner Kneipe so viele Flaschen mit verschiedenen Getränken hinter der Theke stehen. Ist das normal?«

»Ja, in manchen Bars stehen Hunderte.«

»Wirklich?«, fragte sie.

»Du warst ernsthaft vor dem heutigen Abend noch nie in einer Kneipe?«

»Um ehrlich zu sein, gibt es vieles, was ich noch nie getan habe.« Sie lächelte ihn traurig an. »Die Auserwählte zu sein schränkt deinen Lifestyle deutlich ein.«

»Ganz schöner Mist.«

Sie zuckte mit den Schultern. »Ich darf vieles nicht tun, was normale Leute tun, dafür aber mit einigen echt coolen Mädels abhängen. Und jetzt können wir etwas wirklich Bedeutsames vollbringen, wenn alles funktioniert.«

»Wenn alles funktioniert«, wiederholte Adam.

»Tut mir leid, dass ich dich hier mit reingezogen habe. Und ich will nicht lügen, es wird gefährlich. Versuch einfach, dich aus der Schusslinie zu halten, wenn du kannst.«

»Okay.«

»Und hey«, sagte sie, »sieh's mal positiv! Immerhin hast du deine schlimme Ex-Freundin und den Belgier vergessen.«

Plötzlich schoss aus der alten Kamera, die keine alte Kamera war, ein blauer Lichtstrahl in den Himmel und traf die gelb leuchtende Mitte des strudelnden Wirbelsturms.

»Soll das helfen?«, fragte Adam.

»Kommt drauf an, was du mit ›helfen‹ meinst«, sagte Ursula. »Es wird nicht aufhalten, was auf uns zukommt.«

»Es soll dafür sorgen, dass sie uns finden, nicht wahr?«

Sie lächelte ihn kurz und mit schmalen Lippen an. »Siehst du? Du hast es schon raus.« Sie klatschte in die Hände und hob die Stimme. »Okay, meine Damen – und mein Herr –, Showtime! Macht euch bereit zum Angriff!«

KAPITEL 6

Erstaunt stellte Adam fest, dass er immer noch in der Lage war, überrascht zu sein. Verglichen mit dem ganzen Wir-sind-ein-Team-knallharter-Kampfjungfrauen-und-brauchen-deine-Hilfe-um-eine-Untoten-Armee-zu-schlagen war es eigentlich keine große Sensation mehr. Una öffnete den Kofferraum, der sich im Boden des Minibusses befand, und holte zwei Gestelle voller mittelalterlicher Waffen und Rüstungen hervor, die sie vor dem Wagen aufbaute, als wäre überhaupt nichts dabei. Möglich, dass es daran lag, wie selbstverständlich sich alles abspielte, oder an der Tatsache, dass die Gestelle doppelt so lang waren wie der Bus, aber die ganze Aktion raubte ihm den Atem.

Eine Reihe mit etwa zwanzig Schwertern gehörte dazu – viele davon mit reich geschmückten Griffen –, die aber größtenteils keine Beachtung fanden. Wish entschied sich für einen massiven Brustpanzer und eine Rüstung, die ihr etwa drei Nummern zu groß war. Daher hatte sie mit dem Gewicht auch ziemlich zu kämpfen, während sie alles mit sich schleifte. Joy nahm sich zwei lange Lederpeitschen, die, kaum dass sie sie berührt hatte, knisterten, als stünden sie unter Strom. Sasha griff nach einem gewöhnlich aussehenden Holzstab, der sich in ihrer Hand augenblicklich in einen Bogen verwandelte. Adam konnte allerdings weder eine Sehne noch Pfeile sehen.

Bug wählte einen sonderbaren Überwurf, der am ehesten

an eine militärische Schutzjacke aus Leder erinnerte und über unzählige Taschen verfügte.

Als sie an Adam vorbeikam, zwinkerte sie ihm zu. »Komm in die Gänge, Neuling, die Zeit läuft!«

Masina blieb mit geschlossenen Augen auf dem Boden sitzen. Trinity wiederum strich, nachdem sie eine unfassbare Menge Gummibärchen verdrückt hatte, zwischen den beiden Gestellen hin und her. Scheinbar willkürlich griff sie nach verschiedenen Waffen und Rüstungsteilen. Diese warf sie auf einen Haufen ins Gras, nur um sich sofort weitere Stücke zu holen. Ursula blieb neben Adam stehen und wählte keine Waffen, behielt nur weiter den Himmel im Auge.

Er beobachtete die Mädchen, bevor auch er sich dem Arsenal widmete. Er hatte auf seiner PS5 hin und wieder *Skyrim* gespielt, aber dies war einer jener Momente, in denen das Bild, das man von sich selbst hatte, auf die kalte, brutale Realität traf. Er konnte sich durchaus vorstellen, kompetent ein Schwert zu schwingen – solange ihn niemand aufforderte, es tatsächlich zu tun. Diese Schwerter waren beängstigend, und er war sich nicht mal sicher, ob er die schwereren überhaupt heben konnte, ganz zu schweigen davon, mit ihnen irgendein Schwingen zustande zu bringen. Er streckte die Hand aus, doch sofort wurde ihm auf die Finger geschlagen. Er zog sie ruckartig zurück, drehte sich um und sah, dass Una hinter ihm stand.

»Una«, sagte Ursula tadelnd. »Sei nett!«

»Ich versuche bloß zu verhindern, dass er sich verletzt.« Sie senkte die Stimme. »Oder jemand anderen.«

»Wenn ihr wollt«, sagte Adam, »kann ich mich auch einfach in den Bus setzen und warten.«

»Wenn das eine Option wäre, hätten wir dich hier überhaupt nicht gebraucht.« Una zog einen etwa anderthalb Meter langen Schild hervor. Geschmückt war er mit der Abbildung eines sich aufbäumenden Pferdes und erinnerte Adam vage an Sandalenfilme mit römischen Soldaten. »Bleib dahinter!«, befahl Una. Als Nächstes zog sie ihm grob einen verbeulten Helm mit einem verschlissen wirkenden Federbusch über den Kopf. »Nicht absetzen!« Schließlich studierte sie die Auswahl an Waffen und wählte ein kleines Messer mit einer etwa acht Zentimeter langen Klinge. »Hier.« Geschickt drehte sie es herum, sodass er es am Griff entgegennehmen konnte. »Aber sei vorsichtig damit!«

Adam musterte es. »Was soll ich damit anstellen? Kartoffeln schälen?«

»Una ...« In Ursulas Stimme schwang ein mahnender Tonfall mit.

»Was? Es ist verantwortungslos, jemandem eine Waffe zu geben, der nicht daran ausgebildet wurde.«

Ursula stemmte die Hände in die Hüfte. »Nicht, wenn man ihn in die Schlacht schickt.«

»Na schön!« Una wandte sich wieder Adam zu. »Hast du mal irgendeine Art von Kampftraining gehabt?«

»Nein.«

»Überhaupt irgendwelche Erfahrungen in bewaffnetem Kampf?« Adam öffnete den Mund, aber Una hob eine Hand, um ihm das Wort abzuschneiden. »Und wage es ja nicht, mir mit irgend so einem Bibidibub-Computerspiel zu kommen. Ich stehe hier vor einer großen Auswahl tödlicher Waffen, und ich bin momentan nicht zurechnungsfähig.«

»Ich wollte gerade Nein sagen«, murmelte Adam.

»Natürlich. Hast du schon mal gegen jemanden gekämpft? Dich geprügelt vielleicht?«

Adam dachte darüber nach. »Drei Mal.«

»Wie oft hast du gewonnen?«

»Möchte ich lieber nicht sagen.«

Unas Blick wanderte über seine Schulter. Ein leises Wimmern, das Adam bislang nicht aufgefallen war, wurde plötzlich lauter.

»Hör auf, dem Neuen die Flügel zu stutzen«, sagte Bug, »und gib ihm eine Waffe!«

Una ignorierte sie. »Treibst du irgendeinen Sport?«

Adam kam sich albern vor, beließ es aber bei der Wahrheit. »Badminton.«

Überrascht stellte er fest, dass Una nickte. »Da kommen wir der Sache schon näher. Bist du gut?«

»Ganz okay.«

»Okay. Nimm das hier!« Sie griff nach einem Rapier und warf es ihm zu.

Beim Versuch, es zu fangen, knallte ihm der große Schild schmerzhaft auf die Turnschuhe. Während er kurz aufschrie, stieß er mit der Stirn gegen die obere Kante. Der Helm gab ein dumpfes Klirren von sich. Unbeholfen streckte Adam die Hand aus und hob das Rapier vom Boden auf. Es war ungefähr einen Meter lang und sehr leicht.

Una packte seine Hand und drehte sie herum. »Halt es so hoch und stich mit der Spitze auf jede Art von Geist ein, aber halt dich von meinen Mädchen fern! Sonst wird eine Untotenhorde das geringste deiner Probleme sein, das kannst du mir glauben.«

Ursula nickte ihm zu. »Okay, sieht gut aus. Gehen wir!«

Adam folgte ihr verlegen und versuchte, nicht über seinen Schild zu stolpern. »Hey, solltest du dir nicht auch irgendwelche Waffen besorgen?«

Über die Schulter hinweg warf sie ihm ein Lächeln zu und ballte die Fäuste. Unversehens tauchte ein flammendes Schwert in ihrer Rechten auf und am Unterarm ihrer Linken ein Schild, der in goldenem Licht glühte. »Ich *bin* die Waffe.«

»Wow!« Ehrfurchtsvoll schaute er sie an. »Gib's zu, du hast lange darauf gewartet, diesen Satz zu sagen.«

»Kann sein.«

Bug tauchte neben ihnen auf. »Hast du den Satz gesagt?«

Ursula sah leicht verlegen aus. »Ja.«

»Nice.« Bug schaute wieder Adam an. »Den hat sie von mir.«

Ursula blieb etwa drei Meter vor dem blauen Licht stehen, und das derart unvermittelt, dass Adam beinahe in ihren Rücken geknallt wäre. Sie schaute sich um, während der Rest des Teams einen Halbkreis um den Strahl bildete.

»Okay, meine Damen«, sagte sie und lächelte verlegen, »und mein Herr! Ein paar Dinge haben sich geändert, aber der Plan bleibt bestehen. Masina? Divide et impera, teile und herrsche, du weißt schon. Wish, rechte Flanke. Trinity, die linke. Ich übernehme die Mitte. Die Zwillinge kontrollieren die Menge, und wenn sich Attila zeigt, räumt ihr mir den Weg frei. Bug –«

»Operation Chaos«, beendete Bug den Satz.

Ursula strahlte sie an. »So in etwa.«

»Was ist mit mir?«, fragte Adam.

»Bleib hinter mir«, sagte Ursula.

»Ich kann auch kämpfen«, entgegnete er.

»Niemand behauptet das Gegenteil. Du musst mich auf sechs Uhr decken.«

»Auf sechs Uhr?«

Adam nahm bei einigen im Team ein unterdrücktes Augenverdrehen wahr.

»Meinen Rücken. Und du musst auch Trinity schützen.«

Sein Blick suchte nach dem Goth-Mädchen. Es stand noch immer vor dem Haufen beliebig ausgewählter Waffen und kaute nun an einem dreißig Zentimeter langen belegten Baguette herum, das größer war als ihr Kopf. Dabei machte sie den Eindruck, als habe sie an den Vorgängen um sie herum nicht das geringste Interesse.

»Darf ich nur noch mal nachfragen … Als du gerade Attila erwähnt hast …?«

»Ja, Attila, der Hunne, Baby!«, rief Bug. »Nur zu deiner Info: Er war im ursprünglichen Heer gar nicht dabei. Aber die Geschichtsschreibung hat einfach irgendwann behauptet, er hätte dazugehört, und jetzt ist er der Anführer der Geisterarmee. Schon lustig.«

»Ja«, murmelte Adam und fragte sich, ob er sich gleich noch einmal übergeben müsse. »Übrigens, ich spreche es wirklich nur ungern an, aber ich bin ja der Zahlen-Spezialist, und die Rechnung geht nicht auf.«

»Meinst du, dass es Hunderte, womöglich Tausende von ihnen sein werden und wir nur zu elft sind?«, fragte Joy.

»Tausende?« Adam schaffte es nicht, die Panik in seiner Stimme zu verbergen. »Ähm, nein. Ich wollte bloß sagen …« Im Geiste zählte er noch einmal die Personen im Halbkreis durch, um sicherzustellen, dass er nicht langsam verrückt wurde. »Wenn man Una außen vor lässt, sind wir nur acht.«

Sosehr er es auch hasste, aber sobald er in Panik geriet, verwandelte sein Hirn ihn wieder in den Zahlen-Profi. Bei Zahlen wusste man immer, woran man war, und wenn man ihn miteinschloss und die verrückte alte Frau nicht, standen hier genau acht Personen. Sie hatten so ein großes Ding daraus gemacht, dass sie elf Jungfrauen brauchten, und trotz all des Wahnsinns um ihn herum ergab eine einfache Rechnung, dass ihnen drei Personen fehlten. Das ließ sich einfach nicht leugnen.

Ursula schob ihr Kinn vor. »Der Neue hat ein gutes Argument. Trinity, Wish – Zeit, eure Partytricks vorzuführen.«

Wish stieg in die sperrige, übergroße Rüstung, die vor ihr auf dem Boden lag. Schon im nächsten Augenblick füllte sie sie aus, und während sich ihr Körper ausdehnte, wurde ihr weißes Gewand in Fetzen gerissen. Ihr rotes Haar schien sich um sie herumzulegen, bis das Mädchen innerhalb von Sekunden verschwunden war und an ihrer Stelle eine gewaltige, gut drei Meter große rote Bärin vor ihnen stand, an der die schwere Rüstung kaum noch sichtbar war.

»Fühlt sich das gut an?«, fragte Ursula.

Wish beantwortete die Frage nur mit einem lauten Brüllen.

Adams Gehirn sandte seinen Beinen die dringende Aufforderung, augenblicklich wegzurennen, doch er konnte sich nicht rühren.

Obwohl ihn dieser Anblick verblüffte, war er nichts im Vergleich zu dem, was mit Trinity passierte. Entsetzt schaute Adam zu, wie die zarte junge Frau seelenruhig ihr Baguette auf den Rüstungs- und Waffenhaufen legte und dann zu Boden sank, wo sie so von zuckenden Krämpfen befallen wurde, dass sich ihr weißes Gewand aufbauschte. Adam trat instinktiv einen Schritt auf sie zu, aber Ursula streckte eine Hand aus, um ihn zurückzuhalten. Aus der am Boden krampfenden Trinity traten drei Gestalten hervor, als kämen sie aus einem unsichtbaren Keller gestiegen. Drei ungewöhnlich gekleidete, aber ansonsten äußerst real wirkende Frauen lösten sich aus ihr, und niemand in Adams Umfeld schien auch nur im Mindesten überrascht zu sein.

Wie sich herausstellte, konnte man in der neuen, irrsinnigen Welt, in die man ihn hineingezogen hatte, Zahlen eben doch nicht trauen. Plötzlich befanden sich hier elf Personen. Nun, zehn und eine Bärin, aber die zählte vermutlich mit.

Adam bemerkte, dass er die drei Neuzugänge mit offenem Mund anstarrte. Die erste Frau trug eine helle, glänzende Rüstung mit einem entzückenden weißen Federbusch, und das Licht, das vom Himmel fiel, brachte das Metall besonders zum Glänzen. Das Wesen, das an einen mittelalterlichen Paladin erinnerte, marschierte stolz voran und nahm sich vom Waffenhaufen ein Schwert und einen Schild. Die zweite Person kam mit gebeugten Schultern aus Trinitys Körper gekrochen und bewegte sich gebückt voran. Ihr Kapuzengewand war von einem dreckigen Weiß und verdeckte zum Teil ihr Gesicht, während sie der Gruppe misstrauische Blicke zuwarf. Sie beugte sich tiefer und wählte sorgsam mehrere Messer, von denen sie einige in verschiedenen Taschen ihres Gewandes versteckte. Zwei lange Dolche aber behielt sie in den Händen. Die dritte Gestalt wirkte absolut dämonisch. Sie machte einen Satz, Speichel tropfte aus ihrem Mund, ihr Haar war verfilzt, und ihre langen, rasiermesserscharfen Fingernägel funkelten, während sie immer wieder im Kreis herumwirbelte und dabei auf der Stelle hüpfte. Ihr weißes Gewand war zerschlissen, erinnerte kaum noch an ein Kleidungsstück, eher an hemmungslos aufgerissenes Geschenkpapier. Was auch immer dieses Geschöpf war, es schaute mit wilden Augen zu Adam herüber, heulte ihn an und kicherte anschließend vor sich hin. Dann wandte es sich zum Waffenhaufen um, schnappte sich einen Gegenstand, der dem Bein einer Ritterrüstung ähnelte, und begann, daran zu kauen.

Adam wandte sich mit großen Augen zu Ursula um.

»Ja, ich weiß. Stell sie dir einfach als die Gute, die Böse und die Verrückte vor.«

»Aber … drei Personen? Wie? Sie hat einfach …«

Trinity rappelte sich auf, als wenn gar nichts passiert wäre, griff wieder nach ihrem Dreißig-Zentimeter-Baguette und nahm sich einen Schild vom Haufen. Dann setzte sie sich ins Gras. Den Schild hielt sie vor sich und ging dazu über, ganz in Ruhe weiterzuessen.

»Das Verrückteste ist dir noch gar nicht klar geworden«, rief Ursula, während das Wimmern immer lauter wurde.

»Ich weiß nicht –« Adam verstummte, als er es schlagartig begriff. Die Frau, die wie eine erhabene Paladinin wirkte, die, die einer verschlagenen mittelalterlichen Söldnerin ähnelte, und die wilde, dämonische Kreatur, die die »Verrückte« sein sollte – sie alle waren Trinity. Drei vollkommen unterschiedliche Versionen von ihr, doch hatte man es einmal erkannt, ließ es sich nicht mehr leugnen.

Mit weit offenem Mund sah er wieder Ursula an.

»Hab ich dir doch gesagt.« Sie musste lachen.

Bevor Adam etwas erwidern konnte, fiel ihm auf, dass die Luft um sie herum zu flimmern begann.

»Meine Damen!« Sie wandten sich zu Una um, die mit Thermoskanne und Lunchbox im Schoß neben dem Bus auf einem Klappstuhl saß. »Wie ihr wisst, kann ich nicht mitkommen. Denkt einfach an alles, was ich euch beigebracht habe, dann wird es schon gut gehen.«

Ursula nickte stoisch. »Dir guten Appetit! Lass noch Platz für die Pfannkuchen!«

Dann begann die Luft zu vibrieren, und Adams Nackenhaare stellten sich auf. Es war, als würde sich vor seinen Augen eine Welt über die andere legen. Sie befanden sich noch immer in einem Kölner Stadtpark. Er konnte den Colonius-Turm in der Ferne sehen, und dort hinten stand sicherlich auch irgendwo der Dom. Ebenfalls in seinem Blickfeld verspeiste Una methodisch ein gekochtes Ei, während sie ihnen ungerührt zuschaute. Doch darüber lag das Palimpsest einer anderen Welt. Der Schlamm eines aufgewühlten Schlachtfelds schmatzte unter seinen Füßen, und der Wind wehte ihm einen Geruch entgegen, den man in der Nähe einer großen Ansammlung von Menschen erwarten würde, die lange schon keinen Zugang mehr zu fließendem Wasser gehabt hatten. In der Ferne flatterten Zelte, und so weit das Auge reichte, streckte sich dem Horizont ein dichter Wald entgegen.

»Also gut«, brüllte Ursula. »Denkt dran! Die gute Nachricht lautet: Die sind bereits tot. Ihr müsst also kein schlechtes Gewissen haben, wenn ihr sie umbringt. Die schlechte Nachricht: Unsere Gegner haben nichts zu verlieren. Bringt sie also möglichst schnell um! Und was auch immer ihr tut –«

Sie wurde von einem Geräusch unterbrochen, mit dem zwei Welten aufeinanderprallten. Der Boden erbebte, und gezackte orangefarbene Blitze zuckten durch die Wolken, die über ihren Köpfen wirbelten. Ursula, den Lichtschild in der einen, ihr Feuerschwert in der anderen Hand, nahm eine gut einstudierte Kampfpose ein. Die anderen wählten ihre eigenen Posen, abgesehen von Trinity, die nach wie vor im Gras saß und unbeteiligt vor sich hin kaute.

»Wartet!«, schrie Adam über das nun ohrenbetäubende Wimmern hinweg. »Was war das gerade mit: ›Was auch immer ihr tut?‹«

Die Frage blieb unbeantwortet, da etwa hundert Meter vor ihm die Realität auseinanderbrach und durch den Riss in der Welt eine brüllende Horde auf sie zugestürmt kam.

KAPITEL 7

Adam stand wie angewurzelt da – zumindest die Teile seines Körpers, die nicht wie Espenlaub zitterten. Die theoretische Vorstellung einer Invasionsarmee von untoten Hunnen war das eine, sie tatsächlich zu sehen, wie sie einem ganz real entgegenpreschte, noch mal ganz was anderes.

Die Krieger rannten mit hoher Geschwindigkeit auf sie zu, verringerten den Abstand zwischen ihnen weiter und weiter.

—

Neunzig Meter ...

Die Männer waren zum großen Teil gedrungen, breitschultrig und mit Fell bedeckt. Sie schwangen Schwerter oder Äxte über den Köpfen, und sie alle brüllten aus vollem Hals. Ihre Sprache konnte er nicht verstehen, es war aber auch möglich, dass es sich überhaupt nicht um eine Sprache handelte. Adam verstand nicht viel von militärischer Taktik, doch wie es aussah, traf dies auf die Horde ebenso zu. Kaum waren sie aus dem orange glühenden Portal aufgetaucht – immer etwa fünfzehn Männer Seite an Seite –, stürmten sie blindlings auf Ursula und ihr Team zu. Niemand von ihnen rührte sich vom Fleck. Das Schlimmste war, dass nach der ersten Welle von Kriegern immer mehr und mehr aus dem Weltenriss hervordrangen.

Adam stand hinter der Linie junger Frauen, von denen

eine inzwischen eine Bärin war und sich rechts vor ihm aufgebaut hatte. Bug kauerte neben ihr und war schwer damit beschäftigt, verschiedene nicht identifizierbare Utensilien aus ihren vielen Taschen zu ziehen. Die Zwillinge befanden sich auf Ursulas anderer Seite. Ursula selbst stand wiederum direkt vor Adam. Masina hatte links von ihnen Position bezogen, mit geschlossenen Augen und weit ausgebreiten Armen, als habe sie vor, ein unsichtbares Orchester zu dirigieren. Ein Stück abseits befand sich in loser Formation Trinitys Trio aus Paladinin, Söldnerin und Dämonin. Die Paladinin stand hoch aufgerichtet mit zurückgezogenen Schultern und glänzendem schwarzen Haar. Die Söldnerin kauerte direkt hinter ihr, während die Dämonin juchzte und brüllte und voller Begeisterung mit dem zerbeulten Rüstungsteil auf den Boden eindrosch. Trinity saß hinter der Truppe auf dem Boden, ihren Schild gegen die Knie gelehnt, und arbeitete sich unermüdlich durch ihr Baguette, während sie alles im Blick behielt.

So stand das gesamte Team zusammen und sah der herbeistürzenden Horde entgegen. Wie Bäume, die auf die Lawine warteten, die jeden Augenblick über sie hinwegrollen würde.

—

Achtzig Meter …

Masina begann zu tanzen. Wobei … eigentlich war es kein wirklicher Tanz. Ihre Bewegungen erinnerten Adam eher an eine Mischung aus Tai-Chi und Ballett, allerdings in deutlich höherer Geschwindigkeit, als es bei diesen Disziplinen üblich war. Trotz ihres kräftigen Körperbaus war die Darbietung unfassbar anmutig, auch wenn dies offenkundig nicht Sinn und Zweck des Ganzen war. Ihre Glieder formten goldene Linien in der Luft. Es war hypnotisch, sie anzuschauen. Während sie sich bewegte, bildete sich vor ihr aus dem Nichts ein goldener Gegenstand von der Größe einer Aktentasche. Mit einer abschließenden Geste beider Hände schob sie diesen auf die Horde zu. Während er durch die Luft flog, drehte er sich um sich selbst und wurde immer größer, bis er als massiver Felsbrocken von etwa drei mal drei Metern krachend aufschlug. Leider verpasste er sein Ziel und traf den Boden ein gutes Stück vor den sich nähernden Kriegern.

—

Siebzig Meter ...

Adam bemerkte etwas hinter der Frontlinie. Aus der Masse an Körpern ragte eine Gestalt heraus. Ein riesiger Mann, der auf einem Schlachtross ritt, das mit einer leuchtenden Silberrüstung geschmückt war. Beide Arme hielt er weit ausgestreckt, in jeder Hand eine Axt, und sandte ein wahnsinniges Lachen gen Himmel.

Das war dann ja wohl Attila, der Hunne.

—

Sechzig Meter ...

Masina vollführte erneut einen komplizierten Tanz, erschuf aus ihrer Faust einen weiteren Gegenstand. Dann stieß sie ihn von sich, und ein zweiter gewaltiger Felsbrocken landete vier Meter neben dem ersten, immer noch ein gutes Stück von der Horde entfernt. Jetzt begriff Adam. Masina hatte gar nicht auf den Feind gezielt. Sie wollte die Horde trennen. Ursula hatte doch so etwas gesagt, oder nicht? Teile und herrsche.

Adam nahm noch einmal ihre Umgebung in Augenschein. Eine dicke Blase, bestehend aus einer lila getönten Membran, umgab sie und schirmte sie ab. Dahinter konnte er immer noch vage die Welt erkennen, die sie soeben verlassen hatten: die Scheinwerfer von auf der Straße vorbeirauschenden Autos, deren Fahrer keine Ahnung hatten von dem, was sich nur wenige Meter entfernt von ihnen ereignete. Auch Una konnte er noch schwach ausmachen, wie sie auf ihrem Klappstuhl saß und aus ihrer Thermoskanne trank. All das ließ die Vorgänge nur noch mehr wie einen Traum wirken. Wie einen Traum, in dem Hunderte brüllender Männer aus der Hölle hervorsprangen, um ihn Glied für Glied in Stücke zu reißen.

—

Fünfzig Meter …

Die Horde kollidierte mit den Felsblöcken. Einige der Krieger prallten zurück, während sich der Rest in drei Ströme teilte und gezwungen war, zwischen den Blöcken oder um sie herum weiterzustürmen. Linke Flanke, rechte Flanke und das Zentrum.

Ursula rief etwas, das im allgemeinen Getöse unterging.

Bug, die rechts von ihr verschiedene Dinge aus ihren Taschen geholt und zwischen ihren Handflächen zerrieben hatte, förderte nun eine Schleuder zutage und spannte diese. Ihre Geschosse landeten hinter den Felsbrocken und ließen riesige Flammen vom Boden auflodern. Einige der Angreifer fingen sofort Feuer, schrien auf und begannen, sich selbst abzuklopfen, bevor sie unversehens explodierten und sich zu goldenem Staub auflösten, der über das Schlachtfeld regnete.

Zwischen Ursula und Joy hob Sasha ihren Bogen, an dem aus dem Nichts eine Sehne aus blauem Licht auftauchte. Sie spannte sie und entließ einen goldenen Pfeil. Er traf einen der ersten Hunnen, die durch die mittlere Lücke zwischen den Felsblöcken gedrungen waren. Auch er pulverisierte zu goldenem Regen. Sasha feuerte bereits ihren zweiten Schuss ab, als der erste gerade eingeschlagen hatte. Sie schoss immer weiter, zielte auf die Köpfe der ersten Kolonne. Es genügte nicht, um das Heer zu stoppen, aber sie dünnte es deutlich aus.

—

Vierzig Meter …

Da die Männer nun so nah herangekommen waren, konnte Adam auch die Gesichter ihrer Feinde sehen. Wegen der gewaltigen zerzausten Bärte, die bei den Kriegern offenbar zur Standardausstattung gehörten, war es schwer, Einzelheiten zu erkennen. Nicht, dass die Gesichtsbehaarung ihr herausragendstes Merkmal gewesen wäre. Es gab da diesen Ausdruck, den Adam schon öfter gehört hatte: »Warte, bis du das Weiße in ihren Augen siehst.« Er war in dieser Situation nicht anwendbar. Die Augen der Hunnen glühten in leuchtendem Rot. Daran erkannte man sofort, dass sie etwas Übernatürliches an sich hatten. Na ja, und an dem ganzen Aus-einem-glühenden-orangefarbenen-Portal-mitten-im-Park-Rausgerenne natürlich.

Bug feuerte einen Schuss nach dem anderen in den Himmel über der sich erbarmungslos nähernden Horde. Die Geschosse explodierten mitten in der Luft, wie bei einem Feuerwerk, und ihre Flammen regneten auf die Männer herab.

Adam warf einen Blick zur Seite. Durch die Membran, die ihn und das Team von dem trennte, was er im Stillen als »die reale Welt« bezeichnete, sah er, dass sich Una aus ihrem Klappstuhl erhoben hatte. Sie schien lebhaft mit jemandem zu diskutieren, den er nicht sehen konnte. Keine Zeit, sich jetzt noch darüber Gedanken zu machen …

—

Dreißig Meter …

Einer der Angreifer an der Spitze des Zuges kam ins Stolpern, und der Rest der Horde stampfte einfach über ihn hinweg, offenbar, ohne auch nur einen Gedanken an den Waffenbruder zu verschwenden.

An der linken Flanke trat Trinitys Paladinin ein paar Schritte vor, ging dann vor dem Strom der Männer auf ein Knie. Ihr Schwert steckte im Boden, den Kopf hielt sie gebeugt, den Schild über ihren Rücken gehoben. Betete sie?

Neben ihrer Schwester, die in schneller Folge einen Pfeil nach dem anderen auf die sich stetig nähernde Frontlinie schoss, entfaltete Joy ihre Peitschen, eine in jeder Hand. Knisternde Blitze grüner Energie jagten an den Lederbändern auf und ab.

An der rechten Flanke streckte die riesige Bärin, die eben noch Wish gewesen war, ihre gewaltigen Klauen aus und brüllte dem herbeiwalzenden Strom entgegen.

Masina tanzte wieder – diesmal jedoch mit abgehackteren Bewegungen.

Attila preschte auf seinem mächtigen Ross voran, er hatte es unzweifelhaft auf Ursula abgesehen. Einer seiner Männer schaffte es nicht, rechtzeitig auszuweichen, und wurde von den Hufen des Tieres niedergetrampelt. Es ließ sich auch nicht länger ignorieren, dass das Pferd kaum weniger Furcht einflößend war als sein Reiter. Die Augen des Tieres glühten ebenfalls in gefährlichem Rot, aber als zusätzlicher Bonus stoben auch noch züngelnde Flammen aus den dämonischen Nüstern.

Adam sprang zurück, als die Luft vor ihm flimmerte und zwischen ihm und Ursula unvermittelt eine Gestalt auftauchte. Ein großer, glatzköpfiger Mann mit Ziegenbart in einem dunkelroten, weit fließenden Gewand. Er hatte Adam den Rücken zugewandt, und er schien seine Gegenwart genauso wenig wahrzunehmen wie alle anderen Teilnehmer der Schlacht.

—

Zwanzig Meter …

Unter dem Donner der sich nähernden Füße bebte der Boden. Joys Peitschen schlugen aus, trafen einen, zwei, drei der Angreifer ins Gesicht, sodass sie stolperten und von ihren Waffenbrüdern niedergestampft wurden.

Das V-Team war verständlicherweise derart auf die heranstürmende Horde konzentriert, dass niemand außer Adam die neue Gestalt unter ihnen bemerkte.

Rechts von Adam hechtete Trinitys Dämonin vor und sprang auf den Schild der Paladinin. In einer einzigen flüssigen Bewegung erhob sich diese und katapultierte die Dämonin über die vorderste Linie der sich nähernden Hunnen. Adam bemerkte den kurzen schockierten Blick der Krieger, die an der Spitze des Zuges rannten, als das Ungetüm über ihre Köpfe flog.

Masina vollendete ihre aktuelle Anrufung, und vor ihr bildete sich ein goldener Hirsch in der Luft. Er war zugleich wunderschön und furchtbar. Sein Vorderhuf stieß auf den Boden, dann sprang er vor, das Geweih gesenkt, und stürmte auf die Frontlinie zu.

Auf der rechten Seite griff die Bärin an.

Hinter all dem Getümmel beugte sich die kahle Gestalt vor und schlich vorsichtig an Ursula heran. Bevor Adam wusste, was er tat, traf etwas in ihm eine Entscheidung. Er ließ seinen Schild fallen und ging, das Rapier ungeschickt vor sich ausgestreckt, zum Angriff über.

—

Zehn Meter …

Der Hirsch bahnte sich den Weg bis ins Zentrum der Hunnenlinien, während sich die Bärin auf die rechte Flanke stürzte. Mit einem Schlag der riesigen Tatze flogen zwei der Krieger rückwärts durch die Luft. Der Hirsch senkte sein üppiges Geweih und preschte weiter durch das vorrückende Heer wie ein Schneepflug, der eine Straße freiräumt.

Links marschierte Trinitys Paladinin und schwang die breite Seite ihres Schwertes. Die Söldnerin bewegte sich mit gezückten Dolchen an ihrer Seite. Die Dämonin war nicht mehr zu sehen, aber dort, wo sie gelandet war, schien völliges Chaos ausgebrochen zu sein. Auch die Zwillinge setzten ihre Arbeit fort: Joys Peitschen knallten in einem stetigen Rhythmus, während Sashas Pfeile in alle Richtungen flogen. Hin und wieder prallten sie von einem feindlichen Schild ab, trafen jedoch sehr viel häufiger ins Schwarze und streckten Angreifer um Angreifer nieder.

Ursula bewegte sich derweil mit ausladenden Schritten auf den Mittelpunkt der sich nähernden Männer zu. Kurz vor der Kollision ging sie in die Hocke und drehte sich in einer anmutigen Bewegung. Ihr flammendes Schwert streckte zwei der Hunnen nieder, während ihr Schild einen dritten abwehrte. Dann sprang sie auf, parierte gewandt seinen Angriff, stach zu und verwandelte auch diesen Gegner in eine weitere Wolke aus goldenem Staub. Erneut schleuderte sie den Schild von sich. Er ließ einen Krieger der Horde durch die Luft fliegen und riss zwei seiner Waffenbrüder wie Kegel zu Boden, bevor er mitten in der Luft kehrtmachte und mühelos zu ihrer Hand zurücksauste. Ursula ging wieder in die Knie, den Schild vor sich ausgestreckt, während ein Impuls aus blendendem Licht drei weitere Hunnen von den Füßen fegte, ihr Vorrücken verlangsamte und dafür sorgte, dass sie zum Lohn ihrer Mühe zu goldenem Staub zertrampelt wurden.

Währenddessen näherte sich ihr die Gestalt im dunkelroten Gewand unbemerkt weiter von hinten. Nichts stand dem Mann im Weg, um einen direkten Schlag auf Ursulas Rücken abzugeben, und Adam vermutete, dass genau das sein Plan war. Also rannte er los. Der zähflüssige Schlamm sog schwer an seinen Füßen, und er brüllte in der vergeblichen Hoffnung, dass jemand es mitbekommen würde. Aber sein Schrei war nur einer unter Hunderten. Er war also ganz auf sich allein gestellt.

Sein rechter Fuß verfing sich irgendwo, und Adam stolperte. Das Rapier blieb in einem unguten Winkel im Boden stecken, und sofort schoss ein zuckender Schmerz seinen Arm hinauf. Ihm blieb nichts anderes übrig, als die Waffe loszulassen.

Als Adam sich aufrichtete und auf die fremde Gestalt zuwankte, drehte diese sich um und bemerkte ihn. Die Überraschung stand dem kahlen Mann deutlich ins Gesicht geschrieben. Adam, nun ohne Rapier, streckte eine Hand aus, um ihn am Arm zu packen.

Doch in diesem Augenblick, gerade, als seine Finger den Stoff des Gewandes berührten, blieb die Welt stehen.

Fror ein.

Adam betrachtete das bewegungslose Tableau um sich herum. Links von ihm krachte das Breitschwert der Paladinin auf den Kopf eines Gegners, und die Söldnerin rang auf dem Boden mit einem anderen. Er konnte die Dämonin sehen, die mit gestörtem Blick über die Menge surfte. Zwei Krieger hatte sie an den Haaren gepackt, während sie einen dritten zwischen den Beinen im Schwitzkasten hielt.

Rechts von ihm hatte die Wish-Bärin einen besonders unglückseligen Hunnen vom Boden gehoben, den sie offenbar dazu benutzen wollte, drei seiner Mitstreiter niederzuprügeln. Nun bildeten sie gemeinsam ein bizarres Standbild.

Ebenso wie Ursula, die einen Mann quer über ihren Schild zog, während ihr Schwert einen anderen aufspießte und sie mit dem Fuß gegen einen dritten ausholte. Masina war mitten im Tanz eingefroren, Bug in einem triumphierenden Schrei. Das Ende von Joys Peitsche hatte sich soeben um den Hals eines Feindes geschlungen, und ein blauer Pfeil vom Bogen ihrer Schwester hing regungslos in der Luft. Die Zwillinge waren von einem auf der Stelle schwebenden Regen aus goldenem Staub umgeben, der noch vor Millisekunden einer ihrer Gegner gewesen war.

Und unmittelbar vor sich sah Adam die erschrockenen Augen des kahlköpfigen Mannes. Er trug goldene Ohrringe, und sein Mund war unter der Habichtsnase zu einer abschätzigen Grimasse verzerrt. Adam hatte den Eindruck, dass der Mann ebenso verblüfft zu sein schien wie er selbst.

—

Und dann …

Nichts.

KAPITEL 8

Adam erwachte mit hämmerndem Kopf, klingelnden Ohren und trockenem Mund. Natürlich. Er hatte zu viel getrunken, und alles andere war bloß ein völlig abgefahrener Traum gewesen. Ein sehr lebensechter abgefahrener Traum.

Er öffnete ein Auge. Wenn er das alles nur geträumt hatte, dann offenbar im Freien, denn über sich sah er den Himmel. Ein Gutes hatte es: Es war ein dunkler, wolkenverhangener Himmel, und es gab nicht das geringste Anzeichen eines roten, wirbelnden Tors zur Hölle oder zu einem anderen Bereich in Höllennähe.

Er streckte eine Hand aus und tastete neben sich den Boden ab. Okay. Mulch. Vielleicht war er auf einem Spielplatz eingeschlafen? Nicht sein bester Moment. Zum Glück war er vor Tagesanbruch wieder zu sich gekommen. Niemand möchte der Besoffene sein, der auf dem Karussell aufwacht, während ihm die Kinder und ihre Eltern schwer abschätzige Vibes geben. Er würde sehr ernsthaft in Erwägung ziehen, nie wieder etwas zu trinken. Dafür musste er allerdings erst mal den Willen aufbringen, überhaupt weiterzuleben.

Er spürte die sanften Berührungen eines leichten Nieselregens auf dem Gesicht. Na toll. Genau das hatte er gebraucht. Er hatte keine Ahnung, wo er sich befand, und nun musste er auch noch im Regen nach Hause laufen.

Aber immerhin: Es hätte alles noch schlimmer kommen können.

Gerade wollte er den Versuch wagen, sich aufzurappeln, als es natürlich doch noch schlimmer kam.

In seinem Blickfeld tauchte Bugs auf dem Kopf stehendes Gesicht auf. »Hey, Neuer, noch am Leben?«

»Kommt drauf an. Ist das die Hölle?«

»Nee. Wenn es in der Hölle regnet, dann vermutlich Pech und Schwefel.« Sie öffnete den Mund, wohl, um den Niederschlag zu testen. »Ja«, schaffte sie mit rausgestreckter Zunge zu sagen. »'s bls Rähan.«

Adam seufzte und setzte sich auf.

Er sah, wie sich um ihn herum auch die anderen Mitglieder des Teams erhoben. Alle machten einen benommenen Eindruck.

»Was ist passiert?«, fragte Sasha und zog ihre Schwester auf die Füße.

Ursula schaute sich verwirrt im Park um. »Ich habe keine Ahnung.«

»Haben wir gesiegt?«, fragte Sasha.

»Ich weiß nicht ...«, begann Ursula. »Ich glaube nicht. Aber ... wenn wir besiegt worden wären, würden wir das wahrscheinlich merken.«

»Ja«, sagte Bug. »Dann würden die untoten Hunnen in Köln Amok laufen.« Sie wandte ihren Blick in Richtung Colonius. »Ich glaube nicht, dass das gerade der Fall ist, aber von hier aus schwer zu sagen.«

»Ich nehme an«, erwiderte Ursula, »das Ganze wurde wohl irgendwie ... unterbrochen?«

Trinity, nun ohne das Trio der Wie-auch-immer-zur Hölle-man-sie-nennen-sollte, ging an ihnen vorbei, wobei sie das letzte Stück ihres Baguettes aufaß. »Und dabei hat es gerade erst so richtig Spaß gemacht«, warf sie ein. Es waren die ersten Worte, die Adam überhaupt von ihr hörte.

»Kann so was passieren?«, fragte er und kam ebenfalls auf

die Füße. »Dass die Nacht der Vergeltung unterbrochen wird, meine ich.«

»Ich weiß nicht«, erwiderte Ursula. »Ich habe von so einem Fall noch nie gehört. Schlachten enden in der Regel auf die eine oder die andere Weise, und dies ist keine von beiden.«

»Entschuldigt«, sagte Wish. Adam und der Rest der Gruppe schauten sie an. Sie hatte wieder ihre menschliche Gestalt angenommen, hielt die viel zu große Rüstung vor sich und versuchte, ihre Nacktheit zu verbergen. »Können wir das später ausdiskutieren? Vielleicht, nachdem Una mir meine Ersatzkleidung gegeben hat?«

»Gute Idee«, sagte Ursula. »Una?« Sie suchte mit dem Blick den Park ab. »Hat irgendwer Una gesehen?«

Der Bus stand noch immer, wo er abgestellt worden war, aber niemand befand sich in der Nähe. Unas Klappstuhl lag umgeworfen auf dem Boden, ihre ausgelaufene Thermoskanne direkt daneben.

»Una?« Ursula klang bereits deutlich besorgter. »UNA?«

Keine Antwort. Das Team schloss sich den Rufen an, während Adam im Kopf durchzählte. Alle waren anwesend und offenbar unverletzt – nur Una nicht.

»Wo kann sie sein?«, fragte Wish.

Niemand hatte eine Antwort.

Eine Weile suchten sie den Park ab, ohne Erfolg.

»Okay.« Ursula bemühte sich, die Gruppe zu beruhigen. »Es gibt keinen Grund zur Panik.«

»Jep«, stimmte Bug zu. »Ist ja nicht so, als hätten wir eine Leiche gefunden.«

»Warum sagst du so was?«, entgegnete Ursula barsch.

»Ich habe gesagt, wir haben *keine* Leiche gefunden. Keine. Ist doch was Gutes!«

»Wie auch immer. Wenn sie nicht hier ist, müssen wir uns wohl neu gruppieren, bevor –«

Der Strahl einer Taschenlampe traf sie direkt im Gesicht. »Hände hoch!«, befahl eine Stimme.

Hinter dem Licht standen drei Polizeibeamte.

»Alles gut, Herr Wachtmeister«, sagte Ursula.

»Hände hoch!«, wiederholte der Polizist, dessen freie Hand auf der Waffe ruhte.

Sie befolgte die Aufforderung. »Das ist nicht, wonach es aussieht.«

»Es sieht aus, als wären Sie eine Ansammlung von Leuten, die mitten in der Nacht in merkwürdiger Kleidung und mit jeder Menge illegaler Waffen in einem Park rumstehen.«

»Und eine von Ihnen hat gar nichts an«, fügte einer seiner Kollegen hinzu und deutete auf Wish.

»Das habe ich durchaus«, entgegnete diese. Sie klang schwer schockiert. »Ich bin bloß ... Ich bin nicht nackt. Ich habe nur ... ähm ... ein momentanes Bekleidungsdefizit.«

»Ich kann alles erklären«, begann Ursula.

»Ach ja?«, sagte der erste Beamte. »Wir bitten darum.«

»Könnten Sie mir ein paar Minuten geben, um meine Gedanken zu sammeln?«

»Nein, Sie kommen alle mit auf die Wache.«

Adam sah, dass Joy mit der Hand eine kaum merkliche Bewegung vollführte. Es war die Hand, die immer noch eine Peitsche hielt.

Zum Glück bekam auch Ursula das mit. »Nein!«, rief sie.

»Wie bitte?«, fragte der Beamte.

Joy hielt eine Sekunde lang inne, dann ließ sie die Peitsche fallen.

»Ich meine: Ja, wir kommen mit.« Ursula klang, als könne sie nicht einmal sich selbst überzeugen.

»Das will ich aber auch gemeint haben, junge Dame«, sagte der Beamte. »Ich weiß nicht, was Sie hier für eine verrückte Show abziehen, aber sie ist hiermit beendet.«

»Und wir haben gesagt: Hände hoch!«, rief der dritte Polizist und funkelte Wish böse an. »Das gilt für alle.«

»Nichts für ungut«, sagte Wish, die sich immer noch an die Rüstung klammerte, um ihre Blöße zu bedecken. »Aber wenn ich mich entscheiden muss, ob ich öffentlich nackt sein oder angeschossen werden möchte, dürfte ich Sie dann bitten, eine Stelle zu wählen, an der eine Schussverletzung nicht tödlich endet? Ich war zum Beispiel nie ein großer Fan von meinen Ohren.«

»Na schön«, gab der erste Beamte nach. »Aber bewegen Sie sich nicht!«

»Das kann ich tun«, sagte sie sichtlich erleichtert.

»Kurt«, fuhr er fort, ohne die Augen von den jungen Frauen abzuwenden, »ruf einen Wagen! Wir nehmen die alle mit.«

»Hey, Herr Wachtmeister«, fragte Bug, als ihr wenige Sekunden später Handschellen angelegt wurden. »Ich nehme an, Sie haben hier nicht zufällig irgendwo eine kleine alte Dame gesehen?«

»Nein«, erwiderte er. »Haben Sie eine verloren?«

»Ja«, sagte sie. »Ich glaube, das könnte gut sein.«

KAPITEL 9

Ursula starrte zur Decke hinauf. Die Zelle war eigentlich ganz nett, vorausgesetzt, dass man das Wort »nett« auf einen Raum anwenden wollte, der von außen abgeriegelt war. Ihre Kenntnisse von Arrestzellen stammten ausschließlich aus dem Fernsehen, daher stellte diese eine angenehme Überraschung dar. Sie hatte den Raum für sich allein, es herrschte friedliche Ruhe und beinahe klinische Sauberkeit, was schon der starke Geruch nach Desinfektionsmitteln untermauerte.

Ursula war anderes gewohnt. Das letzte Jahr hatte sie sich ein Zimmer mit Bug geteilt. In ihrem gemeinsamen Raum lag immer ein starker Geruch in der Luft: nach Bugs letzter Mixtur oder ihrem neuesten gescheiterten Experiment. Oder – noch schlimmer – nach ihren Socken. Ursprünglich war Joy Bugs Mitbewohnerin gewesen, die beiden waren jedoch rasch wieder getrennt worden – nach dem großen Streit. Bug hatte nämlich entdeckt, dass Joy in ihrer Verzweiflung über die andauernde Geruchsbelästigung Bugs Socken im Ofen verbrannt hatte. Immerhin war damit das Rätsel des seltsamen Geruchs gelöst worden, der zwischenzeitlich das gesamte Haus erfüllt hatte.

Weniger begeistert als von ihrer Unterkunft war Ursula von der Trainingshose und dem dazu passenden Sweatshirt. Das Outfit, das man ihr und ihrer Kohorte zur Verfügung gestellt hatte, gehörte eindeutig einer Polizei-Sportmannschaft. Offenbar war das kein Standardverfahren, aber – wie ihnen die hinzugezogene Beamtin geduldig erklärte hatte, wurden die meisten ihrer »Kunden« auch nicht in Rüstungen oder Gewändern bei ihnen eingeliefert. Der männliche Beamte, der bei der Einlieferung dabei gewesen war, hatte ein perverses Vergnügen daran gefunden, darauf hinzuweisen, dass man ihnen ihre Roben abnehmen müsse, weil man sie gut dazu nutzen könnte, sich in der Zelle aufzuhängen. Die Trainingshose roch immerhin frisch gewaschen.

Das Team hatte vergleichsweise besonnen auf die Verhaftung reagiert – abgesehen von Wish, die auf nichts besonnen reagierte. Die gesamte Fahrt im Polizeitransporter hatte sie am Rande einer Panikattacke zugebracht. Es half auch nicht, dass Bug ihr dauernd Tipps zuraunte wie: »Beim ersten Hofgang musst du gleich den Alpha-Gorilla identifizieren und k. o. schlagen, damit die anderen Insassen sich keinen Scheiß mit dir erlauben.«

Glücklicherweise hatte Una die Kohorte auf diese Eventualität vorbereitet: Wenn sie jemals von den Gesetzeshütern aufgehalten würden, sollten sie nicht auf ihr Recht pochen, jede Aussage zu verweigern, sondern schlicht behaupten, zur Theater-AG des Ursulinengymnasiums zu gehören. Ursula war sich bei dieser Erklärung ziemlich albern vorgekommen, und die Brauen der Beamtin hatten vor sarkastischer Ungläubigkeit beinahe ihre Stirn verlassen. Doch Ursula blieb bei der verabredeten Geschichte, und sie war sich sicher, dass die anderen Mädchen es genauso hielten.

Draußen brach der Tag an, und im Raum wurde es langsam hell. Trotz der Ruhe und des Friedens hatte Ursula kein Auge zugetan. Anfangs war das Adrenalin noch durch jede Faser ihres Körpers gerauscht. Diese Nacht war *die Nacht* gewesen, auf die sie sich seit jeher vorbereitet hatten. Die Vergeltung. Solange sie zurückdenken konnte, hatte man ihnen erklärt, dass dies ihre einzige Aufgabe im Leben war, diese

Stadt zu retten. Eine Geisterhorde abzuwehren, die es darauf angelegt hatte, die Welt in Stücke zu reißen und unschuldige Menschen abzuschlachten. Die Verantwortung lastete schwer auf ihnen allen, aber besonders auf ihr.

Ohne sich dessen bewusst zu sein, fuhr sie mit den Fingern über das U-förmige Muttermal auf der linken Schulter. Es hatte sie zu derjenigen gemacht, die sie war: Ursula oder, um genauer zu sein, zur neuesten in einer langen Reihe von Ursulas. Es war nicht nur ihre Bestimmung, die Hunnen zu vertreiben, sie war auch die Anführerin der gesamten Unternehmung, ob sie dies wollte oder nicht. Sie wollte nicht.

Eigentlich wollte sie nur mit ihren Freundinnen abhängen, sich Gedanken über ihre Zukunft machen, sich verlieben und tun, womit andere junge Leute in ihrem Alter ihre Zeit verbrachten. Was, wie sie vermutete, nicht sechs Stunden Kampftraining pro Tag beinhaltete. Oder zu lernen, wie man einen Kleinwagen mit bloßen Händen vom Boden aufhob, sollte es nötig sein. Vermutlich war sie dazu durchaus in der Lage, denn sie war tatsächlich irrsinnig stark. Allerdings würde sie mit Sicherheit relativ ungehaltene Reaktionen provozieren, wenn sie auf offener Straße mit den Fahrzeugen irgendwelcher Leute Bankdrücken üben würde, nur um zu sehen, ob sie es konnte.

Mit Bug und Wish, ihren beiden engsten Freundinnen, hatte sie oft über ihre Gefühle gesprochen, ein paarmal auch mit Una. Praktisch veranlagt, wie ihre Mentorin war, hatte diese ihr aufmerksam zugehört und ihr dann gesagt, dass die Vorsehung schon wisse, was sie tue. Dass sie an sich glauben müsse, so, wie sie alle an Ursula glaubten. Die alte Eule erweckte gern den Eindruck, sie wäre hart wie Stahl, aber auch sie konnte trotz aller Drill-Sergeant-Professionalität nicht verbergen, dass ihr die Mädchen zutiefst am Herzen lagen. Wie konnte es auch anders sein? Andere Lehrerinnen waren gekommen und gegangen, Una war immer geblieben. Für sie alle kam sie einem richtigen Elternteil am nächsten. Zumindest war sie der einzige Elternteil, an den sie sich erinnern konnten.

Mit zehn Jahren aus einem Gefäß zu trinken, das den mythischen Namen »Hebes Kelch« trug, und den Mädchen ihre besondere Kraft verlieh, während sie gleichzeitig jede Erinnerung an ihr früheres Dasein auslöschte, war eine seltsame Art, neu geboren zu werden – ganz ohne Familie, abgesehen von den Mädchen, die sich ebenfalls nicht an ihre Vergangenheit erinnern konnten und die zu ihrer neuen Familie geworden waren. Gehörte sicher zu den ausgefalleneren Bonding-Erfahrungen.

Man hatte ihnen gesagt, wenn sie ein zweites Mal aus dem Kelch tranken – nach der Nacht der Vergeltung –, würde sich alles wieder umkehren. Ihre Kräfte würden verschwinden, dafür käme die Erinnerung an ihr früheres Leben zurück. Für immer. Und dann würden sie dorthin zurückgeschickt werden, wo sie hergekommen waren. Das zu wissen machte einen ziemlich irre im Kopf.

Den Mädchen war immer bewusst gewesen, dass sie anders waren. Andere Kinder hatten eine Zukunft – sie hatten eine Bestimmung. Sie führten eine Existenz, die von der alltäglichen Welt abgetrennt war, aber Bücher, das Fernsehen und ihre geliebten monatlichen Ausflüge ins Kino hatten ihnen eine genaue Vorstellung davon gegeben, wie ein gewöhnliches Leben aussah. Gut, mit Einschränkungen. Trotz ihres Bettelns hatte ihnen Una noch immer kein Netflix-Abo gestattet. Offenbar waren sie die letzten Menschen auf diesem Planeten, die eine Sendung anschauen mussten, wenn sie tatsächlich im Fernsehen lief. Die meisten Kinder lasen *Harry Potter* und staunten über die Magie, die in diesen Büchern vorkam. Ursula dagegen staunte darüber, wie großartig sich die Mahlzeiten in Hogwarts anhörten. Wenn die Mädchen zusammen zu Abend aßen, war das alles andere als aufregend. Aber immerhin hatten sie ein Dach über dem Kopf und so viel Kampftraining, wie sich ein Mädchen nur wünschen konnte – sieben Tage die Woche, dreihundertfünfundsechzig Tage im Jahr.

Doch kaum waren sie bereit gewesen, in die Schlacht zu ziehen, auf die sie sich acht Jahre vorbereitet hatten, verschwanden zwei Mitglieder aus ihrer Kohorte. Das war gewiss kein Zufall. Nicht zu vergessen die Kleinigkeit, dass die Schlacht gar nicht stattgefunden hatte – oder zumindest nicht abgeschlossen werden konnte. Einerseits war Ursula froh, dass sie es hinter sich gebracht hatten, ohne auch nur eine von ihnen zu verlieren, andererseits hatte das Ganze einen mehr als bitteren Beigeschmack. Was sie nun verzweifelt brauchte, war Unas Rat. Nur war Una nirgends zu finden. Was auch immer hier vor sich ging – Ursula musste Antworten auf ihre Fragen bekommen, und zwar schnell. Und diese Antworten würde sie nicht erhalten, wenn sie in dieser Zelle herumlag und dabei zusah, wie das frühe Morgenlicht an der mattweißen Wand hinaufkroch.

Nicht zum ersten Mal dachte sie darüber nach, wie sich ihre Kräfte nutzen ließen, um hier auszubrechen. Wenn ihr genug Zeit blieb, konnte sie sich ohne Zweifel mit den Flammenschwertern, die sie jederzeit herbeirufen konnte, einen Weg durch die Zellenwand schlagen. Der dabei entstehende Lärm würde vermutlich jedoch jede Menge Aufmerksamkeit erregen. Sie konnte natürlich auch einfach einen Beamten rufen und ihn überwältigen. Das würde allerdings eine von Unas fundamentalen Regeln verletzen – sie durften ihre Kräfte nie vor gewöhnlichen Menschen einsetzen. Trotz der misslichen Lage würde sich Ursula an ihren Verhaltenskodex halten, und sie war sich sicher, dass die anderen es ebenso taten. Sogar Bug. Na ja, bei ihr war sie sich *fast* sicher.

Erleichtert hörte sie, wie das Schloss an ihrer Zellentür entriegelt wurde, und sie setzte sich augenblicklich auf. Polizeimeisterin Rietmüller, die Beamtin, die sie vergangene Nacht aufgenommen hatte, stand in der Tür. Die lange Schicht, die hinter ihr lag, sah man ihr deutlich an. Als das Team eingebuchtet worden war – oder wie sie das hier auch immer nannten –, war sie sehr geduldig gewesen. Vielleicht, weil die Mädchen nicht ihrer typischen Klientel entsprachen. Adam war früh von den anderen getrennt worden. Ein weiterer Punkt auf Ursulas Liste: Sie hatte den armen Jungen in all das mit hineingezogen, musste also unbedingt sicherstellen, dass es ihm gut ging.

»Also schön, Frau Schmidt«, sagte die Beamtin.

Ursula schaute sie einige Sekunden verständnislos an, dann stand sie auf. »Ja, das bin ich.«

Vor einigen Jahren war Una aus heiterem Himmel in ihrem Klassenzimmer aufgetaucht und hatte die Mädchen aufgefordert, sich ihre Nachnamen auszusuchen. Zwei Wochen lang hatte es ihnen einen wahnsinnigen Spaß bereitet, sich mit ihren neuen Namen anzusprechen, dann aber war es langweilig geworden, und sie hatten sie mehr oder weniger vergessen. Auch Ursula musste sich erst einmal in Erinnerung rufen, wie ihrer lautete. Wie immer hatte sie zuerst gewählt und es sofort bereut, sich für »Schmidt« entschieden zu haben. Bug hatte sich auf »Schwarzenegger« festgelegt – allerdings erst nachdem ihre ursprünglichen Vorschläge, »Schwammkopf« und »Die Schreckliche«, abgelehnt worden waren.

Polizeimeisterin Rietmüller warf Ursula ein schiefes Lächeln zu. »Ja, natürlich sind Sie Frau Schmidt. Das ist selbstverständlich Ihr Name.«

Ursula war nie eine besonders gute Lügnerin gewesen, und offenbar würde sie sich diesbezüglich auch in Zukunft nichts vorwerfen müssen.

»Kommen Sie mit.«

Ursula wurde einen Gang hinabgeführt – an einigen Pinnwänden vorbei, an denen Flyer von Sportvereinen und Freizeitevents hingen sowie Fotos von Leuten, mit denen sich die Polizei zeitnah unterhalten wollte. Schließlich kamen sie in einer Art Wartezimmer an. Die anderen Mädchen befanden sich bereits dort, saßen aufgereiht auf Plastikstühlen und sahen in ihren zueinanderpassenden Trainingsanzügen ziemlich seltsam aus. Sasha schien es besonders übel aufzunehmen, dass sie dasselbe tragen musste wie alle anderen. Niemand sagte ein Wort, als Ursula hereingeführt wurde.

Die Polizeimeisterin ließ ihren Blick durch den Raum gleiten. Schließlich blieb er an Trinity hängen, die in der Ecke des Raumes tief und fest schlummerte. »Sind Sie sicher, dass es ihr gut geht? Sie hat die ganze Zeit durchgeschlafen. Ich werde lieber einen Arzt rufen und sie untersuchen lassen.«

Sasha lächelte die Arrestbeamtin an, und Ursula erkannte sofort den verräterischen Ton in ihrer Stimme. »Vielen Dank, dass Sie sich sorgen, aber ihr geht's wunderbar.«

Auf dem Gesicht der Polizistin tauchte kurz der seltsam leere Blick auf, der alle Menschen befiel, wenn Sasha ihre Kräfte an ihnen zum Einsatz brachte. Sie musterte Sasha einen Moment wie versteinert, dann wandte sie ihre Aufmerksamkeit erneut Trinity zu. »Ja, ihr geht's gut.« Sie lachte. »Ihr Teenager! Immer am Pennen. Würdet einen ehrlichen Arbeitstag nicht mal erkennen, wenn er euch in den Hintern beißt.« Sie machte auf dem Absatz kehrt und schloss die Tür hinter sich.

Ursula ignorierte Joy auf dem Platz neben sich und murmelte finster vor sich hin.

Kaum waren sie allein, flüsterte Wish in einer Lautstärke, die die ihrer normalen Stimme noch übertraf: »Wir sollen unsere Kräfte doch nicht in aller Öffentlichkeit einsetzen!«

Sasha strich einen nicht vorhandenen Fussel vom Knie ihres Trainingsanzugs, und ohne Wish anzusehen, erwiderte sie: »Ja, aber wir wissen doch alle, was vor ein paar Jahren passiert ist, als dieser Arzt Trinity untersuchen wollte und sie ihm den Arm gebrochen hat.«

»Oh ja!«, entgegnete Bug begeistert. »Die verrückte Dämonin kam aus ihr raus und hat versucht, ihm die Beine auszureißen. Das war krass!«

»Genau. So was noch mal abzuziehen ist in unserer derzeitigen Lage wohl keine gute Idee.«

»Wenn du endlich mal rausfinden würdest, wie man es richtig macht, wären wir gar nicht hier«, warf Joy ein.

Sasha starrte ihre Schwester mit vernichtendem Blick an. Sie konnte ihre Gedankenbeeinflussung immer nur an einer Person nach der anderen ausüben, auch wenn sie unermüdlich versuchte, dies zu ändern. Es war ein wunder Punkt. »Da ist mal wieder jemand schlecht drauf, weil er unterzuckert ist.«

Masina wandte sich per Gebärdensprache an Ursula. »Was geht hier vor?«

»Ich weiß auch nicht mehr als du«, antwortete Ursula. »Ich habe die ganze Zeit in meiner Zelle festgesessen, wie ihr vermutlich auch.«

Ursulas Worte wurden von zustimmendem Gemurmel beantwortet.

Nur Bug verkündete fröhlich: »Ich nicht.«

»Oh Gott!«, sagte Wish und sprach aus, was alle im Raum dachten. Das verhieß nichts Gutes.

»Was ist passiert?«, fragte Ursula.

»Na ja«, erklärte Bug gut gelaunt. »Sie haben alle Taschen meiner Jacke durchsucht und fünfundneunzig Substanzen gefunden, die wir jetzt offiziell als ›verdächtig‹ bezeichnen dürfen.«

»Oh Gott«, sagte Wish noch einmal, diesmal mit einem Seufzen.

»Und sie hatten jede Menge Fragen«, fuhr Bug fort. »Also habe ich die Nacht in einem Verhörraum verbracht und wurde von zwei Beamten in die Mangel genommen.«

»Warum hast du nicht einfach um einen Anwalt gebeten?«, fragte Wish. »Sie dürfen dich nicht ohne Anwalt verhören.«

Ursula nahm an, dass sie bloß nachplapperte, was sie im Fernsehen gehört hatte, aber vermutlich hatte sie recht.

Bug schaute sie verwirrt an. »Und die Chance vertun, das volle Good-Cop-Bad-Cop-Programm zu bekommen? Willst du mich auf den Arm nehmen? Es war so cool! Ich habe es geschafft, fünfzehn Filmzitate unterzubringen, bevor es ihnen aufgefallen ist.«

Joy fuhr sich mit der Hand über die Stirn. »Du bist unfassbar.«

»Danke.«

»Sollte kein Kompliment sein.«

»Okay«, sagte Ursula. »Vergesst das. Ich nehme an, das wird alles bereinigt, wenn –«

»Una auftaucht?«, fragte Sasha. »Das Problem ist, dass sie sich immer noch nicht hat blicken lassen. Ich glaube, wir wären längst nicht mehr hier, wenn Una ...«

Ursula nickte. »Ja, das habe ich mir auch gedacht. Wenn wir hier rauskommen, sollte es unsere oberste Priorität sein herauszufinden, was ihr zugestoßen ist ...«

»Und Anna und Delilah«, sagte Wish.

»Und der Armee, gegen die wir eigentlich kämpfen sollten«, warf Masina in Gebärdensprache ein.

»Genau«, sagte Ursula. »Wir haben ziemlich viele oberste Prioritäten.« Dann schaute sie sich im Raum um. »Und wir können uns um gar nichts kümmern, solange wir hier festsitzen.«

»Du musst nur ein Wort sagen, und –«, begann Joy.

»Wir kämpfen uns hier nicht mit Gewalt raus«, sagte Ursula.

Joy verschränkte schnaufend die Arme vor der Brust. »Ich finde es beleidigend, dass du glaubst, dass da viel Gewalt nötig wäre. Selbst ohne meine Peitschen würde ich –«

Bevor sie den Satz beenden konnte, kehrte glücklicherweise Polizeimeisterin Rietmüller zurück. »Wer von Ihnen ist Ursula?«

Ursula hob die Hand.

»Ach ja, Frau Schmidt. Sie haben Besuch.«

Erleichterung strömte durch Ursulas Körper. »Ist es zufällig eine Furcht einflößende alte Dame?«

»Nur, wenn sie sich verkleidet hat.«

»Oh.« Als Ursula sich erhob, stand ihr die Enttäuschung deutlich ins Gesicht geschrieben.

Die anderen wollten ihr folgen, aber die Beamtin streckte eine Hand aus. »Nur Frau Schmidt«, sagte sie streng. »Die Übrigen können solange hier warten.«

Ursula nickte und ging den Gang hinunter.

»Warte!«, sagte Bug.

Alle im Raum schauten sie an.

»›Die Wahrheit? Sie können die Wahrheit doch gar nicht vertragen!‹ Das Zitat aus dem Film *Eine Frage der Ehre*.« Erwartungsvoll schaute sie in die Gesichter ihrer Freundinnen. »Das Zitat, bei dem sie es begriffen haben? Ich dachte, das wolltet ihr bestimmt wissen.«

KAPITEL 10

Als Ursula in den Verhörraum geführt wurde, wusste sie sofort, wer der Mann war, der auf der anderen Seite des Tisches saß. Auch wenn sie nicht behaupten konnte, dass sie ihn persönlich kannte. Die Ausbildung des Teams wurde von einer Vereinigung beaufsichtigt, die sie als den Scharlachroten Rat kannten und deren Mitglieder regelmäßig zu Inspektionen auftauchten. Sie musste daran denken, was Bug mal gesagt hatte: dass es sich bei den meisten von ihnen um derartig alte Tattergreise handelte, dass sie eine gewaltige Staubwolke abgaben, wenn sie versehentlich gegeneinanderstießen. Sie selbst erinnerte sich nur an austauschbare ältere Herren in Anzügen, die sich von nichts beeindrucken ließen. Masina konnte eine vielfarbige Lichtfontäne aus dem Nichts erschaffen, auf der dann auch noch glückselige Entchen schwammen, und sie sahen aus, als würden sie Wandfarbe beim Trocknen zuschauen. In ihrer gesamten Zeit als Schülerin hatte sie nur ein einziges Mal kurz mit einem von ihnen gesprochen, und das war nicht dieser Mann gewesen. Er trug einen braunen Anzug und gehörte zu den nicht vollständig kahlen Glatzköpfen, die den Schaden damit auszugleichen versuchten, indem sie die letzten noch vorhandenen Haare in einem Halbkreis an den Seiten und am Hinterkopf stehen ließen.

Der Mann nickte, als sie den Raum betrat, und gönnte ihr ein flüchtiges Lächeln. »Ah, Ursula, setzen Sie sich doch.« Er deutete auf den Stuhl auf ihrer Seite des leeren Holztisches.

Dann öffnete er seine schwarze Aktentasche und kramte darin herum. Nachdem Ursula Platz genommen hatte, sagte er, ohne aufzuschauen: »Vielen Dank, Frau Rietmüller, das wäre alles.«

Die Polizeibeamtin zögerte. Offenkundig gefiel es ihr gar nicht, einfach so hinausbeordert zu werden. Sie warf Ursula einen kurzen Blick zu und verließ schließlich mit unzufriedener Miene das Zimmer.

Der Mann zog einen großen braunen Umschlag aus der Aktentasche und legte ihn auf den Tisch. Dann schloss er die Tasche und stellte sie auf dem Boden ab. Dabei bemerkte Ursula, dass mehrere lange Haare aus seinen Nasenlöchern wuchsen. Sofort wünschte sie, es wäre ihr nicht aufgefallen.

»Mein Name ist Wagner. Ich glaube, man hat uns einander noch nicht offiziell vorgestellt.«

Oh nein, die Haare bewegten sich, wenn er sprach! Ursula bemühte sich angestrengt, sich auf die Augen des Mannes zu konzentrieren.

»Freut mich, Sie kennenzulernen«, schaffte sie zu sagen.

»Ich denke, eine Gratulation ist angebracht.«

»Wie bitte?«

Wagner ballte die Fäuste und vollführte einige unbeholfene, schwungvolle Gesten. Als Cheerleader hätte er wohl keine allzu glorreiche Karriere gemacht. »Sie haben gesiegt! Die verdammten Hunnen besiegt!« Seine Stimme klang so geziert, wie man es bei einem uralten Bibliothekar in einem Film erwartet hätte.

»Genau genommen ist das nicht der Fall.«

Dies schien sowohl ihn als auch seine Nasenhaare völlig unerwartet zu treffen, da beide konsterniert erzitterten. »Wie bitte?«

»Die Schlacht hat nicht stattgefunden. Na ja, sie fing gerade an, und dann …«, Ursula zuckte mit den Schultern, »… hörte sie wieder auf.«

Der Mann neigte den Kopf zur Seite und blieb einen Augenblick stumm. »Ah, ich verstehe. Nun, das ist natürlich ganz verständlich. Nach dieser langen Vorbereitungszeit muss es Ihnen ja so vorgekommen sein, als wäre es mir nichts, dir nichts erledigt gewesen.«

»Nein«, erwiderte sie. »Es hatte kaum begonnen, und dann ist irgendwas passiert, und alle sind verschwunden.«

Der Mann hob die buschigen Brauen, und wieder vibrierten seine Nasenhaare. »Ich verstehe. Wie interessant. Hat Ihre Mitstreiterin, die Magierin, vielleicht ...?«

»Nein.« Ursula begriff, worauf er hinauswollte. »Delilah ...«, es erschreckte sie selbst, wie sehr es sie ärgerte, dass er ihren Namen nicht kannte, »... hat die Trishula-Anrufung nicht durchgeführt, sonst wären weder ich noch eine der anderen hier.«

Diesen Teil hatte sie Adam gestern Abend absichtlich nicht erklärt, aus offenkundigen Gründen. Man hatte herausgefunden, dass eine Magierin einen Zauber einsetzen konnte, der innerhalb der Blase alles und jeden vernichtete, einschließlich sämtlicher Personen, die sich darin befanden, mit Ausnahme der Magierin selbst.

Es war die sogenannte Untergangsoption. Das ultimative Opfer, wenn die Niederlage wahrscheinlich war und die Hunnen kurz davorstanden, in die Stadt einzudringen und Amok zu laufen. Sie war im vergangenen Jahrhundert zweimal zum Einsatz gebracht worden, als die Schlacht nicht zu ihren Gunsten verlaufen war. Ursula hatte immer wieder denselben Albtraum, in dem sie Delilah mit einem Nicken zu verstehen gab, den Zauber anzuwenden, nur um hilflos mitansehen zu müssen, wie alle Menschen, die sie liebte, ums Leben kamen.

»Genau genommen«, fuhr sie fort, »war Delilah gar nicht dabei. Sie und Anna, ein weiteres Mitglied unserer Kohorte, sind gestern auf mysteriöse Weise verschwunden, bevor alles begann.«

»Ach ja? Nun, dies ist enttäuschend. Es hat natürlich auch schon früher Fälle von Desertionen gegeben –«

»Sie sind nicht desertiert«, erwiderte Ursula derartig barsch, dass Wagner auf seinem Stuhl zurückzuckte. »Sie sind zum Supermarkt gegangen, um etwas zu essen zu besorgen, und … irgendwas muss vorgefallen sein. Wir haben versucht, sie zu finden, aber wir hatten nicht genug Zeit.«

»Aber dann bestand Ihr Team nur noch aus zehn Personen. Damit hätten Sie doch gar nicht eingreifen können. Die Regeln diesbezüglich sind glasklar. Sie müssen elf sein.«

Ursula atmete kurz ein und versuchte, ihr Temperament zu zügeln. Es war nicht sonderlich hilfreich, dass dieser Mann ihr die Mission ihres Lebens erklärte, als wisse sie es selbst nicht. »Ja, dessen bin ich mir bewusst. Die Situation machte eine Improvisation nötig. Wir haben einen Ersatz besorgt.«

»Einen Ersatz?«

In diesem Augenblick hätte Ursula schwören können, dass sich die Nasenhaare selbstständig gemacht hatten. Anscheinend hoben sie sich aus eigenem Antrieb, wenn sie etwas besonders interessant fanden.

»Ja, ich habe einen Mann namens Adam gefunden, der die …«, sie zögerte, »… Anforderungen erfüllt hat.«

Schockiert weiteten sich Wagners Augen. »Sie haben einen unausgebildeten Zivilisten hinzugezogen?«

»Wir … Nein, *ich*. Da die Alternative darin bestand, eine Horde Hunnen in Köln Amok laufen zu lassen, hielt ich es für die beste Vorgehensweise.«

»So sollen diese Dinge nicht ablaufen«, sagte Wagner.

»Tja, dann schlage ich vor, dass Sie sich das nächste Mal freiwillig melden und die Verantwortung übernehmen. Das ist nicht so lustig, wie es aussieht.«

Er hob beschwichtigend die Hand. »Schon gut, schon gut. Niemand bezweifelt die hervorragende Arbeit, die Sie geleistet haben. Schließlich haben Sie Ihre Aufgabe erfüllt.«

Ursula seufzte entnervt. »Das versuche ich Ihnen doch die ganze Zeit zu erklären. Haben wir nicht. Ich weiß nicht, was passiert ist, aber irgendwas ist völlig schiefgelaufen.«

»Und was hält Una von der Sache?«

»Das ist das nächste Problem. Als wir außerhalb der Blase wieder zu uns gekommen sind, war Una nirgends auffindbar.«

»Ah«, sagte Wagner. »Ich habe mich schon gefragt, warum man mich wegen Ihrer … ähm … derzeitigen Situation angerufen hat. Nicht, dass es mir etwas ausmachen würde, Ihnen zu Hilfe zu kommen, versteht sich.«

Sein Ton machte überdeutlich, dass er Dank für seine Ritterlichkeit erwartete. Als wäre es eine große Leistung, dass er auf diese Polizeidienststelle gekommen war, um sie auszulösen, nachdem sie und die Mädchen zum Wohl der Stadt ihr Leben aufs Spiel gesetzt hatten.

»Tut mir leid, wenn wir Ihre Pläne für diesen Vormittag durcheinandergebracht haben, Herr Wagner, aber ich glaube, das größere Problem dürfte sein, dass Una, Delilah und Anna verschwunden sind und dass das, was gestern Nacht passiert ist, eigentlich nicht hätte passieren sollen.«

Er schaute sie streng an. »Also, junge Dame, ich halte Ihnen zugute, dass Sie eine anstrengende Nacht hinter sich haben, daher verzeihe ich Ihnen diesen Ton. Aber ich denke, Sie müssen die Sache mal aus einer anderen Perspektive betrachten. Es ist natürlich *möglich,* dass man ihren beiden Freundinnen aufgelauert hat.« Seine Wortwahl und seine Betonung machten deutlich, dass er davon ausging, dass sie einfach das Weite gesucht hatten, dass er sich aber bewusst bemühte, höflich zu bleiben. »Und Una muss … Nun, es könnte sich spontan etwas ergeben haben.«

»Zum Beispiel?«

»Ich weiß nicht, was«, erwiderte er brüsk. »Es ist nicht meine Aufgabe, der vermaledeiten Alten hinterherzurennen.«

»Jemand sollte sich aber dafür interessieren, was mit ihr geschehen ist. Sie ist nicht einfach davonspaziert.« Ursula gestikulierte in den Raum hinein. »Glauben Sie, sie hätte uns hier schmoren lassen? Haben Sie Una mal kennengelernt? Sie hätte hier schon vor Stunden die Türen eingetreten.«

»Ja, sie ist ziemlich …« Wagner ließ den Gedanken wieder fallen. »Hören Sie, ich erkenne an, dass es da offenkundig …«, er schaute sich um, als habe er das passende Wort verlegt, »… Komplikationen gegeben hat, aber ich habe doch das Gefühl, dass Sie das Gesamtbild aus den Augen verloren haben. In Köln treiben keine dämonischen Untoten ihr Unwesen. Das ist ein Sieg. Und es ist ja nicht so, als hätten wir nicht mit einigen Verlusten rechnen müssen. So traurig sie auch sind.«

Das war es also. Sie waren verzichtbar. Ursula spürte, dass sie ihre Beherrschung verlieren würde, wusste aber, dass sie sich damit keinen Gefallen tat. Sie war schwer versucht, ihren Gefühlen trotzdem freien Lauf zu lassen, doch mit einiger Anstrengung beruhigte sie sich wieder.

»Noch einmal: Ich bin mir dessen bewusst, mehr als jeder andere, aber …«, zur Betonung stieß sie den Zeigefinger zwischen ihnen auf die Tischplatte, »… das war etwas anderes. Zwei Mitgliedern meines Teams ist etwas zugestoßen, und dann ist Una verschwunden. Wir müssen herausfinden, was da vor sich geht.«

»Nein«, sagte Wagner. »Müssen Sie nicht. Seien Sie versichert, der Rat wird sich der Sache annehmen. Ihre Arbeit ist hiermit beendet. Es ist an der Zeit, dass sie aufbrechen und Ihr Leben leben.«

»Wie bitte?«, fragte Ursula. »Sind Sie verrückt? Una und zwei aus meinem Team –«

»Es ist nicht länger Ihr Team«, entgegnete Wagner scharf, »auch wenn es Ihnen schwerzufallen scheint, diesen Umstand zu akzeptieren. Und das Gleiche gilt für die anderen. Ich werde eine solche Unverschämtheit nicht dulden.«

»Unverschämtheit?«

»Diese Diskussion ist beendet«, verkündete er und erhob sich unvermittelt. »Ich habe für Ihre Freilassung gesorgt. Sie werden alle unverzüglich zur Schule zurückkehren und auf weitere Anweisungen warten.«

»Aber –«

»Kein Aber«, blaffte er. »Der Rat hat gesprochen.« Er beugte sich vor und schob den braunen Umschlag über den Tisch. »Hier. Teilen Sie die bitte aus.«

»Hören Sie, kann ich nicht einfach –«

»Sie haben gesagt, was Sie zu sagen hatten, Fräulein, und Sie sollten sich glücklich schätzen, dass ich so nachsichtig bin.«

»Was ist mit Adam?«

»Mit wem?«

»Dem Ersatzmann. Ich glaube, er wurde heute Nacht ebenfalls verhaftet, und …«

Wagner schüttelte den Kopf. »Zivilisten gehen mich nichts an.«

»Sie können ihn doch nicht einfach hierlassen.«

»Ich kann tun, was immer ich will«, sagte Wagner mit Nachdruck. »Und es ist nicht meine Aufgabe, irgendwelchen Jungs zu helfen, die Sie auf der Straße aufgelesen haben. Es freut mich, sagen zu können, dass Sie Ihren Zweck nun erfüllt haben. An Ihrem Liebesleben habe ich nicht das geringste Interesse.«

Ursula verspürte den Drang, ihre Faust durch die Tischplatte zu schlagen, begnügte sich aber damit, ihn anzuschreien: »Tun Sie uns allen einen Gefallen, und besorgen Sie sich einen Nasenhaarschneider!«

KAPITEL 11

Ursula hätte nie geglaubt, dass es sie so glücklich machen würde, noch einmal einen verregneten Kölner Morgen zu erleben. Aber als sie durchs Fenster beobachtete, wie sich der schleppende Rushhour-Verkehr am Eingang der Polizeiwache entlangquälte, verbesserte sich ihre Laune sofort. Wagner und der Scharlachrote Rat waren keine Hilfe, abgesehen davon, dass sie für ihre Freilassung gesorgt hatten, aber das war in Ordnung. Die Mädchen und sie würden selbst herausfinden, was zur Hölle hier vor sich ging. Sie mussten nur endlich aufbrechen, und fast war es auch so weit.

Der diensthabende Polizist hatte ihnen sogar erlaubt, sich die Trainingsanzüge auszuborgen, und ihnen ihre Gewänder in einem großen Kleidersack ausgehändigt. Doch sosehr sie sich auch wünschte, sich endlich auf den Weg zu machen – noch immer stand Ursula vor dem Beamten. Bug wartete nach wie vor darauf, dass man ihr ihre Alchemistinnen-Jacke aushändigen würde. Ursula liebte ihre Freundin, vertraute aber nicht darauf, dass sie eine ohnehin schon angespannte Situation nicht noch schlimmer machte.

Der Polizist war nicht derselbe wie derjenige, der in der Nacht hier gewesen war, beide Männer teilten jedoch dieselbe trübsinnige Disposition. Dieser saß wie eine Statue hinter dem Empfangstresen im Eingangsbereich der Dienststelle, und sein Schmollmund erweckte den Eindruck, er müsse sich angestrengt darauf konzentrieren, dass ihm der Schnurrbart nicht abfiel. Sie warteten bereits seit mehreren Minuten. Ursula hatte sich entschlossen, nur schweigend und geduldig dazustehen. Leider hatte Bug es noch nie geschafft, ein peinliches Schweigen nicht in ein peinliches Gespräch zu verwandeln.

»Also, Herr Wachtmeister«, sagte sie.

»Ich bin kein Wachtmeister«, knurrte er. »Ich bin Polizeimeister.«

»Cool«, sagte Bug. »Cool, cool, cool. Darf ich Sie mal was fragen? Die Polizisten auf der Straße sind doch bewaffnet ... Dürfen Sie auch eine Wumme tragen, wenn Sie hier so rumsitzen?«

Mit dem Blick, den er ihr zuwarf, hätte man Rauch einfrieren können. Dann erwiderte er: »Nein.«

»Okay. Und was ist, wenn Sie, na ja, eine brauchen? Sagen wir, wenn so ein Loco-Typ zur Tür reinmarschiert käme und eine große Knallerei veranstalten würde? Peng, peng, peng.« Sinnigerweise unterstrich Bug dies, indem sie mit ihren Fingern Pistolen markierte. Der Beamte sollte wohl nicht annehmen, ihr hypothetischer Eindringling wolle lediglich Popcorn zubereiten.

»In solch einem Fall habe ich eine Dienstwaffe in meiner Nähe.«

Sie nickte. »Wie nah?«

Er ließ seine Augen schmal werden. »Nah.«

Erleichtert bemerkte Ursula, dass sich die Tür hinter ihm öffnete, war aber deutlich weniger erleichtert, als sie den Blick auf Polizeimeisterin Rietmüllers Gesicht sah.

»Ich fürchte, Ihre Jacke und deren Inhalt sind nicht mehr da.«

»Nicht mehr da?«, wiederholte Bug. »Was meinen Sie mit: *nicht mehr da?*«

»Sie befindet sich bereits für weitere Untersuchungen im Labor.«

»Oh nein.«

»Sie wird Ihnen dann nach Abschluss der Ermittlungen zugeschickt.« Die Beamtin machte nicht den Eindruck, dass diese Entwicklung ihr das Herz brach.

»Aber, aber, aber ...«, stammelte Bug.

»Okay«, sagte Ursula. »Nun, ich denke, das müssen wir so hinnehmen.«

»Nein«, sagte Bug. »Das nehme ich nicht hin.«

»Bug«, sagte sie und legte eine Hand auf den Arm ihrer Freundin. »So was passiert eben.«

Bug lehnte sich nah an ihr Ohr und flüsterte: »Du verstehst nicht. Viele dieser Sachen sind gefährlich.«

Ursula zog sie von dem Tresen fort. »Dein Ernst?«, flüsterte sie zurück.

»Letzte Nacht habe ich Feuer vom Himmel regnen lassen. Dachtest du, dass ich dafür Oregano benutze?«

»Oh Mann. Wie gefährlich?«

»In den falschen Händen: sehr gefährlich.«

»Und die falschen Hände hätte ...?«

»Jeder, bis auf ...«

»Dich«, beendete Ursula den Satz. »Na toll.« Sie wandte sich wieder dem Tresen zu und hob die Stimme: »Wir haben uns gerade gefragt, ob man es meiner Kollegin vielleicht gestatten könnte ... ähm ... ein paar Anmerkungen zu den Substanzen aufzuschreiben, die vielleicht ... ähm ... besondere Aufmerksamkeit erfordern.«

Der diensthabende Beamte schaute Ursula derartig lange an, dass sie sich schon fragte, ob er auf seinem Platz eingefroren war. Schließlich drehte er sich zu Polizeimeisterin Rietmüller um und nickte kurz. Die Mädchen kehrten zum Tresen zurück, und Bug nahm Zettel und Rotstift entgegen.

»Okay«, sagte sie. »Sie haben alles jeweils nach Farbe und der Tasche, aus der die Substanzen entnommen wurden, sortiert, nummeriert und aufgelistet. Das ist gut. Sehr gewissenhaft.«

Der Beamte schaute sie mit leblosen Augen an. »Danke. Wir versuchen immer, unseren Gästen so weit wie möglich entgegenzukommen.«

Bug begann, auf dem Dokument herumzukritzeln. »Also, das hier darf nicht in Kontakt mit Feuer kommen ... Das hier auch nicht ... Das auch nicht ...«

Ursula warf einen Blick über die Schulter zu den Mädchen, die vor der Eingangstür der Dienststelle warteten. Sasha deutete vielsagend auf ihre Armbanduhr, aber Ursula fiel nichts anderes ein, als kurz mit den Schultern zu zucken. Dann wandte sie sich wieder um.

»Wenn ich so drüber nachdenke ... Ich unterstreiche einfach alle, die nicht mit offenem Feuer in Kontakt kommen dürfen ...«

»Da wir gerade noch hier sind«, sagte Ursula, »ich habe mich gefragt ...«

»Die ganze Seite drei ... Ich schreibe einfach mal ganz groß ›GEFAHR‹ über die gesamte Liste ...«

»Adam«, fuhr Ursula fort. »Der junge Mann, der gestern mit uns hierhergebracht wurde ...«

Bug schnappte sich einen blauen Kugelschreiber aus dem Behälter auf dem Tresen. »Vielleicht keine schlechte Idee, das farblich abzusetzen.«

»Ist er schon freigelassen worden?«

»Blau sind alle Stoffe, die definitiv nicht mit Wasser in Berührung kommen sollten.«

»Kann ich Ihnen nicht sagen«, erwiderte der Beamte.

»Die, die blau *und* rot unterstrichen sind, sollten *weder* mit Feuer *noch* mit Wasser in Kontakt kommen.«

»Wenn Sie sagen, kann ich nicht ...«, setzte Ursula nach.

»Heißt das: *werde* ich nicht.«

»Ah«, sagte Bug, ohne von den Seiten aufzuschauen. »Wissen Sie, was? Ich benutze auch Symbole. Ein Dreieck bedeutet: darf nicht zu heiß werden. Ein Quadrat: nicht zu kalt werden lassen.«

»Es ist bloß so ...«, fuhr Ursula fort und versuchte, Bug schlicht zu ignorieren. »Er war ja mit uns zusammen ...«

»Ein Kreis heißt: nicht in die Nähe von Elektrizität kommen lassen.«

»Also, wenn wir jetzt auf freien Fuß gesetzt werden, sollte das doch auch für ihn gelten.«

Der Beamte schüttelte langsam den Kopf. »So funktioniert das nicht.«

»Rechteck heißt: nicht höher als drei Meter vom Boden halten ...«

»Aber –«

»Herr Wagner«, warf der Polizist ein, »hat über den Mann nichts gesagt.«

Bug sog Luft zwischen den Zähnen ein. »Einige dieser Stoffe dürfen auch nicht in die Nähe voneinander kommen. Ich zeichne einfach Pfeile ein.« Ihr Kritzeln wurde intensiver.

»Ich bin mir sicher, dass Herr Wagner das einfach vergessen hat«, sagte Ursula mit einem Lächeln.

»Na, wenn das so ist, okay«, erwiderte der Polizist.

»Wirklich?«

»Das hier«, sagte Bug, »darf nicht in die Nähe von irgendwas kommen, das blau ist. Mist, den blauen Stift hab ich schon benutzt!«

»Natürlich«, sagte der Beamte.

»Haben Sie vielen Dank«, sagte Ursula.

»Das hier ... ist ein bisschen speziell, muss ich zugeben, aber es darf auf keinen Fall in die Nähe eines Eichhörnchens geraten.«

»Wir lassen ihn gehen ...«

»Das hier kuriert Schuppenflechte, aber man darf es auf keinem Fall jemandem geben, der keine hat. Schwierig, dafür das passende Symbol zu finden.«

»... sobald Herr Wagner wiederkommt und uns dies bestätigt.« Der Beamte schenkte Ursula ein Lächeln, das an ein Parkknöllchen in menschlicher Form erinnerte.

»Und was auch immer Sie tun: Das hier darf niemals geschüttelt, gerüttelt oder gerollt werden. Ach, was soll's ... Ich schreib einfach in roten Großbuchstaben ›NICHTS WIE WEG‹ daneben.«

»Aber er ...«

Aus dem Augenwinkel bemerkte Ursula, dass Polizeimeisterin Rietmüller den Finger unter der Nase rieb, um unauffällig zum Fenster zu zeigen. Ursula wandte ihren Blick in diese Richtung und schnappte unwillkürlich nach Luft. »Oh nein.«

»Wissen Sie, was?«, sagte Bug, die nichts davon mitbekam. »Hier oben schreibe ich einfach drauf: ›Nicht essen, trinken, rauchen, werfen!‹«

Draußen war ein Krankenwagen vorgefahren, und ein protestierender Adam wurde von zwei bullig wirkenden Polizisten durch die geöffneten Hintertüren ins Innere verfrachtet.

»Was tun die da?«, rief Ursula.

»Ich weiß, das versteht sich eigentlich von selbst«, fuhr Bug fort, »aber gehen wir lieber auf Nummer sicher.«

»Wenn Sie es unbedingt wissen wollen«, sagte der Beamte. »Der junge Mann wird an einen Ort gebracht, wo sein geistiger Gesundheitszustand überprüft werden kann. Er hat einige äußerst befremdliche Aussagen gemacht.«

»Was denn für ...?« Ursulas Stimme verlor sich.

Sie wusste genau, um was für befremdliche Aussagen es sich gehandelt hatte. Dass er von einer Jungfrauenkampfgruppe rekrutiert worden war, um gegen eine Untotenhorde in die Schlacht zu ziehen, und dass er am Himmel eine strudelnde

Höllenpfortenerscheinung gesehen hatte und dann eine große, irreale Blase voller brüllender Hunnen und … Oh nein.

»Außerdem«, sagte Bug, ohne eine Pause einzulegen und immer noch ganz in das Schreiben versunken, »sollten Sie diese drei von schwangeren Frauen, glatzköpfigen Männern und Peruanern fernhalten.«

»Wo bringen Sie ihn hin?«

»Wo man ihn untersuchen kann«, wiederholte der Beamte. »Er ist in guten Händen.«

»Ja«, sagte Polizeimeisterin Rietmüller. »St. Agatha ist eine hervorragende Einrichtung.«

Ihre Indiskretion brachte ihr einen scharfen Blick von ihrem Kollegen ein.

»Dieses hier«, sagte Bug, die langsam ziemlich atemlos klang, »darf man nicht länger als dreißig Sekunden direkt anschauen. Das wäre sehr schlecht.«

Ursula beobachtete, wie die hinteren Türen des Rettungswagens zugeschlagen wurden und sich das Fahrzeug in Bewegung setzte.

»Okay.« Bug trommelte mit dem Kugelschreiber auf den Tisch. »Ich glaube, das deckt so weit alles ab.«

Ursula warf dem Beamten einen abschätzigen Blick zu. »Wenn das so ist, verabschieden wir uns jetzt. Vielen Dank für Ihre Hilfe.«

»Sehr gern geschehen.« Die Stimme des Polizisten triefte vor Sarkasmus.

Ursula fasste Bug an der Schulter und führte sie auf den Ausgang zu. Sie waren fast durch die Tür, als Bug sich noch einmal auf dem Absatz kehrtmachte.

»Oh, und das ist auch sehr wichtig«, rief sie dem Beamten zu. »Niemand sollte im Umkreis von drei Metern rund um Nummer achtundzwanzig ein Kinderlied singen. Also wirklich nicht!«

KAPITEL 12

Die Schollallee 24 machte einen überaus unauffälligen Eindruck. Jemand, der die Straße entlangging, hätte das Gebäude mit Sicherheit überhaupt nicht bemerkt. Nicht, dass es für die Menschen unsichtbar gewesen wäre, doch kaum hatten sie es erblickt, wandten sich ihre Gedanken unwillkürlich etwas anderem zu. Wenn zum Beispiel jemand Essen lieferte – von, sagen wir, einem neuen Thai-Imbiss in der Nähe –, lief er aller Wahrscheinlichkeit nach immer wieder die Straße auf und ab, unfähig, sich an die Hausnummer zu erinnern. Auch nach neuerlichem Nachsehen auf dem Bon hätte er sie vermutlich nicht gefunden. Allzu lange würde er sich darüber jedoch keine Gedanken machen – was zum Teil an der besonderen Magie der Schollallee 24 lag und zum Teil daran, dass Imbisslieferant wahrlich kein Traumjob war.

Fragte man die Nachbarn, wer in dem Haus lebte, zogen sie die Stirn in Falten, murmelten irgendwas von einer Schule oder so ähnlich und wechselten augenblicklich das Thema. Wenn Wissen Macht war, lag die besondere Macht der Schollallee 24 darin, das Wissen um ihre Existenz verschwinden zu lassen. Normale Menschen würde dies natürlich völlig schockieren, wenn es ihnen bewusst würde. Womit ihnen noch weniger mentale Kapazitäten für die weitaus schockierenderen Dinge blieben, die sich *hinter* den Türen des Gebäudes abspielten.

Das Großraumtaxi parkte vor der Schollallee 22 – Nummer 24 sorgte stets für eine unerklärlichen Fehlermeldung, wenn man sie als Zieladresse im GPS eingab –, und die sieben Mädchen stiegen aus. Ursula war extrem erleichtert, wieder zu Hause zu sein. Wish sprang die steinernen Stufen hinauf und durch die Eingangstür von Nummer 24, tauchte aber wenige Augenblicke später mit Bargeld wieder auf, um den Fahrer zu bezahlen. Weil sie so schnell wie möglich hierher zurückkehren mussten, hatte Ursula widerwillig die Erlaubnis gegeben, dass Sasha »ihre Stimme« am Fahrer zum Einsatz brachte. Glücklicherweise hatte es dann jedoch genügt, dass Wish ihm ihre Situation erklärte – keine zusätzliche Überzeugungsarbeit war nötig gewesen. Es kam Ursula vor, als hätte zum ersten Mal seit langer Zeit tatsächlich etwas funktioniert.

Als sie sich die kleine Treppe zur beeindruckenden schwarzen Eingangstür von Nummer 24 hinaufschleppte, schwang diese von selbst auf. Von außen war nur der Flur eines gewöhnlichen Wohnhauses zu sehen, einschließlich eines ausgeblichenen blauen Teppichs und einer Magnolientapete. Wenn man zu den Menschen gehörte, die bereits die Fassung verloren, wenn sich eine Tür wie von Zauberhand öffnete, war man in diesem Haus ohnehin nicht gut aufgehoben. Erst als Ursula über die Schwelle trat, offenbarte sich die wahre Natur des Gebäudes. Obgleich sie die letzten acht Jahre ihres Lebens hier verbracht hatte, verspürte sie immer noch ein aufgeregtes Kribbeln im Hinterkopf, wenn sie es betrat. Nur heute nicht. Heute hatte ihr müder Kopf ganz andere Sorgen.

Nun stand sie im Empfangsbereich des *Athena*-Hotels, und vor ihren Füßen erstreckte sich ein Marmorfußboden, auf dem die Göttin Athene in goldener Rüstung dargestellt war. Das Mosaik war blitzblank poliert und stellte so einen deutlichen Kontrast zu der Schicht aus permanentem Staub dar, der die übrige Einrichtung bedeckte. Wäre das *Athena* auf einer Hotelbewertungs-Website aufgetaucht – was niemals geschehen würde –, wäre es wohl Gefahr gelaufen, als »chic mit Hang zum Shabby Chic« bezeichnet zu werden, schien es doch die Atmosphäre eines lange vergangenen Zeitalters zu verströmen. Zugegeben, der Bewerter hätte sich, bevor er auf solche Details einging, vermutlich erst einmal ausführlich mit anderen Dingen befasst. Zum Beispiel hätte er sich sicherlich darüber gewundert, dass es sich bei einem Gebäude, das von außen wie ein dreistöckiges Wohnhaus aussah, in Wahrheit um ein barockes Hotel mit einer unbestimmbaren Zahl von Stockwerken handelte. Sicher war nur: Es waren eindeutig mehr als drei.

Die große Freitreppe am Ende der Lobby erhob sich prachtvoll, bevor sie sich teilte und spiegelbildlich zum ersten Stock hinaufwand. Von der Decke hing ein gewaltiger goldener Kronleuchter, der von dicken, schimmernden Spinnweben bedeckt war, und schenkte dem Raum ein eigentümlich funkelndes Licht. Die dunklen Mahagoniwände zierte eine Mischung aus gerahmten Porträts und Gemälden. Hätte der hypothetische Besucher ihnen mehr als nur einen flüchtigen Blick gewidmet, wären ihm wohl einige äußerst eigentümliche Dinge darauf aufgefallen.

Allerdings hätte er wohl nicht ausgerechnet die Kunst zuerst bemerkt, nachdem er über das ganze Innen-größer-als-außen-Phänomen hinweggekommen wäre. Stattdessen hätte er seine Aufmerksamkeit unvermeidlich auf die beiden verblichenen braunen Ledersessel gerichtet, dann auf zwei burgunderrote Chesterfield-Sofas und eine dazu passende Chaiselongue vor dem niemals verlöschenden, flackernden Kaminfeuer auf der rechten Seite der Lobby. Der linke Sessel beherbergte den Geist eines Mannes, der tagein, tagaus dort saß, seine Pfeife rauchte und dann und wann die Seiten einer Zeitung umblätterte, ohne je an ihr Ende zu kommen. Nie sprach er ein Wort, schnaufte nur gelegentlich. Doch beging jemand den Fehler, sich ihm bis auf einen Meter zu nähern oder sich gar auf dem Sessel ihm gegenüber niederzulassen, stieß er ein beängstigendes Geheul aus, was zwangsläufig einen Unterwäsche-Wechsel des unglücklichen Besuchers erforderlich gemacht hätte.

»Willkommen im Hotel *Athena*. Bitte die Schuhe abputzen. Und habt ihr mal auf die Uhr geschaut?«

Die Stimme gehörte Arthur, dem Rezeptionisten des Hotels, auch wenn dieser Titel ihm aus zwei entscheidenden Gründen nicht gerecht wurde. Erstens war sich Ursula ziemlich sicher, dass der Job eines Rezeptionisten darin bestand, Gäste willkommen zu heißen, und nicht darin, sie zu tadeln, sobald sie eintraten. Zweitens war Arthur kein Mensch, sondern ein Elchkopf, der an der Wand neben der Tür hing. Die Mädchen hatten oft darüber spekuliert, ob es sich bei ihm schlicht um eine dieser schrecklichen Jagdtrophäen handelte, von der ein Geist Besitz ergriffen hatte, oder um einen Elch, der zum Rezeptionisten ernannt worden war – bevor oder nachdem er den Rest seines Körpers eingebüßt hatte. Niemand wusste es, und Arthur hatte nicht das geringste Interesse daran, Licht in diese Angelegenheit zu bringen. Nur eins stand fest: dass er eine sich ständig verändernde Auswahl von Fliegen trug. Trotz all ihrer Bemühungen hatten die Mädchen jedoch nie herausfinden können, wie oder wann er sie wechselte.

»Tut mir leid, Arthur«, sagte Ursula. »Uns ist was dazwischengekommen. Ist jemand hier?«

»Ja, du und deine dreckigen Schuhe.«

Ursula streifte ihre keineswegs dreckigen Schuhe noch einmal auf der Fußmatte ab. Neben vielem anderen war Arthur unglaublich pedantisch.

»Abgesehen von mir, Trinity, Wish, Masina, Bug, Sasha und Joy, die mit mir reingekommen sind«, hakte sie nach, »befinden sich noch weitere Gäste im Hotel?«

Obwohl sie schon hier lebten, solange sie zurückdenken konnten, blieben die Mädchen für Arthur immer nur »Gäste« – ungebetene Gäste.

»Nein«, sagte er, »und die Gäste werden höflich gebeten, im Voraus an der Rezeption Bescheid zu geben, wenn sie die ganze Nacht außer Haus bleiben. Abgesehen davon *sollten* sie nicht die ganze Nacht außer Haus bleiben.«

Auch wenn sie wusste, wie unwahrscheinlich es war, dass Una, Anna oder Delilah hier waren, sackte Ursula bei dieser Bestätigung das Herz in die Magengrube.

»Sind irgendwelche anderen Gäste hier gewesen, seit wir gestern Abend aufgebrochen sind?«, fragte Wish.

»Nein«, erwiderte Arthur barsch. »Aber wäre mir rechtzeitig mitgeteilt worden, dass es ein ruhiger Abend wird, hätte ich einige der Mitarbeiter früher nach Hause schicken können.«

Es gab keine anderen Mitarbeiter – zumindest keine, die man als lebendig bezeichnen konnte.

Wish und Ursula tauschten einen Blick. Drei Personen waren verschwunden, und die Mädchen hatten keine Ahnung, wo sie steckten. Mit so einer Situation hatten sie es noch nie zu tun gehabt.

»Okay«, sagte Ursula. »Ich denke, wir wollen alle erst mal aus diesen schrecklichen Trainingsanzügen raus. Wir machen uns kurz frisch, und dann treffen wir uns in fünfzehn Minuten im Klassenraum.«

»Und putzt eure Schuhe ab!«, rief Arthur, bevor die Mädchen an ihm vorbei die Treppe hinauf zu ihren Zimmern marschierten.

Einen bestimmten Raum im Inneren des *Athena*-Hotels zu finden erwies sich bisweilen als ziemlich knifflig. Ob einem dies gelang, hing nämlich ganz von der Laune des Hotels ab. Man stellte sich das Gebäude am besten als lebendiges Wesen vor, dem es Spaß machte, alles Mögliche zu verlegen – Flure, Zimmer, manchmal ganze Stockwerke. Auch die Fenster konnten einen ziemlich durcheinanderbringen. Manchmal hatte man aus einem von ihnen exakt dieselbe Aussicht auf die Schollallee wie von der gegenüberliegenden Seite des Hauses. Das ergab keinen Sinn, und dachte man ernsthaft darüber nach, waren brutale Kopfschmerzen die zwangsläufige Folge.

Niemand konnte mit Sicherheit angeben, wie viele Stockwerke es überhaupt gab. Die Rezeption, der Ballsaal und die Küche blieben üblicherweise im Erdgeschoss, die Schlafzimmer im ersten und zweiten Stock und größere Räume wie ihr Klassenraum im vierten, aber auch das konnte sich jederzeit ändern. Joy war einmal die Treppe vom dritten in den zweiten Stock runtergegangen und hatte sich auf einer Etage wiedergefunden, die sie nie zuvor gesehen hatte. Sechs Stunden lang hatte sie dort in der Falle gesessen, war von einem Raum in den nächsten gelaufen und hatte feststellen müssen, dass sie alle mit unheimlichen Schaufensterpuppen gefüllt waren.

Neue Räume tauchten auf und verschwanden in regelmäßigen Abständen. Es gab ein ganz reizendes Badezimmer mit einer großen, frei stehenden Badewanne, das andauernd zwischen dem zweiten und dritten Stock hin und her wanderte. Auf beiden Etagen versuchten die Mädchen unentwegt, sich besonders gut mit dem *Athena* zu stellen in der Hoffnung, sich das Badezimmer langfristig erhalten zu können, aber die Launen des Hotels ließen sich unmöglich vorhersagen. Grundsätzlich konnte man das *Athena* als recht verspielt und gutmütig bezeichnen. Bug hatte allerdings einmal eines der Treppengeländer beschädigt und ihr Zimmer danach wochenlang nicht wiedergefunden.

—

Fünfzehn Minuten später befanden sich alle im Klassenzimmer und hatten ihre Alltagskleidung angezogen – sogar Trinity.

Zugegeben, sie saß bloß in einer Ecke, mit einer Tüte Gummibärchen in der Hand, und döste. Aber sie war anwesend. Trinity war nicht faul, in ihr war nur einfach zu viel los. Sie musste mit ein und demselben Körper vier Personen versorgen, daher benötigte sie andauernd Schlaf, Nahrung oder beides.

Ursula stand vorne im Klassenzimmer neben dem Lehrerpult und versuchte, nicht daran zu denken, wie oft Una dahintergesessen hatte. Seit ihrer Aufnahme hielten sie hier ihren Unterricht ab. Der Raum war ein mehr oder weniger typisches Klassenzimmer. Typisch, weil sie immer das Gefühl hatten, eine Ewigkeit in ihm verbringen zu müssen, während ihnen alle möglichen Informationen eingebläut wurden. Weniger typisch, weil der Stoff aus Militärtaktiken bestand und nicht aus Mathe oder Physik oder was Schüler sonst so lernten. Zwar wurde hier auch von diesen Fächern das ein oder andere abgedeckt, aber das spielte keine große Rolle, wenn es Zeit für ihre große Abschlussprüfung war – auch bekannt als »Schlacht gegen die Geisterhorde«. Für gewöhnlich hatten sie in diesem Raum das Gefühl, die immergleiche Routine zu absolvieren. Jetzt hier zu sein machte ihnen vor allem Unas Abwesenheit bewusst.

In der Nacht hatte sich Ursula in ihrer Zelle alles ausgiebig durch den Kopf gehen lassen. Nun war es an der Zeit, Fakten zu schaffen.

»Also schön, hört zu!«, begann sie. »Bevor wir damit beginnen, unsere Lage zu klären, wollte ich noch etwas sagen. Ich weiß, dass ich aus Gründen der Tradition in der Nacht der Vergeltung die Anführerin war, aber ich denke, das liegt hinter uns. Wir haben es nun mit einer anderen Situation zu tun – wie auch immer diese aussieht. Ich bin mir auch nicht so sicher, ob ein Muttermal das beste Kriterium ist, um zu entscheiden, wer die Verantwortung tragen soll. Ich wäre also einverstanden, hiermit zurückzutreten.«

Die überraschten Mienen, die sie vor sich sah, ließen keinen Zweifel zu: Damit hatte niemand gerechnet. Angestrengt versuchte Ursula, Blickkontakt mit Sasha zu vermeiden. Wenn sie ihre Taktiken durchsprachen oder Una sie eine ihrer regelmäßigen Übungen durchlaufen ließ, war es meistens Sasha, die sich dagegen auflehnte. Ursula hielt es durchaus für möglich, dass sie selbst gern die Anführerin gegeben hätte – und oft fragte sie sich, ob das nicht sowieso eine gute Idee gewesen wäre.

»Ja«, sagte Bug, »das ist schon lange überfällig. Völlig dämlich, das mit diesen Muttermalen. Ich fordere eine Abstimmung.«

»Okay.« Ursula nickte.

Bugs Hand schoss in die Luft. »Ich stimme für Ursula.«

Sechs andere Hände folgten sofort. Trinity schien nach wie vor nicht wach zu sein, ihre Stimme konnte sie dennoch abgeben.

»Sieht mir einstimmig aus«, sagte Sasha. »Nächster Tagesordnungspunkt.«

Ursula wurde rot. »Ähm, dann sage ich mal … danke.«

»Den Job will halt auch keiner machen«, erwiderte Joy, was ihr einen strafenden Blick von Wish einbrachte. »Was? Stimmt das etwa nicht? Wie heißt es so schön? Schwer wiegt die Krone!«

»Oh«, sagte Bug. »Eine Krone sollten wir dir noch besorgen.«

»Zunächst müssen wir uns um ein paar andere Dinge kümmern«, entgegnete Ursula. »So wie ich das sehe, müssen wir zuallererst rauskriegen, was zur Hölle mit Una, Delilah und

Anna geschehen ist. Ihr Verschwinden kann kein Zufall sein, und wenn wir sie finden, haben wir garantiert eine sehr viel bessere Vorstellung davon, was hier eigentlich los ist.«

Ursulas Plan wurde mit allgemeinem Kopfnicken, gemurmelter Zustimmung und – aus einer Ecke des Raumes – mit leisem Schnarchen quittiert.

»Dann ziehe ich los und gehe der Sache nach«, bot Ursula an.

»Ich komme mit«, warf Joy ein. »Wenn du Nachforschungen anstellst, wird es nützlich sein, sofort zu wissen, wenn dich jemand anlügt.«

»Leute dazu zu bringen, dir zu sagen, was sie wissen, kann auch praktisch sein. Also muss ich mich wohl anschließen«, fügte Sasha hinzu.

»Wunderbar«, sagte Ursula mit einem Lächeln. Sie hatte gehofft, die Zwillinge würden ihr zuvorkommen und sich freiwillig melden. »Das Nächste wäre – Adam. Wir haben ihn in diese Sache reingezogen, und daher sind wir für ihn verantwortlich. Wish und Masina, ich möchte, dass ihr zum St. Agatha Krankenhaus geht und versucht, ihn da rauszubekommen.«

Masina nickte.

»Ähm«, sagte Wish und verhakte angespannt ihre Finger ineinander, wie sie es immer tat, wenn sie nervös war. »Das klingt mehr wie eine Bug-Aufgabe – oder vielleicht eine für Sasha. Überzeugungsarbeit und so weiter.«

»Ihr kriegt das schon hin«, versicherte ihr Ursula. »Davon abgesehen, ist Sasha schon verplant, und Bug brauche ich für etwas anderes. Geht da einfach rein, seid nett zu den Leuten, und verwandle dich nicht in eine Bärin, wenn es nicht absolut unumgänglich ist.«

Sasha lehnte sich auf ihrem Stuhl zurück und ließ den Kopf im Nacken kreisen. »Er soll einfach behaupten, dass er sich das alles bloß ausgedacht hat. Dann lassen sie ihn gehen. Gar kein Problem.«

»Aber wie soll ich denn da überhaupt reinkommen?«

»Das ist ein Krankenhaus«, erklärte Masina mit ihren Händen. »Wenn die Security haben, wollen sie nur, dass keiner rauskommt, nicht, dass keiner reinkommt.«

»Ganz genau«, stimmte Bug zu. »Und im Zweifelsfall gibst du doch die Bärin und sprengst den Weg durch die Mauer frei.« Sie drehte sich zu Masina um, sodass diese von ihren Lippen lesen konnte, und zeigte aufgekratzt in ihre Richtung. »Nimm eine Kamera mit, falls es dazu kommt. Das klingt fantastisch!«

»Es wäre *nicht* fantastisch«, sagte Wish. »Die Bärin ist nicht der richtige Weg, um Probleme zu lösen. Sie sorgt nur für noch mehr Probleme.«

Bug schüttelte den Kopf. »Immer machst du deine Bärin schlecht. Ich liebe sie. Wenn ich die Bärin wäre, würde ich sie dreihundertfünfundsechzig Tage im Jahr rauslassen.«

»Aber«, sagte Ursula, die unbedingt vorankommen wollte, »Bug ist ja zum Glück keine Bärin. Stattdessen ist sie übertrieben neugierig, und es fällt ihr schwer, irgendwelche Grenzen zu akzeptieren. Ausnahmsweise kommt uns das sehr gelegen.«

»Wird auch mal Zeit«, kommentierte Sasha leise.

Bug steckte ihr die Zunge raus und gab ein lautes Furzgeräusch von sich, worauf sich die anderen ein Grinsen verkneifen mussten. »Also«, sagte sie, »was steht an, Boss?«

»Du wirst einen deiner großen Lebensträume erfüllen und in Unas Büro einbrechen.«

Bug schleuderte hocherfreut ihre Faust in die Höhe.

»Ist das eine gute Idee?«, fragte Wish.

Ursula zuckte mit den Schultern. »Wir haben keine andere Wahl. Una weiß sehr viel mehr über die Vergeltungsschlacht als wir. Wenn etwas schiefgegangen ist oder jemand sein böses Spiel mit uns treibt, wird sie am ehesten über Informationen verfügen, die uns weiterhelfen können.«

»Da wird sie aber gar nicht begeistert sein«, sagte Joy.

»Ich weiß.« Ursula biss sich auf die Zunge. Mehr als alles andere hoffte sie, dass Una schon bald Gelegenheit bekommen würde, ihr eine strenge Strafpredigt zu halten, weil sie Bug zu dieser Aktion verleitet hatte. Noch nie wäre Ursula so froh gewesen, angeschrien zu werden. »Okay«, sagte sie. »Legen wir los.«

Alle erhoben sich von ihren Plätzen.

»Moment noch«, warf Sasha ein. »Bevor wir irgendwo hingehen ... Was war eigentlich in dem Umschlag?«

»Was für ein Umschlag?«, fragte Bug.

»In dem, den Ursula von dem Rats-Typen bekommen hat.«

Ursula fluchte im Stillen vor sich hin. Sasha entging wirklich nicht viel.

»Ist nicht wichtig«, sagte sie leichthin.

»Cool, dann kannst du es uns ja ruhig erzählen.« Sasha zeigte ein schmales Lächeln.

Offenbar bedeutete ihr Vertrauensvotum keineswegs, dass sie aufhören würde, eine schreckliche Nervensäge zu sein.

Seufzend zog Ursula eine Broschüre aus ihrer hinteren Hosentasche. Sie hatte sie in der Hoffnung eingesteckt, zwischendurch ein bisschen Zeit zu haben und sich überlegen zu können, was sie dazu sagen solle.

»Eine Broschüre?«, sagte Joy.

»Es gab eine für jede von uns.« Ursula gestattete es Bug, ihr das Ding aus der Hand zu reißen.

»Ihr habt nun also euren Lebenszweck erfüllt«, las sie vor. »Wow! Ich bin jetzt schon ganz gerührt!«

Die anderen Mädchen versammelten sich um sie herum, während Bug die Seiten der Broschüre durchblätterte.

»Oh mein Gott«, sagte Wish. »Wir setzen unser Leben aufs Spiel, und die drücken uns so einen Wisch in die Hand.«

»Nicht bloß das«, sagte Bug. »Ein Flugticket ist auch dabei. Wir können fliegen, wohin wir wollen – in der Economy Class, das wird sogar angegeben –, und fünftausend Euro bekommen wir obendrauf.«

»Sobald wir ...« Wishs Stimme triefte vor Ekel. »Sobald wir unsere Fähigkeiten zurückgegeben haben.«

»Also«, sagte Bug, »schönen Dank auch, dass ihr die Stadt gerettet habt. Und nun seht zu, dass ihr hier bitte keine Wurzeln schlagt.«

»Hier stehen auch die Namen und Adressen der Leute, die uns vor acht Jahren abgeschoben haben«, fügte Joy hinzu.

»Wir wissen nicht –«, begann Sasha leise.

»Doch, wissen wir«, entgegnete ihre Schwester.

Diese Diskussion hatten die Zwillinge schon oft miteinander geführt, und ihre gegensätzlichen Standpunkte spiegelten den inneren Widerstreit der gesamten Gruppe – eine Mischung aus Hoffnung und Angst. Acht Jahre waren eine lange Zeit, und es lag durchaus im Bereich des Möglichen, dass sie am Ende, nachdem sie erneut aus Hebes Kelch getrunken hatten, herausfinden mussten, dass niemand auf ihre Rückkehr wartete. Oder schlimmer noch: dass sie auf Menschen treffen würden, denen sie egal waren. Vergaßen Familien diejenigen, die nicht mehr bei ihnen waren? Ursula konnte sich nicht sicher sein, schließlich stammte alles, was sie über Familien wusste – wie so vieles andere –, ausschließlich aus dem Fernsehen. In Sitcoms und Seifenopern kam es oft vor, dass lang vermisste Familienmitglieder plötzlich aus dem Nichts wiederauftauchten und zur Tür hereinmarschiert kamen. Andererseits wurden sämtliche Probleme dann auch in dreißig Minuten gelöst, einschließlich der Werbeunterbrechungen. Selbst Ursula wusste, dass das wahre Leben nicht so einfach war.

»Ich habe noch nie in einem Flugzeug gesessen«, sagte Wish. »Vielleicht gefällt mir das gar nicht. Womöglich habe ich Flugangst. Ich wette, ich habe Flugangst!« Sie begann, nervös an ihrem Daumennagel herumzubeißen, eine Angewohnheit, die sie hatte, seit Ursula sie kannte.

»Na schön«, sagte Ursula laut, streckte die Hand aus und holte sich die Broschüre zurück. »Das war genau der Grund, warum ich das nicht ansprechen wollte. Abgesehen von allem anderen, hat die Vergeltungsschlacht noch gar nicht stattgefunden. Daher ist die Frage, wie es danach für uns weitergeht, völlig irrelevant. Ich weiß nicht, was letzte Nacht passiert oder nicht passiert ist. Aber bis man mir zu einhundert Prozent das Gegenteil beweist, gehe ich davon aus, dass das Ereignis, auf das wir uns acht Jahre lang vorbereitet haben, immer noch vor uns liegt.«

»Der Rat sieht das offenbar anders«, sagte Bug.

»Mir ist egal, was der Rat denkt«, erwiderte Ursula derartig barsch, dass ihre Freundin erschrocken zusammenzuckte. Um sich zu beruhigen, atmete sie tief durch. »Tut mir leid. Ich meinte bloß ... Wir wissen nicht, was hier los ist, aber eines wissen wir genau: Drei von uns sind verschwunden, und es zählt nur, dass wir sie finden. *Damit* ...«, sie hielt die Broschüre in die Höhe, »... können wir uns beschäftigen, wenn wir alles andere geklärt haben, okay?«

Missmutiges Nicken war die einzige Reaktion, die sie auf diese Ankündigung erhielt.

»Und bis wir wissen, was sich hier abspielt, müssen wir davon ausgehen, dass wir einer Art Angriff ausgesetzt sind. Also, passt gut aufeinander auf!«

Erneut nickten die Mädchen. Ursula lächelte und versuchte angestrengt, die Vorstellung zu verdrängen, dass sie womöglich bald wieder in diesem Raum sitzen würden – in noch weiter verringerter Zahl.

KAPITEL 13

Adam saß auf der Kante seines Krankenhausbettes und kratzte sich am Hals. Na schön. Alles würde wieder gut werden. Die Wände um ihn herum waren in einem zarten Hellblau gestrichen, und der beabsichtigte Entspannungseffekt trat auch tatsächlich ein. Im Vergleich zu vorhin, als man ihn in den Krankenwagen verfrachtet hatte, war er schon deutlich ruhiger. Er hatte eine etwas seltsame Nacht gehabt – okay, eine *sehr* seltsame Nacht –, aber nun würde alles gut werden. Es war ja nur folgerichtig, dass man ihn an einen Ort gebracht hatte, wo man überprüfen konnte, ob mit ihm alles in Ordnung war. Er hatte ziemlich wirres Zeug von sich gegeben, und die Polizei war schlicht ihrer Sorgfaltspflicht nachgekommen. Jetzt war er wieder ganz der Alte, und alles hatte sich eingerenkt. Abgesehen davon, dass sein Hals so merkwürdig juckte.

Im Rückblick ließ sich sein Zustand durchaus erklären. Es lag eine traumatische Erfahrung hinter ihm. Die Frau, von der er sich eingeredet hatte, dass er sie liebte, hatte er mit einem anderen Mann im Bett erwischt. Und dann war es auch noch ein Belgier gewesen! Adam verzog gequält das Gesicht. Ihm war bewusst, dass er gestern Nacht bei seinem polizeilichen Verhör ziemlich ausführlich auf das ganze Belgien-Problem eingegangen war. Nicht ideal, aber er vermutete, es verblasste im Vergleich zu den anderen Dingen, die er zu Protokoll gegeben hatte.

Nun war er wieder klar im Kopf, und für alles gab es eine

vollkommen rationale Erklärung. Er war kein großer Trinker, und gestern Abend hatte er den Fehler gemacht, viel zu tief ins Glas zu schauen. Das war's. Er war sehr betrunken gewesen und hatte einen äußerst seltsamen Traum gehabt, der ihm extrem real vorgekommen war – was nur wieder einmal bewies, dass man bei deutschem Bier wirklich aufpassen musste. Die Lektion hatte er gelernt. Kölsch sollte mit Warnhinweis verkauft werden. Obwohl … Anzugeben, dass man nach dem Genuss womöglich überzeugt sein könnte, von einem Team kampferprobter Jungfrauen mit Superkräften rekrutiert worden zu sein, um die Stadt gegen eine Geisterhorde von Hunnen zu verteidigen, würde einen ziemlich spezifischen – und langen – Warnhinweis abgeben. Das musste man erst mal auf die Flasche kriegen. Vielleicht würde auch etwas Knapperes genügen: »Könnte zu äußerst extravaganten Sinnestäuschungen führen« zum Beispiel. Kurz hatte sich Adam sogar gefragt, ob ihm Günther, der Wirt, vielleicht – nur vielleicht – etwas ins Glas getan haben könnte. Nein, er bezweifelte es. Auch wenn es eine Menge erklären würde. Dennoch erlaubte er es sich nicht, dieser Theorie zu folgen. Günther hatte Adam schließlich nach Hause geschickt. Und nicht in den Wahnsinn.

Wieder kratzte er sich am Hals. Er juckte wirklich unglaublich stark. Das war gerade nicht sein größtes Problem, klar, aber es ging ihm immer mehr auf die Nerven. Adam nahm sich fest vor, mit dem Kratzen aufzuhören, wenn die nette Ärztin zu einem weiteren Gespräch ins Zimmer kam, wie sie es vorhin angekündigt hatte. Hier zu sitzen und sich krampfhaft die Nägel ins Fleisch zu bohren würde sicher keinen guten Eindruck machen.

Jetzt, da er sich wieder wie er selbst fühlte und ihm bewusst war, dass es sich bei der gesamten Ursula-Geschichte nur um einen lebhaften Traum gehandelt hatte, überfielen ihn immer wieder kurze Erinnerungen an das Verhör von gestern Nacht.

Daran, wie der ältere der beiden Polizisten seinen Kollegen angeschaut, abfällig gegrinst und dann gesagt hatte: »Also, Herr Anderson, um das noch einmal zusammenzufassen: Sie wurden von einem Bus voller heißer Jungfrauen gekidnappt, um mit ihnen Superheldenspiele zu spielen?«

»Na ja, nein, ich … ich habe nie behauptet, sie wären heiß gewesen. Ich meine, ich habe auch nicht gesagt, sie wären unattraktiv. Ursula, die Anführerin, ist tatsächlich ziemlich … Aber das war unter den Umständen überhaupt nicht von Belang. Und ich habe auch nicht mitgekämpft. Die Mädchen haben gekämpft. Ich war nur da, damit die Anzahl stimmte.«

»Ja«, erwiderte der Polizist, »weil sie ein paar ihrer Jungfrauen verloren hatten.«

»Kann ja jedem mal passieren.« Sein Kollege grinste auf eine Weise, die Adam gar nicht gefiel. »Ich zum Beispiel habe allein diese Woche schon drei Jungfrauen verloren.«

Dann brüllten sie vor Lachen.

Adam fragte sich, was sein hyperrealer Traum voller Heldentaten über seinen Mangel an Mut aussagte. Schließlich hatte ihn seine Fantasie *hinter* der kämpfenden Truppe positioniert, zusammengekauert im Schutz eines schweren Schildes. Aber immerhin war er eingeschritten, als dieser kahlköpfige Typ sich von hinten an Ursula herangeschlichen hatte. Augenblicklich tauchte die Erinnerung an das Gesicht des Mannes vor Adams innerem Auge auf: an seine durchdringenden Augen und die Hakennase, so lebensecht, dass er körperlich erschauderte. Tief einatmen. Das war alles bloß ein völlig aus dem Ruder gelaufener Kater.

Verdammt! Sein Hals machte ihn langsam wirklich fertig. Wenn er ihn berührte, fühlte er sich nicht anders an als sonst. Er ertastete keinen Stich oder so was, nur die Haut war immer gereizter. Er erhob sich vom Bett. In die Wand war ein eigentümliches Waschbecken eingelassen, und darüber hing ein Spiegel, der aus Plastik zu bestehen schien. Langsam dämmerte ihm, dass hier aus Sicherheitsgründen kein Glas verwendet wurde.

Er betrachtete sich von Kopf bis Fuß. Was er im Spiegel erblickte, war wenig schmeichelhaft. Er sah schlimm aus, hatte dicke Tränensäcke unter den Augen. Wer ihm so auf der Straße begegnet wäre, hätte sofort erkannt, dass er die ganze Nacht nicht geschlafen hatte. Plötzlich drehte sich alles vor seinen Augen. Eine Welle aus Schwindelgefühl riss ihn beinahe von den Füßen, und rasch lehnte er sich gegen die Wand. Die kühle Oberfläche an der Stirn tat gut. Erneut sah er das Gesicht des kahlen Mannes vor sich, und sein Blick bohrte sich mit beängstigendem, reinem Hass in ihn hinein.

Adam atmete einige Male tief durch, dann war seine Sicht wieder normal. Auch das Schwindelgefühl verschwand so schnell, wie es gekommen war. Das Spiegelbild zeigte ihm denselben übermüdeten Typen wie gerade eben, auch wenn er noch verstörter aussah. Was zur Hölle passierte mit ihm? Vielleicht sollte er den Gedanken, dass man ihm was ins Getränk getan hatte, doch nicht einfach so abtun? Bier allein konnte so was nicht anrichten, nicht mal deutsches Bier.

Adam biss die Zähne zusammen, als sich das Jucken an seinem Hals schmerzhaft verstärkte. Er zog den Kragen seines T-Shirts herunter, um die Stelle genauer in Augenschein zu nehmen. Sah okay aus, war nur leicht gerötet. Das war ja auch kein Wunder, schließlich hatte er die ganze Zeit daran herumgekratzt. Es …

Adam erstarrte. Die Haut an seinem Hals verschob sich plötzlich auf äußerst unnatürliche Weise. Es war, als würde sich darunter etwas hin und her winden und dabei immer größer und größer werden. Er wollte schreien, stellte aber fest, dass er dazu nicht in der Lage war. Sein Mund stand nutzlos offen, während sein Hals weiter pochte und pulsierte. Dann begann die Haut, sich aufzublasen wie ein Ballon und eine Form zu bilden. Ein Gesicht. Einen ganzen Kopf, um genau zu sein. Einen, den er erkannte. Es war der Kopf des Mannes, der ihn in seinem seltsamen Traum so durchdringend angestarrt hatte. Auch wenn es Adam endgültig schwerfiel, das Ganze als Traum abzutun, da nun der Kopf eines zornigen, glatzköpfigen Mannes mit Hakennase auf seiner rechten Schulter saß und ihm aus dem Spiegel entgegenstierte.

»Ich bin der mächtige Balzar«, verkündete der Kopf mit einer hohen, vor Empörung schrillen Stimme. »Erster Nekromant an Attilas Hof. Gib mich augenblicklich frei, du unwerter Unhold!«

Es war dieser Augenblick, in dem Adam endlich seine Stimme wiederfand. Er schrie. Und schrie. Und schrie.

KAPITEL 14

Als Bug herausgefunden hatte, dass die Bezeichnung »Nemesis« für einen Erzfeind stand, hatte sie unbedingt einen haben wollen. Es klang wie die coolste Sache der Welt. Anfangs glaubte sie, Sasha würde eine gute Nemesis abgeben. Doch als Bug es ihr vorschlug, hatte diese nur verächtlich gegrinst und war eine ganze Woche lang besonders nett zu ihr gewesen. Auch Joy hatte sie gefragt. Diese meinte aber, bedauerlicherweise sei das Leben bereits ihre Nemesis und für eine weitere fehle ihr schlicht die Energie. Schließlich hatte sich Wish widerwillig für den Job zur Verfügung gestellt. Da sie aber dauernd fragte, ob sie es richtig mache, war die Wirkung so ziemlich dahin.

Bug hatte die Hoffnung schon fast aufgegeben, aber dann löste eines ihrer verunglückten Experimente doch noch das Problem. Sowohl Marigold, die Katze, als auch sie selbst hatten dabei von Kopf bis Fuß eine blaue Farbe angenommen, und natürlich bestellte Una sie zu sich in ihr Büro.

Eigentlich war Unas Büro weit mehr als nur ein Büro. Eine Tür führte von dort in einen angrenzenden Raum, wo sie vermutlich schlief. Bug nahm zudem an, dass es sich um eine Fundgrube der coolsten Sachen handelte, die Una in ihrer langen Zeit als Schuldirektorin konfisziert hatte. Offiziell war ihre Schule natürlich gar keine Schule, und Una trug keinen Titel – außer Una –, aber irgendwie musste man sie ja nennen. Klar, auch Drill Sergeant und Gefängniswärterin wären passend gewesen. Schuldirektorin kam der Sache aber wohl am nächsten.

Tatsächlich war das *Athena* ebenso sehr Hotel wie Schule. Insgesamt ließ sich allerdings viel einfacher aufzählen, was es *nicht* war. Wollte man es beschreiben, deckte das Attribut »sonderbar« das Phänomen immer noch am besten ab. Man musste sich nur vor Augen halten, wie das Gebäude Bug an jenem schicksalshaften Tag doch noch mit ihrer ganz persönlichen Nemesis versorgt hatte. Als sie vor Unas Büro saß, sich nur um ihre eigenen Angelegenheiten kümmerte und sich fragte, ob sie bis an ihr Lebensende blau bleiben würde, hatte es begonnen, das geistige Kräftemessen, das immer noch andauerte. Heute war offenbar der Tag, der die endgültige Entscheidung in dieser epochalen Auseinandersetzung herbeiführen würde.

Bug stand vor der Tür zu Unas Büro und beobachtete, wie sich das Holz verschob und in ein bärtiges Gesicht verwandelte. Es sah aus, als würde es schon seit Jahrhunderten existieren und hätte in all der Zeit an wirklich gar nichts eine Freude gehabt. Es zeigte einen abschätzigen Blick, der durchaus der erste in der langen Geschichte aller abschätzigen Blicke gewesen sein konnte. Bug hatte die Tür »Grumbledoor« getauft, was dieser natürlich zu Ohren gekommen war. Ein Umstand, der ihre gegenseitige Feindseligkeit nur noch gesteigert hatte.

»Oh«, sagte Grumbledoor. Seine tiefe Stimme klang wie ein Sargdeckel, dem es gar nicht gefiel, geöffnet zu werden. »Du bist das.«

»Ja«, bestätigte Bug gut gelaunt. »Ich bin's.«

»Was hast du diesmal angestellt?«

»Nichts.«

»Fällt mir schwer zu glauben.« Man sollte meinen, dass altes Eichenholz Probleme haben müsste, einen hochmütigen Eindruck zu machen, doch Grumbledoor gelang es mit Bravour. »Wie auch immer, Frau Una ist nicht anwesend. Und bemüh dich nicht, eine Nachricht zu hinterlassen, das Ausrichten von Nachrichten zählt nicht zu meinen Pflichten.«

»Ich weiß, dass Una nicht da ist. Genau darum geht es. Wir haben keine Ahnung, wo sie ist, und deshalb hat Ursula mich gebeten, hier raufzukommen, um in ihrem Büro nach Hinweisen zu suchen, wo sie womöglich stecken könnte.«

»Wie dir sehr wohl bewusst ist, kann ich nur Frau Una Zugang gestatten.«

»Das ist ein Notfall.«

»Nun, in diesem Fall lasse ich dich selbstverständlich herein.«

»Wirklich?«, fragte Bug verblüfft.

»Natürlich.« Grumbledoor lächelte. »Sobald du mir das Notfall-Passwort nennst.«

»Das kenne ich nicht.«

»Dann«, sagte die Tür mit wackelnden Brauen, »ist dies auch kein Notfall.«

Bug nickte und zog eine in Leder eingeschlagene Schachtel aus ihrer Tasche. »Ich hab schon befürchtet, dass du das sagen würdest.«

»Was ist das?« Grumbledoor sah entsetzt aus.

»Es ist ...«

Bug hielt inne, als Trinity in ihrer üblichen Uniform aus zerrissener Jeans und Nirvana-T-Shirt herbeigeschlurft kam und sich mit einer riesigen Schüssel Popcorn gegenüber der Tür in einen alten Sessel fallen ließ. Bug hatte selbst viele Male in diesem Sessel gehockt und sich mit Grumbledoor gestritten, während sie darauf wartete, von Una ihren nächsten Tadel entgegenzunehmen.

Der Korridor vor Unas Büro stellte ein Unikum im *Athena*

dar, da er sich nie veränderte. Derselbe dicke rote Teppich, dieselbe weiße Tapete mit den goldenen Enten darauf und dasselbe Gemälde, das über dem Sessel hing und eine Kuh zeigte, die einen Sonnenuntergang genoss.

Die Kunstauswahl im *Athena* war so angenehm wie einschläfernd. Viele der eigentümlichen Gemälde fanden sich an immer neuen Stellen im Hotel wieder. Zu den schlimmsten gehörte der schreiende Ziegenbock. Darauf zu sehen war – richtig geraten – ein schlecht gelaunter Ziegenbock, und das Bild tauchte grundsätzlich vor dem Zimmer derjenigen auf, die das Hotel gerade geärgert hatte. Dann stieß es mitten in der Nacht in unregelmäßigen Abständen Schreie aus, bei denen einem das Blut in den Adern gefror.

»Was machst du denn hier?«, fragte Bug.

Trinity griff sich eine Handvoll Popcorn und antwortete erst, als sie es sich in den Mund gestopft hatte. »Alle anderen sind weg, und der Fernseher ist schon wieder kaputt. Da dachte ich, ich komme her und schau mir das an.«

»Hier gibt's nichts zu sehen«, entgegnete Grumbledoor barsch, »denn nichts wird hier passieren.«

»Sag ihm, dass Una verschwunden ist«, bat Bug.

Trinity nickte und schluckte das Popcorn runter. »Ist sie. Puff! Hat sich in Luft aufgelöst. Gone, Baby, gone.«

»Siehst du?« Bug wandte sich wieder der Tür zu.

»Hmmmm.« Grumbledoor runzelte die Stirn. »Dies ist äußerst beunruhigend. Na schön, ich werde euch Einlass in ihr Allerheiligstes gewähren.«

»Super!«

»Sobald ihr mir das Notfall-Passwort nennt.«

»Okay«, sagte Bug erschöpft und hielt noch einmal den Lederbeutel in die Höhe. »In diesem Fall: Zurück zu Plan A.«

»Sesam öffne dich!«, rief Trinity.

»Was?«, fragte Bug.

»Ich rate das Passwort.«

»Das wird wohl kaum ›Sesam öffne dich!‹ lauten.«

»Könnte aber sein«, sagte Trinity. »Weißt du ja nicht.«

»Die junge Dame hat vollkommen recht«, sagte Grumbledoor.

»Na schön«, sagte Bug. »ist es Hokuspokus?«

»Nein.«

»Also gut.«

»Abrakadabra?«, rief Trinity.

»Nein.«

»Erdnussbutter?«

»Nein.«

»Das hilft uns nicht weiter«, schnaufte Bug.

»Wer hat denn gesagt, dass ich helfen will?«, fragte Trinity. »Ich rate bloß gern. Simsalabim?«

»Nein.«

»Stinkepo?«

»Sei nicht albern!«, sagte Trinity. »Das Passwort ist garantiert nicht ›Stinkepo‹.«

»Kann doch sein«, entgegnete Trinity. »Du weißt es nicht.«

»Una würde sich niemals so ein Passwort aussuchen.«

»Ah … Aber sie weiß, dass du das weißt, und genau aus diesem Grund könnte sie es doch wählen.«

»Gegen die Logik der jungen Dame lässt sich nichts einwenden«, gab Grumbledoor zu.

»Na schön«, sagte Bug. »Lautet das Passwort ›Stinkepo‹?«

»Nein.«

»Haariger Arsch?«

»Nein.«

»Dreckiger Arsch?«

»Nein.«

»Okay«, sagte Bug. »Ihr könnt gern so weitermachen. Achtet gar nicht auf mich, ich breche jetzt das Schloss auf.«

»Du kommst hier nicht durch«, sagte Grumbledoor erbittert.

»Das werden wir sehen«, entgegnete Bug mit einem Grinsen. »Ich habe dich freundlich gebeten, jetzt heißt es: Zeit für die große Einbruchs-Show.«

Bug kniete sich auf den Teppich und nahm das Schloss in Augenschein.

»Das ist ein gewaltsamer Übergriff!«, schnaufte Grumbledoor.

»Woher weißt du überhaupt, wie so was geht?«, fragte Trinity.

Bug verschränkte die Finger ihrer Hände und ließ die Gelenke knacken. »Hab mir ein paar YouTube-Videos angeschaut«, erwiderte sie und wählte einige Werkzeuge aus ihrem Beutel, »und meine eigene Kollektion von Dietrichen hergestellt.«

»Cool«, sagte Trinity. »Ich setze gegen dich.«

»Was?«

»Feuriger Hintern«, sagte Trinity, statt zu antworten.

»Nein.« Selbst für seine Verhältnisse klang Grumbledoor äußerst unglücklich.

»Heißer Hintern?«

»Nein.«

»Kalter Hintern?«

»Nein?«

»Bin ich nah dran oder weit weg?«

»Ich werde keinerlei Tipps geben«, verkündete die Tür.

»Okay. Roter Hintern?«

»Nein.«

»Blauer Hintern?«

»Nein.«

Bug schüttelte unzufrieden den Kopf. Das war nicht der coole Einbruchs-Vibe, auf den sie gehofft hatte.

»Grüner Hintern?«
»Nein?«
»Eselspo?«
»Nein.«
»Gorillapo?«

KAPITEL 15

Ideen.
Ideen.
Ideen.

Oder wenigstens *eine* Idee – Singular. Ursula wäre vollkommen glücklich gewesen, wäre ihr auch nur eine einzige Idee gekommen, was nun zu tun war.

Das *Athena* hatte sie immerhin mit zwei Ideen verlassen, es waren allerdings auch die absolut naheliegendsten gewesen.

Zuerst kehrten sie zu dem Spielplatz zurück, an den Schauplatz der Schlacht von letzter Nacht, die ja gar keine Schlacht gewesen war. Eine Stunde lang sahen sie sich dort um und fanden genau null Hinweise darauf, was Una zugestoßen sein könnte. Nicht einmal der Minibus befand sich noch dort, da die Polizei ihn hatte abschleppen lassen.

Es war schon komisch ... Nicht das Geringste deutete auf die Ereignisse der vergangenen Nacht hin. Nur einige Kinder waren hier sowie ihre Eltern, die sie an den Klettergerüsten beaufsichtigten oder die Karussells für sie drehten. Derartige Alltagsszenen beobachtete Ursula immer mit einem Gefühl der Sehnsucht. Alle Mädchen ihrer Schule waren sich vage der Tatsache bewusst, dass sie keine normale Kindheit gehabt hatten. Während andere Kinder sich Fantasiewelten ausdachten, hatte man ihnen im Alter von zehn Jahren magische Kräfte verliehen, und sie waren darin ausgebildet worden, diese so einzusetzen, als würde ihr Leben davon abhängen – was ja auch den Tatsachen entsprach. Zumindest wäre es so gewesen, wenn die Nacht der Vergeltung planmäßig verlaufen wäre.

Nachdem sich der Ausflug in den Park als fruchtlos erwiesen hatte, kehrten Ursula und die Zwillinge in die Nähe des *Athena*-Hotels zurück, um ihrer anderen Spur nachzugehen. Sie wussten, dass Anna und Delilah gestern Abend zum vier Straßen entfernten Kaya-Supermarkt gegangen waren, um die Zutaten für Delilahs Spezialität zu besorgen, die Tagliatelle all'arrabbiata. Das Trio hatte die Schritte ihrer Freundinnen nachvollzogen und sich schließlich im Laden selbst erkundigt, ob die Mädchen überhaupt dort gewesen waren. Waren sie.

In den meisten Supermärkten hatte man keine Ahnung vom Kommen und Gehen der Kunden, aber Kaya war für die Mädchen mehr als nur ein x-beliebiger Laden. Sie kauften schon immer dort ein. In den letzten Jahren hatten zwei Supermärkte eröffnet, die deutlich näher am Hotel *Athena* gelegen waren, aber diese hatten die Mädchen noch kein einziges Mal betreten. Solange sie zurückdenken konnten, war die Familie Kaya Teil ihres Lebens gewesen. Man musste nur an die gemeinsame Liebe für schlechte Witze denken, die Anna und Herr Kaya miteinander teilten. Es war längst Tradition: Im Laufe der Jahre hatten sie Hunderte schauderhafte Anekdoten über Klein Fritzchen, Blondinen und Ostfriesen ausgetauscht.

Elif, die Schwiegertochter von Herrn Kaya, saß hinter einer der Kassen, als Ursula, Joy und Sasha den Laden betraten, und sie konnte sofort bestätigen, dass zumindest Anna hier gewesen war. Herr Kaya hatte seiner Familie heute Morgen beim Frühstück schließlich mit größter Freude ihren neuesten Witz wiedergegeben. Elif lachte, als sie ihnen dies berichtete, setzte aber sofort eine besorgte Miene auf, als sie begriff, worauf die

Frage der Mädchen abzielte. Rasch schüttelte Sasha eine Geschichte aus dem Ärmel, dass Anna lediglich ihr Handy verloren hätte, was Elif ihr durchaus zu glauben schien.

All das führte dazu, dass das Trio nun vor dem Kaya-Supermarkt stand, den Blick wieder Richtung Schollallee richtete und sich fragte, wie es weitergehen sollte. Wie immer in solchen Situationen, spürte Ursula, dass die anderen darauf warteten, dass sie den nächsten Schritt vorgab.

»Also …« Sie drehte den Spieß kurzerhand um und wandte sich an Joy und Sasha. »Vorschläge?«

Außer einem gleichzeitigen Schulterzucken hatten die beiden nichts anzubieten.

Ursula versuchte es mit einer anderen Strategie. »Okay, Joy, du schaust dir doch immer diese Krimiserien an. Was würden die Leute da machen?«

»Die Polizei verständigen«, sagte Joy.

»Okay, das geht nicht.«

»Die Handys tracken.«

»Geht auch nicht.«

»CSI?«

»CSI? Was soll das denn bedeuten?«, fragte Sasha.

»Na, vielleicht fällt dir ja mal was ein, Schwesterherz.«

»Was Besseres als CSI fällt mir auf jeden Fall ein. CSI ist ja noch nicht mal ein Wort!«

»Es sind sogar mehrere Wörter«, entgegnete Joy, »nur nützen sie uns nicht viel. Was wir brauchen, ist eine Spur.«

»Wir haben gar nichts, nicht das kleinste Lebenszeichen.«

»Keine besonders gute Wortwahl, Sash«, sagte Ursula.

»Was ist denn – Argh!« Sashas Schrei wurde von einem kleinen Hund ausgelöst, der auf dem Bürgersteig aufgetaucht war und sie laut ankläffte. Augenblicklich sprang sie beiseite und ging hinter Ursula in Deckung. Sasha war keine Tierfreundin.

Der kleine Yorkshireterrier neigte den Kopf und schaute sie verwirrt an.

Joy lachte. »Du bist so albern.«

»Sollte der nicht an der Leine sein?«, schnappte Sasha. »Oder einen Besitzer haben oder so was?«

Ursula suchte mit dem Blick die Straße ab. »Ist schon ein bisschen komisch, dass der hier so ganz allein rumrennt. Vielleicht ist er wem entlaufen?«

Joys Antipathie gegenüber Menschen war allgemein bekannt, sie erstreckte sich jedoch nicht auf Tiere – mit einer entscheidenden Ausnahme. Sie beugte sich vor. »Hast du dich verlaufen, kleiner Freund?« Der Terrier knurrte sie an, und sie richtete sich schnell wieder auf. »Okay, ganz wie du willst.«

Der Hund drehte sich um und trottete ein Stück weiter.

»Sollten wir – keine Ahnung – seinetwegen irgendwas unternehmen?«, fragte Joy.

»Nur für den Fall, dass du's schon wieder vergessen hast«, erwiderte Sasha, »wir haben größere Probleme als einen entlaufenen Hund. Zwei entlaufene Teammitglieder zum Beispiel.«

»Ich weiß. Ich meinte ja bloß …«

Der Hund kläffte sie erneut an.

»Kommt es nur mir so vor«, fragte Ursula, »oder klingt es für euch auch so, als wolle er, dass wir ihm folgen?«

Wieder kläffte der Terrier.

»Nein«, sagte Sasha.

»Doch«, sagte Joy.

Der Hund bellte noch einmal, als wolle er ebenfalls seine Meinung kundtun. Dann machte er einen Schritt nach vorne, drehte sich zu ihnen um und schaute sie vielsagend an.

»Na gut«, gab Sasha nach. »Sagen wir, er will, dass wir ihm folgen. Sollten wir uns nicht trotzdem darauf konzentrieren, Anna und Delilah zu finden?«

»Möchtest du irgendwelche Vorschläge einbringen, wie wir das anstellen sollen?«, fragte Ursula.

Sasha zögerte. Offenbar zermarterte sie sich kurz das Hirn, bevor sie widerwillig zugab, dass ihr nicht das Geringste in den Sinn kam.

»In diesem Fall«, sagte Ursula, »finden wir erst mal raus, was hier los ist, bis uns was anderes einfällt.« Sie setzte sich in Bewegung, und während der Hund selbstbewusst vor ihr den Gehsteig hinabtaperte, marschierten die Zwillinge hinter ihr her.

»Ich möchte nur noch mal zu Protokoll geben, dass ich das für ein sehr schlechte Idee halte«, sagte Sasha.

»Okay«, erwiderte Ursula, »sollten wir jemals irgendeine Art Protokoll führen, werde ich es definitiv vermerken.«

Sie folgten dem Terrier, der seelenruhig über den Bürgersteig trottete, an der Ampel stehen blieb, wartete, bis sie grün wurde, und dann seinen Weg fortsetzte. Der Hund schaute sich kaum um, aber es schien ihm große Freude zu bereiten, dass sie sich an seine Fersen geheftet hatten. Als sie eine weitere Fußgängerampel erreichten, bog der Hund unvermittelt ab und sprang die Stufen zu einer der Haustüren hinauf, deren schwarz-weißer Anstrich recht verblichen wirkte. Sie öffnete sich, und im Hauseingang stand eine alte Dame. Sie hielt einen Teller mit einem Stück Schwarzwälder Kirschtorte in der einen Hand und eine Gabel in der anderen. Der Hund drehte sich um und ließ sich zu Füßen der Frau nieder. Dabei wirkte er sehr mit sich zufrieden.

»Hi«, sagte Ursula, während sie und die Mädchen anhielten.

Die alte Dame winkte sie mit ihrer Gabel näher, bevor sie einen großen Bissen der Torte damit aufspießte. Die Freundinnen tauschten einen Blick und stiegen die Stufen hinauf. Erst, als sie an der Tür angekommen waren, erkannten sie die Frau.

»Moment, Sie sind doch die Dame mit dem Trolley … Wir sind uns schon häufig beim Einkaufen begegnet.«

»Ja.« Die Frau schluckte ihren Tortenbissen runter und bedachte Ursula mit einem säuerlichen Blick. »Und ich habe, was ihr sucht.«

»Ach ja?«, fragten die drei Mädchen im Chor.

Die alte Dame trat beiseite, und Ursulas Blick fiel auf die vier braunen Tüten, die hinter ihr im Hausflur standen. »Eure Freundinnen haben ihre Einkäufe fallen lassen, als sie gestern Abend davongelaufen sind.«

»Wo sind sie denn hingelaufen?«, fragte Ursula.

»Das weiß ich doch nicht.« Die Frau gestikulierte vage mit der Gabel. »Geht mich auch nichts an.« Sie senkte die Stimme. »Etwas anderes geht mich aber durchaus etwas an: dass die Größere von den beiden in aller Öffentlichkeit Magie zum Einsatz gebracht hat, um die verschütteten Sachen wieder aufzuheben und am Bordstein abzustellen. Wer auch immer ihr seid, ich gehe davon aus, dass ihr wisst, dass ihr so etwas nicht tun sollt.«

»Ähm.« Ursula warf Sasha und Joy einen kurzen Blick zu. »Ich weiß nicht, wovon Sie sprechen. Ich könnte mir vorstellen, dass es sich bloß um eine Sinnestäuschung gehandelt hat … weil es schon dunkel war vielleicht.«

Die Frau stieß ein humorloses Lachen aus. »Ja, weil ich nicht mehr alle Tassen im Schrank habe, was?« Sie ließ ihren Blick schweifen, um sicherzustellen, dass niemand auf der Straße unterwegs war. Dann vollführte sie eine weitere Bewegung mit ihrer Gabel, und die vier braunen Papiertüten erhoben sich vom Boden.

Die Mädchen zuckten erschrocken zusammen und fanden ihre Fassung erst wieder, als die Tüten in ihre Richtung geflogen kamen. Es war eher Glück als Geschick, dass Ursula und Joy es schafften, jeweils zwei von ihnen abzufangen.

»Sie sind …«, begann Sasha.

»Was?« Das säuerliche Grinsen der Frau brachte Zähne zum Vorschein, die auf bescheidene zahnärztliche Erfolge hindeuteten. »Ihr Mädchen glaubt wohl, ihr wärt die Einzigen hier in der Gegend, die – wie habt ihr es genannt? – Sinnestäuschungen erzeugen können.«

»Ja, das dachten wir tatsächlich«, sagte Ursula.

»Die Weiße Königin möge uns retten, was ist die Jugend doch arrogant! Ich lebe hier seit vierzig Jahren und halte mich bedeckt. Daher würde ich es sehr zu schätzen wissen, wenn ihr es genauso machen und keine Aufmerksamkeit auf euch ziehen würdet, indem ihr durch die Gegend lauft und Tagliatelle in Einkaufstüten durch die Luft fliegen lasst.«

»Es tut uns leid«, sagte Ursula. »Ich werde dafür sorgen, dass wir in Zukunft vorsichtiger sein werden. Unsere Freundinnen sind verschwunden, und es wäre eine große Hilfe, wenn Sie uns alles sagen könnten, woran Sie sich erinnern, zum Beispiel, wohin sie gelaufen sind und wer sie verfolgt hat.«

»Niemand hat sie verfolgt. *Sie* haben jemanden verfolgt. Ich habe gesehen, dass so ein kleiner Transporter auf der Straße gehalten hat. Sie sind dann in die Eichbornstraße gelaufen, aber erst, nachdem die freche Große vor den Augen der ganzen Welt ihre magischen Fähigkeiten zur Schau gestellt hat – und das in unmittelbarer Nähe meines Hauses.«

»Können Sie uns sonst noch irgendwas sagen?«

»Ja«, stieß die Frau giftig aus. »Bleibt weg, und spielt euch hier nie wieder auf! Und belästigt mich gefälligst nicht länger!«

Sasha trat vor und sprach in der tiefen Tonlage, die sie für »ihre Stimme« verwendete. »Wir würden es sehr zu schätzen wissen, wenn Sie uns helfen könnten.«

»Ach, ist das so?« Die Frau richtete sich auf und verdrehte

die Augen, bis sie schielte. »Ja, Herrin, was immer du befiehlst!« Dann stach sie mit der Gabel in Sashas Richtung. »Ihr kommt hier vorbei und bildet euch ein, eure kleinen Zaubertricks würden bei mir funktionieren. Was für eine Frechheit! Was glaubt ihr eigentlich, mit wem ihr es zu tun habt? Ich bin in meinem ganzen Leben noch nie derartig beleidigt worden. Diese jungen Leute heutzutage!«

Sie wollte ihnen die Tür vor der Nase zuknallen, aber Ursula schob rasch ihren Fuß dazwischen. »Ich entschuldige mich, sowohl dafür, dass unsere Freundinnen sie beunruhigt haben, als auch für das, was Sasha gerade versucht hat. Aber wir sind verzweifelt und müssen die beiden unbedingt finden. Sie sind verschwunden, und wir haben keine Ahnung, wo sie sein könnten.«

»Die hab ich auch nicht«, sagte die Frau. »Habe nichts damit zu tun. Mein Haus besteht nicht aus Lebkuchen, und sie sind auch nicht zum Tee zu mir gekommen. Wie bereits erwähnt, sie sind in diese Richtung gerannt. Das war das Letzte, was ich von ihnen gesehen habe. Und das könnt ihr mir glauben. Ich habe nämlich extra die Augen offen gehalten, weil ich der Großen noch mal ordentlich die Meinung geigen wollte.«

»Gibt es irgendetwas, womit Sie uns helfen könnten?«

»Nein.«

Joy trat vor. »Ihr Hund scheint sehr klug zu sein. Vielleicht könnte er uns dabei helfen, die Fährte unserer Freundinnen aufzunehmen?«

»Was?« Die Frau schien ehrlich verwirrt, bevor sie den Blick senkte. »Franz?« Dann stieß sie erneut ein heiseres Lachen aus. »Das würde der im Leben nicht hinkriegen. Er ist ja noch nicht mal ein Hund.«

Wieder gestikulierte sie mit ihrer Gabel, und der Yorkshireterrier verwandelte sich in die größte Ratte, die sie jemals gesehen hatten. Joy stürzte zurück, als wäre sie von einem Orkanstoß getroffen worden. Die einzigen Tiere, die sie nicht mochte, waren Ratten. Genau genommen gingen ihre Gefühle für sie so weit über ein Nichtmögen hinaus, dass sie es nur knapp verhindern konnte, sofort auf die Straße und vor ein Auto zu laufen. Zum Glück stieß sie bloß gegen einen parkenden Wagen und schaffte es gerade eben, die Einkaufstüten nicht fallen zu lassen.

Während ihre Zwillingsschwester die Flucht ergriff, zuckte Sasha zusammen und sog scharf die Luft ein. »Autsch! Sie schreit!«

»Was ist denn los mit ihr?«, fragte die Frau.

»Sie haben gerade Ihren Hund in eine Ratte verwandelt«, sagte Ursula, wobei sie die Erklärung eigentlich für unnötig hielt.

»Nein«, erwiderte die Frau. »Ich habe meine Ratte wieder in eine Ratte verwandelt.«

»Warum lassen Sie sie denn als Hund herumlaufen?«

»Weil kleingeistige Leute auch der freundlichsten Ratte nirgendwohin folgen würden, oder?«, sagte die Frau in noch ungehaltenerem Ton. »Jetzt macht, dass ihr wegkommt!«

Mit einer raschen Geste ihrer Hand schlug sie die Tür zu. Ursula war sich nicht sicher, aber kurz bevor sie ins Schloss fiel, glaubte sie, die Ratte hätte ihr rasch noch die Zunge rausgestreckt. Dann drehten sie und Sasha sich um und sahen, dass Joy im Laufschritt davonhetzte.

»Na ja«, sagte Ursula, als sie sich mit Sasha in Bewegung setzte, um Joy zu folgen. »Immerhin haben wir jetzt einen Anhaltspunkt.«

KAPITEL 16

Adam musste zugeben, dass Doktor Jäger ein sehr freundliches Gesicht hatte, als er ihr erneut gegenübersaß. Sie war eine Frau von Mitte vierzig, mit großen braunen Augen, die ihr kastanienbraunes Haar in einem Pferdeschwanz trug. Sie nickte, während er sprach, und warf immer mal wieder ein leises »Aha« ein. Keine Zustimmung, aber immerhin hörte ihm jemand zu.

Natürlich war er sich bewusst, dass sie kein einziges verdammtes Detail von dem glaubte, was er ihr berichtete. Sie hielt ihn für verrückt. Wenn er auch davon ausging, dass sie als Fachfrau einen solchen Ausdruck niemals verwendet hätte. Zu ihrer Verteidigung musste man sagen, dass Adam sich langsam selbst fragte, ob er verrückt war. Das Beunruhigendste war, dass dies, angesichts der Alternative, seine bevorzugte Erklärung gewesen wäre.

»Hören Sie«, sagt er, »ich verstehe vollkommen, wie wahnsinnig sich das alles anhört.«

»Nein, nein«, erwiderte die Ärztin, »solche Begriffe benutzen wir hier nicht.«

Einer der beiden großen Pfleger, die hinter ihr standen, schaffte es nicht, sein sarkastisches Grinsen zu unterdrücken, was diese Aussage leider etwas abschwächte. Beide Männer waren glatzköpfig, aber der Grinser hatte sich freiwillig entschieden, sich den Schädel zu rasieren, während bei dem anderen Mutter Natur diese Aufgabe erledigt hatte. Dadurch sahen sich die beiden Männer jedenfalls entnervend ähnlich. Zumindest wäre die Ähnlichkeit entnervend gewesen, wenn Adam noch Nerven übrig gehabt hätte.

Doktor Jäger lächelte ihn an. Adam fragte sich, ob es spezielle Kurse gab, bei denen man im psychiatrischen Studium beigebracht bekam, wie man einen beruhigenden Eindruck erweckte. Garantiert war sie Jahrgangsbeste gewesen.

»Warum berichten Sie mir nicht noch einmal ganz genau und in ihren eigenen Worten, was passiert ist?«, schlug sie mit aufmunternder Stimme vor.

Adam schloss einige Sekunden die Augen und atmete tief durch die Nase ein, um sich zu fassen. Als er die Augen wieder öffnete, sah die Welt noch genauso aus wie vorher. Es sagte einiges darüber aus, wie irre sein Leben im Verlauf des letzten Tages gewesen war, dass er allein darin einen gewissen Trost fand.

»Also, wie gesagt, ich stand vor dem Spiegel da drüben, als der … Sie wissen schon … auftauchte.«

»Und dieser Mann …«

»Balzar«, sagte Adam.

Sie nickte und lächelte wieder. »Balzar. Er war im Spiegel und hat Sie angesehen?«

»Nein, schön wär's. Er ist aus meinem Hals gewachsen.«

»Ich verstehe. Dieser Mann ist aus Ihrem Hals gewachsen?«

»Nicht der ganze Mann«, verbesserte Adam. »Das wäre ja völlig verrückt. Bloß sein Kopf.«

»Okay. Der Kopf ist also aus Ihnen herausgeschwebt.«

»Nicht geschwebt, er hing immer noch an mir dran. Ich sah aus wie ein Mann mit zwei Köpfen, und einer davon gehörte eindeutig nicht mir.« Diesmal konnte Adam seinen Ärger nicht zurückhalten. Er wandte sich an den Pfleger, der hinter der Ärztin stand. »Hören Sie, ich weiß, wie sich diese

Geschichte anhört, aber könnten Sie trotzdem aufhören, ihren Kollegen anzuschauen und die Augen zu verdrehen?«

Kurz ließ Doktor Jäger ihren Unmut erkennen und fragte, ohne sich umzudrehen: »Jakob, müssen wir das Gespräch wiederholen, das wir letzte Woche über professionelles Verhalten geführt haben?«

Der Pfleger verzog das Gesicht und warf Adam einen bedrohlichen Blick zu. »Nein, Frau Doktor.«

»Also schön, Mr Anderson«, sagte Doktor Jäger wieder ernst. »Bitte fahren Sie fort. Dieser Salzar ...«

»Balzar«, berichtigte sie Adam.

»Balzar. Was hat er zu Ihnen gesagt?«

»Er hat mich einen ›unwerten Unhold‹ genannt und behauptet, er wäre ein Nekromant.«

»Interessant«, sagte die Ärztin mit einem weiteren Nicken. »Das Wort ›Unhold‹ ist recht ungewöhnlich, nicht wahr? Kennen Sie jemanden, der es verwendet?«

»Nein.«

»Vielleicht ein Familienmitglied?«, schlug sie vor.

»Ich verstehe, worauf Sie hinauswollen, aber nein, niemand in meiner Familie hat mich jemals ›Unhold‹ genannt. Es hat auch niemand aus meiner Verwandtschaft je von sich behauptet, Nekromant an Attilas Hof zu sein, was zur Hölle das auch immer bedeuten mag. Er war der Mann von diesem Vorfall letzte Nacht.«

»Aus dem Traum?«

»Nein, ich meine, ja. Das heißt ...« Adam ballte immer wieder die Fäuste. »Ich meine, ja, er ist der Mann aus dem Erlebnis, von dem wir schon gesprochen haben. Aber die Tatsache, dass er auf meiner Schulter auftaucht, lässt mich vermuten, dass es vielleicht doch kein Traum gewesen ist.«

»Verstehe. Jetzt glauben Sie also, dass der Kampf gegen die Jungfrauen tatsächlich stattgefunden hat?«

»Ich habe nicht gegen die Jungfrauen gekämpft. Ich war auf der Seite der Jungfrauen.«

»Interessant.«

Adam begann, das Wort »interessant« zu hassen.

»Ich weiß, wie das alles klingt«, sagte er. »Ganz ehrlich. Ich würde es auch nicht glauben, wenn ich es nicht selbst erlebt hätte, aber so wahr mir Gott helfe, das habe ich.«

»Ich weiß, dass Sie das glauben.«

»Und ich weiß, dass Sie es nicht glauben. Ich ...« Wieder schloss Adam die Augen und griff sich mit den Händen an den Kopf.

»Ist alles in Ordnung?«

»Es ist ...« Das Kribbeln, das er gerade in seinem Bauch wahrgenommen hatte, stieg in seinem Körper auf. »Ich ... ich glaube, es könnte gleich wieder passieren.«

»Okay«, sagte Doktor Jäger.

Ohne die Augen zu öffnen, spürte Adam, dass sie den beiden Pflegern über ihre Schulter hinweg einen Blick zuwarf. Der gesamte Raum schien sich anzuspannen.

»Ja, ich glaube, es passiert gleich.« In seinem Kopf wirbelten die Gedanken umher. Ein Teil von ihm wollte beweisen, dass diese Sache real war, ein anderer wollte das Gegenteil. Er atmete mehrmals kurz und tief ein, und ihm war bewusst, dass er beinahe klang, als läge er in den Wehen. Das Gefühl hatte mittlerweile seine Brust erreicht. »Es kommt. Es kommt ganz sicher.« Adam neigte den Kopf nach links. Am rechten Halsansatz begann wieder das Jucken. »Okay, machen Sie sich bereit ...« Flach und stoßweise rang er nach Luft und rieb sich mit den Händen die Oberschenkel. Schließlich aber verlangsamte sich sein Atem.

Zwanzig ... vierzig ... sechzig Sekunden vergingen.

Kurz öffnete er die Augen und erblickte das Trio, das sich dicht vor ihm aufgebaut hatte. Man sah den Pflegern an, dass sie bereit waren, sich jeden Moment auf ihn zu stürzen. Sie glaubten nicht, dass seine Ankündigung wahr werden würde, aber offenkundig erwarteten sie, dass er kurz davorstand, irgendwas zu tun.

»Okay«, sagte Adam und schloss die Augen. »Geben Sie mir ... einfach noch 'ne Sekunde ... Es ... es passiert ... Ich meine ... *etwas* ... etwas passiert ... Versuchen Sie, nicht durchzudrehen. Es ist das Verrückteste, das Sie jemals sehen werden ...« Das Kribbeln erfüllte nun seinen gesamten Körper, und sein Hals juckte wie wahnsinnig.

Jede Sekunde war es so weit. Jede Sekunde.

Und dann ...

Einen Moment später öffnete Adam die Augen. Das Einzige, was er jetzt fühlte, war eine Scham, die seinen gesamten Körper übermannte.

Es sagte viel über Doktor Jägers Professionalität, dass sie ihr Lächeln verbarg, während die beiden Pfleger in ein derart lautes Gelächter ausbrachen, dass einem von ihnen die Tränen kamen.

Er konnte es ihnen nicht verübeln, schließlich hatte er ihnen etwas Welterschütterndes angekündigt – und doch nur ein lautes Rülpsen ausgestoßen.

KAPITEL 17

Es lief nicht gut. Während Bug versuchte, Grumbledoors Schloss aufzubrechen, war ihr jedes Zeitgefühl abhandengekommen, ganz zu schweigen vom Großteil ihrer Werkzeuge. Es überraschte sie nicht. Offenbar war Grumbledoors Schloss nicht bloß ein Schloss, und er war sehr wohl imstande, sich gegen ihre Angriffe zu verteidigen. Sie hatte sich ebenso lange daran abgerackert, wie Trinity gebraucht hatte, um ihre wirklich beeindruckende Liste von hinternbezogenen Passwortvorschlägen durchzugehen. Danach war sie zu Lebensmitteln, Planeten, Tieren, Tieren, die Lebensmittel auf Planeten aßen, Farben, historischen Persönlichkeiten und schließlich allen Zahlen zwischen eins und zweitausendsiebzehn übergegangen. Dann hatte sie aufgegeben und warf nur noch halbherzig beliebige Zahlen von wachsender Größe in den Raum.

»Eine Million achthundertsiebenundvierzigtausendsechshundertvierundzwanzig?«, fragte Trinity.

»Nein.«

»Dreizehn Millionen zweihunderttausendzweiundzwanzig?«

»Nein.«

»Dreiundzwanzig Millionen zweihunderttausendneunhundertsechsundvierzig?«

Grumbledoor stutzte.

Bug hörte auf, das Schloss mit den zwei dünnen Metallstäben zu bearbeiten, und schaute sich nach Trinity um, die sich aufgeregt aufgerichtet hatte.

»Sagtest du dreiundzwanzig Millionen zweihunderttausendneunhundertsechsundvierzig oder dreiundzwanzig Millionen zweihunderttausendneunhundertsiebenundvierzig?«, fragte Grumbledoor.

»Ersteres«, sagte Trinity.

»Dann nein.«

»Okay«, rief sie begeistert. »Also dreiundzwanzig Millionen zweihunderttausendneunhundertsiebenundvierzig?«

Er lächelte. »Auch nein.«

Trinity lehnte sich zurück. »Mir wird das Spiel langsam langweilig.«

»Hervorragend«, sagte Grumbledoor. »Dann muss ja nur noch eine von euch die Flinte ins Korn werfen.«

Bug ließ ihre Augen zu schmalen Schlitzen werden. »So schnell gebe ich nicht auf.«

»Ich habe nichts anderes erwartet. Wenn mir, während deiner Zeit hier bei uns, eines aufgefallen ist, dann dein unstillbares Verlangen nach sinnfreien Aktivitäten.«

Bugs Reaktion bestand lediglich darin, die Worte der Tür nachzuäffen.

»Wie erwachsen.«

»Wie –« Bug stoppte mitten in der Nachahmung, als das charakteristische Klicken des Schlosses ertönte, das sie bereits mehrmals gehört hatte. Gerade noch rechtzeitig zog sie den Kopf ein, bevor die beiden Metallstifte aus dem Schlüsselloch schossen und gegen die gegenüberliegende Wand knallten. »Das hätte mich ein Auge kosten können!«, protestierte sie.

»Dann«, erwiderte Grumbledoor, »hättest du eine Augenklappe tragen und noch mehr wie die Straßenräuberin aussehen können, zu der du gewiss eines Tages werden wirst.«

Trinity beugte sich herab und hob einen der Stifte vom Boden auf. »Der hier ist abgebrochen.«

»Okay.« Bug richtete sich auf und streckte ihren Rücken durch. »Jetzt ist Schluss.«

»Freut mich, dass du es endlich einsiehst«, sagte Grumbledoor.

»Ha! Wie oft musste ich hier vorstellig werden?«

»Einhundertachtundsechzigmal.«

»Und …« Bug fuhr verblüfft herum. »Moment mal, du kennst die genaue Zahl?«

»Na sicher. Ich habe ein tadelloses Gedächtnis.«

»Eins muss man bedenken«, warf Trinity ein, »er ist eine Tür. Ist ja nicht so, als hätte er ein wahnsinnig abwechslungsreiches Leben und müsste sich unglaublich viele Sachen merken.«

Diese Spitze brachte ihr einen missbilligenden Blick der Tür ein.

»Ich mein ja bloß.« Sie zuckte mit den Schultern.

»Was ich eigentlich sagen wollte …«, fuhr Bug fort. »Habe ich in all diesen Fällen jemals irgendwas eingesehen?«

»Nein«, gab Grumbledoor zu.

»Eben!« Selbst Bug kam der triumphale Ton in ihrer Stimme ein wenig seltsam vor. »Um genau zu sein … In wie vielen dieser hundert und noch was Fälle –«

»Einhundertsechsundachtzig.«

»Gut. In wie vielen dieser Fälle war ich hier, weil ich etwas in die Luft gesprengt hatte?«

»Lass mich überlegen.« Grumbledoor sog nachdenklich die Lippen ein. »Vierzehnmal wegen zerbrochener Fenster, siebzehnmal wegen exzessiver Ruhestörung, sechsundzwanzigmal, weil du im Unterricht nicht aufgepasst hast, einmal, weil du – wie man es in diesem Fall genannt hat – *zu sehr* im Unterricht aufgepasst hast, zwölfmal wegen Herumlungerns, dreizehnmal, weil du etwas hast blau werden lassen, sechzehnmal wegen einer Überflutung, zweiundzwanzigmal wegen Brandstiftung, einmal wegen der Verwandlung eines Käsebrots in eine Massenvernichtungswaffe, einmal wegen Kaugummikauens im Unterricht und dreiundsechzigmal, weil du etwas in die Luft gesprengt hast.«

»Ganz genau«, sagte Bug mit äußerst vergnügtem Gesichtsausdruck.

»Moment mal«, warf Trinity ein. »Was war das mit dem Käsebrot?«

Bug ignorierte die Frage. »Und nun rate mal, was ich jetzt tun werde!«

»Das würdest du nicht wagen!«, schnaufte Grumbledoor verächtlich.

»Ach nein? Ich bin Alchemistin. Wir Alchemistinnen sprengen Dinge in die Luft, Baby! Rühr dich nicht vom Fleck«, rief sie über ihre Schulter hinweg und stürmte den Korridor hinab.

»Genau genommen«, rief Trinity Bugs rasend schnell verschwindendem Rücken hinterher, »kann er ja nirgendwohin. Er ist eine Tür.«

»Guter Punkt«, sagte Grumbledoor. »Dieses Mädchen!« Seufzend bewerkstelligte er, was dem missbilligenden Kopfschütteln einer Tür am nächsten kam.

»Weil sie grad nicht da ist … Ich nehme an, du würdest mir nicht zufällig diese Käsebrotsache erklären, oder?«

»Nein.«

»Wie du willst. Käsebrot?«

»Was?«

»Ich versuch's noch mal mit den Passwörtern.«

»Nein«, stöhnte Grumbledoor.

»Schinkenbrot?«

KAPITEL 18

Bei einem Anhaltspunkt, das wurde Ursula rasch klar, war vor allem eines wichtig: dass er sie zum nächsten Anhaltspunkt führte. Sonst stellte er nur eine nutzlose Sackgasse dar. Von der irren Torten-Frau, wie sie sie mittlerweile nannten, hatten sie erfahren, dass Anna und Delilah die Eichbornstraße hinaufgerannt waren, weil sie jemanden verfolgt hatten. Außerdem hatte sie einen Transporter erwähnt.

Nachdem ihnen die Tür vor der Nase zugeknallt worden war, diskutierten Ursula und Sasha kurz darüber, ob sie noch einmal anklopfen sollten, um vielleicht doch noch mehr zu erfahren. Dagegen sprach, dass die Frau derart unfreundlich gewesen war – und zudem die Besitzerin der größten abgerichteten Ratte der Welt. Und da es sie ohnehin schon volle fünf Minuten gekostet hatte, die unter akuter Rattenphobie leidende Joy wieder einzufangen, und weitere fünfzehn, um sie halbwegs zu beruhigen, schien es die Mühe wahrlich nicht wert.

Stattdessen beschlossen sie, die Eichbornstraße entlangzuspazieren und die Augen nach dem alles entscheidenden zweiten Anhaltspunkt offen zu halten. Es war ein grauer Tag. Dunkle Wolken versperrten nicht nur jede Sicht auf die Sonne, sie drohten auch, jeden Moment einen Regenschauer abzugeben und die allgemeine Düsternis noch zu verschlimmern. Ein schneidender Wind fuhr um die Häuser und raubte ihnen den Atem, wenn er ihnen unerwartet ins Gesicht schlug. Vor ihnen lagen Cafés, Geschäfte und Wohnungen, und an der Ecke gab es einen großen Teppich-Discounter, der keinerlei Kundschaft zu haben schien. Die Mädchen schauten sich an der Kreuzung um und machten wieder kehrt. Bevor sie wild darüber spekulierten, welche Richtung ihre Freundinnen eingeschlagen haben könnten, schien ein zweiter Blick auf die Straße erfolgversprechender.

»Das riecht ziemlich verdächtig«, sagte Joy.

»Ja, du hast recht«, erwiderte Ursula. »Warum sollten Anna und Delilah hinter irgendwelchen Leuten herrennen?«

»Ich meinte die Einkäufe«, entgegnete Joy. »Aber ja, was du sagst, stimmt auch.«

Ursula betrachtete die Papiertüten in ihren Händen. »Irgendwas riecht hier wirklich sehr komisch, das kann ich nicht leugnen.«

Joy warf einen Blick in ihre Tüten. »Igitt. Da ist Hackfleisch drin, und ich glaube nicht, dass die verrückte Torten-Alte irgendwas davon über Nacht in den Kühlschrank gestellt hat. Wir müssen dringend ein paar Sachen wegschmeißen.«

»Wir sind uns einig, dass es eine schlimme Sünde ist, Lebensmittel in den Müll zu werfen«, sagte Sasha, »aber was ihr da mit euch rumschleppt war eine ganze Nacht lang in einem Haus zusammen mit der größten Ratte der Welt.«

Joy ließ augenblicklich die Tüten fallen, und wieder verteilte sich der Inhalt auf dem Bürgersteig.

Generyt drehte sich Ursula zu Sasha um. »Heb das auf!«

»Warum ich?«

»Weil du diejenige warst, die diese dumme Bemerkung gemacht hat.«

»Ja«, stimmte Joy giftig zu.

»Deine Ängste kannst du nur besiegen, wenn du dich ihnen stellst«, entgegnete Sasha. »Oder bist du einfach bloß feige?«

Ursula widerstand dem Drang, die Augen zu verdrehen. Das war ein weiterer ewiger Streitpunkt zwischen den Schwestern: Wer von ihnen hatte mehr Angst?

Nach einigen Sekunden frostiger Stille beugte sich Joy hinab und warf einen kurzen Blick in die beiden Tüten. Dann packte sie die herausgefallenen Einkäufe wieder hinein und hob sie an den Tragegriffen auf.

Da sie unbedingt weiterwollte, wechselte Ursula das Thema. »Glauben wir denn überhaupt, dass wir der irren Torten-Frau vertrauen können?«

Die Zwillinge funkelten einander noch eine Weile kampfeslustig an, bis Sasha schließlich den Blick abwandte. »Wie meinst du das?«

»Sie könnte uns absichtlich auf eine falsche Fährte gelockt haben.«

Die drei ließen sich den Gedanken eine Weile durch den Kopf gehen, bevor Sasha schließlich das Wort ergriff. »Man darf nicht vergessen, dass wir wirklich gar keine Spur hatten, bis uns ihr ekelhafter kleiner Freund angekläfft hat.«

»Das ist wahr.«

»Andererseits ...«, begann Joy. »Also, auch wenn es keiner ausspricht ... Eine verrückte alte Frau, die Torte isst und uns einen Spruch reindrückt, dass ihr Haus nicht aus Lebkuchen besteht. Sind wir uns sicher, dass sie nicht vielleicht ... keine Ahnung ... 'ne Hexe ist?«

»Wie aus dem Märchen?« Sasha klang amüsiert.

»Lach, so viel du willst, Schwesterherz. Sie hat eindeutig magische Kräfte, und ich würde sagen, das heißt, man könnte sie durchaus als ›Hexe‹ bezeichnen.«

»Wir haben auch magische Kräfte«, widersprach Sasha. »Aber ich bin keine Hexe. Bei euch beiden maße ich mir natürlich kein Urteil an.«

»Und davon abgesehen«, sagte Ursula. »Wenn sie Anna und Delilah in eine Falle gelockt haben sollte, warum würde sie uns dann zu sich rufen? Also, wenn sie uns nicht auch einfangen wollte. Aber sie war doch bloß darauf aus, uns so schnell wie möglich loszuwerden.«

»Klingt überzeugend«, gab Joy zu.

Ursula blieb stehen. Sie waren beinahe wieder an ihrem Ausgangspunkt angekommen. »Okay, uns springt hier nichts an. Wenn also keine von euch eine bessere Idee hat, schlage ich vor, wir klingeln an sämtlichen Türen und fragen, ob jemand irgendwas gesehen hat.«

Joy stöhnte auf. »Na toll. *Menschen.* Ich liebe sie einfach.«

»Wir könnten in den Geschäften anfangen«, schlug Sasha vor und deutete auf die Secondhandboutique und das Elektrogeschäft auf der anderen Straßenseite.

»Das hat keinen Zweck«, erwiderte Ursula. »Die waren sicher schon geschlossen, als die beiden hier vorbeigerannt sind.«

Sasha nickte. »Ach ja. Daran hatte ich nicht gedacht.«

»Sash, du übernimmst diese Straßenseite, Joy und ich gehen da rüber.«

»Dann würde ich aber vorschlagen, dass ihr erst mal diese stinkenden Lebensmittel entsorgt, bevor ihr an den Türen klingelt.« Sasha deutete auf die Toreinfahrt zwischen den Läden. »Da stehen ein paar Mülltonnen im Hof.«

Ursula nahm an, dass dies für Sashas Verhältnisse nahezu einer Entschuldigung gleichkam.

Als Joy und sie auf die Einfahrt zumarschierten, sah Ursula, dass sie zu einem Parkplatz führte, der ausschließlich den Kunden des Elektrogeschäfts vorbehalten war, worauf gleich mehrere Schilder hinwiesen. Er war vollständig belegt. Drei große Mülltonnen standen an der rechten Häuserwand, während die linke, die zu dem Gebäude mit der Secondhandboutique gehörte, mit Graffiti bedeckt war. Wie üblich bildeten diese eine krude Mischung aus beeindruckender Street

Art und sinnlosen Tags. Ganz oben war ein imposanter Affe mit Baseballkappe auf einem Skateboard zu sehen, daneben breitete sich meterhoch das Wort »Zero« in orange-grünen Buchstaben aus. Darunter versank die Mauer in einem Morast aus verschiedenen Namen und Symbolen, die immer wieder übereinander gesprayt worden waren. Der FC Köln war ebenso prominent vertreten wie einige unfreundliche Bemerkungen über einen Typen namens Max, dem man unterstellte, eine etwas ungesunde Tierliebe zu pflegen. Ganz links prangte eine weiße Krone an der Hauswand, neben einem großen Smiley und einem Symbol, das – selbst Ursulas begrenzter Erfahrung zufolge – ein bemerkenswert unzutreffendes Abbild männlicher Genitalien darstellte.

»Meinst du, es stört irgendwen, wenn wir unseren Müll in den Tonnen entsorgen?«, fragte Joy.

»Na ja, entweder wir machen das jetzt einfach oder schleppen das Zeug weiter mit uns rum. Und –« Ursula blieb wie angewurzelt vor der Wand stehen.

Joy folgte ihrem Blick zu dem drei Meter großen »Zero« in orangen und grünen Buchstaben. »Alles okay, Ursula?«

Als Ursula aufgeregt zum oberen Teil der Wand zeigte, ließ sie ihre Tüten fallen und ein Tetra Pak Milch rutschte heraus. »Verdammt!«, fluchte sie. »Da! Schau da hoch! Ist das nur Einbildung oder sind das Brandspuren?«

Jetzt fielen sie auch Joy auf. »Da drüben ebenfalls«, sagte sie. Sie näherte sich weiter der Wand, dann blieb sie unvermittelt stehen. »Oh, wow.« Sie stellte ihre Tüten rasch ab, griff Ursula an den Schultern und führte sie zu der Stelle, wo sie gerade gestanden hatte.

Ursula schnappte nach Luft.

»Was ist denn los?«, rief Sasha über die Straße hinweg.

Ursula antwortete nicht, ein Geräusch hinter ihnen lenkte sie ab. Sie drehte sich um und entdeckte einen Mann in einem grünen Regenmantel, der hinter den Tonnen hervorgehuscht kam und sich gerade davonschleichen wollte. Bevor sie ein Wort sagen konnte, hatte Joy eine ihrer Peitschen aus der Jacke gezogen. In einer einzigen fließenden Bewegung ließ sie sie vorschnellen und fesselte die Beine des Mannes, der sofort von den Füßen gefegt wurde.

»Joy!«, rief Ursula schockiert. »Was zur Hölle tust du da?«

Statt zu antworten, eilte Joy zu dem Mann hinüber und baute sich vor ihm auf. Er war schlaksig und hatte braunes, an vielen Stellen bereits ergrautes Haar, das ihm bis auf die Schultern fiel. Seine hervorstehenden Augen, die sie eher von der Seite seines Schädels aus anstierten, und seine Nase, die ausschließlich aus Nasenlöchern zu bestehen schien, verliehen ihm ein merkwürdig froschartiges Erscheinungsbild.

»Hilfe!«, stieß er aus. »Mir wird Gewalt angetan!«

»Noch nicht«, sagte Joy, »aber das kann sich jederzeit ändern.«

»Was ist denn los?«, fragte Sasha, die zu ihnen auf den Parkplatz gerannt war.

Joy stellte ihren Stiefel auf den Arm des Mannes, sodass er sich nicht bewegen konnte. »Was los ist? An dieser Mauer da befindet sich der Umriss einer großen Gestalt, die von Brandspuren umgeben ist. Was wohl nur jemand verursachen konnte, der in der Lage war, einen Feuerball zu werfen.«

Sasha bekam große Augen und wandte sich der Mauer zu. »Anna.«

»Ja«, sagte ihre Schwester, und ihre Stimme war plötzlich eiskalt. »Unsere Freundin Anna, von der jede Spur fehlt.« Sie beugte sich herab und zog etwas aus der Regenmanteltasche des Mannes. »Und dieser Typ hat ihren Schal.«

KAPITEL 19

Während Ursula und Joy über dem Mann im grünen Regenmantel aufragten, wandte Sasha ihre Aufmerksamkeit wieder der Straße zu. »Okay, Ladys. Es ist helllichter Tag, und einen Mann in einem frei zugänglichen Hof zu fesseln könnte die Aufmerksamkeit von Passanten erregen. Und ich persönlich bin kein großer Fan von dem Kaffee auf dem Polizeirevier.«

»Guter Einwand.« Ursula streckte ihre Hand aus und half dem Mann aufzustehen, während Joy seine Füße von ihrer Peitsche befreite. »Wie heißen Sie?«, fragte sie dann.

Als er wieder auf den Beinen war, verbeugte er sich nervös. »Asbest Gitterrost Volkswagen der Neunte.«

»Asbest?«, wiederholte Joy. »Das Zeug in Hauswänden, das die Bewohner krank macht?«

Der Mann fasste dies offenbar als Beleidigung auf. »Ist ein altehrwürdiger Vorname.«

»Okay, Asbest«, sagte Ursula, die ihn immer noch am Arm festhielt. »Ich lasse Sie jetzt los, und dann werden wir eine schöne zivilisierte Unterhaltung führen.«

Er warf einen kurzen Seitenblick auf Joy, die ihn noch immer finster musterte und etwas zu dicht bei ihm stand. Schließlich hob er das Kinn. »Das freut mich zu hören.«

»Und im Sinne einer solchen zivilisierten Unterhaltung, bin ich sicher, dass Sie nicht mal im Traum daran denken werden wegzulaufen.«

Asbest fuhr sich mit einer Hand durch die fettigen Haare,

wobei Ursula bemerkte, wie lang und schmutzig seine Fingernägel waren. »Der Gedanke ist mir nie in den Sinn gekommen, meine werte Dame.«

»Hervorragend.« Ursula schaute zur Straße, um sicherzustellen, dass niemand sie beobachtete. Dann beugte sie sich hinunter, zog einen Apfel aus einer der Einkaufstüten und schleuderte ihn hoch in die Luft.

Sasha blieb genug Zeit zu seufzen, bevor sie mit der linken Hand einen unauffällig aussehenden, knapp einen Meter langen Stab aus ihrem Mantel zog. Tatsächlich war es ein ganz gewöhnlicher Stab. Allerdings verwandelte sich jeder gewöhnliche Stab in Sashas Händen augenblicklich in einen Bogen. Sie winkelte Zeigefinger und Mittelfinger ihrer rechten Hand an, eine zitternde Sehne aus blauem Licht erschien, und sie spannte diese einmal und dann – nach einer kurzen Pause – noch zwei weitere Male. Drei goldene Pfeile sausten an Asbests Kopf vorbei. Der erste teilte den Apfel in der Mitte, die beiden weiteren durchschlugen die Hälften. Der Bogen, der wieder ein gewöhnlicher Stab war, verschwand bereits in Sashas Mantel, bevor die Apfelviertel auf dem Boden landeten.

Asbest schluckte.

»So«, sagte Ursula und ließ seinen Arm los, »jetzt können Sie sich in etwa vorstellen, was meine Freundin mit einem ausgewachsenen Menschen anstellen könnte.«

Ursula schoss kurz der Gedanke durch den Kopf, dass sie Asbest nur deshalb für einen Menschen hielt, weil jeder Mann, den sie bislang in ihrem Leben getroffen hatte, ein Mensch gewesen war. Aus nächster Nähe zeigte die Haut des Typen jedoch einen seltsam wächsernen grünen Glanz. Er hatte dicke Lippen, die feucht und gummiartig aussahen, und da seine Augen derart seitlich an seinem Gesicht saßen, bezweifelte sie, dass er überhaupt sah, was sich direkt vor seiner Nase abspielte. Außerdem fiel ihr auf, dass sich seine Lider beim Blinzeln horizontal bewegten und nicht auf und ab. Mitzuerleben, wie sich ein Hund in eine riesige Ratte verwandelte, war keine Freude gewesen, aber es hatte Ursula eine ganze Welt neuer Möglichkeiten eröffnet.

»Wie wär's, wenn du den Mund aufmachst, bevor meine Schwester dich in einen Dönerspieß verwandelt?«, fragte Joy, nur für den Fall, dass Ursulas Warnung eine Spur zu subtil gewesen war.

Der Mann zupfte am Kragen seines Regenmantels, um ihn geradezurücken. »Was für eine unfreundliche und unangemessene Aggression. Meine Anwesenheit an diesem Ort lässt sich leicht erklären, denn ich bin ein edler Frandark.« Er musterte die drei verständnislos starrenden Gesichter. »Oder«, fuhr er fort, »wie wir allgemein bekannt sind – und ich kann nicht genug unterstreichen, wie sehr ich diese äußerst bedrohliche Bezeichnung verachte –, ein ›Seelenfresser‹.« Wieder schaute Asbest die drei Mädchen an und begriff offenbar, dass es hier weiterer Erklärungen bedurfte. »Ist das Ihr Ernst?«

»Warum nehmen Sie nicht einfach an, dass wir von außerhalb sind, und erklären es uns?«, ermutigte ihn Ursula.

»Von außerhalb«, wiederholte er. »Wohl eher von gestern, würde ich meinen.«

Joy trat etwas näher an ihn heran, nicht einmal einen Zentimeter, aber es genügte.

»Schon gut«, sagte er. »Lassen Sie uns die freundliche Atmosphäre aufrechterhalten. Ich freue mich, Licht in diese Angelegenheit zu bringen. Der Frandark –«

»Der Seelenfresser«, stellte Joy klar, was ihr einen tadelnden Blick ihrer neuen Bekanntschaft einbrachte.

»Der Frandark«, wiederholte er, »erfüllt eine wichtige Funktion im Kreislauf des Lebens, indem er den Verstorbenen bei ihrem Weg auf die andere Seite beisteht. Er leistet dies, indem er die Überreste des Verstorbenen konsumiert, die manche als dessen ›Seele‹ bezeichnen.«

»Du isst Menschen?«, fragte Joy ungläubig.

»Nein«, erwiderte er empört. »Keine Menschen – Seelen!«

»Man kann Seelen essen?«, fragte Sasha.

»Dies ist zwar eine grobe Vereinfachung des Prozesses, aber darauf läuft es im Wesentlichen hinaus, ja.«

Ursula spürte einen eiskalten Messerstich in ihrem Bauch, eine schreckliche Vorahnung, worauf dieses Gespräch hinauslaufen würde. »Und was hat das mit unserer Freundin zu tun?«

»Oh«, erwiderte Asbest mit einem Lächeln. »Ganz einfach. Sie ist tot.«

Bevor Ursula wusste, was sie tat, hatten ihre Hände den Kerl am Revers seines Mantels gepackt und gegen die Hauswand gedrückt. »Sie ist tot?«

»Ja«, keuchte Asbest. »Und um das klarzustellen: Ich hatte nichts damit zu tun.«

»Na sicher, du bist nur hier, um …«

»Ihre Seele zu verspeisen«, bot er an.

»Na, dann ist ja alles gut.«

»Und die der anderen«, fügte er hinzu.

Ursula lehnte sich näher heran und erhöhte ihren Druck. »Die andere?«

»Ja, auch wenn es in diesem Fall so aussieht …« Ursula erkannte den exakten Moment, als er begriff, dass es besser war, den Satz lieber nicht zu Ende zu sprechen. »Ich nehme wahr, dass Sie wütend sind«, sagte er.

»Oh, das ist dir tatsächlich aufgefallen, ja?« Er hatte recht, kein Zweifel. Ursula spürte, dass jede Faser ihres Körpers von Zorn erfüllt war. »Du behauptest, meine Freundin sei tot und du wärst einfach so hier vorbeigekommen? Alles reiner Zufall? Mit ihrem Schal in der Tasche?«

»Kein Zufall!« Asbest schüttelte energisch den Kopf. »Ich bin ein Frandark. Wir können den Tod riechen. Man glaubt, indem wir die Seelen der Verstorbenen verzehren, verhindern wir, dass sie zu Geistern werden, die in dieser Welt feststecken. Es ist ein wertvoller Dienst.«

»Und warum genau hast du diesen Schal bei dir?«

Er zuckte zusammen. »Es ist ein hübscher Schal. Wäre doch eine Verschwendung, ihn hierzulassen.«

Ursula bemerkte, dass Sashas Hand auf ihrem Arm lag. Sie drehte sich zu ihrer Freundin um. »Glaubst du das?«

»Um das herauszufinden, bin ich nicht die Richtige.« Sasha wandte leicht den Kopf zur Seite. »Schwesterherz?«

Joy tauchte neben Ursula auf. »Ich … ich kann es schon wieder nicht erkennen. Tut mir leid.«

Ursula nickte. »Also ist es nicht wahr.« Und im Geiste fügte sie hinzu: *Es darf nicht wahr sein.*

»Warum sollte ich lügen?«, protestierte Asbest.

Ursula verlagerte ihren Griff, löste ihre rechte Hand und ballte sie zur Faust. Flammen züngelten daraus hervor, die sie bis auf wenige Millimeter vor Asbests wild hüpfenden Adamsapfel heranführte. »Ich weiß nicht, warum du lügst«, erwiderte sie. »Aber ich weiß, dass es so ist.«

Asbests Augen waren groß wie Untertassen, und er sprach durch zusammengebissene Zähne, während er sich angestrengt bemühte, sein Kinn nicht zu bewegen. »Wenn es eine Hilfe wäre, würde ich Ihnen nur zu gerne die letzten Momente der lieben Verstorbenen zeigen.«

»Was?«

»Ihre letzten Momente. Das ist eine Fähigkeit, über die der Frandark verfügt.«

»Wie das?«

»Dafür wird es nötig sein, dass Sie mich loslassen – nur für einen kurzen Moment.«

Ursula starrte in seine Augen. Ihre Gedanken rasten.

Sasha tätschelte ihren Arm und sagte leise: »Urs?«

Nach einigen Sekunden lockerte Ursula ihre Hand, und die flammende Klinge verschwand. Sie ließ Asbest los und trat beiseite.

Mit seinen Glubschaugen warf er Sasha einen raschen Blick zu. »Ihre Freundin ist recht temperamentvoll.«

Sie bedachte ihn mit einem kalten Lächeln. »Deswegen würde ich mir an deiner Stelle keine Sorgen machen.« Sasha trat auf ihn zu und senkte die Stimme zu einem Flüstern. »*Meinetwegen* solltest du dir Sorgen machen. Je nachdem, wie die nächsten Minuten verlaufen, könnte es gut sein, dass ich *dir* bei *deiner* Reise auf die andere Seite behilflich sein werde.«

Asbest beäugte die drei Mädchen, während sie auf ihn hinabblickten. »Okay, meine Damen, ich verstehe, dass Sie aufgewühlt sind, und ich stelle Ihnen gerne meine Hilfe zur Verfügung. Ich möchte Sie aber an einen Ausspruch erinnern, den Sie vielleicht kennen: Man sollte nicht den Boten für die schlechte Nachricht büßen lassen.«

Joy nickte. »Den Ausspruch kenne ich nicht nur, ich weiß auch, wer ihn sich ausgedacht hat: der Bote.«

»Tja, nun …« Asbest räusperte sich. »Wenn Sie mir nur ein klein wenig Platz einräumen würden.«

Die Mädchen traten genau einen Schritt zurück.

»Herzlichen Dank.« Gewandt marschierte er um Ursula herum und eilte zur Einfahrt. Sasha griff bereits in ihren Mantel, aber der Mann blieb neben den Mülltonnen stehen, drehte sich um und schaute sie an. »Es gehört zu den Fähigkeiten des bescheidenen Frandark«, verkündete er, »dass wir mit denen, die den Verstorbenen nahegestanden haben, etwas teilen können: eine Annäherung an ihre letzten Augenblicke.«

»Eine Annäherung?«, wiederholte Sasha.

»Es wird leichter sein, wenn ich es einfach demonstriere.«

Asbest führte seine Handflächen vor das Gesicht und nieste hinein. Dann rieb er sie zusammen und murmelte einige Worte. Schließlich ließ er die Hände mit Schwung in die Höhe fahren und entließ eine Wolke, die aus vielfarbigem Staub zu bestehen schien.

Die Wolke hing eine Weile in der Luft, bevor sie in Richtung des Parkplatzes schwebte und sich zu erkennbaren Umrissen neu zusammensetzte. Zwei vertraute Gestalten, mitten in der Bewegung erstarrt, waren hintereinander zu erkennen. Die vordere, die in Grün wiedergegeben wurde, war klein. Die gelbe Silhouette, die offenbar herbeigerannt kam, um die grüne einzuholen, war groß und hatte lange Haare. Ursula, Sasha und Joy tauschten einen Blick. Es handelte sich ohne Zweifel um Anna und Delilah.

»Sind das zufällig Ihre Freundinnen?« Asbests fröhlicher Tonfall ließ Ursula irritierenderweise an einen Quizmaster denken.

Sie nickte stumm.

»Dann«, fuhr er regelrecht begeistert fort, »lassen Sie uns erblicken, was zu erblicken ist.« Zweimal klatschte er in die Hände.

Die drei Mädchen schnappten nach Luft, als sich die Gestalten aus Lichtstaub in Bewegung setzten. Die gelbe, Delilah, kam herbeigelaufen und blieb neben Anna, in Grün, stehen. Es war schwer zu erkennen, aber Ursula hatte den Eindruck, sie würden miteinander reden, während sie ihre Aufmerksamkeit zugleich auf das hintere Ende des Parkplatzes richteten.

»Was sehen die beiden da?«, fragte Sasha.

Wieder klatschte Asbest in die Hände, und erneut erstarrten die beiden Lichtgestalten. »Tut mir leid, ich hätte für die Neophyten meinen Modus Operandi sorgfältiger erläutern sollen. Es gibt eine Vielzahl von Nuancen zu beachten, während man diesem Phänomen beiwohnt.«

»Wie wär's, wenn du das noch mal neu formulierst – auf eine Weise, die mir nicht den Impuls gibt, dir ein Wörterbuch in den Hals zu stopfen?«

Asbests Grinsen fror kurz ein. »Sie können immer nur die Toten sehen, niemals die Lebenden.«

Die Toten. Die Worte hallten in Ursulas Kopf wider wie eine Kirchenglocke.

»Los, weiter!«, stieß sie zwischen trockenen Lippen hervor.

Asbest machte eine kunstvolle Verbeugung und klatschte ein weiteres Mal in die Hände, um die Erscheinung weiterlaufen zu lassen.

Annas Umriss ballte die Faust, und eine rote Rauchwolke drang aus ihrer Hand.

»Feuer«, murmelte Joy leise.

Anna trat einen Schritt vor, und Delilah folgte ihr sofort. Die Mädchen beobachteten, wie sich Delilahs Gestalt umschaute, während Annas Aufmerksamkeit fest auf einen Punkt gerichtet blieb.

Nach einigen Sekunden ging Delilah neuerlich einen Schritt nach vorn und packte Anna am Arm. In der Körpersprache der beiden ließ sich eine plötzliche Anspannung erkennen. Ursula zuckte zusammen, als Anna herumwirbelte und einen Feuerball nach rechts schoss. Er schien sich aufzuspalten, wohl, weil er ein Ziel getroffen hatte. Dann züngelte er an der Mauer hinauf und ließ die Brandspuren zurück, die sie eben entdeckt hatten und die einen gigantischen Umriss bildeten. Aber das ergab keinen Sinn. Eine derart riesige Gestalt konnte doch nicht einfach aus dem Nichts auftauchen.

Delilah gestikulierte derweil mit den Händen in der Luft, um einen eigenen Zauber loszulassen. Doch bevor sie dies zum Abschluss bringen konnte, wurden ihre Arme runtergerissen und an den Körper gedrückt, als wäre sie von etwas – oder jemandem – gepackt worden.

Sasha stieß unwillkürlich einen Schrei aus, als Annas Silhouette unvermittelt vom Boden gehoben und quer über den Hinterhof geschleudert wurde, wo sie mit voller Wucht gegen eine der Mülltonnen krachte. Die Delle im Metall, die dabei in der vergangenen Nacht entstanden war, war nicht zu übersehen.

Anna versuchte, wieder auf die Beine zu kommen, aber diesmal schien sie etwas zu treffen, das vom Parkplatz gekommen sein musste, sodass sie erneut gegen eine der Tonnen stürzte und auf dem Boden davor zusammenbrach.

Delilah hatte ihre Arme freigekämpft und vollführte Gesten, die Ursula sofort erkannte: Sie versuchte, die Lichtblitzte von sich zu schleudern, auf die sie sich so gut verstand.

Ursula merkte, dass sie Anna innerlich anflehte aufzustehen, und Delilah, ihre Gegner auszuschalten – wer auch immer sie da gerade angriff. Doch sie sahen nur eine Erinnerung an etwas, das bereits geschehen war und das lediglich noch einmal vor ihnen ablief. Asbests Worte hallten in ihrem Kopf wider: »Sie können immer nur die Toten sehen.«

Die Welt schien sich zu verlangsamen, als Delilah etwas von hinten traf und auch sie schwankend in die Knie ging. Anna versuchte offenbar, sich aufzurichten, wurde jedoch auf dem Boden hin und her geworfen. Sie begann, krampfhaft zu zucken, als würde ein entsetzlicher elektrischer Stromschlag durch ihren Körper fahren.

Joy stöhnte auf und wandte sich ab, war offensichtlich nicht in der Lage, das länger mitanzusehen. Ursula dagegen blieb wie angewurzelt stehen, auch wenn sie es nicht wollte, wie unter Zwang, alles zu beobachten.

Delilah versuchte, auf Anna zuzukriechen, aber etwas riss sie in die Höhe und schleuderte sie sofort wieder zu Boden. Ursula bemerkte den Riss im Betonboden vor ihnen, der dabei verursacht worden war.

Gnädigerweise hörten Annas Zuckungen endlich auf, und sie lag ganz still da. In beklommenem Schweigen sahen Ursula und Sasha zu, wie sich das grüne Licht von Annas Silhouette langsam zusammenzog, bis es nur noch die Größe eines leuchtenden Tischtennisballs hatte. Wenige Sekunden später passierte mit Delilahs gelbem Licht dasselbe.

Stille legte sich über den Parkplatz. Ursula starrte die Stelle an, wo Delilah gelegen hatte, unfähig, den Blick abzuwenden. Sie wollte schreien. Die Welt auseinanderreißen. Sie alle hatten von früher Jugend an gewusst, dass ihr Lebenszweck – die Stadt gegen die marodierende Hunnenhorde zu verteidigen – das Risiko mit sich brachte, dass jedes Mitglied ihrer Kohorte ums Leben kommen konnte. Aber das hier ... Das war etwas anderes. Ursula hatte gerade mitansehen müssen, wie zwei ihrer engsten Freundinnen in einem schmutzigen Hinterhof bei einem Angriff aus dem Hinterhalt gestorben waren. Nein. So hatte es niemals sein sollen.

Es war Sasha, die die Sprache zuerst wiederfand. Ihre Stimme war nur ein heiseres Flüstern. »Zeig es uns noch einmal.«

Ursula sah sie überrascht an.

»Oh, ich fürchte, dazu bin ich nicht imstande«, erwiderte der unverhohlen gut gelaunte Asbest. »Das ist nur ein einmaliges Angebot.«

Joy wirbelte herum und funkelte ihn böse an. »Das kann nicht real sein. Du hast dir das ausgedacht.«

»Warum sollte ich das tun?« Er schien ehrlich verwirrt.

»Den Grund kenne ich nicht«, entgegnete Joy und marschierte auf ihn zu, »aber ich werde ihn gleich –«

Sasha trat ihr in den Weg. Kurz versuchte Joy, sich an ihrer Schwester vorbeizukämpfen, aber dann brach sie in ihren Armen zusammen, ließ ihren Kopf an Sashas Brust sinken und begann zu schluchzen.

Ursula fühlte sich taub. Sie wandte ihren Blick noch einmal dem Riss im Beton zu in der unwahrscheinlichen Hoffnung, dass dies ein Albtraum war, aus dem sie nur erwachen musste. Tränen brannten in ihren Augen. Sie blinzelte sie fort, dann wischte sie sich mit den Handrücken über ihre feuchten Wangen.

»Nun«, sagte Asbest munter, »da wir unser Geschäft abgeschlossen haben …«

Er stand an der Stelle, wo vor wenigen Augenblicken noch Annas Körper gelegen hatte. Er zog ein schmutziges Stofftaschentuch hervor und band es sich als Lätzchen um. Aus seinem Mundwinkel rann Speichel, während er gierig den kleinen Ball aus grüner Energie beäugte. Das Einzige, was von ihrer Freundin übrig geblieben war.

Ursula packte ihn erneut am Kragen seines Regenmantels, und schon im nächsten Augenblick schleuderte sie ihn mit voller Wucht gegen die Mülltonnen. »Was soll das werden?«

Die Augen stülpten sich geradezu aus seinem Gesicht. »Aber … es ist doch erledigt. Es wäre eine Verschwendung, jetzt …«

»Ursula!« In Sashas Stimme schwang eine deutliche Warnung mit.

»Es ist mir egal, Sash. Ich habe die Nase voll von diesem scheußlichen kleinen –«

»Ihn meine ich nicht. Schau!«

Ursula blickte in die Richtung, in die Sasha und Joy jetzt starrten – zu der Stelle, wo Delilah gelegen hatte. Der vielfarbige Staub schien um den gelben Lichtball herumzuwabern.

»Na ja«, sagte Asbest. »Ich sollte eigentlich …«

Er versuchte, Ursulas Finger von seinem Regenmantel zu lösen, doch schon im nächsten Augenblick stieß sie ihn auf den Lichtball zu.

»Bitte, ich muss doch –« Er hielt inne, und als er seine

Stimme wiederfand, war sie nur noch ein ehrfurchtsvolles Raunen. »Was ist das?«

Der Staub formte sich vor ihren Augen zur unverkennbaren Gestalt Delilahs und verlieh ihr nun einen blassen Rosaton.

»Das ist … Das ist nicht möglich.« Völliges Erstaunen lag in Asbests Stimme.

»Was ist nicht möglich?«

»Eure Freundin … Etwas … erweckt sie wieder zum Leben. Aber das ist nicht …«

Die auf dem Boden ausgestreckte Gestalt von Delilah, die Arme an den Seiten ihres Körpers, erhob sich etwa anderthalb Meter in die Luft. Sie glitt ein gutes Stück weiter auf die Einfahrt zum Hinterhof zu, dann verschwand sie plötzlich.

»Was ist da eben passiert?«, rief Ursula barsch.

»Ich weiß es nicht«, antwortete Asbest. »So etwas habe ich noch nie erlebt. Es erklärt aber den komischen Geruch.« Er schnupperte in der Luft. »Faszinierend.«

»Schluss mit ›faszinierend‹«, zischte Ursula. »Mit deiner ach so fantastischen Nase kannst du ihr doch folgen – egal, wohin sie gebracht wird –, oder?«

Er schlug nervös die Hände zusammen. »Nun ja, das könnte ich wohl … unter Umständen. Wenn jemand für meine Mühe aufkommen würde.«

Er erstarrte, als ihn die Spitze eines flammenden Schwertes am Kinn kitzelte, während neben seinem linken Ohr eine Peitsche knallte und an seinem rechten ein goldener Pfeil vorbeisauste.

Asbest setzte ein Lächeln auf, das eher einer verkrampften Grimasse glich. Dann flüsterte er: »Ist mir immer eine Freude, wenn ich behilflich sein kann.«

KAPITEL 20

»Okay«, sagte Wish. »Gib mir nur eine Sekunde.«

Sie stand im Treppenhaus des dritten Stocks des St. Agatha Krankenhauses, zusammen mit Masina, die sie in keiner Weise hetzte. Masina blieb wie immer ganz ruhig. Normalerweise empfand Wish ihre Geduld als sehr angenehm, in einer Situation wie dieser war sie jedoch eher kontraproduktiv. Wish hätte wohl eher eine drängendere Persönlichkeit an ihrer Seite gebraucht, jemanden wie Sasha, der ihr befahl, nicht alles tausendmal zu überdenken und einfach in die Gänge zu kommen. Wenn Sasha hier gewesen wäre, hätte Wish allerdings gar nichts tun müssen.

Sie versuchte, ein Lächeln aufzusetzen, aber es fühlte sich ziemlich komisch an. Oh, bei allen Göttern, hatte sie vergessen, wie man lächelte? Es war, als würde ihr Gesicht nicht mehr richtig funktionieren.

»Sieht mein Gesicht komisch aus?«, fragte sie Masina.

Diese schüttelte nur den Kopf.

»Ganz sicher?«

Sie nickte.

»Okay. Es ist bloß ... Ich bin nicht gut darin, Leute anzulügen. Was ja, wenn man drüber nachdenkt, nichts Schlechtes ist. Ehrlichkeit ist eine vorbildliche Charaktereigenschaft. Sie macht einen zu einer guten Freundin. Außerdem hat Ursula mich gebeten, das hier zu tun. Und wenn ich es nicht tue – dann bin ich ja auch eine schlechte Freundin. Ich bin gern eine gute Freundin. Das ist, na ja, voll mein Ding. Ich habe nur … Okay, genug Zauderei. Ich mache das jetzt einfach.« Wish nickte und wandte ihren Blick der Tür zur Station im dritten Stock zu. »Okay, los geht's. Ich mache das. Gehen wir.«

Nach einigen Sekunden trat Masina in Wishs Blickfeld.

»Sag's nicht. Ich weiß. Ich habe mich noch nicht bewegt. Ich muss bloß noch …«

»Entschuldigung«, sagte jemand hinter ihnen.

Wish wirbelte herum und sah sich einem Mann im Overall gegenüber, der eine Werkzeugkiste in der Hand hielt und versuchte, an ihr vorbeizukommen.

»Sorry, sorry, sorry.« Sie gab dem Mann den Weg frei und positionierte sich dabei näher an der aufschwingenden Tür. Bevor sie es verhindern konnte, hatte Masina ihr eine Hand auf den Rücken gelegt und sie mit einem sanften, aber festen Stoß hindurchbefördert.

Wish fand sich nun auf dem Flur wieder. Es war viel los, Leute eilten hin und her. Ein Pfleger schob einen Mann im Rollstuhl in die eine Richtung, zwei Schwestern einen Wagen mit verschiedenen Behältern in die andere. Im offen zugänglichen Empfangsbereich des Schwesternzimmers füllte eine Frau Dokumente aus. Dabei wirkte sie derartig unzufrieden, als würden die Patientenakten Gemeinheiten über ihre Mutter enthalten.

»Weißt du«, sagte Wish, »wenn du willst, kannst du ziemlich hinterhältig sein.«

»Vielen Dank«, erwiderte Masina mit den Händen.

»Das sollte kein Kompliment sein.«

Noch einmal drückte Masina leicht gegen Wishs Rücken.

»Ist gut, ich geh ja, ich geh ja, ich geh ja.«

Während Wish sich durch den Flur bewegte, versuchte sie es erneut mit einem Lächeln. Es fühlte sich immer noch komisch an. Sie hatte bereits verschiedene Gesichtsausdrücke durchgespielt, als ihr – leider zu spät – auffiel, dass die Frau aufgehört hatte, ihre Dokumente auszufüllen und sie anschaute. Wish spürte, dass ihre Züge einfroren – irgendwo zwischen zwei Gesichtsausdrücken, die, wie sie fürchtete, die schlimmstmögliche Kombination ergaben.

Zusammen mit Masina blieb sie direkt vor der Frau stehen. »Hi, hallo, guten Morgen, hi.«

»Hallo«, erwiderte die Schwester ohne große Begeisterung.

Wish bemerkte einen blauen Tintenfleck auf der Tasche der cremefarbenen Bluse, die die Frau trug. »Oh, ich glaube, Ihr Stift ist ausgelaufen.«

»Ich weiß«, erwiderte die Frau. »Aber danke, dass Sie mich darauf hinweisen. Wie kann ich Ihnen helfen?«

Hinter ihr gab eine Kaffeemaschine knatternde Töne von sich, während sie sich langsam erhitzte. Wish fragte sich, ob sie nicht lieber noch mal wiederkommen sollten, wenn die Frau ihren Kaffee gehabt hatte – oder noch besser: ein glücklicheres Leben.

Masina räusperte sich, und Wish wurde bewusst, dass sie immer noch nichts sagte.

»Ja, entschuldigen Sie. Ich habe mich gefragt, ob Sie mir helfen könnten. Ich meine, ich bin mir sicher, dass Sie das können ... Sie machen einen äußerst kompetenten Eindruck. Sie sind garantiert toll in Ihrem Job, ich meine, von dem Tintenfleck abgesehen. Das kann ja jedem mal passieren.« Wish spürte, dass ihr Masina auf den Fuß trat. »Okay, sorry. Wir wollten unseren Freund besuchen – unseren sehr guten Freund ... Adam. Man hat uns am Empfang gesagt, dass wir uns hier melden sollen.«

»Nachname?«

»Wie bitte?«

»Nachname«, wiederholte die Frau.

»Meiner oder ...?«

»Seiner.«

»Okay. Natürlich. Sein Nachname. Ist ja vollkommen logisch. Es ist bloß so ... Wir haben ihn immer nur mit seinem Vornamen angesprochen, wissen Sie, weil ... wir so gute Freunde sind. Ich meine, wär doch total verrückt, ihn mit dem Nachnamen anzureden, oder?«

Die Frau sah Wish und Masina mit hochgezogenen Brauen an, warf einen Blick auf ihren Computer und tippte etwas in die Tastatur. Dann schaute sie wieder auf. »Ich kann Ihnen keine Informationen geben, wenn Sie nicht zur Familie des Patienten gehören.«

»Natürlich«, sagte Wish. »Und das sollten Sie auch nicht. Also, klar. Ich hab gesagt, wir sind seine Freunde, aber wir sind auch ... Ich meine, was heißt schon Familie? Familie bedeutet für unterschiedliche Menschen ganz unterschiedliche Dinge. Adam ist ... Amerikaner!« Leider klang Wish, als wäre ihr diese Tatsache erst in diesem Augenblick eingefallen. »Sie sehen also, wir sind das, was einer Familie am nächsten kommt, seit er in Köln lebt. Verstehen Sie? Ich bin seine Partnerin. Freundin. Verlobte.«

»Schön.« Die Frau lehnte sich zurück und verschränkte die Arme vor der Brust. »Sie sind mit ihm verlobt?«

»Ja.«

»Sie kennen aber seinen Nachnamen nicht?«

Wish versuchte angestrengt, nicht zusammenzuzucken. »Es ist eine ziemlich stürmische Romanze.«

Aus den Augenwinkeln bemerkte Wish, dass Masina hinter ihr unauffällig mit den Händen gestikulierte. Sie sah kurz zu ihr und erhaschte einen Blick auf ein orangefarbenes Glühen. Dann schaute sie wieder zu der Frau auf, die sich ernsthaft zu fragen schien, ob sie betrunken war.

»Darf ich kurz sagen«, begann Wish, »dass ich Ihre Position vollkommen verstehe. Manches von dem, was ich gerade geäußert habe, klingt vielleicht im ersten Moment nicht besonders sinnvoll.«

»Was genau meinen Sie mit *›manches‹*?«, fragte die Frau. »Dass Sie sich nicht an den Nachnamen des Mannes erinnern? Oder dass Ihnen gerade erst eingefallen ist, dass Sie mit ihm verlobt sind?«

Masina hob die Arme und gab ein ausgiebiges Gähnen von sich.

»Ich glaube, Sie langweilen Ihre Freundin«, sagte die Schwester. »Oh, entschuldigen Sie, ich sollte keine voreiligen Schlüsse ziehen. Sind Sie mit ihr vielleicht auch verlobt?«

»Ha!«, sagte Wish. »Das ist unfassbar lustig.« Sie drehte sich unvermittelt um und deutete den Flur hinab. »Oh mein Gott, ist das Ryan Reynolds?«

Die Schwester war lange genug abgelenkt, dass Masina Gelegenheit hatte, den Ball aus Energie, den sie in ihrer linken Hand verborgen hielt, unauffällig ins Schwesternzimmer gleiten zu lassen.

Nur wenig später richtete die Frau ihre Aufmerksamkeit wieder auf Wish, und ihr Ärger hatte sich offenkundig noch verstärkt. »Ich habe hier meine Arbeit zu erledigen. Wenn es also sonst nichts gibt ...«

»Tut mir leid«, erwiderte Wish rasch, während sie beobachtete, wie der glühende orangefarbene Ball langsam auf die Kaffeemaschine zuschwebte. »Ist so eine kleine Macke von mir. Überall sehe ich Ryan Reynolds. In diesem Fall war es eine ziemlich kleine dunkelhäutige Frau. Da lag ich wohl ziemlich daneben. Ist nicht so ganz mein Tag heute.«

Der Lichtball verschwand in der Kaffeekanne.

»Vielleicht sollten Sie –«, schaffte die Schwester zu sagen, bevor das Geräusch von zersplitterndem Glas sie rüde unterbrach.

Sie wirbelte auf ihrem Stuhl herum und sah die zerplatzte Kaffeekanne, deren Inhalt sich über mehrere Aktenstapel ergoss, die darunter auf dem Boden lagen.

Sie fluchte laut – in zwei Sprachen –, während sie aufsprang, um den Schaden zu begutachten. Währenddessen machte Masina zwei rasche Schritte mit der ihr üblichen Anmut und las, was auf dem Computermonitor stand. Dann packte sie Wish am Ellbogen und zog sie mit sich fort. Hinter ihnen hallte die Stimme einer Krankenschwester von den Flurwänden wider, die einer Kaffeekanne erbitterte Vorwürfe dafür machte, derart epochal versagt zu haben.

»Sei ehrlich«, sagte Wish. »Inzwischen benutzt du mich nur noch zur Ablenkung, oder?«

»Unsinn«, erwiderte Masina mit ihren Händen. »Dafür war ja Ryan Reynolds zuständig.«

»Sehr witzig. Bitte erzähl den Mädchen nichts davon!«

»Keine Sorge«, gab ihr Masina zu verstehen und grinste ihre Freundin an. »Ich glaube, das ist denen ganz egal, wenn sie erst mal von deiner baldigen Hochzeit erfahren.«

KAPITEL 21

Ursula und die anderen Mädchen hatten es sich grundsätzlich zur Regel gemacht, sich in der Öffentlichkeit möglichst unauffällig zu verhalten. Während sie Asbest Gitterrost Volkswagen dem Neunten durch die Straßen folgten, gestaltete sich dies jedoch unerwartet schwierig. Sie glichen fast schon einer Parade, als sie über den Gehweg eilten mit ihrem exzentrischen Anführer, der den Kopf in den Nacken legte und dabei gleichzeitig schnupperte und mit der Zunge die Luft zu schmecken schien. Da er neben seinen erratischen Bewegungen auch noch mit sich selbst redete, zogen sie reichlich Aufmerksamkeit auf sich. Die Mädchen folgten Asbest jetzt seit über vierzig Minuten, aber es kam ihnen deutlich länger vor. Er führte sie die Minoritenstraße entlang, wo viel los war und kein Mangel an Publikum herrschte. Ein Fahrradfahrer, der ihnen entgegenkam, war derartig gebannt von diesem Schauspiel, dass er gegen einen parkenden Wagen krachte.

Sie hätten natürlich einen größeren Abstand halten können, gingen aber davon aus, dass er eine derartig lange Leine garantiert für einen Fluchtversuch nutzen würde.

»Ich weiß, unser guter Asbest ist der erste Seelenfresser, dem wir jemals begegnet sind«, sagte Sasha, »aber ich würde darauf wetten, dass er locker der nervtötendste von allen ist.«

Kaum hatten diese Worte ihren Mund verlassen, sprang besagter Seelenfresser an einem Laternenpfahl hoch, wickelte seinen Körper darum und leckte wie verrückt die Luft. Dann sprang er wieder herab und setzte seinen Weg fort. Eine Frau mit Kinderwagen geriet beim Versuch, ihm auszuweichen, beinahe auf die Fahrbahn.

»Ich denke, die Wette hast du gewonnen«, stimmte Ursula zu.

»Glauben wir ihm?« Man merkte, dass Joy es nicht länger schaffte, diese Frage für sich zu behalten. »Wegen der ... Ihr wisst schon ... Ich meine, ich kann es nicht sagen, weil mein Lügendetektor bei ihm nicht anschlägt.« In ihrer Stimme lag ein flehender Ton, als wolle sie jemanden dazu bringen, ihr ihre Ängste zu nehmen.

Seit sie vom Hinterhof aufgebrochen waren, hatten sie sich völlig darauf konzentriert, ihren unfreiwilligen Anführer nicht aus den Augen zu lassen. Es war einfacher, als darüber zu sprechen, was sie gerade erlebt hatten.

»Ganz ehrlich, ich weiß es nicht«, sagte Ursula.

Sie hatten womöglich gerade dabei zugesehen, wie Anna gestorben war – und Delilah auch, bevor jemand sie ins Leben zurückgeholt hatte. Doch genau wie Joy hielt auch sie insgeheim an der Hoffnung fest, dass sie es nur mit einer raffinierten Täuschung zu tun gehabt hatten.

»Es wirkte nicht real«, sagte Sasha. »Und es ist schwer, das zu glauben.«

»Um ehrlich zu sein«, warf Joy ein, »habe ich schon die ganzen letzten sechs Monate darüber nachgedacht, wie es sein würde, wenn eine von uns stirbt. Wegen der bevorstehenden Vergeltungsschlacht und so weiter. Ich meine, die Gefahr bestand ja immer.«

»Das ist der Unterschied zwischen dir und mir«, sagte Ursula.

Joy schnaufte. »Ach, weil ich immer so negativ bin?«

»Nein«, sagte Ursula. »Ich denke ununterbrochen daran – seit acht Jahren.«

»Oh«, sagte Joy. »Entschuldige.«

»Schon gut.« Ursula bereute sofort, dass sie ihren kurzen Anfall von Selbstmitleid nicht unterdrückt hatte. »Wir wissen ja immer noch nicht, was hier vor sich geht. Vielleicht ist das alles Unsinn.« Sie spürte, wie hohl ihre Worte klangen. »Und selbst, wenn es wahr ist ... Delilah ist irgendwo da draußen, und wir werden sie verdammt noch mal finden.«

»Und es stimmt auch nicht«, sagte Sasha.

»Was?«

»Dass es deine Schuld ist. Wir sind für die Vergeltung ausgebildet worden – und für nichts anderes. Ich weiß, du machst dich gern selbst fertig, aber dass jemand Anna und Delilah in einem Hinterhof aufgelauert hat, ist nicht deine Schuld.« Sie lächelte traurig. »Es dreht sich nicht alles immer nur um dich. Komm mal runter von deinem Egotrip!«

Ursula sagte nichts dazu. Logisch betrachtet konnte sie nichts dagegen einwenden, aber etwas in ihr fühlte sich immer noch verantwortlich.

»Und«, fuhr Sasha fort, »ich weiß ja nicht, wie es euch geht, aber ich brenne darauf, demjenigen zu begegnen, zu dem dieser riesige Umriss gehört, den Anna an die Mauer gebrannt hat. *Den* werde ich nämlich mit Freude verantwortlich machen.«

Asbest bog unvermittelt in eine Seitenstraße ein und verschwand außer Sicht. Die drei Mädchen legten sofort einen Schritt zu, fanden ihn aber hinter der Ecke, wo er stehen geblieben war und ganz darin aufzugehen schien, mit der Zunge die Luft zu schmecken. Dann marschierte er weiter, und mit einem kollektiven Seufzer hefteten sich die Mädchen wieder an seine Fersen.

»Das geht mir langsam auf die Nerven«, sagte Joy.

»Erzähl uns was Neues!«, erwiderte ihre Schwester.

Bevor Joy eine entsprechende Antwort geben konnte, wirbelte Asbest auf dem Absatz herum und warf triumphierend die Hände in die Höhe. »Wir sind da!«

Verwirrung breitete sich auf den Gesichtern der Mädchen aus.

Dann deutete Ursula auf den Laden, vor dem sie angehalten hatten. »Die Reinigung hier?«

Durch das Schaufenster spähte ein kleiner bärtiger Mann zu ihnen hinaus, der mit säuerlicher Miene hinter seinem Tresen saß.

»Nein«, sagte Asbest. »Nicht da.« Er stampfte mit dem Fuß auf. »Hier.«

Gleichzeitig richteten die Mädchen die Aufmerksamkeit auf den Gullydeckel, auf dem er stand.

Joy sprach für sie alle. »Willst du uns auf den Arm nehmen?«

»Nein«, erwiderte Asbest fröhlich. »Hierhin führt die Fährte.«

Die Mädchen tauschten einen Blick.

Dann schaute Sasha zu ihren Füßen hinab. »Dabei sind diese Schuhe fast neu.«

—

Ein Gang durch das Abwassersystem hätte durchaus schlimmer sein können. Nicht, dass Ursula jemals in einer Kanalisation unterwegs gewesen war. Wenn man allerdings ihren Zweck bedachte, war der Geruch um sie herum nicht so furchtbar wie erwartet. Außerdem konnten sie sich glücklicherweise auf einem erhobenen Absatz fortbewegen, rechts vom Wasserstrom, der durch die Mitte des Tunnels floss. Natürlich war es unmöglich, nicht darüber nachzudenken, was dieses Gewässer alles enthielt. In jedem Fall war Ursula aber mehr als dankbar, dass sie nicht hindurchwaten mussten. Auch wenn sie ernsthaft in Erwägung zog, ihre komplette Kleidung zu verbrennen, sobald sie hier wieder raus waren.

Sie versuchten, so rasch wie möglich voranzukommen. Schließlich war es nicht möglich gewesen, mitten am Tag einen Gullydeckel auf diskrete Weise beiseitezuschieben. Also hatten sie es bloß so schnell wie möglich hinter sich gebracht. Noch während Ursula die Trittleiter hinabgeklettert war, hatte sie gesehen, dass der Mann von der Reinigung zum Telefon griff. Sie konnten nur die Daumen drücken, dass die Polizei unbefugtes Kanalisationsbetreten nicht als Notruf-Priorität betrachten würde.

Die Leiter führte einen ziemlich finsteren Einstiegstunnel hinab, der nur unzureichend von orangefarbenen Natriumdampflampen an der Decke beleuchtet wurde. Ursula nahm sich einen Moment, um ihre Augen an das Zwielicht zu gewöhnen. Asbest schien der neueste Abschnitt ihres kleinen Abenteuers derweil in äußerst ausgelassene Stimmung zu versetzen. Aufgeregt klatschte er in die Hände und drängte die Mädchen, ihm rasch zu folgen, bevor er sich umdrehte und beschwingt den Tunnel entlangmarschierte.

»Herrgott«, sagte Sasha, »das ist, als würde man einem Willy Wonka hinterherlaufen, der noch gruseliger ist als der echte Willy Wonka.«

»Bring diesen Gedanken bitte nicht zu Ende!«, sagte Ursula. »Na los. Mir gefällt das genauso wenig wie euch, aber dieser Typ ist unsere einzige Spur.«

Also folgten sie ihm, und der enge Zugang führte sie in einen sehr viel breiteren Backsteintunnel.

»Eine kleine, wissenswerte Hintergrundinformation für euch.« Asbest wirbelte zu ihnen herum, und seine irren Augen glühten im spärlichen Licht. »Das Abwassersystem von Köln wurde bereits im ersten Jahrhundert nach Christus von diesen teuflisch genialen Römern erbaut. Es wurde erst im späten neunzehnten Jahrhundert erneuert, und viele der ursprünglichen Tunnel werden bis heute genutzt.«

»Faszinierend«, sagte Ursula tonlos. »Und du bist dir sicher, dass die Fährte wirklich in diese Richtung führt?«

»Oh, absolut«, verkündete er. »Absolut. Sie wird auch immer stärker.«

Ursula nickte, dann wandte sie sich den Zwillingen zu und flüsterte: »Ich hätte es nicht für möglich gehalten, dass ich diesem Typen noch weniger trauen kann, aber unfassbarerweise geht es durchaus.« Erst in diesem Moment bemerkte sie Joys Blick. Ihre Freundin schwitzte, und sie sah aus, als müsse sie sich jeden Augenblick übergeben. »Geht's dir gut?«

»Ratten«, flüsterte ihr Sasha zu.

»Oh verdammt.« Ursula hatte sich so sehr darauf konzentriert, Asbest zu folgen, dass es ihr gar nicht in den Sinn gekommen war, dass Joy ihren kleinen Untergrund-Ausflug womöglich noch weniger genoss als sie selbst.

Joys Abneigung gegenüber Ratten ging über ein gesundes Maß weit hinaus. Natürlich sollte man krankheitsübertragenden Nagetieren grundsätzlich mit Vorsicht begegnen. Das Problem war nur: Solange Ursula sie kannte, hatte Joy eine geradezu paranoide Furcht vor diesen Tieren gehabt. Diese Furcht schien tief in ihrem Unterbewusstsein verankert zu sein. Joy musste nicht einmal eine Ratte sehen. Es genügte schon, dass jemand versehentlich auf eine Chipstüte trat, und schon rastete sie völlig aus und fürchtete, ganze Horden von Nagern würden aus der Deckung auf sie zuspringen. Die anderen Mädchen hatten nie herausgefunden, was der Grund für diese Phobie war, aber Joys Reaktion auf die kleinsten Anzeichen dafür, dass es irgendwo Ratten geben könnte, fiel derartig dramatisch aus, dass nicht mal Bug es wagte, Witze darüber zu machen.

»Bist du sicher, dass es dir gut geht?«, fragte Ursula leise.

Joy nickte. »Mir geht's sehr gut.« Die Worte fielen ihr regelrecht aus dem Mund. »Gut. Gut, gut, gut. Sind bloß Ratten. Ratten in einem Abwasserkanal. Die haben mehr Angst vor uns als wir vor ihnen. Ich habe eine Peitsche. Zwei sogar. Es sind bloß Ratten mit kleinen Rattenzähnen und Rattenklauen und den ganzen Krankheiten, die sie verbreiten. Mir geht's gut. Ich muss nur aufhören, dauernd das Wort ›Ratten‹ zu sagen. Als würde ich sie zu mir rufen. Das ist verrückt. Alles ist super. Mir geht's super. Super. Super. Super. Super. Super.«

»Okay ...«, sagte Ursula, da ihr sonst nichts Beruhigendes einfiel.

Sasha versuchte, ihrer Schwester eine tröstende Hand auf den Arm zu legen, aber diese schreckte nur zusammen und stieß einen kurzen Schrei aus.

»Ist bei euch da hinten alles klar?«, rief Asbest, ohne über seine Schulter zu schauen.

»Alles super«, erwiderte Joy durch zusammengebissene Zähne. »Alles. Ist. Super.«

»Hervorragend!« Er schien seine Antwort eher zu singen als zu sprechen. Im Vorbeigehen tätschelte er einen Verteilerkasten an der Wand. »Der hier wurde natürlich nicht von den Römern angebracht.« Fröhlich lachte er vor sich hin.

»Kommt's nur mir so vor«, fragte Sasha, »oder macht er schrecklich viel Krach?«

Zur Antwort gab Joy ein unterdrücktes Stöhnen von sich.

Sasha wollte gerade noch etwas sagen, doch eine Explosion schnitt ihr brutal das Wort ab. Aus dem Verteilerkasten hinter ihnen sprühten wilde gelbe Funken und durchschnitten das Dämmerlicht. Ursula wandte den Blick ab und blinzelte einige Male, um ihre Nachtsicht zurückzugewinnen.

Noch bevor sie wieder in den Tunnel vor ihnen schaute, wusste sie, was sie sehen – oder besser: was sie nicht sehen – würde. Selbstverständlich war Asbest verschwunden.

KAPITEL 22

Im Flur vor Unas Büro herrschte eine angespannte Atmosphäre. Eine sehr angespannte Atmosphäre. Trinity saß im Sessel und schaute zu, wie Bug eine grüne Paste rund um Grumbledoors Türrahmen verteilte. Dieser blieb stumm und konzentrierte sich darauf, Bug überaus finster anzustarren. Hätten Blicke töten können, wäre sie längt in Millionen Teilchen atomisiert worden.

Trinity räusperte sich. »Ich fasse es nicht, dass ausgerechnet ich das frage, da ich ja extra hier raufgekommen bin, um dabei zu sein, wenn das große Chaos ausbricht, aber sind wir wirklich sicher, dass das eine gute Idee ist?«

Bug schaute nicht von ihrer Arbeit auf. »Er lässt mir keine andere Wahl.«

Die einzige Reaktion, die dies bei Grumbledoor auslöste, war ein abschätziges Schnaufen.

»Noch ist diese Paste vollkommen harmlos, und ich würde mit Freuden neue Verhandlungen aufnehmen«, sagte sie.

»Niemals!«, blaffte die Tür.

»Una ist verschwunden«, fuhr Bug fort. »Und Ursula hat mir den Auftrag gegeben, in ihr Büro zu gehen und nach Hinweisen zu suchen, die uns verraten könnten, wo sie steckt. Genau das werde ich tun. Ich würde es lieber anders handhaben, aber er muss halt auch vernünftig sein.«

»Du kommst hier nicht durch!«

»Okay«, sagte Trinity. »Wie wär's, wenn wir alle mal tief

durchatmen und versuchen, zu einer einvernehmlichen Lösung zu kommen?«

»Ich lasse sie von der Schule werfen!«, rief Grumbledoor.

»Ich sprenge ihn auf!«, erwiderte Bug.

»Na ja, ich hab's versucht«, sagte Trinity. »Ich nehme an, ihr wollt einfach sture Idioten bleiben.«

»*Wir?*«, antworteten beide beleidigt im Chor.

»Ja«, sagte Trinity. »Euch kann man natürlich überhaupt nicht vergleichen. Ich brauche ein Nickerchen.«

»Wir müssen erst den Sessel wegrücken«, warnte Bug. »Die Explosion könnte einen ziemlichen Rückstoß verursachen.«

»Der gewalttätige Anschlag, meinst du«, grummelte Grumbledoor.

Daraufhin schlug Bug nur die Hände zusammen und rieb sie gegeneinander, bis sie orange aufglühten. Dann fuhr sie mit ihnen über die Paste. »Damit wäre das Zeug eindeutig nicht mehr harmlos.«

»Ich werde mich keiner Erpressung beugen!«

»Erpressung?«, wiederholte Bug. »Niemand versucht, dich zu erpressen. Wir wollen lediglich in Unas Büro, um rauszufinden, was mit ihr geschehen ist.«

»Passwort!«, erwiderte die Tür in einem genervten Singsang.

Bug stieß ein frustriertes Knurren aus. »Du bist unerträglich!«, sagte sie und stampfte mit dem Fuß auf. Dann ließ sie eine Hand in eine ihrer Myriaden von Taschen gleiten und holte ein Röhrchen mit schwarzem Pulver hervor. »Schön, wenn du es so haben willst … Darf ich dir Magda Meysels unaufhaltsames, wetterfestes Schwarzpulver präsentieren? Garantiert immer einen großen Knall. Selbst bei einem Hurrikan erfüllt es seinen Job. Unglaubliches Zeug. Das wird dich umhauen – im wahrsten Sinne des Wortes.«

»Ich freue mich schon darauf, das zu erleben.« Grumbledoors Gesicht war das Inbild reinen Trotzes.

»Wie du meinst.« Sie sprenkelte eine dünne Spur des Pulvers über den Flur, bevor sie zur Tür zurückkehrte.

»Nichts von alledem wäre nötig, wenn du kompromissbereit wärst.«

»Passwort!«

Bug warf die Hände in die Luft. »Niemand kann behaupten, ich wäre nicht vernünftig gewesen.«

»Du warst überhaupt nicht vernünftig!«

»Ich hoffe, dass du dir Holzwürmer zuziehst!«

»Ich habe bereits Holzwürmer, und, offen gesagt, sind die intelligenter als du.«

»Wow«, sagte Trinity und hob den Sessel vom Boden. »Das wird hier ja immer erwachsener.« Sie schlurfte den Flur hinauf und stellte den Sessel in einigem Abstand wieder ab. »Ist das weit genug weg?«

»Wahrscheinlich«, sagte Bug.

»Sehr beruhigend.«

Bug zündete ein Streichholz an und hielt es vor sich in die Höhe. »Ich gebe dir eine letzte Chance für eine weitere Verhandlung.«

»Na schön«, sagte die Tür. »Das respektiere ich. Und im Sinne eines Kompromisses …« Ohne Vorwarnung spuckte Grumbledoor einen Nagel aus, der Bug direkt an der Stirn traf, sodass sie das Streichholz fallen ließ.

»Autsch! Was sollte das denn jetzt?«

»Du willst mich in die Luft sprengen!«

»Will ich gar nicht«, sagte Bug. »Ich habe bloß geblufft.«

»Ähm, Leute?«, wagte Trinity einzuwerfen.

»Und woher sollte ich das wissen?«, fragte Grumbledoor.

»Solltest du nicht. Sonst wäre es ja kein guter Bluff gewesen, oder?«

»Leute!«, rief Trinity.

»Was?«, fragte Bug.

Trinity deutete den Flur hinab, wo das Streichholz direkt auf das Schwarzpulver gefallen war und es entzündet hatte. Die Flamme bewegte sich bereits bedrohlich auf Grumbledoor zu.

»Oh«, murmelte Bug. »Das ist nicht gut. Das ist gar nicht gut.«

»Moment«, sagte Trinity. »Du hast echten Sprengstoff benutzt?«

»Natürlich. Sonst hätte er doch sofort gemerkt, dass ich nur bluffe!«

»Dann mach das aus!«, sagte Grumbledoor, dessen Augen immer größer wurden, je näher die Flamme auf ihn zukam.

»Kann ich nicht. Das ist Magda Meysels unaufhaltsames wetterfestes Schwarzpulver. Wenn es einmal aktiviert ist, kann man es nicht mehr stoppen.«

»Warum hast du denn ...?«

»Warum hast *du* mich mit einem Nagel angespuckt?«

»Du wolltest mich in die Luft sprengen!«

»Ehrlich, das wollte ich nie tun!«

»Aber jetzt tust du es?«

»Ja«, gab Bug zu. Sie verzog das Gesicht und zuckte mit den Schultern. »Sorry.«

Dann sprintete sie mit angewinkelten Armen den Flur hinunter auf Trinity zu und ging mit einem dramatischen Kopfsprung hinter dem Sessel in Deckung, nur einen Sekundenbruchteil, bevor die Welt in Flammen aufging.

—

Trinity rappelte sich auf. Ihre Ohren klingelten von der Explosion, und der gesamte Flur war von grünem Rauch erfüllt.

»Ups«, sagte Bug, erhob sich ebenfalls und stellte sich kleinlaut neben sie.

»Ups?«

Bug verzog noch einmal das Gesicht. »Großes Ups?«

Nach einigen Sekunden löste der Rauch sich beinahe ebenso rasch auf, wie er entstanden war, vermutlich, weil das *Athena* ihn durch irgendeinen unsichtbaren Luftschacht absaugte.

»Oh.« Trinity ließ ihren Blick über die Wände gleiten, die seltsamerweise keinerlei Explosionsspuren zeigten. Genau genommen sah alles genauso aus wie vorher. »Wie praktisch.«

Langsam und schweigend gingen die Mädchen den Flur hinab und blieben vor Grumbledoor stehen.

»Unglaublich.« Bug schien ehrlich beeindruckt.

»Ja«, stimmte die unversehrte Tür mit einem selbstgerechten Wackeln der Brauen zu. »Glaubst du, du wärst die erste Gaunerin, die versucht, sich hier mit ruchlosen Mitteln Zutritt zu verschaffen?«

»Du bist explosionssicher?«, fragte Trinity.

»Das bin ich. Um ehrlich zu sein, war ich mir nicht ganz sicher, aber wie es aussieht, hat Frau Una regelmäßig ihre Schutzzauber aktualisiert. Also, wollt ihr jetzt vielleicht versuchen, mich einzutreten – und dann schauen wir, wie gut *das* funktioniert?«

»Nein. Du hast gewonnen.« Bug ließ sich vor Grumbledoor auf den Boden fallen. »Ich habe versagt.«

»Hey«, sagte Trinity, verblüfft von Bugs plötzlicher Niedergeschlagenheit. »Niemand kann behaupten, du hättest nicht dein Bestes gegeben. Immerhin hättest du beinahe das ganze Gebäude in die Luft gesprengt.«

Bug verschränkte die Arme vor der Brust. »Ursula hat mir eine einzige Aufgabe gegeben, und die hab ich vermasselt.«

»Ich bin mir sicher, sie wird Verständnis haben.«

»Darum geht es nicht«, blaffte Bug. »Ich wollte beweisen, dass auch ich zu was zu gebrauchen bin.«

»Was?« Trinity war ehrlich verwirrt.

»Dass ich ein würdiges Mitglied unseres Teams bin.«

»Wovon redest du? Du bist doch Herz und Seele unserer Kohorte.«

»Nein, bin ich nicht«, sagte Bug. »Kapierst du's denn nicht? Ich war immer bloß die Ersatzfrau.«

»Hä?«

»Die Ersatzfrau«, wiederholte Bug. »Wir sind zwölf, und nur elf können gegen die Hunnen kämpfen. Ich wäre diejenige gewesen, die im Bus gesessen hätte, wenn Anna und Delilah nicht verschwunden wären.«

»Wie kommst du denn darauf? Ursula und Una hatten diesbezüglich überhaupt noch keine Entscheidung getroffen. Du kannst das gar nicht wissen.«

»Doch kann ich, es ist offensichtlich. Du hast drei krasse Kämpferinnen in dir – damit bist du eindeutig dabei. Ursula ist die Anführerin und Delilah die Magierin – auch gesetzt. Wish verwandelt sich in eine riesige Bärin, und Masina ist die Lichttänzerin und kann lauter Ehrfurcht gebietende Sachen abziehen – gesetzt. Die Zwillinge sind unfassbare Kämpferinnen mit krassen Fähigkeiten – gesetzt. Damit blieben nur ich und Anna übrig – und die Kleine kann Feuerbälle aus ihren Händen schießen! Ich habe bloß ein paar Tränke und Pülverchen im Angebot.« Sie gestikulierte in Grumbledoors Richtung. »Und jetzt stellt sich raus, dass nicht mal die was zustande bringen!«

Trinity setzte sich neben sie auf den Boden. »Okay, erst mal: Fast alles, was du gerade gesagt hast, ist totaler Quatsch. Stimmt, zu unserem Team gehören einige echt heftige Frauen, aber du bist genauso gut wie alle anderen. Deine Fähigkeiten sind fantastisch, und auch du spielst eine ganz entscheidende Rolle.«

»Lass mich raten – um zwischendurch für ein paar Lacher zu sorgen?«

»Nein«, sagte Trinity. »Ich weiß, dass ihr alle glaubt, ich würde die ganze Zeit nur rumsitzen und gar nichts tun.«

»Nein, das stimmt nicht.«

»Doch, natürlich. Du meinst, *du* müsstest dich beweisen? Ich mache nichts anderes, als das Trio von Kämpferinnen mit mir rumzutragen, die du grade erwähnt hast. Im Grunde bin ich bloß eine hochgejubelte Batterie. Ich muss mich mit genug Energie aufladen, damit die ihre Nummer abziehen können. Und falls es dir noch nicht aufgefallen ist: Während sie das tun, sitze ich bloß im Hintergrund hinter einem Schild und schaue zu.«

»So habe ich das noch nie gesehen«, gab Bug zu.

»Dabei habe ich allerdings den besten Überblick. Jahrelang habe ich das Team dabei beobachtet, wie es zusammen trainiert. Wenn ich also sage, dass du eine entscheidende Rolle spielst, weiß ich genau, wovon ich spreche. Du und Wish, ihr seid wie der Engel und der Teufel auf Ursulas Schultern.«

»Nicht schwer zu raten, wer von beiden ich bin.«

»Nein«, stimmte Trinity zu. »Aber genau das ist der springende Punkt. Wish ist dazu da, Ursula zu sagen, dass sie vorsichtig sein soll. Ihr fällt immer ein, was alles schiefgehen könnte – das ist wichtig. Aber deine Rolle ist es ebenso. Du bist diejenige, die die verrückten Einfälle hat und die nicht in Schubladen denkt. Wir alle schauen zu Ursula auf, aber sie braucht Leute, auf die sie sich stützen kann, und das seid ihr beiden. Nicht alles, was du vorschlägst – und vielleicht nicht mal das meiste von dem, was du vorschlägst –, mag die Lösung sein, für die Urs sich am Ende entscheidet. Aber du inspirierst sie und gibst ihr Anregungen, mit denen sie arbeiten kann. Und wenn deine Einfälle dann doch mal umgesetzt werden, sind sie fantastisch!«

Bug ließ die Worte ihrer Freundin einen Augenblick sacken, dann stieß sie sie mit der Schulter an. »Danke, dass du mir das gesagt hast, Trin!«

»Gern geschehen.«

»Und nur fürs Protokoll: Du bist eine krasse Ein-Frauen-Armee!«

»Jetzt aber Schluss mit der Therapiesitzung. Ich bin hier hochgekommen, um zu sehen, wie du durch diese Tür gehst, und wir verschwinden nicht, bis du das geschafft hast.«

»Ich habe alles versucht. Mehr fällt mir nicht ein.«

»Und sie ist gescheitert«, sagte Grumbledoor.

»Entschuldige mal!«, sagte Trinity. »Das ist eine private Unterhaltung.«

»Ihr seid auf meinem Flur!«

»Ignorier ihn einfach!«, sagte Trinity und tätschelte Bugs Knie. »Dir fällt schon noch was ein. Du bist die zweithinterlistigste Person, die ich kenne.«

»Danke.« Bug zögerte. »Die zweithinterlistigste?«

»Na ja, eines meiner Alter Egos ist eine Meuchelmörderin.«

Bugs Gesicht erstrahlte. »Das ist wahr!«

—

Zwei Minuten später saß Trinity erneut im Sessel, den sie wieder näher an die Tür geschoben hatte.

»Na schön«, sagte sie. »Aber um das klarzustellen: Ich mache das nur ein Mal und nur, weil es wichtig ist.«

»Absolut«, stimmte Bug zu.

»Und noch mal, um auch das klarzustellen: Es ist nicht so, als würde sie meinen Befehlen gehorchen oder so. Sie machen alle nur, was sie selbst wollen. Es kann also gut sein, dass es sie nicht mal ansatzweise interessiert.«

»Verstanden.«

»Und sie kann, du weißt schon, ein bisschen launisch sein.«

Bug trat nervös von einem Fuß auf den anderen. »Okay.«

Trinity schloss die Augen. »Na gut, dann wollen wir mal.«

Ganz gleich, wie oft Bug schon gesehen hatte, dass Trinity einen ihrer Krampfanfälle bekam, es erschütterte sie jedes Mal. Und sie konnte sich auch nicht an den Anblick gewöhnen, wie eine Person aus einer anderen heraustrat, was jedes Mal auf die Anfälle folgte. Eben noch saß Trinity entspannt in ihrem Sessel, und schon im nächsten Augenblick trat die Söldnerin aus ihr heraus, stand im Flur und fixierte Bug mit dem seltsamen toten Starren ihrer Augen.

Eine der vielen abgefahrenen Dinge, die Trinitys Inkarnationen auszeichneten, war die Tatsache, dass sie stets Varianten der Kleidung trugen, die sie gerade anhatte, und so steckte die Söldnerin in einem ausgewaschenen schwarzen Kapuzenpulli mit Nirvana-Schriftzug, den man jedoch nur sah, wenn sie sich bewegte.

»Hi«, sagte Bug und versuchte, nicht nervös zu wirken.

Die Söldnerin jagte ihr jedes Mal aufs Neue echt Angst ein. Es war die Art, wie sie in völligem Schweigen vor ihr stand. Keins von Trinitys Alter Egos sagte etwas, aber die Söldnerin machte ganz den Eindruck, dass sie es auch nicht tun würde, wenn sie könnte.

Als wäre sie gerade aus einem kleinen Nickerchen erwacht, öffnete Trinity die Augen und erhob sich aus dem Sessel. »Also«, sagte sie zu ihrem anderen Ich. »Bug braucht Hilfe, um in Unas Büro zu gelangen. Das muss sie, weil Una verschwunden ist. Die Tür ist nicht kooperativ, und daher haben wir uns gefragt, ob du vielleicht da durchkommst, indem du dein Ding abziehst?«

Die beiden Trinitys verschränkten ihren Blick. Bug hatte nicht die geringste Ahnung, was da vor sich ging, aber nach einem langen Moment bewegte sich die Söldnerin langsam auf die Tür zu.

»Also, einen Augenblick mal«, sagte Grumbledoor, der plötzlich nervös klang. »Ich sollte euch warnen, dass ich mich verteidigen werde, und zwar mit allen Mitteln, die mir zur Verfügung stehen. Ich bin schon seit Jahrhunderten hier – ich habe meine Pflichten nie vernachlässigt, und das werde ich auch jetzt nicht tun.«

Die Söldnerin stand völlig regungslos da und starrte die Tür an. Bug warf Trinity einen kurzen Blick zu, diese zuckte aber bloß mit den Schultern. Nach einer gefühlten Ewigkeit, die aber womöglich nur eine Minute dauerte, nickte die Söldnerin und zeigte ihr beunruhigendes Meuchelmörderlächeln, bei dem kurz ihre Reißzähne aufblitzten – auch wenn dies vielleicht nur Bugs Einbildung entsprang. Dann wandte sie sich seelenruhig um und nahm das Gemälde der Kuh von der Wand.

»Was tust du da?«, fragte Grumbledoor streng. »Häng Sisi sofort zurück!«

Die Söldnerin klemmte sich das Bild unter den Arm und marschierte damit den Flur herab.

»Nein, nein! Komm zurück!«, flehte Grumbledoor.

Plötzlich kam Bug sich schlecht vor.

»Sie ist meine ... Bring sie augenblicklich zurück!«

Als die Söldnerin den Sessel erreicht hatte, streckte Trinity die Hand aus, um sie aufzuhalten.

»Bitte!«, flehte Grumbledoor mit jämmerlicher Stimme.

Während die Söldnerin und Trinity einander anschauten, durchbrach ein leises Klicken die Stille, und die Tür zu Unas Büro schwang sanft auf.

Wenig später reichte die Söldnerin Trinity das Bild, dann

verschwand sie wieder in ihr, was Trinitys gesamten Körper in ein heftiges Zittern versetzte.

»Verdammt«, sagte Bug. »Das war krass.«

»Ich habe dich gewarnt«, erwiderte Trinity. »Sie ist nicht die Netteste von uns.«

Sie reichte das Bild Bug, die es wieder an seinen ursprünglichen Platz hängte. Dann traten die beiden gemeinsam durch die Tür.

»Tut mir leid«, flüsterte Trinity.

Grumbledoor sagte kein Wort.

KAPITEL 23

Zimmer 78 im St. Agatha Krankenhaus zu erreichen erwies sich als unerwartet knifflig, da sich die Zimmer 70 bis 82 in einem zusätzlich gesicherten Korridor befanden.

»Was machen wir jetzt?«, flüsterte Wish, als sie vor der verschlossenen Tür standen, die sie von Adam trennte.

»Improvisieren«, antwortete Masina in Gebärdensprache.

»Was soll das heißen?«

»Weiß ich noch nicht. Deswegen heißt es ja improvisieren.«

»Und was machen wir, bis uns was einfällt?«

»Wir verhalten uns ganz natürlich.«

Wish stieß ein frustriertes Seufzen aus. »Ich glaube nicht, dass ich mich in meinem Leben jemals natürlich verhalten habe.«

»Okay, dann sei einfach du selbst.«

»Das wäre ich ja gern. Aber wäre ich ich selbst, wär ich längst wieder zu Hause. Ich glaube einfach –« Wish unterbrach sich, um die Hand auszustrecken und die Tür aufzuhalten.

Ein älterer Pfleger hatte gerade seine Schlüsselkarte benutzt und schob einen Wagen mit Mahlzeiten unter Edelstahlabdeckungen an ihnen vorbei. Er trug Kopfhörer, aus denen überraschend aggressive Musik dröhnte, und er nickte ihr zum Dank lässig zu.

»Was wollte ich sagen?«, fragte Wish.

Masina warf der Tür, die Wish noch immer offen hielt, einen vielsagenden Blick zu. Dann ihr.

»Oh, okay«, sagte Wish lebhaft. »Das war überraschend einfach!«

Zimmer 78 lag hinter einer der identisch aussehenden, in fahlem Grün gestrichenen Türen, die sich einen langen Flur hinabzogen, der zu einem weiteren Korridor führte. Auf der einen Seite stand eine Tür zu einem Aufenthaltsraum offen, in dem sich mehrere Leute schweigend einem Fernseher an der Wand zuwandten, in dem eine Quizsendung lief.

Wish spähte durch das kleine quadratische Fenster in der Tür. Die beiden Mädchen gingen den Gang entlang und blieben schließlich vor Zimmer 78 stehen. Sie sah, dass jemand auf einem Bett lag und die Hände in die Höhe streckte.

»Und wir sind uns sicher, dass er dadrin ist?«, fragte Wish.

Masina spähte durch die Scheibe und zuckte mit den Schultern. »So stand es im Computer.«

Wish schaute sich im Flur um. Eine Pflegerin marschierte am Aufenthaltsraum vorbei, achtete aber glücklicherweise nicht auf sie.

»Okay, dann los.« Wish versuchte, die Tür zu öffnen, sie war jedoch verschlossen. »Oder auch nicht.« Sie sah Masina an. »Und was machen wir jetzt?«

Masina hob bloß eine Braue.

»Oh, na toll. Warum glauben eigentlich alle, die Lösung für jedes Problem wäre, dass ich mich in die Bärin verwandle?«

Masina gab keine Antwort.

»Deine Gabe lässt sich viel leichter einsetzen, auch wenn sie, zugegeben, in dieser Situation nicht besonders nützlich wäre. Aber ich fände es wirklich toll, wenn wir noch eine Alternative finden würden.«

Masina hielt sich erneut mit einem Rat zurück, ihr Schweigen machte aber einen dringlicheren Eindruck.

»Na schön, aber ich möchte, dass du weißt, wie sehr ich das hasse!« Wish wand sich aus ihrer Jacke. »Halt die mal für mich. Ich will nicht noch eine ruinieren.« Dann atmete sie tief ein und streckte die rechte Hand aus. »Es ist auch gar nicht so leicht, sich nur teilweise in die Bärin zu verwandeln. Warum haben eigentlich alle so coole Kräfte, und ich kriege das hier? Ich meine –«

Hinter ihr räusperte sich Masina streng.

»Ja, ich mach ja schon!«

Sie konzentrierte sich auf die Hand. Damit die Transformation gelingen konnte, musste sie eine gewisse Portion Wut in sich erwecken, was eigentlich kein Problem war. Sie durfte allerdings auch nicht *zu* wütend werden, und das war schon schwieriger.

Angestrengt senkte sie ihren Blick. Wie gewünscht, begann augenblicklich, rotes Fell auf ihrer Hand zu wachsen. Bereits nach ein, zwei Sekunden war ihr Arm verschwunden und zum Vorderlauf einer ausgewachsenen Bärin geworden, einschließlich Tatze mit gewaltigen Klauen.

Wish verdrehte die Augen, als sie bemerkte, dass der Saum ihres T-Shirts eingerissen war. »Na toll. Schon wieder eins für die Tonne.«

Sie legte ihre riesige Pranke auf die Klinke und riss diese mit einer schwungvollen Bewegung ab, wobei auch das Schloss der Tür aufbrach. Das laute Krachen des Metalls hallte wie ein Schuss durch den gesamten Flur.

»Ziemlich cooler Move«, bedeutete Masina mit ihren Händen.

»Nein.« Wish ließ ihren Blick noch einmal den Flur hinauf- und hinunterwandern. »Kein cooler Move.«

Nachdem sie den Raum betreten hatten, schloss Masina die Tür mit dem zerschmetterten Schloss so gut wie möglich hinter ihnen. Die gute Nachricht war, dass es sich bei der Gestalt im blauen Trainingsanzug, die nun vom Bett hochfuhr, tatsächlich um Adam handelte. Es gab aber auch eine schlechte.

Er winkte ihnen fröhlich zu. »Hallo, meine lieben Halluzinationen!«

»Hi, Adam«, sagte Wish. Sie warf Masina einen alarmierten Blick zu, die wiederum mit einer ihrer zahlreichen Schulterzuck-Varianten reagierte. »Wir sind gekommen, um dich zu retten.«

»Nein.« Adam kicherte. »Ich bin es doch, der *euch* retten muss!« Sein Lächeln war derart breit, dass es den Großteil seines Gesichts einnahm, und seine Augen schienen etwas zu verfolgen, das nur er sehen konnte. Nachdem sein Blick ein weiteres Mal durch den Raum gewandert war, konzentrierte er sich auf Wishs Gesicht. »Ihr seid die Jungfrauen!«, rief er glücklich.

»Wir ...«, setzte Wish an. »Ich meine, genau genommen, ja, aber wir wollen uns jetzt nicht auf diesen Aspekt –«

Adam deutete auf Masina. »Du bist die Jungfrau, die die ganze Zeit in der Gegend rumtanzt. Und dann kommt Licht aus deinen Händen, und du lässt einen großen Hirsch entstehen, und der geht dann so richtig ab – bang, bang, bang!«

Masina dachte kurz darüber nach, dann nickte sie. Er hatte die Grundgegebenheiten korrekt wiedergegeben.

»Und du«, fuhr er fort und wandte seine Aufmerksamkeit Wish zu, »bist die Jungfrau, die sich in den großen, alten, bösen Bären verwandelt!« Er versuchte, diesen Bären zu imitieren, einschließlich der Gesten und des lauten Knurrens. Dann hielt er inne, als ihm Wishs Arm auffiel. »He, guck mal! Du verwandelst dich ja gerade wieder in den Bären. Cool!«

»Nein, tue ich nicht. Es ist andersrum.« Sie schüttelte ihren Arm aus. »Für gewöhnlich geht es nach ein paar Sekunden wieder zurück, aber das soll jetzt nicht unsere Sorge sein. Ich verstehe, dass du verwirrt bist –«

»Ja!« Adam nickte übereifrig. »Ich hatte nämlich einen Nervenzusammenbruch. Sehr wahrscheinlich verursacht durch meine sexuelle Frustration, die mich dazu gebracht hat, die Anwesenheit mehrerer Jungfrauen herbeizuhalluzinieren. Ich habe gehört, wie die nette Frau Doktor Jäger das jemandem auf dem Flur erklärt hat.« Adam setzte sich mit stolzer Miene auf die Bettkante. »Sie wird ein medizinisches Paper über mich schreiben. Aus mir wird ein Paper!«

»Glückwunsch. Nur mal so nebenbei ... Haben dir die netten Ärzte zufällig irgendwas gegeben?«

Adam schüttelte energisch den Kopf und verkündete im selben Atemzug: »Ja. Eine grüne Pille. Eine große, schöne grüne Pille. Hat ihren Job prima erfüllt. Ich fühl mich viel entspannter, auch wenn ich ja offensichtlich immer noch Halluzinationen habe. Ist nicht persönlich gemeint.«

»Schon okay«, sagte Wish, wandte sich um und flüsterte Masina zu: »Was machen wir denn jetzt mit ihm?«

»Macht euch keine Gedanken!«, sagte Adam. »Doktor Jäger holt noch eine zweite Meinung ein. Ich nehme an, die wird ebenso darauf hinauslaufen, dass bei mir 'ne Riesenschraube locker ist. Aber ich will mich überraschen lassen.« Er hielt inne, und das Lächeln wich von seinem Gesicht. »Oh nein, jetzt juckt's mich schon wieder. Kleine Warnung: Beim letzten Mal hab ich einen ziemlich lauten Rülpser losgelassen.« Er machte einen Schmollmund. »Da haben alle gelacht. Es war wirklich peinlich. Also entschuldige ich mich schon mal im Voraus, meine lieben Hallu-Jungfrauen.«

»Könntest du bitte aufhören, uns so zu nennen?«, fragte Wish.

»Hallu oder Jungfrauen?«

»Beides.«

»Aber das seid ihr doch. Oooh, jetzt kitzelt's in meinem Bauch. Es kommt. Könnte ein großes Ding werden.«

Wish wandte sich Masina zu. »Ernsthaft – irgendwelche Ideen?«

»Wir können ihn nicht hierlassen«, gab Masina ihr zu verstehen.

»Hey, das ist ja Gebärdensprache!«, bemerkte Adam. »Find ich super, dass meine Halluzinationen so inklusiv aufgestellt sind.«

»Also, was schlägst du vor?«, fuhr Wish fort. »Wir entführen ihn?«

Masina trat vor und berührte Adam an der Schulter. »Wir sind keine Halluzinationen«, sagte sie mit den Händen.

»Da wage ich zu widersprechen«, erwiderte Adam. Dann bekam er große Augen. »Hey, ich kann sie verstehen. Wie ist das möglich?«

»Sie kann Menschen in Sekundenschnelle die Gebärdensprache beibringen, wenn sie will.«

»Wow!« Er klatschte begeistert in die Hände. »Cool. Kannst du mir auch Kung-Fu beibringen, so Matrix-Style?«

»Nein«, erwiderte Masina, woraufhin Adam mit zusammengepressten Lippen ein Furzgeräusch ausstieß.

»Okay, das wird mir hier langsam wirklich zu albern«, sagte Wish.

»Oooh«, sagte Adam mit lauter Stimme. »Hier kommt der Rülpser.«

»Wir brauchen jetzt dringend einen Plan und –« Wish brach ab, als sie Masinas Gesicht sah. Noch nie hatte sie ihre Freundin derartig geschockt gesehen. Bis jetzt. »Was?«

Als Reaktion riss Masina nur die Augen auf und starrte Adam an.

Wish folgte ihrem Blick und bemerkte, dass die Haut an seinem Hals eine Blase aufwarf. Es sah aus, als würde sich der aggressivste Eiterpickel der Welt bilden, der sich dann jedoch in ein Gesicht verwandelte. In ein wütendes Gesicht mit zusammengezogenen Brauen unter einem kahlen Schädel. Unwillkürlich stieß sie einen Schrei aus und sprang zurück.

»Befreit mich augenblicklich aus diesem Zwinger in Gestalt eines dummen Affen!«, brüllte der Kopf.

»Was ist das?«, fragte Wish, die ihrem Entsetzen freien Lauf ließ.

»Ach ja«, erwiderte Adam nonchalant. »Das ist meine andere Halluzination. Leider nicht so freundlich wie ihr.«

»Ich bin keine Halluzination, du Einfaltspinsel! Ich bin Balzar der Große, Nekromant an Attilas Hof!«

»Wie auch immer. Mir sind die Jungfrauen lieber.«

Masina und Wish schauten einander entgeistert an.

»Wie?«, knurrte Balzar. »Ist eine von euch angemalten Dirnen etwa die verfluchte Ursula?«

Wish hatte noch niemals jemandem ins Gesicht geschlagen, und niemand war so überrascht wie sie selbst, als sie ausholte und Balzars linker Gesichtshälfte eine schallende Ohrfeige verpasste.

»Autsch!«, schrie Adam und hob die linke Hand, um sich die Wange zu reiben. »Warum hast du mich geschlagen?«

»Hab ich nicht«, sagte Wish. »Ich habe *ihn* geschlagen!«

Balzar lachte. »Ha! Endlich hat es mal sein Gutes, an diesen Schwachkopf gekettet zu sein. Schlag ihn noch mal!«

»Ich habe ihn nicht geschlagen!«, protestierte Wish. »Ich habe *dich* geschlagen!«

»Den mächtigen Balzar wirst du niemals besiegen.«

»Ach, halt die Klappe, du hast ja nicht mal einen eigenen Körper! Du bist bloß in diesen Typen … gefahren oder was auch immer.«

»Wie kannst du es wagen?! Niemals würde ich ein derartig unwürdiges Gefäß wählen.«

»Ich bin übrigens anwesend«, sagte Adam beleidigt.

Masina packte Wish am Ellbogen und zog sie beiseite.

»Dieser Ich-bin-bloß-ein-Kopf-Typ ist echt unangenehm«, sagte Wish. Dann fügte sie kopfschüttelnd hinzu: »Wow, was für ein irrer Satz war das gerade?«

»Wir müssen ihn hier rausbringen«, gab ihr Masina zu verstehen.

»Adam oder …?«

»Beide. Ich glaube, die gibt's nur noch im Doppelpack. Aber seit der Typ da rausgesprungen ist, wirkt Adam immerhin weniger … kopflos.«

Wish schaute quer durch den Raum zu dem seltsamen Duo. Eine bessere Formulierung fiel ihr tatsächlich auch nicht ein. Aber es stimmte: Adam machte einen deutlich fokussierteren Eindruck.

»Warum fuchtelt die Dirne da drüben so mit den Händen herum?«, fragte Balzar.

»Alter«, sagte Adam. »Nicht cool! Das ist Gebärdensprache.«

»Ist das eine Art Anrufung oder …?«

Alle wandten sich gleichzeitig um, als sich die Tür öffnete und eine Schwester mit einem Tablett in der Hand vor ihnen stand. Das kaputte Schloss schien sie zu überraschen, ebenso wie die Tatsache, dass sich Masina und Wish im Zimmer befanden. Dies war aber nichts im Vergleich zu dem Schrecken, der sie überfiel, als sie Balzar erblickte.

»Mach dich fort, böses Weib!«, brüllte er.

Die Frau folgte der Anweisung, indem sie das Tablett fallen ließ, einen durchdringenden Schrei ausstieß und umgehend aus dem Zimmer stürzte.

»Hörst du vielleicht mal auf, mir ins Ohr zu brüllen?!«, sagte Adam.

»Ich bin der mächtige Balzar …«

Adam schlug seine linke Hand vor Balzars Mund. »Und ich bin der Typ mit den Händen. Halt die Klappe!«

»Okay«, sagte Wish, »das wird jetzt wirklich zu irre. Wir müssen sie … ihn … wie auch immer … hier rausschaffen. Also schön, Adam! Zeit zu gehen.«

»Wohin denn?«, fragte er.

»Hauptsächlich weg.«

»Oh nein«, sagte er. »Ich bin überhaupt nur in diese Lage gekommen, weil ich mit einer fremden Frau mitgegangen bin.«

»Und es sind fremde Frauen, die dich hier rausbringen werden. Du könntest natürlich auch hierbleiben und versuchen, allen möglichen Ärzten deinen Kumpel zu erklären. Ich nehme an, die werden Jahre damit zubringen, dich zu untersuchen. Wahrscheinlich Jahrzehnte. Allein der endlose Papierkram!«

Adam schrie auf, als Balzar ihm in die Hand biss. »Autsch, du gottverdammtes Arsch–«

»Ich bin Balzar, Sohn des mächtigen Kal'ell, dem Zauberer von –«

Adam schlug ihm mit der Faust ins Gesicht, und beide Köpfe zuckten zurück. Sofort führte er die Hand an seine Nase. »Verdammt, ich hab mir grad selbst ins Gesicht geboxt.«

»Wenn du diesen schrecklichen Mann bis ans Ende deines Lebens als persönlichen Hausgast mit dir rumschleppen möchtest«, sagte ihm Masina in Gebärdensprache, »kannst du gerne hierbleiben. Ich bin mir nämlich ziemlich sicher, dass die Medizin das nicht in Ordnung bringen kann – nur Magie.«

»Was sagt das widerliche Weibsstück?«, knurrte Balzar.

Adam erhob sich und kam auf wackligen Füßen zum Stehen. »Ich komme mit.«

»Gut«, sagte Wish.

»Ich ebenfalls«, fügte Balzar hinzu.

»Weniger gut.«

KAPITEL 24

Ursula sprintete durch den düsteren Tunnel. Mehr als alles andere war sie wütend auf sich selbst. Sie hatten gewusst, dass man Asbest nicht trauen konnte, und doch hatten sie sich von einem billigen Trick ablenken lassen – so etwa auf dem Niveau von »Hey, dein Schnürsenkel ist offen!«. Trotz allem Ärger über sich selbst freute sie sich immerhin schon darauf, ihre Wut an dem schleimigen Mistkerl abzureagieren – sobald sie ihn gefunden hatten.

Zusammen mit Sasha und Joy lief sie den Tunnel entlang, der erst nach links abbog, dann nach rechts. Die ohnehin schwache orangefarbene Beleuchtung tauchte immer sporadischer auf, sodass sie sich genau auf den Weg vor ihren Füßen konzentrieren mussten. Ständig stampften sie durch einzelne Pfützen, über deren Zusammensetzung sie lieber nicht nachdenken wollte. Einige Male glaubte Ursula, vor ihnen das Geräusch davonlaufender Schritte zu hören, aber es konnte durchaus ihr eigenes Echo gewesen sein. Tunnel hatten einen seltsamen Effekt auf sämtliche Geräusche, was das Gefühl der Orientierungslosigkeit nur noch verstärkte. Schließlich erreichten sie eine T-Kreuzung, doch in beiden Richtungen erwartete sie völlige Finsternis.

»Wo lang?«, fragte Sasha.

Statt zu antworten ließ Ursula aus ihrer rechten Hand eine flammende Klinge wachsen und schwenkte sie vor sich, um den Weg abzuleuchten. Sie nahm die rechte Abzweigung und kam nach etwa fünf Metern zu einem Gitter aus Metallstreben, die zwar verrostet, aber immer noch ziemlich massiv aussahen – und die derartig eng nebeneinanderstanden, dass sie stark bezweifelte, dass selbst Asbest, so schleimig er auch war, sich hindurchzwängen könnte.

»Hier geht's nicht weiter«, erklärte sie.

Sasha spannte ihren Bogen und schoss einen Pfeil in die linke Abzweigung hinein. Er flog etwa fünfzehn Meter weit. Sein goldenes Licht ließ kurz die Wände sichtbar werden, bis er an der nächsten Tunnelbiegung abprallte. »Dann nehmen wir wohl diesen Weg.«

Ursula nickte. »Ich gehe voran. Sasha, du bildest die Nachhut und sicherst uns nach hinten.«

»Verstanden.«

Das Trio begab sich in den anderen Tunnel, wobei ihnen Ursulas Schwert als Taschenlampe diente. Der schwache Lichtschein erlaubte es ihnen dennoch nicht, schneller als mit forschem Schritt voranzukommen.

Nach gefühlt zweihundert Metern bemerkte Ursula eine Veränderung in der Atmosphäre. Ein leichter Windzug durchschnitt die abgestandene Luft. Sie gelangten in ein größeres Gewölbe, das von weiteren Natriumdampflampen erleuchtet wurde, die in regelmäßigen Abständen an den Wänden verteilt waren. Die erdrückende Finsternis wurde damit allerdings nicht aufgelöst, eher noch betont.

Sie fanden sich an der Kante eines etwa zehn Meter breiten Rundgangs wieder, der ein großes Wasserbecken in der Mitte des Gemäuers umschloss. Die Reflexion der Lichter sorgte für ein unheimliches Glimmen, das jedoch nicht bis zur Decke über ihren Köpfen reichte. Die pechschwarze Dunkelheit dominierte alles. Von dem Rundgang zweigten acht Tunnel in unterschiedliche Richtungen ab. Es handelte sich wohl um eine Art zentrale Kreuzungsanlage, was bedeutete, dass ihrer Zielperson eine große Auswahl an Fluchtwegen zur Verfügung gestanden hatte. Es war unmöglich, jedem einzelnen zu folgen. Allerdings war Asbest offenbar nicht allzu weit gekommen, denn sein Kichern hallte von den Wänden wider.

Die Mädchen gingen auf das Wasserbecken zu und suchten mit angestrengtem Blick die Finsternis ab.

»Asbest?«, rief Ursula mit erhobener Stimme. »Wir hatten eine Abmachung. Wie wär's, wenn du mit deinen albernen Spielchen aufhörst?«

»Aber es macht mir so viel Spaß, alberne Spielchen zu spielen.« Er war es eindeutig. Seinen beflissenen Tonfall hatte er jedoch abgelegt, und ihnen schlug nur noch hämischer Spott entgegen.

Ursula spürte, dass Sasha und Joy hinter ihr aufschlossen und sich mit gezückten Waffen verschiedenen Richtungen zuwandten. Sie selbst hielt ihr Schwert vor sich ausgestreckt und schwenkte es langsam hin und her, um von ihrer Umgebung so viel wie möglich sichtbar zu machen.

»Na schön, dann spielen wir was anderes. Wir schließen eine neue Abmachung.«

»Was für eine Abmachung?« Seine Stimme schien nun von der anderen Seite des Gewölbes zu kommen.

Ursula schaute kurz zu Joy und Sasha, die beide den Kopf schüttelten. Auch sie hatten keine Ahnung, wo er stecken könnte.

»Was würde dir denn gefallen?«, fragte sie.

»Das Einzige, was ich gern von euch hätte, meine werte Dame«, sagte Asbest, dessen Stimme erneut aus einer anderen Richtung zu kommen schien, »seid ihr wohl nicht zu geben bereit.«

»Hast du Anna deshalb getötet?«

»Ich hatte nichts zu tun mit dem Ableben eurer kleinen Freundin.« Seine Stimme, die sich weiter um sie herumbewegte, ließ ironische Entrüstung erkennen. »Es verletzt mich, dass ihr mir nicht glaubt.«

»Okay.«

»Allerdings werde ich einiges zu tun haben mit *eurem* Ableben.«

Ursula spürte es eher, als dass sie es hörte. Über ihrem Kopf bewegte sich etwas in rasender Geschwindigkeit, gefolgt von einem leisen, schmatzenden Geräusch. Kurz tauchten grüne Tentakel in ihrem Blickfeld auf. Dann sah sie Sashas Entsetzen, bevor das Ding auf ihrem Gesicht landete und sie mit voller Wucht zu Boden riss. Joy und Ursula standen völlig verblüfft neben ihr, während Sasha damit kämpfte, sich die Kreatur, die die Größe eines kleinen Oktopus hatte, vom Gesicht zu ziehen. Ursula schaute das Wesen an, und etwa ein Dutzend Augen in verschiedenen Größen und Farbtönen starrten zu ihr zurück.

»Was zur Hölle?!«, schrie Joy.

Ursula holte mit dem Schwert aus und brüllte der sich windenden Sasha zu: »Halt still, Sash! Ich schneide es von dir runter!«

Doch bevor Ursula den Arm nach vorn schwingen konnte, knallte etwas gegen ihren Rücken und ließ sie vornüberstürzen. Schleimige Tentakel schlangen sich um ihren Leib und pressten ihr die Arme an den Körper. Auch sie verlor den Halt, landete mit dem Gesicht voran auf dem feuchten Beton, und es war reines Glück, dass sie sich nicht die Nase brach. Sie dematerialisierte das Schwert, das jetzt eher Hindernis als Hilfe war, während sich die Tentakel immer enger um sie legten. Stattdessen ließ sie am rechten Arm ihren Schild entstehen, um den sich aber sofort die Fangarme wanden. Keine ihrer Waffen konnte ihr jetzt noch helfen.

Mit großer Anstrengung schaffte sie es, auf die Knie zu kommen und sich nach hinten und auf ihren Angreifer zu werfen. Das Geschöpf stieß ein leichtes Heulen aus, als es zu Boden gedrückt wurde, lockerte aber nicht seinen Griff.

Aus den Augenwinkeln bemerkte Ursula knisternde Lichtwirbel, als Joys Peitschen in alle Richtungen schlugen, woraufhin kaum erkennbare Umrisse weiterer Gestalten in die Finsternis zurückwichen. Alarmiert blickte Joy immer wieder nach oben, während sie ihr Bestes tat, um den Angreifer vom Gesicht ihrer Schwester zu treten.

Ursula war zu sehr mit ihrem eigenen Gegner beschäftigt, um einschreiten zu können. Wieder ließ sie sich mit voller Wucht auf den Rücken fallen – einmal, zweimal, drei weitere Male. Doch diese Strategie schien immer mehr an Wirkung zu verlieren, da das Wesen nun darauf vorbereitet war. Verzweifelt spannte sie ihre Arme an, versuchte, wenigstens einen freizubekommen, aber die Tentakel waren derartig lang und stark, dass sie sie nicht abschütteln konnte. Ein weiterer Fangarm tauchte auf, legte sich fest um ihren Hals und schnürte ihr die Luftzufuhr ab.

Sasha, die offenbar wieder auf die Beine gekommen war, rannte an ihr vorbei. Sie rang wild mit den Armen, während sie weiterhin darum kämpfte, die Kreatur loszuwerden, die immer noch fest auf ihrem Gesicht klebte. Ursula richtete ihre gesamte Aufmerksamkeit auf ihre linke Hand. Wenn sie sie nur wenige Zentimeter bewegen könnte, wäre sie in der Lage, ein Schwert entstehen zu lassen, mit dem sie einige der Tentakel durchschneiden und sich befreien konnte. Sie biss die Zähne zusammen und schob die Lippen vor, als ein weiterer schleimiger Arm über ihr Gesicht fuhr und seine gierigen Saugnäpfe nach einem Punkt suchten, auf dem sie sich festdrücken konnten.

Etwas riss ihre linke Hand zurück. Voller Entsetzen senkte sie den Blick und sah, dass sich eine weitere Kreatur auf sie gestürzt hatte. Sie schaffte es gerade noch, die Feuerklinge aufblitzen zu lassen, und trennte das Ding sauber in der Mitte durch. Das Wesen starb mit einem befriedigenden Platzgeräusch, und Ursula spürte, dass einzelne Fleischbrocken auf ihre Jeans sprühten. Damit war jedoch ihre Chance dahin, den Angreifer zu erledigen, der ihr die Luft abschnürte. Er hatte seinen Griff inzwischen noch verstärkt, wild entschlossen, jedes Leben aus ihr herauszupressen.

Sie drängte die aufsteigende Panik beiseite, die ihre Brust erfüllte. *Denk nach, verdammt! Denk nach! Es gibt immer eine Lösung.* Das hatte Una ihnen eingeschärft.

Der Tentakel auf ihrem Gesicht presste sich gegen ihre Nasenlöcher, versiegelte ihre letzte Möglichkeit, Luft zu bekommen. Beide Hände waren immer noch gefesselt, und sosehr sie auch kämpfte, sie konnte sie nicht befreien. Verzweifelt versuchte sie erneut, das Geschöpf rücklings auf den Boden zu schlagen.

Vage nahm sie wahr, dass die wirbelnden Lichtbögen von Joys Peitschen nicht mehr durch die Luft sausten, was wohl bedeutete, dass auch sie zu Boden gegangen war. Einzelne Lichtpunkte tanzten vor Ursulas Augen, die sie aber durch ihre Tränen nur verschwommen sah. Sie wappnete sich für einen weiteren verzweifelten Versuch, sich aufzubäumen, als die Welt plötzlich in einem durchdringenden, blendenden Weiß erstrahlte.

Eine Gestalt stand vor ihr, deren Umriss einen goldenen Glanz hatte und die mit den Händen einen weißen Stab herumwirbelte. Der Stab blitzte auf und schlug mit voller Wucht die Kreatur von Sashas Gesicht, sodass das Wesen mit einem ohrenbetäubenden Kreischen in die Finsternis flog. Als Nächstes traf das massive Holz des Stabes die Kreatur, die an Ursulas Rücken klebte, und auch diese flog sofort davon.

Süße Atemluft strömte zurück in Ursulas Lunge. Sie sprang auf die Füße, mit flammenden Schwertern in beiden

Händen, und fuhr herum. Sasha lag auf dem Boden, hustete und spuckte, während Joy noch immer mit zwei Kreaturen kämpfte, die ihre Arme auf dem Boden gefesselt hielten. Eine dritte hatte sich um ihre Fußgelenke geschlungen. Ursula schnitt die beiden am Arm und Bein ihrer Freundin ab. Auch diese zerplatzten mit einem widerlichen Zischen, und sofort machte sich ein übler Gestank breit. Die aus dem Nichts aufgetauchte Gestalt, die, wie sie nun erkannte, eine goldene Rüstung trug, spießte die dritte mit ihrem Stab auf.

Ursula drehte sich erneut um, erwartete den nächsten Angriff, aber es kam keiner. Der Unbekannte stand mit dem Rücken zu ihr und suchte mit seinem Blick das Gewölbe ab, während die Zwillinge langsam wieder zu Atem kamen und sich gegenseitig auf die Füße halfen.

Halbwegs sicher, dass ihre Gegner besiegt waren, richtete Ursula ihre Aufmerksamkeit auf den Neuzugang. Nun, da sie Gelegenheit hatte, einen genaueren Blick auf ihn zu werfen, erkannte sie, dass seine reich geschmückte Rüstung in Gold und Schwarz gehalten war. Als er sich zu ihr umdrehte, sah sie, dass eine helmartige goldene Maske, auf der ein Drache abgebildet war, sein Gesicht bedeckte, und nur die funkelnden Augen zu erkennen waren. Die schwarzen Elemente der Rüstung schienen im Dämmerlicht zu strahlen. Er stand ganz entspannt da, hob die Hand und tippte seitlich gegen die Maske.

Daraufhin zog sich das Visier zurück und offenbarte das Gesicht eines Jungen in Ursulas Alter. Mit braunen Haaren, hohen Wagenknochen und einem warmen, verschmitzten Lächeln.

»Hi«, sagte er.

»Hallo.«

»Was zur Hölle waren das für Viecher?«, fragte Sasha und wischte sich angewidert mit dem Ärmel übers Gesicht.

»Ich habe keine Ahnung«, erwiderte der junge Mann. »Ich weiß nur, dass sie äußerst unangenehm waren.«

»Apropos unangenehm«, sagte Ursula und hob ihre Stimme. »Bist du immer noch hier, Asbest?«

Völlige Stille war die einzige Antwort.

»Kann ich mir nicht vorstellen«, sagte der junge Mann. »Der wird sofort die Beine in die Hand genommen haben, als er gesehen hat, dass es hier nicht so läuft, wie er gehofft hatte.«

»Du kennst ihn?«

»Das würde ich so nicht sagen«, entgegnete er. »Aber ich weiß einiges *über* ihn. Ich hatte einen Hinweis bekommen, dass er nichts Gutes im Schilde führt. Wie sich herausstellte, war das korrekt.«

Da sie sich nicht mehr einem baldigen Tod gegenübersah, merkte Ursula, dass ihr die ganze Situation peinlich war. Und offenbar ging es nicht nur ihr so.

»Wir hätten das übrigens auch allein hinbekommen«, sagte Sasha in kompletter Realitätsverweigerung.

»Natürlich.«

»Nicht, dass wir dir für deine Hilfe nicht dankbar wären«, gab Ursula zu. »Es war ein großes Glück, dass du zufällig vorbeigekommen bist.«

»Zufällig trifft es nicht ganz«, sagte er. »Ich bin euch gefolgt.«

»Wie bitte?«, fragte Joy.

»Tut mir leid, das hat sich jetzt wahrscheinlich ein bisschen komisch angehört ... Eigentlich bin ich *ihm* gefolgt. Und dann seid ihr ihm auch gefolgt, also musste ich euch ebenfalls folgen.«

»Wir haben dich gar nicht bemerkt«, sagte Sasha.

Der junge Mann deutete nach oben. »Die Dächer. Darüber müsst ihr euch nicht ärgern, kaum jemand schaut in die Höhe. Verzeiht, wo bleiben meine Manieren? Ich bin Bart.«

Ursula schüttelte seine Hand. »Ursula.«

Während sie ihn anlächelte, konnte sie nicht darüber hinwegsehen, dass seine grünen Augen wirklich nicht ohne waren. Dank ihrer sehr speziellen Jugend hatten die Mädchen nur sehr begrenzten Kontakt zum anderen Geschlecht gehabt, aber selbst nach der unrealistischen Erwartung, die sie durch das Fernsehen entwickelt hatten, war dieser Typ ziemlich … cute.

Sasha räusperte sich vielsagend.

Peinlich berührt zog Ursula ihre Hand zurück. »Und das sind meine Freundinnen, die Zwillinge Sasha und Joy.«

Die Schwestern nickten ihm zu, was er erwiderte.

»Bart?«, fragte Joy. »Komischer Name. Wie Bart Simpson?«

Er wurde rot. »Ja. Der Name hat in meiner Familie eine lange Tradition.«

»Ähm, Leute …«, warf Sasha ein. »Können wir vielleicht noch mal auf die Frage zurückkommen, was zur Hölle diese Viecher waren?«

Bart zuckte mit den Schultern. »Ich weiß es wirklich nicht. Offenkundig kommen sie aus den anderen Gefilden.«

»Den anderen … Gefilden?«, fragte Ursula.

Er schaute sie überrascht an, verengte seine Augen und legte den Kopf schief. »Davon weißt du gar nichts, oder?«

»Ähm … nicht wirklich.«

»Sie meint: Nein«, stellte Joy klar.

»Wer seid ihr eigentlich?«

»Das ist nicht ganz leicht zu beantworten«, erwiderte Ursula.

»Kann ich mir denken. Ihr habt alle sehr beeindruckende Kräfte, aber ihr wisst nicht, was die anderen Gefilde sind?«

»Na ja, wir hatten bislang alle Hände voll zu tun, gegen untote Hunnen zu kämpfen, da ist uns das wohl entgangen.«

Er grinste. »Von denen hab ich schon gehört. Die können einem ziemlich auf den Geist gehen.«

»Aber genug von uns«, sagte sie. »Wer bist du?«

Er lächelte. »Ach, einfach ein Typ, der in der Gegend rumläuft und notleidende Damen rettet.«

Ursula nahm an, dass er versuchte, charmant zu klingen. Leider ging der Schuss nach hinten los. Als ihm das kollektive Augenverdrehen dreier Frauen entgegenschlug, war ihm auch deutlich anzusehen, dass er dies begriff.

»Ich habe keine Ahnung, was genau damit gemeint sein soll«, sagte Ursula, »aber ›in Nöten‹ sind wir nun wirklich nicht.«

»Ja«, stimmte Joy trotzig zu. »Wir sind aus dem Hinterhalt angegriffen worden. Und wir sind gerade nicht so ganz auf der Höhe. Dass wir heute Nacht erfolgreich eine Geisterarmee bezwungen haben, um die Stadt zu retten, hat uns ein bisschen ermüdet. Gern geschehen übrigens.«

Verlegen hob er eine Hand. »Hey, entschuldigt bitte. Das war nicht so gemeint. Warum seid ihr hier unten?«

»Zwei unserer Freundinnen sind letzte Nacht verschwunden«, erklärte Ursula. »Wir suchen sie. Ich nehme an, Asbest wollte sich genau das zunutze machen.«

Bart nickte. »Das erklärt auch die Geschichte auf dem Parkplatz.«

»Das hast du gesehen?«

»Habe ich. Das mit euren Freundinnen tut mir leid.«

»Nicht nötig«, erwiderte Joy. »Wir werden sie wiederfinden.«

Bart schaute sie an, wollte etwas sagen, entschied sich aber dagegen.

»Also«, sagte Ursula, »kannst du uns erklären, warum du Asbest folgst.«

Er lachte. »Mir ist das Gerücht zu Ohren gekommen, dass

ein Seelenfresser alle Hebel in Bewegung setzen würde, um magische Seelen zu finden, die er verschlingen kann – indem er ahnungslose Opfer in der Kanalisation in eine Falle lockt. Meine Quelle, wenn ich sie so nennen kann, hat behauptet, hier unten würde es irgendein riesiges Monster geben. Mit lauter Tentakeln. Der absolute Horror. Wie's aussieht, hat sie bei der Größe ziemlich übertrieben.«

In diesem Moment kam ein riesiger Tentakel aus dem Wasser geschossen.

KAPITEL 25

Nicht, dass es schon mal vorgekommen wäre, aber Ursula hätte schon aus persönlichem Stolz gerne geglaubt, dass sie nicht zweimal am selben Tag erfolgreich aus dem Hinterhalt angegriffen werden könnte. Diesmal war es verdammt knapp, aber als der gewaltige Tentakel über den Rundweg fuhr, sprang sie in die Höhe, absolvierte geistesgegenwärtig einen Salto rückwärts und kam wieder auf den Füßen zum Stehen. Der geheimnisvolle Bart hatte weniger Glück, da er direkt zwischen Ursula und dem Fangarm gestanden hatte. Mitsamt seinen hohen Wangenknochen wurde er beiseitegerissen, und Ursula hörte, wie das Wasser aufspritzte, als er im Becken landete. Sie benötigte nur einen raschen Blick über ihre Schulter, um zu sehen, dass Joy und Sasha dem Tentakel rechtzeitig ausgewichen waren. Für mehr als einen raschen Blick blieb ihr allerding auch keine Zeit, da der Besitzer des besagten Tentakels sich soeben aus der Tiefe des Wassers erhoben und auf den Beckenrand gewuchtet hatte.

Das Ungetüm hatte einen rundlichen Leib und war etwa sechs Meter groß. Der Körper schien hauptsächlich aus Tentakeln zu bestehen, die überall aus ihm hervorwuchsen, und Ursula blieb wahrlich nicht genug Zeit, um sie zu zählen. Nur eines hatte das Wesen mehr als Tentakel, und das waren Augen. Hunderte. Ging man davon aus, dass es sich bei dem aufgerissenen Loch voller spitzer Zähne um sein Maul handelte, setzte sich sein Gesicht ausschließlich aus Augen in unterschiedlichsten Größen und Formen zusammen, die allesamt in unterschiedliche Richtungen starrten. Kurz sah Ursula sich selbst in vielen von ihnen gespiegelt, doch schon im nächsten Moment feuerte Sasha einen ihrer goldenen Pfeile ab, der sich in eines der größeren hineinbohrte – mit einem Schmatzen, bei dem sich Ursula der Magen umdrehte. Das Wesen brüllte auf, und sein heißer, widerlich stinkender Atem fuhr ihr wie ein gewaltiger Windstoß entgegen.

»Ich glaube, das hat ihm gar nicht gefallen«, rief sie.

»Ich hatte nicht vor, Freundschaft mit ihm zu schließen«, lautete Sashas Antwort, während zwei weitere Pfeile mit voller Wucht den abstoßenden Kopf trafen.

Ursula spürte, wie sich etwas über ihr bewegte, und ging in Deckung. Gleichzeitig streckte sie beide Arme in die Höhe und ließ ihre Flammenschwerter entstehen. Es gab nicht vieles, was diese Feuerklingen nicht durchschneiden konnten, und glücklicherweise galt dies auch für die monströsen Tentakel. Der angreifende Teil – etwa sechzig Zentimeter dick und anderthalb Meter lang – klatschte links von ihr zu Boden, ein kürzerer rechts von ihr. Beide krümmten sich und verspritzten eine grüne Flüssigkeit – vermutlich das Blut der Kreatur. Über Ursulas Kopf zuckten die Stümpfe in der Luft. Sie rollte sich gerade noch rechtzeitig nach links, bevor ein noch größerer Fangarm auf die Stelle niederkrachte, wo sie eben gestanden hatte.

Ein surrendes Geräusch über ihr ließ sie aufschauen. »Das kann doch nicht dein Ernst sein!«

Bart schwebte mit heruntergeklapptem Visier in der Luft, und seinen Stab wirbelte er in rasender Geschwindigkeit vor sich in der Hand. »Versuch, das Ding abzulenken!«, schrie er.

»Klar, weil ich natürlich eine größere Ablenkung bin als der Typ, der hier durch die Gegend fliegt!«

Sie sprang beiseite, um einem weiteren Tentakel auszuweichen, der versuchte, ihr die Beine unter dem Boden wegzuziehen, und riss ihr Schwert herum. Die Klinge glitt tief in den Fangarm, aber nicht tief genug, um das Wesen aufzuhalten.

Das Surren über ihrem Kopf hörte nicht auf, aber sie war zu beschäftigt, um darüber nachzudenken, was Bart vorhatte. Joy rief ihr etwas zu. Ursula sah, dass die Peitschen ihrer Freundin zwar immer noch durch die Luft sausten, sich aber einen der dünneren Tentakel um Joys Knöchel gelegt hatte und sie über den Boden auf das Ungeheuer zuzog.

Ursula hechtete in Joys Richtung. Sie zog unter einem wild um sich schlagenden Fangarm den Kopf ein und sprang über einen weiteren, bevor sie auf den Knien weiterrutschte, um ihre Freundin freizuschlagen. Dann fuhr sie herum und wehrte mit mehreren Klingenschlägen einige Tentakel ab, die versuchten, ihrer habhaft zu werden.

»Leute!«, schrie Sasha.

»Bin okay!«, brüllte Joy zurück und nickte Ursula dankbar zu, während sie sich wieder aufrappelte.

»Die Tentakel!«, rief ihre Schwester.

»Was ist damit?« Ursula erkannte augenblicklich, worauf Sasha hinauswollte.

Die beiden Fangarmstümpfe erneuerten sich vor ihren Augen und nahmen wieder ihre ursprüngliche Länge an. Noch schlimmer: Die beiden abgetrennten Enden zuckten nicht nur auf dem Boden herum, sondern verwandelten sich in oktopusartige Kreaturen – ähnlich denen, die die Mädchen vorhin abgewehrt hatten –, Miniaturausgaben des größeren Ungeheuers.

Ursula sackte das Herz in die Hose. »Ernsthaft?«

Sie stieß die rechte Hand vor, und ihr Schwert schlug einen vorpreschenden Fangarm ab. Ein Schwall von ekelhaft grünem Blut ergoss sich auf ihr Gesicht. Kurz blind, stolperte sie und fiel auf ein Knie. Rasch wischte sie sich mit der linken Hand über die Augen, während sie mit der rechten das Schwert in Kampfposition hielt, bereit, jeden weiteren Angriff abzuschmettern. Als sie wieder sehen konnte, erkannte sie Stücke einzelner Tentakel vor sich auf dem Boden. Sie krochen aufeinander zu, zweifellos, um eine weitere Kreatur zu bilden.

»Tretet zurück!«, brüllte es von oben.

Sie schaute auf und sah Bart, dessen Rüstung hell leuchtete, als wäre sie von einer inneren Lichtquelle erfüllt. Sein Stab drehte sich mittlerweile in unfassbarer Geschwindigkeit, und im Zentrum des Wirbels war ein pochender Puls roter Energie zu sehen. Mit einem lauten Zischen riss ein roter Lichtstrahl die Atmosphäre entzwei und stieß direkt ins Gesicht des Ungeheuers. Augenblicklich sackte die Gestalt zusammen. Auch die kleineren Ableger erstarrten, und ihre unzähligen Augen blinzelten wie stotternde Maschinen, die darauf warteten, wieder eingeschaltet zu werden.

Bart schwebte zurück auf den Boden. »Tja«, sagte er. »Das hat Spaß gemacht. Aber ich denke, wir sollten –«

Ursula raste sofort los, als sie den Tentakel bemerkte, der aus dem Wasser schoss, doch sie kam zu spät. Er schlang sich um Barts Taille und riss ihn in die Höhe. Nun erhob sich auch der Rest des Ungeheuers in hohem Bogen aus dem Wasser und über die Beckenkante, und eine gewaltige Welle rauschte über den Rundweg.

Ursula gelang es, in die Luft zu springen und auf dem Fangarm zu landen, der sich nach ihr austreckte. Sie benutzte ihn als Sprungbrett, und während sie ihre beiden Schwerter kreisen ließ wie Windmühlenflügel, sauste sie durch die Luft. Die nächsten angreifenden Fangarme wurden zerfetzt, als wären sie in einem Unkrauthäcksler gelandet. Der Tentakel, der Bart fest umschlossen hielt, hatte sich mehrere Meter über den Boden erhoben. Fliegen konnte Ursula zwar nicht, aber beim Weitsprung nahm sie es locker mit den Besten auf. Sie streckte sich zu ihrer vollen Größe und schaffte es gerade so, das dicke Tentakelfleisch zu durchschneiden. Das Ungeheuer ließ den um sich schlagenden Bart augenblicklich fallen.

Die Bewegung brachte Ursula aus dem Gleichgewicht, und sie knallten beide auf den harten Beton. Kurz blieb Ursula die Luft weg, und sie brauchte einen Augenblick, um sich zu sammeln. Sie kam gerade noch rechtzeitig auf die Füße, um zu sehen, dass ein weiterer riesiger Fangarm auf sie zuschoss.

Als sie eines ihrer Schwerter hob, brüllte Bart neben ihr: »Vorsicht!«

In einer gut gemeinten, aber unklugen Aktion knallte er gegen sie und brachte sie ins Straucheln. Sie warf die Hände nach vorn, um das Gleichgewicht zu halten, aber es hatten sich bereits mehrere Tentakel um ihren Körper gelegt. Sie spürte, wie sie in die Höhe gerissen wurde, und das Gewölbe drehte sich um sie. Schlimmer noch: Ob aus Absicht oder reinem Zufall hatte das Ungeheuer ihr die Hände über dem Kopf aneinandergefesselt, sodass sie ihre Schwerter nicht mehr einsetzen konnte.

Wieder drehte sich die Welt, und nun raste sie auf das Maul der Kreatur zu. Doch als sie nur noch zwei Meter entfernt war, schlang sich etwas um ihre Waden, und mit einem heftigen Ruck wurde sie aufgehalten. Vor ihr stand das Maul des Ungeheuers weit offen. Das fleischige Innere malmte vor sich hin, während sich Sashas Pfeile in den Schlund bohrten, was aber so gut wie keine Wirkung zeigte.

Ursula begriff, dass es eine von Joys Peitschen war, die sich um ihren Fuß geschlungen und sie aufgehalten hatte. Sie reckte ihren Hals und sah, dass Sasha Joy umklammert hatte und die beiden Schwestern erbittert darum kämpften, die Peitschen nicht loszulassen. Mit einem raschen Blick nach rechts erkannte sie, dass die zweite Peitsche um Barts Füße gezurrt war und ihn in ähnlicher Weise in der Luft festhielt. Sie und er waren jetzt buchstäblich ein Tau beim Tauziehen, und Ursula fragte sich, ob sie in Stücke gerissen würden, bevor oder nachdem das Ungeheuer als Sieger hervorging. Sie konnte kaum atmen, da der Tentakel sich immer fester und fester zusammenzog und die letzte Luft aus ihr herauspresste.

»Wir können dich nicht mehr lange halten«, schrie Sasha.

Ursula kämpfte um das letzte bisschen Atem, während das Ungeheuer sich vor ihr weiter aufbäumte. Der monströse Schlund war mit gelbem Speichel gefüllt. Sie war ihm so nah, dass ihr der faulige Atem die Haut zu versengen schien. Ihre Augen tränten. In ihrem Blickfeld tauchten winzige Lichtamöben auf. Ihre Rippen schmerzten. Trotz all ihrer Bemühungen konnten sie nicht auf eine Rettung hoffen. Das Maul kam immer näher.

Mit letzter Kraft hob sie ihre Stimme. »Lass. Mich. Los.«

»Ich glaube nicht, dass eine nette Bitte viel helfen wird«, erwiderte Joy mit gepresster Stimme.

Ursula stellte Blickkontakt mit Bart her. Sein Gesicht war vor Anstrengung rot angelaufen, aber er verstand, was sie meinte.

»Sie hat mit dir gesprochen«, rief er.

»Aber …«, sagte Joy.

»Oh …«, sagte Sasha.

»Oh …«, sagte Joy.

»Oh Scheiße«, sagte Sasha.

Sekunden später spürte Ursula, wie sich die Spannung an ihren Beinen löste. Nun, da sie nichts mehr zurückhielt, sauste sie mit dem Kopf voran auf den schrecklichen Schlund des Ungeheuers zu. Der plötzliche Schwung lockerte den Griff der Tentakel so weit, dass sie die Hände neu ausrichten konnte. Während die Reihen endloser Zähne immer näher kamen, ließ sie ihre beiden Feuerschwerter entstehen. Kurz trafen sie auf Widerstand, dann aber drangen sie in den Gaumen des Ungeheuers ein, und Ursula übte genug Druck aus, um sie bis zum Heft darin zu versenken. Das Wesen stieß einen markerschütternden Schrei aus, und im nächsten Moment erloschen die zahlreichen Augen, die nur noch Zentimeter von Ursulas Gesicht entfernt waren.

Sie stürzte zu Boden, fiel wieder auf den Rücken. Über ihr war das Ungeheuer regungslos erstarrt, tot und stumm – abgesehen vom Zischen des Gases, das aus seinem gewaltigen Körper wich. Sie zuckte zusammen, als sie etwas an der Schulter berührte. Sie schaute auf und sah, dass Bart über ihr stand, wieder mit geöffnetem Visier. Er lächelte und streckte ihr die Hand entgegen, um ihr aufzuhelfen.

»Danke, dass du mir das Leben gerettet hast«, sagte er.

Sie seufzte. »Sehr gern ge–«

Es war ein angenehmer gemeinsamer Moment. Leider wurde er ein Stück weit zunichtegemacht, als mehrere Tonnen toten Monsters unversehens explodierten.

KAPITEL 26

Wish und Masina hielten Adam an beiden Armen fest. Doch immer, wenn er versuchte aufzustehen, wurde klar, dass ihm nicht nur ein rebellischer Extrakopf gewachsen war – auch seine Beine wollten nicht wirklich mitspielen.

Kaum hatten sie es gemeinsam in den Korridor geschafft, hörten sie laute Stimmen am anderen Ende – von denen eine sehr wahrscheinlich einer nachvollziehbar erschütterten Pflegekraft gehörte, die gerade einen Patienten gesehen hatte, der über einhundert Prozent mehr Köpfe als vorgesehen verfügte.

»Was für eine Art Festung ist das denn hier?«, fragte Balzar.

»Eine, aus der wir dringend verschwinden müssen«, erwiderte Wish.

Das übererfüllte Trio kam vor der Sicherheitstür zum Stehen, die die Station vom Rest der Klinik trennte. Um sie zu öffnen, war eine Schlüsselkarte vonnöten, die sie nicht hatten.

»Schon klar, schon klar«, sagte Wish.

Sie konzentrierte sich auf ihre rechte Hand, die sie gerade erst von weiterem Fellbewuchs abgehalten hatte, und verwandelte sie wieder zur Bärentatze.

»Uff«, sagte Balzar. »Sie ist eine tückische Gestaltenwandlerin.«

»Hältst du endlich die Klappe?!«, sagte Adam. »Die beiden helfen uns.«

»Wie kannst du es wagen, so mit mir zu sprechen?«

Masina stieß einen kurzen Pfiff aus, um Wishs Aufmerksamkeit zu erregen, dann nickte sie hinter sich. Die Schwester, die aus dem Zimmer gerannt war, kam jetzt auf sie zu mit zwei großen Kolleginnen im Schlepptau.

Wish rammte ihren Bärenarm durch die Tür, und das Holz zersplitterte.

»Sorry«, sagte sie zur Welt im Allgemeinen.

Sie eilten hindurch, und kurz versuchten sie und Masina, Adam in entgegengesetzte Richtungen zu zerren.

»Wir müssen hier lang …«, begann Wish und deutete in die Richtung, aus der sie gekommen waren. Dann aber sah sie, dass ihnen von dort die Frau von der Anmeldung und ein Sicherheitsmann entgegeneilten.

Also stürmten sie den Flur hinab in die andere Richtung – so schnell, wie es möglich war, während sie Adam zwischen sich stützten. Das Geräusch rennender Schritte und lauter Stimmen saß ihnen dicht im Nacken.

Wish versuchte, einen kurzen Blick über ihre Schulter zu werfen, kam dabei aber fast ins Straucheln. »Wie sollen wir …?«

Bevor sie ihr flehentliches Einfordern irgendeines Plans zu Ende bringen konnte, zog Masina sie auf eine Tür links von ihnen zu, die in ein Treppenhaus führte. Das »Kein Zutritt«-Schild hielt sie nicht davon ab, sich rasch hindurchzuzwängen.

Auf der Treppe, die ins untere Stockwerk führte, waren Gerüste aufgestellt und mehrere Abdeckplanen ausgelegt. Auch auf der Treppe nach oben sahen sie Gerüste, wenn auch deutlich weniger. Zwei Handwerker schauten verwirrt zu ihnen auf.

»Hey! Hier können Sie nicht durch!«

Wish stolperte, als Masina ihren Griff um Adams Arm lockerte, herumfuhr und mit der freien Hand vor der Tür herumgestikulierte. Ganz gleich, wie oft Wish ihre Freundin in Aktion erlebte, immer wieder fand sie es erstaunlich, wie jemand etwas aus dem Nichts erschaffen konnte. Offenbar ging es den beiden Malern genauso. Das beeindruckte Fluchen, das über die Treppe zu ihnen hinaufdrang, ließ jedenfalls darauf schließen. In letzter Sekunde entstand hinter der Tür zum Treppenhaus eine provisorische dünne Mauer aus Licht. Ihre Verfolger krachten dagegen und versuchten vergeblich hindurchzugelangen.

»Die wird nicht lange halten«, gab Masina ihr in Gebärdensprache zu verstehen.

»Wo sollen wir hin?«, fragte Wish.

Masina schaute die Treppe hinab, dann nach oben. Schließlich packte sie Adam und warf ihn sich über die Schulter.

»Nimm deine Hände von mir!«, schrie Balzar. »Weißt du nicht, wer ich bin?«

»Doch«, erwiderte Adam. »Du sagst es uns ja dauernd.«

Masina deutete die Treppe hinauf.

»Hast du einen Plan?«, fragte Wish, während sich jemand mit voller Wucht gegen die Tür warf und sie zum Erzittern brachte. »Nein, warte, lass mich raten …«

Masina formte die Worte »Wir improvisieren!« mit den Händen, dann drehte sie sich um und eilte die Treppe hinauf.

Wish folgte ihr.

—

Drei aufgebrochene Türen später standen sie auf dem Krankenhausdach.

»Wenn wir es hier rausschaffen«, sagte Wish, »werde ich eine anonyme Spende abgeben. Ich habe so ein schlechtes Gewissen wegen der ganzen Türen.«

Schwer atmend setzte Masina Adam wieder auf die Füße und schaute sich um.

Leichter Regen hatte eingesetzt, aber der Ausblick auf Köln war trotzdem ziemlich beeindruckend. Allerdings hätte ihn Wish deutlich mehr genossen, wenn sie nicht auf dem Dach eines sechsstöckigen Gebäudes in der Falle gesessen hätten.

»Okay«, sagte Wish, »dann ist es jetzt an der Zeit, dass du dir den Hintern abimprovisierst.«

Masina ließ ihren Blick über das Dach schweifen, dann bedeutete sie ihr: »Blockier die Tür!«

»Wie soll ich das denn bitte …?«, begann Wish. »Ach, na klar.« Sie schüttelte den Kopf. »Die Bärin. Die Antwort lautet immer: die Bärin.«

Diesmal konzentrierte sie sich auf beide Hände. In ihrem Schädel breitete sich ein Kopfschmerz aus, eine unvermeidliche Nebenwirkung von derartig vielen Transformationen in so kurzem Abstand. Die Anstrengungen des Fluchtversuchs würden sehr wahrscheinlich auch noch ihren Teil dazu beitragen.

Masina rannte zur Dachkante hinüber und fing dort mit ihren tänzerischen Bewegungen an. Ausgestattet mit zwei Bärenarmen und immer penetranteren Kopfschmerzen, umarmte Wish die Tür – gerade noch rechtzeitig, um zu verhindern, dass jemand hindurchgestürmt kam.

»Machen Sie sofort die Tür auf!«, brüllte eine männliche Stimme von der anderen Seite.

»Tut mir leid«, rief Wish verkrampft. »Das kann ich nicht.«

»Wir alarmieren die Polizei!«

»Das klingt vernünftig. Würde ich an Ihrer Stelle auch tun.«

»Was hat diese verfluchte Hexe vor?«, fragte Balzar.

Wish schaute zu Masina hinüber. Zwar teilte sie Balzars Herablassung nicht, aber seine Verwirrung durchaus. Der Gegenstand, den Masina herbeigetanzt hatte, wies große Ähnlichkeit mit einem Kanu auf.

Die Leute auf der anderen Seite hatten ihr Gebrüll eingestellt.

»Wir gehen jetzt«, verkündete eine weitere Stimme.

»Okay«, sagte Wish. »Wiedersehen. Und noch mal sorry.«

Im Stillen zählte sie bis drei. Natürlich kam noch einmal ein starker Druck von der anderen Seite der Tür. So stark, dass er gewiss jeden aus dem Gleichgewicht gebracht hätte, der nicht über bärenstarke Arme verfügte. Der gescheiterte Versuch wurde mit einigen deftigen Flüchen aus dem Inneren des Gebäudes quittiert.

»Sorry«, sagte Wish noch einmal. »Aber guter Versuch.«

»Ganz im Ernst«, sagte Adam, »was macht sie denn da drüben?«

Wish warf einen kurzen Blick in Masinas Richtung. Ihre Freundin richtete ihre Aufmerksamkeit über die Kante des Daches nach unten.

»Ah«, sagte Wish. »Ich glaube, ich weiß es. Die gute Nachricht ist: Wir kommen von diesem Dach runter.«

»Und die schlechte?«, fragte Adam.

Wish presste sich noch einmal stärker gegen die Tür, während von innen neue Versuche unternommen wurden, sie aufzudrücken.

»An deiner Stelle würde ich mich auf die gute Nachricht konzentrieren.«

Da sie offenbar mit ihrem Tanz fertig war, gab Masina ihnen ein Zeichen, zu ihr zu kommen. »Kommt schon, gehen wir.«

»Es ist so verrückt, dass ich die Gebärdensprache verstehe«, sagte Adam.

»Ja«, erwiderte Wish. »Dir wächst ein zweiter Kopf aus der Schulter, und ich halte diese Tür mit Bärenarmen zu, aber das mit der Gebärdensprache ist wirklich verrückt.«

Adams rechter Arm schoss vor und packte ein Rohr, das neben der Tür verlief. »Oh nein!«

»Tut mir leid«, sagte Wish. »Ich wollte nicht schnippisch sein.«

»Nein«, sagte er und versuchte, Balzar anzusehen. »Er hat die Kontrolle über meinen Arm. Wie kann es sein, dass er meinen Arm kontrolliert?«

»Ich bin der mächtige Balzar, Nekro–«

»Wissen wir!«, brüllte Adam. »Gib mir meinen Arm zurück!«

»Nein.«

»Komm schon, lass das Rohr los!«, sagte Wish.

Jemand trat von innen mit dem Fuß gegen die Tür.

»Ich werde nicht vom Dache dieser Burg springen«, sagte Balzar.

»Was?«

»Hast du etwa Höhenangst?«, fragte Wish.

»Balzar hat vor gar nichts Angst!« Die Tatsache, dass seine Stimme dabei massiv in die Höhe fuhr, ließ die Glaubwürdigkeit seiner Behauptung äußerst fraglich erscheinen.

»Ach, zum … Lass los!«, befahl Adam.

»Niemals!«

Wish schaute zu, wie ein Mann gegen sich selbst kämpfte und versuchte, seinen rechten Arm dazu zu bringen, ein Rohr loszulassen. Sie musste zugeben, dass der Anblick durchaus etwas Amüsantes hatte.

»Kannst du mir helfen?«, fragte Adam.

Wish rief zu Masina hinüber: »Kannst du die Tür blockieren?«

Adams rechte Hand lockerte kurz den Griff am Rohr und stieß ihm den Finger ins Auge.

»Aua!« Er und Balzar schrien gleichzeitig auf.

»Herrje«, sagte Wish. »Masina sagt, sie hat keine Kraft

mehr, also kann sie die Tür nicht blockieren. Ihr müsst das unter euch ausmachen.«

»Geht nicht«, sagte Adam und stemmte sein Bein gegen die Mauer. »Er ist stärker als gedacht.«

»Ich bin der große –«

»Ach, halt die Klappe!«, sagten Adam und Wish gleichzeitig.

Masina tauchte neben Adam auf und fragte in Gebärdensprache: »Was ist denn los?«

»Er hat meinen Arm unter Kontrolle«, stieß Adam zwischen zusammengebissenen Zähnen aus, »und will dieses Rohr nicht loslassen, weil er Höhenangst hat.«

»Hab ich nicht!«, brüllte Balzar.

Masina musterte die Szene, dann streckte sie seelenruhig die Hand aus und kitzelte Adams rechte Achsel. Balzar stieß ein gequältes Kichern aus und löste seinen Griff so plötzlich, dass Adam augenblicklich zu Boden stürzte.

»Gib mir eine Minute, um ihn da reinzukriegen, und dann renn los«, signalisierte sie Wish.

»Super«, sagte diese und stemmte sich immer noch gegen die sich beinah biegende Tür. »Will ich wissen, wie dein Plan aussieht?«

»Wahrscheinlich nicht. Spring einfach hinten rein, und stoß uns ab.«

Bevor Wish irgendwelche Nachfragen stellen konnte, eilte Masina mit Adam davon.

»Na fantastisch. Spring rein, und stoß uns ab«, murmelte sie. »Was kann da schon schiefgehen?«

Nach etwa zwanzig Sekunden hörte sie Masina pfeifen. Das war ihr Signal.

»Jetzt ist eh alles egal!«

Wish ließ die Tür los und begann zu rennen. Das Geräusch von mehreren Leuten, die aufs Dach stürzten, drang an ihr Ohr, während sie auf den Rand des Daches zusprintete. Masina saß vorn in dem kanuartigen Ding, das aus schimmerndem lilafarbenem Licht bestand, dahinter Adam, dessen rechter Arm immer noch mit dem Rest seines Körpers kämpfte. Während sie lief, sah Wish, dass das Kanu auf einer herbeigetanzten magischen Rutsche positioniert war, die seitlich vom Dach zum Boden hinabführte. Sie sprang hinten in das Kanu und warf einen Blick über ihre Schulter, zurück zur Tür. Drei Sicherheitsleute stürmten hinter ihnen her. Wish stemmte ihre gewaltigen Tatzen auf den Boden und schob ihr Gefährt an, so fest sie konnte, woraufhin es mit Schwung nach vorn glitt.

Als das Kanu aus Licht die Rutsche hinabschoss, schrien seine drei bis vier Insassen aus vollem Hals. Wish hätte sowieso geschrien, aber sie wurde noch erheblich lauter, als ihr bewusst wurde, was Masina gemeint hatte, als sie sagte, ihr sei die Kraft ausgegangen. Es bezog sich nicht nur auf das Versperren der Tür. Die Rutsche war eine hervorragende Idee, sie reichte aber nur bis zur Hälfte des Gebäudes hinab. Als sie zum Ende kamen, befanden sie sich in freiem Flug – und die Bruchlandung stand unmittelbar bevor.

Wish klammerte sich fest an den Rand des Kanus, als dieses mit voller Wucht auf dem Boden aufschlug und einen tiefen Graben ins satte Grün des Rasens pflügte. Sie hatte kaum Zeit zu verarbeiten, was mit ihnen passierte, als sie auch schon mit irgendwas kollidierten, sich überschlugen und durch die Luft gewirbelt wurden.

Wish wusste selbst nicht, warum sie das Wort »Teich!« brüllte, abgesehen von der Tatsache, dass sie gleich in einem landen würden. Einige Momente von absolutem Chaos folgten, während sie versuchte rauszufinden, wo oben und wo unten war, bis ihr schließlich klar wurde, dass das Gewässer so seicht war, dass sie darin stehen konnte.

Sie spuckte einen Mundvoll Wasser aus und hustete, während Masina ein, zwei Meter neben ihr ebenfalls auf die Füße kam. »Geht's dir gut?«

Zwei Daumen hoch.

»Das war dein Plan?«

Masina zuckte mit den Schultern. »Wir sind unten, oder?«

Bevor Wish antworten konnte, tauchte auch Adam einige Meter entfernt an der Oberfläche des Teiches auf.

»Helft uns!«, brüllte Balzar. »Dieser Schwachkopf kann nicht schwimmen!«

KAPITEL 27

Ursula lag auf dem Boden und starrte in die Finsternis. Irgendwo dort musste sich die Decke des Gewölbes befinden. Vielleicht war sie aber auch tot, und das hier war die Hölle. Es hätte zumindest den Gestank erklärt.

Die Gesichter von Sasha und Joy tauchten über ihr auf. Beide musterten sie besorgt.

»Geht's dir gut, Ursula?«, fragte Sasha.

»Das riesige Monsterding, das du umgebracht hast«, sagte Joy, »es ist explodiert.«

»Ich würde das nicht ›explodieren‹ nennen«, widersprach ihre Schwester. »Es ist eher geplatzt. Wie ein Luftballon. Nur dass dieser Ballon ...«, sie schaute sich um, und der Ekel stand ihr deutlich ins Gesicht geschrieben, »... bis zum Rand mit stinkendem Blut, Eingeweiden und Gekröse gefüllt war.«

»Oh, Gekröse ist ein gutes Wort«, sagte Joy.

»Danke. Ich hab's aus dem Wort-des-Tages-Kalender, den ich zu Weihnachten bekommen habe.«

»Gekröse.« Joy ließ alle drei Silben genüsslich auf der Zunge zergehen, während ihr Blick den Boden absuchte. »Ja, hier liegt ziemlich viel Gekröse rum.«

Sasha nickte nach links. »Falls es dir ein Trost ist: Unser Freund in der strahlenden Rüstung ist auch komplett besudelt. Der strahlt jetzt deutlich weniger.«

»Ursula«, sagte Joy, »du hast immer noch kein Wort von dir gegeben.«

Ursula wandte den Kopf zur Seite und spuckte aus. »Ich hatte das Zeug im Mund.«

»Ist ja ekelhaft«, warf Sasha hilfreicherweise ein.

»Es ist echt überall gelandet«, bestätigte Joy mit gerümpfter Nase. »Du bist komplett damit besudelt. Klamotten. Haut. Haare.«

»Wieso habt ihr nichts abgekriegt?«

»Wir sind in Deckung gegangen«, sagte Sasha, musste dann aber würgen. »Jetzt hab ich was davon auf meinen Schuhen.«

»Tut mir schrecklich leid.« Da sich der Schock langsam verflüchtigte, spürte Ursula, wie sich ihr gesamter Körper vor Ekel verkrampfte. »Oh Gott, es ist sogar in meiner Unterwäsche! Wie ist es denn da reingekommen?«

Sasha verzog das Gesicht. »Manche Sachen müssen wir wirklich nicht wissen.«

»Oh, Verzeihung«, erwiderte Ursula barsch. »Ich möchte auf keinen Fall, dass das für dich unangenehm wird.«

»Hey, sieh's doch mal positiv!« Sasha warf ihrer Schwester einen gehässigen Blick zu. »Immerhin waren es keine Ratten.«

»Dein Ernst?«, fragte Joy. »Du glaubst wirklich, das wäre der richtige Zeitpunkt, um mit so einem Witz um die Ecke zu kommen? Aber da wir schon dabei sind, Dinge klarzustellen: Dieses Oktopus-Monster, das sich vorhin an deinem Gesicht festgesaugt hat? Glückwunsch. Ich würde sagen, du hast heute den ersten Kuss deines Lebens bekommen.«

Die Zwillinge begannen, sich gegenseitig zu schubsen.

»Ich will euch nur ungern unterbrechen«, sagte Ursula, »aber könnte eine von euch mir kurz helfen?«

Die Schwestern tauschten einen Blick.

»Nichts für ungut, Ursula«, sagte Joy, »aber ich will wirklich nichts von diesem Zeug abbekommen.«

»Ich habe dir das Leben gerettet – vor gerade mal fünf Minuten!«

Joy verschränkte die Arme vor der Brust. »Und ich hab dir deins gerettet – vor vier Minuten.«

Ursula dachte kurz darüber nach, dann nickte sie. »Guter Punkt.«

Sie rollte sich auf den Bauch und rappelte sich auf die Knie. Die ekelhaften Innereien schmatzten unter ihren Handflächen, als sie sich abstützte und langsam wieder auf die Füße kam. Dabei erblickte sie Bart, der sich wenige Meter entfernt ebenfalls erhob. Die dicke Schicht aus gelbem und grünem Schleim, die ihn bedeckte, gab ihr eine entsetzliche Vorstellung davon, wie sie selbst aussehen musste.

»Geht's dir gut?«, fragte sie.

Er beugte sich vor und würgte, aber nichts kam aus seiner Kehle. »Fantastisch. Danke der Nachfrage.«

Ursula wischte sich etwas von der Brühe aus dem Gesicht. »Gott, dieses Zeug stinkt so widerwärtig!«

»Ja«, stimmte er zu. »Ich glaube, ich mochte dieses Ding lieber, als es noch am Leben war.«

»Was war das denn?«

»Keine Ahnung. Zumindest ist es das Ekelhafteste, was mir jemals begegnet ist. Aber ich hab ja offenbar noch Glück. Bis in meine Unterhose ist es nicht gekommen.«

»Oh.« Peinlich berührt zuckte Ursula zusammen. »Das hast du gehört?«

»Hab ich.« Er beugte sich herab und hob seinen Stab auf. »Du hast mein volles Mitgefühl. Ach ja, und danke, dass du mir gerade das Leben gerettet hast.«

»Ebenso«, sagte Ursula. »Ich nehme mal an, dass Herr Asbest Gitterrost Volkswagen der Neunte sich mittlerweile aus dem Staub gemacht hat.«

»Klingt schlüssig.«

Langsam stapften die vier auf den Tunneleingang zu, durch den sie vorhin gekommen waren.

»Verdammt!«, sagte Joy und blieb unvermittelt stehen.

Ursula wandte sich langsam zu ihr um. »Was ist?«

Sie schaute Bart an. »Du hast doch gesagt, dass sich Asbest als Seelenfresser von den Überresten magischer Wesen ernährt oder so was?«

»Ja«, bestätigte Bart.

»Dazu würde ja auch das riesige Monster zählen, das wir gerade umgebracht haben, oder?«

»Oh nein«, sagte Sasha, als sie begriff, worauf ihre Schwester hinauswollte.

»Ja«, bestätigte Joy und sah ziemlich unglücklich aus. »Wir brauchen seine Nase, um Delilah und Anna zu finden …«

»Also müssen wir hier warten, um das heimtückische kleine Schwein zu fangen, wenn es zurückkommt, um …« Sasha warf die Arme in die Luft. »Verdammt!«

Joy nickte stoisch. »Wir müssen hierbleiben und alles überwachen, bis er sich wieder blicken lässt.«

Ursula seufzte resigniert. »Okay.«

»Nein!«, sagten beide Schwestern im Chor.

»Nichts für ungut«, fuhr Sasha fort, »aber du nicht. Du musst zurück nach Hause und dich erst mal duschen. Oder noch besser: in heißer Lava baden.«

»Sash«, sagte Ursula, »dein Vertrauen, dass man mit den Worten ›Nichts für ungut‹ so ziemlich alles entschuldigen kann, ist wirklich erstaunlich.«

»Also«, sagte Bart, »ich muss auf jeden Fall schnell hier raus, bevor dieser Schleim auf meiner Rüstung festtrocknet. Sonst verwandele ich mich demnächst in eine Statue. Dann mal viel Glück bei eurer Überwachung, Ladys!«

»Danke«, sagte Joy und deutete auf den Tunneleingang, durch den sie hergekommen waren. »Bei allem Respekt, ihr beiden müsst eure stinkenden Hintern wirklich hier rausbewegen.«

Bart schaute zwischen den Zwillingen hin und her. »Wer von euch beiden soll eigentlich die Nette sein?«

Ursula seufzte. »Das versuchen wir immer noch zu klären.«

KAPITEL 28

Kaum war Bug durch die Tür in Ursulas Büro getreten, hatte sie das Gefühl, etwas Verbotenes zu tun. Sie war schon oft hier gewesen – vermutlich öfter als jede andere, abgesehen von Una –, aber nun zum ersten Mal ohne Erlaubnis. Es kam ihr wie eine schwere Grenzüberschreitung vor. Dies war Unas Privatsphäre. Klar, es hatte ihr anfangs Spaß gemacht, sich mit Grumbledoor zu messen, aber ihr war nicht klar gewesen, wie sich ein Sieg anfühlen würde. Bis jetzt. Wie festgewachsen stand sie da.

Hinter ihr betrat Trinity ebenfalls den Raum. »Warum genau sind wir noch mal hier?«

»Weil Ursula uns aufgetragen hat, nach Hinweisen zu suchen, was Una zugestoßen sein könnte.« Bug schaute Trinity an. »Das weißt du genau.«

Trinity zuckte mit den Schultern. »Wollte nur noch mal sichergehen.«

Bug hegte schon lange den Verdacht, dass Trinity deutlich cleverer war, als sie vorgab.

Aber nun mussten sie wirklich einen Zahn zulegen, also blieb Bug nichts anders übrig, als ihre Bedenken herunterzuschlucken und sich an die Arbeit zu machen.

Der Raum war gemütlich, wenn auch etwas zu vollgestellt. Der Schreibtisch erhob sich vor einem Kamin, auf dessen Sims sich eine Sammlung von Keramikkatzen tummelte. Der Vorleger auf dem cremefarbenen Teppich war einen guten

Zentimeter dick. Bug hatte das immer für Absicht gehalten. Wer sich auf den Stuhl vor Unas Sachreibtisch zubewegte, um sich eine strenge Strafpredigt abzuholen – also sie zum Beispiel –, sollte das Gefühl haben, durch einen tiefen Sumpf waten zu müssen. Manchmal, wenn Una besonders wütend war, erlaubte sie es nicht mal, dass man sich hinsetzte.

Die Wände waren holzgetäfelt und mit zahlreichen, nicht zueinander passenden Regalen ausgestattet, auf denen sich jede Menge Krimskrams in allen erdenklichen Größen und Formen stapelte. Ein Schrank in der Ecke lehnte schief an der Wand wie ein Betrunkener, der auf den Bus wartet. Eines der Regalbretter ächzte sichtlich unter dem Gewicht einer angeschlagenen Vase, eines uralten Paddels mit kunstvollen Schnitzereien, einer Waage und eines ausgestopften, recht erschrocken wirkenden Eichhörnchens, hinzu kam eine Vielzahl von kleinen und großen Gläsern in unterschiedlichen Farben. Es ließ sich unmöglich erkennen, ob es sich dabei um magische Gegenstände handelte, um simple Erinnerungsstücke oder um eine Kombination aus beidem. Una selbst verfügte nicht über magische Fähigkeiten, dafür über eine wild zusammengestellte Sammlung von Artefakten, die sie für unterschiedliche Zwecke nutzte. Wenn man sie nach ihrer eigenen Ausbildung fragte, wechselte sie sofort das Thema.

Das Feuer im Kamin brannte immer, wie in allen Räumen des Gebäudes, die über Kamine verfügten. Es war eine weitere der vielen Sonderlichkeiten des *Athena*-Hotels. Man gewöhnte sich aber rasch an diese Schrullen. Zum Beispiel daran, dass jede Uhr morgens grundsätzlich sieben Stunden nachging. Wish glaubte, dass dies daran liegen könnte, dass sich das *Athena* in einer Art Dimensionen-Blase befand und sie sich eigentlich in Nord- oder Südamerika aufhielten, sobald sie das Gebäude betraten. Bug neigte zu einer anderen Erklärung. Sie glaubte, dass das *Athena* einfach seinen ganz individuellen, exzentrischen Sinn für Humor hatte und lediglich zum eigenen Vergnügen solche Dinge anstellte, seine Zimmer verlegte und sich einen Elchkopf als Rezeptionisten leistete. Wish hielt gar nichts von dieser Theorie, schließlich war sie eine Anhängerin des logischen Denkens, wohingegen Bug das Chaos bevorzugte. Weshalb sie ja auch so oft in dieses Büro beordert worden war.

Trinity ging auf den Schreibtisch zu und nahm die Papierstapel und den gläsernen Schädel in Augenschein – die einzigen Dinge, die darauf lagen.

»Irgendwas Interessantes?«, fragte Bug.

Sorgsam griff Trinity nach jedem einzelnen Dokument und zeigte ihr eines davon. »Das hier«, sagte sie, »scheint eine Liste von Orten überall auf der Welt zu sein: Hawaii, die Seychellen, Madagaskar, Rom, Dublin, Paris, Edinburgh, Mexico City, Sydney.«

»Vielleicht hat sie eine Urlaubsreise geplant?«

»Urlaubsreise?«, wiederholte Trinity.

Bug konnte sehen, wie schwer es ihr fiel, sich das auszumalen. Sie konnte es ihr nicht verübeln. Natürlich wussten sie, was Urlaub war – sie hatten im Fernsehen gesehen, wie Leute solche Reisen unternahmen –, doch sie selbst hatten nie Gelegenheit dazu gehabt.

»Una ist noch nie in den Urlaub gefahren.«

»Na ja, ich nehme an, sie könnte das durchaus geplant haben. Für die Zeit nach der Vergeltungsschlacht, wenn wir alle … irgendwo hingehen. Ich meine, es würde sie dann doch nichts mehr zurückhalten.«

»Stimmt wohl.«

Trinity stand lange da und wickelte sich eine Haarsträhne um den Finger, wie so oft, wenn sie über etwas nachdachte. »Es … gibt ja keinen Grund, warum Una nicht einfach mal am Strand liegen sollte.«

»Ja«, stimmte Bug zu, auch wenn sie es einfach nicht schaffte, sich das bildlich vorzustellen.

Ihr wurde bewusst, dass sie Una nie als echten Menschen angesehen hatte, schließlich war sie immer nur eine Autoritätsperson für sie gewesen. Diejenige, die ihnen sagte, was sie zu tun hatten, die sie tadelte, wenn sie etwas angestellt hatten, die für ihre Ausbildung verantwortlich war und ... na ja ... für alles eben. Aber natürlich war es möglich, dass sie einfach mal Urlaub machen wollte.

Bug konnte sich nicht erinnern, jemals das Meer gesehen zu haben. Aber sie dachte darüber nach – oft sogar. Wenn sie jemanden im Fernsehen surfen sah, sprach sie die Vorstellung stark an. Das hätte sie jedoch niemals laut ausgesprochen. Keines der Mädchen hatte je eine Liste von Dingen verfasst, die sie gern getan hätten, und sie hatten auch nie darüber gesprochen, wer sie sein wollten, nachdem sie ihren »Lebenszweck« erfüllt hatten, wie es die entzückende kleine Broschüre des Rates so schön formulierte. So war es, wenn man eine Schlacht auf Leben und Tod erwartete: Sie wollten lieber nicht zu genau darüber nachdenken, was danach kommen könnte. Aus Angst, dass gar nichts kommen würde. Oder weil man dann auch darüber nachdenken musste, wer von den anderen es dorthin schaffen würde und wer nicht.

Trinity begann, die Schubladen des Schreibtisches zu inspizieren. Als Erstes nahm sie sich die oberste auf der rechten Seite vor. »Schauen wir mal ... Da hätten wir ein Buch. *Die drei Sonnen.*« Sie hob den Roman in die Höhe. »Una ist Science-Fiction-Fan. Wer hätte das gedacht?« Sie legte das Buch auf die Tischplatte. Als Nächstes förderte sie einen kleinen, runden Gegenstand zutage, den Bug sofort erkannte. »Ist das nicht das explodierende Jo-Jo, das du neulich fabriziert hast?«

»Ja.«

Trinity kramte weiter in der Schublade herum. »Ich glaube, hier liegt ein Großteil der Sachen, die sie dir im Laufe der Jahre abgenommen hat. Der Hand-Buzzer, der zu stark war … Der Ball, der niemals aufhört, auf und ab zu springen … Willst du irgendwas davon wiederhaben?«

»Nee. Ich meine, eigentlich schon, aber es würde sich nicht richtig anfühlen.«

Trinity nickte, legte die Sachen wieder zurück und schloss die Schublade. »Und hinter Türchen Nummer zwei haben wir …« Sie zog die Lade darunter auf und hielt inne.

»Was ist da?«, fragte Bug.

Trinity antwortete nicht, also kam auch Bug hinter den Schreibtisch, stellte sich neben ihre Freundin und warf einen Blick auf das, was diese mit großen Augen betrachtete. »Oh.«

Die Schublade enthielt einen schlichten quadratischen Holzkasten, in dessen Vorderseite ein Kelch geschnitzt war. Auch ohne ihn zu öffnen, war Bug klar, was sich darin befinden musste. Dieses Ding war im wichtigsten Moment ihres noch jungen Lebens das zentrale Element gewesen. Trinity nahm den Kasten aus der Schublade und stellte ihn auf den Tisch. Bevor sie ihn öffnete, warf sie Bug einen kurzen Blick zu.

Natürlich enthielt er Hebes Kelch.

Trinity fuhr mit dem Finger über den Baum, der in die silberne Oberfläche eingraviert war. »Das ist er.«

»Er gibt, und er nimmt«, bestätigte Bug.

Nach der Nacht der Vergeltung sollten sie ihre Gaben zurückgeben, indem sie ein zweites Mal aus dem Kelch tranken, damit ihre Fähigkeiten an die nächste Generation weitergegeben werden konnten. Im Gegenzug würden sie die Erinnerung an ihr Leben vor dem Tag des Werdens zurückerhalten. Es war schwer, sich das vorzustellen. Irgendwo da draußen hatten sie eine Familie. Oder auch nicht. Beide Möglichkeiten waren seltsam beängstigend.

»Ich könnte jetzt daraus trinken, und dann … wäre ich ein ganz normaler Mensch«, sagte Trinity. »Es wäre vorbei.«

Bug bemerkte den seltsamen Ton in der Stimme ihrer Freundin und räusperte sich. »Ja, aber dazu wird es noch früh genug kommen. Kein Grund zur Eile.«

Trinity klappte den Kasten mit Nachdruck zu und trat einen Schritt zurück. Dabei schüttelte sie den Kopf, als wolle sie eine kurze Benommenheit loswerden. »Na egal. Was jetzt?«

»Okay.« Bug deutete auf die Tür, die links von ihnen aus dem Büro führte. »Ich denke, wir sollten uns die anderen Räume ansehen. Ich meine, wir können hier natürlich noch so einiges durchwühlen, aber allein für die Regale bräuchten wir eine Ewigkeit.« Sie ging auf die Tür zu.

»Klar«, sagte Trinity. »Fürchtest du, es könnte irgendwelche Fallen geben?«

Bug hielt mitten in der Bewegung inne. »Jetzt schon.« Sie schaute sich im Zimmer um. »Aber wie wahrscheinlich ist es, dass jemand in seiner eigenen Wohnung Fallen aufstellt?«

»Jemand?«, wiederholte Trinity. »Sehr unwahrscheinlich. Aber Una? Ich sage mal so: Du kannst gerne vorgehen.«

Bug schaute sie an. »Vielen Dank. Rührend von dir.«

»Gern geschehen.«

Langsam trat Bug an die Tür heran, achtete aber deutlich mehr auf ihre Umgebung als zuvor. Nicht, dass dies viel bringen würde – entweder waren da keine Fallen, oder man erkannte sie erst, wenn es zu spät war. Una war eine Meisterin der Hinterlist, und wenn Bug es auch niemals ausgesprochen hätte, hielt sie das für das größte Kompliment, das man jemandem machen konnte. Kurz kam ihr in den Sinn, dass sie Una so etwas vielleicht einfach mal hätte sagen sollen, aber sie drängte den Gedanken rasch beiseite.

Vor der Tür blieb sie stehen und musterte den Knauf aus Messing.

»Wahrscheinlich besteht keine Gefahr«, sagte Trinity.

»Möchtest du vielleicht …?«

»Oh nein!« Energisch schüttelte sie den Kopf. »Ich bin nur zur moralischen Unterstützung hier.«

»Und wenn ich das sagen darf: Dabei bist du wirklich unentbehrlich.«

»Gerne doch«, sagte Trinity, die den Sarkasmus entweder ignorierte oder tatsächlich nicht mitbekam.

Bug kam ein Gedanke. »Ich nehme nicht an …?«

»Nein«, warf Trinity entschieden ein. »Keine meiner drei Mitreisenden hätte Lust, das zu übernehmen. Und ich würde meine Zeit auch nicht damit verschwenden, sie zu fragen.«

»Nicht mal …?«

»Nicht mal die Verrückte.«

»Cool«, sagte Bug und wandte ihre Aufmerksamkeit erneut dem Türknauf zu. »Dann muss ich es wohl drauf ankommen lassen.«

Als sie die Hand ausstreckte, hörte sie, wie hinter ihr scharf Luft eingesogen wurde.

»Keine Hilfe, Trin.«

»Sorry.«

Bug hielt inne, ihre Finger hingen wenige Zentimeter vor dem Knauf in der Luft. Dann zog sie sich den Saum ihres Hoodies über die Hand.

»Gute Idee.«

Die ganze Situation ging ihr langsam auf die Nerven. »Eins, zwei, drei …« Rasch packte Bug den Knauf, riss die Tür auf und sprang einen Schritt zurück.

Hinter der Tür kam ein gewöhnliches Schlafzimmer zum Vorschein. Ein Bett, eine Kommode, ein Kleiderschrank. An der Wand hing eine gerahmte Fotografie. Das einzig Ungewöhnliche war die Kargheit, die in starkem Gegensatz zu dem vollgestellten Büro stand. Bug trat ein, und Trinity folgte ihr.

Bug öffnete die nächste Tür, hinter der sich, wie erwartet, das angrenzende Badezimmer befand. Auch hier war alles karg und funktional, ohne persönliche Dinge, abgesehen von einer gelben Gummiente auf dem Rand der Wanne.

»Bug«, sagte Trinity leise. »Schau dir das mal an!«

Bug stellte sich neben ihre Freundin vor das Foto an der Wand. Es zeigte ein Dutzend Mädchen: Sechs saßen auf dem Boden, sechs standen dahinter, und alle lächelten. Es war seltsam, das zu sehen. Offenkundig handelte es sich um eine frühere Version ihrer Einheit – zwölf Mädchen, die im Alter von zehn Jahren ausgewählt und ausgebildet worden waren und deren einziger Lebenszweck darin bestanden hatte, die Stadt gegen eine Geisterhorde von Hunnen zu verteidigen.

Bug deutete auf den Schriftzug unter dem Bild. »Das ist das Team aus dem vorvorletzten Zyklus«, sagte sie. »Die Einheit, die …«

Bug musste den Satz nicht beenden. Trinity wusste, was sie meinte. Die *gescheiterte* Einheit. Die Einheit, bei der die Magierin gezwungen gewesen war, die Trishula-Anrufung vorzunehmen. Sie hatte die Blase einreißen müssen und damit alles und jeden, der sich in ihr aufhielt, vernichtet – außer sich selbst. Diese Anrufung war für sie alle die schlimmstmögliche Wendung. Immer, wenn die Mädchen im Training eine schlechte Leistung gezeigt hatten, wenn sie ihre Arbeit schlampig erledigt hatten oder ihre Entschlossenheit als ungenügend angesehen worden war, hatte man ihnen dieses Ereignis vorgehalten. Oft musste dafür kein Wort gesprochen werden, ein vielsagender Blick genügte, um ihre Konzentration zu schärfen. Das Schicksal dieses Teams hatte immer wie ein Damoklesschwert über ihnen geschwebt, aber ein Bild der Mädchen hatte Bug noch nie gesehen.

Sie blies ihre Wangen auf. »Tja. Das macht es ziemlich anschaulich.«

»Nein«, sagte Trinity. »Ich … Das meinte ich nicht.« Sie deutete auf das Mädchen ganz rechts in der vorderen Reihe des Bildes, das eine Jacke mit zahllosen Taschen trug, die der von Bug geradezu bizarr ähnlich sah.

»Okay, das ist …« Und dann begriff sie.

Bug war derartig schockiert, dass sie einen Schritt zurücktreten musste. Es war unverkennbar. Dieses Mädchen war noch so jung, und es strahlte mit einem frechen Grinsen voller Hoffnung in die Kamera. Doch es waren die Augen, die es verrieten – das Funkeln, das ihnen auch heute noch von Zeit zu Zeit entwischte.

»Heilige Scheiße, das ist Una!«

KAPITEL 29

»Die magischen Nonnen im Orden der Gewalt« – so hatte sie Bug mal genannt. Passte in Hinblick auf ihre besondere Jugend eigentlich ganz gut. Dass auch Ursula auf wenige Erfahrungen mit dem anderen Geschlecht zurückblicken konnte – auf sehr wenige –, hieß jedoch keineswegs, dass sie keine junge Frau mit ganz gewöhnlichen Sehnsüchten gewesen wäre. Ursula erinnerte sich noch gut daran, wie Una die Mädchen mit ihrer ganz eigenen Version des Bienchen-und-Blümchen-Gesprächs aufgeklärt hatte. Ein Vortrag, der sich erstaunlicherweise kaum von ihrer Warnung unterschied, keine Starkstrommasten zu berühren. *Fourth Wing – Flammengeküsst* von Rebecca Yarros hatten sie und die anderen trotzdem gelesen. Und natürlich hatte sich Ursula ihr erstes Date ausgemalt, ihren ersten Kuss, ihr erstes ... nun, was halt so dazugehörte.

Dann und wann hatte sie sich auch vorgestellt, wie sie zum ersten Mal mit einem attraktiven Jungen spazieren ging. Der Tag war nun endlich gekommen. Dass dieser Spaziergang in der Kanalisation stattfinden würde, hatte sie allerdings nicht erwartet. Immerhin war Ursula nicht nervös. Einen Vorteil hatte es, von Kopf bis Fuß mit den stinkenden Innereien eines Tentakelmonsters mit Millionen von Augen bedeckt zu sein: Man konnte sich in dem sicheren Wissen entspannen, dass der Tiefpunkt des Tages bereits hinter einem lag. Sich jetzt noch zu blamieren war quasi unmöglich. Immer vorausgesetzt natürlich, dass der Junge, mit dem man spazieren ging, ebenfalls mit den stinkenden Innereien eines Tentakelmonsters mit Millionen von Augen bedeckt war. Und das ließ sich ja zum Glück nicht leugnen.

Barts Rüstung verfügte hilfreicherweise über eine im Brustbereich eingebaute Taschenlampe, die den Weg vor ihnen beleuchtete. Derartige Superheldenanzüge schienen verdammt praktisch zu sein, sie musste sich dringend auch so einen besorgen.

»Also«, sagte Ursula, während sie mit Bart durch den Tunnel stapfte, »kannst du mir noch mal erklären, warum du dem guten alten Asbest gefolgt bist? Ich weiß, du hast vorhin schon so was erwähnt, aber seitdem ist ja einiges dazwischengekommen – ziemlich viele Tentakel zum Beispiel.«

»Ich hatte gehört, dass er magische Wesen in die Falle lockt, indem er sie hinunterführt in die …«

»In die Kanalisation«, beendete Ursula seinen Satz. »Das habe ich mitbekommen. Ich meinte bloß … Warum du? Bist du Batman oder so?«

Bart hob lächelnd eine Braue. »Du weißt nicht, was die anderen Gefilde sind, aber von Batman hast du gehört?«

»Natürlich«, entgegnete sie leicht beleidigt. »Wir haben die Filme alle gesehen.«

Una hatte ihnen weitaus lieber Action-Blockbuster als beispielsweise Disneyfilme gezeigt. Zu Ursulas ältesten Erinnerungen gehörte, wie Una die Szenen vorspulte, die sie als die »langweiligen Rumknutsch-Stellen« bezeichnete. Zum Teil lag dies wohl daran, dass sie die »Befähigung« der Mädchen für ihre große Aufgabe aufrechterhalten wollte – was für ein Euphemismus! Aber Ursula hatte durchaus bemerkt, welche besondere Freude es ihrer Mentorin machte, zwei Stunden lang zuzusehen, wie Jason Statham irgendwelchen Leuten ins Gesicht trat.

»Und hör auf, dauernd das Thema zu wechseln!«, fügte sie hinzu. »Bist du ein Milliardär, der heimlich Verbrecher jagt?«

»Nein.«

»Sehr schade«, sagte sie.

»Für uns beide.« Nicht zum ersten Mal versuchte Bart, sich geistesabwesend die Gedärmeüberbleibsel von seinem Visier zu wischen. Der Schleim wurde immer klebriger und zäher – keine gute Kombination. »Und um deine Frage zu beantworten ...« Er zuckte mit den Schultern. »Irgendwer muss es ja machen.«

»Wem sagst du das?!«, erwiderte Ursula trocken.

Sie bogen um eine Tunnelkurve und schwiegen kurz, um zu prüfen, ob hier weiterer Monsterunsinn auf sie wartete.

Nachdem Ursula sichergestellt hatte, dass die einzige Gefahr darin bestand, was das klebrige Zeug mit ihren Haaren anstellte, nahm sie den Faden wieder auf. »Was ich noch fragen wollte: Was hat es eigentlich mit Asbests komischem Namen auf sich? Asbest Gitterrost Volkswagen der Neunte?«

Bart lachte. »Einige der magischen Wesen haben eine ... interessante Beziehung zur Sprache. Wenn es um ihren Namen geht, bedienen sie sich häufig bei Dingen, deren Klang sie gerne hören.«

»Ernsthaft?«

Er warf ihr einen kurzen Blick zu. »Sieht so aus, ja.«

»Heißt das, es gab keinen Asbest Gitterrost Volkswagen der Achte?«

»Vermutlich nicht. Er ist ein Einzelstück.«

»Na, Gott sei Dank. Und da ich dich hier sowieso schon mit Fragen bombardiere ... Was sind eigentlich diese anderen Gefilde, um die du so ein Gewese machst, nur weil wir sie nicht kennen?«

Er hob die Hände. »Ich will darüber gar nicht urteilen, es hat mich bloß gewundert.«

»Also, klär mich auf!«

»Es gibt eigentlich nicht viel dazu zu sagen, bloß Theorien. Diese Dinger …«, er deutete über seine Schulter, »… tauchen immer mal wieder in unserer Welt auf. Die Vorfälle häufen sich allerdings. Die meisten Leute glauben, sie kämen aus …«

»Den anderen Gefilden?«

»Genau.«

»Aber worum handelt es sich da denn nun?«

»Das ist ja gerade der Punkt«, sagte er. »Niemand weiß es. Wir wissen lediglich, dass diese Durchbrüche immer häufiger stattfinden. Es wird zunehmend schwieriger, die Wesen ruhig zu halten, ganz zu schweigen von der Gefahr, die von ihnen ausgeht. Und der Rat ist zu beschäftigt damit abzustreiten, dass es überhaupt ein Problem gibt, anstatt etwas dagegen zu unternehmen.«

»Ah, der Scharlachrote Rat«, sagte sie. »Also, diese Typen kenne ich. Bin kein Fan.«

»Siehst du«, sagte Bart. »Du weißt doch einiges von dem, was hier abgeht.«

»Ja«, sagte Ursula. »Ich bin supergut informiert.«

»Apropos.« Er schaute sie an. »Ich weiß schon, die ganzen Tentakel und so weiter, aber hattest du vorhin nicht gesagt, ihr hättet vergangene Nacht eine Horde untoter Hunnen bekämpft?«

»Na ja, genau genommen, waren sie nicht untot. Ich glaube, man kann sie schlicht als ›tot‹ bezeichnen. Also, es waren jedenfalls keine Zombies.«

»Dann sollten sie einfacher auszuschalten sein.«

»Ja und nein«, erwiderte Ursula. »Ist schwer zu erklären.«

»Na ja«, sagte er. »Kein Druck. Aber uns steht noch ein ziemlich langer Weg in dieser entzückenden Kanalisation bevor, in der ich zurzeit die am schlimmsten stinkende Person bin. Alles, was mich davon ablenkt, ist herzlich willkommen.«

Während sie sich stetig vorwärtsschleppten, breitete Ursula ihr gesamtes Leben vor ihm aus – bis zum heutigen Tag. Seltsamerweise war es das erste Mal, dass sie mit einem Fremden – einem jungen Mann sogar – über sich selbst sprach. Und nicht nur das: Sie berichtete auch noch von den anderen Mädchen und der Mission, die der einzige Zweck ihres Lebens gewesen war. Bart hörte aufmerksam zu, stellte dann und wann eine Frage, blieb aber die meiste Zeit still. Als sie fertig war, fühlte sich Ursula seltsam verletzlich. Sie fragte sich, ob sie womöglich zu viel preisgegeben hatte.

Bart blieb eine Minute stumm. Schließlich brachte er ein schlichtes »Wow!« heraus.

»›Wow‹ bezieht sich worauf genau?«

»Hauptsächlich auf den Teil, in dem du erwähnt hast, dass du eins dieser Aufklapphandys besitzt. Ich wusste gar nicht, dass man die Dinger überhaupt noch bekommt.«

»Ernsthaft?« Sie musste lachen. »Das nimmst du aus der ganzen Geschichte mit?«

Er lächelte. »Okay. Nicht nur das, aber es steht ganz oben auf der Liste der erstaunlichen Dinge.«

Ursula warf den Kopf zurück. »Oh nein!«, rief sie aus.

Bart verkrampfte sich. »Was?« Panisch sah er sich um. »Da ist doch nicht –«

»Entspann dich! Es ist bloß …« Ursula tastete ihre Taschen ab und verzog gequält das Gesicht, als sie das schmatzende Geräusch hörte, das dabei entstand. »Ich bin mir ziemlich sicher, dass ich bei der ganzen Aktion mein Handy verloren habe.«

»Ehrlich gesagt, klingt es ganz so, als wäre ein technisches Upgrade längst überfällig.«

»Ich nehme an, deins ist auf dem neuesten Stand?«

Er nickte. »Ein Milliardär zu sein, der heimlich Verbrecher jagt, bringt auch seine Vorteile mit sich. Ich würde das Handy rausholen und dir zeigen, aber meine Taschen sind voll mit Monsterschleim.«

»Ja, das Zeug schafft es überallhin«, sagte Ursula.

»Sagtest du schon«, erwiderte er und versuchte, nicht zu lachen.

Ursula nahm an, dass sie tief unter dem ganzen Schleim errötete. »Halt die Klappe!« Kurz schlug sie ihm gegen die Schulter. »Bring mich nicht dazu, dir in den Hintern zu treten!«

»Da musst du aber zur Verstärkung mindestens eine Armee herbeirufen.«

»Kein Problem, die hab ich.«

»Stimmt«, sagte er. »Elf Jungfrauen.«

»Es ist nicht das Jungfrausein, das uns gefährlich macht.«

Er hielt inne und sah sie an.

»Was?« Plötzlich fühlte sie sich verlegen. »Normalerweise würde ich jetzt fragen, ob ich irgendwas im Gesicht habe, aber das erübrigt sich ja.«

»Nein«, sagte er. »Es ist bloß ...«

»Was?«

»Du hasst es, die Verantwortung zu tragen, oder?«

»Na ja, ich ...«

»Tut mir leid.« Er klang kleinlaut. »Das hätte ich nicht sagen sollen.« Er schüttelte den Kopf und murmelte vor sich hin: »Gut gemacht, Bart. Wieder voll ins Fettnäpfchen getreten.«

»Nein«, sagte Ursula. »Und ... ja, ich nehme an, du hast recht. Ich meine, es ist verrückt ... Ich wurde nur wegen so eines dämlichen Muttermals ausgesucht. Und mir nichts, dir nichts bin ich die Erwählte. Dabei bin ich kein bisschen qualifizierter als irgendwer anders. Ach, zur Hölle, manchmal glaube ich, dass ich in unserem Team die Ungeeignetste bin. Also, um andauernd die gesamte Verantwortung zu tragen. Die arme Anna und die arme Delilah – wir haben keine Ahnung, was mit ihnen passiert ist. Oder mit Una. Und dann schauen alle mich an, damit ich ihnen sage, was wir tun sollen, und ich habe nicht den blassesten Schimmer. Man sieht's ja ... Asbest war unsere einzige Spur, und der kleine Mistkerl ist uns einfach entwischt. Und jetzt muss ich zurück nach Hause und –«

Ursula merkte, dass sie nur noch vor sich hinplapperte, und unterbrach sich. Vielleicht war es die Nahtoderfahrung oder eine ungewöhnliche Nebenwirkung der Tatsache, dass sie über und über mit den ekelhaften Innereien eines mörderischen Monsters aus der Tiefe bedeckt war, aber sie sprach Dinge aus, die sie nie zuvor in Worte gefasst hatte – und das auch noch vor jemandem, den sie kaum kannte. Vielleicht war aber genau das entscheidend: Alle, die sie kannten, erwarteten von ihr die Lösung ihrer Probleme, während er einfach nur irgendein Typ war. Wenn auch ein ziemlich süßer Typ.

»Tut mir leid, ich hab zwei echt stressige Tage hinter mir.«

»Verstehe ich total. Wenn einem so was von Kindheit an aufgedrückt wird ... Ich weiß genau, was du meinst. Und falls es dich tröstet: Ich glaube, du machst das alles deutlich besser als du glaubst.«

»Wirklich?«, fragte sie. »Immerhin musstest du da reinkommen und uns retten, weil wir in diese Falle getappt waren.«

»Ja, aber dann hast du mir das Leben gerettet – wahrscheinlich sogar zweimal. Ich meine, es war schwer, noch den Überblick zu behalten, bei all diesen ...«

»Tentakeln.«

»Tentakeln, ja. Trotzdem denke ich, du liegst immer noch zwei Punkte vor.«

Ursula lachte. »Na ja, ich bin mir sicher, du findest schon einen Weg, um das wiedergutzumachen.«

Eilig räusperte sie sich. Mit Verspätung begriff ihr Kopf,

was ihr Mund gerade gesagt hatte. Das hatte sich weitaus flirtender angehört als beabsichtigt. So viel zum Thema: einfach cool bleiben.

»Na ja –«, begann Bart, wurde jedoch von einer schrillen Melodie unterbrochen.

»Bilde ich mir das ein«, fragte Ursula, »oder hat dein Körper gerade angefangen, den *Imperial March* aus *Star Wars* zu spielen?«

»Ja«, sagte er. »Peinlich. Entschuldige bitte.« Er tippte mit den Fingern gegen seine Maske. »Hi.«

Ursula hob neugierig den Kopf. Auf der Straße hatte sie schon häufig Leute mit Kopfhörern telefonieren gesehen, aber so etwas noch nie. Fairerweise musste sie zugeben, dass man auch nicht oft Leute traf, die mit Visier-Masken in der Gegend rumliefen. Es war also nicht wirklich miteinander zu vergleichen.

»Nein«, fuhr Bart fort. Die Person am anderen Ende der Leitung übernahm den Großteil des Gesprächs. »Ich war … Ich weiß, aber ich hatte gerade keinen Empfang und …« Er verzog das Gesicht. »Nein, ich habe nicht … Ja, mach ich. Aber kann ich … Hallo? Hallo?« Er schlug mit der Hand gegen die Maske.

»Alles okay?«, fragte Ursula.

»Nicht wirklich. Sie ist stinksauer. Ich mache mich mal lieber auf den Weg.« Er rannte einige Schritte den Tunnel entlang, dann drehte er sich noch einmal zu ihr um. Er schien nicht so recht zu wissen, was er sagen sollte, entschied sich aber schließlich für: »War schön, dich kennengelernt zu haben, Ursula.«

»Ja …«, begann sie, aber er hatte sich bereits wieder umgedreht, hatte vom Boden abgehoben und flog durch den Tunnel davon, bevor sie noch etwas erwidern konnte. Sie schaute ihm nach. »Ebenso«, fügte sie leise hinzu.

KAPITEL 30

Das Leben im altehrwürdigen Von-Braun-Knabeninternat funktionierte nach einem bestimmten Rhythmus. Auf Außenstehende wirkte es vielleicht wie ein kaum beherrschtes Durcheinander, hatte man aber erst einmal gelernt, die Noten zu lesen, zeichnete sich ein klarer Ablauf ab. Es erinnerte beinahe an eine Symphonie, und alle einzelnen Stimmen fügten sich zusammen, weil Madeleine Reiss die Dirigentin gab. Sie leitete die Schule seit zwölf Jahren, seit zwölf *langen* Jahren, und sie konnte nicht leugnen, dass sie ein genaues Ohr für all ihre kleinen Adagios und Allegros entwickelt hatte. Oft fragten sie die Leute, ob sie es als »Frau in einem gewissen Alter« nicht langsam leid sei, sich mit Teenager-Jungs abzugeben, aber daraufhin lachte sie nur. Das war die sicherste Reaktion. So konnte sie am besten verbergen, welchen tiefen Abscheu sie gegenüber den kleinen Bastarden empfand, mit deren Erziehung sie betraut war. Ganz zu schweigen von ihrem Abscheu gegenüber Menschen, die ernsthaft den Ausdruck »Frau in einem gewissen Alter« verwendeten.

Natürlich verstummte augenblicklich jeder Lärm, wann immer sie einen der Flure betrat. Tauchte sie auf, blickte jeder Schüler augenblicklich zu Boden und tat so, als wäre er mit irgendeiner dringenden Tätigkeit beschäftigt. Zu den ersten Dingen, die man begriff, wenn man Jungen in diesem Alter unterrichtete, gehörte, dass jeder von ihnen ein schlechtes Gewissen hatte. Im tiefsten Inneren waren sie bloß wilde, amoralische Schakale. Ihre Erfahrung als Schulleiterin hatte sie gelehrt, dass selbst die Söhne von Botschaftern, niedrigem europäischen Adel und Industriemagnaten nur eine ausgelassene Mahlzeit und eine unbeaufsichtigte Unterrichtsstunde davon entfernt war, in den *Herr-der-Fliegen*-Modus zu wechseln.

Als sie an einer Gruppe Zwölftklässler vorbeiging, wandte Madeleine Reiss weder den Kopf, noch mäßigte sie ihren Schritt. Sie sprach ganz ruhig, ohne innezuhalten, und war sicher, dass man sie hören würde. »Antonio Abbruzzese, wie Ihnen sehr wohl bewusst ist, herrscht auf dem gesamten Schulgelände das strikte Verbot, Kaugummi zu kauen. Dass Sie sich darüber im Klaren sind, weiß ich, da Sie es an die Rückseite des Schrankes geklebt haben, als Sie mich haben kommen sehen. Also sagen wir: Einmal nachsitzen für das Kaugummi, einmal für Vandalismus und einmal für den Täuschungsversuch. Selbst Ihr mathematisch wenig begabter Mitschüler Klein-Diependonk könnte ausrechnen, dass Sie damit auf dreimal Nachsitzen kommen.« Sie blieb unvermittelt stehen, drehte sich aber nicht zu Abbruzzese um. »Und jetzt machen wir sechsmal daraus, wegen der Grimasse, die Sie gerade geschnitten haben. Möchten Sie vielleicht noch etwas Geistreiches äußern und eine entsprechende Geste hinzufügen, damit wir das Dutzend vollmachen können und Sie Ihren persönlichen Rekord erreichen?« Sie machte eine kurze Pause, während der niemand im Flur auch nur ein Wort sagte. »Nun?«

»Nein, Frau Reiss.«

Sie nickte kurz und abgehackt und setzte sich wieder in Bewegung. »Hervorragend. Melden Sie sich nach dem Unterricht bei Herrn Krause. Er wird Sie erwarten.«

—

Kaum hatte Madeleine Reiss ihr Büro betreten, legte sie das Gewand ab, das alle Mitglieder des Lehrkörpers trugen, solange sie im Dienst waren. Das Von-Braun-Internat gehörte zu den ältesten Privatschulen Deutschlands, einem Land, das wenig von diesen Institutionen hielt. Es überlebte nur, indem es eisern an seinen Traditionen festhielt. Und weil es den Ruf hatte, die desinteressierten und bisweilen geradezu unkontrollierbaren Sprösslinge der Reichen und Mächtigen aufzunehmen und aus ihnen junge Männer zu machen, für die sich ihre Familien nicht mehr schämen mussten. Es gab Eliteschulen für die Begabten im klassischen Sinne, das Von-Braun-Internat jedoch war eine Institution für diejenigen, deren Begabung lediglich darin bestand, mit dem silbernen Löffel im Mund geboren worden zu sein. Auch wenn die verzogenen kleinen Gören diesen oft schon früh aus ihrem Kinderwagen gespuckt hatten.

Immerhin bedeutete dies, dass die Familien ordentlich dafür zahlten, dass ihr Nachwuchs angemessen eingekerkert wurde. Die Schule verfügte über reichlich Kapital. Das Gelände erstreckte sich auf vierzig Hektar, und sämtliche Sportanlagen entsprachen den höchsten Standards. Alles, was die überschüssige Energie der Insassen minimierte, hielt Madeleine Reiss für eine gewinnbringende Investition. Die Schule schmückte sich zudem mit einem beeindruckenden Heckenlabyrinth, das sich in ihrer Zeit als Von-Braun-Schulleiterin jedoch ausschließlich als Problem erwiesen hatte. Es war schon immer hier gewesen, war fest in der Tradition des Hauses verankert, und da niemand klar denken konnte, musste es erhalten werden. Dabei diente es als Magnet für alle Arten von Fehlverhalten ihrer rebellischeren Schüler: trinken, rauchen, Drogen, Sex, Boxen ohne Handschuhe. Einmal war auch eine Ein-Mann-Ballett-Produktion dort geprobt worden.

Madeleine Reiss wusste von all diesen Vorgängen. War

man Direktorin einer schwer zu überwachenden Bildungseinrichtung, lohnte es sich, auf ebendiese Überwachung einen besonderen Schwerpunkt zu legen. Alle paar Wochen begaben sich die Schüler auf die Suche nach den Kameras, von denen sie wussten, dass sie irgendwo sein mussten, schafften es aber nie, sie aufzuspüren. Umso amüsanter war es, sie bei dem Versuch zu beobachten.

»Frau Reiss!«

Natürlich hatte sie schon beim Betreten ihres Büros bemerkt, dass David Franke auf sie wartete. Sie wünschte inständig, die Leute würden hier nicht einfach so reinplatzen, aber er war kein Mann, der einen Wink mit dem Zaunpfahl verstand. Als sie ihr Gewand über einen Kleiderbügel zog und an die Rückseite der Tür hängte, tat sie weiterhin so, als wäre sie sich seiner Anwesenheit nicht bewusst.

Er stand vor ihrem Schreibtisch und vibrierte förmlich vor Rechtschaffenheit. »Frau Reiss«, wiederholte er. »Ich würde gern mit Ihnen sprechen.«

»Nun«, sagte sie und nahm hinter ihrem Schreibtisch Platz. »Dann sind Sie hier genau richtig. Und falls Sie jemals einen Ort suchen sollten, wo sie in aller Ruhe ihr Mittagessen einnehmen können, dann kommen Sie doch auch einfach in mein Büro. Wofür sonst wäre es da?«

Er schaute sie an und sagte: »Vielen Dank.« Offensichtlich verpuffte ihr Sarkasmus unerkannt über seinem sorgsam frisierten Kopf.

Franke gehörte zu den Männern, die mit Mitte zwanzig vergleichsweise gut ausgesehen hatten, auf eine weiche, babyspeckartige Weise, die aber mit Anfang vierzig nur noch an Fett zulegten und jeden Charme verloren. Er musste dringend ein Kinn finden. Und vermutlich auch ein Ziel im Leben, denn bislang stürzte er sich hauptsächlich auf Aufgaben, die seine Unterstützung kaum gebrauchen konnten.

»Ich muss protestieren.«

Madeleine Reiss schob die Papiere auf ihrem Schreibtisch zusammen. »Müssen Sie?«

»Ja. Ich habe dem Aufsichtsrat geschrieben und um eine Anhörung gebeten, aber keinerlei Antwort erhalten.«

»Oh, das tut mir leid. Die Antwort lautet Nein. Ein entschiedenes Nein.«

»Aber ...«

Sie fragte sich, ob er seine Reaktionen vor dem Spiegel übte. Seine Miene völliger Fassungslosigkeit war jedenfalls formvollendet.

»Aber ... Was? Ich muss protestieren.«

Sie seufzte. »Ja, das hatten wir schon.«

»Ich wünsche, zum Ausdruck zu bringen, dass ich diese Nachtspiele für barbarisch halte, für falsch und ...« Er kam ins Stocken und haschte nach dem dritten Adjektiv, das seinem Satz das rhythmische Gleichgewicht geben würde, nach dem sein gequältes Poetenherz so dringend verlangte. Überwältigt von der eigenen Ernsthaftigkeit, entschied er sich schließlich für ein weiteres: »... barbarisch!«

»Ich denke, ich spreche für all unsere Eltern, wenn ich meine Erleichterung bekunde, dass Sie bei uns Physik unterrichten und keine Sprachen.«

»Was?«

Frankes Fähigkeit, an ihn gerichtete Aussagen nicht zu verstehen, war auf olympischem Niveau.

Sie ignorierte die Nachfrage. »Der Grund dafür, Herr Franke, dass man Ihnen die Anhörung verweigert hat, besteht darin, dass sie alle Vorstandsmitglieder einzeln angeschrieben haben. Und da es sich bei allen um durchaus vernunftbegabte Personen handelt, haben sie Ihr Anliegen sofort verstanden, auch ohne mit Ihnen sprechen zu müssen. Offen gesagt, ist es Ihnen schlicht gleichgültig.«

Frankes Wangen nahmen einen tiefroten Ton an, der ihm nicht besonders gut zu Gesicht stand. »Aber, aber, aber … das ist barbarisch!«

»Und da haben wir schon wieder dieses Wort. Verstehen Sie es nicht, Herr Franke? Genau darum geht es doch. Wir halten diese Spiele morgen Nacht ab, *weil* sie barbarisch sind. In einer einzigen Nacht des Jahres erlauben wir es einem Haufen Teenager, in einer Reihe gefährlicher Wettbewerbe gegeneinander anzutreten. Viele der Wettbewerbe sind tatsächlich gewalttätig und bergen ein nicht unerhebliches Risiko, sich zu verletzen oder Schlimmeres. Haben Sie ernsthaft geglaubt, Sie wären der Einzige, der die barbarische Natur dieser Spiele erkennt? Würde es sich um Aktivitäten handeln, die Verständnis und gut argumentierte Konfliktlösung fördern, würde sich keines dieser wilden kleinen Biester auch nur einen Deut darum scheren.«

Franke hing einen Augenblick lang die Kinnlade herunter, dann gestikulierte er erregt mit dem Zeigefinger. »Die Schülerschaft wird das nicht mit sich machen lassen.«

»Haben Sie den Verstand verloren? Es sind Teenager. Gewalt gehört zu den zwei Dingen, an die sie zu fünfundneunzig Prozent des Tages denken. Seit wir angekündigt haben, dass die Spiele wieder aufgenommen werden, haben sie über nichts anderes gesprochen. Die Vorfälle von Fehlverhalten sind signifikant gesunken, und das nur, weil sie mit der Strafe rechnen müssen, nicht teilnehmen oder die Spiele nicht mal als Zuschauer besuchen zu dürfen. Wenn Jungs im Teenageralter diese Welt regieren würden, hätte jede Stadt ihr eigenes Kolosseum, und eine Version dieser Veranstaltung würde jede Nacht stattfinden – vermutlich, bis kein Mensch mehr am Leben wäre.«

»Nun, dann werden die Eltern es eben nicht erlauben.«

Madeleine Reiss lehnte sich auf ihrem Stuhl zurück. »Die

Familien wurden informiert, und wissen Sie, was? Gerade einmal vier Eltern unserer fünfhundertvierzehn Schüler haben uns geschrieben und gebeten, dass ihre Söhne von der Teilnahme befreit werden. In drei Fällen aus medizinischen Gründen, und in einem Fall ... Nun, bei Johann Plötz ist es wahrlich keine gute Idee, die dunkleren Aspekte seiner Persönlichkeit weiter herauszukitzeln. Wir haben die Katze des Hausmeisters immer noch nicht gefunden.«

»Ah!« Franke machte sich bereit, seinen Mangel an Überlebensinstinkt noch deutlicher unter Beweis zu stellen, und stieß den Zeigefinger empört in die Richtung ihres Gesichts. »Wissen die Eltern, dass diese Spiele in den Achtzigerjahren verboten wurden, nachdem ein Junge dabei ums Leben gekommen war?«

Madeleine Reiss zuckte mit den Schultern. »Gut möglich. Den meisten ist es vermutlich egal. Sie waren zu dieser Zeit selbst Teenager und erinnern sich gut daran, wie schrecklich ihre Mitschüler waren. Wir leisten uns eine viel zu große Sentimentalität, wenn es um den Tod geht.«

»Wie bitte?« Franke sah vollkommen entsetzt aus.

»Ich bitte Sie! Wir sprechen über den Verlust eines Jungen, als wäre es eine große Tragödie. Haben Sie unsere Schülerschaft mal kennengelernt? Um eine Handvoll wäre es gewiss schade, da gebe ich Ihnen recht. Die meisten aber sind austauschbar, bestimmt für eine öde Existenz. Bloßes Füllmaterial des Lebens wie Schaumstoffpellets in einem Paket. Und einige von ihnen ... Nun, wenn die Erzieher sich das nicht mal eingestehen können, wer dann? Der Tod einiger Schüler unserer Lehranstalt würde für die Menschheit nur von Vorteil sein. Nehmen Sie unseren jungen Herrn Thoben. Seinetwegen habe ich gerade erst an einer neunzigminütigen Konferenz teilgenommen, und zwar zusammen mit seiner Mutter, einem Priester und vier – ich wiederhole: vier – medizinischen Fachleuten. Und das nur, weil seine zwanghafte Neigung zur Selbstbefriedigung – selbst an den hohen Standards von Jungen seines Alters gemessen – völlig außer Kontrolle geraten ist. Sie ahnen nicht, wie viele Euphemismen wir uns in diesen anderthalb Stunden aus dem Ärmel schütteln mussten. Da wurde von tiefsitzendem Trauma geredet, von Triggerfaktoren der Umwelt. Was meiner Ansicht nach den entscheidenden Punkt übersieht, dass er schlicht und ergreifend ein dreckiger kleiner Perversling ist. Ich persönlich wäre sehr dafür, ihm Boxhandschuhe mit Sekundenkleber anzulegen. Leider bezweifle ich, dass ich die sogenannte medizinische Wissenschaft dazu bekommen kann, sich diesbezüglich auf meine Seite zu schlagen.«

Als Franke seine Stimme wiedergefunden hatte, kletterte sie um einige Tonstufen in die Höhe. »Ich fasse es nicht, dass Sie das gerade gesagt haben.«

»Was genau meinen Sie?«

»Alles!«

»Darf ich Ihnen ein Geheimnis verraten, Herr Franke? Es ist mir egal. Ich gehe Ende des Jahres in den Ruhestand. Sie können sich gern um meinen Posten bewerben, aber bis es so weit ist – und bitte verstehen Sie dies im Geiste der Kollegialität und des Respekts –, verpissen Sie sich und lassen Sie mich meine Arbeit erledigen.«

»Das Kultusministerium wird davon hören.«

»Ja. Fein. Hervorragende Idee. Bitte setzen Sie mich ins CC bei allen weiteren Mails, die Sie ohne Zweifel aufsetzen werden. In der Zwischenzeit schlage ich vor, dass Sie jetzt einfach aus meinem Büro stürmen. Eins möchte ich Ihnen allerdings in aller Form mit auf den Weg geben: Schließen Sie meine Tür leise, sonst komme ich Ihnen hinterher und gebe Ihnen einen Eindruck davon, was das Wort ›barbarisch‹ tatsächlich bedeutet.«

»Was ist denn mit Ihnen geschehen, Frau Direktor? Sie sind nicht Sie selbst.«

»Das bin ich durch und durch. Ich habe einfach keine Lust mehr, es zu verbergen. Und jetzt gehen Sie gefälligst, Sie lästiger kleiner Mann.«

Folgsam stürmte Franke aus dem Büro, und nach kurzem Zögern schloss er leise die Tür.

Madeleine Reiss erhob sich hinter dem Schreibtisch, zog einen alten Eisenschlüssel aus ihrer Tasche, durchquerte den Raum und verschloss von innen ihr Büro. Dann richtete sie den Blick zur Wand und drehte ihr rechtes Handgelenk im Uhrzeigersinn, während sie mit links eine rasche Abfolge von Gesten vollführte. Sie flüsterte ein Wort, dessen Ursprung nur wenigen Auserwählten bekannt war. Dies führte dazu, dass sich im Mauerwerk eine weitere Tür öffnete. Jede architektonische Bestandsaufnahme des Hauses hätte zweifellos ergeben, dass es sie nicht gab, dennoch führte sie zu einer Wendeltreppe, die gewissermaßen ebenso wenig existierte. Erfahren hatte sie von diesem Geheimgang unter ziemlich extremen Umständen, auch wenn es sich am Ende darauf reduzieren ließ, dass die Welt der Magie auf seltsame Weise den Monarchien glich: Der direkteste Weg zur Macht führte grundsätzlich über Leichen. Sie hatte bei null begonnen – oder besser gesagt: *noch einmal* bei null begonnen –, aber ihr Lebenslauf bewies, dass ein brennendes Verlangen, angetrieben von mörderischer Wut, jeden sehr weit bringen konnte. Es war eine Inspirations-Geschichte, die sie den Schülern gern mit auf den Weg gegeben hätte, wären dies aufgeklärtere Zeiten gewesen.

Als Madeleine Reiss die Stufen hinabschritt, erwachten in dem unter ihr liegenden Kellergemäuer die Kerzen zum Leben.

»Ganz ehrlich«, sagte sie zu sich selbst. »Die Lehrer in

diesem Internat sind noch deprimierender als die Schüler. Keine funktionierende Gehirnzelle weit und breit. Ich weiß, ich habe die meisten aus genau diesem Grund eingestellt, aber dennoch.«

Im Keller angekommen, nahm sie ein Päckchen Zigaretten vom Tisch, der dort stand, und klopfte eine heraus.

»Nicht mal dieser ermüdende Vollidiot hat bemerkt, was eigentlich auf der Hand liegen sollte. Der Vorstand hätte niemals erlaubt, diese lächerlichen Spiele wieder aufzunehmen, wenn ich ihren jämmerlich kleinen Köpfen keine Gehirnwäsche verpasst hätte. Wenn sie versuchen, darüber nachzudenken, warum sie ihre Zustimmung gegeben haben, werden sie sofort von schrecklichen Kopfschmerzen heimgesucht.«

Sie setzte sich in ihren Lieblingsschaukelstuhl und steckte sich die Zigarette in den Mund.

»Warum halten Hinz und Kunz nur so verzweifelt an ihrem Verständnis von Logik fest? Was meinst du, alte Freundin? Sie ziehen nie auch nur die Möglichkeit in Betracht, dass es eine Macht außerhalb ihres Vorstellungsvermögens geben könnte – selbst, wenn es die offensichtlichste Erklärung ist.«

Sie hielt inne und berührte das Ende der Zigarette mit dem Finger, woraufhin diese augenblicklich entzündet wurde. Dann nahm sie einen tiefen Zug und blies der Decke Rauchringe entgegen, von denen einer sehr viel höher stieg als erwartet, wenn man bedachte, dass Madeleine Reiss gerade nur ein einziges Stockwerk hinabgestiegen war. Das Kellergewölbe war gigantisch. Sie hatte es in langen Jahren mühsamer Erforschung in- und auswendig kennengelernt, und dank der gewaltigen neuen Lichtquelle über ihrem Kopf sah es nun völlig anders aus. Tatsächlich warf diese ein gänzlich ungewohntes Licht auf die Statuen der jungen Frauen, die in Heldenposen erstarrt waren und das gesamte Gemäuer säumten. Es sah aus, als hätten sie ein äußerst lebendiges Funkeln in den Augen, was durchaus angemessen war. Schließlich waren sie der Grund für die unermüdlichen Nachforschungen, die Madeleine Reiss an diesen Punkt gebracht hatten.

Sie nahm einen weiteren Zug, und erst jetzt schaute sie zu Una hinüber, die unter der riesigen, menschengroßen Glasglocke gefangen war – wie ein unglückseliges Insekt. Una schlug wütend die Fäuste von innen gegen das Glas, obwohl sie nur zu gut wusste, dass ihr dies nichts nutzen würde. Sie brüllte etwas aus vollem Hals, da sie jedes Wort verstand, das Madeleine Reiss von sich gab. Der Glocke aber entkam kein Laut.

»Ich will nicht lügen«, sagte die Direktorin. »Trotz der widrigen Umstände ist es schön, dich wiederzusehen. Ich hatte zwar eigentlich versucht, das zu vermeiden, aber nun ja, so ist das Leben.«

Sie warf einen kurzen Blick auf den breiten Holzverschlag, an den der immer weiter wachsende Ball aus Energie gekettet war, der über ihren Köpfen pulsierte. Bald würden sie so weit sein. Sehr bald.

»Wie lautete diese abgedroschene Redewendung, die die Leute ständig nutzen?«, fragte Madeleine Reiss, schnippte gegen ihre Zigarette und ließ die Asche auf den Boden zu gleiten. »Ach ja. Wo gehobelt wird, da fallen Späne.«

KAPITEL 31

Bug zitterte schier vor Ungeduld, während sie die Eingangstür des *Athena*-Hotels nicht aus den Augen ließ und darauf wartete, dass ihre Freundinnen endlich zurückkehrten. »Wo stecken die nur?«

»Dies«, sagte Arthur, der Rezeptionist/Elchkopf, »ist keine Frage, auf die mir eine Antwort zusteht, aber es gäbe viele andere. Zum Beispiel: Solltest du dich nicht lieber hinsetzen und aufhören, auf unserem Marmorboden hin und her zu laufen? Diese Frage kann ich mit einem entschiedenen Ja beantworten.«

Bug beachtete ihn nicht und kaute an den Nägeln, während sie weiterhin die Tür anstarrte, als könne sie durch reine Willenskraft dafür sorgen, dass jemand hindurchkam.

»Deine Freundin scheint dies alles deutlich entspannter zu sehen«, sagte Arthur. »Sie läuft jedenfalls nicht Gefahr, unseren wunderschönen Boden mit ihren groben Stiefeln zu ruinieren.«

Bug warf Trinity einen Blick zu. Sie hatte sich auf einem der Chesterfield-Sofas ausgestreckt und schlief tief und fest. »Tja, sie hatte einen sehr langen Tag.«

»Hatten wir den nicht alle?«, erwiderte Arthur. »Weshalb ich dich ermutigen möchte, Platz zu nehmen und –«

Irgendwo in der Ferne wurde eine Tür aufgerissen.

Arthur seufzte. »Nun, jetzt hast du es geschafft.«

Nicht zum ersten Mal dachte Bug darüber nach, dass die

Definition des Wortes »sonderbar« immer davon abhing, was man gewohnt war. Gutes Beispiel: die Putzkräfte des *Athena*-Hotels.

Das simpelste Halloween-Kostüm der Welt ist ein weißes Bettlaken mit zwei Löchern. Mittlerweile wusste Bug das natürlich, sie hatte es oft im Fernsehen gesehen. Die Aufmachung kannte sie jedoch schon länger. Eine ihrer ersten bewussten Erinnerungen war die an die Putzkolonne in ihrer Unterkunft. Die meisten Menschen gingen natürlich davon aus, ein Kind in einem entzückenden Kostüm vor sich zu sehen, wenn ihnen ein kleines Bettlaken mit zwei Augenlöchern entgegenkam. Bug und die anderen Mädchen konnten dies jedoch nicht von sich behaupten. Zugegeben, wenn der gewöhnliche Betrachter schließlich bemerkte, dass die Laken fußlos über den Boden schwebten, würde er vermutlich kurz ins Grübeln kommen – und wenn ihm auffiel, dass die Augenlöcher der herbeirauschenden Gestalten leer waren, vernünftigerweise davonrennen. Wenn die Tatsache, dass die verschiedenen Besen, Kehrbleche, Politurdosen und Wischtücher keineswegs von Händen gehalten wurden, ihn nicht schon früher in die Flucht geschlagen hätten.

Flucht war vielleicht eine etwas extreme Reaktion, aber keine schlechte Idee. Die Putzkräfte waren berüchtigt für ihre schlechte Laune, und jeder, der dumm genug war, sich ihnen in den Weg zu stellen, bekam eine ordentliche Abreibung mit dem Besen, die man nicht so schnell vergaß, oder einen Spritzer Möbelpolitur mitten ins Gesicht.

Und so beeilte sich Bug, vom Marmorfußboden zu verschwinden, auf dem die Göttin Athene abgebildet war. Er war die herausragende Zierde der Lobby und des gesamten Hotels und bereits auf Hochglanz poliert, aber die Putzkolonne war besessen von dieser Aufgabe. Das stand im starken Kontrast zum Rest des Hotels, das, offen gestanden, seit Ewigkeiten eine Grundreinigung benötigte. Wenn sich jemand daranmachte, diesen Job selbst zu übernehmen, zog er sich sofort den Zorn der Putzkräfte zu. Wish bemühte sich zum Beispiel fortwährend, ihr Zimmer makellos sauber zu halten, nur um mitansehen zu müssen, wie die Putzgeister regelmäßig hereingeschwebt kamen und es wieder in Unordnung brachten. Das völlige Chaos, in dem Bug lebte, führte wiederum dazu, dass ihre Sachen meistens nur in eine Zimmerecke geworfen wurden, was in ihrem Fall immerhin eine kleine Verbesserung bedeutete.

Bug nahm eine Position näher an der Eingangstür ein, um sicherzustellen, dass sie außer Reichweite war, während die sechs Bettlaken geschäftsmäßig einen Boden reinigten, der nicht gereinigt werden musste.

Sie verschränkte die Arme vor der Brust und starrte weiter zur Tür. »Wo bleiben die bloß?«

»Hast du schon mal davon gehört, dass ein Wasserkessel niemals kocht, wenn man ihn im Auge behält?«, fragte Arthur.

»Ja«, erwiderte Bug. »Das ergibt allerdings nicht den geringsten Sinn. Wenn man einen Kessel voller Wasser erhitzt, wird das Wasser irgendwann anfangen zu kochen, ob man hinsieht oder nicht. Das ist schlicht Physik. Genau genommen, ist es noch wahrscheinlicher, dass es anfängt zu kochen, wenn man hinsieht. Sonst könnte nämlich jemand kommen und daran herumpfuschen, vor allem in unserer Küche.«

Frau Koch, die fest angestellte Köchin des *Athena*-Hotels, sah es gar nicht gern, wenn sich jemand in ihrer Domäne zu schaffen machte.

»Ich hege den leisen Verdacht, dass du nicht verstehst, was damit gemeint ist«, sagte Arthur.

»Alles Quatsch«, erwiderte Bug. »Aber ich mag deine neue Fliege.«

Arthur hatte ein ziemlich auffälliges grün-rosa gepunktetes Modell angelegt.

»Ich durchschaue deine offenkundigen Versuche, dich bei mir einzuschmeicheln, junge Dame.«

»Wollte ich gar nicht«, protestierte sie. »Herrgott, lern doch einfach mal, ein Kompliment anzunehmen.«

Was auch immer Arthur darauf entgegnen wollte, blieb der Geschichtsschreibung verborgen, da endlich jemand durch die Tür trat. Oder zumindest etwas.

Bug trat einen Schritt zurück. »Was zum ...?«

»Willkommen im Hotel *Athena*«, flötete Arthur. »Bitte wischen Sie sich ... alles ab.«

»Was ist denn mit dir passiert?«, fragte Bug.

Es war eine nachvollziehbare Frage. Ursula schien von Kopf bis Fuß mit einer dicken, schleimartigen Substanz bedeckt zu sein, unter der sie kaum noch zu erkennen war. Sie sah aus wie der Abfluss einer Dusche, der nie gereinigt wurde, dem aber Beine gewachsen waren und der sich nun zu einem Spaziergang entschlossen hatte.

»Um es kurz zu machen: Wir sind in der Kanalisation mit einem Monster zusammengestoßen.«

»Und das hat dich derart zugerichtet?«

»Genau genommen habe ich es umgebracht, dann ist es explodiert – und das kam aus ihm raus.«

»Das ist also das Innere eines Monsters?«, fragte Bug. »Cool!« Doch schon im nächsten Moment musste sie würgen und schlug sich eilig die Hand vor den Mund.

»Oh, gut.« Ursula klang völlig niedergeschlagen. »Dir ist der Geruch aufgefallen. Ich würde gerne sagen, man gewöhnt sich daran, aber das wäre gelogen. Der Rückweg hierher war kein Spaß. Die Leute haben meinetwegen die Straßenseite gewechselt. Und ein kleines Kind ist heulend vor mir weggerannt. Jemand hat mit einer Seife nach mir geworfen. Irgendwann ist der Schleim angetrocknet, und seitdem mache ich so komische Knackgeräusche beim Gehen. Und …«

Als Ursulas Stimme sich verlor, bemerkte es auch Bug. Das beängstigende Fehlen aller Geräusche. Die Putzkolonne hatte aufgehört, das marmorne Schmuckstück des *Athena* zu bohnern, und war erstarrt. Man konnte nicht behaupten, dass die Reinigungskräfte Ursula ansahen, denn dafür hätten sie ja Augen haben müssen, aber die Löcher in den Laken waren alle in ihre Richtung gewandt.

Ursula zuckte zusammen. »Oh nein, bitte nicht«, sagte sie leise, aber schon im nächsten Augenblick fielen mit lautem Geklapper alle Putzmittel und Utensilien zu Boden.

Bug brachte sich mit einem Hechtsprung in Sicherheit, während die sechs Laken auf Ursula zurauschten und sich wie eine Schar blutdürstiger Aasgeier auf sie stürzten. Sofort wurde sie von den Füßen geholt und durch die Lobby davongetragen. Einzelne Kleidungsstücke segelten durch die Luft und wurden von einem der Laken aufgefangen, während die anderen Ursula auf Schulterhöhe davontrugen wie eine siegreiche Athletin – allerdings in einer Geschwindigkeit, die darauf schließen ließ, dass die gegnerische Mannschaft ihre Niederlage nicht sonderlich gut aufnahm.

»Oh Mann«, sagte Bug und rappelte sich vom Boden auf. »Ich denke, dann warte ich mal so lange, bis sie sauber ist, bevor wir uns gegenseitig auf den neusten Stand bringen.«

»In der Tat«, sagte Arthur. »Man kann wohl davon ausgehen, dass dies eine Weile dauern wird.«

—

Dreißig Minuten später tauchte Ursula aus einem der Badezimmer im Keller auf. Sie trug einen Morgenmantel und fühlte sich geradezu aggressiv sauber.

Sie war zu einer großen Wanne geflogen worden, die glücklicherweise bereits mit warmem, schaumigem Wasser gefüllt war. Man warf sie hinein, und die Putzkolonne fiel mit Luffaschwämmen, Badebürsten, einem Wasserschlauch und weiteren, weniger eindeutig identifizierbaren Utensilien über sie her. Wenn sie nicht gerade Feuerschwerter entflammte und in einen offenen Kampf zog, fehlte Ursula jede Siegessicherheit, und da es keine Möglichkeit gab, diese Situation abzuwenden, ließ sie es einfach über sich ergehen. Danach war sie zwar von dem widerlichen Monsterschleim aus der Kanalisation befreit, hatte aber mit ziemlicher Sicherheit auch mehrere Hautschichten eingebüßt.

Nachdem die Putzkräfte endlich zur Überzeugung gelangt waren, dass sie makellos sauber war, hatten sie sie im Bad allein gelassen. Ursula kam der befremdliche Gedanke, dass sie nun nachvollziehen konnte, wie sich die Wäsche fühlte, wenn der Schleudergang beendet war. Sie blieb noch einige Minuten liegen, genoss das Gefühl des warmen Wassers und gestatte es den Schmerzen in ihren Muskeln, langsam abzuflauen. Irgendwann ertappte sie sich dabei, dass sie kurz davor war einzuschlafen und stieg sofort aus der Wanne. Es war keine Zeit, in der man sich lange ausruhen konnte. Stattdessen taperte sie in ihrem Bademantel und mit nackten Füßen in die Lobby, wobei sie sich mit einem Handtuch die Haare trocknete.

»Na endlich!«, sagte Bug und schleuderte die Arme in die Luft.

»Ich war beschäftigt.«

Trinity setzte sich auf dem Sofa auf, wo sie bis eben geschlafen hatte. »Oh, hey, Ursula. Hab gar nicht gehört, dass du reingekommen bist.«

»Wirklich? Ich war … Da war … Na egal. Wie stehen hier die Dinge?«

Bug fuchtelte aufgeregt mit den Armen. »Wir haben große Neuigkeiten. Große!«

»Okay.« Ursula spürte, wie sich in ihrem Bauch ein mulmiges Gefühl ausbreitete. Sie würde ihnen erzählen müssen, was sie zusammen mit den Zwillingen auf dem Parkplatz gesehen hatte. »Ich muss euch auch was mitteilen.«

»Gut«, sagte Bug aufgekratzt. »Aber zuerst wir. Trin und ich haben es in Unas Büro geschafft.«

»Wie das?«

Ursula bemerkte, dass die beiden Mädchen einen verstohlenen Blick tauschten.

»Ist nicht wichtig«, sagte Bug. »Wichtig ist nur, was wir gefunden und was wir herausbekommen haben. Wie gesagt, große Neuigkeiten. Genau genommen drei große Neuigkeiten.«

»Zum Beispiel?«

»Die Nacht der Abrechnung von vor drei Zyklen. Du weißt schon ... Die, in der ...«

Ursula nickte. Das musste ihr nun wirklich niemand in Erinnerung rufen. Die Nacht, in der die Magierin die Trishula-Anrufung vornehmen musste, die Schutzblase auflöste und alle darin umbrachte. Das verfolgte sie in ihren Albträumen.

»Una gehörte zum damaligen Team«, sagte Trinity.

Bug verzog das Gesicht. »Das wollte ich ihr sagen!«

»Du warst nicht schnell genug.«

»Ich wollte ein größeres Bild malen. Ich bin eine Geschichtenerzählerin.«

»Moment mal«, sagte Ursula verwirrt. »Wovon redet ihr? Sie war die Magierin?«

»Nein«, sagte Bug und fügte rasch hinzu: »Die Alchemistin.«

»Aber ... Oh, dann muss sie die Ersatzfrau gewesen sein.«

Ein seltsamer Ausdruck huschte über Bugs Gesicht. »Nun, in diesem Fall, ja.«

»Aber ... warum hat sie uns das nie erzählt?« Noch während sie die Frage stellte, schoss Ursula die Antwort durch den Kopf. Den Mädchen die Geschichte ständig als abschreckendes Beispiel vorzuhalten und sie damit immer aufs Neue im Geiste zu erleben, musste Una schon schwer genug gefallen sein. Sie hätte es gehasst, mitleidige Blicke von den Mädchen zu ernten. Diese zurückgehaltene Information änderte jedoch vieles. Nicht zuletzt warf sie ein neues Licht darauf, warum Una bei ihrem Training so unnachgiebig vorgegangen war. Ursula hatte die gespielte Lässigkeit ihrer Mentorin längst durchschaut, aber nie begriffen, was dahintersteckte.

»Und das bringt uns zur großen Neuigkeit Nummer zwei ...«, sagte Bug.

Bevor sie weitersprechen konnte, deutete Ursula auf die hölzerne Schatulle, die auf dem Rezeptionstresen stand. »Ist das Hebes Kelch?«

Bug schnaufte. »Ja, aber du musst das nicht schon vorher erraten, das war so nicht gedacht!«

»Tut mir leid. Was ist denn die dritte –«

Die Glocke über der Eingangstür schnitt ihr mit einem lauten *Ping* das Wort ab.

»Willkommen im Hotel *Athena*«, flötete Arthur. »Bitte die Schuhe abputzen und nicht auf den Boden tropfen!«

Diese zusätzliche Aufforderung bezog sich darauf, dass die Neuankömmlinge – Wish, Masina und Adam – einen recht nassen Eindruck machten Genauer gesagt waren sie völlig durchgeweicht. Wish und Masina wirkten wahrlich mitleiderregend, während Adam bloß neben ihnen stand und mit weit offenem Mund die eindrucksvolle Lobby auf sich wirken ließ.

»Ach herrje«, sagte Ursula. »Hat's geregnet?«

»Nein«, sagte Wish. »Wir sind in einen Teich gefallen.«

»Wie ist das denn –«, begann Bug.

»Wir möchten nicht darüber sprechen«, lautete die barsche Antwort.

»Okay, wie ihr wollt.«

»Es war kein besonders schöner Heimweg.«

»Das kann ich gut nachvollziehen«, sagte Ursula. »Aber es ist toll, dass ihr Adam mitgebracht habt.«

»Ja. Ihn und seinen Anhang«, sagte Wish.

»Was soll das heißen?«

»Warte einfach eine Minute«, sagte Wish und nahm ihr ungefragt das Handtuch ab. »Danke sehr.«

Ursula bemerkte, dass sich Adams verblüffter Blick kurz auf sie richtete. »Hi, Adam«, sagte sie in dem sanften Ton, den Menschen auf der ganzen Welt anschlagen, wenn sie mit jemandem sprechen, der aussieht, als könne er jeden Moment den Verstand verlieren. »Geht's dir gut?«

»Es ist viel größer ... Draußen war es ... und hier drinnen ist es ...«

»Ach ja«, sagte Ursula. »Willkommen im Hotel *Athena*.«

»Wer ist diese Person?«, fragte Arthur. »Wir haben keine Reservierung für ihn.«

Adam deutete auf den Elchkopf und flüsterte fassungslos: »Der Elchkopf spricht.«

»Ja, mein Herr«, erwiderte Arthur streng. »Und ich frage Sie: Haben Sie bei uns reserviert?«

Adam schaute auf. »Da sind riesige Spinnen im Kronleuchter ...«

»Die sind größtenteils freundlich«, sagte Bug und versuchte, halbwegs beschwichtigend zu klingen. »Aber ich würde sie nicht anfassen, nichts nach ihnen werfen und sie nicht zu lange direkt anschauen.«

Adam trat einen Schritt vor und bemerkte den Mann, der

vor dem knisternden Kaminfeuer seine Zeitung las. »Ist das ein Geist?«

»Vermutlich«, sagte Trinity, »aber sprich ihn einfach nicht darauf an.«

»Und nicht den Boden volltropfen!«, blaffte Arthur.

Bug trat einen Schritt auf ihn zu. »Ich glaube, unser Adam hat einen schweren Fall von durchgebrannten Synapsen.« Sie verzog das Gesicht. »Was ist das da an seinem Hals?«

»Mach dich auf was gefasst«, sagte Wish.

Ursula war an ziemlich viele Merkwürdigkeiten gewöhnt, musste jedoch feststellen, dass es selbst sie sprachlos machte, als der Kopf eines kahlen Mannes mit beeindruckend spitzen Augenbrauen aus Adams rechter Schulter platzte und augenblicklich begann, sich lautstark aufzuregen.

»Ich bin Balzar der Große, Nekromant am Hofe Attilas, und ich fordere, unverzüglich freigelassen zu werden, sonst befehle ich, all euren Großmüttern die Haut vom Leibe zu ziehen!«

»Wow«, sagte Trinity und kaute an einer riesigen Brezel, die sie offenbar aus den Tiefen ihrer Taschen gezogen hatte. »Das nenne ich mal eine äußerst spezifische Drohung.«

»Wie …?«, begann Ursula, war aber unfähig, weitere Worte zu finden, während sie den zweiköpfigen Mann anstarrte, der vor ihr stand.

Wish zuckte mit den Schultern und reichte das Handtuch an Masina weiter. »Auf dem Weg hierher konnten wir nicht viel Sinnvolles aus Adam herausbekommen. Aber wir glauben, dass dieser Balzar sich letzte Nacht in der Schlacht von hinten an dich heranschleichen wollte. Er hatte wohl gerade Körperkontakt mit Adam, als passiert ist, was passiert ist, und dann wurden sie irgendwie … verbunden, nehme ich an …«

»Ich fordere, mit eurem Anführer zu sprechen!«, brüllte Balzar.

»Sie steht direkt vor dir, Buddy«, sagte Bug und deutete auf Ursula.

»Diese spärlich bekleidete Tochter einer syphilitischen Hure soll die angeblich so mächtige Kriegerin sein, die meine Armee geschlagen hat? Unmöglich!«

Ursula zog mit der linken Hand den oberen Teil ihres Bademantels zu, trat gleichzeitig vor und ließ in der rechten ein flammendes Schwert entstehen. Dessen Spitze führte sie bis auf wenige Zentimeter an Balzars Hakennase heran. »Es war ein langer Tag. Bevor wir fortfahren, sollten wir uns vielleicht erst mal auf gutes Benehmen verständigen.«

»Mir machst du keine Angst«, sagte Balzar deutlich leiser und mit erkennbar freundlicherer Stimme.

»Ähm«, sagte Adam. »Wäre jetzt ein guter Zeitpunkt, um zu erwähnen, dass es mir ebenfalls wehtut, wenn ihn jemand schlägt?«

»Wirklich?«

»Es war wirklich kein schöner Tag«, sagte er mit Nachdruck.

Eine kurze Stille entstand, und dann passierte es. Das winzige Geräusch eines einzelnen Wassertropfens ertönte, der vom triefenden Adam auf den Marmorboden fiel. Ursula senkte den Blick. Irgendwo hinter ihnen flogen Türen auf.

»Oje«, sagte sie mit gequälter Miene. »Das tut mir leid.«

»Was ge–« Bevor Adam den Rest seiner Frage stellen konnte, traten ihm die Augen aus dem Kopf, da mehrere Bettlaken mit Handtüchern aus allen Richtungen auf ihn zugeflogen kamen.

Ursula machte einen Schritt zur Seite. Es hatte keinen Sinn einzugreifen, wenn die Putzkolonne sich einer Aufgabe verschrieben hatte, und der Versuch hätte die Lage lediglich verschlimmert. Während er und Balzar irgendetwas Unverständliches brüllten, wurde Adam in einem Wirbel wild entschlossener Putzbereitschaft von den Füßen geholt. Nach einigen Sekunden brutalen Abrubbelns hoben ihn die Laken in die Luft und drehten ihn unfassbar schnell um die eigene Achse. Immer weiter ging es im Kreis herum und immer weiter in die Höhe, bis die Putzkräfte sich erneut auf ihn stürzten.

»Ist gleich vorbei!«, rief Ursula zu ihm hinauf.

»Er kommt den Spinnen ein bisschen zu nah«, zischte Bug.

Glücklicherweise setzten die Putzgeister Adam nach etwa einer Minute wieder auf seinen nun ziemlich wackligen Füßen ab. Jetzt sahen die Mädchen auch, dass Balzar seinen Kopf unter dem fortgesetzten Großangriff eilig wieder eingezogen hatte.

Ursula trat rasch vor, um Adam zu stützen. »Das tut mir leid. Sie sind ein bisschen … hardcore.«

»Das waren … Bettlaken. So viele … Ich muss mich mal ’ne Sekunde hinsetzen.«

Unter normalen Umständen war Ursula sehr stolz auf ihre pfeilschnellen Reflexe. Daher konnte sie es sich selbst nicht erklären, warum sie Adam nicht davon abhielt, einige Schritte auf den leeren Sessel zuzugehen, der vor dem Kamin stand. Denn das brachte ihn leider nah genug an den Pfeife rauchenden Leser heran, der blitzartig von seinem Platz hochfuhr, die Zeitung in die Luft warf und dem armen Mann ein äußerst beängstigendes Geheul entgegenbrüllte. Adam stolperte rückwärts und landete unsanft auf dem Marmorboden, während der Geist seine Zeitung auffing und sich wieder in seinem Sessel niederließ, als wäre überhaupt nichts passiert.

Ursula trat auf Adam zu, um ihm aufzuhelfen, aber er schlug die angebotene Hand weg. Er schaute sie nur an. »Nichts für ungut«, sagte er mit viel Gefühl in der Stimme, »aber wenn du das nächste Mal eine Jungfrau brauchst, such dir bitte eine andere.«

KAPITEL 32

Nachdem sich die ganze Aufregung gelegt und Adam sich davon erholt hatte, das große Trockenrubbeln mit Müh und Not überlebt zu haben, stellte Ursula fest, dass sie kurz vorm Verhungern war. Bei all dem Hin und Her war sie den ganzen Tag nicht zum Essen gekommen. Immerhin hatte der ausgedehnte Aufenthalt in den Abwasserkanälen einen unbestreitbaren Vorteil gehabt: Er hatte ihr wenigstens den Appetit verdorben. Da sie nun wieder zu Hause und vom ekelhaften Monsterschleim befreit war, entschied sich ihr Körper jedoch, sie an seine Lebenserhaltungsfunktionen zu erinnern. Zudem verspürte sie ein starkes Bedürfnis nach Schlaf, den sie seit über sechsunddreißig Stunden nicht bekommen hatte. Aber das würde noch ein Weilchen warten müssen.

Nach einigem Diskutieren hatte Wish Adam unter ausgiebigen Entschuldigungen mit Handschellen an die Rezeption gefesselt. Es kam ihnen ziemlich brutal vor, aber sie konnten nicht offen reden, wenn sie jemanden bei sich hatten, der einen ausgewiesenen Feind in seinem Körper beherbergte, ob ihm das selbst gefiel oder nicht. Um die Situation etwas angenehmer zu gestalten, brachte Masina ihm einen Stuhl und Bug eine Auswahl an Comics, mit denen er sich die Zeit vertreiben konnte. Trinity steuerte noch eine Tüte Chips aus ihren Vorräten bei. Nachdem sie von Balzar ausführlich wegen missbräuchlicher Behandlung von Kriegsgefangenen gescholten worden waren, zogen sie sich schließlich in die Küche zurück.

Glücklicherweise hatte ihnen Frau Koch einen Eintopf zubereitet, der auf dem alten gusseisernen Herd vor sich hin simmerte. »Glücklicherweise« war in diesem Fall allerdings ein relativer Begriff. Frau Koch war schon länger Köchin im Hotel *Athena*, als irgendjemand zurückdenken konnte – gewiss auch länger, als es sich irgendwer gewünscht hätte.

Sie sah wie eine vollkommen gewöhnliche Frau aus, wenn auch eine, die immer schlechte Laune hatte. Klein, breit und rundlich, mit weißen Haaren, die zu einer engen Dauerwelle frisiert waren, trug sie immer den gleichen roten Lippenstift auf dem missbilligenden Mund und offenbarte mehr als nur einen Ansatz von Damenbart.

Unter Zwang hätte man sie wohl auf etwa sechzig geschätzt. Andererseits sah sie schon derartig lange so aus, dass es durchaus möglich war, dass Altern auf die Liste der Dinge gehörte, die Frau Koch schlicht nicht tat. Essen zu würzen gehörte ebenfalls dazu. Ein weiterer Punkt war sprechen. Seit Ursula hier lebte, hatte Frau Koch mit niemandem auch nur ein einziges Wort gewechselt. Sie hatte noch nicht einmal ihre Anwesenheit zur Kenntnis genommen. War man dreist genug, sich ihr in den Weg zu stellen, bekam man lediglich einen Schlag mit ihrem Holzlöffel verpasst, aber auch dabei schaute sie einen niemals an. Es schien, als hätte sie mit ihrem Löffel ohnehin ausgeholt und man wäre ihr dabei nur zufällig in die Quere gekommen.

Jeden Tag trug sie dieselbe Aufmachung: eine verbeulte Kochmütze und eine Schürze über einem dunkelblauen Kleid. Hören tat man sie nur, wenn sie sang. Es ließ sich nie vorhersagen, wann es so weit sein würde, aber immer mal wieder und ohne erkennbaren Grund begann sie zu singen – in einer schwebenden hohen Kopfstimme, die einem den Atem rauben konnte. Niemand wusste, in welcher Sprache sie ihre Lieder vortrug, aber alle klangen nach gebrochenem Herzen.

Am Ende eines jeden Tages verließ sie das Hotel durch die Tür in der Wand, durch die sie morgens ihren Arbeitsplatz betreten hatte. Niemand sonst konnte diese Tür öffnen, und die Mädchen hatten nicht die geringste Ahnung, wohin sie führte. Gelang es ihnen, einen kurzen Blick hindurchzuwerfen, erkannten sie lediglich einen äußerst nichtssagenden Korridor. Wenn es sich bei Frau Koch um einen Geist handelte, dann um den handfesteten, lebensechtesten und, offen gestanden, langweiligsten Geist, der jemals jemandem erschienen war. War sie aber eine gewöhnliche Frau, musste man ihre Fähigkeit, alles zu ignorieren, was um sie herum vorging, als geradezu »verrückt« bezeichnen.

Trotz ihrer Hingabe und der Beharrlichkeit, mit der sie ihrer Arbeit nachkam, war sie keine besonders gute Köchin. Ganz gleich, welche Zutaten die Mädchen einkauften, Frau Koch machte eins von drei Gerichten daraus: Suppe, Eintopf oder Brei. Alle schmeckten ähnlich, der einzige Unterschied bestand im Verhältnis von flüssigen und festen Bestandteilen. Nur dienstags war sie nicht im *Athena*, denn dienstags hatte sie ihren freien Tag, und die Mädchen konnten selbst kochen. Es war stets das Highlight ihrer Woche, aber kaum war Frau Koch zurück, verschwanden sämtliche Reste aus dem Kühlschrank und wurden nie wieder gesehen.

Während der übrigen Woche waren die Speisen von Frau Koch die einzige Möglichkeit, eine warme Mahlzeit zu bekommen, denn in ihrer Abwesenheit funktionierten in der Küche lediglich die Wasserhähne. Jedes Gerät, das von draußen mitgebracht wurde, stellte sofort seine Funktionsfähigkeit ein, sogar der Campingkocher. Und abgesehen von Salz löste sich in der Küche jedes Gewürz unweigerlich in Luft auf.

Deshalb gaben die Mädchen einen Großteil ihres Taschengeldes für Essen aus, und dies war auch der Grund, warum Trinity deutlich mehr bekam als alle anderen. Sich von Frau

Kochs Mahlzeiten genug einzuverleiben, um vier Personen satt zu bekommen und fit und gesund zu bleiben, hätte nie im Leben funktioniert.

Nun, da sie vor Frau Kochs Eintopf saßen, konnte Ursula es nicht länger aufschieben, also erzählte sie Wish, Bug, Masina und Trinity, was sie auf dem Parkplatz mitangesehen hatte. Sie gab sich größte Mühe zu betonen, dass man Asbest nicht trauen konnte, aber die Vorstellung lastete schwer auf ihnen, dass Anna womöglich tot war und Delilah ... Nun, niemand konnte sich einen Reim darauf machen.

Einige Minuten lang aßen sie schweigend, dann wandte sich ihr Gespräch Adam und Balzar zu. Masina und Wish berichteten von ihrer Flucht und davon, dass sie und Adam sehr wahrscheinlich ein verstärktes Interesse der Polizei auf sich gezogen hatten.

»Auf dem gesamten Nachhauseweg«, sagte Wish, »ist andauernd dieser Balzar aufgetaucht und hat in Hörweite von allen Leuten die schlimmsten Dinge von sich gegeben. Wir mussten ständig wegrennen. Und die meiste Zeit zu Fuß gehen. Jedes Mal, wenn wir versucht haben, die Stadtbahn zu nehmen, hat er gebrüllt, dass er auf keinen Fall einen besessenen Metalldrachen besteigen wolle.«

Ursula kam sich mies vor, weil sie Adam in all das mit hineingezogen hatte. Da ihnen aber Una und zwei Teammitglieder fehlten, blieben ihr weder Zeit noch mentale Kapazitäten, um sich länger damit aufzuhalten. Zunächst mussten sie herausfinden, was Balzar über die Ereignisse der vergangenen Nacht wusste.

—

Und so fand sie sich schon bald im Ballsaal des *Athena*-Hotels wieder, in dem sie bei schlechtem Wetter ihr Kampftraining absolvierten, und nahm Adam gegenüber an einem Tisch Platz. Idealerweise hätte sie allein mit ihm gesprochen – so allein, wie man mit jemandem sprechen konnte, dem ständig ein Fremder aus dem Hals geschossen kam –, aber Bug wollte unbedingt dabei sein. Ihre Freundin war wenig begeistert gewesen, als sie von den Abenteuern erfahren hatte, die alle anderen an diesem Tag erlebt hatten, und so brachte Ursula es nicht übers Herz, sie ein weiteres Mal zu enttäuschen. Nach einer kurzen Diskussion erklärte sich Bug widerwillig bereit, dass sie keine Good-Cop-Bad-Cop-Nummer abziehen würden und sie Ursula das Reden überließ. Überrascht stellten sie fest, dass auch Trinity hinter ihnen in den Raum geschlurft kam, sich in einen Sessel in der Ecke fallen ließ und sich dort einem ihrer Rätselhefte widmete.

Als sie Adam über den Tisch hinweg ansah, plagte Ursula erneut ihr schlechtes Gewissen. »Mir tut das alles sehr leid.«

»Was meinst du?« Er klang eher müde als wütend. »Dass ich verhaftet, eingesperrt und von einem Geist besessen wurde oder dass ihr mich gekidnappt und zu eurem Gefangenen gemacht habt?«

»Du bist kein Gefangener.«

»Ach nein?« Er ließ die Handschellen klirren, mit denen sein rechter Arm inzwischen ans Tischbein gefesselt war.

»Eine reine Vorsichtsmaßnahme wegen deines ... Freundes. Er könnte gefährlich sein.«

»Sehr beruhigend, wenn man bedenkt, dass er sich gerade in mir drin befindet.«

»Da wir gerade davon sprechen«, sagte Ursula. »Wir werden versuchen, einen Weg zu finden, ihn wieder aus dir rauszubekommen, versprochen. Hast du irgendeine Ahnung, wie du ihn dir zugezogen hast?«

»Keinen Schimmer.«

»Hm. Wäre es möglich, mit ihm zu sprechen?«

»Mich darfst du das nicht fragen«, erwiderte Adam. »Es ist ja nicht so, als könne ich kontrollieren, wann er zum Vorschein kommt. Ich wünschte, es wäre so.«

Ursula spürte, dass Bug auf dem Stuhl neben ihr hin und her rutschte. »Na schön«, sagte sie zu ihrer Freundin. »Probier du es mal!«

Bug beugte sich vor. »Ich habe gehört, dass Balzar der Große Frauenunterwäsche trägt und am Daumen lutscht.«

Es war das erste Mal, dass Ursula das Auftauchen von Balzars Kopf aus nächster Nähe beobachten konnte. Es erinnerte sie auf eigentümliche Weise an die Maschinen, mit denen man Party-Luftballons aufblies.

Er fing schon an zu sprechen, bevor sich sein Kopf vollständig aufgebläht hatte. »Welche pockenbefallene Dirne wagt es, den mächtigen Balzar, Nekromant am Hofe Attilas, den Zerstörer der Seelen, zu beleidigen? Den Meister aller dunklen Künste, der diese Unterkleidung nur aus Bequemlichkeit anlegt?«

»Hi«, sagte Ursula. »Wir sind einander noch gar nicht richtig vorgestellt worden.«

Seine Augen weiteten sich. »Du bist die verfluchte Ursula!«

»Die aktuelle, ja. Ich habe ein paar Fragen an dich.«

»Und warum, glaubst du, sollte ich mich herablassen, diese zu beantworten?« Gebieterisch reckte er sein Kinn.

»Ist nur 'ne Vermutung, aber ich könnte mir vorstellen, dass du nicht deine gesamte Existenz in unserem armen Adam verbringen möchtest.«

»Nein, das möchte ich nicht. Ich verlange, dass ihr mich augenblicklich aus diesem brabbelnden Affen befreit!«

»Also wirklich!«, sagte Adam. »Ich hab's langsam satt, dauernd von dir beleidigt zu werden. Du bist in meinem Körper!«

»Und was für ein schwabbeliges und wenig beeindruckendes Gefäß stellt dieser Körper für den mächtigen Balzar dar!«

»Und noch was: Hör auf, immer in der dritten Person von dir zu reden. Die Einzigen, die das dürfen, sind Rapper.«

»Wer ist diese dritte Person? Zwei sind bereits zu viel.«

»Da sind wir uns ausnahmsweise einig.«

Die beiden Köpfe schauten sich jetzt Aug in Aug an.

Ursula lenkte die Aufmerksamkeit auf sich zurück, indem sie mit der flachen Hand auf die Tischplatte schlug. »Na schön«, sagte sie streng. »Wir hatten einen langen Tag, und wir müssen rauskriegen, was zur Hölle hier eigentlich los ist. Leider bist du Teil des Problems, also würde ich dir dringend raten, mit uns zu kooperieren.«

»Niemals!«, rief er aus. »Ich werde mich nicht mit dem Feinde niederbetten!«

Bug stieß ein leises Würgen aus.

»Das hat auch niemand vorgeschlagen«, sagte Ursula. »Da du aber wieder aus Adam rauswillst und wir dich ebenfalls loswerden wollen, sieht es ganz so aus, als hätten wir ein gemeinsames Ziel – so unwahrscheinlich das auch klingen mag.«

»Ich verlange, dass ihr mich augenblicklich meiner Horde überstellt.«

Ursula widerstand dem Drang, die Augen zu verdrehen und versuchte es stattdessen mit einer anderen Strategie. »Da wir gerade beim Thema sind … Vergangene Nacht – was ist da eigentlich passiert? Die Schlacht hatte gerade erst begonnen, und dann brach sie plötzlich ab. Warum?«

»Ich nehme an, das war einer eurer abscheulichen, feigen Tricks.«

»Das musst du gerade sagen!«, warf Adam ein. »Du hast dich an sie herangeschlichen und wolltest sie von hinten angreifen.«

»Das war ein Flankenmanöver – in der Kriegsführung eine hoch angesehene Taktik. Du warst es, Tölpel, der mich feige aus dem Hinterhalt attackierte!«

»Ich hab dich langsam satt, Glatzkopf.«

»Ich bin lieber kahl als ein gelockter Lackaffe wie du!«

»Schluss damit!«, rief Ursula. »Das führt uns nirgendwohin. Du musst mir jetzt zuhören und meine Fragen beantworten.«

Balzars Gesicht war ohnehin auf halbem Weg zu einem abfälligen Grinsen. Dies vollendete er nun, senkte seine Stimme und schlug einen Ton ekelhafter Selbstgerechtigkeit an. »Ich werde nichts dergleichen tun.«

»Oh doch. Mir ist es egal, ob du zu dumm bist, dich selbst zu retten, aber drei meiner Miststreiterinnen werden vermisst, und es könnte gut sein, dass du uns darüber einiges zu sagen hast.«

Balzar lachte. »Du jämmerliches Kind. Weißt du denn nicht, mit wem du sprichst? Ich habe das Abschlachten Tausender Versionen von dir und deiner Brut ach so frommer Störenfriede veranlasst. Nur dafür lebe ich! Es ist der innigste Wunsch von Attila, dem –« Die Spitze des Dolches, die unter Balzars Kinn auftauchte, ließ ihn mitten im Satz verstummen.

Ursula spürte, wie ein Schaudern durch ihren Körper fuhr. Es war, als wäre die Söldnerin aus dem Nichts aufgetaucht. Ursula sah kurz zu Trinity hinüber, die ganz in ihr Rätselheft versunken war und von alldem nichts mitzubekommen schien.

Einige Sekunden lang sagte niemand ein Wort. Ursula schaute Adam an und bemerkte, dass er seinen Kopf im selben Winkel zurückzog wie Balzar. Sie sah auch die Delle unter seinem Kinn, als würde die Klinge sich ebenso in seine Haut drücken. Wish hatte ja erwähnt, dass Adam die Ohrfeige gespürt hatte, die Balzar von ihr verpasst worden war.

»Okay«, sagte Ursula mit leiser Stimme und suchte den Blick der Söldnerin. »Bleiben wir doch alle ganz ruhig.«

Das Gesicht der Söldnerin steckte unter einer Kapuze, und nur ihr Mund und ihre Augen waren zu sehen. Ein beunruhigendes kleines Grinsen umspielte ihre Lippen, und ihre Augen funkelten hell.

Ursula wandte sich wieder an Balzar. »Das ist sehr wichtig, daher würde ich vorschlagen, dass du jetzt ganz genau zuhörst: Ich kann sie nicht kontrollieren.« Sie widerstand dem Bedürfnis, noch einmal zu Trinity hinüberzuschauen. »Niemand kann sie kontrollieren. Ich würde also an deiner Stelle gut nachdenken, bevor du etwas sagst. Wir stehen nämlich alle unter einer gewissen Anspannung.«

Balzar blieb stumm, was in seinem Fall einer Zustimmung wohl am nächsten kam. Ein Nicken war unmöglich, ohne sich selbst die Kehle aufzuschneiden.

»Okay, gut.« Ursula sah wieder die Söldnerin an. »Vielleicht könnten wir jetzt ein bisschen lockerlassen … Schließlich passiert alles, was Balzar passiert, auch Adam, und das wollen wir nicht.«

In der Haltung der Söldnerin veränderte sich nichts, aber nach einigen Augenblicken bemerkte Ursula, dass Adam und Balzar wieder atmeten. Sie ging davon aus, dass der Druck ein wenig nachgelassen hatte.

»Also, zurück zur vergangenen Nacht … Wir hatten gerade erst angefangen zu kämpfen, dann hörte plötzlich alles auf. Was ist da geschehen?«

Balzar machte eine lange Pause, und sie fragte sich, ob er überhaupt noch antworten würde. »Ich habe keine Ahnung«, sagte er schließlich in einem heiseren Flüstern. »Ich bin davon ausgegangen, dass ihr irgendwas damit zu tun hattet.«

»Okay«, erwiderte Ursula. »Das ist doch schon mal ein Fortschritt. Wenn du es nicht warst und wir es auch nicht waren … Wer hätte dann die Schlacht auf diese Weise unterbrechen können?«

»Keine Ahnung.«

»Okay. Und wie ist es gekommen, dass du … ähm … sagen wir mal … an unseren Adam gebunden wurdest?«

»Man könnte die Hypothese wagen«, entgegnete er langsam, »dass wir einander womöglich berührt haben, als es zu besagter Anomalie gekommen ist.«

»Verstehe. Und weißt du, wie man euch beide voneinander lösen kann?«

Er fuhr sich kurz mit der Zunge über seine trockenen Lippen. »Nein.«

Ursula seufzte tief. Es war gut, dass sie endlich Antworten erhielt, aber es sah nicht so aus, als würden diese ein neues Licht auf ihre Probleme werfen.

Sie schaute Bug an. »Also, wenn sonst niemand eine Frage hat …?«

Bug schüttelte den Kopf.

Als Ursula ihre Aufmerksamkeit wieder Balzar zuwandte, hatte die Söldnerin ihren Dolch bereits zurückgezogen und marschierte seelenruhig zu Trinity hinüber, als wäre gar nichts vorgefallen.

Ohne ein weiteres Wort verschwand auch Balzars Kopf, und Adam rieb sich den Hals. »Tja, das war doch mal … eine interessante Erfahrung.«

»Tut mir leid«, sagte Ursula. »Ich bin mir sicher, sie hätte nicht zugestochen.«

Bug schnaufte ungläubig.

Adams Schultern sackten zusammen, und er ließ die Stirn auf die Tischplatte sinken. »Ich bin so müde.«

»Das sind wir alle«, stimmte Ursula zu. »Ich habe seit gut sechsunddreißig Stunden kein Auge zugemacht. Wir besorgen dir ein Bett, und dann versuchen wir, ein bisschen Schlaf zu kriegen. Wir können das morgen früh weiter klären.«

Ursula ließ die Handschnellen aufschnappen, mit denen

Adam an den Tisch gefesselt war, und dann standen sie auf, um den Raum zu verlassen.

Als sie auf die Tür zutraten, packte Bug Ursula am Arm und zog sie beiseite. »Kann ich kurz mit dir sprechen?«

»Klar.«

»Bei der ganzen Aufregung bin ich nicht dazu gekommen, dir die dritte große Neuigkeit zu verraten.«

Ursula rieb sich die Augen. »Die dritte Neuigkeit?«

»Was Trin und ich in Unas Büro gefunden haben. Die dritte große Sache.«

»Oh, okay«, sagte Ursula. »Ist es etwas, das bis morgen früh warten kann? Ich bin nämlich fix und fertig.«

»Ich weiß nicht.«

Bug sagte ihr, worum es sich handelte.

Zehn Minuten später zog sich Ursula ihren Mantel an, und Wish und Bug folgten ihr auf dem Fuß. Dann stürmten sie aus der Eingangstür des *Athena*-Hotels und hinaus in die Nacht.

KAPITEL 33

Joy konnte nicht beurteilen, ob es etwas Gutes war, eine telepathische Verbindung zu einem anderen Menschen zu haben. Ebenso gut hätte man jemanden nach seiner Meinung zur Schwerkraft fragen können oder was er davon hielt, dass die Nacht auf den Tag folgte, oder ob die Regenwahrscheinlichkeit davon abhing, ob man einen Schirm bei sich hatte oder nicht. Es waren schlicht unumstößliche Tatsachen. Solange sie sich erinnerte – und vermutlich schon davor –, war die Stimme ihrer Schwester in ihrem Kopf gewesen, immer vorausgesetzt, dass sie sich nicht zu weit voneinander entfernt aufhielten.

In diesem Augenblick war Sasha eindeutig nahe genug, versteckt in einer Nische auf der anderen Seite des riesigen Gewölbes, das sie seit mehreren Stunden observierten. Es gab zahlreiche solcher Nischen und Vorsprünge in den Mauern, und jede war mit einem kleinen Sims versehen, gerade lang und breit genug, um den Zwillingen eine ziemlich unangenehme Sitzgelegenheit zu verschaffen. Auch wenn dies wahrlich nicht das Unangenehmste an ihrer Situation war.

»Ich sehe was, was du nicht siehst, und es beginnt mit dem Buchstaben …«, sagte Sashas Stimme in ihrem Kopf.

»Auf gar keinen Fall.«

»Ach, stell dich nicht so an!«

»Nein.«

»Aber –«

»Kommt gar nicht infrage.«

»Aber –«

»Nein. Du hattest deine Chance, und die hast du vergeigt.«

»Ja, aber –«

»Auf keinen Fall. Niemals. Vergiss es.«

»Schön.«

»Schön.«

»Gut.«

»Gut.«

»Ich hatte sowieso keine Lust auf dieses dämliche Spiel.«

»Umso besser«, erwiderte Joy in ihrem Kopf. »Dann können wir ja alle zufrieden sein.«

Eine gute Minute lang war nichts mehr zu hören, abgesehen von dem stetigen Tropfgeräusch irgendwo in der Dunkelheit. Normalerweise war Joy ein großer Fan von Stille – oder annähernder Stille –, aber dieses Tropfen machte sie fast wahnsinnig, denn es kam ständig aus dem Rhythmus. Die meisten Menschen hätten so was vermutlich gar nicht bemerkt, aber ihr fiel es auf, und da es so gut wie keine anderen Stimuli in der Umgebung gab, verursachte es ihr regelrecht Zahnschmerzen. Immerhin lenkte es sie vorübergehend davon ab, die Ohren nach leisen Trippelgeräuschen offen zu halten.

»Na schön«, sagte Sashas Stimme, »ich verspreche, nicht wieder ›R‹ zu nehmen.«

»Nein.«

»Komm schon, Schwesterherz, mir ist langweilig.«

»Das hättest du dir vorher überlegen sollen.«

»Seien wir doch mal realistisch«, sagte Sasha. »Ohne Witz. Wenn das, was ich hier sehe, tatsächliche eine –«

»Nicht!«

»Ich darf jetzt nicht mal mehr das Wort sagen?«

»Lass es einfach.«

»Okay. Wenn ich etwas sehen würde, das mit ›R-A-T‹ beginnt und mit ›T-E‹ endet, würde ich das Ding erschießen, bevor ich es dir sage.«

»Und wenn du nicht triffst?«

»Nicht treffe? Du kannst ja gerne mal eine Münze in die Luft werfen, selbst bei dieser Beleuchtung, und schauen, ob ich es nicht schaffe, ein Loch reinzuschießen.«

»Angeberin.«

Nach einigen Sekunden meldetet sich Sasha erneut zu Wort. »Eigentlich keine schlechte Idee. Du könntest –«

»Nein«, erwiderte Joy. »Ich werde keine Münze werfen. Wir sollen uns hier versteckt halten und darauf warten, dass Asbest So-und-so zurückkommt. Einer deiner Lichtpfeile, der mal eben das ganze Gemäuer erhellt, würde unsere gesamte Geheimhaltung zunichtemachen.«

Die einzige Reaktion darauf war eine beleidigte Stille.

Joy drehte Däumchen und bemühte sich nach Kräften, das synkopische Tropfen zu ignorieren.

»Wenn es dir ein Trost ist«, sagte Sasha schließlich. »Wir sind jetzt seit Stunden hier, und es hat nicht das geringste Anzeichen gegeben für die Anwesenheit auch nur einer einzigen –«

»Nicht!«

»Ich wollte es gar nicht sagen! Von einem dieser kleinen Biester, die du nicht magst. Ich nehme an, die halten sich fern, weil dieses große Ding mit den vielen Fangarmen hier gelebt hat. Ist ja auch ziemlich vernünftig.«

»Sehr beruhigend«, erwiderte Joy. »Leider haben wir sämtliche Tentakelmonster umgebracht, auch das große. Und jetzt ist hier alles voll mit Innereien, und das ist genau das, was Ratten –«

»Du hast das Wort gesagt!«

»Ich darf es sagen«, konterte sie. »Du nicht.«

»Total unfair.«

»Musst du mit klarkommen. Und um den Gedanken zu Ende zu bringen: Diese schleimigen Innereien sind genau das, was sie wahrscheinlich über alles lieben.«

»Keine Ahnung«, sagte Sasha. »Das Zeug stinkt bestialisch, und selbst Nagetiere haben gewisse Standards.«

Joy musste zugeben, dass ihre Schwester recht haben konnte. In ihrem ganzen Leben hatte sie nie etwas Schlimmeres riechen müssen. Man gewöhnte sich auch nicht daran. Der Gestank war derart überwältigend, dass er einem schier den Geruchssinn zerstörte.

Joys Herz machte einen Satz, als in der Nähe ein Geräusch ertönte, aber sie entspannte sich sofort wieder, als ihr bewusst wurde, worum es sich handelte. Es war nicht das erste Mal, dass die weiße Taube durch das Gewölbe flatterte.

»Der arme Vogel tut mir leid«, sagte Sasha. »Wie ist der überhaupt hier runtergekommen?«

»Keine Ahnung«, entgegnete Joy. »Muss durch irgendeine Öffnung reingeflogen sein. Mir würde er mehr leidtun, wenn er uns nicht so offensichtlich bemitleiden würde.«

Wieder ließ sie ihren Blick durch das Gemäuer wandern. Ihre Augen hatten sich längst an das schwache Licht gewöhnt. Sie war versucht zu fragen, wie lange sie hier noch bleiben sollten, verkniff es sich aber, denn natürlich kannte sie die Antwort. Asbest Gitterrost Volkswagen der Neunte war ihre einzige Spur, um Anna und Delilah zu finden. Also würden sie an diesem Ort ausharren, solange auch nur die leiseste Chance bestand, dass er zurückkehren würde.

»Hey«, warf Sasha ein. »Was sagst du zu Ursula und diesem Bart-Typen?«

»Was soll mit ihnen sein?«

»Fandest du nicht, dass es zwischen den beiden geknistert hat?«

»Der Typ in dieser ätzenden glänzenden Ritterrüstung mit dem Buzz-Lightyear-Kinn?«

»Er hat uns das Leben gerettet.«

»Schließ nicht von dir auf andere«, sagte Joy. »Ich hätte es auch so geschafft. Außerdem mussten wir anschließend *ihm* das Leben retten.«

»Wie auch immer. Ich meine ja bloß ... Falls das mit der Vergeltung jetzt erledigt sein sollte ...«

»Das wissen wir nicht.«

»Ja, Schwesterherz«, erwiderte Sasha in dem besonders herablassenden Ton, den sie ihr gegenüber so gerne anschlug. »Deswegen benutzte ich ja auch das Wort ›falls‹. Und *falls* es erledigt sein sollte, hält uns ja nichts mehr davon ab, Dates zu haben oder eine Beziehung oder was auch immer.«

»Blödsinn!«, lautete Joys einzige Reaktion.

»Was?«, fragte ihre Schwester. »Hast du vor, für immer Jungfrau zu bleiben?«

»Könnte sein. Aber ganz davon abgesehen löst dieser Ort wohl kaum irgendwelche romantischen Gefühle aus.«

»Urs und das Riesenkinn haben das offenbar anders gesehen.«

»Oh bitte«, sagte Joy. »Du hast dir echt zu viele Kitschfilme reingezogen.«

»Als die beiden zusammen weggegangen sind, haben sie sehr angeregt miteinander geplaudert.«

»Ja, während sie von Kopf bis Fuß mit den blutigen Innereien eines explodierten Tentakelmonsters bedeckt waren.«

»Nicht der ideale Beginn für eine Romanze«, gab ihre Schwester zu, »aber wir müssen ja alle irgendwie anfangen. Könnte sein, dass da etwas ganz Tolles für die beiden seinen Anfang nimmt.« Plötzlich wurde Sashas Plauderton in ihrem Kopf durch sachliche Geschäftigkeit ersetzt. »Da kommt noch eine gute Partie. Auf neun Uhr.«

Eine Sekunde später sah Joy, wen sie meinte. Asbests unverkennbare Gestalt kam aus einem der vielen dunklen Tunnel geschlurft, die in das Gewölbe führten.

»Ganz ruhig«, sagte Sasha. »Lass ihn kommen.«

Joys Hände wurden am Griff ihrer Peitschen schwitzig. Sie beobachtete, wie sich der Seelenfresser verstohlen umsah, in der Luft schnupperte, dann einige Schritte auf das zentrale Becken zutrat und stehen blieb.

»Er kann uns nicht riechen«, sagte Joy auf ihrem Gedankenkanal. »Nicht bei dem ganzen Gestank.«

Sie wusste nicht, ob das wirklich so war, aber es erschien logisch. Die Vermutung wurde zudem durch die Tatsache gestützt, dass Asbest das Wasserbecken umrundete und nicht mit dem Schnuppern aufhörte. Als er sich ihrer Position weiter näherte, bemerkte Joy, dass er sabberte, was der nervtötenden Tropfsymphonie einen weiteren Missklang hinzufügte.

Als er zu dem Bereich gelangte, wo sie das Tentakelmonster bekämpft hatten, schaute sich Asbest ein letztes Mal um. Zufrieden nieste er in seine Hände, rieb sie zusammen und förderte eine Wolke rosafarbenen Staubs zutage. Sie verteilte sich über der Szenerie, wurde dann aber zum Wasser hingezogen, wo der Staub schließlich einen großen glühenden Ball formte.

»Da ist das Monster gestorben«, bemerkte Joy.

Hingerissen vor lauter Begeisterung, sprang Asbest auf und ab, klatschte glücklich in die Hände, und seinem Mund entfuhr ein hocherfreutes Jauchzen. Rasch schlug er sich die Hand über die dicken Lippen und schaute sich noch einmal um, bevor er laut ausamtete und auf den glühenden Ball zutrat. Dabei zog er ein großes Lätzchen aus seiner Tasche und band es sich um den Hals.

»Noch ein paar Sekunden«, sagte Sasha zu ihrer Schwester. »Unser Junge soll es sich ruhig erst mal gemütlich machen.«

»Du schickst ihn zu mir?«, fragte Joy.

»Ja.«

»Eins, zwei, drei!«

Ein goldener Pfeil flog aus der Dunkelheit der gegenüberliegenden Gewölbeseite und explodierte vor Asbests Füßen. Er sprang in die Höhe und raste in die entgegengesetzte Richtung, direkt auf Joy zu.

Joys Peitsche knallte, wickelte sich um seine Beine und fesselte sie. Mit einem Ruck riss sie ihn von den Füßen. Rücklings knallte er auf den schleimbedeckten Boden.

Als er wieder in der Lage war, Luft zu holen, standen Sasha und Joy über ihm und lächelten ihn an.

»Asbest«, sagte Sasha. »Wie reizend, dich mal wieder zu treffen.«

»Ich kann das erklären«, stotterte er.

»Oh«, erwiderte Joy. »Du wirst noch sehr viel mehr erklären. Gehen wir!«

KAPITEL 34

Ursula stand unter dem Vordach eines Cafés und starrte zum *Strike-Out* hinüber. Für eine Bowlingbahn wirkte der Laden ziemlich exquisit, verfügte er doch über ein angrenzendes Restaurant, in dem man High-End-Burger bekam, an deren Herstellung sich jede Kuh gewiss voller Stolz beteiligt hätte. Selbst an einem regnerischen Mittwochabend schien das Geschäft gut zu laufen.

»Ist das vielleicht doch keine so gute Idee?«

»Kann sein«, stimmte Bug zu, die hinter ihr stand. »Aber es war deine Idee, und jetzt sind wir hier. Autsch! Warum haust du mir den Ellbogen in die Rippen, Wishy?«

»Keine Ahnung, Buggy!«, sagte Wish. Diese Spitznamen benutzten sie nur, wenn sie voneinander besonders genervt waren. »Warum denkst du nicht einfach mal 'ne Sekunde nach?« Sie trat einen Schritt vor, stellte sich neben Ursula und senkte die Stimme. »Ich glaube, Bug meint, dass uns klar ist, wie verrückt sich das anfühlen muss, dass deine Idee aber eine gute Idee ist und dass wir jeder möglichen Spur nachgehen müssen.«

»Das wollte ich gerade sagen!« Bug klang kleinlaut. »Wenn du mich einfach mal ausreden lassen würdest, statt sofort zuzuhauen.«

Der Verkehr rauschte vor ihnen über die belebte Straße, aber Ursula hielt den Blick fest auf das Neonschild über dem Eingang gerichtet. Es war tatsächlich ihre Idee gewesen – und sie war ihr sofort gekommen, nachdem Bug sie im Ballsaal des *Athena*-Hotels beiseitegezogen hatte.

»Wir haben in Unas Akten Notizen über die Mädchen der letzten Kohorte gefunden, also über die, die überlebt haben, meine ich«, hatte Bug Ursula berichtet. »Sie hat versucht, sie im Auge zu behalten und auf dem Laufenden zu bleiben, was aus ihnen geworden ist, und ...«, Bug hatte die Akte hervorgezogen und ihr in die Hand gedrückt, »daher wissen wir, dass die letzte Ursula immer noch in Köln lebt. Sie hat den Namen Lisa Strummer angenommen, und sie leitet eine Bowlingbahn in der Nähe vom Melaten-Friedhof.«

Ursula hatte Una einmal nach der vorherigen Kohorte gefragt und zur Antwort bekommen, dass alle Mitglieder in verschiedene Teile der Welt und zu ihren ursprünglichen Familien zurückgekehrt waren, nachdem sie die Erinnerung an ihre frühere Identität wiedererlangt hatten. Nun stellte sich heraus, dass ihre Vorgängerin nach wie vor in Köln lebte und nur wenige Kilometer entfernt von ihnen arbeitete.

»Womöglich will sie gar nicht mit uns sprechen«, sagte Ursula.

»Stimmt«, sagte Wish. »Aber es kann nicht schaden, sie zu fragen. Und wer weiß? Vielleicht kann sie uns in unserer misslichen Lage einen Rat geben.«

Eine Minute lang schwiegen die drei Mädchen.

»Na schön«, sagte Ursula, die sich endlich durchgerungen hatte. »Ihr wartet hier.«

»Aber ich will –«

Der Rest von Bugs Bitte ging unter, als Ursula eine Lücke im Verkehr bemerkte und durch den unaufhörlichen Regen über die Straße eilte. Lieber schnell handeln, bevor sie es sich doch noch anders überlegte. Wish hatte recht – da sie schon mal hier waren, konnte es nicht schaden, wenigstens zu fragen.

Sie schob sich durch die Tür des Ladens. Kaum war sie eingetreten, schlugen ihr die Geräusche entgegen: das Plaudern, das Lachen, das Bimmeln der Spielautomaten und das gelegentliche Dröhnen, mit denen die Bowlingkugeln eine Bahn hinunterrollten, bevor sie gegen die Kegel knallten – das Getümmel des ganz alltäglichen Lebens, an das sie nicht gewöhnt war.

Erst jetzt wurde ihr bewusst, dass sie keine Ahnung hatte, wie sie vorgehen sollte. Was sollte sie tun? Einfach zur Bar spazieren und nach der Chefin fragen? Und dieser dann schlicht verkünden: »Hi, Sie kennen mich nicht, aber früher waren Sie ich.« Das würde ja jeden durchdrehen lassen.

Es war tatsächlich ganz nett hier. Links lag der Restaurantbereich mit der Bar, hinter der sich eine Auswahl von Flaschen auf geradezu lächerliche Weise in die Höhe türmte. Die Tische waren nur noch zur Hälfte besetzt – es war nach zehn, und das *Strike-Out* würde bald schließen. Rechts sah sie den Tresen, an dem man sich Schuhe leihen konnte. Hinter dem Barbereich erstreckten sich die Bahnen sowie eine kleine Spielhalle. Mehrere Gruppen von Teenagern und die ein oder andere Familie bowlten fröhlich vor sich hin.

Nach einem kurzen Augenblick steuerte Ursula die Bar an, da der Mann, der dahinter Gläser polierte, sich am leichtesten als Mitarbeiter identifizieren ließ. Außerdem konnte sie nicht ewig in der Tür stehen bleiben, ohne komisch angeschaut zu werden.

Am Ende musste sie nicht viel mehr sagen als: »Hi!«

Als sie gerade nach der Chefin fragen wollte, trat eine Frau aus einer Tür hinter der Bar und blieb wie angewurzelt stehen, den Blick fest auf Ursula geheftet. Ihre schulterlangen Haare waren braun und wellig und fielen ihr leicht über die rechte Gesichtshälfte. Sie war knappe ein Meter achtzig groß und trug ein buntes Kleid, das sich über ihre sportliche Figur legte.

Es war Lisa Strummer – da war sich Ursula sofort sicher, auch wenn sie nicht wusste, warum. Die Frau ging auf den Barkeeper zu, der zwischen den beiden Frauen hin- und herblickte, da ihm die merkwürdige Spannung zwischen ihnen nicht entgangen war.

»Danke, Mirko, die Dame möchte zu mir.« Sie deutete auf eine Ecke im Restaurant. »Wenn du in der Nische da drüben Platz nehmen möchtest ... Ich bin gleich bei dir.«

—

Ursula trommelte mit den Fingern auf der laminierten Speisekarte herum, zog aber sofort die Hände unter den Tisch, als sie sich dessen bewusst wurde. Sie sah, dass sich die Frau kurz mit dem Barkeeper unterhielt und schließlich auf sie zusteuerte. Sie humpelte leicht, aber man musste schon sehr genau hinschauen, um es zu bemerken. Oh Gott – und jetzt starrte sie sie an. Ursula richtete ihre Aufmerksamkeit wieder auf die Speisekarte und blickte erst auf, als Lisa einen Stuhl hervorzog und sich ihr gegenüber hinsetzte.

»Wenn du Hunger hast ... Unsere Küche ist schon geschlossen, aber ich kann dir vielleicht noch ’ne Kleinigkeit machen lassen.«

»Oh nein«, sagte Ursula. »Ich meine, nein, vielen Dank. Ich habe schon gegessen.«

»Kein Problem. Mit dem Essen von Frau Koch kann unser Essen natürlich nicht mithalten.«

»Wirklich?«, erwiderte Ursula überrascht.

»Nein.« Lisa lächelte. »Das war ein Witz.«

Ursula stieß ein nervöses Lachen aus. »Okay. Tut mir leid. Ja. Mit dem Essen von Frau Koch lässt sich wirklich nichts vergleichen.«

»Auf keinen Fall. Was gab’s heute?«

»Eintopf.«

»Oh, ich habe die Suppe immer bevorzugt, aber das ist nur mein persönlicher Geschmack. Jedenfalls bestätigt diese kleine Info, dass wir tatsächlich diejenigen sind, für die wir uns halten. Wenn du verstehst, was ich meine.«

»Das ist wahr«, sagte Ursula. »Niemand sonst könnte das wissen.«

»Obwohl die meisten von uns das *Athena*-Essen möglichst schnell vergessen möchten.«

Ursula nickte mit einem halben Lächeln.

Lisa sah sie aufmerksam an. »War auch nicht ernst gemeint. Na ja, in gewisser Weise schon.«

»Tut mir leid. Ich bin …«

»Ein bisschen von der Rolle?«, fragte Lisa freundlich. »Hey, ich auch.« Sie gestikulierte kurz mit der Hand. »Stell dir vor, wir müssten das hier irgendwem erklären. Diese Beziehung. Wir sind uns nie begegnet, wir sind nicht verwandt, und doch … Ich wüsste nicht, wo ich anfangen sollte.«

»Du hast mich sofort erkannt«, sagte Ursula.

»Das stimmt.«

»Ich hab dich auch erkannt. Sobald ich … Ich meine … Nicht, dass man das mit deinem Auge sehen würde oder …« Ursula spürte, dass sie rot wurde. »Oh Gott, sorry. So was Dummes.« Sie klopfte sich mit den Fingerknöcheln gegen die Stirn. »Toll gemacht, Ursula.«

Lisa streckte die Hand aus und tätschelte lachend Ursulas Arm. »Entspann dich, Kleine! Sei nicht so streng mit dir. Es ist okay.« Sie deutete auf ihre rechte Gesichtshälfte. »Ich habe ein Glasauge. Und eine ziemlich fesche und technisch ausgefeilte Apparatur, wo die untere Hälfte meines linken Beins sein sollte. Ich bin dafür bekannt, sie abzunehmen und damit zu jonglieren, wenn ich auf einer Party ein paar Drinks intus habe.«

»Wirklich?«

»Ja.« Lisa nickte und grinste bitter. »Und du hast ja keine Ahnung, wie schwierig so eine Aktion ist, wenn du meine schlechte Sicht mit einberechnest. Einer der wenigen Vorteile davon, dass wir sind, wer wir sind … Unsere Kräfte können sie uns nehmen, aber die vielen Jahre Kampftraining nicht.«

»Gut zu wissen«, sagte Ursula. »Ich hatte nämlich fest vor, später zum Zirkus zu gehen.«

Diesmal lachte Lisa aus vollem Hals, warf sogar den Kopf in den Nacken. »Kann auch nicht irrer sein als das, was du jetzt machst. Also, ja, ich schleppe ein paar Ersatzteile mit mir rum, aber hey, vor nicht allzu langer Zeit hätte ich mit Augenklappe und Holzbein durch die Gegend laufen müssen. Dann hätte ich nur noch den Papagei gebraucht, um den Look perfekt zu machen.«

»Du hast Schultern, die so einen Papagei ziemlich gut zur Geltung bringen würden«, sagte Ursula.

»Oh, danke. Hab ich auch immer gedacht.«

Ursula stellte fest, dass die innere Spannung endlich nachließ. Lisa schien nett zu sein.

Kurz kam ihr Gespräch zum Erliegen, bis Lisa es schließlich wiederaufnahm. »Ähm … Nicht, dass es nicht ganz reizend wäre, dich kennenzulernen, wenn auch unfassbar verrückt, aber darf ich fragen, wie du mich ausfindig gemacht hast?«

»Oh. Una hatte eine Akte.«

Lisa hob die Brauen und lehnte sich auf ihrem Stuhl zurück. »Wirklich?«

Ursula verzog peinlich berührt das Gesicht. »Jetzt, da ich es laut ausspreche, wird mir bewusst, dass das wahrscheinlich wie ein krasser Eingriff in deine Privatsphäre wirkt.«

Lisa zuckte mit den Schultern. »Ich denke schon. Aber Una hat ja nie großen Wert darauf gelegt, anderen viel privaten Raum zu lassen.«

»Das stimmt.« Unsicher hielt Ursula inne.

»Was?«, fragte Lisa.

»Das könnte eine etwas unhöfliche Frage sein, und sag mir ruhig, dass ich mich zum Teufel scheren soll, aber ich habe erst heute Abend herausgefunden, dass du hier lebst. Ich würde gern wissen –«

»Warum ich immer noch in Köln bin?«

»Du klingst nicht, als wärst du von hier.«

Lisa schüttelte den Kopf, »Nein, ich bin Italienerin.«

»Oh.«

»Si.« Sie lächelte traurig.

Ursula wollte nicht weiter nachfragen. Plötzlich kam ihr das alles schrecklich übergriffig vor.

Lisa schaute mit leerem Blick aus dem Fenster, an dem die Regentropfen herabrannen. »Ich bin nach Italien gefahren und wieder zurückgekommen. Es hat nicht ... Hör zu, es kann gut sein, dass es in deinem Fall ganz anders laufen wird, aber ...« Ursula spürte, dass Lisa ihre Worte sehr bedacht wählte. »Meiner begrenzten Erfahrung nach ist es so, dass ... ähm ... jemand, der bereit ist, sein zehnjähriges Kind wegzugeben, damit es gegen eine Geisterhorde kämpft, womöglich von vornherein nicht allerbestes Elternmaterial darstellt.«

Ursula nickte langsam. Sie musste zugeben, dass ihr dieser Gedanke bereits gekommen war. Als sie jünger gewesen war, hatte sie sich eine idealisierte Version ihrer Familie vorgestellt, zu der sie zurückkehren konnte, wenn sie ihre Erinnerungen wiedererlangte. Nun, da sie älter war, hatte sie begriffen, dass das Leben selten derartig simpel war.

Lisa trommelte mit den Fingern auf der Tischplatte. »Vielleicht bin ich auch einfach unfair. Ich meine, ich weiß ja selbst nicht, wie ich damit umgehen würde, wenn eine Achtzehnjährige, die ich nicht kenne, vor meiner Tür stehen würde, nachdem sie ziemlich traumatische Sachen erlebt hat, die sie nicht mal ansatzweise erklären kann. Ich habe es sechs Monate ausgehalten, dann bin ich zurückgekommen. Diese Arschgesichter vom Rat wollten mich ›ermutigen‹, wieder zurückzugehen, aber das hat mich nur umso entschlossener gemacht zu bleiben.«

Sie fuhr sich mit der Hand durchs Haar. »Ich denke, anfangs habe ich irgendwie geglaubt, Köln wäre mir etwas schuldig. Meine Freundinnen und ich, wir haben viel geopfert, um die Stadt zu schützen, und ich hatte das Gefühl, es wäre mein Recht hierzubleiben. Na ja, das hab ich mir wenigstens eingeredet. Ganz ehrlich, ich ... Wir ...« Sie räusperte sich und senkte den Blick auf die Plastikoberfläche des Tisches. »Wir haben viel verloren. Amelia ... Yvette ... Frederica ... Mona ...« Jeden Namen sprach sie so langsam aus, als würde sie eine Trauerglocke anschlagen. »Alle nicht mehr da. Hierzubleiben hat mir das Gefühl gegeben, ihnen näher zu sein. Und die Erinnerung an sie lebendiger zu halten.« Sie schaute zu Ursula auf, und in ihrem halb geschlossenen linken Auge waren Tränen zu erkennen. »Im Guten wie im Schlechten: Diese Stadt ist voller Geister.«

Ursula nickte langsam, während sie sich fragte, wie sich das anfühlen musste. Dann aber rief sie sich ins Hier und Jetzt zurück.

Lisa rutschte auf ihrem Platz hin und her, als wolle sie auch körperlich vorankommen. »Um das klarzustellen: Ich war auch an anderen Orten. Ein paar Jahre in London, in Berlin, hab sogar eine Weile Paris ausprobiert. Ich bin kein totaler Loser.« Sie lächelte wieder. »Es hat mich aber immer wieder hierher verschlagen. Also auch kein totaler Nicht-Loser.«

Ursula lächelte verlegen.

Lisa fuhr mit den Handflächen über den Tisch. »Wenn es dir nichts ausmacht, würde ich dich auch gern etwas fragen ... Ich habe ja versucht, mein altes Leben hinter mir zu lassen und so weiter, aber einen Kalender kann ich lesen.« Sie rutschte noch einmal hin und her. »Also, habt ihr's hinter euch? Oder wie der entzückende Mann vom Rat es so schön formuliert hat: Habt ihr euren Lebenszweck erfüllt?«

Und in diesem Moment brach alles hervor. Ursula erzählte ihr, was in der vergangenen Nacht geschehen war und vom Verschwinden von Una, Anna und Delilah. Sie berichtete von Asbests Offenbarung und von Adams misslicher Lage mit Balzar. Bevor Ursula es selbst merkte, hatte sie fast zwanzig Minuten lang geredet, nonstop, nur ab und an von einem gelegentlichen Nicken oder erstaunten Ausruf von Lisa unterbrochen.

»Wow«, sagte ihre Vorgängerin, als Ursula endlich verstummte.

»Sorry, ich hab dir das jetzt alles einfach so vor die Füße gekippt, oder?«

»Nein, nein, du musst dich nicht entschuldigen. Du hast ziemlich extreme vierundzwanzig Stunden hinter dir.«

»Das kannst du laut sagen. Um ehrlich zu sein, weiß ich einfach nicht, was ich als Nächstes tun soll. Ich hatte gehofft, du hättest vielleicht eine Ahnung, was hier los ist ...«

Lisa dachte kurz nach, dann schüttelte sie den Kopf. »Ich wünschte, es wäre so. Aber dass zwei deiner Mädchen verschwunden sind ... Das ergibt nicht nur keinen Sinn, ich wüsste auch niemanden, dem das nützen könnte. Ich meine, wenn ich nicht irgendwas Gewaltiges verpasst habe, profitiert doch niemand davon, dass eine Geisterhorde Hunnen die Stadt angreift.«

»Das war auch mein Gedanke! Das ist absolut sinnlos. Und dass Una auch noch verschwindet ...«

»Wir hatten unsere Differenzen«, begann Lisa, »aber es ist ausgeschlossen, dass sie einfach so das Weite sucht. Wenn sie nicht bei euch im *Athena* ist, dann hält sie irgendetwas oder irgendjemand davon ab. Und so, wie ich Una kenne, ist das keine leichte Aufgabe. Was diesen Typen anbelangt ...«

»Adam.«

»Adam«, fuhr sie fort. »Keine Ahnung. Ich vermute, du bist bereits selbst darauf gekommen, aber du wirst ihn im Auge behalten müssen. Attila mag der Anführer sein, aber dieser Balzar-Bastard ist der Kopf der ganzen Bande – im wahrsten Sinne des Wortes.«

Ursula nickte. Bevor sie in die Nacht hinausgestürmt war, hatte sie Masina und Trinity gebeten, über ihren neuen Gast zu wachen – oder über ihre neuen Gäste, je nachdem, ob man pro Kopf zählte.

»Was hat er gesagt, als du mit ihm gesprochen hast?«

»Balzar? Als wir erst mal über die ganze Großspurigkeit und das Aufplustern hinaus waren, meinte er, er hätte genauso wenig eine Ahnung, was hier vorgeht, wie wir. Er denkt, dass er und Adam miteinander verschmolzen sind, weil sie Körperkontakt hatten, als passiert ist, was passiert ist.«

»Und du glaubst ihm?«

Ursula zuckte mit den Schultern. »So weit würde ich nicht gehen, aber andererseits, wüsste ich nicht, warum ein mächtiger Nekromant sich freiwillig an einen x-beliebigen Mann binden sollte, den ich gerade von der Straße aufgelesen hatte.«

Lisa kaute nachdenklich auf ihrer Unterlippe. »Herzlichen Glückwunsch, Frau Anführerin! Ich vermisse das nicht. Hier habe ich natürlich auch das Sagen. Und Schichten einzuteilen birgt seine ganz eigenen Gefahren. Es lässt sich aber bei Weitem nicht mit dem vergleichen, was du zu stemmen hast.« Sie lehnte sich wieder zurück. »Es ist schon komisch, das so zu sagen, aber den Laden zu leiten lässt mich oft an meine Zeit mit den Mädchen denken. Ich meine ... ich war achtzehn, genau wie du. Ziemlich jung, um mit einer derartigen Position betraut zu werden, vor allem wenn man selbst keine Wahl hat.

Falls dir das hilft, ich glaube, dass du alles tust, was du tun kannst … in dieser verrückten Situation.«

»Danke, stimmt wahrscheinlich. Es fühlt sich aber nicht so an. Du weißt nicht zufällig, wie ich mit dem Scharlachroten Rat in Kontakt treten könnte? Ich hoffe, dass der uns ein paar Antworten geben kann.«

Lisas Miene verdunkelte sich, und mit plötzlicher Dringlichkeit beugte sie sich vor. »Was diese falschen Schlangen angeht, wäre ich sehr vorsichtig. Denen geht es nur darum, dass du deine Rolle erfüllst und bei der Vergeltungsschlacht siegst. Ich weiß noch, wie ich diesem Wagner gegenübergesessen habe. Am liebsten hätte ich ihn erwürgt, als er mir zu unserem schönen Sieg gratuliert hat.« In ihren Worten lag echte Verbitterung, und wieder senkte sie den Blick. »Wir haben vier Mitglieder verloren. Und die übrigen? Nun, sagen wir mal, es gab viele Narben – sichtbare und unsichtbare.« Sie sah Ursula an. »Dir muss ich von allen Menschen am wenigsten erklären, dass wir nicht gesiegt haben – nicht, was mich betrifft. Wir haben lediglich unsere Aufgabe erfüllt. Das sind zwei grundverschiedene Dinge.«

Ursula nickte.

»Natürlich ist es prinzipiell eine gute Idee, die Ratsmitglieder zu fragen«, fuhr Lisa fort, »aber wenn die denken, dass ihr die Vergeltung zum Abschluss gebracht habt, kann ich dir aus eigener Erfahrung sagen, dass ihre Top-Priorität darin bestehen wird, dass ihr aus dem Kelch trinkt, eure Kräfte zurückgebt und so schnell wie möglich verschwindet.«

»Aber wir haben die Vergeltung nicht zum Abschluss gebracht«, sagte Ursula. »Zumindest können wir uns da nicht sicher sein.«

»Mich musst du nicht überzeugen. Ich will dich nur darauf vorbereiten, dass du unter Umständen mit Zähnen und Klauen kämpfen musst, damit sie das begreifen.«

»Und drei unserer Leute werden vermisst.«

Lisa winkte ab. »Das ist denen egal. Una werden sie ersetzen müssen, was ihnen ein paar Unannehmlichkeiten bereiten wird. Das war's dann aber auch. Du und die anderen Mädchen – ihr seid für die bloß Kanonenfutter. Vielleicht war das früher mal anders, aber jetzt haben wir die Trishula-Anrufung, und sie müssen sich keine Sorgen machen, dass die Horde wirklich durchkommt. Faktisch ist es ihnen egal, ob ihr siegt oder besiegt werdet, Hauptsache, ihr spielt das Spiel. Und wenn ihr die Untergangsoption wählen müsst ... tja, dann ist das eben euer Untergang und nicht ihrer. Ich habe sogar gehört, wie zwei von denen sich unterhalten haben ...« Sie fixierte Ursula mit weit geöffneten Augen. »Sie schließen Wetten auf das Ergebnis ab. Darauf, wie viele Mitglieder der Kohorte wir verlieren.« Wut blitzte in Lisas Blick auf. »Sie haben es natürlich abgestritten, aber ich habe es schließlich mit eigenen Ohren gehört. Für die sind wir bloß Freiwild. Und das war der Moment, in dem ich komplett durchgedreht bin.«

Ursula spürte, wie sich ihr der Magen umdrehte. Es fühlte sich an, als wolle sie sich übergeben und gleichzeitig jemanden durch eine Wand katapultieren. »Unglaublich«, sagte sie durch zusammengebissene Zähne.

»Ich weiß«, erwiderte Lisa. »Ich will damit nur sagen: Trau nicht dem Scharlachroten Rat!«

Ursula versuchte, ihre Gedanken zu ordnen.

»Vielleicht hätte ich dir das gar nicht erzählen sollen.« Die unterschwellige Wut hatte Lisas Stimme verlassen. »Aber ich glaube, es ist wichtig, dass du verstehst, mit was für Leuten du es da zu tun hast.«

»Schon okay«, sagte Ursula. »Danke dir, ich weiß das zu schätzen.«

»Mein Rat ist: Trau niemandem außer dir selbst und den Mädchen.«

»Was das anbelangt … Also, lass mich das kurz erklären …«

Lisa schaute sie misstrauisch an.

»Una ist, na ja, wir wissen nicht, wo, und wir haben es mit allem möglichen irren Zeug zu tun. Wir könnten jemanden mit Erfahrung gebrauchen …«

Lisa hob die Hand. »Da muss ich dich gleich unterbrechen.« Ihre Stimme war freundlich, aber fest. »Auf eine verrückte Weise verstehe ich genau, was es bedeutet, in diesem Moment du zu sein. Mehr als jeder andere auf diesem Planeten. Ich kapiere es. Wenn jemand käme und die Sache in die Hand nehmen würde, um dir etwas von der Bürde abzunehmen, würde sich das anfühlen wie ein Geschenk des Himmels. Die Sache ist aber die …«, sie wandte sich um und deutete zum Fenster hinaus, wo Wish und Bug noch immer unter dem Vordach standen, »ob es dir gefällt oder nicht, mir würden sie nicht folgen. Nur dir. Und eines habe ich im Laufe der letzten Jahre herausgefunden: Es macht dich zu einer guten Anführerin, wenn du Angst hast, keine gute Anführerin zu sein. Die Mädchen vertrauen dir, und sie würden dir bis in die Hölle und zurück folgen, wenn du sie darum bittest. Dein Job ist es, den besten Weg zur Hölle und wieder hinauszufinden und dir dabei unaufhörlich Sorgen zu machen, ob es dir gelingen wird oder nicht.« Sie lächelte Ursula an. »Ich wünschte, ich könnte deine Lösung sein, aber das bin ich nicht. Ich bin ein halb blinde, verkrüppelte Ex-Kämpferin, die hin und wieder ein bisschen jongliert, wenn sie zu viel getrunken hat. Meine Zeit ist vorbei.«

Ursula saß da und dachte über die Worte nach. Tief im Inneren musste sie zugeben, dass sie sich nach genau dieser Lösung gesehnt hatte, die Lisa gerade beschrieben hatte. Sie nickte resigniert.

»Okay, aber noch eine Frage.« Sie deutete mit dem Kinn zu

Wish und Bug hinüber, die sehr schlecht verheimlichten, dass sie sie die ganze Zeit beobachteten. »Woher wusstest du, dass sie zu mir gehören?«

Lisa lachte. »Ich bin vielleicht halb blind, aber das Training bleibt einem erhalten. Außerdem würde ich mein übrig gebliebenes Bein darauf verwetten, dass die Kleine eure Alchemistin ist. Die haben immer so was Durchtriebenes im Blick.«

Ursula musste lachen.

Dann fiel ihr der eine Punkt ein, auf den sie noch nicht eingegangen war. »Wusstest du das von Una?«

Statt zu antworten, blickte Lisa sie nur verständnislos an.

»Sie war auch Alchemistin bei einer Vergeltungsschlacht – vor drei Zyklen. Sie war die Ersatzfrau.«

Lisas Augen wurden groß. »Nein. Wirklich?«

»Haben wir auch erst heute herausgefunden. Es hängt ein Foto in ihrem Zimmer.«

Lisa schien diese Mitteilung völlig zu verblüffen. »Ich hatte ja keine Ahnung«, murmelte sie gedankenverloren.

»Ja. Das ändert ziemlich vieles, nicht wahr?«

Die Frau lehnte sich zurück und schaute einige Sekunden lang zur Decke.

»Alles gut?«

Lisa ließ den Kopf sinken. »Es ... es ist schwer zu erklären.« Sie suchte Blickkontakt mit Ursula, schaute aber gleich wieder weg. »Una und ich, wir sind nicht im Guten auseinandergegangen. Wir hatten Leute verloren, und es lag viel Wut in der Luft ... Es wurden Dinge gesagt. Vor allem von mir. Etwas in mir wollte das, na ja, immer zurücknehmen, aber ...« Sie rieb ihre Handflächen gegeneinander. »Nun stellt sich heraus, dass wir viel mehr gemeinsam hatten, als mir bewusst gewesen ist. Sie hat alle verloren.«

Ursula nickte. »Nun, fast alle. Die Magierin hat überlebt.«

»Ich nehme es an«, sagte Lisa. »Ich weiß nicht, wie das

zusammenhängt ... Allerdings war Una immer sehr ausweichend, wenn wir sie nach ihr gefragt haben. Ute, unsere Alchemistin, hat erzählt, sie hätte einen der Rats-Typen belauscht, als sie zu ihrer Inspektion bei uns waren. Er hatte irgendeine Bemerkung darüber gemacht, dass sie ›weg‹ wäre, aber wir haben nie rausgefunden, was damit gemeint war.«

»Oh, okay«, sagte Ursula. Ihr fiel auf, dass eine der Mitarbeiterinnen hinter Lisa damit begann, die Stühle umgedreht auf die Tische zu stellen. »Ich nehme an, ihr schließt gleich.«

Lisa warf einen Blick über ihre Schulter und nickte der jungen Frau zu. »Stimmt.«

»Noch eine letzte Sache, dann verspreche ich, dass ich dich in Ruhe lasse. Da du ja hier lebst ... Ist dir in letzter Zeit vielleicht irgendwas Merkwürdiges aufgefallen? Ich meine, uns sind diese ganzen seltsamen Wesen begegnet ... Da war dieser Typ in der Rüstung, der Seelenfresser, das riesige Tentakelmonster in der Kanalisation ...«

»Ich verstehe, was du meinst. Das ist eigentlich alles unvorstellbar. Um ehrlich zu sein, habe ich auch einiges erlebt, was mehr als sonderbar ist. Ich denke, ich habe immer gewusst, dass da manches vor sich geht – unter der Oberfläche, wenn du weißt, was ich meine. Seltsam aussehende Leute, verrückte Erscheinungen, Sachen, die andere mit einem Schulterzucken abtun, von denen ich aber gewusst habe, dass sie mit Magie zusammenhängen. Die meisten gewöhnlichen Menschen – und dazu zähle ich jetzt wohl auch – scheinen diese Sachen überhaupt nicht zur Kenntnis zu nehmen. Oder ihr Geist strengt sich wahnsinnig an, sie ... ich weiß auch nicht ... auszublenden oder sie sich irgendwie rational zu erklären. Aber die haben auch nicht erlebt, was ich erlebt habe. Da gab es einmal diesen Moment ...« Sie sah sich im Restaurant um, stellte sicher, dass niemand sie hören konnte. Dann senkte sie die Stimme und fuhr fort: »Wir hatten diesen Stammgast, Anton. Netter Typ, hatte allerdings ein leichtes Alkoholproblem. An einem Abend war er besonders voll, und unser neuer Barkeeper hat ihn nicht gestoppt, obwohl es sinnvoll gewesen wäre. Am Ende habe ich Anton nach Hause gefahren, damit ihm nichts passiert. Im Auto fängt er dann an, vor sich hin zu reden, er wäre ein Mage, wie er es nannte. Meinte, dass alles so furchtbar geworden wäre, seit der Rat übernommen hätte.« Sie stieß ein Seufzen aus. »Also, das kam natürlich alles von einem stockbesoffenen Typen, und ich hab die ganze Zeit bloß gehofft, dass er mir nicht aufs Polster kotzt. Aber von dem, was ich mir zusammenreimen konnte, ist diese … Ich weiß nicht mal, wie ich es nennen soll … Diese magische Welt? Na, wie auch immer … Offenbar wurde sie früher von einem König und einer Königin regiert. Dann ist aber irgendwas passiert, und der König ist gestorben. Der Scharlachrote Rat hat anschließend die Kontrolle über die gesamte Stadt übernommen, und die Königin – sie nennen sie die ›Weiße Königin‹ – ist zu einer reinen Repräsentationsfigur geworden.« Lisa deutete durchs Fenster zur Einfahrt einer Seitenstraße hinüber. »Siehst du das Graffito da drüben?«

Ursula brauchte einen Augenblick, um zu erkennen, was sie meinte. Zwischen den üblichen übereinandergesprayten Tags befand sich direkt in der Mitte eine deutlich erkennbare weiße Krone. Im Licht der Straßenlaterne leuchtete sie förmlich auf.

»Als ich dieses Symbol einmal entdeckt hatte, ist es mir in der ganzen Stadt aufgefallen. Ich glaube, es ist eine Form von subtilem Widerstand. Die Anhänger dieser ominösen Weißen Königin nutzen es als Erkennungszeichen, und mit den Graffiti zeigen Sie dem Rat, so gut sie können, den Stinkefinger.« Sie zuckte mit den Schultern. »Zumindest reime ich mir das so zusammen.«

»Kommt dieser Anton immer noch hierher?«, fragte Ursula.

»Nein. Bis zu jener Nacht war er Stammgast bei uns. Und danach? Wir haben ihn nie wiedergesehen. Ich bin sogar mal zu seiner Wohnung gefahren, um zu schauen, ob bei ihm alles in Ordnung ist. Seine Nachbarn behaupteten, sie hätten noch nie etwas von ihm gehört. Und sie machten mir unmissverständlich klar, dass ich auch nicht wiederkommen solle.«

Jemand rief Lisas Namen durch das Restaurant.

»Bin in einer Minute da, Cem«, erwiderte sie mit lauter Stimme. Dann erhob sie sich und schaute auf Ursula herab. »Nun, das war ... Ich weiß nicht. Was sollen wir jetzt sagen? ›Schön, dich kennengelernt zu haben‹ deckt es ja nicht mal ansatzweise ab. Aber es *war* schön.«

»Und ... verrückt?«

»Kommt der Wahrheit auch nicht nahe genug.«

»Unfassbar, abgefahren, *weird?*«

Sie mussten beide lachen.

»Eindeutig wärmer.« Lisa schob ihren Stuhl zurück unter den Tisch. »Ich hoffe, es hat dir ein bisschen geholfen, über all das zu sprechen. Mein Rat ist schrecklich abgedroschen und banal, aber: Sei einfach du selbst. Mehr kannst du nicht sein.« Sie nickte erneut in Richtung von Wish und Bug. »Und versuch, wenigstens halb so viel Vertrauen in dich selbst zu haben wie sie.«

»Danke.« Ursula warf einen Blick auf die Straße, wo ihre Freundinnen mal wieder bei dem Versuch versagten, unauffällig zu wirken.

»Ich hoffe, du findest eure vermissten Kolleginnen, und ...«, Lisa hielt kurz inne, »sag Una, falls sie jemals Lust haben sollte, bowlen zu gehen, ist sie hier mehr als willkommen.«

KAPITEL 35

Sasha hielt am Fuße der Leiter inne, die zu dem Gullydeckel hinaufführte, wo das Versprechen von angenehmer, frischer Luft auf sie wartete. »Und wir sind uns sicher, dass wir hier runtergekommen sind?«

»Keine Ahnung«, entgegnete Joy. »Als wir hier runtergekommen sind, hatte ich gerade eine nagetierbezogene Panikattacke. Ist also nicht sehr wahrscheinlich, dass ich mich auf meine Erinnerung verlassen kann.«

»Dies ist in der Tat der Punkt unseres Abstiegs«, bestätigte Asbest, dessen Hände mit Joys Peitschen hinter dem Rücken gefesselt waren.

»Vielen Dank auch«, sagte Sasha, »aber dir werden wir garantiert nichts mehr glauben.«

»Wie bereits erwähnt«, entgegnete er, während er seine eigentümlichen Augen verdrehte, »war diese ganze Angelegenheit lediglich ein unglückliches Missverständnis.«

»Nein«, sagte Joy, »das war es nicht. Du hast uns in eine Falle gelockt. Das einzige Missverständnis bestand darin, dass dir nicht klar war, wie leicht wir uns daraus befreien konnten.«

»Nicht ohne Hilfe«, murmelte Asbest.

»Wir hatten die Situation durchaus im Griff«, erwiderte Joy barsch.

»Ignorier ihn einfach«, sagte Sasha auf ihrem Gedankenkanal. »Er versucht nur, dich auf die Palme zu bringen.«

»Funktioniert.«

»Also schön«, sagte Sasha laut zu Asbest. »Gehen wir davon aus, dass das der richtige Gully ist. Dann sollten wir erst einmal besprechen, wie wir weiter vorgehen. Ich steige als Erste hoch, und du folgst dann zwischen mir und meiner Schwester. Wir werden deine Fesseln lösen. Aber ich versichere dir, wenn du die normale Spaziergeschwindigkeit auch nur minimal überschreitest oder irgendetwas anderes tust, als still in die Richtung zu gehen, die wir dir vorgeben, werde ich mehr als glücklich sein, dir ein Dutzend Pfeile durch deinen ekelhaften grünen Mantel zu jagen und für heute Feierabend zu machen. Haben wir uns verstanden?«

»Es besteht kein Grund für derart blutrünstige Drohungen.«

»Oh, das war keine Drohung«, sagte Sasha unverdrossen. »Es war ein Versprechen. Und um ehrlich zu sein, würde damit ein Traum von mir in Erfüllung gehen. Diese Jeans ist meine zweitliebste Hose, und ich bin mir ziemlich sicher, dass sie sich von diesem kleinen Abenteuer nie wieder erholen wird.«

»Du würdest doch wohl kaum jemanden wegen einer derartigen Bagatelle erschießen?«

»Oh doch«, sagte Joy. »Schon deshalb, weil meine Schwester ihren ersten Kuss von einem Tentakel-Schleim-Monster bekommen hat.«

Sasha begann, die Leiter hochzuklettern, da sie Joy nicht zeigen wollte, wie sehr sie diese Spitze getroffen hatte. Die Genugtuung würde sie ihr nicht geben.

Ihr langer Aufenthalt in der Kanalisation hatte den Vorteil, dass es bereits dunkel war, als sie wieder auf die Straße traten. Sasha kletterte aus dem Gully, und ein schnelles Umschauen bestätigte, dass sie nicht beobachtet wurden – abgesehen von dem Obdachlosen, der auf der anderen Straßenseite in einem Hauseingang hockte und sie ohne großes Interesse musterte. Sie konnte die flackernden Lichter von Fernsehern in einigen der Fenster sehen. Die Wohnungen der angrenzenden Häuser verfügten über Balkone, aber es war kein Balkonwetter. Der stetige Regen wäre normalerweise ein Ärgernis gewesen, aber nun stellte er einen echten Segen dar, wusch er doch eine erste Schicht von dem Dreck und Schleim ab, der sie bedeckte. Sasha suchte die Straße nach möglichen Fluchtwegen ab, um wenigstens diesmal vorbereit zu sein. Ein gebranntes Kind scheut das Feuer – und Sasha wollte verdammt sein, wenn Asbest glaubte, zweimal mit demselben Trick Erfolg zu haben. In zwanzig Minuten konnten sie es bis zum *Athena*-Hotel schaffen. So müde sie auch waren, mittels ihrer mentalen Standleitung hatten sie sich darauf geeinigt, zu Fuß zu gehen und Asbest keine Gelegenheit zu geben, im öffentlichen Nahverkehr eine Szene zu machen.

Sie hatten erst ein paar Schritte zurückgelegt, als Sasha auf einem der Dächer einen Lichtblitz bemerkte. Nur einen Sekundenbruchteil später ertönte ein Knall, der in der gesamten Straße widerhallte.

»Runter!«, schrie sie, packte Asbest am Kragen und riss ihn hinter einen der parkenden Wagen.

»Lass mich los!«, jammerte er.

Joy kauerte sich auf der anderen Seite des Fahrzeugs zusammen und suchte mit ihrem Blick die Umgebung ab.

»Auf dem Dach da drüben«, sagte Sasha. »Ich weiß nicht, was es ist, aber –«

Ein Gegenstand sauste an der Motorhaube des Wagens vorbei und verharrte auf der Höhe von Joys Schulter. Es schien eine Art Bleikugel zu sein, umgeben von einem schwachen Schein blauer Energie.

Joy verlagerte ihre Position, um sich das Ding genauer anzusehen. »Was zum …?«

Sasha hatte eine perfekte Sicht, als sich das Geschoss plötzlich rasend schnell in Bewegung setzte, einen Bogen um Joy schlug und begleitet von einem erschütternden Knacken von Knochen in Asbests Stirn einschlug. Fassungslos sah Sasha, dass, keinen halben Meter von ihr entfernt, die Metallkugel wie in Zeitlupe aus seinem Hinterkopf austrat. Als Asbest auf der Straße aufschlug, schwebte das Geschoss in der Luft, nur Zentimeter von Sashas Nase entfernt. Beschmiert mit Blut und Gehirnmasse des Seelenfressers, der tot vor ihren Füßen lag. Wie hypnotisiert starrte sie das besudelte Ding an, während sie die Worte las, die darauf glitzerten, während es sich um sich selbst drehte: »Asbest Gitterrost Volkswagen IX.« Die Kugel war viel zu klein für diesen Schriftzug, und doch war er da. Eine Kugel, auf der Asbests Name geschrieben stand.

Sasha hielt den Atem an, als das Geschoss sich einige Zentimeter auf sie zubewegte. Sie war völlig erstarrt, ihr Körper unfähig, auf ihre sonst so guten Reflexe zurückzugreifen. In solchen Situationen sollte eigentlich das gesamte bisherige Leben vor einem ablaufen, doch Sashas Kopf war vollkommen leer.

Sie wurde aus ihrer Benommenheit gerissen, als Joy sich auf sie stürzte, sie zu Boden und außer Reichweite des Dings warf, das erneut bewegungslos in der Luft schwebte. Nachdem es noch einen weiteren Augenblick verharrt hatte, machte es unvermittelt kehrt und sauste wieder zum Dach des Wohnhauses zurück.

Die Schwestern halfen sich gegenseitig auf die Beine und sahen zu, wie es davonflog. Dann richteten sie den Blick auf Asbest, betrachteten das rauchende Loch in seiner Stirn, seinen überraschten letzten Gesichtsausdruck und das Blut, das unter ihm eine Lache bildete.

»Ich gehe nach links«, sagte Joy auf ihrem telepathischen Kanal. »Gib mir Rückendeckung!«

Die Zwillinge lösten sich voneinander. Sasha zog in einer

flüssigen Bewegung ihren Bogen aus dem Mantel und schoss rasend schnell ein halbes Dutzend Pfeile ab, während sie nach rechts den Bürgersteig hinaufsprintete. Die Pfeile waren auf kein bestimmtes Ziel gerichtet, sie nutzte sie eher dazu, ein solches zu finden.

Und tatsächlich: Als der erste über dem Wohnhaus explodierte, offenbarte der Lichtschein einen Mann auf dem Dach. Er trug eine ausgeblichene blaue Jacke und einen Dreispitz, unter dem lange graue Haare hervorlugten. Er hatte sich zusammengekauert und schützte sein Gesicht mit den Armen. Dann rannte er plötzlich los, an der Dachkante entlang – in dieselbe Richtung, die auch Sasha eingeschlagen hatte. Sie ließ einen weiteren Pfeil fliegen, um ihm den Weg abzuschneiden, aber er wich rechtzeitig aus und verschwand außer Sicht.

Derweil bekam Joy endlich Gelegenheit, den ziemlich coolen Trick zur Anwendung zu bringen, den sie sich vor ein paar Jahren ausgedacht hatte. Bei der Vergeltungsschlacht ließ er sich nicht benutzen, aber Una liebte es, wenn die Mädchen ihrer Kreativität freien Lauf ließen. Deshalb hatten sie sich eines Tages gemeinsam in den Bus gesetzt und waren zu einem verlassenen Fabrikgelände am Rande der Stadt gefahren. Bei diesem Tagesausflug hatte Joy die Idee austesten können, die ihr bei einem ihrer Kinoabende gekommen war – genauer gesagt: bei einem *Spiderman*-Film. Sasha war ziemlich eifersüchtig gewesen.

Nun ließ sich der Trick in die Praxis umsetzen. Joy nutzte ihre Peitschen, um sich an den Metallstreben der Balkone über ihr festzuklammern, und zog sich an ihnen hinauf, höher und höher, schwang sich von einem Stockwerk zum nächsten. Die Magie stach alle Gesetze der Physik aus, vorausgesetzt, dass einem zurückziehbare Peitschen zur Verfügung standen, durch die kraftvolle Energiewellen strömten. So erklomm sie in wenigen Sekunden das fünfstöckige Gebäude, und nachdem sie ihren letzten Schwung genutzt hatte, um sich mit einer slalomartigen Bewegung aufs Dach zu befördern, verlor ihre Schwester sie aus den Augen.

Sasha rannte über die Straße und schaute sich um. Wie es aussah, würde sie eine weitaus langweiligere Möglichkeit finden müssen, um selbst so schnell wie möglich nach oben zu gelangen.

—

Joy landete mit einer Judorolle auf dem Dach, war innerhalb von Sekunden wieder auf den Beinen und raste sofort weiter, wobei sie insgeheim jubelte, weil sie einen derart perfekten Stunt hingelegt hatte. Ein dünner Mann mit langem grauem Haar, der einen Hut und eine blaue Jacke trug, stand auf der gegenüberliegenden Seite des Dachs, etwa fünfzig Meter entfernt. Befriedigt stellte sie fest, dass sich auf seinem Gesicht völlige Fassungslosigkeit abzeichnete. Seine Jacke sah aus, als gehöre sie zu einer der Militäruniformen, die Soldaten im frühen neunzehnten Jahrhundert getragen hatten, einschließlich des roten Kragens, der Manschetten und der Rockschöße. Ein silbernes Aufblitzen verriet, dass an seiner Brust mehrere Orden hingen.

Joy war großer Fan von Geschichtsdokus, auch wenn sie nur selten den Kampf um die Fernbedienung gewann. Daher erkannte sie, dass es sich bei der Waffe, die der Mann in der Hand hielt, um eine Steinschlosspistole handelte. Damit konnte man Kugeln abfeuern, die derjenigen glichen, die vor ihren Augen durch den Kopf des nun toten Asbest Gitterrost Volkswagen dem Neunten geschossen worden war. Auch wenn natürlich keine gewöhnliche Munition hätte tun können, was sie gerade beobachtet hatten.

Dank ihres unerwartet raschen Aufstiegs hatte Joy immerhin das Überraschungsmoment auf ihrer Seite. Noch wichtiger: Sie wusste, dass es Zeit kostete, solche Pistolen nachzuladen. Wie genau man das machte, war ihr nicht klar, sie wollte es aber auch nicht herausfinden. Der Mann beförderte den Inhalt eines Lederbeutels in den Lauf seiner Waffe. Dann schaute er kurz zu ihr auf, während sie den Abstand zwischen ihnen verringerte, und entschied offensichtlich, dass Flucht eine bessere Option für ihn wäre. Er stürmte auf die Kante des Daches zu und schaffte es mit einem überraschend geschickten Sprung auf das Dach des Nachbargebäudes.

Aus Erfahrung wusste Joy, dass man mit einer dummen Entscheidung am besten durchkam, wenn man nicht lange darüber nachdachte, wie dumm sie tatsächlich war. Sie vermutete, dass deshalb auch so viele dumme Menschen in Machtpositionen endeten: Sie waren einfach nicht clever genug, um zu begreifen, dass sie für ihren Job nicht geeignet waren. Und so bremste Joy nicht mal ab, als sie selbst die Dachkante erreichte. Sie landete mit dem rechten Fuß auf dem erhöhten Sims und sprang, ohne zu zögern, ab. Ein Augenblick absoluten Entsetzens folgte, als sie plötzlich in der Luft hing, während ihr der Regen ins Gesicht peitschte und sie begriff, dass Schwung und Dummheit womöglich doch nicht reichen würden. Ohne dass ihr Gehirn einen Beitrag zu leisten schien, ließ ihre rechte Hand die Peitsche ausfahren, die sich sofort um ein Metallrohr am Rand des gegenüberliegenden Daches schlang. Sie stieß sich weiter voran, und die Sohlen ihrer Turnschuhe berührten das Dach genau in dem Moment, als das Rohr brach und einen Wasserschwall auf die unter ihnen liegende Straße spie. Joy stürzte zu Boden. Ihre Handflächen und Knie schrammten über den feuchten Untergrund, aber viel zu viel Adrenalin pumpte durch ihren Körper, um irgendeinen Schmerz wahrzunehmen. Sie hörte sich auflachen, als sie wieder auf die Füße sprang, und war gleichzeitig froh, dass niemand in der Nähe war, der das mitbekommen hatte.

Sie verkürzte erneut den Abstand zu ihrer Zielperson. Der Mann eilte auf das gegenüberliegende Ende des Daches zu, aber das angrenzende Gebäude war zwei Stockwerke höher, was seine Fluchtmöglichkeit erheblich einschränkte. Diese Tatsache schien ihm selbst bewusst zu werden, denn er wurde langsamer, bis er schließlich sechs Meter von der Dachkante entfernt zum Stehen kam. Er drehte sich um und hob beide Hände.

Auch Joy verlangsamte ihren Lauf, beide Peitschen gezückt, und versuchte, jede Bewegung des Mannes vorauszusehen.

»Mon amie!«, sagte dieser mit fröhlicher Stimme und fügte mit französischem Akzent hinzu: »Du bist mir gegenüber im Vorteil. Daher hoffe ich wirklich, wir können Freunde sein.«

»Sie haben gerade jemanden erschossen.«

Er zuckte theatralisch mit den Schultern. »Nur einen Seelenfresser. Eine Kreatur ohne jeden Wert.« Es lag eine gut gelaunte, zutiefst verunsichernde Kälte in seinen Worten.

Aus der Nähe erkannte Joy, dass seine Haut gebräunt war, und seine Zähne waren unerklärlich weiß. Sein Gesicht erschien seltsam glatt, als hätte er ein Lifting hinter sich.

»Wer sind Sie?«

»Betrachte mich doch als deinen – wie sagt man? – Schutzengel. Der über dich wacht. Der sicherstellt, dass du nicht in Schwierigkeiten gerätst.«

»Ich würde sagen, *Sie* sind derjenige, der gleich in Schwierigkeiten gerät.«

Der Mann spitzte die Lippen, hob eine Braue und winkte ab. »Das wäre nicht das erste Mal, möchte ich meinen.« Das Lächeln, das seine Lippen umspielte, passte so gar nicht zu einem Mann, der sich eben ergeben hatte.

»Lassen Sie die Pistole fallen!«, befahl sie mit fester Stimme.

»Aber das ist ein Familienerbstück. Eine Antiquität, um genau zu sein.«

Joy bewegte ihr Handgelenk, und im Bruchteil einer Sekunde hatte sich ihre Peitsche um den Lauf der Waffe gelegt. Sie riss sie aus seiner Umklammerung und fing sie geschickt mit der anderen Hand auf.

»Wie kannst du es wagen?«, zischte er, und die Fassade seines Charmes löste sich auf. »Dafür wirst du bezahlen!«

Joy warf einen kurzen Blick auf die Waffe, die sie nun in der Hand hielt. »Und wie? Sie sind ein Schütze ohne Schusswaffe.«

»Und du bist ein albernes Kind, das Spiele spielt, die es nicht versteht.«

Sie bemerkte, dass sein Blick kurz zu ihrer rechten Seite hinüberhuschte, und dann spürte sie etwas in der Luft. Der Regen. Etwas stimmte nicht mit dem Regen. Zu spät begriff sie, was es war. Die Tropfen fielen nicht gleichmäßig auf das leere Dach neben ihr, weil das Dach nicht leer *war*. Sie versuchte, sich in Sicherheit zu bringen, aber wie sollte man einem Angriff ausweichen, den man nicht kommen sah? Eine gewaltige Faust, wie aus Lehm und doppelt so groß wie ihr Kopf, tauchte als verschwommene Bewegung in ihrem Blickfeld auf, bevor der Schlag mit voller Wucht ihre linke Gesichtshälfte traf. Augenblicklich stürzte sie zu Boden. Sie war noch lange genug bei Bewusstsein, um aufzuschauen und eine riesige Gestalt wahrzunehmen, die über ihr aufragte. Sie sah zwei gefühllose schwarze Augen in einem Gesicht, das sonst keinerlei erkennbare Züge aufwies. Doch schon im nächsten Moment knallte ein enormer Fuß an ihren Kopf, und alle Lichter gingen aus.

—

Sashas Brust hämmerte, während sie sich bis zum Ende der metallenen Feuerleiter hinaufkämpfte. Sie hatte nicht viele davon an Kölner Häusern gesehen, aber sie hatte es auch noch nie nötig gehabt, eine hinaufzustürmen. Es war also gut möglich, dass die Dinger ihr bislang einfach nicht aufgefallen waren. Dass sie ihre Schwester auf ihrem Gedankenkanal nicht erreichen konnte, trieb sie weiter an. Ihre telepathische Reichweite war begrenzt, aber da sie Joy gerade erst über die Dachkante des Gebäudes hatte springen sehen, musste sie da oben sein. Sie musste einfach.

Die Feuerleiter reichte nur bis zum Fenster des obersten Stockwerks, hinter dem eine überrascht wirkende Frau einen kläffenden Hund im Arm hielt. Sie rief Sasha etwas zu, das diese dank der doppeltverglasten Scheibe nicht verstehen konnte. Es war ihr in diesem Moment allerdings auch egal. Nur eins zählte: auf dieses Dach zu kommen! Rasch schaute sie sich um, dann entschied sie, dass der beste Weg der sein würde, sich am Metallrahmen der Feuerleiter hochzuziehen und ein Bein darüberzuschwingen. Von dort schaffte sie es, ohne jede Anmut auf das Dach zu klettern.

Als diese Mission abgeschlossen war, rollte sie sich auf den Rücken, zog den Bogen aus ihrem Mantel und spannte mit Zeige- und Mittelfinger die Sehne aus blauer Energie.

Sechs Meter entfernt stand der Mann in der blauen Jacke, und auf seiner Schulter hockte eine weiße Taube. Hinter ihm erhob sich eine Gestalt, die gute vier Meter groß war und wie ein gigantischer Lebkuchenmann aussah, auch wenn er eher aus Schlamm als aus Lebkuchen zu bestehen schien. Das Gesicht des Ungetüms verfügte über keinerlei Merkmale, abgesehen von zwei schwarzen Augen, die Kohlenstücken glichen. Sashas Fokus lag allerdings auf der Tatsache, dass der Mann mit dem lächerlichen Dreispitz auf dem Kopf die bewusstlose Joy wie eine Stoffpuppe vor sich hielt. Er nutzte sie als Schild und hatte einen Arm um ihre Kehle gelegt, während seine freie Hand eine uralte Militärpistole an ihre Schläfe drückte. Sasha zielte mit ihrem Pfeil auf das kleine Stück seines Gesichts, das sie sehen konnte, aber er brachte sich sofort hinter Joy in Deckung. Dabei lachte er laut.

»Ah, non, non, non, mein kleines Fräulein«, trällerte er. Sein französischer Akzent klang völlig übertrieben, als wolle er sich selbst parodieren. »Ich schlage vor, wir bleiben ganz ruhig. Wir wollen doch nicht, dass diese Situation eine unangenehme Wendung nimmt.«

Sasha versuchte, sich nicht auf Joy zu konzentrieren, aber es war schwer. Deren Gesicht war schlimm zugerichtet. Blut rann aus ihrem Mund und ihrer Nase und befleckte ihren grünen Pullover. Schlimmer noch: Ihre rechte Gesichtshälfte wirkte besorgniserregend eingedrückt.

»Lassen Sie meine Schwester los!«

»Ah, Schwester – natürlich«, sagte der Mann in seinem schauderhaft fröhlichen Akzent. »Zwillinge? Ich sehe die Ähnlichkeit. Wobei sie vielleicht ein bisschen nachgelassen hat, eh? Nachdem sie meinem Freund, dem Golem, begegnet ist.«

Die riesige Gestalt blieb vollkommen regungslos.

»Lassen Sie sie sofort los! Sonst jage ich euch beiden derartig viele Pfeile durch den Leib, dass ihr im wahrsten Sinne des Wortes aus den letzten Löchern pfeift!«

Wieder lachte der Franzose nur. »Très bien. Du gefällst mir.«

»Kann ich von Ihnen nicht behaupten. Lassen Sie sie los! Sofort!« Sashas Finger juckten im verzweifelten Wunsch, diesen Mann niederzuschießen, um an ihre Schwester heranzukommen.

»Eins nach dem anderen, mon amie. Wir müssen erst einmal zu einer Einigung gelangen. Diese kleine Pistole hier ist meine süße Juliette.« Er gestikulierte kurz mit der Waffe, dann führte er sie zu ihrer früheren Position an Joys Schläfe zurück. »Du musst verstehen, wie sie funktioniert. Hat sie jemanden ins Visier genommen, muss ich den Abzug lediglich auf diese Weise entsichern …« Ein Klicken ertönte, als er den Metallhaken an der Pistole zurückzog. »Habe ich abgedrückt, findet die Kugel ihr Ziel, was auch immer passiert. Deshalb heißt es auch: Vor Juliettes süßem Kuss kann man nicht weglaufen und sich nicht verstecken. Sie ist unausweichlich, wie ja euer kleiner Seelenfresserfreund gerade erst herausgefunden hat.«

Sasha versuchte, Joy auf ihrem Gedankenkanal zu erreichen, aber es kam keine Reaktion.

»Und ich fürchte, Juliette hat deine Schwester bereits ins Visier genommen«, fuhr er fort. »Heute ist jedoch ihr Glückstag und deiner auch. Du musst wissen, meine Auftraggeberin hat mir aufgetragen, keine weitere von euch zu töten.«

Die Worte »keine weitere« entgingen Sasha keineswegs. Sofort musste sie an den farbigen Umriss von Anna denken, leblos ausgestreckt auf dem Boden des Parkplatzes.

»Jedenfalls, wenn es nicht absolut unumgänglich ist. Um sie glücklich zu machen, werde ich ihren Wünschen entsprechen, es sei denn, dass du mir dies unnötig erschwerst.«

»Wer sind Sie?«, fragte Sasha.

»Merk dir meinen Namen gut, mein süßes kleines Mädchen«, sagte er. »Ich bin Henri LaCroix, der Mann, der nie sein Ziel verfehlt.«

»Wenn ich das richtig verstanden haben, übernimmt dabei Ihre Waffe den Großteil der Arbeit.«

Das traf offenkundig einen wunden Punkt und brachte ihr einen finsteren Blick ein.

»Haben wir eine Abmachung oder nicht?«, knurrte er. »Mein Arm wird langsam müde.«

»Abmachung? Was für eine Abmachung?«

»Du lässt deinen Bogen sinken, dann lasse ich deine Schwester fallen. Wir werden gehen, und meine Juliette wird deiner Schwester keinen Kuss zur bonne nuit geben.«

»Warum richten Sie die Waffe nicht auf mich?«, fragte Sasha.

»Weil«, erwiderte Henri, »schon mein seliger Vater immer gesagt hat: Töte niemals jemanden, ohne dafür bezahlt zu werden. Ich bin zuallererst Geschäftsmann. Nur wird mein Arm langsam taub, und meine Geduld ist bald zu Ende. Lass deine Waffe fallen, und geh zum anderen Ende des Daches zurück. Andernfalls zwingst du mich zum Abdrücken.«

Einige Sekunden lang wog Sasha ihre Möglichkeiten ab, während sie den Blick nicht von Joy abwandte. Sie ließ den Bogen fallen.

»Sieh dir das an!«, sagte Henri zum Golem. »Wenn sie ihn nicht in der Hand hält, verwandelt er sich in einen simplen Stock. Wie charmant.«

Er ließ Joy fallen wie einen Sack Kartoffeln. Schwer schlug sie auf dem Boden auf.

»Vorsicht!«, schnappte Sasha, zwang sich aber stehen zu bleiben.

LaCroix reckte die Nase in die Höhe. »Dass sie lebt, ist genug. Ihr Zustand ändert nichts an meinem Lohn.« Er deutete mit der Waffe zum anderen Ende des Daches hinüber. »Rüber mit dir!«

Sasha begann, mit langsamen Schritten rückwärts in die vorgegebene Richtung zu gehen, ohne LaCroix aus den Augen zu lassen.

»Die Hände in die Höhe, s'il vous plaît!«

Sie gehorchte.

Als sie endlich an der äußeren Ecke angekommen war, einen Meter von der Dachkante entfernt, nickte LaCroix zufrieden. »Nun werden mein Begleiter und ich aufbrechen.«

Wieder gestikulierte er mit der Waffe. »Muss ich dich daran erinnern, dass ich lediglich auf den Abzug drücken muss, wo auch immer ich bin, und deine Schwester wird einen Tag erleben, der très, très unangenehm endet?«

Sasha schüttelte den Kopf.

Daraufhin spazierte LaCroix seelenruhig auf die Feuerleiter zu, den Golem im Schlepptau. Mit jedem Schritt schrumpfte das Ungetüm hinter ihm, und als sie die Dachkante erreicht hatten, war er nur noch so groß wie ein normaler Mensch.

LaCroix sah sich nach Sasha um und verbeugte sich. »Es war mir wirklich eine Ehre, deine Bekanntschaft gemacht zu haben. Ich hoffe, wir treffen uns mal wieder.«

Sasha blickte auf das blutverschmierte Gesicht ihrer Schwester, die bewusstlos auf dem Boden lag. Ohne aufzusehen, sagte sie: »Seien Sie versichert, dass ich Sie töten werde, wenn es dazu kommt.«

Er warf die Hände in die Höhe und bedachte sie mit einem breiten Lächeln. »Das haben schon viele versucht.«

»Keiner davon war ich.«

Er lachte, wandte sich wieder der Dachkante zu und mahnte mit dem Zeigefinger. »Ja, ich mag dich wirklich. Du bist diejenige, die ich mag.«

Dann sprang er die Feuerleiter hinab, und der Golem folgte ihm stumm.

Sasha stürmte zu Joy hinüber und ging neben ihr auf die Knie. »Joy, Joy! Komm zu dir, Joy!« Unsicher versuchte sie, ihren Puls zu fühlen. Bislang hatte sie das nur im Fernsehen gesehen. Mit zwei zitternden Fingern tastete sie an Joys Hals entlang, bis sie etwas fand, das ihr Herzschlag sein konnte. »Du kommst wieder in Ordnung. Hörst du mich? Alles wird wieder gut.«

Sie legte den Kopf ihrer Schwester sanft in ihre Hände und brach in Tränen aus. Die linke Seite von Joys verunstaltetem

Gesicht schwoll bereits an, und die Haut spannte sich über den gebrochenen Knochen. Blut rann noch immer aus ihrem Mund und sammelte sich unter ihrer Nase, die in einem schrecklichen Winkel abstand.

»Krankenwagen!«, rief Sasha, als sie wieder zu Sinnen kam. »Wir brauchen einen Krankenwagen!« Vorsichtig legte sie Joys Kopf ab und begann verzweifelt, ihre Taschen abzuklopfen und nach ihrem Handy zu suchen.

In diesem Augenblick hörte sie ihn. Den beklemmenden, explosiven Knall, der vom gegenüberliegenden Gebäude widerhallte.

Eine eisige Kälte fuhr durch ihren gesamten Körper. »Nein!«, sagte sie, bevor sie zu einem lauten Schrei ansetzte. »Nein, nein, nein! Wir hatten eine Abmachung!«

Sie war auf den Beinen, als die Kugel das Dach erreicht hatte und direkt über der Feuerleiter in der Luft innehielt. Als sie in ihre Richtung schoss, sprang Sasha zwischen Joys Körper und das Ding. Es versuchte, links an ihr vorbeizukommen, aber sie trat ihm sofort in den Weg. Es verharrte, dann schoss es nach rechts, aber wieder sprang ihm Sasha in den Weg. Die Kugel täuschte einen Ausfall nach links an, dann sackte sie in rasender Geschwindigkeit ab, sauste nach rechts und über ihre ausgestreckte Hand hinweg. Mit einem entsetzlichen Geräusch drang sie in die rechte Schläfe ihrer Schwester ein und kam, beschmiert mit ihrem Blut, auf der anderen Seite des Schädels wieder zum Vorschein.

Sasha versuchte, das Geschoss zu schnappen, aber es flog davon, übers Dach hinweg, und verschwand außer Sicht. Erneut ging sie in die Knie, und während das Blut aus der frischen Wunde ihrer Schwester strömte, tastete sie verzweifelt nach ihrem Handy.

Vage nahm sie ein spöttisches Gelächter wahr, das der Wind aus der Ferne zu ihr hinübertrug.

KAPITEL 36

Ursula beobachtete die Stockwerkanzeige, während sich der Fahrstuhl quälend langsam von der ersten in die zweite Etage schleppte.

»Warum dauert das so lange? Kann dieses Ding nicht schneller machen?«

Wish und Bug standen hinter ihr, sagten aber nichts. Es war keine Frage, die eine Antwort gebraucht hätte. Einen Lift dazu zu bringen, schneller zu fahren, gehörte zu den vielen, vielen Dingen, die Ursula nicht konnte.

Sie ballte die Fäuste. »Wir hätten die verdammte Treppe nehmen sollen.«

Wish hatte Sashas Anruf erhalten, als sie es fast bis zum Hotel *Athena* zurückgeschafft hatten. Daraufhin war Bug sofort auf die Straße gesprungen, hatte ein Taxi herangewinkt und vom Fahrer verlangt, dass er sie augenblicklich ins Krankenhaus brachte.

»Bestimmt geht's ihr gut«, sagte Bug nicht zum ersten Mal.

»Woraus schließt du das?«, konterte Ursula barsch. Sie bereute ihre Worte schon, bevor sie ihren Mund verlassen hatten.

»Weil ich Joy kenne«, erwiderte Bug mit leiser Stimme. »Sie ist tough.«

Nach einer gefühlten Ewigkeit öffnete sich die Fahrstuhltür im vierten Stock, und sie stürmten hinaus.

Die Oberschwester, bei der sie sich nach Joy erkundigt

hatten, führte sie den Flur entlang zu einem Raum mit einem großen Fenster.

Alle drei blieben wie angewurzelt stehen, als sie Joy durch die Scheibe in ihrem Bett liegen sahen. Ihr Gesicht war stark bandagiert, der linke Arm hing in einer Schlinge, das rechte Bein an einer Vorrichtung hoch in der Luft. Sasha saß neben ihr, mit dem Rücken zum Fenster, und hielt ihre Hand.

Als sie das Zimmer betraten, schaute sie kurz auf, dann wandte sie sich wieder ihrer Schwester zu. Die drei Besucherinnen standen nur da und blickten fassungslos zum Bett.

Wish riss sich als Erste zusammen und setzte sich neben Sasha auf einen freien Stuhl. Dann durchbrach sie den offensichtlichen Widerstand ihrer Freundin und zog sie in eine feste Umarmung.

»Wie ...? Wie ...?«, stammelte Bug, unfähig, Worte zu finden.

»Sie liegt in einem künstlichen Koma«, erklärte Sasha und wischte sich Tränen aus den Augen. »Sie können uns noch nicht sagen, wie schlimm es ist, bis die Schwellung des Gehirns zurückgeht. Sie hat einen gebrochenen Kiefer, eine gebrochene Augenhöhle, ein gebrochenes Brustbein, eine gebrochene Nase, zwei gebrochene Rippen ...« Sie hielt kurz inne. »Oder drei, das weiß ich nicht mehr. Ach ja, und eine Einschusswunde an der rechten Schläfe.« Sie sprach mit monotoner Stimme, die deutlich machte, dass sie innerlich taub war. »Ich glaube, ich habe ihnen erzählt, dass sie von einem hohen Dach gefallen ist oder irgendwie so was. Hat keinen Sinn ergeben, aber irgendwas musste ich ja sagen.« Sie räusperte sich. »Ich versuche die ganze Zeit, auf unserem Gedankenkanal zu ihr durchzudringen, aber ... nichts. Das ist so ein komisches Gefühl. Als würde mir ein Bein fehlen.«

»Was ist passiert?«, fragte Ursula beinahe flüsternd.

Ohne den Blick auch nur eine Sekunde von ihrer Schwester abzuwenden, berichtete Sasha, wie sie Asbest überwältigt hatten, wie er ermordet worden war. Von der anschließenden Verfolgungsjagd, von dem Franzosen im blauen Militärrock und seinem Golem – und von der Taube. Als sie fertig war, wurde es neuerlich still im Zimmer, abgesehen von dem unaufhörlichen Piepton, den eine der Maschinen abgab, an die man Joy angeschlossen hatte.

»Ich verstehe das nicht«, sagte Bug. »Wie ist das …? Ich meine, er hat euch verfolgt?«

»Ich nehme es an.« Sasha schwieg einen Augenblick. »Die verdammte Taube.«

»Was?«

»Da war diese Taube unten in der Kanalisation, und später saß genau so eine Taube auf seiner Schulter. So muss er uns aufgespürt haben.«

»Aber warum sollte –«

»Ich weiß es nicht, Bug. Ich weiß es nicht. Ich weiß nicht, warum er uns gefolgt ist. Und ich weiß nicht, warum er Asbest erschossen hat. Ich weiß nicht, für wen er arbeitet oder warum diejenigen wollten, dass wir am Leben bleiben. Wer würde ein Interesse daran haben, dass so etwas passiert? Ich weiß nicht …« Sie legte den Kopf an Whishs Schulter und begann, hemmungslos zu schluchzen.

Ursula stützte sich an der Wand ab. Sie konnte Joy nur anstarren. Die unzerstörbare, unermüdliche, immer aufbrausende Joy. Sie sah so zart aus. So schutzlos. So gebrochen.

Bug berührte sie am Arm und räusperte sich.

»Gib mir eine Minute, bitte, Bug«, sagte sie.

»Ich wünschte, das könnte ich.«

Durchs Fenster sah Ursula, wie der Abgesandte vom Rat, Hermann Wagner, über den Flur auf sie zumarschiert kam. Flankiert wurde er von zwei breitschultrigen Männern, die dunkle Nadelstreifenanzüge und Sonnenbrillen trugen, auch wenn der Kölner Winter dafür keinerlei Anlass bot. Einer von ihnen war Schwarz, der andere weiß, aber beide hatten dieselbe steinerne Miene.

Ursula stieß ein Stöhnen aus. »Na fantastisch. Das hat uns gerade noch gefehlt.«

Wagner riss die Tür auf und trat mit großen Schritten ein, die beiden Bodyguard-Typen folgten ihm. »Was zur Hölle geht hier vor?«

»Joy ist brutal überfallen worden und hat schwere Verletzungen davongetragen«, sagte Ursula.

»Das ist mir egal«, erwiderte Wagner und winkte verärgert ab. »Aber wie kann es sein, dass ihr mitten in der Stadt ein derartiges Chaos stiftet?«

Sashas Kopf fuhr herum. »Wie bitte?«

»Habt ihr auch nur die geringste Vorstellung, was mich euer Verhalten gekostet hat?«

Wish sprang auf, gerade schnell genug, um Sasha aufzuhalten, deren Stuhl hinter ihr auf den Boden knallte. Die beiden Männer in den Anzügen traten vor, ebenso Ursula und Bug.

»Wagen Sie es nicht!«, sagte Bug und deutete, ohne jede Leichtigkeit in der Stimme, auf die Bodyguards. »Ihr legt auch nur einen Finger an sie, und ihr seid den Finger augenblicklich los!«

»Das ist ein empörendes Verhalten!« Wagners Gesicht lief zunehmend rot an. »Mit wem glaubt ihr hier eigentlich zu reden?«

»Mit den Leuten, die in das Krankenzimmer meiner Freundin platzen und irgendwelche Anschuldigungen von sich geben«, sagte Ursula.

»Das sind keine Anschuldigungen. Es sind Tatsachen.«

»Okay«, sagte Wish. »Alle beruhigen sich jetzt bitte mal.« Sie nickte zur Fensterscheibe hinüber, durch die einige Pflegerinnen besorgt zu ihnen hineinschauten. »Wir wollen doch keine unnötige Aufmerksamkeit auf uns ziehen.«

Als Wagner ein abfälliges Lachen ausstieß, verstärkte Wish den Griff, mit dem sie Sasha zurückhielt. »Weißt du was, Sash? Bug und ich gehen jetzt mal kurz mit dir ins Badezimmer und helfen dir, dich ein bisschen sauber zu machen.«

Sasha funkelte Wagner einen Augenblick an, dann drehte sie sich verwirrt zu Wish. »Sauber?«

»Deine Hände ...«, sagte Wish leise.

Sasha hob sie hoch und sah, dass sie mit eingetrocknetem Blut beschmiert waren. »Das ist von Joy. Ich habe das Blut meiner Schwester an den Händen.« Noch einmal schaute sie Wagner durchdringend an. »Und ich bin nicht die Einzige.«

»Okay.« Wish gab Bug mit einem Nicken zu verstehen, dass sie sich ihnen anschließen solle. »Kümmern wir uns darum, und dann schauen wir mal, ob wir was zu essen finden.«

Nach einem kurzen Moment gaben die beiden massigen Kerle den Weg frei, und die drei Mädchen verließen das Zimmer. Ursula blieb zurück. Wagner beobachtete den Abgang, dann nickte er seinen Männern zu, und auch sie traten in den Flur und schlossen hinter sich die Tür.

Wagner ließ auf nervtötende Weise seine Lippen knallen, bevor er wieder das Wort ergriff. »Ich dachte, wir hätten uns verstanden.«

»Drei unserer Leute werden vermisst«, sagte Ursula unumwunden.

»Und ich habe Ihnen gesagt, dass ich mich der Sache annehme.«

»Ach ja?«, erwiderte sie. »Wollen Sie mir vielleicht ein kleines Update geben, wie Ihre Ermittlung verläuft?«

Er gestikulierte abfällig in Joys Richtung. »Offenbar besser als eure.«

Für den Bruchteil einer Sekunde kam ihr der Gedanke äußerst attraktiv vor, Wagner an seinen ekelhaft langen Nasenhaaren zu packen und ihr Knie gegen seinen Kopf zu rammen. Seine Bodyguards standen vor der Tür und hätten sie nicht aufhalten können.

Stattdessen atmete sie tief ein und riss sich zusammen. »Der Seelenfresser, der erschossen wurde ... Er hat uns – ich weiß nicht, wie man es nennen soll – die Aufnahme eines Vorfalls gezeigt, der auf einem Hinterhof in der Nähe der Venloer Straße stattgefunden hat. Es sieht so aus, als könnte Anna dort gestorben sein und womöglich auch Delilah, obwohl –«

»Und was hatten die beiden dort zu suchen?«, unterbrach Wagner sie.

»Ich weiß es nicht«, entgegnete Ursula. »Soweit wir uns das zusammenreinem können, haben sie jemanden verfolgt.«

»Hinterhöfe. Seelenfresser. Das klingt, als wärt ihr in ziemlich schlechte Gesellschaft geraten. Ich werde mit Una ein ernstes Wort reden müssen, falls sie sich jemals dazu bequemen sollte, wiederaufzutauchen.«

»Bequemen?«, wiederholte sie. »Bequemen? Wie kann es sein, dass Sie das nicht begreifen? Eines ihrer Mädchen liegt in lebensbedrohlichem Zustand im Krankenhaus. Wenn Una könnte, würde sie Himmel und Hölle in Bewegung setzen, um hierherzukommen.«

Wagner verdrehte die Augen. »Jaja. Wie gesagt, die Nachforschungen laufen. Aber wie ich bei unserem Treffen heute Morgen deutlich gemacht habe, hätten Sie und Ihre Mädchen im Hotel *Athena* bleiben sollen, nun, da die Aufgabe, für die Sie ausgebildet wurden, erfolgreich abgeschlossen ist.«

Ursula schleuderte die Hände in die Luft. »Noch einmal: Das ist sie nicht!«

»Sagen Sie.«

»Sage ich? Dann erklären Sie mir mal Folgendes ... Erinnern Sie sich an Adam, den Mann, der uns in unserer Notlage ausgeholfen hat?«

»Sie meinen den Zivilisten, den Sie in die Sache hineingezogen haben?«

»Ja!« Ursulas Stimme triefte vor Sarkasmus. »Den meine ich. Der Mann, dem Sie nicht helfen wollten, aus dem Polizeigewahrsam entlassen zu werden.«

»Der geht mich nichts an. Der liegt in Ihrer Verantwortung.«

»Nun, interessiert es Sie in diesem Fall vielleicht, dass er zur weiteren Untersuchung in eine psychiatrische Einrichtung überführt wurde, nachdem er der Polizei berichtet hatte, was letzte Nacht wirklich passiert ist?«

Wagner zuckte mit den Schultern und spielte an dem goldenen Siegelring, den er am Finger trug. »Nicht besonders.«

»Okay.« Ursula trat einen Schritt vor. »Und was sagen Sie dazu, dass Balzar, der Nekromant, der die Geisterhorde kontrolliert, von der Sie so überzeugt sind, dass wir sie besiegt haben, sich nun einen Körper mit ihm teilt?«

Plötzlich schaute er auf. »Was?«

»Ja«, sagte Ursula. »Jetzt interessiert es Sie doch ein bisschen, was?«

»Wovon zum Teufel reden Sie eigentlich?«

»Ich rede davon, dass bei einer Untersuchung Balzars Kopf plötzlich aus Adams Schulter herausgewachsen ist und gefordert hat, freigelassen zu werden, während er zugleich blutige Rache geschworen hat.«

»Warum haben Sie uns darüber nicht in Kenntnis gesetzt?«

»Wie hätte ich das tun sollen?«, fragte Ursula. »Sie haben mir keine Möglichkeit genannt, wie ich mit Ihnen in Kontakt treten kann. Und gerade eben sagten Sie, es ginge Sie nichts an.«

»Dies ändert die Lage offensichtlich«, erwiderte Wagner.

»Ich werde dafür sorgen, dass dieser Mann in unseren Gewahrsam überstellt wird.«

»Machen Sie sich keine Mühe. Wir haben uns bereits darum gekümmert.«

»Darum gekümmert?«

»Wir haben einen Ausbruch organisiert.«

Wieder wurde Wagner rot im Gesicht. »Wer hat Ihnen dafür die Erlaubnis gegeben?«

»Sie sagten doch, ich hätte die Verantwortung für ihn«, entgegnete Ursula. »Entscheiden Sie sich mal!«

»Und Sie haben diesen Balzar mit eigenen Augen gesehen?«

»Ihn gesehen? Sogar geplaudert hab ich mit ihm. Er ist der reinste Charmebolzen. Am Ende unserer kleinen Unterhaltung hat er schließlich bestätigt, dass die Vergeltungsschlacht nicht zu Ende gebracht wurde, was ich Ihnen ja andauernd sage. Weil irgendetwas den Vorgang unterbrochen hat. Und das ist vermutlich auch der Grund dafür, dass irgendein Franzose mit magischer Pistole und persönlichem Golem meine Leute ins Krankenhaus bringt.«

»Unsinn«, sagte Wagner. »Seelenfresser sind parasitärer Abschaum, bekannt für ihre Unehrlichkeit. Was auch immer da passiert ist, es hat sicherlich daran gelegen, dass er die falschen Leute gegen sich aufgebracht hat. Und ihr Mädchen habt die Situation noch unnötig eskalieren lassen.«

Ursula wandte sich ab, schlug sich die Hände vor den Kopf und brüllte stumm hinein, bevor sie Wagner wieder ins Gesicht sah. »Sind Sie absichtlich so begriffsstutzig?«

»Wie bitte?«

»Sie haben mich schon verstanden«, sagte Ursula. »Irgendetwas geht hier vor. Wir werden angegriffen, und Sie stecken bloß den Kopf in den Sand.«

»Ich glaube, Sie vergessen, mit wem Sie reden, junge

Dame. Ich verstehe, dass Sie einen anstrengenden Tag hinter sich haben –«

»Einen anstrengenden Tag?!«, wiederholte Ursula und deutete auf Joy. »Haben Sie den Verstand verloren?«

Wagner trat einen Schritt vor und vollführte eine Bewegung mit der Hand. Plötzlich spürte Ursula, wie etwas ihren Körper ergriff und sie sich nicht mehr rühren konnte.

»Lassen Sie mich Ihnen ein paar Dinge begreiflich machen«, sagte Wagner in einem zischenden Flüsterton, wobei sein Gesicht nur noch Zentimeter von ihrem entfernt war. »Wir sind der Scharlachrote Rat. Wir leiten das Geschick dieser Stadt, und es ist unsere Aufgabe, dafür zu sorgen, dass alles reibungslos in ihr verläuft. Sie und Ihre Bande von Aufwieglern werden nicht länger toleriert. Ihr kleiner persönlicher Kreuzzug ist hiermit beendet. Wenn nicht, wird Ihnen noch klar werden, welch erschreckende, wahre Macht wir haben. Habe ich mich verständlich genug ausgedrückt?«

Eine ohrenbetäubende Stille senkte sich über den Raum. Dann, als bemerke er erst jetzt, was er getan hatte, bewegte Wagner erneut seine Hand, und Ursula wurde von seinem Bann befreit.

»Wagen Sie es nicht, das jemals wieder zu tun!«, sagte sie.

»Ich habe Ihnen eine Frage gestellt«, erwiderte Wagner. »Habe ich mich verständlich genug ausgedrückt?«

»Und was ist mit unseren verschwundenen –«

»Jajaja«, sagte Wagner. »Wenn Sie mir einfach mal zuhören würden! Ich habe Leute beauftragt, die der Sache nachgehen. Leute, die die Welt verstehen, in der wir leben, und die nicht wie Elefanten im Porzellanladen für Chaos sorgen und unnötige Verwüstungen anrichten.« Er nickte Joy zu, um seine Worte zu unterstreichen. »Sie müssen uns unseren Job machen lassen und aufhören, sich permanent einzumischen.«

Ursula dachte darüber nach, während ihr Blick auf ihre bewusstlos daliegende Freundin fiel. »Und wenn wir das tun, führen Sie dann eine umfassende Ermittlung durch?«

»Ja. Wenn Sie morgen früh um neun Uhr zum Rathaus kommen, werde ich Sie auf den neuesten Stand bringen.«

»Okay.«

»Haben Sie Hebes Kelch gefunden?«

Ursula nickte.

»Gut«, sagte Wagner. »Bringen Sie ihn morgen mit.«

»Und was ist mit Adam?«

Wagner wirkte kurz verwirrt.

»Der Mann, der mit Balzar ...«

»Ja, bringen Sie ihn auch mit.«

»Und was haben Sie mit ihm vor?«

»Wie bitte?«

»Adam«, sagte Ursula. »Ich händige ihn Ihnen nicht aus, wenn Sie mir nicht versprechen, dass man sich um diese Balzar-Sache kümmern und Adam im Anschluss unbeschadet freilassen wird.«

Wagner stieß ein genervtes Stöhnen aus. »Na schön.«

»Sie müssen mir Ihr Wort geben.«

»Wie bitte?«

»Ihr Wort«, wiederholte sie. »Ich will Ihr Wort, dass Adam nichts zustoßen wird.«

Er schaute sie lange und durchdringend an. »In Ordnung«, sagte er schließlich. »Sie haben mein Wort. Dem Jungen wird nichts geschehen.«

Ursula nickte. »Also gut.«

»Es freut mich, dass Sie zufrieden sind. Kann ich mich nun darauf verlassen, dass Sie alle nach Hause gehen und sich bis morgen Vormittag aus jeglichem Ärger heraushalten?«

Ursula nickte.

Wagner wandte sich zur Tür, die einer seiner Männer bereits für ihn öffnete. »Dann bis morgen, neun Uhr. Seien Sie pünktlich!« Er hielt inne. »Ach ja, bringen Sie Ihre Alchemistin mit. Ich habe eine Jacke voll mit ihren brandgefährlichen Chemikalien, die niemand anfassen will.«

Ursula sah zu, wie er über den Flur und am Schwesternzimmer vorbeirauschte, seine beiden Gorillas im Schlepptau. Kaum war er außer Sichtweite, drehte sie sich zu Joy um. Dann ging sie zu einem der Stühle hinüber und ließ sich schwer darauf fallen.

Kurz berührte sie den Arm ihrer Freundin, zog ihre Hand aber rasch wieder zurück. »Mir tut das alles so leid, Joy. Ich weiß einfach nicht, was hier los ist. Oh Gott, ich wünschte, Una wäre hier. Sie wüsste, was zu tun ist. Ganz im Ernst, vielleicht hat dieser gruselige Wagner ja recht. Vielleicht sollten wir das alles den Rat regeln lassen.«

Ursula sah erst Joy an, dann die Maschine, die hinter ihr piepte und den langsamen, gleichmäßigen Herzschlag ihrer Freundin auf dem Monitor in gezackte grüne Kurven übersetzte.

»Kannst du mich hören? Gott, ich hoffe es. Mir tut das alles so unfassbar leid. Du wirst jetzt besser ganz schnell wieder gesund, sonst kann ich dir das nie verzeihen.« Als sich jemand hinter ihr räusperte, fuhr Ursula auf.

Wish, Bug und Sasha standen in der Tür.

»Entschuldigt«, sagte sie und trat vom Krankenbett fort. »Ich habe nur … Ich weiß nicht, ob sie uns hören kann, aber ich dachte, ich probiere es wenigstens mal.«

»Ja«, sagte Bug. »Kann nicht schaden.« Sie lächelte traurig. »Ich könnte versuchen, sie so lange wachzuquatschen, bis sie sagt, dass ich endlich die Klappe halten soll.«

Wish hatte zwei Schokoriegel, eine Colaflasche und ein belegtes Brötchen in der Hand. Nachdem Sasha durch den Raum gegangen war und wieder ihren Platz neben Joy eingenommen hatte, stellte Wish die Sachen auf den kleinen Tisch neben dem Bett.

Die Oberschwester, mit der sie vorhin gesprochen hatten, tauchte in der Tür auf. »Tut mir leid, meine Damen«, sagte sie mit freundlicher Stimme, »aber es dürfen sich immer nur zwei Personen gleichzeitig im Zimmer befinden. Eigentlich sollte im Moment überhaupt niemand hier sein, aber ganz sicher keine größere Gruppe.«

Die Mädchen nickten.

»Ich bleibe«, sagte Sasha.

»Natürlich«, stimmte Ursula zu. »Ich leiste dir Gesellschaft.«

Zufrieden zog sich die Krankenpflegerin aus dem Zimmer zurück.

»Nein«, sagte Sasha leise.

»Wie bitte?«

Sie wandte sich Ursula zu. Tränen der Wut standen in ihren Augen. »Verstehst du es nicht? Das ist deine Schuld.«

»Ich …« Ursula kam sich vor, als hätte man ihr ins Gesicht geschlagen.

»Du hast uns da unten alleingelassen«, fuhr Sasha fort, »damit du mit diesem Typen abziehen konntest. Und jetzt siehst du ja, was passiert ist.«

»Ich … ich … aber …«

»Sash.« Wish trat vor und legte ihr eine Hand auf die Schulter. »Komm schon, das ist nicht fair.«

»Ach nein?«, schnappte diese und schüttelte Wishs Hand ab. »Klar, du stellst dich natürlich auf ihre Seite. Wie immer. Was für eine Überraschung. Ihr alle – verschwindet hier!« Sie wandte sich Joy zu und nahm ihre Hand. »Sie ist meine Schwester, ich kümmere mich um sie. Lasst uns einfach allein.«

Keines der Mädchen sprach ein Wort, bis sie wieder im Aufzug standen und sich die Türen vor ihnen schlossen.

»Sie meint das nicht so«, sagte Wish.

»Doch«, sagte Ursula. »Das tut sie. Und sie hat recht. Ich habe nicht die leiseste Ahnung, was ich hier verdammt noch mal tue.«

»Du tust dein Bestes«, sagte Bug. »Wie wir alle.«

»Ja, aber es ist nicht gut genug, oder? Ich meine, schau dir an, wo wir jetzt stehen. Wir haben heute nur eines erreicht: dass Joy beinahe umgebracht wurde. Ich bin fertig. Wir gehen nach Hause und bleiben dort, bis wir uns morgen früh mit Wagner treffen. Hoffentlich weiß der Rat, was er tut, denn wir wissen es offensichtlich nicht.«

»Aber, Urs –«, begann Wish, als die Tür sich öffnete.

»Nichts aber«, blaffte Ursula. Sie trat aus dem Fahrstuhl, und Tränen stiegen ihr in den Augen. »Es ist vorbei. Habt ihr mich verstanden? Vorbei.«

KAPITEL 37

Madeleine Reiss besaß kein Mobiltelefon. Sie wusste, dass man dies in der Schule als Zeichen dafür ansah, dass sie eine alte Frau war, die von Technik keine Ahnung hatte oder sich stur weigerte, mit der Zeit zu gehen. Beides passte ihr gut in den Kram. Die Realität war jedoch weitaus einfacher: Sie wollte von niemandem kontaktiert werden, der dafür ein derartiges Gerät benötigte. Und diejenigen, mit denen sie sprechen wollte, erreichte sie mit der Methode, die Menschen mit ihren Fähigkeiten seit Jahrhunderten nutzten: einem Spiegel. Dieses magische Kommunikationsmittel hatte unzählige Vorteile, unter anderem den, dass sie jederzeit in den Spiegel hineingreifen und die Person am anderen Ende körperlich packen konnte. In diesem Moment hatte sie das starke Bedürfnis, dies tatsächlich zu tun.

LaCroix waren Spiegel offenkundig nicht fremd. Er machte den Eindruck eines Mannes, der sich selbst viel zu sehr bewunderte, was schon seine übertrieben affektierte Aufmachung aus Dreispitz und Soldatenrock überdeutlich erkennen ließ. Man hätte wirklich davon ausgehen sollen, dass jemand, der seinem speziellen Gewerbe nachging, versuchen würde, möglichst unauffällig mit der Menge zu verschmelzen. Allerdings war es nicht das, was sie so wütend machte.

Finster stierte sie in den Schminkspiegel auf ihrem Schreibtisch. »Was genau, Monsieur LaCroix, meinen Sie mit: ›Sie ist nicht tot.‹?«

»Genau das«, erwiderte dieser. »Das Mädchen ist noch am Leben.«

»Als ich sagte, dass ich nicht möchte, dass eine weitere von ihnen ums Leben kommt, dachte ich, es wäre offensichtlich, dass Sie es gar nicht erst darauf anlegen.«

Er warf sich vor ihr in die Brust. »Ich habe genau umgesetzt, was Sie gesagt haben. Sie haben mir unmissverständlich zu verstehen gegeben, dass der Seelenfresser für Ihre Unternehmung eine Gefahr darstellt – angesichts seiner besonderen Fähigkeiten. Und dass ich mich um ihn kümmern solle, falls er noch einmal auftauchen würde. Das tat er, und ich bin, wie gewünscht, in Aktion getreten. Leider haben die beiden Mädchen versucht, mich zu überwältigen, nachdem ich mich um ihn gekümmert hatte, und so waren weitere Schritte nötig, um mich und die Mission zu schützen.«

»Schritte, die einen Krankenhausaufenthalt des Mädchens nach sich gezogen haben.«

»Wenn Sie dies betrübt, schlage ich vor, dass Sie die Sache mit Ihrem kleinen Helfer besprechen.« Er verschob seinen Spiegel, sodass sie den Golem sehen konnte, der bewegungslos hinter ihm stand. »Er war es, der das Mädchen hinterrücks angefallen und ihm Gewalt angetan hat. Henri LaCroix ist ein feines Skalpell und kein Schlachtermesser.«

»Ich dachte, Sie wären ein Auftragsmörder, Monsieur LaCroix.«

»Nein, das bin ich nicht.« Die Unterstellung schien ihn zu empören. »Ich bin der weltbeste Schütze, der Mann, der nie danebenschießt – kein Feigling, der im Hinterhalt lauert.«

»Tja, nach diesem Debakel wird Ihnen in nächster Zeit wohl niemand den Vorwurf zu großer Feingeistigkeit machen. Wo befinden sich die Mädchen jetzt?«

Er hob einen Finger, und eine Taube ließ sich darauf nieder. »Der Zwilling ist im Krankenhaus, zusammen mit seiner

Schwester, und die anderen sind zu ihrer Basis zurückgekehrt, nehme ich an.«

»Nehmen Sie an?«

»Wie bereits erwähnt, sorgt der Schutzzauber, der über besagtem Grundstück liegt, dafür, dass ich es nicht überwachen kann.«

»Aber Sie behalten die Straße jederzeit im Auge? Es ist eine ganz normale Durchfahrtsstraße, das werden Sie ja wohl zustande bekommen, oder?«

»Ich bringe weitaus mehr zustande als das.«

»Und um jeden Zweifel auszuräumen: Ihre derzeitige Aufgabe besteht nur in der Observation! Folgen Sie ihnen. Berichten Sie unverzüglich, wenn die Mädchen mit jemandem Kontakt aufnehmen, der für uns von Interesse sein könnte. Und nähern Sie sich keiner von ihnen, ohne es vorher mit mir abgesprochen zu haben. Ist das klar?«

»Ich habe –«

»Ist das klar?« Sie war sich bewusst, dass sie bei ihm denselben Tonfall anschlug wie bei ihren Schülern. Es schien unter den Umständen durchaus angemessen.

»Ja, aber –«

Sie legte ihren Spiegel mit dem Glas nach unten auf den Tisch und trennte so die Verbindung.

Im Gewölbe wurde es still, abgesehen von dem unaufhörlichen Brummen, das von der kontinuierlich wachsenden Energiesphäre über ihrem Kopf ausging.

Plötzlich wurde ihr bewusst, dass sich Unas Blicke in ihren Rücken bohrten. »Ich weiß, dass du das mitangehört hast«, sagte Madeleine Reiss, ohne sich umzudrehen. »Und ich möchte, dass du weißt, dass es mir leidtut. Du glaubst mir das vielleicht nicht, aber alles, was ich tue, tue ich für sie und für jede neue Generation, die auf sie folgt.« Sie strich sich mit dem Daumen über ihre Handfläche. »Ich dachte, wenn zwei von der Kohorte außer Gefecht gesetzt wären, würdet ihr es nicht schaffen, bei der Vergeltungsschlacht anzutreten. Ich bin wirklich davon ausgegangen, dass ihr die beiden noch immer verzweifelt suchen würdet, während ich … Ich nehme an, ich habe deine Spontaneität unterschätzt, alte Freundin. Ich hätte es nicht für möglich gehalten, dass ihr auf eine derartige Methode zurückgreifen würdet.«

Halb drehte sie sich auf ihrem Stuhl zu Una um, hielt dann aber inne und richtete den Blick auf den hölzernen Verschlag mit den komplizierten Gravuren, an den die Energiesphäre gefesselt war.

»Monsieur LaCroix dient mir nur als Rückversicherung«, fuhr sie fort. »Und auf eines kannst dich verlassen: Nach dem, was er getan hat, werde ich mich um ihn kümmern, wenn all das vorüber ist.«

Ihr Blick blieb starr auf die hölzerne Kiste gerichtet.

»Für die gute Sache müssen Opfer gebracht werden. Sobald das hier vorbei ist, werden sie nie wieder eine Kohorte fähiger, hochintelligenter junger Frauen auf die Schlachtbank schicken, nur um ihre dummen Traditionen aufrechtzuerhalten. Noch ein weiterer Tag – nur einer –, dann werden sie wissen, was Verlust wirklich bedeutet. Was Schmerz bedeutet. Das verspreche ich dir. Die Fassade, die diese Bastarde der Welt gegenüber so sorgsam aufgebaut haben, wird in Stücke gerissen.«

Sie wandte sich zurück zum Tisch.

»Nichts wird je wieder dasselbe sein. Das garantiere ich dir. Nichts.«

KAPITEL 38

Adam drehte sich auf dem Klappbett um, und zur Antwort gab es ein lautes Quietschen von sich. Das Bett war ein Kompromiss. Wish hatte offenkundig ein schlechtes Gewissen gehabt, weil sie ihn wie einen Gefangenen gefesselt hatten. Frei herumlaufen lassen konnten sie ihn jedoch nach wie vor nicht – für den Fall, dass Balzar sich, während er schlief, seines Körpers bemächtigen und irgendetwas Schreckliches anstellen würde. Der Gedanke, dass so etwas passieren könnte, war Adam noch gar nicht gekommen, bis Wish es erwähnt hatte. Sie schien ein Naturtalent zu sein, wenn es um das Ausmalen von Worst-Case-Szenarios ging.

Der genaue Kompromiss lautete, dass Adam in der *Athena*-Lobby schlief – auf einem Klappbett und unter den wachsamen Augen von Arthur, dem Rezeptionisten/Elchkopf. In der Theorie hatte sich das wie eine vernünftige Lösung angehört, in der Praxis erwies es sich als weitaus weniger ideal. So erschöpft Adam auch war, er fand einfach keine Ruhe. Es war schwer zu sagen, was der Grund dafür war. Wishs Sorge, dass er während der Nacht von Balzar ferngesteuert werden könnte, der Elchkopf, der ihn unaufhörlich anstarrte, während er wegzudämmern versuchte, die Spinnen, die über seinem Kopf herumhuschten, oder der Geist, der drüben beim Kamin in seiner Zeitung las. Woran auch immer es lag – sich zu entspannen war unmöglich. Der Kronleuchter brannte zwar nicht mehr, aber das offene Feuer und die in der Lobby verteilten Kerzen sorgten dafür, dass er immer noch genug von seiner Umgebung erkennen konnte. Auch, wenn er leider keinen Rückschluss daraus ziehen konnte, was die Spinnen im Schilde führten. In jedem Fall konnte er klar und deutlich das Funkeln in den niemals blinzelnden Augen eines Elches sehen, der ihn mit beharrlicher Eindringlichkeit beobachtete.

Adam schoss ein Gedanke durch den Kopf. Sofort richtete er sich auf und setzte sich auf die Kante des krächzenden Klappbettes, das unter seinem Gewicht bedrohlich einsackte. »Frage.«

»Ja, bitte?« Arthur gelang es, in das kleine Wort »bitte« eine gewaltige Portion Misstrauen, eine Verwarnung und ein grundsätzliches Missfallen zu legen.

Adam wusste nicht, was er getan hatte, um den Elch gegen sich aufzubringen, aber irgendwas musste es ja gewesen sein.

»Ich habe mich gerade gefragt, was wir tun, wenn ich mitten in der Nacht die Örtlichkeiten aufsuchen muss.«

»Die Örtlichkeiten? Ich fürchte, der Fitnessraum ist derzeit wegen Poltergeist-Befall nicht betretbar, der Ballsaal schließt nach zweiundzwanzig Uhr, und wir bieten keinen Zimmerservice an. Aber auf den könnten Sie ohnehin nicht zurückgreifen, da Sie ja kein Zimmer bei uns reserviert haben.«

»Nein, ich meinte …« Adam senkte die Stimme. »Was, wenn ich mal ins Bad muss?«

Es folgte eine Pause von mehreren Sekunden, dann kam aus der Dunkelheit ein Blechtopf über den Boden geschlittert und blieb vor seinen Füßen stehen. Natürlich drängte sich die Frage auf, wie Arthur das bewerkstelligt hatte, sie wurde aber von einer weitaus drängenderen Sorge überdeckt.

»Den benutze ich nicht.«

»Hervorragend. Wenn Ihnen das lieber ist, halten Sie es gern zurück.«

»Das sind meine einzigen Optionen?«

»Feinere Menschen als Sie haben einen Blechtopf genutzt, mein Herr. Das ist keine Schande.«

»Aber es gibt doch eine Toilette, keine zwanzig Meter entfernt.«

»So weit werden Sie nicht kommen.«

»Was?«

»Ist alles in Ordnung?«

Adam zuckte zusammen, als eine Stimme aus der Dunkelheit zu ihm sprach.

»Wer geht dort?«, blaffte Arthur.

In einem Morgenmantel trat Ursula ins Licht. »Ach, beruhig dich, Arthur, du weißt genau, dass ich es bin. Ich habe euch reden gehört. Alles in Ordnung?«

Adam warf einen raschen Blick auf den Blechtopf und schob ihn mit dem Fuß unter das Bett. »Ja, alles klar. Arthur und ich haben nur ein bisschen geplaudert.«

»Nein, haben wir nicht.«

»Arthur«, sagte Ursula und steuerte die Chaiselongue an. »Sei nett!«

Sie setzte sich hin und zeigte Adam, was sie in der Hand hielt. Es war eine große Packung Pistazieneis. »Ich habe mir einen Trost-Snack geholt. Magst du auch was?« Sie hielt zwei Löffel in die Höhe.

Adam war versucht zu nicken, erinnerte sich aber an sein Toiletten-Problem. »Für mich nicht, aber lass dich nicht abhalten.«

»Ich wollte sowieso noch mal mit dir reden und –«

Bevor sie ihren Satz zu Ende bringen konnte, spürte Adam, wie ein schreckliches Gefühl seinen Körper überfiel. Natürlich brach jetzt auch noch Balzars Kopf aus ihm hervor.

»Ich bin der mächtige Balzar!«

»Musst du wirklich jedes Gespräch so beginnen?«, fragte Adam.

»Stelle niemals den mächtigen Balzar infrage!« Er kniff die Augen zusammen, als er Ursula anschaute. »Du bist die Anführerin des Feindes. Ich fordere deine sofortige Kapitulation, andernfalls werde ich –«

Instinktiv holte Ursula mit dem Löffel ein großes Stück Pistazieneis aus der Packung. »Ach, sei still!«, sagte sie und rammte den vollen Löffel in Balzars Mund.

Ursula und Adam tauschten einen Blick, als Balzar ein hohes, jammervolles Stöhnen ausstieß. Ursula zog den leeren Löffel wieder zurück.

Ein seltsames Schaudern fuhr durch den Kopf des Nekromanten, und in leisem Flüsterton fragte er: »Was war das?«

»Du meinst die Eiscreme?«

»Eiscreme?«, wiederholte er ehrfurchtsvoll. »Dies muss die Speise der Götter sein. Kalt und doch süß, weich und doch knusprig.« Er räusperte sich. »Ich verlange, dass du mir augenblicklich den Rest davon gibst!«

»Nein.« Ursula zog die Packung zur Seite.

»Bitte ...«

Adam und Ursula schauten Balzar schockiert an.

»Bitte?«, wiederholte Adam.

»Still, du Tölpel!«, schnappte Balzar. »Ich werde es mir einfach nehmen.« Es folgten mehrere Sekunden frustrierten Gegrunzes, bevor der Kopf auf der Schulter neuerlich das Wort ergriff. »Warum kann ich meinen Arm nicht bewegen?«

»Weil es nicht dein Arm ist«, erwiderte Adam. »Es ist meiner, und ich habe die Kontrolle über ihn.« Es war eine unfassbare Erleichterung, das sagen zu können.

Masina hatte ihm geraten, dass er sich stark auf seinen Körper konzentrieren solle, um Balzar davon abzuhalten, die Macht über seine Gliedmaßen zu übernehmen, wie er es auf dem Krankenhausdach getan hatte. Glücklicherweise behielt sie damit recht.

»Ich sag dir was«, warf Ursula ein. »Wenn du ein braver Junge bist und jetzt wieder verschwindest, damit Adam und ich uns ein bisschen unterhalten können, lass ich dir was übrig.«

»Versprochen?«, fragte Balzar leise.

»Versprochen.«

Damit verschwand er augenblicklich.

»Tja«, sagte Adam. »Ich habe das Gefühl, nach dem letzten Tag und allem, was danach kam, verliert das Wort so langsam jede Bedeutung, aber das war echt … verrückt.«

»Allerdings«, stimmte Ursula zu. »Wie's aussieht, hat der mächtige Nekromant eine ziemliche Schwäche für Süßes.« Sie griff nach dem anderen Löffel und gönnte sich ein ordentliches Stück Eiscreme. »Ich meine, ich kann's verstehen.«

Adam gab ihr eine Weile, damit sie schweigend ihr Eis genießen konnte.

»Tut mir leid, das mit deiner Freundin«, sagte er dann.

»Welche meinst du?«, fragte Ursula. »Die gehen hier grad eine nach der anderen von Bord.« Sie zuckte zusammen. »Sorry, das hat sich schrecklich angehört. Ich habe bloß … Gott, ich habe so ein schlechtes Gewissen wegen alldem. Una. Delilah. Anna. Jetzt auch noch Joy. Und dich hab ich auch ins Chaos gestürzt.«

»Ah«, sagte Adam. »Jetzt verstehe ich, was das werden soll … Eine Selbstmitleidsparty.«

Sie schürzte die Lippen. »Wie bitte?«

»Du tust dir selbst leid.«

»So würde ich das nicht ausdrücken.«

»Das kann ich mir vorstellen. Lass mich raten? Alles ist nur deine Schuld, blablabla …«

»Blablabla?«

»Ich bin Amerikaner. Wir sind dafür bekannt, kein Blatt vor den Mund zu nehmen.«

»Scheint mir auch so.«

»Also«, fuhr er fort, »für mich ist das alles ganz neu ... Erklär mir doch bitte noch mal diese Vergeltungssache. Was würde passieren, wenn du und deine ... Wie nennt ihr euch noch?«

»Die Kohorte.«

»Genau. Wenn eure Kohorte nicht aufgetaucht wäre, dann – erinnere ich mich richtig? – wäre eine Geisterhorde Hunnen bis zum Sonnenaufgang in Köln Amok gelaufen, hätte alles zerstört, alle möglichen Leute umgebracht und für allgemeine Randale gesorgt, ja?«

»Ja«, stimmte Ursula zögerlich zu.

»Ihr musstet sie also aufhalten. Du hast improvisiert und mich aufgegabelt, und, versteh mich bitte nicht falsch«, er grinste breit, »ich verfluche den Augenblick, als ich dir begegnet bin. Ist ja klar. Aber dass ich bei euch mitgemacht habe, hat immerhin eine Katastrophe verhindert. Und nur zu deiner Info: Du hast mir die Situation erklärt, und ich bin freiwillig mitgekommen. Ich hätte jederzeit weglaufen können. Bin ich aber nicht.«

»Wenn du meinst.«

»Meine ich nicht, es *ist* so! Ich bin jetzt offiziell ein krasser Volksheld, und ich danke dir dafür, dass du mir das nicht genommen hast.« Adam deutete auf seine Schulter. »Ihn kannst du mir allerdings gerne nehmen – jederzeit.«

»Das steht morgen früh als Erstes auf der Liste, versprochen.«

»Und dann wirst du *meine* Heldin sein. Was die anderen anbelangt ... Du bist vielleicht die Anführerin, aber es ist ihre eigene Entscheidung, ob sie dir folgen oder nicht. Ich sage das mit dem höchsten Respekt, aber wenn du dir diese Tatsache vor Augen hältst, solltest du nicht den Fehler machen und glauben, die Welt würde sich nur um dich drehen. Nur ein paar der Dinge, die darin passieren, sind deine Schuld. Ich kenne dich zwar erst seit einem Tag, aber soweit ich das mitbekommen habe, tust du in unfassbar schwierigen Umständen immer dein Bestes.«

»Hört, hört!«, warf Arthur ein.

Adam deutete zu dem an der Wand hängenden Kopf. »Siehst du, sogar der Elch stimmt mir zu, und er scheint hier ja die oberste Autorität zu sein.«

Ursula öffnete den Mund, schlug sich dann aber die Hand davor und begann zu kichern.

»Was?«, fragte Adam und war plötzlich nervös.

»Tut mir leid, es ist bloß … Danke für deine Worte, aber ich wollte gerade sagen, dass auf deinen Schultern ein kluger Kopf sitzt. Das wäre dann allerdings das unpassendste Kompliment aller Zeiten.«

Adam lachte. »Ja, zu früh. Viel zu früh.« Er hielt inne und schaute sich nachdenklich um.

»Was?«, fragte sie.

»Darf ich fragen … Also, dieser Ort? Du lebst jetzt hier seit …?«

»Seit etwa acht Jahren«, beendete sie seinen Satz. »Seit man uns unsere Kräfte verliehen und unsere Erinnerungen genommen hat.«

»Ich … Sag mir ruhig, dass ich mich um meinen eigenen Kram kümmern soll, aber bei der ganzen Hektik bin ich noch gar nicht dazu gekommen, mich danach zu erkundigen … Seid ihr alle mit zehn Jahren euren Familien weggenommen worden?«

»Na ja, ich weiß nicht, ob ›weggenommen‹ das richtige Wort ist. Man hat uns gesagt, es wäre eine freiwillige Entscheidung unserer Eltern gewesen. Aber ja, in etwa stimmt es.«

»Und du hast gar keine Erinnerung an deine Angehörigen?«

Sie schüttelte den Kopf. »Null. Nada. Nothing.«

Er senkte den Blick. »Das muss echt seltsam sein. Denkst du manchmal über sie nach?«

»Ach, bloß rund um die Uhr. Ist auch nur das zweitbeliebteste Gesprächsthema in diesem Haus.«

»Okay«, sagte Adam. »Klar, ist ja ... Moment mal, was ist denn das beliebteste?«

»Sex.«

Adam spürte, dass seine Wangen erröteten, und die Worte verließen seinen Mund, bevor er sein Gehirn anwerfen konnte. »Aber ihr seid doch alle Jungfrauen ...«

»Ja, und? Das heißt ja nicht, dass wir keine normalen Teenagerinnen wären.«

»Na ja, *normal* ... Trinity legt sich auf den Boden, und im nächsten Moment kommen drei Personen aus ihr raus!«

»Okay, normal, was gewisse Dinge angeht. Stell dir vor, du würdest Leuten kategorisch das Tanzen verbieten. Ich garantiere dir, sie werden sehr viel Zeit damit verbringen, übers Tanzen nachzudenken. Sie werden sich fragen, wie es wohl ist zu tanzen, mit wem sie gerne tanzen würden, ob das Tanzen so schön ist, wie alle behaupten, oder ob sich alles nur noch peinlich anfühlt, wenn man tatsächlich auf der Tanzfläche steht.«

»Du hast über diese Metapher ausgiebig nachgedacht.«

»Wie gesagt: Ist hier Thema Nummer eins.«

»Ich glaube, ich habe mal einen Film darüber gesehen«, sagte Adam. »Ich meine, über eine Stadt irgendwo in den USA, wo das Tanzen verboten war.«

»Warum sollte man das verbieten?«

»Man hat wohl geglaubt, es würde in jungen Leuten sexuelle Fantasien wecken.«

Ursula lachte. »Oh Gott, erzähl das bloß nicht Una!« Sofort verschwand das Grinsen wieder von ihrem Gesicht. »Genau genommen würde ich es ihr gerne erzählen, wenn ich die Chance hätte.« Sie erhob sich langsam. »Wie auch immer ... Danke, dass wir uns unterhalten konnten. Und danke für die Aufmunterung. Ich sollte euch beide jetzt ein bisschen schlafen lassen.«

»Die Chancen stehen nicht sehr hoch.«

Wie aufs Stichwort kam Balzar wieder zum Vorschein. »Eiscreme. Wo ist die Eiscreme? Man hat mir Eiscreme versprochen.«

Ursula nickte. Dann reichte sie Adam die Packung und einen der Löffel. »Wir sehen uns morgen früh.«

Adam fuhr mit dem Löffel ins Eis und hielt ihn Balzar hin. Der schluckte die Eiscreme gierig herunter, wobei er alle möglichen Grunz- und Stöhnlaute von sich gab.

Adam schaute Ursula nach, wie sie langsam die Treppe hinaufstieg.

»Mehr, mehr!«, drängte Balzar.

»Okay, krieg dich ein.«

»Der mächtige Balzar fordert mehr von diesem –«

Adam stopfte einen weiteren Löffel Eis in den Mund seines zweiten Kopfes.

Hinter ihm räusperte sich Arthur. »Mein Herr, was die Frage anbelangt, ob Sie das Badezimmer aufsuchen dürfen ...«

»Ja?«

»Die Antwort lautet immer noch: Nein.«

Adam seufzte. »Vielen Dank für die Info.«

KAPITEL 39

Adam träumte regelmäßig, dass er sich irgendwo ohne Hosen wiederfand. In der Schule. In der Uni. Auf einer Beerdigung. Aus diesen Albträumen erwachte er jedes Mal schweißgebadet und zusammengekrümmt zu einem Ball reinster, schmerzlicher Scham.

Nach dem heutigen Morgen aber würde ihn dieser Traum wohl nicht mehr heimsuchen. Wollte ihn sein Unterbewusstsein in zukünftigen Nächten foltern, würde es sich vermutlich dazu entscheiden, ihn in voller Rüstung durch Köln marschieren zu lassen. Rein theoretisch war dies natürlich weitaus weniger peinlich, als ohne Hosen unterwegs zu sein, aber die peinigende Erinnerung an dieses Ereignis würde er nie wieder aus dem Kopf bekommen. In der Tat marschierte Adam nämlich in einer kompletten, schlecht sitzenden Ritterrüstung durch Köln. Genauer gesagt, wurde er geführt.

»Pass auf, wo du hintrittst!«, sagte Ursula.

»Zum letzten Mal: Ich kann meine Füße nicht sehen.«

Selbst mit geöffnetem Visier war Adams Sicht auf die Welt zu Briefschlitzdimensionen geschrumpft. Immerhin genügte dies, um zu erkennen, dass ziemlich viele Leute laut lachend mit dem Finger auf ihn zeigten.

Nach einer halben Stunde in diesem Ding hatte Adam erkannt, dass er sehr viel lieber in Shorts und T-Shirt in eine Schlacht ziehen würde. Er war ehrlich erstaunt, dass die Europäer es geschafft hatten, im Mittelalter derartig viele Kriege zu führen. Allein die Aussicht, dass sich alle Beteiligten erst mal diesen ganzen Kram anziehen mussten, hätte doch genügen müssen, um sie wieder an den Verhandlungstisch zu bekommen.

»Rechts«, sagte Bug.

»Was?« Seine Frage wurde von dem Blumenkübel beantwortet, gegen den er krachte. »Autsch.«

»Sorry, meine Schuld.«

»Das hier ist alles deine Schuld!«, sagte Adam.

Als Bug ihm ihre Idee unterbreitet hatte, glaubte er noch, sie würde Witze machen. Dann ging sie den Plan ein weiteres Mal durch, und er konnte nur noch *hoffen*, dass sie Witze machte. Es hatte eine gewisse Logik, natürlich – aber trotzdem! Das Problem auf ihrem gestrigen Rückweg ins *Athena* war gewesen, dass Balzar andauernd zum Vorschein gekommen war, sich als der große Nekromant vorgestellt und alle Personen in Hörweite beleidigt hatte. So was fiel natürlich auf.

Da sie heute Morgen eine Verabredung im Rathaus von Köln hatten, blieb das Problem leider bestehen – zumal ihr fahrbarer Untersatz sie nur in die Nähe des Gebäudes bringen konnte. Die Wahrscheinlichkeit, dass Balzar sich sittsam benahm, während sie über einen belebten Platz gingen, war nicht sonderlich hoch. Daher die Rüstung.

Der Taxifahrer war nicht sonderlich angetan von der Vorstellung gewesen, Adam als Fahrgast zu transportieren, hatte aber widerwillig zugestimmt, als Bug ihm die Lüge aufgetischt hatte, er nehme an einem Wohltätigkeitsprojekt teil.

»Warum zieht er denn die Rüstung nicht einfach an, wenn er vor Ort ist?«, fragte der Taxifahrer.

»Ja«, erwiderte Adam. »Das wäre viel vernünftiger gewesen.«

Trinity war ebenfalls mit von der Partie, ohne dass sich sofort erschloss, warum. Der Taxifahrer war nicht gerade begeistert davon, dass sie in seinem Wagen Chips aß, aber nachdem er einem Typen in mittelalterlicher Ritterrüstung das Einsteigen erlaubt hatte, hielt er es wohl nicht mehr für nötig, sich auch noch darüber aufzuregen.

Adam ins Taxi hineinzubekommen war schwierig gewesen, ihn wieder rauszubekommen noch sehr viel schwieriger.

Der einzige Pluspunkt seiner Aufmachung bestand darin, dass sie jedes Mal ein leises Scheppern hörten, wenn Balzar versuchte, zum Vorschein zu kommen, und ihm das Metall den Weg versperrte.

Heute Morgen hatte Adam die Augen geöffnet und gleich als Erstes das verachtungsvolle Starren des Nekromanten vor sich gesehen. Sein zweiter Kopf hatte ihn darüber in Kenntnis gesetzt, dass er schnarche wie ein verstopftes Wildschwein. Diese Gesellschaft war wirklich keine Freude.

»Oooh«, sagte Trinity aufgeregt, »können wir uns ein Grillhähnchen holen?«

»Es ist Viertel vor neun am Morgen«, sagte Ursula.

»Und?«

Ursula ignorierte sie. »Es ist nicht mehr weit, Adam. In ein paar Minuten sind wir im Rathaus.«

Es dauerte zehn Minuten, genau wie Adam erwartet hatte. Dank seines Jobs als Fremdenführer wusste er, dass das Rathaus auf der Beliebtheitsskala der Touristen direkt hinter dem Dom rangierte. Mit seinen über achthundert Jahren war es das älteste Rathaus in ganz Deutschland, und die achtundvierzig Glocken seines Turms ertönten immer wieder über der Stadt – regelmäßig viermal am Tag, zu besonderen Anlässen auch öfter. Unter der Rathausuhr steckte zu jeder vollen Stunde ein großäugiger, bärtiger Mann, der Platzjabbeck, seine Zunge raus. Geschmückt war das Gebäude mit einhundertvierundzwanzig Skulpturen, die berühmte Persönlichkeiten aus der Kölner Geschichte darstellten. Darunter gab es auch einen Mann mit nacktem Hintern, der das bizarre Kunststück vollbrachte, seine eigenen Genitalien im Mund zu halten – eine Fähigkeit, die ihn längst zum Instagram-Star gemacht hatte. Adam konnte seinen Tourguide-Vortrag im Halbschlaf halten. Er tat dies auch oft.

Ursula, Trinity, Bug und Adam blieben jedoch nicht stehen, um die Sehenswürdigkeiten zu würdigen – schon deshalb, weil sie in diesem Moment selbst dazugehörten. Als »der Typ in voller Rüstung« wurde Adam von drei verschiedenen Touristengruppen angehalten. Eine davon kam aus Japan, eine andere aus Südamerika, was für zusätzliche Sprachbarrieren sorgte. Aus diesem Grund schien es einfacher, kurz für Handyfotos zu posieren als zu erklären, warum sie dafür keine Zeit hatten. Bug war hocherfreut, weil sie dabei vierzig Euro Gebühr einsacken konnte.

So begeistert die Touristen waren, Adam zu sehen, so wenig traf dies auf die Angestellten im Rathaus zu. Noch während Ursula an der Anmeldung zu erklären versuchte, dass sie einen Termin hatten, stellte sich das Sicherheitspersonal ein und bekundete großes Interesse an der gesamten Truppe. Eine der Security-Mitarbeiterinnen – eine kleine blonde Frau mit dunklem Haaransatz und sonnigem Gemüt – schien hocherfreut, als sie beim Abtasten Bugs Schleuder entdeckte.

»Ah!«, verkündete sie mit unverstellter Genugtuung. »Eine Waffe.«

»Das ist keine Waffe«, sagte Bug.

Der darauffolgende Blick der Frau wäre hervorragend geeignet gewesen, um in einem Bildwörterbuch den Begriff »skeptisch« zu illustrieren.

»Ich meine, rein technisch handelt es sich um eine Waffe, aber es ist jetzt auch keine *Waffen*-Waffe.«

Die Frau rümpfte die Nase. »Was soll das denn bitte bedeuten?«

»Wir sind eine Gruppe, die historische Schlachten nachstellt«, sagte Ursula.

»Ach ja? Und in welchen Schlachten wurden Schleudern verwendet?«

»Sehen Sie!«, sagte Bug. »Genau das ist das Problem. Die entscheidende Rolle, die Schleudern bei historischen Schlachten gespielt haben, wird schon viel zu lange sträflich vernachlässigt.«

Die Security-Mitarbeiterin dachte sehr lange darüber nach, dann erklärte sie: »Keine Waffen in diesem Gebäude.«

»Das ist so unfair«, nörgelte Bug. »Er hat eine komplette Rüstung an, und sie darf –«

Ursula versetzte ihr einen Tritt vors Schienbein.

»Autsch. Ach, egal. Na schön. Aber ich hole sie mir ab, wenn wir wieder gehen.«

Als sich hinter ihnen jemand höflich, aber bestimmt räusperte, drehte sich die Gruppe um, wobei Adam überdurchschnittlich lange brauchte.

Eine schlanke Frau in einem eng sitzenden Nadelstreifenkostüm und mit blondem Pferdeschwanz, der so straff zusammengebunden war, dass es schmerzhaft aussah, schaute sie über ihre Brille hinweg misstrauisch an. »Guten Tag! Mein Name ist Claudia Pfennig, ich bin die persönliche Assistentin von Herrn Wagner. Würden Sie mir bitte folgen?«

Sie wandte sich um und ging auf die nächstgelegene Treppe zu. Nach wenigen Schritten blieb sie stehen, als ihr bewusst wurde, dass ihr niemand folgte.

Begleitet von einem durchdringenden Metallquietschen hob Adam die Arme. »Gibt es hier zufällig einen Fahrstuhl?«

KAPITEL 40

Sasha schreckte aus dem Schlaf, in der typischen Verwirrung, die jeder erlebt, der an einem fremden Ort erwacht. Sie schaute sich in dem Krankenzimmer um und erinnerte sich, wo sie war. Kaum sah sie Joy vor sich in ihrem Bett, kam es ihr vor, als hätte ihr jemand brutal in den Magen geboxt. Sie fuhr sich mit der Hand übers Gesicht und war plötzlich hellwach.

Pflegekräfte waren während der Nacht gekommen und gegangen und hatten nach der Patientin gesehen. Einige hatten darauf hingewiesen, dass Sasha eigentlich nicht hier sein dürfte, aber das hatte sie einfach ignoriert. Joy war ihre Zwillingsschwester. Man hätte sie mit Gewalt rausschleifen müssen, und das wäre jedem, der es versucht hätte, überraschend schwergefallen. Schließlich hatte die Nachtschwester eine Abmachung mit ihr getroffen: Sie dürfe bleiben, wenn sie wenigstens das Brötchen aß, das Wish ihr vorhin gekauft hatte, und eine Tasse Tee trank. Sasha hatte beides nicht gewollt, aber verstanden, dass dies ein ziemlich guter Deal war.

Die Ärzte zeigten sich weiterhin zuversichtlich, dass Joy wieder ganz gesund werden könnte, aber es war Sashas Aufmerksamkeit keineswegs entgangen, dass sie sich nicht mal annähernd zu irgendwelchen Versprechungen hinreißen ließen. Nach Joys Einlieferung waren Röntgenaufnahmen und CTs gemacht worden, man hatte alle Knochen gerichtet, bei denen es möglich gewesen war, und ihr die dringend nötige Bluttransfusion gegeben. Nun warteten alle ab, ob eine permanente Schwellung ihres Gehirns vorlag. Sasha versuchte, optimistisch zu bleiben, aber in den dunkelsten Stunden der Nacht hatte ihr Geist sie mit den immer gleichen Worst-Case-Szenarien gefoltert. Noch nie in ihrem Leben hatte sie sich so sehr vor etwas gefürchtet, schließlich war sie noch nie von ihrer Schwester getrennt gewesen.

In den wenigen Augenblicken, in denen Sasha sich nicht um Joy sorgte, nagte das schlechte Gewissen an ihr. Gestern Abend hatte sie Ursula angegriffen und war ihr gegenüber schrecklich ungerecht gewesen. Etwas in ihr hatte es schon im selben Augenblick gewusst. Natürlich war nichts von alledem Ursulas Schuld. Es war Joys Einfall gewesen, in der Kanalisation zurückzubleiben und auf Asbests Rückkehr zu warten. Und sie hatten beide darauf bestanden, dass Ursula ins *Athena* ging, um die ekelhaften Eingeweide des schauderhaften Monsters abzuwaschen. Mehr noch: Dass sie sich überhaupt dort aufgehalten hatten, lag daran, dass Anna, Delilah und Una verschwunden waren. Ursula hatte lediglich alles getan, was sie konnte, um darauf zu reagieren, genau wie sie alle. Trotzdem hatte sich Sasha ihr gegenüber so furchtbar verhalten. Sie hielt ihr Handy in der Hand und schaute immer wieder darauf, wollte Ursula anrufen und war doch nicht in der Lage dazu.

Zudem verwunderte es sie, dass sie keinerlei Besuch von der Polizei erhalten hatte – bedachte man die Art der Verletzungen ihrer Schwester, ganz zu schweigen von Asbests Tod. Sie hatte versucht, sich eine sinnvolle Geschichte zurechtzulegen, ihr war aber nichts eingefallen. Sie schaffte es auch nicht, sich diesbezüglich mehr anzustrengen. Ihre Schwester war von einem Duo übernatürlicher Verbrecher überfallen worden, und die Chance, dass die Polizei ihr glaubte oder versuchen würde, irgendetwas in dieser Sache zu unternehmen, ging gegen null. Wenn sie auch nur versuchen würde zu erklären, was sich tatsächlich ereignet hatte, war es mehr als wahrscheinlich, dass sie in einer ähnlichen Einrichtung landen würde wie Adam. Außerdem wollte sie auch gar nicht, dass die Polizei etwas unternahm. Wilde Wut kochte in Sashas Seele. Sie würde sich an diesem französischen Bastard höchstpersönlich rächen – und wenn es das Letzte war, was sie tat.

»Sash …«

Wenn sie mit diesem Schwein fertig war, würde er den Tag bereuen, an dem er auch nur ein Auge auf ihre Schwester geworfen hatte.

»Sash …«

Und sein Freund, der Golem – oder wie zur Hölle man den auch nannte –, auch ihn würde ihre Rache treffen. Süße Rache!

»SASHA!«

Als hätte sie ein Stromschlag getroffen, sprang sie aus ihrem Stuhl und fiel neben dem Bett auf die Knie.

»Oh mein Gott. Joy! Kannst du mich verstehen? Ich freue mich so sehr, deine Stimme zu hören. Du kommst wieder in Ordnung. Du bist im Krankenhaus. Die kümmern sich gut um dich. Alles wird wieder gut.«

Joys Gesicht rührte sich nicht, nur ihre Lider flatterten. »Jaja. Halt die Klappe.«

Tränen der Erleichterung stiegen in Sashas Augen. »Du bist es! Du bist es wirklich! Die Mädchen werden so erleichtert sein. Ich muss sofort … Oder sollte ich schnell den Ärzten Bescheid sagen, auch wenn die dich nicht hören können? Du kannst nicht laut sprechen, weil dein Kiefer gebrochen ist, aber mach dir keine Sorgen, alles wird wieder gut. Hast du starke Schmerzen?«

»Hältst du vielleicht endlich mal die Klappe?«, sagte die Stimme in ihrem Kopf.

»Ich … Also, das ist jetzt schon ein bisschen unhöflich.«

»Ich versuche, dir etwas zu sagen. Er hat gelogen.«

Da sie sich so weit beruhigt hatte, um zu merken, dass ihr die Knie von ihrem Sturz auf den Krankenhausboden wehtaten, setzte sich Sasha zurück auf ihren Stuhl. »Okay.«

Es war natürlich vollkommen verständlich, dass Joy nach ihrem Erwachen immer noch etwas durcheinander war.

»Sash. Er hat gelogen.«

»Der Arzt?«

»Nein.«

»Der Franzose? Mach dir keine Sorgen, um den kümmern wir uns, darauf kannst du wetten. Wenn ich erst mal –«

»Nein! Hör mir zu! Du musst mir zuhören!«

KAPITEL 41

Ursula, Trinity, Bug und Adam wurden in einen mit Bücherregalen gesäumten Konferenzraum im fünften Stock des Rathausturms geführt, in dem große Fenster einen eindrucksvollen Blick auf die Stadt gewährten. Trinity sank sofort auf einen Stuhl in der Ecke und ließ ein Bein über die Lehne baumeln.

»Wenn Sie nun ebenfalls Platz nehmen wollen«, sagte Claudia Pfennig mit einem Blick auf Trinity. »Herr Wagner wird in Kürze bei Ihnen sein. Kann ich Ihnen etwas zu trinken bringen? Tee? Kaffee? Wasser?«

»Nein, vielen Dank«, erwiderten Ursula und Bug gleichzeitig.

»Ich nehme an, Sie haben nicht zufällig ein bisschen Schmieröl zur Hand?«, fragte Adam.

»Ich könnte ein Brathähnchen gebrauchen«, sagte Trinity.

Frau Pfennig nickte, als wären dies vollkommen normale Wünsche. »Ich schaue, was ich tun kann«, sagte sie, drehte sich um und verließ den Raum.

Kaum hatte sie die Tür hinter sich geschlossen, fragte Adam: »Kann mir eine von euch helfen, diesen verdammten Helm abzusetzen?«

Er trat einen Schritt vor, zog einen Arm aus einem der Panzerhandschuhe und warf diesen auf den Tisch.

»Vorsicht!«, sagte Ursula. »Das gibt Kratzer.«

Vermutlich handelte es sich um einen Mahagonitisch, auf

jeden Fall war es ein sehr teures Möbelstück. Sie hatte noch nie Holz gesehen, in dem man sich spiegeln konnte.

»Du machst dir Sorgen um den Tisch?«, fragte Adam, zog sich den anderen Panzerhandschuh ab und schleuderte ihn zu Boden. »Und was ist mit mir? Ich stecke in diesem dämlichen Helm fest.«

»Niemand hat dich gezwungen, den aufzusetzen«, sagte Bug.

»Nein, ihr habt mich nur gezwungen, in dieser Rüstung durch Köln zu marschieren. Und zufällig wollte ich dabei nicht erkannt werden. Verrückt, wie ich bin.«

Ursula zog einen Stuhl unterm Tisch hervor. »Okay, setz dich hierhin.«

»Wohin?« Adam versuchte angestrengt, sich umzusehen.

Unter einigen Schwierigkeiten schafften sie es, ihn auf den Stuhl zu verfrachten, zumindest halbwegs. Schnell stellte sich heraus, dass die Bedürfnisse von Ritterrüstungsträgern bei moderner Büroeinrichtung nicht berücksichtigt wurden.

Bug versuchte, den Helm von seinem Kopf zu bekommen.

»Autsch, pass auf meine Ohren auf!«, jammerte Adam.

»Ich sehe deine Ohren nicht. Die stecken in einem Helm.«

»Und da bleiben sie auch drin, wenn du ihn einfach runterreißt. Dreh ihn lieber!«

»Ich drehe ihn. Ist dein Kopf größer geworden?«

»Seit heute Morgen? Ist das dein Ernst? Dreh ihn in die andere Richtung!«

»Ich drehe ihn in die andere Richtung.«

»Ich hab gleich gesagt, dass das Ding zu klein für mich ist!«

»Stell dich nicht so an! Ist ja nicht so, als hätten wir eine große Auswahl gehabt.«

»Au, au, au!« Adam wehrte Bugs Hände ab. »Hör auf damit!«

Ursula verdrehte die Augen. »Hört jetzt beide auf! Bug,

setz dich hin!« Ursula stellte sich hinter Adam und legte ihre Hände auf beide Seiten des Helms. »Okay, ich ziehe ihn auf drei hoch, okay?«

»Okay«, sagte Adam.

»Gut. Los geht's! Eins ...« In einer einzigen flüssigen Bewegung riss Ursula ihm den Helm vom Kopf.

»Aua!«, rief Adam und rieb sich die Ohren. »Das hat wehgetan. Was ist denn mit zwei und drei passiert?«

Natürlich öffnete sich genau in diesem Augenblick die Tür, und Hermann Wagner kam herein. Im Schlepptau hatte er dieselben beiden Bodyguards, die schon vergangene Nacht bei ihm gewesen waren. Der Schwarze Begleitschutz trug einen großen blauen Plastiksack in der Hand.

Wagner hielt inne, um das Schauspiel auf sich wirken zu lassen. »Oh«, sagte er. »Als Frau Pfennig eine Rüstung erwähnte, dachte ich, sie hätte sich zu einer untypischen Übertreibung hinreißen lassen. Wie sich sehe, habe ich mich getäuscht.«

»Wir mussten Adam hierherbringen, ohne dass man sein spezielles Problem erkennen würde«, erklärte Ursula.

»Ja«, sagte Bug. »Wir mussten zu unkonventionellen Mitteln greifen.«

»Offensichtlich«, sagte Wagner und setzte sich ihnen gegenüber an den Tisch. Kurz warf er einen Blick auf den Stuhl in der Ecke, auf dem Trinity tief und fest schlief. »Wenn wir hier bitte vorankommen könnten, ich habe einen ...«

Der ohrenbetäubende Chor lauter Glocken schallte durch das Gebäude, um zu verkünden, dass es neun Uhr war. Wagners Miene machte deutlich, dass er dies resigniert als Teil seines Arbeitstages akzeptierte, sosehr er es auch verachtete.

Als der Lärm verstummt war, fuhr Wagner fort, als hätte es das energische Geläut nie gegeben. »... ziemlich vollen Tag vor mir und viele wichtige Dinge, um die ich mich kümmern muss.« Er wandte sich an die beiden Männer, die hinter ihm standen. »Das wäre alles.«

Der Schwarze Bodyguard hielt den Plastiksack in die Höhe und hob eine Braue.

»Ach ja«, sagte Wagner und schaute zu Bug hinüber. »Kann ich davon ausgehen, dass Sie die Alchemistin sind?«

»Aber hallo.«

Wagner nickte, und der Bodyguard legte den blauen Sack vor ihr auf den Tisch. Ursula sah, dass das Wort »Beweismittel« daraufgedruckt war.

»Ich glaube, das gehört Ihnen«, sagte Wagner.

Bugs Augen leuchteten auf, und sie riss den Sack auf wie ein Kind die Geschenke unterm Weihnachtsbaum. Ihre Alchemistenjacke kam zum Vorschein. »Mein, Baby! Mama hat dich so vermisst!« Sie begann, die Jacke abzuküssen.

»Bug!«, sagte Ursula peinlich berührt. »Reiß dich bitte mal zusammen!«

Bug schlüpfte in die Jacke, dann umarmte sie sich selbst. »Wir werden uns nie wieder trennen.«

Wagner schaute sie lange an, dann wandte er sich erneut an die beiden Bodyguards. »Sie können draußen warten, meine Herren.«

Mit einem Nicken verließen die Männer den Raum durch dieselbe Tür, durch die sie gekommen waren, und schlossen sie hinter sich.

»Nun«, sagte Wagner, »wenn wir dann anfangen können. Haben Sie, wie besprochen, Hebes Kelch mitgebracht?«

Ursula nickte in Richtung von Trinity, die einen Lederbeutel bei sich trug. »Haben wir.«

»Könnten Sie sie dann vielleicht wecken und ihn mir geben?«

»Zuerst«, sagte Ursula, »würden wir gern das versprochene Update zu Ihren Nachforschungen bekommen. Also, was gibt es Neues in Bezug auf unsere verschwundenen Freundinnen?«

Wagner bedachte sie mit einem langen missbilligenden Blick, dem Ursula, ohne mit der Wimper zu zucken, standhielt.

»Na schön«, sagte er schließlich. »Meine Ermittler haben mich darüber informiert, dass sie von folgender Hypothese ausgehen: Der Seelenfresser, dem Sie begegnet sind, wurde von den Kriminellen getötet, für die er gearbeitet und mit denen er sich überworfen hat. Ihre Freundin, die nun im Krankenhaus liegt, war schlicht zur falschen Zeit am falschen Ort.« Wagners Nasenhaare zitterten hochmütig im Luftzug eines theatralischen Seufzers. »Und ich muss es sagen: Sie hat nicht angemessen auf die Situation reagiert und für ein großes Tohuwabohu gesorgt. Ich habe viel Zeit damit verbringen müssen, die Folgen davon wieder auszugleichen.«

Ursula ignorierte seine Beschwerde. »Und Anna und Delilah?«

Wagner schaute sie mit leerem Blick an.

»Die beiden Mädchen, die auf dem Parkplatz überfallen wurden.«

»Ach ja.« Er winkte nur ab. »Man geht davon aus, dass sie von derselben Bande angegriffen wurden.« Mit Verspätung versuchte er, Mitgefühl zu zeigen, und fügte hinzu: »Höchst bedauerlich.«

»Aber das ergibt nicht den geringsten Sinn«, sagte Ursula. »Warum sollten diese Leute Anna und Delilah überfallen, wenn der Franzose Sasha am nächsten Tag erzählt, er habe Anweisung, uns nicht umzubringen?«

Wut huschte über Wagners Gesicht. »Mit den internen Abläufen irgendeiner dreckigen kriminellen Vereinigung bin ich nicht vertraut. Nehmen Sie einfach zur Kenntnis, dass Nachforschungen durchgeführt werden und ich absolutes

Vertrauen habe, dass beizeiten eine vollständige Klärung erfolgen wird.«

Ursula schaute kurz zu Bug. Ihre Freundin sah so verwirrt aus, wie sie sich fühlte.

»Okay«, sagte Ursula. »Und was ist mit Una?«

»In diesem Punkt, fürchte ich, sind wir uns immer noch nicht sicher, aber wir prüfen verschiedene Möglichkeiten. Eine Theorie besagt, dass sie zu dem Schluss gekommen ist, dass ihre Arbeit erledigt war, nachdem die Vergeltung stattgefunden hatte, und sie all das hinter sich lassen wollte. Es gibt eben Menschen, die sich ungern verabschieden.«

Bug stieß ein abfälliges Schnaufen aus.

Wagner verdrehte den Hals und sah sie angewidert an. »Entschuldigen Sie mal, junge Dame!«

»Una würde nicht einfach weglaufen«, sagte Bug. »Niemals. Sie würde sicherstellen, dass alles gut gegangen ist.«

»Zumal«, fuhr Ursula fort, »die Vergeltungsschlacht, wie ich Ihnen bereits mehrfach gesagt habe, gar nicht richtig stattgefunden hat. Sie wurde unterbrochen.«

»Ja«, sagte Wagner mit einem weiteren Seufzen. »Sie behaupten das zwar dauernd, uns fehlt aber jeder Beweis, der diese Mutmaßung bestätigen würde.«

»Keineswegs«, sagte Ursula und zeigte auf Adam, der nervös lächelte. »Schließlich steckt ein Nekromant in ihm.«

Adam verzog das Gesicht. »Also, ich würde das so nicht formulieren, aber okay.«

Ursula erhob sich. »Komm, Bug, hilf mir, ihm den Rest der Rüstung auszuziehen.«

Einige Minuten lang pausierte die Unterhaltung, während Bug und Ursula ächzten und stöhnten. Adam quiekte hin und wieder kurz vor Schmerz auf, und Hermann Wagner saß mit verschränkten Armen da und schnalzte abschätzig mit der Zunge.

Nach einem ziemlichen Kampf schafften die Mädchen es endlich, den Brustpanzer abzulegen, sodass Adam nur noch mit dem Unterteil der Rüstung auf seinem Platz saß – und in einem *Hello-Kitty*-T-Shirt, das Masina ihm geliehen hatte.

»Vielleicht verzähle ich mich ja«, sagte Wagner, »aber ich sehe nur einen einzigen wenig beeindruckenden Kopf.«

»Hey!«, erwiderte Adam beleidigt.

»Der Kopf ist nicht immer da«, sagte Ursula.

»Sie meint den anderen«, fügte Bug überflüssigerweise hinzu.

»Er bricht aus der Schulter hervor«, bestätigte Ursula.

»Deswegen hat er ja die Rüstung getragen«, erklärte Bug und deutete auf Adam. »Das Metall verhindert, dass er in aller Öffentlichkeit zum Vorschein kommt und für die Art von Tohuwabohu sorgt, die Sie so hassen. Verstehen Sie?«

»Ja«, erwiderte Wagner und funkelte Bug finster an. »Ich verstehe. An diesem Punkt sollte ich vielleicht erwähnen, wie wenig ich davon halte, wenn man sich dumme Scherze mit mir erlaubt.«

»Das ist kein Scherz«, sagte Adam. »Ich wünschte, es wäre einer, aber glauben Sie mir, es ist sehr real.«

»Na schön. Dann … lassen Sie ihn erscheinen.«

»Okay«, sagte Adam und wandte sich seiner Schulter zu. »Balzar?«

Nichts passierte.

»Balzar?«, wiederholte er.

Weiterhin passierte nichts.

»Balzar, kannst du mal rauskommen?«

Auf geradezu alarmierende Weise passierte nichts.

Adam hustete verlegen. »Er lässt sich nicht immer blicken, wenn man das will.«

»Offensichtlich«, knurrte Wagner.

»Bei der Ärztin war es genauso.«

»Pardon, bei wem?«

»Bei der Ärztin. Als ich in der psychiatrischen Klinik war.«

Wagner schaute Ursula an. »Sie haben einen Psychiatriepatienten mitgebracht, um Ihre Behauptung zu beweisen?«

»Nein«, sagte Ursula. »Er wurde dort eingewiesen, weil er die Wahrheit gesagt hat: dass wir ihn gebeten hatten, uns in der Nacht der Vergeltung zu helfen.«

»Ja, natürlich. Wie nachlässig von mir, das zu vergessen. Das ist der Zivilist, von dem Sie glaubten, dass Sie ihn hinzuziehen müssten. Ich sehe, dass Sie nicht gerade mit großer Auswahl gesegnet waren. Und dann auch noch ein Amerikaner. Wie entzückend.«

»Hey«, sagte Adam. »Ich merke das, wenn man mich beleidigt!«

»Herzlichen Glückwunsch.«

»Balzar!«, blaffte Adam ohne sichtbare Wirkung. Er schaute sich im Raum um. »Vielleicht hat er schlechte Laune wegen der Aktion mit der Ritterrüstung.«

»Ja«, sagte Wagner trocken. »Daran muss es liegen.«

»Wie wär's, wenn Sie erst mal über was anderes reden. Geben Sie ihm ein bisschen Zeit.«

»Was für eine hervorragende Idee.« Wagner wandte sich an Ursula und Bug. »Nun, da Sie auf den neuesten Stand gebracht wurden, müssen wir uns über den Kelch unterhalten und darüber, wann wir Ihnen Ihre Kräfte abnehmen sollen. Ich bin mir sicher, dass Sie schnellstmöglich Ihr Leben weiterleben wollen.«

»Wir tun nichts dergleichen«, erwiderte Ursula mit fester Stimme, »bis wir mit Sicherheit wissen, was unseren Freundinnen zugestoßen ist und was bei der Vergeltungsschlacht passiert ist.«

»Hören Sie«, sagte Wagner. »Ich habe diesen Unsinn lange genug ertragen. Sie haben Ihre Rolle erfüllt, und nun müssen Sie Ihre Fähigkeiten abgeben, wie es der Tradition entspricht.«

»Und was, wenn nicht?«, fragte Bug. »Was wollen Sie dagegen tun?«

»Junge Dame«, sagte er mit einem finsteren Lächeln, »machen Sie nicht den Fehler zu glauben, Sie wären die Einzigen, die über besondere Kräfte verfügen. Dies muss nicht unangenehm werden, aber es wird so kommen, wenn Sie uns keine andere Wahl lassen.«

»Wenn sich alle bitte mal entspannen würden«, sagte Ursula. »Wir werden das alles gern tun, wenn der richtige Zeitpunkt gekommen ist. Aber zuerst wollen wir, dass alles geklärt und Adam geholfen wird, so, wie Sie es versprochen haben.«

»Es sieht ganz so aus, als hätte sich sein Problem – wie kann ich es höflich ausdrücken? – von selbst gelöst.«

»Ach, zum …«, murmelte Bug, dann hob sie die Stimme. »Ich habe gehört, dass Balzar der Große ein schrecklich schlechter Nekromant ist, der nicht mal mit einem Streichholz ein Feuer von den Toten erwecken kann.«

Es war eine große Genugtuung, dass Wagner fast von seinem Stuhl fiel, als Balzars Kopf aus Adams Schulter hervorplatzte wie ein sich rasant aufblasender, wütender Luftballon.

»Wer wagt es, meinen Namen zu besudeln? Die Pocken mögen dein Haus und dein Vieh befallen. Ich werde dich in den vierten Kreis der Hölle verbannen, der bei Weitem der schlimmste von allen Höllenkreisen ist. Die Leute behaupten immer, es wäre der siebte, aber die wissen nicht, wovon sie reden!«

»Was um alles in der Welt?«, stieß Wagner aus. »Das war doch kein Witz.«

Balzar stierte über den Tisch hinweg. »Wer ist dieser einfältige Narr, der es wagt, den mächtigen Balzar, Nekromant am Hofe Attilas, als ›Witz‹ zu bezeichnen? Und warum sprießen Haarbüschel aus seinen Nasenlöchern? Trägt man das heutzutage so?«

Ursula und Bug schauten einander an, unfähig, irgendwelche Worte zu finden.

»Schweig!«, blaffte Wagner, der aussah, als wolle er sich die Hände vor die Nase halten, dem Drang dann aber doch nicht nachgab. »Bedenke, mit wem du redest!«

»Der mächtige Balzar beugt sich vor niemandem.«

Wagner stieß einen Finger in die Richtung von Adams Kopf. »Halten Sie ihn unter Kontrolle!«

»Wenn ich das könnte«, sagte Adam, »wäre ich nicht hier.«

»Dann sind Sie absolut nutzlos.«

»Okay«, sagte Ursula. »Wie wäre es, wenn wir jetzt alle –«

»Wie kannst du es wagen, ihn zu beleidigen?«, rief Balzar. »Dies ist Adam. Der Mann, der die beeindruckende, lebensverändernde, machtvolle Einrichtung erfunden hat, die man als ›Toilette‹ bezeichnet.«

Ursula konnte es sich nicht verkneifen nachzufragen. »Entschuldigung, aber *was* hat er getan?«

»Ich habe niemals –«, begann Adam.

»Jawohl«, fiel ihm Balzar ins Wort. »Er hat dieses wundersame Ding erschaffen, das es einem erlaubt, darin zu defäkieren oder zu urinieren. Dann betätigt man einen Hebel, und alles verschwindet auf magische Weise.«

»Mit dieser Vorrichtung sind wir vertraut«, sagte Wagner.

»Dann erweisen Sie ihm gefälligst Respekt! Ohne ihn würden Sie Ihr Geschäft noch immer in einem Eimer verrichten und es anschließend aus dem Fenster kippen.«

Soweit es möglich war, während ein zweiter Kopf auf seiner Schulter zeterte, sah Adam verlegen aus. »Um das klarzustellen: Ich habe lediglich erklärt, wie eine Toilette funktioniert. Ich habe nie behauptet, ich hätte sie erfunden.«

»Was?«, donnerte Balzar. »Du hast mich angelogen?«

»Nein, habe ich nicht«, erwiderte Adam flehentlich. »Du hörst einfach nie zu.«

»Du hast mich wie einen Narren wirken lassen vor diesem hässlichen, nasenhaarigen Einfaltspinsel!«

Die beiden Köpfe schauten einander Aug in Aug an.

»Nein!«, brüllte Adam. »Habe ich nicht! Es ist nicht meine Schuld, dass du zu sehr damit beschäftigt bist, die ganze Zeit in der Gegend herumzuposaunen, wie toll du bist, um mitzubekommen, wenn dir jemand was erklärt!«

»Das hat noch nie jemand zu mir gesagt!«

»Woher willst du das wissen? Du hörst doch nie zu!«

In diesem Augenblick klingelte Bugs Handy, und das Gitarrenriff aus dem Intro eines Punksongs durchschnitt die Spannung im Raum. Sie fischte das Telefon aus ihrer Jeanstasche.

»Stören wir Sie?« Wagner schoss einen Blick ungefilterter Wut quer über den Tisch. »Haben Sie vielleicht einen anderen wichtigen Termin?«

Bug ignorierte ihn und hielt Ursula das Display entgegen. »Es ist Sasha.«

Ursula nickte und wandte sich wieder an Wagner. »Sie muss den Anruf annehmen. Es geht sicherlich um unsere Freundin im Krankenhaus.«

Bug stand auf und marschierte zum Fenster.

»Also«, sagte Ursula im Versuch, die Unterhaltung wieder auf Kurs zu bringen. »Sie sehen, dass Balzar durch und durch real ist.«

»Und Ursula meinte«, warf Adam ein. »Sie könnten mir dabei helfen, ihn wieder loszuwerden.«

»Wie kannst du es wagen?«, brüllte Balzar. »*Ich* bin es, der *dich* loswerden muss. Außerdem verlange ich mehr Eiscreme!«

»Was?«, fragte Wagner.

»Beachten Sie das gar nicht!«, erwiderte Ursula. »Balzar, du musst Herrn Wagner erklären, was bei der Schlacht passiert ist.«

»Ich erkläre gar nichts, bevor ich nicht mehr Eiscreme bekomme.«

Ursula rieb sich die Stirn, hinter der sie stechende Kopfschmerzen spürte. »Wir besorgen dir anschließend Eiscreme, aber erst einmal musst du erklären, was –«

»Tut mir leid, dass ich unterbreche«, sagte Bug, die ihren Anruf beendet hatte. Sie stellte sich neben Wagner.

»Wie geht es Joy?«, fragte Ursula.

»Gut«, sagte Bug geistesabwesend. »Ja. Es geht voran. Tut mir leid, dass ich das Thema wechsle, aber riecht das noch irgendwer?«

»Was riecht?«, blaffte Wagner und schaute zu ihr auf.

»Ich glaube, es könnte sein, dass sich einzelne Ingredienzien in meiner Jacke vermischt haben, und, na ja, ihr wisst schon, das könnte ziemlich gefährlich werden.« Sie holte eine Prise blaues Pulver aus einer der rechten Taschen hervor und ein gelbes Saatkorn aus einer anderen an ihrer Taille. »Ja, das hatte ich mir gedacht. Wissen Sie, die sollten beide nicht da sein, und –« Sie nieste, und das Pulver verteilte sich großflächig auf Wagners Anzug. »Oh nein«, sagte Bug und versuchte, ihn sauber zu klopfen. »Es tut mir so leid.«

»Finger weg!«, sagte er und schob seinen Stuhl zurück.

Er senkte den Blick und sah, dass gelbe und blaue Blumen auf dem Ärmel seines Anzugsakkos erblühten.

»Ups.«

»Was haben Sie getan?«, kreischte Wagner.

»Ich hatte schon die Befürchtung, dass so was passieren könnte. Das ist aber nicht schlimm, solange sie nicht –« Die Blumen nahmen einen pinken Farbton an. »Oooh, das ist nicht gut.«

Wagner stand auf. Sein Gesicht war zu einer wütenden Fratze verzerrt. »Sie bleiben alle hier, ich bin sofort wieder da!« Er stieß den Zeigefinger in Bugs Richtung. »Und Sie holen gefälligst nichts mehr aus Ihrer Jacke!«

Bug hob beide Hände. »Auf keinen Fall! Kein Problem.«

»Ha!«, heulte Balzar. »Jetzt wachsen ihm Sachen aus der Nase *und* aus dem Arm. Das ist äußerst amüsant!«

Wagner drehte sich um, marschierte zur Tür und riss sie auf.

Die beiden Bodyguards, die davorstanden, schauten ihn mit großen Augen an.

»Sorgen Sie dafür, dass diese Idioten da drinbleiben! Ich komme wieder, wenn ich mich hierum gekümmert habe.«

Damit knallte er die Tür ins Schloss.

»Was zur Hölle …?«, begann Ursula.

Bug lehnte sich über den Tisch und flüsterte angespannt: »Wir haben ein großes Problem.«

»Du meinst, ein noch größeres als …?«, fragte Ursula und deutete in Richtung Tür.

»*Viel* größer.«

KAPITEL 42

Bug drehte völlig durch, und langsam sprang ihre Angst auch auf die anderen über.

Ursula packte sie an den Schultern. »Konzentrier dich! Was genau hat Sasha dir gesagt?«

»Joy ist zu Bewusstsein gekommen.«

»Das ist doch toll!«

»Nicht ganz zu Bewusstsein, aber sie kann wieder über ihren Gedankenkanal kommunizieren.«

»Okay, immer noch gut. Aber ich nehme an, das ist nicht alles?«

»Um ehrlich zu sein, war es nicht so einfach, Sasha zu verstehen, weil sie beim Sprechen gerannt ist, aber –«

»Moment mal«, sagte Ursula. »Warum ist sie gerannt?«

»Gute Frage. Hat sie nicht gesagt.«

»Das hat sie nicht gesagt?«, wiederholte Ursula.

»Hör zu«, erklärte Bug angestrengt, »es war bloß ein kurzer Anruf. Sie meinte, das Wichtigste wäre, dass Joy gesagt hat, dass er lügt.«

»Wer?«

»Der Mann, mit dem wir vergangene Nacht in ihrem Krankenzimmer gesprochen haben. Also unser Freund, das Nasenhaar.«

»Seine Nase ist lachhaft«, verkündete Balzar volltönend. »Wäre er in unserer Horde, wir würden ihm heiße Speere in die Nasenlöcher rammen.«

»Bist du endlich still?!«, sagte Adam und wandte sich an Bug. »Wer hat gelogen? Und … worüber?«

»Wagner über irgendwas.«

»Das konnte sie hören?«, hakte Ursula nach.

Bug zuckte mit den Schultern. »Ich nehm's an. Sie meinte, als er sein Wort gegeben hat.«

Ursula zermarterte sich den Kopf, um sich an die Einzelheiten ihrer Unterhaltung zu erinnern. Sie hatten über den Angriff auf die Zwillinge gesprochen, über Unas Verschwinden, aber … »Adam!«

»Was?«, rief dieser beunruhigt aus.

Ursula schaute Bug an. »Ich habe Wagner gebeten, uns sein Wort zu geben, dass Adam nichts zustoßen würde. Als ich erklärt habe, dass er …« Sie deutete auf Balzar.

»Was hast du über mich gesagt?«, fragte Balzar empört. »Balzar der Große mag es gar nicht, dass hinter seinem Rücken über ihn geredet wird.«

»Oh.« Auf Bugs Gesicht machte sich eine Erkenntnis breit. »Oooh!«

»Wartet mal …« Adam erhob sich mit einem metallischen Quietschen der unteren Rüstungshälfte. »Er hat gelogen, als es um meine Sicherheit ging?«

Bug warf die Hände in die Höhe. »Das sage ich doch die ganze Zeit.«

»Okay … Dann lasst uns abhauen.«

Ursula weckte rasch Trinity.

Währenddessen huschte Bug zur Tür hinüber, durch die sie eingetreten waren. Sie öffnete sie und stand augenblicklich den beiden Bodyguards gegenüber. »Ähm … Hey, euch habe ich gesucht! Wir haben vorhin nach etwas Schmieröl gefragt … Könnt ihr euch mal erkundigen, ob wir das noch bekommen, bitte?« Bug schloss die Tür und eilte auf die Tür am anderen Ende des Raumes zu, durch die Wagner hereingekommen und hinausgegangen war. Sie öffnete sie und stellte verblüfft fest, dass dahinter dieselben beiden Bodyguards standen. »Ähm ... Hi, ich bin's noch mal.« Sie deutete auf die andere Tür. »Wart ihr nicht gerade ...? Wisst ihr was? Egal. Wir hatten auch um ein Brathähnchen gebeten, und bei uns ist noch nicht die kleinste Keule eingetroffen, also ...«, sie klatschte in die Hände, »husch, husch! Kümmert euch da mal drum!« Bug knallte die Tür zu. Fassungslos schüttelte sie den Kopf. »Husch, husch? Wer sagt denn bitte *husch, husch?* Schauderhaft.«

Nachdem sie Trinity auf die Füße geholfen hatte, wandte sich Ursula wieder an Bug. »Also?«

»Ohne Gegenwehr kommen wir durch keine der beiden Türen, und diese Typen sind ... Ist ja auch egal. Also, was die Gegenwehr betrifft: Mir hat man meine Schleuder abgenommen. Ich habe es euch ja gleich gesagt, aber –«

»Okay.« Ursula sah Trinity an. »Ich denke, wenn wir uns beeilen, kommen wir hier raus. Zeit, dass du dein Ding abziehst, Trin.«

»Kann ich nicht«, sagte sie.

»Was?!«

Trinity sah völlig ausgelaugt aus. »Mir fehlt die Energie. Was habt ihr denn gedacht, warum ich das Hähnchen haben wollte?«

»Aber ... hattest du kein Frühstück?«

Trinity senkte beschämt den Blick. »Nur die Chips. Ich hab verschlafen. Normalerweise weckt mich Joy.«

»Hm«, sagte Ursula. »Uns mit Gewalt den Weg hier raus zu bahnen ist wohl keine Option.« Sie deutete auf die großen Fenster. »Kriegt man die auf?«

Trinity schüttelte den Kopf. »Nee.«

»Ich könnte ein Loch reinsprengen«, sagte Bug hoffnungsvoll.

»Könntest du.« Ursula ließ in ihrer rechten Hand ein Flammenschwert entstehen. »Aber das hier macht weniger Lärm.«

»Spielverderberin.«

»Whoa, whoa, whoa!«, sagte Adam. »Wartet mal kurz! Bin ich der Einzige, der sich daran erinnert, dass wir uns im fünften Stock befinden?«

Balzar, der sogar noch beunruhigter aussah, stimmte mit ein: »Balzar wird sich nicht zu einer derart ordinären Unternehmung herablassen.«

Ursula drehte sich um und zischte ihm direkt ins Gesicht. »Ich will dir das jetzt sehr einfach machen, mächtiger Balzar. Wir haben genau zwei Möglichkeiten: Entweder wir klettern aus diesem Fenster, oder diese Leute nehmen dich und Adam in Gewahrsam. Da sie bereits entschieden haben, dass ihr ihnen in keiner Weise von Nutzen seid, werden sie euch im besten Fall einfach aus dem Weg räumen. Ist es dir lieber zu sterben – und womöglich noch Schlimmeres durchzumachen –, oder bevorzugst du es, dich still und brav in Luft aufzulösen und mich dafür sorgen zu lassen, dass wir verdammt noch mal hier rauskommen?«

Balzar bewegte kurz die Lippen, dann murmelte er: »Wie es der Zufall will, habe ich sowieso noch was Dringendes zu erledigen.« Sofort verschwand er.

»Gut gemacht«, sagte Adam.

»Danke. Jetzt zieh diese Rüstung aus!«

Zwei Minuten später hatte Ursula ein Wahrzeichen der Stadt geschändet. Der knifflige Teil bestand nicht darin, das Glas aus dem Rahmen zu lösen – das Schwert konnte die allermeisten Gegenstände mühelos durchschneiden –, sondern darin, die Fensterscheibe aufzufangen, ohne Krach zu machen. Bug versuchte, alle Geräusche zu übertönen, indem sie laut vor sich hinsummte, während sie gleichzeitig beide Türen im Auge behielt, weil sie befürchtete, jeden Augenblick könnte jemand hindurchgestürmt kommen.

Adam, der es endlich geschafft hatte, sich zu ent-rüsten, stand nun neben ihr, lediglich mit dem geliehenen T-Shirt und Boxershorts bekleidet. »Wo sind meine Sachen?«

»Die hat Trinity.«

»Nein, hab ich nicht.«

Bug schaute zu ihr hinüber. »Doch, hast du.«

»Nein. Ich habe bloß gesagt, wir müssten Adams Sachen mitnehmen, damit er sich später umziehen kann.«

»Und ich habe dir zugestimmt.«

»Ich habe aber schon den Kelch getragen«, warf Trinity ein.

»Zwei Sachen kannst du nicht tragen?«

Trinity verschränkte die Arme vor der Brust. »Ich bin sehr müde und habe immer noch kein Brathähnchen bekommen.«

»Ich habe also nichts anzuziehen?« Adam sah entsetzt aus.

»Natürlich hast du was anzuziehen«, sagte Bug und schaute sich wieder zu den Türen um. »Nur keine weiteren Klamotten. Ich meine, du hast doch schließlich was an.«

»Ich stehe hier in meiner Unterhose!«

»Ja, aber sieh's doch mal positiv!«

»Was ist daran positiv?«

Ursula trat zurück und betrachtete das rechteckige Loch, wo eben noch die Fensterscheibe gewesen war. »Du bist so weit oben, dass niemand irgendwas erkennen kann.«

—

Immerhin regnete es nicht.

Einer dieser Sätze, die die Leute sagten, wenn sie auf einen verspäteten Bus warteten oder ihre Mannschaft im Fußballstadion dem Erdboden gleichgemacht wurde. Oder wenn sie vor der Comic Con stundenlang in der Schlange standen. Selbstverständlich konnte man den Satz auch äußern, wenn man sich im fünften Stock eines Gebäudes an historischen Skulpturen festklammerte, während man sich auf einem sechs Zentimeter breiten Sims befand und lediglich Boxerhorts und ein geliehenes *Hello-Kitty*-T-Shirt trug. Allerdings war er dann kein großer Trost.

Vor die Wahl gestellt, wäre Adam ein bisschen Regen sogar lieber gewesen als der Wind, der um ihn herumpeitschte. Auf dem Hinweg war es ihm nicht sonderlich windig vorgekommen, aber da war er ja auch am Boden gewesen und hatte eine vollständige Ritterrüstung getragen. Beides vermisste er stark. Den Boden aus offenkundigen Gründen, die Rüstung, weil es ihm kein bisschen gefiel, wie die bitterkalte Kölner Brise durch seine Boxershorts fuhr – auch wenn sein Kopf hauptsächlich mit seinem unmittelbar bevorstehenden Tod beschäftigt war.

Der Sims, auf den sie getreten waren, führte vermutlich einmal um den gesamten Turm. Sie hatten vor, sich bis zur anderen Seite herumzutasten und dann zu einem der niedrigeren Dächer hinabzuklettern, um von dort aus zu fliehen. Der Plan kam Adam allerdings nicht sonderlich durchdacht vor – schon wegen seine Höhenangst.

Der Rathausturm war berühmt für seine einhundertvierundzwanzig Skulpturen, die sich an der Außenwand von allen Stockwerken befanden. Er hatte das seinen Touristengruppen so oft erklärt – von einer, wie er jetzt wusste, äußerst vorteilhaften Position am Erdboden. Mit diesen Figuren nun derart intim zu werden stellte sich als Segen und Fluch zugleich heraus. Ein Segen, weil er sich immerhin an ihnen festhalten konnte, ein Fluch, weil sie ihm zugleich den Weg versperrten. Jede Skulptur war in ihren eigenen flachen Alkoven eingearbeitet, ragte aber gute dreißig Zentimeter vor. Das hörte sich nach nicht viel an, aber wenn man lediglich sechs Zentimeter hatte, auf denen man stehen konnte, war es recht knifflig, um diese Figuren herumzukommen.

Gerade klammerte sich Adam an Kaiser Friedrich III. fest, als ginge es ums nackte Überleben. Er versuchte, seinen ganzen Mut zusammenzunehmen, um seinen linken Fuß vom Sims zu lösen und das Manöver des nächsten Schritts abzuschließen. Sein Bewusstsein hatte aus unerfindlichen Gründen begonnen, alle möglichen Informationen über Friedrich III. abzufeuern. »Friedrich war nur neunundneunzig Tage Deutscher Kaiser.«, stieß er aus.

»Gut zu wissen«, sagte Ursula direkt hinter ihm.

Bug und Trinity hatten sich vor ihnen bereits an Friedrich und Papst Urban VI. vorbeimanövriert. Ursula bildete die Nachhut für den Fall, dass jemand ihren Aufbruch bemerkte und nicht glücklich darüber war. Adam konnte sich nicht vorstellen, wie ein Kampf auf einem sechs Zentimeter breiten Absatz vonstattengehen sollte, ging aber stark davon aus, dass er nicht lange dauern würde. Er spürte, wie ungeduldig es Ursula machte, dass er so langsam war.

»Der alte Friedrich starb nicht im Kampf, sondern nach schwerer Krankheit im eigenen Bett«, fuhr Adam fort. »Damit konnte er sich wahrlich glücklich schätzen.«

»Scheint ein echter Glückspilz gewesen zu sein. Gewöhn dich trotzdem nicht zu sehr an ihn. Du musst auch andere Leute an dich ranlassen. Wie wär's, wenn du versuchst, mit deiner rechten Hand nach der Robe des guten alten Urban zu greifen? Konzentrier dich einfach auf den nächsten Schritt. Nicht darauf, wo wir jetzt sind.«

»Leichter gesagt als getan.« Adam schob langsam den rechten Fuß vor, während er sich gleichzeitig bemühte, den Kopf zu drehen, um einen Blick auf die nächste Skulptur werfen zu können.

»Ich will dir ja keinen Druck machen, aber ich habe das Gefühl, dass wir uns eher wieder der Figur hinter uns nähern.«

»Das ist nicht so einfach, weißt du?«

»Ich weiß. Ich stehe auch hier oben.«

»Ja, aber du bist Wonder Woman.« Zitternd streckte er die rechte Hand nach der nächsten Figur aus.

»Bin ich nicht. Das Outfit würde mir überhaupt nicht stehen.«

»Lustig. Als Mann in Unterhose würde ich gerade töten für dieses Outfit.«

»Du hast die Beine dafür. Aber keine Sorge, da ich genauso stark bin wie Wonder Woman, würde ich dich auffangen, wenn du fällst. Also leg gern noch einen Zahn zu.«

»Ich versuch's ja. Ich kann bloß meine Beine nicht davon überzeugen.«

»Würde es helfen, wenn ich sie mit einem Flammenschwert anstupse?«

Trotz der Spannung – oder vielleicht gerade deswegen – musste Adam lachen. »Sehr zuvorkommend.« Er kniff die Augen fest zu und schob sich voran. Kurz nahm er das beklemmende Gefühl wahr, nach hinten zu fallen, bevor er eine kräftige Hand in seinem Nacken spürte.

»Siehst du«, ermutigte ihn Ursula. »Jetzt hast du's raus.«

»Ja.« Adam nickte, so gut er konnte, während er sich an Urbans Unterkörper klammerte. »Fun Fact – die Franzosen haben Papst Urban VI. als den Antichrist bezeichnet.«

»Tja, bekanntlich eine Nation, die schwer zufriedenzustellen ist. Du machst das übrigens toll, geh einfach weiter.«

Es war überraschend, wie deutlich einzelne Stimmen bis in diese Höhe hinaufdrangen. Deshalb hörte Adam auch, wie tief unter ihnen ein Kind fragte: »Mama, warum hat der Mann da keine Hose an?«

»Die reden vielleicht gar nicht von dir«, sagte Ursula.

»Na sicher«, erwiderte Adam, der das Gefühl hatte, von mindestens hundert Handys fotografiert zu werden.

»Wir wollen euch nicht beunruhigen«, rief Bug vor ihnen, »aber wir sind gerade am Bürofenster einer Frau vorbeigekommen, und die hat uns eindeutig bemerkt.«

»Okay«, sagte Ursula, »wir werden jetzt sowieso schneller, also –«

Ein Räuspern drang von oben zu ihnen herab. Während ihm das Herz in die nicht vorhandene Hose sackte, schaute Adam auf und sah, dass verschiedene Köpfe von den Turmzinnen aus auf sie herabblickten. Auch Hermann Wagners unverkennbar fast kahler Schädel gehörte dazu. Er war der Einzige, der nicht mit einer Waffe auf sie zielte.

»Ich fürchte, meine Geduld ist jetzt offiziell am Ende«, rief er. »Sie kommen jetzt entweder hier rein, und wir nutzen sofort den Kelch, um Ihnen Ihre Kräfte zu nehmen und damit Ihre Fähigkeit, uns derart kolossale Schwierigkeiten zu bereiten, oder ...«

»Oder?«, wiederholte Ursula.

»Ein schrecklicher Unfall wird sich ereignen. Ich bin mir durchaus im Klaren, dass Sie in der Lage sind, hier hochzuspringen und Ihre Interessen mit Ihrem Feuerschwert durchzusetzen. Aber seien Sie versichert, dass Ihre Freunde tot sein werden, bevor ihre Füße den Boden erreichen.«

»Vor all diesen Menschen?«

Adam hörte, dass unten Befehle gebrüllt worden.

»Die Security räumt in dieser Sekunde den Platz.«

Adam versuchte hinunterzuschauen. In diesem unseligen Sekundenbruchteil rutschte er von Papst Urban ab und spürte, wie er ins Nichts taumelte. Irgendwo unter ihm schrie jemand. Die Welt stellte sich auf den Kopf, und während er in die Tiefe schnellte, verschwamm der Platz vor seinen Augen. In der nächsten Sekunde bemerkte er allerdings, dass er zwar einen beunruhigend deutlichen Blick auf das Kopfsteinpflaster hatte, es aber nicht mehr näher kam. Stattdessen befand er sich in einem Zustand, der sich wohl am besten als »baumelnd« bezeichnen ließ. Ein fester Griff an seinem rechten Fußgelenk war das Einzige, was ihn von einem kurzen, folgenschweren Tanz mit der Schwerkraft abhielt.

»Ich hab dich«, sagte Ursula mit gepresster Stimme.

Adam versuchte, Worte zu finden, aber seine Aufmerksamkeit wurde komplett vom Erdboden aufgesogen, der in seinem Blickfeld hin und her schaukelte, während ihm das Herz in den Ohren hämmerte. Über ihm schrien verschiedene Stimmen, aber es war schwer, einzelne herauszuhören.

Mit größter Mühe reckte Adam den Kopf und schaute hinauf. Ursula starrte ihm entgegen, die eine Hand an einer Skulptur, die andere fest an seinem Knöchel.

Herrmann Wagners Stimme erhob sich über dem Tumult. »Ziehen Sie ihn hoch oder lassen Sie ihn fallen – mir ist beides recht.«

Ursulas Gesicht verkrampfte, und Adam spürte, dass sich ihr Griff leicht veränderte.

»Schau nach unten!«, sagte sie.

»Du meinst: Schau *nicht* nach unten, oder?«

»Nein!« Ihr Gesicht war nun vollständig verzerrt. »Nach. Da. Drüben.«

Er schaute rasch nach unten, aber das Einzige, was er sah, war ein großer, menschenleerer Platz. »Und?«

»Da ist … Ach, egal. Vertraust du mir?«

»Ich … ich würde gern Ja sagen, aber …«

Sie nickte. »Das wird wahrscheinlich nicht dabei helfen.« Plötzlich hob sie die Stimme und brüllte: »Jetzt!«

Vieles schien gleichzeitig zu passieren. Der Himmel über ihnen explodierte in zahllosen Farben, als wären sie mitten in ein gewaltiges Feuerwerk geraten. Kurz erhaschte Adam einen Blick auf die Köpfe an der Brüstung, die augenblicklich in Deckung gingen. Dann spürte er, wie er mit Schwung in die Höhe geschleudert wurde. Er hatte gerade noch Zeit aufzuschreien, als sich der Griff an seinem Fußgelenk löste und er im freien Fall in die Tiefe stürzte.

Adam hörte nicht auf zu schreien, während er die Augen fest zusammenpresste und sie erst wieder öffnete, nachdem er auf etwas gelandet war, das sich seltsam weich anfühlte, jedenfalls deutlich weicher als der steinerne Boden, den er erwartet hatte. Als er seinen Blick wieder fokussieren konnte, stellte er fest, dass er mit dem Kopf voran eine Rutsche hinabsauste, die nur aus grünem Licht zu bestehen schien, sich aber durchaus massiv anfühlte. Ihm blieb keine Gelegenheit, darüber nachzudenken, wie seltsam das alles war, da der Boden ihm weiterhin rasend schnell entgegenkam. Unten angekommen, flog er von der Rutsche. Wie eine Wrestlerin im Ring fing Masina ihn auf. Dankenswerterweise erwartete ihn kein Body Slam, stattdessen setzte sie ihn unverletzt auf seinen Füßen ab.

Benommen sah er zu, wie ihm erst Ursula, dann Trinity und Bug folgten. Die drei Mädchen konnten allerdings selbstständig von der Rutsche steigen und mussten nicht aufgefangen werden.

Sasha stand neben ihm und feuerte einen Pfeil nach dem anderen zum Turm hinauf, während die Explosionen andauerten.

»Aha!«, rief Bug aus. »Deshalb bist du gerannt.«

»Jep.« Sasha nickte in die Richtung des Platzes, aus der eine Gruppe Sicherheitsleute, begleitet von einem Polizeibeamten, auf sie zugestürmt kam. »Und genau das müssen wir jetzt alle tun. Rennen!«

»Auf geht's!«, schrie Ursula.

Masina schnappte sich Trinity und warf sie sich über die eine Schulter, Adam über die andere.

Und dann rannten sie. Adam konnte nicht erkennen, wohin, da ein Großteil seines Blickfeldes von Masinas Rücken und dem Auf und Ab der Pflastersteine eingenommen wurde. Wichtig war aber eigentlich nur, dass sie *davon*rannten.

Kurz bemerkte er, dass Trinity ihm einen eigentümlichen Blick zuwarf. »Das mag ein komischer Zeitpunkt für die Frage sein«, sagte sie, »aber hörst du auch ein Brummen?«

KAPITEL 43

Wahnsinn.

Das war es: reiner und absoluter Wahnsinn.

Una betrachtete die Rückseite des Stuhls, der nur einen guten Meter von ihr entfernt stand, und den Zigarettenrauch, der sich zur Decke hinaufkräuselte. Ein grotesker Anblick im gelblichen Schein der Kerzen und im roten Licht der pulsierenden Sphärenkugel über ihren Köpfen. Sie vermutete, dass diese auf die doppelte Größe angewachsen war, seit sie sie zum ersten Mal erblickt hatte. Ihre Entführerin saß an ihrem Schreibtisch, sprach oft stundenlang kein Wort, starrte nur immer mal wieder zu den Statuen hinauf. Una erkannte ihr Gesicht, natürlich, aber die Augen ... Die Augen gehörten jemandem, der ihr völlig fremd war, und der ihr mehr Angst einflößte als alles, was ihr jemals im Leben begegnet war. Madeleine.

Una hatte keine Ahnung, wie lange sie schon in dieser undurchdringlichen Glasglocke steckte, aber es kam ihr wie eine Ewigkeit vor. Und das Schlimmste: Das alles war ihre eigene Schuld. Sie hätte auf der Hut sein müssen. Zwei ihrer Mädchen waren am Tag der Vergeltungsschlacht verschwunden, natürlich konnte das kein Zufall sein! Sie hätte ... Sie war sich nicht sicher, was sie hätte tun können, aber irgendwas bestimmt. Sie hätte versuchen können, die Aufmerksamkeit dieser Schwachköpfe im Scharlachroten Rat zu wecken. Die Mädchen irgendwie auf eine mögliche Gefahr vorzubereiten. Zur Hölle, sich selbst vorzubereiten.

Die Wahrheit war: Als Madeleine auftauchte, während sie auf dem Spielplatz saß und auf das Ende der Schlacht wartete, war es längst zu spät gewesen. Madeleine war jetzt mächtig, so verdammt mächtig.

Als der Rat ihnen beiden vor langer Zeit ihre Kräfte hatte nehmen wollen, war Una einverstanden gewesen, sogar froh, sie los zu sein. Sie hatte geglaubt, es würde ihr die Sache einfacher machen, aber das war ein Irrtum gewesen. Schließlich blieb die Erinnerung. Die Erinnerung daran, wie sie hilflos mitansehen musste, wie die einzige Familie, die sie je gehabt hatte, vernichtet wurde. Nun – alle, bis auf Madeleine.

Was Madeleine erlitten hatte, war viel schlimmer gewesen. Es war ihr zugefallen, die Trishula-Anrufung durchzuführen und allen in der Blase das Leben zu nehmen – bis auf sich selbst. Wie sollte eine derart entsetzliche Verantwortung, eine derartige Pflicht einen Menschen nicht in den Wahnsinn treiben? Madeleine hatte um sich getreten und geschrien, als sie gekommen waren, um ihr ihre Kräfte zu nehmen – vergebens. Anschließend hatte sie erbitterte Rache geschworen und war vom Angesicht der Erde verschwunden.

Una hatte sich oft gefragt, ob sie noch am Leben war. Einst hatten sie einander so nahegestanden, waren unzertrennlich gewesen. Doch die Madeleine, die in der Nacht der Vergeltung wieder aufgetaucht war, hatte sich verändert. Sie war gebrochen, ihr altes Ich für immer verloren. Das wundervolle mädchenhafte Kichern. Das rasch aufblitzende Lächeln. Der aufblitzende Witz. Die mitfühlende Seele. Alles verschwunden. Alles war ihr genommen worden. Die Liebe, die sie in sich getragen hatte, war von dem Trauma, das sie erlitten hatte, vergiftet und verdorben worden und zu einem schrecklichen, alles verschlingenden Hass geworden.

Una wusste nicht, wie Madeleine derart mächtig geworden war, aber sie hatte sich einige Theorien zurechtgelegt. Keine davon ließ etwas Gutes ahnen. Macht konnte verliehen, aber auch wieder genommen werden. Clara Kant war die Magierin gewesen, die die Mädchen in Unas Jugend unterrichtet hatte. Als Una in ihrer neuen Rolle als Ausbilderin versucht hatte, wieder Kontakt zu ihr aufzunehmen, um sie zu bitten, gemeinsam mit ihr die neue Generation vorzubereiten, hatte man ihr mitgeteilt, dass man Clara tot aufgefunden hatte – unter mysteriösen Umständen. Una hatte sich damals schon gefragt, wem es gelungen sein konnte, eine derart mächtige Magierin umzubringen. Womöglich war es eine junge Frau gewesen, die Clara kannte und die unerwartet an ihrer Türschwelle aufgetaucht war? Eine junge Frau, die nur auf die passende Gelegenheit gewartet und dann alles dafür getan hatte, um ihren allumfassenden Rachedurst zu stillen? Von diesem Zeitpunkt an hätte Madeleine wieder über magische Kräfte verfügt und ohne Zweifel nichts unversucht gelassen, um immer mehr davon zu bekommen.

Wozu der Wahnsinn einen Menschen treiben konnte! Una schaute zu dem hölzernen Verschlag mit den kunstvollen Aufschriften hinüber, an den die glühende Kugel gefesselt war. Oder, um es anders auszudrücken: von der sich diese Kugel nährte.

Der Stuhl wirbelte herum, und Madeleine lächelte sie an. »Gerade fällt mir ein, dass ich dir das mit den Statuen noch gar nicht erklärt habe, oder? Wie unhöflich von mir.«

Sie stand auf und deutete auf die etwa sechs Meter großen Lehmfiguren, die sich am Rand des Kellergewölbes erhoben. »Ich weiß, es ist schon eine Weile her, meine liebe Una, aber ich nehme an, ich muss sie dir nicht eigens vorstellen.«

Madeleine blieb vor einer der Figuren stehen. Es war ein Mädchen, das mit einem Speer in der Hand in die Höhe sprang. »Diana. Mit ihr war wirklich nicht zu spaßen.«

Sie ging zur nächsten Statue weiter, die lächelnd einen

Flammenball in ihrer Hand entstehen ließ. »Bettina. Ihr Lächeln hat er besonders gut eingefangen, findest du nicht?«

Sie fuhr sich mit dem Finger unter dem Auge entlang, als wolle sie eine Träne fortwischen, und wandte sich wieder um.

»Ich meine natürlich den Künstler«, fuhr sie fort. »Du wirst es niemals erraten – es ist mein Golem. Ich habe ihn erschaffen, und er hat diese Mädchen erschaffen. Ich konnte meine Erinnerungen in seinen Kopf übertragen, und er hat den Rest erledigt. Wirklich erstaunlich, auch wenn es natürlich logisch ist: Er besteht ja selbst aus Lehm, kein Wunder, dass ihm dieses Material liegt. Er kann etwas ... Wunderschönes daraus machen. Das ist nicht das richtige Wort, oder? Wenn man die Umstände bedenkt.«

Sie deutete nacheinander auf die übrigen Statuen. »Siobhan, Christine, Sarah, Lina, Arabella, Danielle, Carina und natürlich unsere eigene Ursula.«

Sie blieb vor der Figur stehen, die, hoch aufgerichtet, ein flammendes Schwert in der einen und einen Schild in der anderen Hand hielt. Una ertappte sich nicht zum ersten Mal bei dem Gedanken, wie sehr sie der derzeitigen Ursula ähnelte. Das war wahrscheinlich nur ein Zufall, schließlich hatten die Ursulas dazwischen keinerlei Ähnlichkeit mit ihnen gehabt. Trotzdem war es manchmal geradezu schmerzlich gewesen, die aktuelle Inkarnation anzusehen, das Déjà-vu-Gefühl fast überwältigend.

»Weißt du«, fuhr Madeleine fort, »lange habe ich ihr die Schuld gegeben. Ursula, meine ich. Wenn sie uns nur besser geführt hätte. Hart, ich weiß. Sie ist als Letzte gestorben. Erst als sie fiel, habe ich ...« Sie zögerte, und wieder war es still im Gewölbe, abgesehen von einem leisen Tropfen in der Ferne und dem Summen der Lichtkugel. »Ich habe wirklich bis zur allerletzten Sekunde gewartet, bis ich ...« Sie senkte den Blick. »Ich wollte immer, dass du das weißt.« Dann fasste sich Madeleine wieder, als erwache sie aus einem Tagtraum. »Allerdings habe ich auch dich eine ganze Weile gehasst. Ich konnte nicht mal so tun, als gäbe es dafür einen Grund. Schließlich war es ja nicht deine Schuld, dass man dich nicht ausgewählt hatte. Jetzt weiß ich das, und ...«, sie stieß ein leises Lachen aus, »trotz der derzeitigen Umstände will ich dir wirklich nichts Böses.« Wieder verdunkelte sich ihr Gesicht. »Nein, heute weiß ich, wer in Wahrheit die Schuld trägt. Es sind diejenigen, die alledem schon vor Jahrhunderten ein Ende hätten setzen können und es nicht getan haben. Hab ich es dir schon gesagt?«

Madeleine stand jetzt direkt vor Una. Sie konnte das wilde Flackern in ihren Augen sehen und den Speichel, der sich auf ihrer Lippe sammelte.

»Ich habe den Rat kontaktiert, bereits vor vielen Jahren. Ich habe ihnen mitgeteilt, dass ich davon überzeugt bin, dass es eine Möglichkeit gibt, das alles zu beenden. Keine Vergeltungen mehr. Keine Kohorten, die auf die Schlachtbank geschickt werden, um die Stadt zu retten. Ich war mir sicher, das alles verhindern zu können, wenn man mir nur die Zeit und die Ressourcen zur Verfügung stellt. Und weißt du, was ich zur Antwort bekam?« Sie schrie jetzt beinahe. »Weißt du es?« Sie streckte beide Arme aus und brüllte zur Decke. »Sie haben Leute auf mich angesetzt! Auf mich! Um mich zum Schweigen zu bringen. Für immer.« Sie lachte wild. »Das war das erste Mal, dass sie mich unterschätzt haben. Es sollte nicht das letzte Mal sein. Anstatt meine Energie darauf zu verwenden, der Sache Einhalt zu gebieten, habe ich mich entschlossen, einen anderen Weg einzuschlagen. Einen etwas ... prosaischeren Weg. Ich habe eine Möglichkeit gefunden, unsere ungebetenen Gäste von der anderen Seite herbeizurufen.« Sie deutete auf die Kugel. »Nicht jedoch, um sie zu vernichten, sondern um sie am Leben zu halten. Heute Nacht – dies ist der Teil, auf den ich besonders stolz bin – werden diese bösen Geister frisches Fleisch und Blut erhalten. Jeder von ihnen wird den Körper eines Teenager-Jungen annehmen und die Erlaubnis erhalten, Amok zu laufen.«

Sie wirbelte mit weit ausgebreiteten Armen herum, drehte sich um die eigene Achse, bis sie schließlich lachend innehielt.

»Aber diesmal wird es nicht nur bis zum Tagesanbruch dauern. Diesmal haben sie menschliche Körper. Und aufhalten kann man sie nur, indem man sie umbringt. Du musst die süße, fantastische Gerechtigkeit bewundern, die darin liegt. Die gedankenlosen, blinden, mitleidslosen Schafe dieser Stadt können den Angriff nur auf eine Weise beenden: indem sie Hunderte ihrer eigenen Kinder töten. Endlich werden sie wissen, wie es sich anfühlt, dabei zusehen zu müssen, wie junge Menschen sinnlos in ihrer Blütezeit niedergemetzelt werden. Die Welt wird nie wieder dieselbe sein, und all unsere Kohorten, all unsere gefallenen Schwestern werden gerächt sein!«

Una saß da und starrte die Frau in fassungslosem Entsetzen an. Seit sie in dieser Glasglocke feststeckte, hatte ihr Geist nichts anderes getan, als sich eine schreckliche Wendung nach der anderen vorzustellen, aber etwas so Furchtbares übertraf selbst ihre schlimmsten Erwartungen.

Madeleine lehnte sich gegen die hölzerne Vorrichtung, und ihre Wut schien endlich abgeebbt zu sein.

»Ich möchte, dass du, mehr als jeder andere, es verstehst. Ich tue das für uns.« Sie blickte Una direkt in die Augen. »Für uns alle.« Ihre Stimme senkte sich zu einem Flüstern. »Nach dem heutigen Tag wird alles vorüber sein. Es wurden Opfer gebracht. Ich bedauere das wirklich, aber sie waren nötig.« Sie beugte sich in den Holzverschlag und berührte etwas in seinem Inneren. »Bald wird es vorüber sein.«

Una hatte den Eindruck, dass sie nun nicht mehr mit ihr, sondern mit jemand anderem sprach.

»Das verspreche ich.«

Madeleine trat einen Schritt zurück und schaute Una erneut an. Sie hatte Tränen in den Augen. »Ich weiß, dass ich das Richtige tue, aber zugleich ist es eine schwere Bürde, die ich tragen muss. Auch für dich sollte es ein Trost sein.«

Sie schloss die Augen und vollführte eine Bewegung mit ihrer linken Hand. Aus dem Holzverschlag stieg etwas auf, das ebenfalls an dem pulsierenden Strahl aus Energie hing, der zu der glühenden Kugel über ihren Köpfen aufstieg.

Etwas in Una hatte sofort gewusst, was es war, als sie an diesem gottverdammten Ort wieder zu sich gekommen war, dennoch hatte sie die ganze Zeit gehofft, dass sie sich irrte. Es war ein breiter Sockel, und während er immer weiter aufstieg, sah sie, dass Delilah – die arme, liebe Delilah – daran gefesselt war. Die Augen des Mädchens waren weit aufgerissen, ihr Gesicht ein Abbild schmerzhafter Qual. Sie wurde als Batterie genutzt, um diese Monstrosität mit Energie zu versorgen.

Mit flehendem Blick starrte Delilah Una an. In ihrer Hilflosigkeit blieb ihr nichts anderes übrig, als ihn zu erwidern. Sie widerstand dem Drang wegzuschauen. Zumindest das hatte Delilah verdient.

»Es wird bald vorbei sein«, verkündete Madeleine, ohne einen von ihnen anzusehen. »Ihr solltet euch jetzt voneinander verabschieden.«

KAPITEL 44

»Willkommen im Hotel *Athena*. Bitte die Füße abtreten.«
»Willkommen im Hotel *Athena*. Bitte die Füße abtreten.«
»Willkommen im Hotel *Athena*. Bitte die Füße abtreten.«
»Willkommen im Hotel *Athena*. Bitte die Füße abtreten.«
»Willkommen im Hotel *Athena*. Bitte die Füße abtreten.«
»Willkommen im Hotel *Athena*. Bitte die Füße abtreten.«
»Willkommen im Hotel *Athena*. Bitte die Füße abtreten. Warum hat dieser Mann keine Hose an?«

Arthur, der Rezeptionist/Elchkopf, wirkte schwer empört, als die Gruppe durch die Eingangstür des *Athena*-Hotels gestolpert kam.

Am Hansaring waren sie in einen Stau geraten und hatten sich entschieden, ihre Taxis zu verlassen und den Rest des Weges zu rennen. Ursula beugte sich vor, mit den Händen auf den Knien, und versuchte, zu Atem zu kommen. Der Rest des Teams schwankte durch die Lobby und tat es ihr gleich. Nur Masina ließ sich im Lotossitz auf dem Boden nieder und begann zu meditieren, um sich neu aufzuladen.

Bug hob triumphierend die Arme. »Whoa, wir haben es geschafft! Wir sind entkommen!«

»Ich will nicht nachtreten, Bug«, stieß Wish keuchend hervor, »aber du bist aus freien Stücken zu diesem Meeting gegangen.«

Bug winkte nur ab. »Du bist bloß sauer, weil Sasha so *badass* war mit ihrem *wusch, wusch, wusch …*«, sie imitierte

Sashas rasantes Pfeile-Abschießen, »… und weil Masina aus dem Nichts diese gottverdammte gigantische Lichtrutsche herbeigerufen hat, auf der wir alle runtergesaust sind, und zwar *wheeeeee*!« Auch dies stellte sie pantomimisch dar. »Du warst halt bei der coolen Flucht nicht dabei!«

»Ich denke«, sagte Wish genervt, »du wirst noch merken, dass ich der entscheidende Faktor bei eurer Flucht war. Ich war diejenige, die nicht nur ein, sondern zwei Taxis für uns bereitgestellt hat. Ohne die hätte überhaupt keiner fliehen können.«

»Und sie hat mir Käsebrötchen mitgebracht«, sagte Trinity. »Mir wäre Hähnchen zwar lieber gewesen, aber es war trotzdem eine Riesenhilfe.«

Masina öffnete ein Auge und schaute Trinity erwartungsvoll an.

»Und Masina nicht zu vergessen! Sie hat mich zum Taxi getragen, was auch eine krasse Aktion war. Übrigens, hört noch einer von euch dieses seltsame Brummen?«

Niemand antwortete.

»Warum hat dieser Mann keine Hose an?«, wiederholte Arthur. »Wir erwarten von unseren Gästen ein gewisses Maß an Etikette.«

»Tut mir leid, Arthur«, sagte Ursula. »Die hat er auf der Flucht leider eingebüßt.«

»Flucht wovor?«, fragte Arthur. »Wurde er in flagranti mit der Baronin Mönchengladbach ertappt? Wenn ja, passiert das langsam wirklich zu häufig.«

Normalerweise hätte Ursula an dieser Stelle nachgefragt, aber Neugier war ein Luxus, den sie sich zurzeit nicht leisten konnte.

»Okay, alle miteinander, wir müssen uns jetzt zusammenreißen. Ich nehme an, der Scharlachrote Rat ist nicht besonders gut auf uns zu sprechen, und ich denke nicht, dass er die amüsante Seite der ganzen Aktion sehen wird.«

»Ich werde mal den Trainingsanzug suchen, den mir die Leute im Krankenhaus gegeben haben«, sagte Adam.

Sasha nickte. »Ja, bitte, eine hervorragende Idee.«

Er schaute sie verletzt an. »Du musst das wirklich nicht andauernd betonen.«

In diesem Augenblick beschloss auch Balzar, wieder in Erscheinung zu treten. »Ich verlange, dass ihr mich zu meiner Horde zurückbringt«, verkündete er. »Sonst wird sie blutige Rache an euch üben, denn ich bin der mächtige Balzar.«

»Ach wirklich?«, fragte Bug. »Balzar heißt du? Das hast du ja noch gar nicht erwähnt.«

»Sie rufen nach mir, flehen um die Rückkehr ihres geliebten Nekromanten.«

»Gut. Dann tschüss«, sagte Adam. »Du wirst mir fehlen.«

Trinity ging auf sie beide zu, schaute Balzar auf merkwürdige Weise an und marschierte wortlos von dannen.

»Diese Frau ist äußerst eigentümlich«, raunte Balzar.

»Alter«, sagte Adam, »du bist ein Kopf, der aus meiner Schulter wächst. Wer im Glashaus sitzt, sollte nicht mit Steinen werfen.«

»Was sagst du? Ist dieses Haus aus Glas erbaut?«

Adam steuerte den Raum an, in dem er die Rüstung angelegt hatte, in dem optimistischen Glauben, dass sowohl der Trainingsanzug als auch der Raum noch am selben Platz sein würden.

»Schön«, sagte Ursula. »Wir müssen uns organisieren, bevor –«

»Sie sind hier!«, schrie Wish, die durch den Briefschlitz spähte, der neben Arthur angebracht war.

»Bevor *genau das* passiert!«, beendete Ursula entnervt ihren Satz. »Wir müssen uns organisieren, bevor das passiert!«

»Können sie das Haus überhaupt finden?«, fragte Bug. »Ich meine, das kann doch eigentlich niemand.«

»Dieser Herrmann Wagner war ja im Laufe der Jahre oft genug hier«, sagte Ursula.

»Es sieht jedenfalls verdammt so aus, als wüssten sie, wo wir sind«, fuhr Wish fort. »Es sind echt viele von denen da draußen. Also mehrere Trucks voll. Ich glaube, sie sperren gerade die Straße ab. Ihr müsst die ja stinksauer gemacht haben, Leute.«

»Ach, jetzt heißt es plötzlich wieder ›ihr‹, ja?«, sagte Bug. »Ich dachte, du wärst die wichtigste Person bei unserer Flucht gewesen?«

Wish drehte sich kurz um und zog eine Grimasse, die mehr sagte als tausend Worte.

Arthur räusperte sich theatralisch. »Wäre jetzt ein guter Zeitpunkt, um über die Reservierungsbeschränkungen des *Athena* zu sprechen?«

Die Mädchen schauten alle zu ihm auf.

»Ja«, sagte Ursula. »Das wäre es auf jeden Fall.«

»Zwar sind wir ohnehin ein exklusives Boutique-Hotel, unter gewissen Umständen könnten wir zudem Buchungen einer gewissen Klientel verweigern.«

»Was könnten wir?«, fragte Bug.

»Wir können Leute davon abhalten, hier reinzukommen«, übersetzte Sasha.

»Dann machen wir das doch«, sagte Ursula.

»Hervorragend. Ich benötige lediglich die Anweisung der Sicherheitsbeauftragten oder deren Stellvertreterin, das Hotel abzuschließen.«

»Oh nein«, sagte Bug. »Bitte lass es nicht auch ein Passwort *dafür* geben.«

»Ich vermute, bei der Beauftragten handelt es sich um Una«, sagte Sasha. »Aber wer ist die Stellvertreterin?«

»Das musst du sein, Ursula«, sagte Wish, die wieder durch den Briefschlitz spähte. »Und ich will euch nicht hetzen, aber beeilt euch lieber mal!«

»Okay«, sagte Ursula, »bitte schließ das Hotel ab!«

»Ich fürchte, du bist weder die Sicherheitsbeauftragte noch ihre Stellvertreterin.«

»Wer ist es dann?«

»Derartige Informationen kann ich leider nur weitergeben an –«

»Die Sicherheitsbeauftragte«, beendete Sasha den Satz. »Natürlich!«

»Versuch du es!«, sagte Ursula.

»Schließt du bitte das Hotel ab, Arthur?«

»Ich fürchte, du bist nicht die Sicherheitsbeauftragte.«

»Wir sind am Arsch«, sagte Sasha.

Ursula ließ ihr Flammenschwert und ihren Lichtschild entstehen und nahm ihre Kampfstellung ein. »Sasha, geh nach oben, und halt uns den Rücken frei! Masina und Bug, ihr flankiert mich!

»Ach, in Gottes Namen«, rief Bug, »hör auf, so eine verdammte Nervensäge zu sein, Arthur, und schließ das Hotel ab!«

Ein Soldatenhelm fiel vom Treppengeländer und landete auf Arthurs Kopf. Er stieß ein lautes Elchgebrüll aus, das durch das gesamte Hotel schallte. »Also schön, ihr Haudegen!«, rief er, plötzlich ganz Drill Sergeant. »Ihr habt die Dame gehört, alles abschließen! Los, zwei, drei, vier! Zwei, drei, vier!«

Alle drehten sich schockiert zu Bug um.

»Una hat *dich* zur stellvertretenden Sicherheitsbeauftragten ernannt?«, fragte eine ungläubige Wish.

Bug schaute sich betreten um. »Ich nehm's an. Ich bin genauso überrascht wie ihr.«

»Das kann doch nicht sein«, erwiderte Wish. »Ich glaube, von dem Schock werde ich mich nie wieder erholen.«

Ursula packte Wish an den Schultern und riss sie aus dem Weg, als sich Hunderte kleiner Spinnen von der Decke herabließen, ausschwärmten und über der Eingangstür ihre Netze spannten.

Wish betrachtete verwirrt die Tür. »Das kommt ... unerwartet.«

Sasha blickte zur Decke hinauf. »Ich weiß nicht, was die größeren Spinnen da oben im Dunkeln anstellen, aber ich möchte auch nicht diejenige sein, die es rausfindet.«

Hinter ihnen ertönte das vertraute Geräusch auffliegender Türen. Die Putzkolonne.

»Okay«, verkündete Ursula. »Wir sollten definitiv aus dem Weg gehen.«

Innerhalb weniger Sekunden huschten weiße Bettlaken scheinbar wahllos in alle Richtungen. Inmitten all der hektischen Betriebsamkeit kauerten sich die Mädchen neben der Rezeption eng aneinander.

Alle Mitglieder der Putzkolonne hatten sich Kochtöpfe aufgesetzt und fuchtelten mit Wischmopps und Besen in der Gegend herum. Schließlich formierten sie sich zu einem Halbkreis vor der Eingangstür, deren untere Hälfte mittlerweile von der gesponnenen Netzbarriere der Spinnen verschlossen war.

Wish packte Ursulas Arm und deutete auf den Kamin. Der Pfeife rauchende Mann im Sessel las noch immer seine Zeitung, genau wie immer, aber zu seinen Füßen war etwas aufgetaucht, das wie eine äußerst echt und massiv wirkende Kanone aussah. »Wann ist das denn passiert?«

»Autsch! Autsch! Autsch!«

Die Mädchen drehten sich um und sahen Adam, der mit nur einem Bein in der Trainingshose steckte und von zwei mit Mopps bewaffneten Putzgeistern zur Rezeption gedrängt wurde.

»Oh nein«, sagte Ursula. Sie hob die Stimme und rief: »Er gehört zu uns!«

»Solch eine Barbarei werde ich nicht zulassen!«, brüllte Balzar.

»Gehört er nicht selbst zu einer Barbarenhorde?«, fragte Sasha.

»Lasst ihn frei!«, befahl Ursula den Putzgeistern.

Die Laken ignorierten sie geflissentlich. Deswegen stupste Ursula Bug an, die immer noch wie hypnotisiert die Spinnen beobachtete.

»Was? Oh, okay.« Bug erhob sich. »Entlasst den Gefangenen!«

Die beiden Putzgeister erstarrten kurz, erhoben dann ihre Mopps, salutierten und schlossen sich ihren Kameraden an.

»Oh Mann«, sagte Sasha. »Ich kann das nicht mitansehen, das wird böse enden.«

Wish ließ ihren Blick durch den Raum wandern und schaute schließlich zur Decke hinauf. Oben in der Dunkelheit spielte sich eindeutig irgendwas ab. »Können wir noch mal auf Unas Entscheidung zurückkommen, Bug zur stellvertretenden Sicherheitsbeauftragten und damit ausgerechnet die Oberirre zur Chefin des Irrenhauses zu machen?«

»Ich denke, ihr solltet mich als ›Interims-Sicherheitsbeauftragte‹ bezeichnen«, stellte Bug klar. »Ich meine, wir könnten das jetzt ausdiskutieren, aber ich würde lieber rausfinden, was das jetzt wieder zu bedeuten hat.«

Alle schauten in die Richtung, in die Bug zeigte.

Frau Koch hatte die Küche verlassen. Während ihrer acht Jahre im Hotel *Athena* hatte sie keines der Mädchen jemals außerhalb ihres Arbeitsplatzes gesehen. Es war ein surrealer Anblick – als wären einem Kühlschrank Beine gewachsen, der nun seinen ersten Spaziergang unternahm. Darüber hinaus trug die Köchin mit beiden Händen einen großen schwarzen Topf, aus dem heißer Dampf aufstieg.

»Wow«, flüsterte Ursula ehrfurchtsvoll.

»Sie geht nach oben«, sagte Sasha.

Dicht aneinandergedrängt folgten sie der Köchin mit ihrem dampfenden Topf die Treppe hinauf.

»Sollten wir ihr tragen helfen?«

»Weißt du noch, wie Bug mal versucht hat, Gewürze in ihren Topf zu werfen?«, fragte Ursula.

Das Treppengeländer im ersten Stock war in ein diffuses Licht getaucht, da hier noch mehr Spinnen am Werk waren und die großen Buntglasfenster über der Eingangstür mit ihren Netzen bedeckten.

»Wenn sich rausstellt, dass sie mit ihrem Eintopf die Spinnen füttert«, flüsterte Sasha, »rühre ich ihn nie wieder an. Dann ist mir alles egal.«

»Ich glaube, das ist es nicht.«

In diesem Moment ertönte draußen eine dröhnende Stimme. Sie gehörte Hermann Wagner und wurde durch eine technische Vorrichtung künstlich verstärkt. »Dies ist eure erste und letzte Warnung! Kommt mit erhobenen Händen heraus, sonst sehen wir uns gezwungen, weitere Schritte einzuleiten!«

Bug und Ursula huschten an Frau Koch vorbei und versuchten, aus dem Fenster zu schauen. Eine der vielen Merkwürdigkeiten des *Athena*-Hotels bestand darin, dass man diese Fenster von außen nicht sehen, aber durchaus durch sie hinausschauen konnte. Nicht, dass die Mädchen viel hätten erkennen können. Sie mussten einzelne Stellen finden, an denen das frisch gesponnene Netz dünner war, um überhaupt etwas auszumachen. Was sie sahen, ließ jedoch nichts Gutes ahnen. Die Straße war tatsächlich abgesperrt, und es hatten sich zahlreiche Fahrzeuge und Personen eingefunden. Auf der obersten Stufe zum Eingang des Hotels stand Hermann Wagner, diesmal mit gleich vier massigen Bodyguards im Rücken.

Als Frau Koch auf das Fenster zumarschierte, begannen

die Spinnen, sich in der Mitte der Scheibe zu schaffen zu machen. Plötzlich teilte sich der Schleier aus Netzen, und zum Vorschein kam eine Art Scharte, die die Mädchen zuvor nicht bemerkt hatten. Ohne innezuhalten, setzte Frau Koch ihren Topf an und goss den Inhalt hindurch.

Wenige Sekunden später deutete eine Litanei aus Schreien und wütenden Rufen darauf hin, dass der Eintopf sein anvisiertes Ziel getroffen hatte. Frau Koch drehte sich augenblicklich um und marschierte dorthin zurück, woher sie gekommen war.

»Tja«, sagte Bug leise. »Das lässt ihre kulinarischen Talente in einem völlig neuen Licht erscheinen.«

»Ja«, stimmte Ursula zu und betrachtete durch die Spinnweben den klitschnassen Hermann Wagner, der wild mit den Armen fuchtelte und von der Tür zurücktaumelte. »Und ich denke, alle Möglichkeiten einer friedlichen Verhandlungslösung können wir ausschließen.«

KAPITEL 45

Die Aufregung des Vormittags war einem angespannten Nachmittag gewichen, während sich die düstere Realität des Belagerungszustands über das *Athena*-Hotel legte.

Etwa eine Stunde nach dem Heißen-Eintopf-Vorfall hatte Wagners Mini-Armee den Versuch unternommen, mit brutaler Gewalt die Eingangstür aufzubrechen, was jedoch fehlgeschlagen war. Die inzwischen sechs Zentimeter dicke Spinnwebschicht schien über eine elastische Stärke zu verfügen, die problemlos einen Ozeandampfer aufhalten konnte. Ursula vermutete allerdings, dass es sich keineswegs um normale Spinnweben handelte – schließlich waren sie ja auch nicht das Werk normaler Spinnen.

Seitdem war eine bedrückende Ruhe eingekehrt. Ursula stand auf dem Treppenabsatz des ersten Stocks, wo die Spinnen freundlicherweise ein paar Schlitze in der Fensterbarrikade freigelassen hatten, sodass die Mädchen nach draußen spähen konnten. Ursula beunruhigte dies, da die Spinnen wohl begriffen hatten, dass man jederzeit versuchen könnte, sich durch die Fenster Zugang zu verschaffen. Leider gab es für das *Athena* keine Betriebsanleitung. Für gewöhnlich machten die Geheimnisse des Hotels einen Großteil seines Charmes aus. Diese Situation verlangte jedoch nach größerer Klarheit, damit sie sich angemessen gegen mögliche Angriffe wappnen konnten.

»Ich kapiere das nicht«, sagte Sasha.

»Was?«

»Sie haben es einmal versucht, und jetzt stehen sie bloß noch da draußen rum und machen gar nichts mehr. Glauben die, dass sie uns aushungern können, oder was?«

»Das bezweifle ich stark. Ich würde mal vermuten, dass sie auf irgendwas oder irgendwen warten. Und was – oder wer – auch immer da auftaucht, wird uns nicht gefallen.«

»Da draußen stehen doch sowieso schon Leute in Spezialeinheiten-Montur, die bis unters Kinn bewaffnet sind. Schon irgendwie cool, auf beängstigende Weise.«

»Und stell dir nur mal vor, wie beängstigend *das* sein wird, was noch *kommt,* wenn sogar diese bewaffnete Einheit darauf wartet.«

»Weißt du, was das Beste an diesem Ort ist?«, fragte Sasha.

»Es gibt nur einen Eingang.«

»Und das Schlimmste?«

»Es gibt nur einen Ausgang.«

»Jep.«

»Jep.« Ursula schaute sich um. »Wo stecken denn alle?«

»Wish hat sich ein Klemmbrett besorgt und zählt irgendwelche Sachen. Keine Ahnung, warum, aber irgendwie scheint sie das zu beruhigen. Masina meditiert. Trinity – keinen Schimmer. Und Bug ist in ihrem Labor und stellt Gott weiß was an. Sie meinte, jetzt, da sie unsere Sicherheitsbeauftragte ist, nimmt sie keine Rücksicht mehr, und das ist wahrscheinlich noch beunruhigender als das, worauf die Kerle da draußen warten.« Sasha hielt kurz inne, dann senkte sie ihre Stimme. »Ich will wirklich nicht lästern, aber ist das nicht die wahnwitzigste Entscheidung aller Zeiten, dass Una Bug zu ihrer stellvertretenden Sicherheitschefin gemacht hat? Als würde man einem Fuchs die Aufsicht übers Hühnerhaus geben.«

»Ich weiß es nicht«, sagte Ursula. »Klar, Bug gerät dauernd

in irgendwelche Schwierigkeiten, aber so ist das eben bei den Alchemistinnen. Und da Una selbst eine war …«

»Was?« Sashas Stimme war der Schock deutlich anzuhören. »Una war Alchemistin?«

»Oh, tut mir leid. Bei allem, was passiert ist, hab ich dir einige Neuigkeiten noch gar nicht erzählt.« Ursula brachte Sasha auf den neuesten Stand, berichtete ihr, was sie über Una herausgefunden hatten und dass sie sich mit ihrer eigenen Vorgängerin in der Bowlingbahn getroffen hatte.

Als Ursula zum Ende gekommen war, stand Sasha gedankenverloren und mit vor der Brust verschränkten Armen vor ihr. »Gott, die arme Una. Sie musste es aushalten, ihre gesamte Kohorte zu verlieren. Das ist … Ich kann mir nicht mal ansatzweise vorstellen, wie das für sie gewesen sein muss.«

»Ich weiß«, sagte Ursula und fügte mit leiser Stimme hinzu: »Ich muss pausenlos daran denken.«

»Ich kann immer nur an Joy denken und daran, dass sie allein in diesem Krankenzimmer liegt.«

»Sie würden es nicht wagen, sich ihr zu nähern«, erwiderte Ursula entschieden.

»Das will ich ihnen auch nicht raten.« Auf Sashas Gesicht machte sich ein Ausdruck breit, bei dem es Ursula eiskalt den Rücken herunterlief. Nach einem langen Schweigen räusperte sich Sasha nervös. »Hör mal, wegen gestern Nacht …«

»Was ist damit?«

»Was ich da gesagt habe …«

Ursula wandte sich ab. »Ach, das? Vergiss es.«

»Nein, ich glaube –«

»Ehrlich, es ist nicht nötig –«

»Hältst du vielleicht mal die Klappe, damit ich mich entschuldigen kann?«, schnappte Sasha. »Gott, du kannst so nervtötend sein.«

»Es gibt nichts, wofür du dich entschuldigen müsstest. Ich –«

Vieles hatte Ursula in den vergangenen zwei Tagen überrascht, aber nichts so sehr wie dieser Moment. Aus heiterem Himmel schlang Sasha fest die Arme um sie. Sie erwiderte die Umarmung ihrer Freundin, und als sie damit fertig waren, zog Sasha sich zurück und wischte sich die Augen.

»Wenn du irgendwem davon erzählst, durchlöchere ich dich sofort mit meinen Pfeilen.«

»Werde ich nicht.«

»Ich auch nicht.«

Beide zuckten zusammen, als Trinity plötzlich hinter ihnen auftauchte.

»Wo kommst du denn her?«, knurrte Sasha.

Trinity deutete über ihre Schulter. »Ich war grad woanders, und jetzt bin ich hier.«

Ursula nickte. »Tja, dagegen lässt sich wenig sagen. Was ist los, Trin? Jetzt, da ich darüber nachdenke ... Wo hast du eigentlich den ganzen Tag gesteckt?«

Trinity hob ein kleines Holzkästchen in die Höhe. »Ich habe einen Himmelsweiser gebaut.«

»Einen was?«, fragte Sasha. »Meinst du etwa das Ding, mit dem Una den Ort der Vergeltung lokalisiert hat?«

»Genau. Ihrer ist noch im Minibus, wo immer der auch sein mag. Ich habe gedacht, wir brauchen bestimmt einen neuen. Daher ...« Sie tippte die Seite des Kästchens an, das einen simplen Draht enthielt, der an der Ober- und der Unterseite befestigt war.

Sasha und Ursula tauschten einen wenig überzeugten Blick aus, und etwas in der Art, wie Sasha ihre Schultern anspannte, schien zu sagen: »Und jetzt bist du dran.«

»Das ist toll«, sagte Ursula. »Aber ich glaube, der Himmelsweiser war mehr als bloß ein Stück Draht in einem Kasten.«

»Ja«, sagte Trinity und zeigte ihr typisches ausdrucksloses Lächeln. »Der Draht muss auf d-Moll gestimmt sein.«

»Wie bitte?«

»Um die Frequenz richtig einfangen zu können. Das habe ich bemerkt, als ich mal bei Una im Büro war. d-Moll.« Trinity zupfte an dem Draht, der einen vibrierenden Ton von sich gab. Dann hielt sie den Finger in die Luft. »Kann einer von euch dieses Brummen hören?«

»Nein«, sagte Ursula.

»Ich auch nicht.« Sasha klang plötzlich sehr ernst.

Trinity zuckte mit den Schultern. »Dann wohl nur ich.« Sie schob die Hand in das Kästchen. »Wie ihr seht, steckt man einfach seine Finger rein und bewegt sie hin und her. Immer, wenn sich der Ton erhöht, ist das die Richtung, in der der Dimensionenriss auftaucht.«

»Moment mal«, warf Ursula ein. »Willst du mir sagen, dass du ihn damit finden kannst?«

»Ja«, sagte Trinity. »Seit dieses Brummen angefangen hat. Balzar hat schon mehrere Male erwähnt, dass die Hunnen zurückkommen. Wisst ihr das noch nicht?«

Wieder schauten Sasha und Ursula einander an.

»Nein. Nein, wissen wir nicht.«

—

Fünf Minuten später eilte das Trio in Richtung Küche, um eine kleine Unterhaltung mit Balzar zu führen.

»Ich meine ja bloß«, sagte Sasha, »für den Fall, dass meine Stimme keine Wirkung bei ihm zeigt, können wir es immer noch aus ihm rausprügeln.«

»Nein, können wir nicht«, erwiderte Ursula, »wegen der Balzar-Adam-Verbindung. Wir müssten ihn erst mal aus Adam rausholen, und wenn wir wüssten, wie das geht, hätten wir es längst getan. Außerdem wird das überhaupt nicht nötig sein.«

Gefolgt von Trinity und Sasha, stürmte Ursula durch die Schwingtür in die Küche, wo Adam an der langen Tafel saß. Ohne jede Begeisterung betrachtete er den Löffel in seiner Hand sowie die Schüssel vor ihm, in der Frau Kochs aktuelles Speisenangebot dampfte. Ursula konnte es ihm nicht verübeln. Hatte man einmal gesehen, wie so eine Mahlzeit als Waffe benutzt worden war, fiel es noch schwerer, sie zu sich zu nehmen.

Auch Wish war in der Küche und setzte ihr Leben aufs Spiel, indem sie in Frau Kochs Domäne mit einem Klemmbrett herumwanderte, während die Köchin am Herd stand. Da Frau Koch nie auch nur ein Wort sprach, würde Wish ihren Zorn nur dadurch zu spüren bekommen, dass sie einen ordentlichen Schlag mit dem Holzlöffel auf ihre Hand bekam.

»Greifen sie wieder an?«, fragte Wish mit Panik in der Stimme.

»Nein, entspann dich!«, sagte Ursula. »Ich wollte nur kurz mit Adam plaudern.«

»Oh.« Adam sah erfreut aus, wohl nicht zuletzt, weil er dafür den Löffel ablegen konnte.

»Damit meine ich allerdings, dass ich mit Balzar sprechen muss.«

»Oh«, sagte Adam noch einmal, sah nun aber deutlich weniger erfreut aus. »Ich könnte ihn wahrscheinlich bitten, aber ...«

»Keine Sorge«, sagte Ursula. »Das kriege ich schon hin.«

Sie ging zum Kühlschrank und holte eine Packung Eis heraus.

»Hey«, sagte Wish. »Das hatte ich mir gerade erst reserviert. Ist unser letztes Eis.«

»Muss ich konfiszieren, als kriegswichtiges Mittel.« Sie

zog zwei Löffel aus der großen Besteckablage auf dem Tisch und setzte sich Adam gegenüber.

»Balzar«, rief sie. »Ich würde mich gern mal mit dir unterhalten.«

Nichts.

Sie seufzte theatralisch. »Okay, dann muss ich wohl hier sitzen und mein Eis alleine essen.«

Balzar materialisierte sich in Lichtgeschwindigkeit. Ursula fragte sich, ob er im plötzlichen Erscheinen immer besser wurde, weil er inzwischen so viel Übung hatte oder ob er bloß motivierter war.

»Ich bin der mächtige Balzar, Nekromant am Hofe Attilas, fähig, neunundzwanzig Teller gleichzeitig auf einem Stab zu balancieren, und ich verlange, dass du mir augenblicklich die gesamte Eiscreme aushändigst!«

»Jaja«, sagte Ursula milde, nahm sich lässig einen Löffel Eis aus der Packung, beförderte ihn in ihren Mund und stieß ein genüssliches Stöhnen aus.

»Gib sie mir augenblicklich, oder ich werde dich und all deine Ziegen und sämtliches Vieh auf deinem Hofe durchprügeln!«

»Ich gebe es dir nur zu gerne, aber zuerst … Ist deine Horde zufällig wieder zurück oder im Begriff zurückzukommen?«

Sein Gesicht verschloss sich. »Ich werde derartige Informationen nicht mit der feindlichen Seite teilen.«

»Klar«, sagte Ursula. »Das respektiere ich.« Sie nahm einen weiteren Löffel Eis, schob ihn sich langsam in den Mund und setzte eine Miene reiner Ekstase auf. »Oooh, Cookie Dough. Noch besser als Pistazie.«

»Total«, warf Sasha ein. »Das ist so gut.«

»Meine Lieblingssorte«, stimmte Adam zu.

»Also, wenn ich ehrlich sein soll«, sagte Wish, »ich bin kein Fan. Wenn ich meine Hitliste erstellen müsste, würde ich

Schokolade nehmen, dann Schwarzwälder-Kirsch-Eis, dann Erdbeer, gefolgt von Mint-Chocolate-Chip und, ziemlich gleichauf, Salzkaramell mit gutem alten Vanille-Eis und ...« Sie klopfte sich mit ihrem Kugelschreiber gegen das Kinn. »Reden wir hier nur von den ganz normalen Sorten oder auch von denen, die der Eisladen neben dem Kino verkauft? Denn dann ...« Sie bemerkte, dass alle sie anstarrten. »Oh, tut mir leid ... Cookie Dough.« Sie ruderte sofort zurück, war aber leider eine schrecklich schlechte Schauspielerin. »Nein, das ist die beste Sorte. Ich hatte gerade an was anderes gedacht.«

»Unfassbar«, murmelte Sasha. »Einfach unfassbar.«

»Es ist zu schade«, sagte Ursula im Versuch, die Unterhaltung wieder einzunorden. »Wenn deine Horde nämlich zurückkommen würde, könnten wir dich zu ihr bringen, damit du dich ihr wieder anschließen kannst ... nachdem du das Eis hier gegessen hast, meine ich.«

Balzar leckte sich die Lippen. »Sehr richtig. Mein Heer muss schrecklich besorgt um mich sein.«

»Mit Sicherheit«, bestätigte Ursula und nahm sich einen weiteren Löffel Eis.

»Sie brauchen mich natürlich«, fuhr Balzar fort. »Ich bin schließlich ihr Nekromant. Die Männer schauen zu mir auf. Attila ist auf mich angewiesen.«

»Weil du der mächtige Balzar bist«, sagte Ursula und starrte eindringlich den Löffel an.

»Ich bin ... Ohne mich sind sie gar nichts.«

»Hoffnungslos ...«

»Ich bin ... ein Mentor ... eine Vaterfigur.«

»Nur du hältst sie alle zusammen.«

»Oh Mann«, sagte Adam und zog seinen Kopf so weit wie möglich zurück. »Hör auf, mir auf die Schulter zu sabbern. Das ist so ekelhaft.«

»Schweig, du Wurm!«

»Ich bin der Wurm, der für dich den Löffel halten und sich anhören muss, wie du diese widerlichen Schmatzgeräusche von dir gibst.«

»Ich musste es gegen meinen Willen ertragen, mit dir auf diese Toilette zu gehen! Und das, nachdem du mich angelogen und behauptet hast, du wärst das Genie, das diese Vorrichtung erfunden hat!«

»Ich habe nie behauptet –«

»Jungs!«, blaffte Sasha. »Wir stehen hier unter leichtem Zeitdruck, weil sich gerade eine kleine Armee bereitmacht, hier reinzustürmen und euch abzuholen, um Gott weiß was mit euch anzustellen. Also, Balzar: Kommt deine Horde zurück – ja oder nein?«

»Ja«, sagte Balzar. »Und sie wird diese sogenannte Armee zerschmettern. Ich spüre ihre bevorstehende Ankunft seit heute Morgen. Wenn sie wieder hier ist, werden meine Waffenbrüder und ich jeden vernichten, der sich uns in den Weg stellt, und alle Eiscreme wird uns gehören!«

»Gut«, sagte Ursula unvermittelt, erhob sich und drückte den Deckel zurück auf die Packung. »Das bestätigt es.«

»Halt!«, rief Balzar. »Was ist mit meinem Eis?«

»Das kannst du dir mit deiner Horde teilen, wenn ihr uns besiegt habt.«

»Nein!«, heulte er auf und fügte jammervoll hinzu: »Ich will es ganz für mich haben.«

»Moment«, sagte Wish. »Was machen wir denn jetzt?«

»Vermutlich das, worauf wir unser ganzes Leben lang vorbereitet wurden«, sagte Ursula. »Vorausgesetzt, Trinity kann für uns den Austragungsort ausfindig machen.«

»Und was ist mit der Belagerung?«, fragte Wish.

»Die Belagerung ist vorbei«, sagte Sasha. »Wir gehen jetzt zum Ausbruch über.«

KAPITEL 46

Ursula stand an der Rezeption und starrte zur Eingangstür des *Athena*-Hotels hinüber, während sich die meisten anderen Mädchen um sie herum versammelt hatten. Die Putzkolonne war beiseitegehuscht, hielt aber immer noch Mopps und Besen gezückt. Die Atmosphäre im Raum war weiterhin angespannt.

»Wir könnten warten, bis es dunkel wird«, schlug Sasha vor.

»In einer Stunde wird es so weit sein, nehme ich an.« Ursula schaute zu Trinity hinüber, die ihre rechte Hand in den von ihr angefertigten Himmelsweiser gesteckt hatte. »Wie viel Zeit, glaubst du, bleibt uns noch, Trin?«

Sie zuckte mit den Schultern. »Keine Ahnung, aber das Signal wird eindeutig stärker.«

»Nicht, dass ich hier an irgendwem oder irgendwas zweifeln möchte«, sagte Wish zögerlich, »aber sind wir uns denn zu einhundert Prozent sicher, dass an diesem Ort tatsächlich eine weitere Vergeltungsschlacht stattfinden wird?«

»Wir sind uns zu einhundert Prozent sicher, dass es so sein *könnte*«, erwiderte Ursula. »Und wir sind uns zu einhundert Prozent sicher, dass wir darauf reagieren müssen, wenn es wirklich passiert. Denn, wenn nicht …« Sie ließ den Satz in der Luft hängen. Sie alle waren sich der möglichen Folgen bewusst.

Nach einigen Sekunden sprach Sasha aus, was wohl alle insgeheim dachten. »Wie steht es um unsere Zahl?«

Niemand wollte Joys Namen erwähnen, aber ihre Abwesenheit lastete schwer auf ihnen.

»Ich weiß, dass wir nicht zu elft sind«, sagte Ursula, »aber es handelt sich ja nicht um die reguläre Nacht der Vergeltung. Wir wissen also nicht, welche Regeln noch gelten und welche nicht. Sehen wir's mal positiv: Ich würde sagen, wir können auch darauf verzichten, diese dämlichen Gewänder anzuziehen.«

»Können wir das dem Rat nicht einfach erklären?«, fragte Wish. »Ich meine, die wissen doch, dass das unsere Aufgabe ist. Dann müssen sie uns doch gehen lassen, oder?«

Ursula schüttelte den Kopf. »Ich wünschte, es wäre so. Aber Hermann Wagner hat sich uns schon in den Weg gestellt, bevor wir unser kleines Zerwürfnis hatten. Ich bezweifle, dass er jetzt offener für unser Anliegen ist.«

»Ja«, sagte Adam. »Ich war bei dem Meeting dabei. Er war schon ziemlich feindselig, *bevor* Bug Blumen aus seinem Ärmel hat wachsen lassen.«

Wish stutzte. »Sie hat *was* getan?«

»Erzähle ich dir später.« Ursula ließ den Blick geistesabwesend durch die Lobby wandern. »Wo ist denn unsere Interims-Sicherheitsbeauftragte? Ich dachte, du wolltest sie holen?«

»Ich habe ihr Bescheid gesagt«, erwiderte Wish. »Sie meinte, sie wäre in einer Minute unten. Das war vor … zwanzig Minuten.«

»Entspannt euch!« Bugs Stimme ertönte aus dem Hintergrund. »Ich komme, ich komme.«

Die Mädchen und Adam drehten sich um, als an der Treppe das Geräusch quietschender Reifen zu hören war.

Bug schob langsam einen Einkaufswagen vor sich her, in dem zahllose mit Flüssigkeit gefüllte Ballons lagen. »Ich musste nur erst den Wagen finden.«

»Wasserbomben?«, fragte Sasha abfällig. »Du glaubst, dass wir mithilfe von Wasserbomben ausbrechen können?«

»Na klar, Sasha«, entgegnete Bug sarkastisch. »Ich habe mehrere Stunden in meinem Labor gestanden und ganz gewöhnliche Wasserbomben mit ganz gewöhnlichem Wasser gefüllt. Genau das habe ich getan.«

»Okay«, sagte Ursula. »Wozu sind die Dinger gut?«

»Also, ich weiß, wie sich das anhören wird, aber lasst mich das erklären … Ich bin mir nämlich nicht ganz sicher.«

Die anderen tauschten kurze Blicke.

»Aha«, sagte Ursula finster.

»Wie gesagt: Fällt kein vorschnelles Urteil!«

»Haben wir nicht vor«, sagte Ursula. »Wir warten bloß darauf, dass du uns ein klein wenig Kontext gibst. Was ist in den Ballons?«

»Gut, aber noch mal: Fällt kein vorschnelles Urteil …«

»Wenn sie das noch einmal sagt«, raunte Sasha, »bringe ich mich sofort in Sicherheit.«

Bug warf Sasha einen wütenden Blick zu, dann fuhr sie fort. »Okay, ich habe die Anleitung in einer dieser komischen Zeitschriften aus dem Labor gefunden. Der Text war auf Aramäisch und unglaublich schwer zu übersetzen, deshalb musste ich mir erst mal diese ganzen Wörterbücher besorgen, und …«

Ursula zog ungeduldige Kreise mit dem Zeigefinger. »Wir haben es ein bisschen eilig, Bug. Vielleicht überspringst du den Anfang?«

»Ich bin hier die Interims-Sicherheitsbeauftragte.«

»Bug!«

»Schon gut! Folgendes: Die Worte ›unfassbar gefährlich‹ standen in roter Schrift ganz oben auf der Seite.«

»Verstehe«, sagte Ursula.

Adam, der Bug und ihrem Einkaufswagen am nächsten

stand, begab sich, ohne ein Wort zu sagen, zum anderen Ende der Lobby.

»Aber«, fügte Bug rasch hinzu, »das muss eine Alchemistin geschrieben haben, und die wusste natürlich, dass keine Alchemistin, die diese Bezeichnung verdient, bei so einer Warnung widerstehen könnte. Ich meine, denkt mal drüber nach ... Wenn ihr wollt, dass sich da keiner ranwagt, schreibt einfach ›langweilig‹ drüber. Im Idealfall hätte ich natürlich ein bisschen Zeit für einen Test gehabt, aber ...«

»Okay«, sagte Ursula. »Was soll's? Feuer frei!«

»Wirklich?«, fragte Sasha.

»Wirklich?«, fragte Bug.

»Bis jetzt ist nichts gut für uns gelaufen, und wir müssen dringend an einer schwer bewaffneten Einheit vorbei, um zu einer Geisterhorde zu gelangen. Irgendwann muss das Glück ja mal auf unserer Seite sein. Vielleicht ist es nun so weit.«

»Das wirst du nicht bereuen«, sagte Bug. »Ich habe ein gutes Gefühl.«

»Bitte sag das nicht! Beim letzten Mal, als du mir das gesagt hast, hatte ich einen Monat lang keine Haare mehr.«

»Ach ja, aber diesmal –«

Ursula schnitt ihr das Wort ab. »Genau das hast du auch vor der Sache mit den Haaren gesagt. Also komm einfach zur Sache: Hast du eine grobe Vorstellung, wie das, was du da fabriziert hast, funktionieren könnte?«

Bug nickte energisch. »Es gab zwei Abbildungen. Bei der einen ist die Flüssigkeit im Kampf gegen einen Drachen eingesetzt worden –«

»Whoa!«, sagte Wish. »Und wir gehen jetzt plötzlich davon aus, dass es Drachen wirklich gibt, ja?«

»Du kannst dich in eine Bärin verwandeln«, entgegnete Bug. Dann deutete sie auf Adam. »Und diesem Typen wächst ein Nekromant aus der Schulter. Masina kann –«

»Bug!«, warnte Ursula.

»Tut mir leid. Die andere Abbildung ließ darauf schließen, dass jemand die Ballons in die Luft schleudert und jemand anderer darauf schießt. Daher würde ich sagen, eine von euch nimmt sich einen, eine andere macht die Tür auf, die erste Person wirft den Ballon, und ich schieße mit meiner Schleuder drauf.«

Der Plan wurde mit einem ablehnenden Raunen quittiert, und alle gingen demonstrativ auf Abstand.

»Bessere Idee«, sagte Sasha. »Wie wär's, wenn du die Dinger schleuderst und ich sie im Flug abschieße?«

»Na schön, meinetwegen.«

Behutsam griff Bug in den Einkaufswagen und hob mit beiden Händen einen der fußballgroßen Ballons in die Höhe – nicht weniger vorsichtig, als hätte sie es mit einer echten Bombe zu tun. Dann bewegte sie sich mit langsamen Schritten durch die Lobby, ohne die Aufmerksamkeit auch nur eine Sekunde von ihrer kostbaren Fracht abzuwenden.

»Ich persönlich«, murmelte Wish, »hätte den Wagen ja einfach näher an die Tür rangeschoben und das Ding *dann* rausgeholt.«

Kurz blitzte Wut in Bugs Augen auf. »Du weißt, wann ein guter Zeitpunkt für diesen Vorschlag gewesen wäre?«

»Bevor du …?«

»Ja«, sagte Bug. »Genau.«

Ursula steuerte die Eingangstür an. »Wir hätten uns vielleicht erst mal um die Spinnwebbarriere kümmern sollen, bevor wir …«

»Was du nicht sagst!«, schnappte Bug. »Wie wär's, wenn du …?«

»Klar«, sagte Ursula und wandte sich dem Elchkopf zu. »Arthur, können wir diese Absperrung entfernen?«

»Nein.«

»Was?«

»Ich habe die Verpflichtung, das Wohlergehen all meiner Gäste zu berücksichtigen«, sagte der Elch mit strenger Miene. »Und ich kann es nicht zulassen, dass ihr da jetzt rausstürmt.«

»Ich weiß das wirklich zu schätzen, Arthur, aber es gibt nur diesen einen Weg hinaus, und wir müssen hier sofort weg, sonst wird etwas Schreckliches passieren.«

»Oh ja, *allerdings*«, sagte Bug und schaute vielsagend auf den Ballon in ihren Händen.

»Ich meinte eigentlich die Vergeltungsschlacht«, sagte Ursula, »aber das kommt natürlich noch hinzu.«

»Ich fürchte, ich kann es nicht zulassen, dass ihr jetzt auscheckt.«

»Arthur!«, flehte Ursula.

»Arthur«, wiederholte Bug, »ich bin die zuständige Interims-Sicherheitsbeauftragte, und ich gebe dir die Anweisung, die Tür zu öffnen.«

Ursula fühlte sich schlecht, als ein panischer Ausdruck über Arthurs Gesicht huschte.

»Ähm ... aber ... wenn ihr einfach ...«

»Arthur!«

»Es gibt noch einen anderen Ausgang.«

Der gesamte Raum erstarrte.

»Wovon redest du, Arthur?«, fragte Wish. »Wir wissen alle, dass das der einzige Weg ist, um hier rauszukommen. Das hat man uns seit dem Tag unserer Ankunft immer wieder gesagt.«

»Ja«, erwiderte Arthur. »Und das stimmt auch – größtenteils. Doch sollten gewisse Umstände eintreffen, in Zeiten schlimmer Not, gibt es einen anderen, nur einmal nutzbaren Ausgang.«

»Wirklich?«, fragte Ursula. »Und das erwähnst du erst jetzt?!«

Der Elchkopf sah äußerst unglücklich aus. »Es ist ... nicht ganz so einfach.«

»Gibt es einen anderen Ausgang?«, fragte Sasha. »Ja oder nein?«

»Ja.«

»Also gut«, sagte sie. »Ich weiß nicht, wie die anderen das sehen, aber ich würde sagen, dass dies als Zeit schlimmer Not durchgeht. Wer das auch findet, hebt die Hand!« Sie riss die eigene in die Höhe.

»Hand heben? Dein Ernst?«, knurrte Bug. »Warum wirfst du mir nicht gleich ein paar Ballons zu? Dann schau ich mal, ob ich damit jonglieren kann!«

»Achte nicht auf sie«, sagte Ursula und trat direkt auf Arthur zu. Dann senkte sie die Stimme. »Ich verstehe, dass es sich um etwas handelt, das du ganz offensichtlich nicht tun willst, Arthur. Aber vertrau mir, wenn ich dir versichere, dass dies eine Zeit schlimmer Not ist. Entweder wir kommen jetzt hier raus, oder ... Muss ich es wirklich laut aussprechen?« Sie schaute vielsagend zur Eingangstür und zu dem, was sich dahinter abspielte.

»Also schön«, sagte Arthur mit einem Schniefen. Dann hob er die Stimme: »Frau Koch?«

Ursula drehte sich um und sah, dass sich auf den Gesichtern des Teams ihre eigene Verwirrung spiegelte. Nur Bug bildete eine Ausnahme.

»Okay«, sagte diese mit einem Schnaufen. »Wenn eine von euch vielleicht so gut wäre, mir den Einkaufswagen zuzuschieben, damit ich das Ding zurücklegen kann? So langsam werden meine Arme verdammt müde!«

—

Zehn Minuten später standen die Kohorte und Adam in der Küche. Masina hatte sich ihren Spezialrucksack aufgesetzt. Er enthielt ein Breitschwert für Trinitys Paladinin, Kleidung zum Wechseln für Wish und noch einige andere Utensilien. Frau Koch machte sich am Herd zu schaffen, wie sie es immer tat, rührte in ihrem großen schwarzen Topf und warf traurige Blicke hinein.

»Wenn sie den Leuten vom Rat wirklich schaden will«, flüsterte Sasha Wish zu, »sollte sie ihnen einfach was zu essen machen.«

Wish brachte sie mit einem Zischen zum Schweigen. »Ich verstehe immer noch nicht, was hier eigentlich vor sich geht.«

»Arthur hat gesagt, dass wir in der Küche warten sollen, also tun wir das.« Ursula schaute sich um. »Ach zum ... Wo steckt denn Bug schon wieder?«

Die Tür schwang auf, und Bug kam mit einer großen Hutschachtel in den Händen herein. »Immer mit der Ruhe, ich bin ja da.«

»Auf keinen Fall!«, sagte Ursula.

»Doch, ich bin da.«

»Ich meinte das, was in der Schachtel ist.«

»Du weißt ja gar nicht, was in der Schachtel ist.«

»Doch, weiß ich.«

»Also gut«, gab Bug zu. »Ja, es ist einer der Ballons. Aber ich habe einen Deckel darauf getan, ganz viel Verpackungsmaterial zum Abpuffern, und er liegt auf einem Kissen. Das ist sicher.«

»Dann lass die Schachtel fallen«, sagte Sasha.

»Es ist *verhältnismäßig* sicher.«

»Ernsthaft, Bug, das ist wirklich nicht der richtige Zeitpunkt.«

»Doch, ist es«, erwiderte sie mit plötzlicher Ernsthaftigkeit. »Die Wahrscheinlichkeit ist hoch, dass wir gewaltige

Probleme kriegen werden, immer vorausgesetzt, dass es überhaupt einen Ausgang gibt, durch den wir an dieser kleinen Armee vorbeikommen. Und wenn es schlecht läuft, haben wir keine Delilah dabei, die die Trishula-Anrufung vornehmen kann. Uns fehlen drei Kämpferinnen. Wir brauchen eine zusätzliche Absicherung, und dies …«, sie nickte in Richtung der Schachtel, »*ist* eine zusätzliche Absicherung.«

Die ganze Witzelei, die für Bug so typisch war, hatte sich in Luft aufgelöst. Sie stand wie festgewachsen da und starrte Ursula trotzig an.

Diese zögerte und schien die Sache abzuwägen. »Okay, nimm das Ding mit«, sagte sie schließlich.

»Wirklich?«, fragte Sasha.

Ursula nickte. »Sie hat recht. Wir brauchen alles, was wir kriegen können. Und wenn Bug etwas kann, dann ist es Chaos erzeugen.«

Masina lächelte und formte mit den Händen: »Finde ich auch. Aber ich werde auf keinen Fall neben ihr stehen, wenn es losgeht.«

Ursulas Vertrauensbeweis wurde auf eine harte Probe gestellt, als Bug die Schachtel nur drei Sekunden später beinahe fallen ließ. Zu ihrer Verteidigung ließ sich sagen, dass auch alle anderen im Raum zusammenzuckten, als Frau Koch zum allerersten Mal das Wort ergriff.

»Also schön«, sagte sie mit leiser, schwerfälliger Stimme. »Gehen wir!«

Dann tat sie noch etwas, das nie zuvor passiert war: Sie nahm Kochmütze und Schürze ab und hängte beides an die Tür, durch die sie jeden Abend aufbrach.

»Was zum …? Was …?«, fragte Bug.

Sie schauten dabei zu, wie Frau Koch die Tür öffnete, hindurchtrat und außer Sichtweite verschwand.

Nach einem Augenblick kam ihr Kopf wieder zum Vorschein, und sie lächelte – ja, *lächelte* – ihnen zu. »Kommt ihr, oder nicht?«

—

Im Gänsemarsch gingen sie schweigend den Korridor entlang. Auf der gelben Tapete waren Enten in verschiedenen Größen abgebildet, die alle in dieselbe Richtung flogen. Am Ende des Ganges blieb Frau Koch vor einer hölzernen Tür stehen und hantierte mit einigen Schlüsseln herum, bevor sie einen davon ins Schloss steckte und herumdrehte. Ursula wusste nicht, was sie auf der anderen Seite erwartet hatte, aber nun sah sie eine gewöhnliche Kölner Straße vor sich. Zusammen mit Adam und den anderen Mädchen trat sie durch einen verschrammten hölzernen Türrahmen nach draußen. Sie fanden sich neben einem kleinen Lebensmittelladen wieder. Auf dem Gehweg zog ein steter Strom von Passanten auf dem Nachhauseweg von der Arbeit an ihnen vorbei, und keiner nahm von der kleinen Gruppe auch nur die geringste Notiz.

»Ist das die Eichendorffstraße?«, fragte Wish.

»Ja, genau«, sagte Sasha und streckte die Hand aus. »Da drüben ist der Laden, in dem sich Una immer ihr Nähzeug kauft.«

»Das ist sechs Straßen vom *Athena* entfernt«, warf Masina in Gebärdensprache ein.

»Tja«, sagte Ursula, »das bedeutet wohl, dass wir uns mit dem Rat nicht weiter rumschlagen müssen.«

»Zumindest vorläufig nicht«, ergänzte Wish.

Ursula nickte. »Um die Probleme von morgen kümmern wir uns morgen.« In Gedanken fügte sie hinzu, dass sie dann hoffentlich noch alle am Leben sein würden.

»Schaut euch das an!«, sagte Adam, der noch einmal die Tür geöffnet hatte, durch die sie gerade gekommen waren.

Nun war dahinter nur eine enge Gasse zu sehen, vollgestellt mit Mülltonnen, die vermutlich zum Laden gehörten.

Frau Koch drehte sich um und strahlte sie an. Es war schwer zu beschreiben, wie irritierend dieser ungewohnte Gesichtsausdruck auf Ursula und offensichtlich auch auf die anderen Mädchen wirkte. Als hätte man mit den exakt gleichen körperlichen Merkmalen und Gesichtszügen einen völlig neuen Menschen erschaffen. Einen, der lächelte! Und sprach!

»Na schön, meine Damen und mein Herr.« Sie nickte Adam zu, der zurzeit glücklicherweise nur einen Kopf auf den Schultern trug. »Dann werde ich mal.« Sie tätschelte Masinas Arm und betrachtete mit feuchten Augen ihre Gesichter. »Passt gut auf euch auf, und denkt immer daran, euer Gemüse zu essen! Noch einen guten Abend.« Sie drehte sich auf dem Absatz um und marschierte energisch davon, während sie eines ihrer langsamen, traurigen Lieder anstimmte, das noch lange zu hören war.

»Was zur Hölle ist da gerade passiert?«, fragte Bug.

»Das klang nicht wie eine ›Bis-morgen‹-Verabschiedung, oder?«, fragte Sasha.

Wish und Ursula hefteten sich an Frau Kochs Fersen, und sie waren nur noch wenige Schritte von ihr entfernt, als sie um eine Ecke bog. Als sie dort ankamen, sahen die beiden jedoch nur noch einen leeren Bürgersteig. Frau Koch war fort.

KAPITEL 47

Hermann Wagner beobachtete, wie sich die gepanzerten Hintertüren des Lasters öffneten und die Metallkiste im Inneren vorsichtig auf der absenkbaren Rampe positioniert wurde.

Er kochte immer noch vor Wut. Nach dem Debakel am Vormittag und dem Tohuwabohu, für das diese albernen Mädchen im Rathaus gesorgt hatten, mussten sie ihn nun auch noch damit erniedrigen, dass sie ihn aus dem Fenster mit brühend heißer Pampe übergossen. Das war nun wirklich mehr als genug. Wenn sie es auf einen offenen Kampf anlegten, würden sie ihn bekommen, und er würde weit über alles hinausgehen, was sie bewältigen konnten. So würde er sich nicht demütigen lassen. Die Lektion sollten sie nicht vergessen.

Die Männer in der Nähe des Lasters schauten nervös bei der Verladung zu, da sie nicht wussten, was sich in der Kiste befand. Diejenigen, die es wussten, hatten sich sicherlich bereits in einigem Abstand positioniert. Die Kiste war groß genug, um einen Elefanten zu beherbergen, aber bei diesen Tieren wären solche Sicherheitsvorkehrungen wohl kaum nötig gewesen. Die Wärterin – eine große Frau, die anstelle ihrer rechten Hand über einen kompliziert aussehenden Haken verfügte – stand direkt daneben. Trotz des Winterwetters trug sie nur eine Weste, wohl, um die aufwendigen Tattoos zu offenbaren, die den Großteil ihres Körpers zu bedecken schienen.

»Und Sie sind sicher, dass sie durchbrechen kann, was auch immer diese Tür versperrt?«

Die Frau nickte, bevor sie mit ihrer unangenehmen Tremolo-Stimme das Wort ergriff. »Absolut. Das und mehr.«

»Hervorragend.«

»Um das noch einmal klarzustellen, Herr Wagner: Sie sind sich bewusst, dass sie tun wird, was man ihr aufgetragen hat, wenn wir sie erst einmal von der Kette lassen?«

Wie aufs Stichwort ging ein wildes Rütteln durch die Metallkiste, woraufhin mehrere der Männer noch ein paar Schritte zurückwichen.

»Darauf zähle ich«, sagte Wagner.

Er spürte, dass das Mobiltelefon in seiner Manteltasche vibrierte, und warf einen kurzen Blick darauf. Neidhardt. Schon wieder. Er ließ den Anrufbeantworter rangehen. Er hatte seit dem Vorfall heute Morgen quasi ununterbrochen angerufen. Zweifellos, um seine Nase in diese Sache zu stecken, die ihn aber nichts anging. Wagner ignorierte seinen Kollegen. Sollte er ruhig seinen Senf dazugeben, wenn alles hinter ihnen lag – was immer das dann noch bringen würde.

»Ah, Hermann«, sagte eine Stimme, die er direkt erkannte, »wie ich sehe, funktioniert Ihr Telefon durchaus. Hatte mich schon gewundert.«

Jannik Neidhardt – ein Mann, der nicht größer war als eins fünfundfünfzig – stand in seinem schicken italienischen Anzug hinter ihm und zeigte seine perfekten Zähne. Wagner zuckte leicht zusammen, da er wusste, dass er ertappt worden war. Der verdammte Neidhardt, die grinsende Schlange.

»Ich habe zu tun, Jannik. Ich wollte Sie später anrufen.«

»Natürlich«, antwortete der andere geflissentlich. »Und ich möchte Ihnen auch gewiss nicht auf die Füße treten. Aber sowohl ich als auch die anderen Mitglieder des Rates würden sehr gern erfahren, was hier eigentlich vor sich geht.«

»Alles ist unter Kontrolle.«

Die Rampe krachte auf den Betonboden, wobei der Metallverschlag noch wilder erzitterte. Die Wärterin trat vor, öffnete eine kleine Luke an der Seite der Kiste und flüsterte kurz ins Innere hinein. Dann machte sie sie wieder zu.

»Ja«, sagte Neidhardt und schaute bedeutungsvoll zum Käfig hinüber, »das sehe ich. Es macht dennoch den Eindruck, als könnte die Situation leicht eskalieren.«

»Hier muss eine Krise bewältigt werden.«

»Verstehe. Eine Krise, die Teenager-Mädchen betrifft, mit denen Sie sich überworfen haben?«

»Dieser Fall liegt in meiner Verantwortung.«

»Natürlich, natürlich. Ich wollte nur sehen, ob Unterstützung erforderlich ist.«

»Nein.«

Neidhardt fuhr fort, als hätte Wagner nichts gesagt. »Es besteht Grund zur Annahme, dass sich dies zu einer recht persönlichen Angelegenheit entwickelt hat und Ihre Einschätzung aufgrund dessen womöglich getrübt sein könnte.«

»Ich unternehme die angemessenen Schritte.«

»Sieht ganz so aus. Und darf ich fragen ... Ist denn ein Versuch unternommen worden, diese Streitigkeit ... friedlich beizulegen?«

Wagner verengte die Augen. »Ich würde es nicht als ›Streitigkeit‹ bezeichnen. Und glauben Sie mir, alle Verhandlungswege sind ausgeschöpft worden.«

Mit einem Timing, das so perfekt war, dass man es kaum glauben konnte, schwang die Tür über der breiten Treppe auf, die in den Eingangsbereich eines ganz gewöhnlichen Wohnhauses zu führen schien.

»Willkommen im Hotel *Athena*«, sagte eine Stimme. »Womit kann ich Ihnen behilflich sein?«

»Tja«, sagte Neidhardt mit geradezu klebrigem Charme, »wie es aussieht, hat sich gerade ein neuer Weg eröffnet.«

»Das ist eine Falle«, sagte Wagner.

»Nun, ich werde auf jeden Fall die Augen offen halten.«

Als Neidhardt an ihm vorbeigehen wollte, streckte Wagner eine Hand aus, um ihn aufzuhalten. »Ich kann Sie da nicht hineinlassen.«

Aus nächster Nähe nahm Neidhardts Lächeln etwas Haiartiges an. »Es war mir gar nicht bewusst, dass Sie über die Autorität verfügen, mich zurückzuhalten.«

Nach einem Moment zog Wagner seine Hand zurück und gab mit dieser Hauptmann Gerhardt ein Signal. Sofort bezog Gerhardts Einsatztruppe Position auf der Eingangstreppe.

Die Wärterin suchte Wagners Blick.

»Treten Sie zurück!«, befahl er. Dann fügte er hinzu: »Für den Augenblick.«

Neidhardt stellte sich neben ihn.

Anschließend gab Wagner dem Hauptmann seine Instruktionen. »Verschaffen Sie sich Zutritt, aber rechnen Sie mit Widerstand! Sie haben meine Erlaubnis, entsprechend zu reagieren, wenn Sie angegriffen werden.«

»Dabei lassen Sie selbstverständlich maßvolle Zurückhaltung walten!«, warf Neidhardt ein. »Schließlich handelt es sich hier lediglich um junge Mädchen.«

»Das sind nicht bloß junge Mädchen«, sagte Wagner. »Es sind Personen mit außerordentlichen Fähigkeiten.«

Neidhardt betrachtete seine makellos gepflegten Fingernägel. »An deren Wänden sehr wahrscheinlich Poster von koreanischen Boybands hängen und die jedes Wort aus Taylor Swifts Songtexten auswendig kennen.«

Wagner wandte sich zu ihm um. »Ich glaube nicht, dass Sie die Lage ernst genug nehmen, Jannik.«

»Und ich glaube, Sie nehmen sie viel zu ernst, Hermann. Gehen wir doch hinein und schauen, wer recht hat, ja?«

—

»Willkommen im *Athena*-Hotel. Bitte die Schuhe abstreifen. Oder in diesem Fall: die Stiefel.«

Wagner ignorierte den Rezeptionisten/Elchkopf an der Wand und betrachtete die Szenerie, die sich ihm darbot. Das vermummte Einsatzkommando hatte sich rund um die Tür aufgestellt, die Waffen am Anschlag, und nahm den Rezeptionsbereich in Augenschein. Am anderen Ende der Lobby befanden sich mehrere lebendige Bettlaken, die in finsterer Absicht Reinigungsutensilien schwenkten, sowie ein Einkaufswagen, der mit Wasserbomben gefüllt zu sein schien.

»So, so, so«, sagte Neidhardt, während er Wagner ins Hotel folgte. Er bemühte sich nicht einmal, seine Amüsiertheit zu verbergen. »Ich nehme alles zurück, was ich gesagt habe. Da drüben sind Bettlaken mit Wischmopps – eine schrecklich ernste Situation.«

Wagner hob die Stimme. »Mädchen der Kohorte, macht euch bemerkbar!«

»Wenn Sie damit die Langzeitgäste des *Athena*-Hotels meinen«, sagte der Elchkopf, »dann fürchte ich, sind sie nicht im Haus.«

Wagner schaute ihn an. »Unsinn.«

»Ich kann nicht lügen. Derzeit befinden sich keinerlei Gäste im *Athena*.«

»Das Hotel hat nur einen Eingang, und wir haben vor Stunden davor Position bezogen.«

»Ja«, erwiderte der Elchkopf. »Es ist meiner Aufmerksamkeit nicht entgangen. Ich hoffe, dass Sie alles sauber und ordentlich zurücklassen, wenn Sie wieder aufbrechen.«

»Sie müssen hier sein.«

»Und doch sind sie es nicht. Wie bereits erwähnt, kann ich in dieser Hinsicht nicht lügen.«

Wagner trat näher an den Elch heran. »Weißt du, wo sie sind?«

»Ich habe eine vage Vorstellung.«

»Und wo wäre das?«

»Oh, das werde ich Ihnen nicht sagen, mein Herr. Vertraulichkeit ist ein Grundpfeiler des *Athena*-Hotels.«

»Aber du behauptest doch, du könntest nicht lügen?«

»In der Tat«, bestätigte der Elch, »aber nicht zu lügen und jemandem nicht zu sagen, was dieser hören will, ist nicht dasselbe.«

Jannik Neidhardt brach in lautes Gelächter aus. »Oh Mann, der war gut! Wie's aussieht, ziehen Sie gegen ein ausgestopftes Tier den Kürzeren, Hermann.«

Wagner plusterte sich auf. »Sie sind hier, und wenn sie nicht augenblicklich herunterkommen, sehe ich mich gezwungen, das gesamte Gebäude durchsuchen zu lassen.«

»Oh, davon würde ich ausdrücklich abraten, mein Herr«, sagte der Elch.

»Ach ja?«, blaffte Wagner. »Um eines klarzustellen: Ich bin hier in meiner offiziellen Funktion als Repräsentant des Scharlachroten Rates, und es ist mein Recht, jeden Ort in dieser Stadt durchsuchen zu lassen, wenn ich das wünsche.«

»Das mag sein«, erwiderte der Elch unverdrossen, »aber ich glaube nicht, dass sich das *Athena* per se als Teil dieser Stadt bezeichnen lässt. Darüber hinaus hege ich die Vermutung, dass es eine solche Vorgehensweise als grobe Übergriffigkeit versteht – auf die es aller Wahrscheinlichkeit nach entsprechend reagieren wird.«

»Reagieren?«, schnaufte Wagner abfällig. »Diese Männer sind die besten ihrer Zunft! Glaubst du ernsthaft, dass sie sich Sorgen machen um Poltergeistern mit Putzbesen?«

»Oh, nicht sonderlich nehme ich an. Aber seien Sie versichert: Unsere Putzkolonne ist zwar resolut und auf den Schutz des Gebäudes bedacht, aber nicht das, worüber Sie sich Sorgen machen sollten.«

»Und was wäre das?«

»Noch einmal«, erwiderte der Elch. »Ich lüge nie, aber ich stehe auch nicht in der Pflicht, Ihnen zu sagen, was Sie hören wollen.«

Arthurs Äußerung löste weiteres Gelächter von Neidhardt aus.

Wagner näherte sich dem Elch, bis er nur noch wenige Zentimeter von ihm entfernt war. »An diesem kritischen Punkt sollte ich dir versichern, dass uns verschiedene Methoden zur Verfügung stehen, um dich zum Reden zu bringen.«

»Ich verstehe«, sagte der Elch. »An diesem kritischen Punkt sollte ich *Ihnen* versichern, dass ich mich ob Ihrer Aufmerksamkeit durchaus geschmeichelt fühle. Wie Ihr Kollege jedoch bereits richtig feststellte, bin ich lediglich ein ausgestopftes Tier. Der Versuch, mich zu foltern, dürfte also eine ziemliche Herausforderung darstellen.«

Wagner spürte, dass er rot anlief, während Neidhardt vor Lachen fast hysterisch wurde. Er bemerkte, dass auch einige der Männer in den Sturmhauben nicht mehr ernst bleiben konnten.

»Genug von diesem Unsinn!«, brüllte er. »Wir nehmen das Hotel jetzt auseinander und finden diese Mädchen!«

»Moment!«, blaffte Neidhardt streng, nachdem er seine Fassung wiedergefunden hatte.

Er deutete auf den Einkaufswagen mit den Ballons. Darüber trudelte langsam ein silberner Dolch von der Decke, festgehalten nur von einem einzigen Spinnwebfaden, der im Schein der im Raum verteilten Kerzen funkelte.

Wagner schaute zum ersten Mal zur Decke und bemerkte die zahllosen Spinnen, die sich dort tummelten. Anfangs waren sie schwer zu erkennen, weil es so viele waren. So viele, dass sie wie eine einzige schwarze Masse wirkten.

»Was ist das?«

»Ein Dolch«, antwortete der Elch.

»Das sehe ich!«, keifte Wagner. »Ich meinte: Was ist in den Ballons?«

»Ich kann ehrlich sagen, dass ich keine Ahnung habe. Aber ich würde die Vermutung wagen, dass niemand von uns es herausfinden möchte. Wie erwähnt, ist das *Athena* nicht sonderlich angetan von ungebetenen Gästen. Ich würde mit Nachdruck empfehlen, dass keiner von Ihnen auch nur einen weiteren Schritt unternimmt, da sonst Bedauerliches geschehen wird.«

Wagner warf sich in die Brust und blickte sich im Raum um. »Ich lasse mich doch nicht von einem Elch, ein paar Spinnen und einem verdammten Hotel herumkommandieren, ganz gleich, wie viele Bettlaken mit Mopps und Einkaufswagen voller Ballons hier in Stellung gebracht wurden. Hinter mir steht die Macht des Scharlachroten Rates!«

»Ganz wie Sie wünschen!«, sagte Arthur.

Dann ertönte ein ploppendes Geräusch, und Wagner fuhr herum. Der Elchkopf war verschwunden, und wo er sich eben noch befunden hatte, war nur noch die holzgetäfelte Wand zu sehen.

»Vielleicht«, sagte Neidhardt, nun wieder mit ernster Stimme, »ist Zurückhaltung in dieser Situation doch die bessere Vorgehensweise, Hermann.«

Sie betrachteten den langsam herabsinkenden Dolch, der sich nur noch wenige Zentimeter über den Ballons befand.

»Wenn wir in einer solchen Situation klein beigeben, ist der Rat bald nur noch ein schlechter Witz.«

»Aber –«

»Nichts aber!«

Wagner baute sich zu seiner vollen Größe auf und trat einen großen Schritt vor.

Das sollte er bereuen.

KAPITEL 48

Nach dem Erlebnis mit Frau Koch war die Gruppe immer noch völlig verstört, ihnen blieb aber keine Zeit, um es in Ruhe zu verarbeiten.

»Geht's nur mir so«, fragte Trinity, »oder wird das Brummen immer lauter?«

»Nur du kannst es hören, Trin«, erinnerte sie Wish.

»Ach ja.« Sie steckte die Hand in ihren improvisierten Himmelsweiser und bewegte ihn hin und her. Dann zeigte sie nach links. Zu fünfundachtzig Prozent war sich Ursula sicher, dass dies Westen war. »Da lang. Es kommt von dort.«

Ihnen rannte die Zeit davon, und in diesem Moment waren sie lediglich sieben Personen, die ratlos vor einem Kiosk herumstanden.

»Okay«, sagte Ursula resolut. »Wir müssen uns etwas einfallen lassen, damit wir irgendwie an unser Ziel kommen.« Sie suchte mit dem Blick die Straße ab. »Ich nehme an, wenn wir ein Großraumtaxi finden würden –«

»Was ist mit ...?«, begann Wish zögerlich.

»Was?«, fragte Ursula.

»Adams kleines Problem. Wir haben aktuell leider keine Ritterrüstung zur Hand.«

»Alles war so viel einfacher, als Una uns im Minibus durch die Gegend kutschiert hat«, sagte Bug.

»Was du nicht sagst!«, erwiderte Ursula. »Aber selbst wenn wir den jetzt hätten, kann ja keine von uns fahren.«

»Ich wäre bereit –«

»Nein, Bug«, sagte Ursula. »Fahren wollen und fahren können sind zwei ganz verschiedene Dinge.«

»Ich kann fahren«, sagte Adam.

Sofort drehten sich alle Mädchen zu ihm um, was ihn sichtlich nervös machte.

»Wirklich?«, fragte Sasha.

»Ja«, erwiderte er. »Ich habe den Führerschein in den Staaten gemacht. Hier in Köln bin ich allerdings noch nie gefahren, meine Wohnung ist nämlich in unmittelbarer Nähe von –«

»Hervorragend«, unterbrach ihn Ursula, die nicht unhöflich wirken, aber dringend vorankommen wollte. »Können wir per Handy einen Wagen mieten? So was geht doch, oder?«

»So was geht«, bestätigte Adam. »Aber dann brauche ich meinen Führerschein, Ausweis und so weiter. Und die Papiere hab ich nicht bei mir.«

»Warum hast du denn deinen Ausweis nicht dabei?«, fragte Sasha.

»Leider hatte ich keine Zeit, darum zu bitten, dass man mir meine Brieftasche zurückgibt, während ihr mit mir aus der psychiatrischen Klinik ausgebrochen seid.«

»Ach ja«, sagte sie. »Das hatte ich ganz vergessen.«

»Na ja, war auch viel los in den letzten zwei Tagen.«

»Ich könnte einen Wagen klauen«, sagte Bug.

»Wir klauen keinen Wagen!«, sagte Wish empört.

»Hast du einen besseren Vorschlag? Ein Taxi können wir nicht nehmen. Öffentliche Verkehrsmittel kommen nicht infrage. Wir kennen auch niemanden, der ein Auto hat und es uns leihen oder uns mitnehmen könnte. Und ich dachte, wir wären uns einig, dass es in dieser Situation auf jede Sekunde ankommt.«

Manchmal konnte man eben nur schlechte Entscheidungen treffen.

»Ach verdammt«, sagte Ursula.

—

Wenig später schlenderten sie durch eine der reinen Wohnstraßen des Viertels.

»Versucht, ganz unauffällig zu wirken«, sagte Ursula.

»Ich hasse diesen Satz«, stöhnte Wish. »Bringen wir's einfach hinter uns.« Sie deutete auf einen BMW, der am Straßenrand parkte. »Nehmen wir doch einfach den.«

»Bist du verrückt?«, fragte Bug. »Der ist garantiert auf dem neuesten technischen Stand und hat alle möglichen Alarmsysteme eingebaut.«

»Woher soll ich das denn wissen? Ich habe schließlich noch nie ein Auto geklaut, oder?«

»Wir brauchen was Älteres ...«

»Eine Schrottmühle?«, fragte Ursula.

»Ich hätte eher das Wort ›Oldtimer‹ gebraucht, aber ja.«

Die Gruppe ging weiter die Straße entlang, und wieder einmal stellten sie sich schrecklich schlecht dabei an, ganz natürlich zu wirken.

»Woher weißt du überhaupt, wie man so was macht?«, fragte Masina mit den Händen.

»YouTube.«

»Also, das ist auf sehr vielen Ebenen verstörend.«

Bug blieb neben einem Wagen stehen, der eigentlich blau lackiert war, aber über eine rote Tür verfügte. Das Fahrzeug sah aus, als hätte es schon so einiges erlebt, über das es lieber nicht reden wollte. »Der hier.«

»Wirklich?«, fragte Sasha.

»Wir wollen ja keinen Schönheitswettbewerb gewinnen.«

»Okay«, sagte Ursula. »Und wir bringen das Auto hierher zurück, sobald alles erledigt ist.«

»Selbstverständlich«, sagte Bug.

»Und stellen einen Kuchen auf den Sitz«, fügte Wish hinzu.

»Ja.« Bug gelang es kaum, ein Kichern zu unterdrücken. »Einen von diesen Tut-mir-leid-dass-wir-Ihr-Auto-gestohlen-haben-Kuchen, von denen man so viel hört.«

Wish schüttelte missbilligend den Kopf. »Du musst dich wirklich nicht so darüber freuen, dass du das jetzt durchziehst.«

»Warum nicht? Wird sich der Besitzer weniger ärgern, wenn ich beim Aufbrechen traurig aussehe?«

»Mach es einfach!«, sagte Sasha.

Bug hielt die Hutschachtel in die Höhe. »Eine von euch muss die mal nehmen.«

Ursula bemerkte, dass alle einen Schritt zurücktraten. »Na gut, gib schon her!«, sagte sie und verdrehte die Augen.

Sie hielt die Schachtel in den Händen, während Bug ihren Fahrzeugdiebstahl verübte. Es dauerte gerade mal zwanzig Sekunden, dann saß ihre Freundin auch schon am Steuer, und nach weiteren zwanzig Sekunden erwachte der Motor stotternd zum Leben.

»Also«, sagte Wish, »das war cool und beunruhigend zugleich.«

Ursula hatte keinerlei Vorerfahrungen mit Autodiebstahl, aber sie ging davon aus, dass die anschließende Flucht für gewöhnlich nicht mit zwei qualvollen Minuten begann, in denen die Sitzverteilung ausdiskutiert wurde. Sieben Menschen waren eindeutig zu viele, um in ein Auto von normaler Größe zu passen, aber einem geschenkten Gaul schaute man nicht ins Maul – und einem gestohlenen erst recht nicht. Schließlich einigten sie sich darauf, dass Adam hinterm Steuer Platz nahm – offensichtlich – und Trinity mit ihrem Himmelsweiser auf dem Beifahrersitz. Wish hockte sich bei Ursula auf den Schoß, Sasha auf den von Masina, und Bug klemmte sich mit ihrer Hutschachtel dazwischen. Niemand wollte neben der Ballonbombe sitzen, aber Bug stellte klar, dass es nicht die geringste Rolle spielte, wo man saß, wenn das Ding während der Fahrt in die Luft flog.

»Alles klar«, sagte Ursula, als alle ihren Platz gefunden hatten. »Dann verschwinden wir mal von hier.«

»Okay«, sagte Adam. »Wir haben nur ein winziges Problem. Ich habe noch nie einen Wagen mit Gangschaltung gefahren.«

»Was willst du damit sagen?«

Er deutete auf den Schaltknüppel. »Wir haben in den Staaten hauptsächlich Automatikwagen.«

Ein kollektives Stöhnen ging durch das Fahrzeug.

»Hey«, sagte er angriffslustig, »wie kommt es denn, dass keine von euch den Führerschein gemacht hat?«

»Wir waren zu sehr damit beschäftigt zu lernen, wie man Leute umbringt«, antwortete Sasha.

»Hör gar nicht auf sie!«, sagte Ursula. »Meinst du, du kriegst es trotzdem hin?«

»Ich versuch's mal.«

»Danke. Mehr können wir nicht verlangen.«

Adam legte den ersten Gang ein, und der Wagen machte einen ruckartigen Satz nach vorn.

Bug stieß ein Wimmern aus, während sie versuchte, die Hutschachtel ruhig zu halten. »Alles wird gut«, murmelte sie. »Alles wird gut. Alles wird gut.«

»Ganz nebenbei«, sagte Sasha. »Niemand hat jemals dreimal hintereinander behauptet, dass alles gut wird, wenn es auch wirklich so war.«

Der Wagen machte einen erneuten Satz, katapultierte sie diesmal aber schon ein gutes Stück weiter voran.

»Ist alles –«, begann Ursula.

»Ich tue mein Bestes!«, blaffte Adam.

Ein weiterer Ruck erschütterte den Wagen, aber diesmal fuhr er tatsächlich weiter.

»Seht ihr, ich hab's langsam raus.«

»Hervorragend.«

Auf dem Beifahrersitz ergriff Trinity vorsichtig das Wort. »Ist jetzt ein guter Zeitpunkt, um zu erwähnen, dass wir in die falsche Richtung fahren?«

KAPITEL 49

Ursula hatte noch nicht viele längere Autofahrten erlebt, aber sie ging davon aus, dass Ausflüge dieser Art kaum belastender verlaufen konnten als dieser. Dabei war der kollektive Stresspegel keineswegs konstant, sondern schoss in verschiedenen Phasen der Fahrt deutlich in die Höhe.

Phase eins war bereits der Diebstahl des Wagens – per se eine recht angespannte Situation –, gekrönt von der Erkenntnis, dass ihr Fahrer gar nicht wusste, wie man ihn bediente. Sie entfernten sich in krampfartigen Zuckungen vom Tatort – eine Flucht, die sicherlich zu den am wenigsten beeindruckenden der Verbrechensgeschichte gehörte. Dabei stieß Bug bei jedem Ruck immer panischere Geräusche aus und starrte die Hutschachtel an, die ihre unselige Ballonbombe enthielt. Zum Glück hatte Adam den Bogen schließlich mehr oder weniger raus, bevor sie in dichteren Verkehr kamen.

Phase zwei war der Versuch, sich durch Kölns Rushhour zu navigieren – wobei Trinity ihre Fahrtrichtung lediglich von dem ominösen Brummgeräusch ableitete, das sie mithilfe ihres selbst gebastelten Himmelsweisers wahrnahm. Und als wäre das alles nicht schon problematisch genug, hielt auch Balzar dies für den perfekten Zeitpunkt, um wieder zum Vorschein zu kommen. Anfangs rühmte er noch verzückt Adams erstaunliche Fähigkeiten, eine pferdelose Kutsche zu steuern. Dann ging er jedoch in Rekordzeit dazu über, ihn für seine mangelnden Fahrfähigkeiten zu kritisieren. Diese Drucksituation kulminierte schließlich darin, dass Adam den Wagen an einer Ampel abwürgte. Verzweifelt versuchte er, ihn wieder in Gang bringen, während der Stau wütender Pendler hinter ihm die Hupen malträtierte und ihm ein jahrhundertealter Nekromant ins Ohr brüllte.

Phase drei bestand aus der stilleren Spannung, die sich im Wagen ausbreitete, als sie endlich in eine Straße einbogen, die aus der Stadt hinaus und in westlicher Richtung nach Bergheim führte. Während langsam die Sonne unterging, fuhren sie immer weiter. Nach Ursulas Kenntnisstand hatte die Nacht der Vergeltung stets im Bereich des heutigen Kölner Stadtgebiets stattgefunden, aber inzwischen befanden sie sich längst in den Vororten. Sie beherrschte sich so weit, Trinity nur zweimal zu fragen, ob die Richtung immer noch stimmte. In beiden Fällen wurde ihr versichert, dass dem so war.

Die Passagiere auf dem Rücksitz tauschten skeptische Blicke, aber niemand sagte ein Wort. Von der Anspannung lenkte sie nur ein quengelnder Balzar ab, dem sie immer wieder erklärten, dass sie nicht kurz anhalten konnten, um ihm ein Eis zu kaufen. Sie versicherten ihm aber, dass er später eins bekommen würde, wenn er weiterhin ein braver kleiner, allmächtiger Nekromant war.

Als Trinity schließlich spürte, dass sich die Richtung des Brummens änderte, verließen sie die Bundesstraße. Nach einigen falschen Abzweigungen und einem immer wieder abgewürgten Motor, fanden sie sich auf einem schmalen Feldweg wieder. Minutenlang sprach niemand ein Wort. Selbst Balzar hatte sich auf ein schmollendes Schweigen verlegt.

»Also schön«, sagte Wish von ihrem Platz auf Ursulas Schoß. »Ich sage es jetzt einfach mal. Es hat ja niemand Schuld, aber vielleicht sind wir hier auch komplett auf dem Holzweg.«

Ursula kniff sie in den Arm.

»Autsch! Komm schon ... Ich spreche doch nur aus, was wir alle denken. Es ist dunkel, wir tuckern hier am Arsch der Welt herum und folgen einem Brummen, das Trinity seit heute Morgen hört, und einem Draht in einer Kiste, die sie selbst gebaut hat. Ich glaube, es ist mal an der Zeit, dass wir –«

Als der Wagen um eine Kurve bog, fiel das Licht seiner Scheinwerfer auf ein großes schmiedeeisernes Tor. Es versperrte ihnen den Weg, aber nicht deshalb trat Adam voll auf die Bremse. Selbst die Passagiere auf dem Rücksitz konnten es trotz ihrer eingeschränkten Sicht erkennen.

Abgesehen von Bug, die ihre Aufmerksamkeit nicht von der Hutschachtel abwandte. »Geht's noch? Willst du uns umbringen?« Schließlich schaute sie doch noch auf. »Oh, wow ...«

Ursula öffnete die Tür, worauf sie und Wish beinahe aus dem Wagen fielen. Die beiden stiegen aus, streckten ihre Glieder und warteten darauf, dass ihnen die anderen folgten.

In der Ferne, hinter dem Tor, erhob sich eine Ansammlung efeubewachsener Gebäude, von denen das größte wie ein überdimensioniertes Landhaus wirkte. Flutlichter illuminierten eine große Freifläche, auf der sich eine gewaltige Menschenmenge eingefunden hatte. Und darüber befand sich etwas, das nur sie sehen konnten: ein riesiger wirbelnder Strudel wütender roter Wolken.

Adam sagte mit leiser Stimme: »Das feurige Tor zur Hölle.«

»Haha!«, rief ein hocherfreuter Balzar. »Meine geliebten Waffenbrüder kommen, um mich zu retten!«

»Wenn es nur das ist, was sie wollen«, sagte Wish, »können sie sich gerne bedienen.«

Sie waren weiter entfernt als beim letzten Mal, aber was sie hier vor sich sahen, ähnelte ziemlich genau dem, was sie vor zwei Nächten am Himmel erblickt hatten, nur ...

»Bilde ich mir das ein«, fragte Sasha, »oder ist das ...?«

»Noch größer«, beendete Bug den Satz.

»Sehr viel größer«, warf Masina in Gebärdensprache ein.

Das war es.

Ursula warf einen Blick auf das Schild neben dem Tor. »›Von-Braun-Knabeninternat‹«, las sie vor. »Soll das ein Witz sein?«

»Ich möchte ja niemanden beunruhigen«, sagte Adam, »aber wenn wir da reinwollen, müssen wir wohl erst mal durch dieses große Metalltor kommen.«

Ohne den Blick vom Himmel abzuwenden, ließ Ursula in ihrer rechten Hand das Flammenschwert entstehen.

»Ach, stimmt«, sagte Adam. »Hatte ich ganz vergessen.«

KAPITEL 50

Madeleine stand auf der Bühne und ließ ihren Blick über die große Menschenmenge vor sich wandern. Sie alle kannten sie nur als Frau Reiss, die Direktorin, aber dies würde sich in Kürze auf dramatische Weise ändern. So viele Jahre, so viel Lebenszeit, all ihre persönlichen Opfer hatten zu diesem einen Moment geführt. Reihenweise erwartungsvolle Gesichter sahen sie an. Spielzeugsoldaten – bereit für die Schlacht.

Bevor sie das Wort ergriff, schaute sie zu dem brodelnden Wirbelsturm über ihren Köpfen hinauf. Dann wandte sie den Blick wieder den voll besetzten Stuhlreihen zu, auf denen sich eine Schar überprivilegierter Jugendlicher kaum noch halten konnte. Sie waren wie elektrisiert. Schließlich glaubten sie in ihren dummen kleinen Köpfen noch immer, die heutige Nacht würde echte Männer aus ihnen machen. In gewisser Hinsicht hatten sie natürlich recht.

Höchst zufrieden nahm Madeleine wahr, dass sich auch sämtliche Lehrkräfte eingefunden hatten und sie mit versteinerten Mienen anblickten – keiner von ihnen schaute zum Himmel. Sie hatte sie alle sorgsam ausgewählt, weil ihnen magische Fähigkeiten ebenso abgingen wie jegliche Fantasie. Und so hatte niemand auch nur den kleinsten Verdacht gehegt, was sie heute wirklich vorhatte.

Sie bemerkte, dass einige der Lehrer neugierig LaCroix musterten, der direkt hinter ihr auf der Bühne stand. Sie hatte ihn eigens hierherbeordert, um sich seine Unterstützung zu sichern. Gerechtfertigt hatte sie dies mit der Behauptung, er würde den historischen Kontext für die Spiele liefern. Natürlich bemerkten die Mitglieder des Lehrkörpers nicht, dass sich links neben ihm der Golem positioniert hatte, derzeit noch unsichtbar. Ihn hätte man nicht so leicht erklären können, nicht einmal dieser Vereinigung von Schwachköpfen.

Die Gesichter, die sie vor sich hatte, waren eine einzige Freude. Da war David Franke, der Physiklehrer von der Ich-muss-protestieren-Fraktion. Natürlich sah er aus, als bereite er sich innerlich darauf vor, jeden Augenblick in Empörung auszubrechen. Bald würde er einen mehr als guten Grund dafür haben. Neben ihm saß Felix Wulff, Leiter ihres Sportfachbereichs, der Einzige im Kollegium, der ehrlich erfreut gewesen war, dass die Spiele wieder aufgenommen wurden – bei ihm hatte sie nicht nachhelfen müssen. Hinter seinen kleinen Knopfaugen stauten sich genug Repression und Überkompensation, um ein ganzes Team von Psychotherapeuten ein Jahr lang beschäftigt zu halten. Sein obsessives Verhältnis zu seiner Trillerpfeife hätte schon genug Gesprächsstoff für eine Woche geliefert. Jede Wette, dass er mit dem Ding schlafen ging. Die übrigen Lehrkräfte wirkten gleichgültig. Vermutlich ärgerten sie sich hauptsächlich darüber, dass man ihnen den freien Abend genommen hatte. Aber die Jungs. Oh, die Jungs! Auf ihren Gesichtern lag ein unverkennbares Leuchten, als säßen sie unterm Weihnachtsbaum.

Madeleine räusperte sich und sprach ins Mikrofon. »Meine lieben Schüler, herzlich willkommen zu den Nachtspielen!«

Ihr Gruß wurde mit dankbarem Jubel, Applaus und einer heulenden Rückkopplung der Lautsprecher beantwortet. Sie warf Stephan Waldmeier einen bösen Blick zu. Ihr Musiklehrer war offensichtlich nicht mal in der Lage, ein simples Soundsystem aufzubauen. Er stand rechts auf der Bühne hinter einem Mischpult, drehte an irgendwelchen Knöpfen und wirkte irritiert.

Als das Gebrüll und der Applaus verebbt waren, trat David Franke, wie erwartet, einen Schritt vor. »Ich muss –«

Mit einer unauffälligen Handbewegung schnitt sie ihm das Wort ab – im wahrsten Sinne des Wortes. Entsetzt weiteten sich die Augen des Mannes, als ihm klar wurde, dass er seine Stimme verloren hatte.

»Diese Spiele stellen eine lange Tradition unserer Schule dar – und wir sind stolz darauf«, fuhr sie fort. »Ich möchte euch alle daran erinnern, dass wir davon ausgehen, dass ihr die hohen Standards einhaltet, die von den Absolventen des Von-Braun-Internats erwartet werden.«

Diesen Satz hatte sie nur eingeworfen, um sich selbst zu amüsieren. Schließlich befand sich hinter ihr auf der Bühne ein großer, mit Sägespänen bedeckter Kampfring. Diese Jungs glaubten, dass sie die Nacht hier beenden würden, in einem Vier-Mann-Wrestling-Match mit freiem Oberkörper, um zu entscheiden, wer der ultimative Gewinner bei diesem ganzen Zirkus sein würde.

»Das dicke Seil vor euch auf dem Boden wird euch aufgefallen sein –«

Eine kreischende Rückkopplung brachte Waldmeier einen weiteren vernichtenden Blick ein, den er mit einem überforderten Schulterzucken beantwortete.

»Diese Spiele sind nur für die tapfersten Schüler entwickelt worden, und so werden nur diejenigen antreten, die sich dazu entscheiden, dieses Seil aufzuheben und in die Höhe zu halten.«

Das war absoluter Unsinn, aber so was kam ja immer gut an. Insgeheim war es ihr eine besondere Freude, dass diese Schwachköpfe glaubten, sie hätten eine Wahl.

»Ich gehe davon aus, dass ihr alle wisst, was euch heute

Nacht erwartet, aber glaubt mir: Es wird euch körperlich, geistig und emotional herausfordern.« Durchaus zutreffend. »Also, genug der einleitenden Worte: Wer tapfer genug ist, mag nun das Seil vor sich hochheben.«

Es folgte große Betriebsamkeit und unvermeidliches Geschubse. Für die Besten und Intelligentesten des Von-Braun-Internats war die eigentlich einfachste Aufgabe offenbar bereits eine Herausforderung. Das massive Seil, eigens von ihr in Auftrag geben, schlängelte sich, sorgsam ausgelegt, durch alle zweiundzwanzig Stuhlreihen. Irgendwo im hinteren Bereich brach ein spontanes Tauziehen aus, das einer der Lehrer mit wütendem Aufstampfen beendete, bevor es eskalieren konnte. Schließlich ebbte der Aufruhr etwas ab, und die Mehrzahl aller Augen richtete sich, funkelnd vor Erwartung, wieder auf die Direktorin.

Das Ende des Seils war an einem dicken Metallpfosten direkt neben der Bühne befestigt. Unhörbar formte Madeleine die Worte, die sie vorbereitet hatte. Dann schaute sie zufrieden zu, wie ein kaum sichtbarer Energieblitz durch das gesamte Seil schoss. Keiner der Jungs reagierte darauf. Die einzige Person, die etwas bemerkte, war Frau Kauf, die Englischlehrerin, die das Seil verwirrt anschaute. Madeleine hatte sie schon immer für die Klügste in ihrem Kollegium gehalten, aber das hieß nun wirklich nicht viel.

Franke war mittlerweile derartig beunruhigt wegen seiner Sprachlosigkeit, dass er die Hände um den Hals gelegt hatte und Richtung Schule taumelte.

»Hervorragend«, sagte Madeleine, wobei ihre Äußerung von einer weiteren kreischenden Rückkopplung durchschnitten wurde. Sie schüttelte den Kopf. »Also, das hab ich jetzt wirklich satt.«

Nach einem kurzen Kippen des linken Handgelenks flog ihr Rednerpult von der Bühne und krachte in die Tonanlange.

Der unfähige Waldmeier konnte gerade eben noch in Deckung gehen.

Die Jungen schnappten nach Luft, manche von ihnen kicherten. Endlich zeigten auch die Lehrkräfte eine Reaktion. Einige eilten auf die Bühne zu, die Klügeren in die entgegengesetzte Richtung. Wulff, der sich ohne Zweifel für einen Mann der Tat hielt, stand wie festgewachsen da. Neben Madeleine trat LaCroix einen Schritt vor und zog seine Pistole, um zu verhindern, dass jemand auf die Bühne stürmte.

Sie wandte einen einfachen Zauber an, der es ihrer Stimme ermöglichte, den allgemeinen Tumult problemlos zu übertönen. »Ich fürchte, die schlechte Nachricht lautet, dass ich die Nachtspiele hiermit absagen muss.«

Die Stimmung der Menge neigte sich Richtung Panik, da immer mehr Schüler bemerkten, dass sie das Seil nicht mehr loslassen konnten, was natürlich genau dem Plan entsprach.

»Aber es gibt auch eine gute Nachricht«, fuhr sie fort. »Heute Nacht werdet ihr Geschichte schreiben.«

Als sie sich umwandte und die Hand hob, zerfiel der Wrestling-Ring hinter ihr, während ein großer Ball aus leuchtender Energie durch den Erdboden brach und darüber aufstieg.

»Ich habe so lange daran gearbeitet, und ich freue mich sehr, dies mit euch teilen zu können.«

Das gesamte Gewölbe, das unter ihnen gelegen hatte, erhob sich nun ebenfalls, und der Kreis der Statuen nahm den Freiraum ein, den der Wrestling-Ring hinterlassen hatte. Auch Una war dort. Es war nur richtig, dass sie alles zu sehen bekam. Genau wie die junge Delilah. Schließlich war sie diejenige, die alles opferte, um dies möglich zu machen.

»Ich freue mich, sagen zu können, dass all eure jämmerlichen kleinen Leben bald schon eine große Bedeutung haben werden.«

Die Schülerschaft versuchte verzweifelt, sich von dem Seil

loszureißen. Dabei krachten die Jungen unentwegt gegeneinander und stellten erneut ihre bescheidenen Koordinationsfähigkeiten unter Beweis.

»Ich werde euch dazu benutzen, um etwas richtigzustellen. Und zwar mit Nachdruck. Generationen junger Frauen, die in sinnloser Weise auf dem Altar der Tradition und der Dummheit geopfert wurden, sollen nun gerächt werden!«

Sie hob die rechte Hand, aus der sich knisternde, blitzartige Lichtfäden lösten, die sie mit der glühenden Kugel verband. Dann mobilisierte sie noch das letzte bisschen Wut, das durch ihre Adern strömte, und ließ die Energie das Seil hinabrollen. Ein Schüler nach dem anderen wurde zu Boden gerissen. Ihre Körper krümmten sich, während der Strom durch sie hindurchfuhr. Die meisten Lehrer und die wenigen Schüler, die das Seil nicht aufgehoben hatten, rannten jetzt um ihr Leben. Es spielte keine Rolle. Ihr blieben mehr als genug.

Jemand versuchte, über die Stufen zu ihr heraufzustürmen, aber sofort materialisierte sich der Golem und ließ die Person mit einem Schnipser seiner riesigen Hand in die Nacht fliegen.

Die sich windende Menschenmasse auf dem Vorplatz kam langsam zur Ruhe. Das Seil lag schwelend auf dem Boden, nachdem es seinen Zweck erfüllt hatte. Dann kamen die Jungen, einer nach dem anderen, wieder auf die Füße. Neue Männer. Madeleine trat vor, um eine der Gestalten in der ersten Reihe genauer in Augenschein zu nehmen. Sie hatte nicht gewusst, wie sie aussehen würden, aber wie sich herausstellte, übertraf das Ergebnis noch ihre kühnsten Erwartungen.

Der Anblick, der sich Madeleine bot, war wahrlich außergewöhnlich. Es war, als würde man sich zwei durchsichtige Fotografien anschauen, von denen die eine über der anderen lag. Einen ihrer Jungs erkannte sie sofort: Antonio Abbruzzese, der Zwölftklässler, den sie gestern wegen Kaugummikauens zum

Nachsitzen verdonnert hatte. Sein Gesicht war ein hinreißendes Abbild völligen Entsetzens, zugleich aber lag die Geisterfratze eines bärtigen Hunnen darüber, der sich mit wölfischem Grinsen umschaute. Der Kopf des Jungen stand ebenso wie sein Körper unter der Kontrolle des Barbaren. Antonio Abbruzzese war nur noch ein Mitreisender seiner eigenen Existenz.

Madeleine hob die Hände und ihre Stimme: »Willkommen, meine Herren! Wo ist der mächtige Attila?«

Sie entdeckte ihn, kaum, dass die Worte ihren Mund verlassen hatten – eine gewaltige Gestalt in der Nähe der Bühne, deren glühend rote Augen starr auf sie gerichtet waren.

»Ah, da haben wir ihn ja.« Sie bewegte sich lächelnd auf ihn zu. »Deine arme Horde wird seit Jahrhunderten geknechtet, und das nur wegen deiner Schwäche als Anführer. Deine Krieger sind mir herzlich willkommen, du jedoch, fürchte ich, nicht.«

Wie vorauszusehen war, brüllte der mächtige Hunne auf und hob die riesige Streitaxt in seiner Hand. Die Wut auf seinem Gesicht lag über der verängstigten Miene von Peter Thoben, dem Jungen mit der starken Neigung zur Selbstbefriedigung, dem sie das lächerliche neunzigminütige Meeting am Vortag zu verdanken hatte. Kein großer Verlust.

Ins Madeleines Hand entstand eine glänzende Klinge, schwarz wie die Nacht. Damit teilte sie Attila auf Höhe des Bauchnabels in zwei saubere Hälften. Bevor diese zu Boden fielen, tauchte ein überraschter Blick auf seinem Gesicht auf, der sie mit großer Genugtuung erfüllte.

Im Hof herrschte plötzlich Totenstille. Hunderte Geistergesichter schauten zwischen Madeleine und den halbierten Überresten ihres Anführers hin und her.

Ihre ausgiebigen Studien hatten sie zu einer Überzeugung gebracht: Die Hunnen respektierten Stärke. Nun würde sie herausfinden, ob das der Wahrheit entsprach.

Nach langem Zögern riss einer der Männer neben ihr seine Hände in die Höhe und stieß ein zustimmendes Gebrüll aus. Rasch folgten auch die anderen seinem Beispiel.

Madeleine lächelte.

Als der Tumult langsam abebbte, hob auch sie ihre Hände, um für Ruhe zu sorgen. »Hunnen! Ehemalige Anhänger Attilas! Ich bin euer neuer Attila! Ich habe euch gegeben, was er euch nicht zu geben vermochte. Leben. Wahres Leben. Diese Seelen, diese Körper gehören nun euch.«

Ihre Verkündigung wurde mit weiterem Jubel beantwortet.

Der Abbruzzese-Hunne streckte die Hände aus, und in jeder von ihnen tauchte eine leuchtende, geisterhafte Streitaxt auf.

»Der Tagesanbruch kann euch nicht länger aufhalten«, rief Madeleine. »Ich habe euch Fleisch und Blut geschenkt, und nur eins fordere ich als Gegenleistung: völlige Verwüstung!«

Die Horde brüllte im Chor.

»Nehmt Rache an den Lebenden! An Köln! An all denen, die euch versklavt haben!«

Der Sportlehrer stand noch immer wie angewurzelt vor der Bühne. Sein Mund klappte auf und zu, da sein übervolles Gehirn offenkundig nicht in der Lage war, irgendetwas zu sagen oder zu tun. Das änderte sich auch nicht, als der runderneuerte Antonio Abbruzzese auf ihn zutrat und mit brutalem Geschick seinen Kopf sauber von den Schultern trennte. Wulff stand noch einen Augenblick aufrecht, Blut spritzte aus seinem Hals, und dann brach er endlich zusammen.

Der Abbruzzese-Hunne hob den Kopf und heulte in die Nacht.

Seine Waffenbrüder taten es ihm gleich.

KAPITEL 51

Nach Wochen voller Regen und dichter Wolken stand der Mond an einem klaren Himmel. Er erlaubte es den Mädchen und Adam, sich problemlos in ihrer derzeitigen Umgebung zu orientieren, während sie sich auf den von Flutlichtern erhellten Platz zubewegten. Sie eilten bereits seit einigen Minuten die lange Einfahrt des Von-Braun-Knabeninternats hinauf, als die riesige, glühende Sphäre aus dem Erdboden brach.

Sasha fasste in Worte, was vermutlich die gesamte Gruppe dachte. »Ach du Scheiße … Was ist das?!«

»Was auch immer es ist«, sagte Ursula, »es hat nichts Gutes zu bedeuten.«

Ohne ein weiteres Wort erhöhten sie ihre Geschwindigkeit. Die leuchtende Kugel hing über einer Bühne, von der aus jemand zu einer großen Versammlung sprach, die hauptsächlich aus Schuljungen in Sportkleidung zu bestehen schien. Als sie näher kamen, brach in den Reihen großer Jubel aus.

»Schaut mal!«, sagte Adam und zeigte nach links. »Die haben hier so ein Heckenlabyrinth.«

»Die erschütternde Macht von Attilas unsterblicher Horde ersteht vor deinen Augen«, zischte Balzar, »und dir fällt nichts anderes ein als: *Die haben hier ein Labyrinth?*«

»Na ja, haben sie halt.«

Sie hörten eine weibliche Stimme, konnten jedoch nicht verstehen, was sie sagte. Unter der glühenden Kugel schienen ringförmig mehrere Statuen angeordnet zu sein. Es gab auch noch andere Dinge, die Ursula aber nicht klar erkennen konnte.

»Wie lautet der Plan?«, fragte Wish.

»Das wird wohl ziemlich –«

Die Gruppe erstarrte entsetzt, als die Fäden aus blauem Licht aus dem glühenden Ball hervorschossen und die jungen Menschen, die vor der Bühne standen, zu Boden fielen.

»Sind sie ... tot?«, fragte Sasha.

»Schlimmer«, erwiderte Masina mit den Händen.

Sie hatten den Punkt erreicht, an dem die Einfahrt zur Rückseite des Gebäudes abbog. Daher traten sie auf die Rasenfläche und beobachteten, wie sich die Gestalten langsam wieder aufrappelten.

»Oh Mann«, sagte Ursula.

Balzar kam noch dazu, laut »Brü–« auszurufen, bevor Adam ihm eine Hand vor den Mund schlug und darum kämpfte, sie dort zu behalten.

Sie waren nur noch knappe hundert Meter von der Bühne entfernt, und die verstärkte Stimme der Frau wurde durch die Nachtluft zu ihnen getragen. »Hunnen! Ehemalige Anhänger Attilas! Ich bin euer neuer Attila! Ich habe euch gegeben, was er euch nicht zu geben vermochte. Leben. Wahres Leben. Diese Seelen, diese Körper gehören nun euch.«

Wieder jubelte die Menge.

»Hunnen in den Körpern dieser Jungen«, sagte Masina in Gebärdensprache. »Wie sollen wir dagegen kämpfen?«

»Ich weiß es nicht«, erwiderte Ursula.

Ihr blieb nicht viel Zeit, um einen Plan zu entwickeln, aber für eine solche Situation schien es auch keinen zu geben.

»Der Tagesanbruch kann euch nicht länger aufhalten«, fuhr die Stimme fort. »Ich habe euch Fleisch und Blut geschenkt, und nur eins fordere ich als Gegenleistung: völlige Verwüstung!«

Die Horde brüllte im Chor.

»Nehmt Rache an den Lebenden! An Köln! An all denen, die euch versklavt haben!«

»Ist das …?« Wish schnappte nach Luft. »Das ist Una! In diesem großen Glasding.«

»Und dieses Arschloch in der blauen Jacke«, sagte Sasha mit eisiger Stimme, »ist der Bastard, der auf meine Schwester geschossen hat. Henri LaCroix. Er und sein Golem.«

Einer der Hunnen wandte sich einem Mann zu, der wie hypnotisiert vor der Bühne stand. In einer einzigen geschmeidigen Bewegung schwang er die beiden Geisterklingen, die er in den Händen hielt, und trennte dem Mann mit einem sauberen Schlag den Kopf ab.

Die Männer dieses Mobs legten die Köpfe in den Nacken und heulten den Mond an.

»Oh nein«, flüsterte Wish entsetzt, als der Körper des Geköpften zu Boden fiel.

»Bleiben wir fokussiert!«, sagte Ursula. »Wir müssen zur Quelle des Übels vordringen. Zu dieser Frau. Alle begeben sich –« Sie zuckte zusammen, als der Mann, den sie als LaCroix identifiziert hatten, plötzlich zu ihnen herüberdeutete.

»Wir haben Besuch!«

Er ging in Deckung, als Sasha einen Pfeil nach dem anderen in seine Richtung schoss. Die Pfeile erreichten ihn allerdings nicht. Stattdessen explodierten sie mitten im Flug, weit vor der Bühne, als wären sie auf einen unsichtbaren Schutzschild getroffen.

»Wartet!« Die Frau hob ihre Arme. »Niemand. Tut. Irgendwas«, rief sie der Horde zu, die der Kohorte entgegenstarrte. »Halt! Ich befehle euch zu warten!« Die Frau hielt die Hunnen einige Sekunden im Blick, um sicherzugehen, dass sie ihrem Befehl Folge leisteten. Erst dann wandte sie ihre Aufmerksamkeit den Mädchen zu und schaute Ursula direkt in die Augen.

»Ich weiß, wer du bist, und ich will euch nichts tun. Ich meine es gut mit euch.«

»Ach ja?«, erwiderte Ursula. »Deshalb hat Ihr Kumpel Joy ins Krankenhaus gebracht, und deshalb halten Sie unsere Mentorin unter einer Glasglocke gefangen? Merkwürdige Art, Freundschaft zu schließen!«

»Lange bevor sie eure Mentorin war«, sagte die Frau, »war sie meine Freundin.«

Und damit war Ursula alles klar. »Ah, die Magierin.«

»Ja«, erwiderte die Frau. »Mein Name ist Madeleine. Deinen kenne ich natürlich.« Sie nickte und ließ den Blick über den Rest der Gruppe schweifen. »All eure Namen, um genau zu sein.« Dann blieb ihre Aufmerksamkeit an Adam hängen. »Nun, seinen nicht. Und den, mit dem er da kämpft, kenne ich auch nicht.«

Balzar versuchte, sich verständlich zu machen, aber Adam hielt dem Nekromanten weiter den Mund zu.

»Und ich möchte, dass ihr eines wisst«, fuhr Madeleine fort. »Dies hier tue ich für euch. Und für alle zukünftigen Kohorten.« Sie deutete auf den Ring aus Statuen hinter sich. »Für diese jungen Frauen. Nur die Erinnerung an sie ist von unserer Kohorte übrig geblieben. Von unserer Familie.«

Ursula ließ den Blick über die Menge junger Männer schweifen, die funkelnde Geisterwaffen in den Händen hielten und auf deren Gesichtern die durchscheinenden Mienen wilder Hunnenkrieger erkennbar waren.

»Und um diese Erinnerung zu würdigen«, fragte Ursula, »haben Sie die Erzfeinde dieser Frauen herbeigerufen und dafür gesorgt, dass sie Besitz von unschuldigen Opfern ergreifen?«

»Unschuldig?« Madeleine lachte bitter auf. »Wenn ihr schon über Unschuld reden wollt … Was ist mit den Kohorten unschuldiger junger Frauen, die der Scharlachrote Rat jahrhundertelang hat abschlachten lassen, statt ein simples Problem ein für alle Mal zu lösen? Seht, was mir gelungen ist! Ich habe die Krieger der Vergeltung unter meine Kontrolle gebracht. Schon vor Jahrzehnten hatte ich angeboten, dies zu tun. Der Rat hat daraufhin versucht, mich umbringen zu lassen. Viele andere vor mir hätten dasselbe schaffen können, wenn der Rat es gewollt hätte, aber er wollte es nicht. Diese Leute genießen das Spiel einfach zu sehr.«

Ursula musste an das denken, was Lisa, ihre Vorgängerin, ihr gestern Abend gesagt hatte. Dass sie überzeugt sei, dass man im Scharlachroten Rat Wetten auf den Ausgang der Schlacht abschloss. Das war schon abstoßend genug, aber sie hätte es niemals für möglich gehalten, dass der Rat bewusst dafür sorgte, dass die Kämpfe niemals endeten.

»Das ist lächerlich.«

»Ach ja? Dann verrat mir doch, welche Erfahrungen du in den vergangenen Tagen mit dem Scharlachroten Rat gemacht hast!« Sie schaute vielsagend in die Richtung von LaCroix. »Mir wurde berichtet, dass er euch gegen euren Willen im *Athena* festgehalten hat. Was genau, glaubst du, seid ihr ihm schuldig?«

»Dem Rat? Nichts«, sagte Ursula und deutete auf die Horde. »Aber das heißt nicht, dass ich es Ihrer neuen Armee gestatten werde, in Köln Amok zu laufen. Wir haben Ihre kleine Grundsatzerklärung gehört. Sie wollen nur für Tod und Verwüstung sorgen.«

»Verstehst du denn nicht?«, fragte Madeleine mit einem flehentlichen Ton in der Stimme. »Es ist der einzige Weg. Sie leiden zu lassen, wie wir gelitten haben. Die Welt um sie herum zum Einsturz zu bringen.«

»Und dafür unschuldige Menschen abzuschlachten?«

»Für die gute Sache müssen Opfer gebracht werden.«

Trinity stand plötzlich neben Ursula, und ihre Stimme war

kaum ein Flüstern, als sie auf den hinteren Teil der Bühne deutete. »Schau!«

Ursula wandte ihre Aufmerksamkeit dem Sockel im Zentrum des Statuen-Rings zu. Ihr Mund wurde trocken. »Ist das Delilah?«

»Für die gute Sache müssen Opfer gebracht werden«, wiederholte Madeleine.

Ursula spürte, dass der letzte noch bestehende Zweifel von der Wut aufgelöst wurde, die nun in ihr aufflammte.

»Ich bin keine Geschichtsexpertin«, erwiderte sie. »Aber warum sind es immer die Leute, die so etwas sagen, die selbst kein Opfer bringen wollen?«

»Jemand in deiner Position weiß besser als die meisten Menschen, dass das Leben voll schwieriger Entscheidungen steckt.«

»Sie haben Anna umgebracht?«

»Könnte man so sagen.«

»Was zur Hölle soll das heißen?«, schrie Ursula wutentbrannt.

»Ich weiß, dir fällt es schwer, das zu verstehen«, sagte Madeleine, »aber ich bin deine Freundin.«

Ursula musste nicht sehen, wie Una hinter der Frau den Kopf schüttelte, um zu begreifen, was für ein Unsinn dies war.

Ohne auch nur eine Sekunde darüber nachzudenken, tauchte in Ursulas rechter Hand das Flammenschwert auf. Damit deutete sie auf Madeleine. »Sie haben Anna getötet, Joy in Lebensgefahr gebracht. Sie haben Una zu Ihrer Gefangenen gemacht, und Delilah missbrauchen Sie für Gott weiß was. Wer braucht Feinde, wenn er eine Freundin wie Sie hat?« Sie zeigte mit ihrem Schwert auf die Horde. »Aber für die Feinde haben Sie ja gleich auch noch gesorgt!«

Ursula lehnte sich zurück und flüsterte Trinity etwas ins Ohr, ohne den Blick von Madeleine abzuwenden.

»Ihr lasst mir keine Wahl«, sagte diese.

»Es gibt immer noch die Möglichkeit zur Kapitulation. Ihre, meine ich.«

»Ihr seid in extremer Unterzahl!« Madeleine nickte den Kriegern zu. »Auch was eure Waffen anbelangt.« Sie deutete mit dem Kinn auf den feixenden LaCroix und den gesichtslosen Golem. »Und ich habe mehr Macht, als ihr euch vorstellen könnt.«

Ursula zuckte mit den Schultern. »Gegen schwere Widerstände zu kämpfen ist unsere Spezialität.«

Ohne sich umzudrehen, wusste sie, was die Geräusche hinter ihr bedeuteten: Trinity wand sich in konvulsivischen Krämpfen auf dem Boden, um ihre Freundinnen zum Spielen herbeizurufen. Sie spürte, dass sich um sie herum die Gestalten von Paladinin, Söldnerin und Dämonin formten. Sie schaute kurz nach links und rechts. Die Paladinin hatte ihr Schwert aus Masinas Rucksack gezogen, die Söldnerin ihre Messer. Sie musste zweimal hinschauen, als sie sah, dass die Dämonin, die ihren Blick mit einem Grinsen beantwortete, eine Thermoskanne in den Händen hielt.

Sie konnte das Keuchen von jemandem hören, der sich ihnen, so schnell es die Umstände zuließen, von hinten näherte.

»Wartet!«, rief Bug. »Wartet! Fangt nicht ohne mich an!«

Gegen ihren Willen musste Ursula lächeln. »Würde uns nicht im Traum einfallen. Ich habe nur Zeit geschunden, bis du auftauchst.« Dann fügte sie leise hinzu: »Schwärmt aus! Trennt sie! Sie sollen zu uns kommen. Dafür haben wir trainiert.« Sie zögerte. »Na ja, für so was Ähnliches.«

Aus dem linken Augenwinkel konnte Ursula das blaue Glühen von Sashas Bogen erkennen. »Zumindest sind wir den ganzen Weg nicht umsonst gefahren.«

Madeleine warf ihnen einen letzten, langen Blick zu, dann

schüttelte sie verzweifelt den Kopf. »Dies tut mir ehrlich leid, aber ihr lasst mir wirklich keine Wahl.« Sie wandte sich der Horde zu und befahl mit einem Winken ihrer Hand: »Angriff!«

KAPITEL 52

Ursula und ihr Team standen einen Augenblick da und schauten die Horde an. Hunderte von ihnen stürmten, einer einzigen großen Masse gleich, auf sie zu. Es war, als betrachtete man eines dieser 3D-Bilder: Je nachdem, aus welchem Winkel man schaute, sah man entweder das Gesicht eines verängstigten Schülers oder das eines blutrünstigen Kriegers.

Bug schrie, um sich über den Tumult hinweg verständlich zu machen: »Wir sind ein Team von Jungfrauen, das von einem Mob pubertierender Jungs angegriffen wird. Kommt das irgendwem bekannt vor?«

»Wir können sie nicht umbringen«, sagte Wish alarmiert.

»Amok laufen lassen können wir sie aber auch nicht«, entgegnete Ursula. »Keine Ahnung. Versucht, so sanft wie möglich zuzuschlagen!«

»Sanft. Na klar«, sagte Wish. Ironischerweise verwandelte sie sich im selben Augenblick in die Bärin und brüllte der sich nähernden Horde entgegen, während ihre Kleidung in Fetzen zu ihren Füßen lag. Dann wandte sie den Blick Ursula zu.

Bug jauchzte auf. »Ist mir egal, was die anderen sagen – diese Bären-Nummer ist einfach der Hammer!«

—

Neunzig Meter.

»Adam!«, rief Ursula. »Stell dich hinter uns!«

»Klar«, erwiderte er, ohne sich zu rühren, zeigte aber ein nervöses Lächeln. »Hat ja letztes Mal schon so gut geklappt.«

»Bezieht sich das auf mich?«, warf Balzar ein. »Du kannst manchmal wirklich verletzend sein.«

—

Achtzig Meter.

Masina begann zu tanzen. Damit setzte sie erneut die Divide-et-impera-Taktik ein, die die Kohorte bereits beim ersten Vergeltungsversuch angewandt hatte. Sie förderte aus dem Nichts einen Felsbrocken zutage und stieß ihn von sich, sodass er krachend vor der heranstürmenden Horde auf dem Rasen landete. Sofort arbeitete sie am nächsten.

»Hey, Wish!«, schrie Bug, die den glücklicherweise immer noch intakten Ballon aus der Hutschachtel geholt hatte und nun vorsichtig in den Händen hielt.

Die Bärin schaute auf sie herab.

»Ich könnte hier eine helfende Tatze gebrauchen.«

Wish streckte ihre gewaltige Vorderpranke aus, und Bug legte den Ballon behutsam darauf ab.

»Bombardierung starten!«, brüllte Bug.

Die Bärin holte weit aus, drehte sich im Kreis und schleuderte den Ballon wie einen Diskus in die Richtung der herbeistürmenden Hunnen.

Ursula reckte den Hals, um ihn nicht aus den Augen zu verlieren, als er im hohen Bogen in den Nachthimmel sauste. »Sash?«

»Was? Ziemlich unübersichtlich hier.«

»Ja, aber könntest du –«, begann Bug, wurde jedoch von einem goldenen Pfeil unterbrochen, der ebenfalls in den Himmel raste. »Das meinte ich.«

Etwa neunzig Meter über der Horde schoss der Pfeil durch

den Ballon. Im Mondschein konnten die Mädchen gerade so erkennen, dass die darin enthaltene Flüssigkeit auf die vorderste Linie der Angreifer herabspritzte. Daraufhin passierte … nichts.

»Oh«, sagte Bug.

»Tja …« Weiter kam Ursula nicht.

Hätte sie sagen müssen, woran sie der nun folgende Anblick erinnerte, wäre es am ehesten eines dieser Zeitraffer-Videos von einem im Ofen aufgehenden Brot gewesen. Nur, dass dieser Teig aus einer rosafarbenen, marshmallowartigen Substanz bestand. Innerhalb weniger Sekunden blies diese sich zur Größe eines Schwimmbeckens in Olympia-Format auf und wuchs drei Meter in die Höhe. Dabei schloss der gigantische Teig mindestens die Hälfte der Horde in sich ein wie einen Haufen äußerst unglücklicher Rosinen.

»Was zum …?« Ursula beobachtete die verwirrten Hunnen, die versuchten, sich mit Händen und Füßen aus ihrer hoffnungslosen Lage zu befreien. »Jetzt wünschte ich doch, wir hätten auch die anderen Ballons mitgebracht.«

»Wahooo!«, brüllte Bug aus vollem Hals und legte einen kurzen Moonwalk hin. »Nenn mich Drachentöter, Baby!«

»Von nun an wird sie unerträglich sein«, sagte Masina mit den Händen.

»Ist sie doch sowieso schon«, erwiderte Sasha.

Glücklicherweise stieß Madeleine ein frustriertes Brüllen aus, das sie rechtzeitig herumfahren ließ. Denn schon im nächsten Augenblick kam ein gewaltiger grüner Feuerball auf sie zugerast.

»Schwärmt aus!«, schrie Ursula, rannte los und riss Adam mit sich.

Die Schockwelle der Explosion traf sie mit voller Wucht am Rücken, fegte sie von den Füßen und ließ sie mehrere Meter durch die Luft fliegen, bevor sie unsanft landeten. Ursula rollte sich ab und hielt sich den Schild über den Kopf, um sich und Adam zu schützen, während um sie herum Erde und Steine herabregneten. Es war das lauteste Geräusch, das Ursula jemals gehört hatte. Sie schaute auf Adam hinunter, der mehr oder weniger unverletzt zu sein schien – an beiden Köpfen. Was er oder Balzar sagten, konnte sie allerdings nicht verstehen, da sie nur noch ein lautes Pfeifen hörte.

»Bleib unten!«, schrie sie.

Als sie sich aufrappelte und umschaute, war sie von Chaos umgeben. Ein dicker, saurer Rauch hing über allem, und dort, wo sie eben noch gestanden hatten, tat sich ein zwei Meter tiefer und drei Meter breiter Krater auf. Madeleine hatte die Samthandschuhe abgelegt. Ursula atmete tief ein, ließ ihr Schwert aufflammen und stürmte voran.

—

Sasha befand sich weiter vom Epizentrum der Explosion entfernt und hatte sich rechtzeitig zu Boden werfen können. Während sie sich aufrichtete, den Bogen schussbereit, suchte sie mit dem Blick ihre Umgebung ab. Inmitten von all dem Lärm und der Raserei bemerkte sie ein Aufblitzen auf der Bühne. Sie begriff sofort, worum es sich handelte. Ein Pistolenschuss. Eine unentrinnbare Kugel, auf der ihr Name stand, durchschnitt die Luft und war auf dem Weg zu ihr. Als sie zu laufen begann, sah sie kurz, dass LaCroix in ihre Richtung grinste, während er seine Waffe noch immer vor sich ausgestreckt hielt.

Bevor sie recht begriff, was sie tat, stürmte sie auf das Labyrinth zu, die Augen starr nach vorn gerichtet. Ein Blick zurück würde ihr nun nichts mehr nützen.

—

Bug versuchte aufzustehen, zuckte aber sofort zusammen, als ein Schmerz, ausgehend von ihrem Knöchel, durch ihr linkes Bein schoss. Sie verlegte ihr gesamtes Körpergewicht auf die rechte Seite. Es hatte eine Explosion gegeben. Gut möglich, dass sie für einige Sekunden ausgeknockt gewesen war. Etwas rann ihr über die Stirn ins Auge. Rasch berührte sie mit dem Finger ihre Braue und sah, dass Blut daran klebte.

Das rosafarbene Gebilde, das sie hatte entstehen lassen, hielt immer noch einen großen Teil der Horde gefangen, ganz gleich, wie erbittert die Krieger dagegen ankämpften. Trotz der Schmerzen spürte sie, wie ihre Brust vor Stolz anschwoll.

»Ha, ihr seid –«

Dann wurde sie angefahren.

Vermutlich von einem Laster.

Nur eins wusste sie mit Sicherheit: Sie flog durch die Luft, und dann stürzte sie ab. Landete hart. Ihre Stirn kollidierte mit dem Boden, und Lichtamöben tanzten vor ihren Augen.

Benommen drehte sie den Kopf hin und her und versuchte herauszufinden, was gegen sie geknallt war. Sie konnte aber immer noch nichts sehen. Irgendwas stimmte nicht mit der Luft um sie herum. Es war, als würde man den Bereich über einer flackernden Kerzenflamme betrachten. Als Bug die Hand danach ausstreckte, verwandelte sich die Luft vor ihr in eine Masse aus Lehm. Sie hob den Blick und starrte in ein gewaltiges Gesicht, das zwar Augen aufwies, aber sonst keinerlei Züge – wie ein Gebirge, das ihr gesamtes Blickfeld ausfüllte. Dann hob das Gebirge einen Fuß, offenkundig, um sie zu zertreten. In Sekundenschnelle war Bug wieder bei Sinnen.

Gerade noch rechtzeitig rollte sie sich beiseite, und der Fuß traf mit voller Wucht auf dem Rasen auf – nur Zentimeter von ihr entfernt. Sie rollte weiter und weiter, um wenigstens ein bisschen Abstand zu gewinnen. Sie hielt erst inne, als sie von etwas aufgehalten wurde. Rinde. Sie war gegen einen Baumstamm geprallt.

Der Golem marschierte auf sie zu, vier Meter hoch und unerbittlich. Sie versuchte aufzustehen. Sie musste hier weg, doch das Monstrum näherte sich ihr erschreckend schnell. Zu schnell. Sie machte sich bereit, sich ihm entgegenzustellen, aber nur eine Sekunde vor der unvermeidlichen Kollision sprang ein gewaltiges Fellknäuel aus der Nacht, knallte in den Golem und riss ihn mit sich zu Boden.

Bug beobachtete, wie sich Wish und das Ungetüm über den Rasen wälzten. »Diese Bärin ist einfach der Hammer!«

—

Ursulas Plan – soweit es ihn gab – bestand im Wesentlichen darin, bis zu Madeleine zu gelangen und sie auszuschalten. Wenn sie die Anführerin aus dem Spiel nahm – so, wie sie es bei der traditionelleren Variante der Vergeltung mit Attila getan hätten –, würde jeder Widerstand zusammenbrechen, und sie würden siegen. Leider geschah, was bei diesem Szenario zwangsläufig zu erwarten war: Rasch stürmte eine signifikante Anzahl mordlustiger Hunnen auf sie zu, um dies zu verhindern. Bugs Geheimwaffe hatte viele von ihnen in dem grotesken rosafarbenen Schaumstoff eingesperrt, sehr viele – aber keineswegs alle. Diejenigen, die weiter hinten gewesen waren, hatten ihre anfängliche Benommenheit abgeschüttelt und sich neuerlich vereint, um zu tun, was sie am liebsten taten – also hauptsächlich schreien, angreifen und töten.

Das Pfeifen in Ursulas Ohren war verstummt, aber das Getöse ihres bevorstehenden Endes war kein allzu erfreulicher Ersatz. Über hundert blutrünstige Krieger rauschten ihr wie eine Flutwelle entgegen. Klar, es waren weniger als vorgestern Nacht, aber da war sie auch nicht allein gewesen, und es hatte sich lediglich um Geisterhunnen gehandelt. Die konnte sie einfach umbringen – sie waren schließlich schon tot. Hier war es anders. Jeder von ihnen hatte eins dieser sich ständig verändernden Gesichter, und sie konnte gleichzeitig die brutalen Hunnen und die gequälten Teenager sehen, von denen die Geister Besitz ergriffen hatten. Es war nicht möglich, nur einen von beiden zu töten.

Ursula schleuderte ihren Schild von sich, woraufhin einige der Krieger in der vordersten Gefechtslinie zu Boden fielen, bevor er zu ihr zurücksauste. Sie kauerte sich hin und feuerte einen kraftvollen Lichtstoß ab, der weitere Kämpfer von den Füßen fegte und andere Angreifer über sie stolpern ließ. Aber es war, als würde man Steine auf den Ozean schleudern. Es nahmen nur immer und immer mehr Hunnen ihre Plätze ein.

Ursula machte sich schon auf das Schlimmste gefasst, während der Abstand zwischen ihr und den Feinden immer kleiner wurde. Dann bemerkte sie plötzlich, dass sie auf beiden Seiten von Trinitys Inkarnationen flankiert wurde. Die Söldnerin in Kampfpositur und mit gezückten Messern. Die Paladinin auf abgesenktem Knie.

»Tötet keinen von ihnen!«, schrie Ursula, was ihr einen ungläubigen Blick der Söldnerin einbrachte. »Ich meine es ernst.«

Die Paladinin erhob sich genau in dem Augenblick, als die Dämonin mit Anlauf auf ihrem Schild landete. In einer fließenden Bewegung wurde sie in die Höhe geschleudert und flog über die Armee aus besessenen Schülern. Das verrückte Wesen heulte begeistert auf, als es über ihnen verschwand.

Und dann hatten die Hunnen sie erreicht.

—

Bug sah zu, wie die Bärin und der Golem sich vor ihr über den Rasen wälzten. Dank des Überraschungsmoments hatte es anfangs ausgesehen, als würde die Bärin siegen, aber mittlerweile hatte der Golem mit seiner überlegenen Statur die Oberhand. Die Bärin war zwar groß, der Golem aber ein ganzes Gebäude auf zwei Beinen. Vermutlich empfand er nicht mal Schmerzen. Das Einzige, was Wish noch in die Karten spielte, war ihre völlig entfesselte Angriffslust, doch auch die ließ langsam nach. Der Golem schaffte es, eines seiner massiven Beine zwischen sich und die Bärin zu bekommen, und trat sie in einer raschen Bewegung von sich, sodass sie rücklings durch die Luft flog.

Die Bärin rollte über den Rasen und rappelte sich schnell wieder auf, sah sich aber nur noch einer leeren Rasenfläche gegenüber. Der Golem war verschwunden. Sie legte den Kopf schief und schaute Bug verwirrt an. Eben war ihr Gegner noch hier gewesen, und eine Sekunde später …

Sie bäumte sich auf und brüllte vor Schmerz, denn den erbitterten Schlag, der sie unvermittelt traf, hatte sie nicht kommen sehen.

Bug schaute zu Boden und bemerkte die plattgewalzten Abdrücke im Gras. »Er ist unsichtbar!«, schrie sie.

Bären verfügten grundsätzlich über nur wenige Gesichtsausdrücke, aber dieses Exemplar warf ihr einen äußerst beredten Blick zu. Er ließ sich wohl am ehesten übersetzen mit: »Was du nicht sagst, Sherlock!«

—

Laufen. Was auch immer passierte, Sasha musste weiterlaufen. Irgendwo hinter ihr raste eine Kugel durch die Luft, auf der wortwörtlich ihr Name stand. Eine Kugel wie die, von der auch Joy getroffen worden war. Allerdings bezweifelte Sasha, dass LaCroix bei ihr auch nur die geringste Zurückhaltung walten lassen würde.

In regelmäßigen Abständen standen Laternen im Labyrinth und sorgten, zusammen mit dem Mondschein, für gerade genug Licht, um ihren Weg zu beleuchten. Sie bog beliebig nach links oder rechts ab und versuchte, sich halbwegs zu orientieren. Die Hecken, die sich rundherum erhoben, mussten drei, vier Meter hoch sein. Sie wusste, mit ihrer Flucht verschaffte sie sich lediglich Zeit, mehr konnte sie nicht tun.

Sie musste daran denken, wie die Kugel sich durch die Luft bewegt hatte, als Asbest getötet und Joy verletzt worden war. Das Geschoss war um alle Hindernisse einfach herumgeschwirrt, um sein Ziel zu erreichen. Vielleicht bedeutete dies, dass die Kugel ihr Ziel vor sich sehen musste. Womöglich konnte sie sie abhängen oder sich wenigstens von ihr entfernen. LaCroix hatte gesagt, das Geschoss würde niemals ruhen, bis es sein Ziel erreicht hatte, aber sie hatte keineswegs vor, ihm jedes Wort zu glauben.

An einer T-Kreuzung bog sie nach links ab, stürmte einige Meter voran und nahm als Nächstes die rechte Abzweigung, wo sie jedoch auf eine Sackgasse stieß. Dort starrte ein ihr unbekannter Mann in Uniform, dessen massiver Schnauzbart für alle Zeiten in Stein verewigt war, mit stolzem Blick auf sie herunter. Verdammt!

Sasha machte kehrt und rannte auf demselben Weg zurück. Würde sie das verdammte Geschoss bei diesem Licht überhaupt kommen sehen? Ihr Herz hämmerte vor Anstrengung – und weil der Gedanke, dass eine Kugel jede Sekunde durch ihren Körper fahren konnte, einfach nur entsetzlich war. Sie kam wieder bei der T-Kreuzung an und schlug den anderen Weg ein. Da ihr Keuchen so laut in ihren Ohren dröhnte, konnte sie es nicht mit Sicherheit sagen, aber sie glaubte, im nächtlichen Wind LaCroix' spöttisches Lachen zu hören.

—

Ursula war selbst nicht klar, wie es dazu gekommen war, aber irgendwann hatten sie und die drei Trinity-Inkarnationen eine quadratische Formation eingenommen. Sie standen jetzt Rücken an Rücken und wurden von der Horde umzingelt. Ursula konnte von ihren Freundinnen nicht viel sehen, aber sie alle schienen sich Verletzungen zugezogen zu haben. Ihr fiel auf, dass die Paladinin ihr Schwert mit der rechten statt mit der linken Hand schwang. Ursula selbst hatte eine schlimme Wunde am rechten Oberarm, da sie einer Streitaxt nicht rechtzeitig ausgewichen war, und ihre Nase blutete, da sie etwas im Gesicht getroffen hatte. Alles Weitere ließ sich unter Schrammen und blauen Flecken verbuchen.

Die Hunnen waren – in Ermangelung eines besseren Wortes – noch immer quicklebendig. Einige wiesen Verletzungen auf, die wohl hauptsächlich durch die eigenen Leute verursacht worden waren, da die Krieger in den hinteren Reihen sich rücksichtlos vorgedrängelt hatten, um schneller zum Zug zu kommen. Ursula hatte den Eindruck, dass es ihren Gegnern nicht entging, dass die Mädchen sie nicht umbringen wollten, was die Lage noch verschlimmerte. Nun gaben sich die meisten keine große Mühe mehr, sich selbst zu schützen, und konzentrierten sich vollständig auf den Angriff. Ursula schlug einem der Männer mit voller Wucht ihren Schild ins Gesicht und trat nach einem anderen, der versuchte, sich in die Lücke zwischen ihr und der Söldnerin zu drängen. Sie glaubte, denjenigen, den sie gerade niedergestreckt hatte, schon einmal gesehen zu haben. Ihre Gegner am Leben zu lassen führte vor allem zu einem Problem: Sie kamen ständig zurück.

Jeder Muskel ihres Körpers schmerzte. Sie würden das nicht ewig so durchhalten können. Entweder mussten einige der Angreifer sterben – oder sie selbst.

Ursula zog den Kopf vor einer Axt ein, mit der einer der Krieger auf sie losging, und boxte diesem direkt ins Gesicht. Töten wollte sie niemanden, aber was das Verletzen anbelangte, wurde ihre Hemmschwelle immer geringer.

Keine von Trinitys Inkarnationen konnte sprechen. Sie warteten daher darauf, dass Ursula eine Entscheidung traf und ihnen einen Befehl erteilte. Wenn sie die Horde nicht hier und jetzt aufhalten konnten, würde es jemand anderer zu einem späteren Zeitpunkt tun müssen, wenn es bereits zu sehr viel mehr Tod und Blutvergießen gekommen war.

»Also schön!«, schrie Ursula, bereit, ihren Befehl zu geben.

Doch sie hielt inne, als sie irgendwo hinter der Horde plötzlich eine Stimme hörte, die sie nur zu gut kannte.

—

Nach der Explosion war Adam benommen durch die Gegend getaumelt, und nur langsam wurde er wieder klar im Kopf. Er befand sich unbewaffnet inmitten eines Schlachtfeldes, und das einzig Positive an dieser Tatsache war, dass ihn kaum jemand beachtete. Er sah, dass auf der gegenüberliegenden Seite des Geländes – dort, wo der Baumbestand begann – erbittert gekämpft wurde, aber auch direkt vor ihm wurden Ursula und die anderen von einer immer näher rückenden Horde eingekesselt.

Das konnte unmöglich schlimmer werden.

Natürlich wurde es dann doch schlimmer.

Nachdem er sich bei der Explosion kurz zurückgezogen hatte, tauchte Balzars Kopf unvermittelt wieder auf. »Brüder!«, brüllte der Nekromant.

Oh Gott, das war eine Katastrophe! Adam versuchte, seine Hand über Balzars Mund zu schlagen, wurde aber sofort von ihm gebissen. »Aua!«

»Brüder! Ich bin es, Balzar der Große, Nekromant am Hofe Attilas! Man hat mich zu euch zurückgeführt!«

Adam bemerkte, dass sich viele der Hunnen, die nicht direkt in eine Kampfhandlung verwickelt waren, zu ihnen umdrehten. Was sich auf ihren Gesichtern spiegelte, ließ sich trefflich mit dem Wort »Wut« zusammenfassen. Absurderweise sah es so aus, als würden sich ihre Mienen nun noch weiter verfinstern.

Balzar schien dies nicht aufzufallen. »Attila ist von uns gegangen, aber Balzar ist hier, um euch ins gelobte Land zu führen! Zusammen werden wir unsere Feinde vernichten, und dann werden wir gemeinsam Eiscreme essen!«

»Ich bin mir nicht so sicher, ob das gut ankommt«, sagte Adam.

»Still, du unwürdiger Einfaltspinsel«, fuhr Balzar fort. »Seit Jahrhunderten kämpfen wir schon dafür, mein Ziel zu erreichen, und nun werden wir –«

Adam duckte sich, um der Streitaxt auszuweichen, die aus der Dunkelheit geflogen kam und über ihre Köpfe hinwegrauschte.

»Brüder!«, rief Balzar empört. »Erkennt ihr mich nicht?«

Ziemlich viele Hunnen näherten sich ihnen mit langsamen Schritten. Adam konzentrierte sich auf den, der breit grinste und ein sichtbares Funkeln im Auge hatte. Ein Schön-dich-mal-wiederzusehen-alter-Freund-Funkeln war das jedoch nicht. Verbunden mit diesem Gesicht war das eines verängstigten, gefangenen Schuljungen, mit dem sich Adam sofort identifizieren konnte. Besser als jeder andere wusste er, wie es sich anfühlte, einen unwillkommenen Gast im eigenen Körper zu haben.

Während sich die Hunnen weiter näherten, versuchte Adam, mit ein paar lässigen Schritten rückwärtszuschlendern.

»Brüder!«, versuchte es Balzar erneut, wobei er deutlich verunsicherter klang. »Was hat dies zu bedeuten? Ich werde einen derartigen Ungehorsam nicht dulden!«

»Kann es sein«, fragte Adam leise, »dass du bei deiner alten Horde weniger beliebt bist, als du angenommen hast?«

»Aber ... ich bin Balzar.« Er richtete sich erneut an die Hunnen: »Ohne mich wärt ihr schon vor Jahrhunderten gestorben. Mein Zauber hat uns alle am Leben erhalten, sodass wir darauf warten konnten, zur immer gleichen Schlacht gerufen zu werden, wieder und wieder. Zugegeben, wir sind aus diesen grausamen Schlachten schon lange nicht mehr siegreich hervorgegangen ...« Sein Selbstbewusstsein knickte hörbar ein, während er sich durch den letzten Satz arbeitete. Am Ende blieb nur noch ein flehentlicher Ton übrig. »Ja, ich weiß, es war eine schreckliche Existenz, aber ...«

»Klar«, sagte Adam. »Wenn man's einmal ausgesprochen hört ...«

»Lauf!«, schrie Balzar.

Das tat Adam bereits. Allerdings taten das auch die meisten Hunnen.

—

Bug sah mit Tränen in den Augen, wie die Bärin hin und her schwankte, blind um sich hieb und versuchte, ihren Gegner zu finden. Aufgrund der riesigen Statur des Golems und seiner größeren Reichweite – von seiner Unsichtbarkeit ganz zu schweigen – war dies ein unfassbar unfairer Kampf.

»Halt durch, Wish!«, schrie sie. »Ich lasse mir was einfallen.« Sie begann, verschiedenste Dinge aus ihren Taschen zu ziehen. »Ich krieg das hin. Ich habe ...« Sie riss ihre Ersatzschleuder hervor, doch in ihrer Hand zerfiel sie sofort in Einzelteile, da sie bei dem schweren Sturz zerbrochen war. »Oh nein.«

Bug schaute auf, als ein verzweifeltes Heulen sie darauf aufmerksam machte, dass die Bärin einen weiteren Schlag kassiert hatte. Während sie vergebens mit ihren Tatzen um sich hieb, taumelte sie weiter zurück. Etwas traf sie mit voller Wucht in den Bauch. Sie krümmte sich und stürzte zu Boden. Nachdem ein weiterer Schlag auf sie niedergegangen war und sie ausgestreckt liegen blieb, stieß sie einen schrillen Schmerzenslaut aus. Es war das Schlimmste, was Bug jemals gehört hatte.

»Hey!«, brüllte sie. »Hey, du!« Sie humpelte voran, und bei jedem Schritt schoss ihr ein Schmerz durchs Bein. »Lass sie in Ruhe! Komm und kämpf mit mir, du dämlicher Bastard aus Lehm! Weißt du, was du bist? Bloß ein beschissener Lebkuchenmann, das bist du! Lass meine Freundin in Ruhe, du großer –«

Etwas packte sie am Hals und riss sie in die Höhe. Der Golem tauchte vor ihr auf, und seine toten schwarzen Augen starrten sie beinahe neugierig an.

»Hab ich was Falsches gesagt?«, krächzte Bug.

Sie war sich bewusst, dass dieses Ding ihr im Handumdrehen das Genick brechen konnte. Über seine Schulter hinweg erhaschte sie einen Blick auf die Bärin, die über den Boden kroch und versuchte, zu ihnen zu gelangen.

»Ich wollte nur meine berühmten letzten Worte sagen.« Dabei schleuderte Bug in die Luft, was sie in den Händen gehalten hatte. »Glitzer-Alarm!«

Das Licht spiegelte sich in den herabrieselnden Konfettiflocken, die sich am Golem und an Bug festsetzten, sodass sie beide im Mondschein funkelten. Der Golem schaute an sich herab, dann starrte er Bug an.

»Gern geschehen?«, bot Bug an. Ihre einzige Überlebenschance bestand darin, dass dieses mordlüsterne Ungetüm sich in seinem Leben schon lange nach etwas Glamour gesehnt hatte.

Der Golem machte sich erneut unsichtbar, doch dank des Konfettis blieben seine Umrisse erkennbar. Er bewegte sich einige Male vor und zurück und betrachtete vermutlich das Glitzern, das seine Glieder und seinen breiten Oberkörper kenntlich machte.

»Eins noch«, sagte Bug, der langsam ein bisschen schlecht wurde, weil sie durch einen unsichtbaren Golem schauen musste. »Wichtige Lebensregel: Behalte immer den Bullen im Auge!«

Der Golem neigte offenbar den Kopf in ihre Richtung, was in seinem Fall einem Ausdruck der Verwirrung wohl am nächsten kam. Bug legte ihre Hände auf die massiven Finger, die um ihren Hals geschlungen waren, als ein Bulle aus Licht sich von hinten in den Golem rammte, sodass er – mit ihr zusammen – krachend zu Boden stürzte.

—

Jedes Mal, wenn Sasha ihre Geschwindigkeit verringerte, lief in ihrem Kopf eine Wiederholung des Augenblicks ab, in dem Joy von der Kugel getroffen worden war. Sie wusste nicht, wie lange sie schon durch das Labyrinth rannte. Ihr ganzes Leben hatte sich auf den Tunnelblick einer einzigen Entscheidung verengt: nach links oder nach rechts? Und sie fragte sich, wann der fatale Moment kommen würde. Sie folgte dem Pfad um eine weitere Biegung und fand sich auf einer rechteckigen Lichtung wieder, mit Laternenpfeilern an jeder Ecke und einem flachen quadratischen Brunnen, der einen Großteil des Platzes einnahm. Auf der anderen Seite des Brunnens stand ein Schild, auf dem das Wort »Ende« zu lesen war. Sasha stürmte weiter, überprüfte alle vier Ecken, suchte nach einem Ausweg. Es gab keinen. Sie hatte den Mittelpunkt des Labyrinths erreicht.

Sie fuhr herum, bereit, auf demselben Weg zurückzulaufen, hielt jedoch inne. Die Kugel schwebte geduldig am Eingang des Pfades, als wolle sie sich über sie lustig machen. Jetzt war sie sich sicher, dass sie irgendwo dahinter LaCroix' höhnisches Lachen hörte.

»Ach, mein süßes kleines Mädchen. Sieht ganz so aus, als wären dir die Wege ausgegangen, non?«

Sashas gesamter Körper sackte in sich zusammen, als könne sie sich nicht mehr aufrecht halten, doch schon im nächsten Moment ging sie in die Hocke und ließ ein Schnellfeuer von sechs Pfeilen los. Als sie damit fertig war, schwebte die Kugel nach wie vor am selben Platz wie eine nervtötende Mücke, die man einfach nicht zerquetschen konnte.

LaCroix war näher gekommen, und sie hörte ihn in die Hände klatschen. »Ich finde dich sehr unterhaltsam«, sagte er von irgendwo. »Du bist meine Favoritin. Es wird mir fast leidtun, dich sterben zu sehen.«

Sasha täuschte eine Bewegung nach links an, sprang aber gebückt nach rechts, über das Wasserbecken. Sie wusste, dass es nutzlos war, aber sie musste es versuchen.

Die Kugel traf sie, als sie es noch nicht einmal zur Hälfte über den Brunnen geschafft hatte, und drang von links durch ihren Bauch. Sie schrie auf, als das Geschoss wieder kehrtmachte und sie rücklings ins Wasser fiel. Glücklicherweise war es nur wenige Zentimeter tief.

Sie wusste wenig bis gar nichts über Schusswunden, aber als sie die Hand gegen die linke Körperseite presste, färbte ihr Blut das Wasser bereits rot. Ihr war klar, dass es ein Durchschuss gewesen war. Der Grund war offenkundig. Wieder schwebte die verdammte Kugel in der Luft, direkt vor ihr, so dicht, dass sie die Worte lesen konnte, die darauf standen. Durch das Blut funkelte der Name »Sasha Williams«. Sie hatte sich immer gefragt, wie ihr wahrer Nachname lautete. Eine seltsame Art, es herauszufinden.

Instinktiv streckte sie die rechte Hand aus und versuchte, die Kugel aus der Luft zu greifen. Als diese durch ihre Handfläche schoss und auf der anderen Seite wieder austrat, stieß sie einen gellenden Schrei aus.

»Oje.« LaCroix' Stimme drang in einem Singsang durch die Hecke. »Hat dir niemand beigebracht, dass du nicht alles anfassen sollst?«

Sasha presste die verletzte Hand an die Brust. Kurz wurde ihr schwarz vor Augen, doch als sie in sich zusammensackte und ihr Kopf in das kalte Wasser fiel, kam sie sofort wieder zu sich. Etwas drückte sich in ihre Seite – es war ihr Bogen. Sie warf einen Blick auf die blutüberströmte rechte Hand, aus der einzelne Knochen hervorstachen. Einen Moment lang schien es ihr, als könne sie durch das Einschussloch sehen. Rasch wandte sie den Kopf ab. Langsam und unter Schmerzen begann sie, sich herumzudrehen, die Augen fest auf den Eingang der Lichtung gerichtet, wo die Kugel nun wieder in der Luft schwebte.

»Selbst jetzt«, sagte LaCroix, »hörst du nicht auf zu kämpfen. Du bist ein seltener Fall – eine würdige Gegnerin. Ich möchte, dass du weißt, dass ich dir die Ehre erweisen werde, dir direkt in die Augen zu sehen, wenn du stirbst.«

»Dito«, presste Sasha durch zusammengebissene Zähne.

Endlich hatte sie es geschafft, sich so weit auszurichten, dass ihre Füße zum Eingang zeigten. Sie beugte sich vor, ignorierte den brennenden Schmerz und spannte mit der linken Hand den Bogen, den sie mit ihren Füßen fixiert hielt. Vor Anstrengung verlor sie beinahe das Bewusstsein, aber sie schaffte es, sich zusammenzureißen. Sie machte sich bereit, ihren letzten Schuss abzufeuern. Wenn ihr dies gelang, hatte sie immer noch eine Chance.

Sie blinzelte, versuchte verzweifelt, sich zu konzentrieren und den Eingang zur Lichtung im Blick zu behalten.

»Oooh.« LaCroix' Stimme war jetzt sehr nah. »Hat da jemand eine kleine Überraschung für mich parat? Ich fürchte, das wird nicht funktionieren.«

Sasha stöhnte auf, ließ sich mit allerletzter Kraft auf den Rücken fallen und feuerte ihren Pfeil in die Nachtluft, bevor sie im Wasser zusammenbrach und es gerade noch schaffte, ihren Kopf nach links zu wenden. Sie sah, wie LaCroix auf die Lichtung geschlendert kam und die Pistole in die Höhe hielt, damit sein Geschoss in den Lauf zurückkehren konnte. Während er herbeistolzierte, ließ er selbstgefällig die Schöße seines blauen Rocks flattern.

Sasha lag im Brunnen und sah über sich die Sterne funkeln, während das Wasser ihre Ohren bedeckte. Es war friedlich. Im Fernsehen hatte sie mal einen Bericht über Isolationstanks gesehen. Vielleicht war das eine ganz ähnliche Erfahrung.

Ihre Aussicht wurde jedoch zunichtegemacht, als LaCroix' Gesicht in ihrem Blickfeld auftauchte. Er stand am Rand des Beckens, beugte sich vor und grinste sie an, genau so, wie sie es erwartet hatte. Sie drehte den Kopf ein wenig und zwang ihn damit, einen Schritt zur Seite zu tun, um den Blickkontakt mit ihr aufrechtzuerhalten. Er sagte etwas, das sie nicht verstehen konnte.

Sie hob den Kopf leicht aus dem Wasser. »Wie bitte?«

»Ich habe gefragt: Woran denkst du in deinen letzten Momenten?«

»An meine Schwester.« Die Erinnerungen tanzten durch ihr Bewusstsein. »Daran, wie wir an sonnigen Tagen im Hof des *Athena* zusammengesessen und ausprobiert haben, wer von uns die besten Tricks draufhat. Ihre Peitschen gegen meinen Bogen.«

»Und sag mir: Wer hat gewonnen?«

»Ich habe gewonnen. Gerade eben.«

Kurz huschte ein Ausdruck der Verwirrung über das Gesicht des Franzosen, bevor ein in die Nacht gefeuerter Pfeil sein anvisiertes Ziel traf. Sauber fuhr er durch LaCroix' Kopf und pflügte sich tief in seinen Körper. Damals im *Athena*-Hof hatte Sasha den Trick mit einer Strohpuppe ausgetestet, aber das Prinzip war dasselbe. Una war völlig ausgerastet, als sie von dem Vorfall erfahren hatte, und alle weiteren Übungen ähnlicher Kunststücke waren sofort verboten worden.

LaCroix stand noch einen Augenblick da, bevor er tot zur Seite wegbrach. Der Dreispitz segelte ihm vom Kopf und landete auf ihrem Oberkörper.

Sasha legte ihren Kopf wieder ins Wasser, und die Erschöpfung flutete durch ihren Körper.

»Scheiße. Jetzt muss ich irgendwie aufstehen.«

—

Die gute Nachricht war, dass Bug gerade noch genug Kraft mobilisieren konnte, um sich aus dem Griff des Golems zu lösen, als Masinas Bulle ihn mit voller Wucht rammte. Sie hatte sich zwar nicht ganz von ihm befreit, aber immerhin zerdrückte er ihr nicht den Kehlkopf, als er in sich zusammenstürzte. Dass er Bug nun losließ, war ebenfalls eine gute Nachricht. Der einzige Wermutstropfen bestand darin, dass er sie dabei etwa zehn Meter weit wegschleuderte und ihre Landung nicht sonderlich sanft verlief. Ihr taten die Rippen weh. Aber auch andere Teile ihres Körpers standen bereits Schlange, um wenig Ermutigendes über ihren aktuellen Zustand zu vermelden.

Sie schlug mit der Faust auf den Boden. »Okay, langsam hab ich diesen ganzen Mist wirklich satt!«

Sie schaute auf und sah, dass der Golem sich wieder aufgerichtet hatte und auf Masina zuraste, die zwischen ihm und Bug stand und seelenruhig auf seinen Angriff wartete. Der Golem machte sich unsichtbar – oder versuchte es wenigstens. Bug verspürte eine leichte Befriedigung, als das Konfetti im Mondschein glitzerte und den Effekt erneut zunichtemachte. Nicht vollständig, aber so, dass man damit arbeiten konnte. Als wolle sie dies beweisen, trat Masina, gelassen wie eine Matadorin, einfach beiseite, und er stürmte blindlings an ihr vorbei.

Das Ungeheuer wandte sich um und griff ein zweites Mal an. Diesmal trat sie zur anderen Seite, stellte ihm aber rasch noch ein Bein, sodass der riesige Koloss erneut zu Boden krachte.

Der Golem schien seine Lektion gelernt zu haben und entschied sich beim dritten Angriff dazu, sich Masina langsamer zu nähern. Sie schaute ihm ungerührt dabei zu, und als er seine massive Faust auf sie niedergehen ließ, zog sie schlicht den Kopf weg. Er versuchte es noch einmal. Diesmal wich sie aus und parierte gleichzeitig, indem sie einen dünnen Schild aus grünem Licht entstehen ließ. Der Schild zerbarst beim Kontakt mit der Golemfaust, erzielte aber dennoch den gewünschten Effekt, da die Hand an Masinas Kopf vorbeischnellte. Das Ungetüm ragte über seiner Gegnerin auf, setzte Schlag auf Schlag, und Masina wich anmutig einem nach dem anderen aus. Es war schwer zu sagen, aber Bug hatte das Gefühl, dass sich die Geschwindigkeit der Schläge deutlich erhöhte.

Einer traf Masina an der linken Schulter, und sie kam leicht ins Wanken, fand aber schnell wieder ihr Gleichgewicht. Bug wusste, dass Masina in dieser unmittelbaren Nähe zu ihrem Angreifer lediglich einen ihrer rudimentären Schilde herbeirufen konnte. Ihr blieb nur, auszuweichen und sich zu verteidigen. Zeit zu schinden. Der Golem wiederum schlug immer weiter zu, und irgendwann würde einer von ihnen ermüden.

Bug rappelte sich langsam und unter Schmerzen auf. Unwillkürlich stieß sie einen kurzen Schrei aus, als sie den linken Knöchel auch nur minimal belastete. »Heilige Sch…! Okay, das reicht! Jetzt trete ich dir so was von in den Arsch!«

Während sie mit verzerrtem Gesicht vorwärtshumpelte, griff sie nach einer Schleuder, die nicht da war. »Ich habe zwei von den verdammten Dingern an ein und demselben Tag eingebüßt!«, brüllte sie und zeigte auf den Golem. »Und das ist ausschließlich deine Schuld!«

Ohne auf sie zu achten, setzten Masina und der Golem ihren Tanz fort. Als sie näher kam, bemerkte Bug, dass ihre Freundin schwer atmete und Schweiß auf ihrer Stirn schimmerte, während sie den letzten Funken ihrer Konzentration auf das Ungeheuer richtete und jede Bewegung auf den Millimeter genau koordinierte. Der Golem schien ebenso auf sie fixiert zu sein.

Hinter ihnen bewegte sich ebenfalls etwas, und Bug sah, dass sich die Bärin langsam wieder aufrappelte. Sie schwankte leicht, blieb aber aufrecht stehen und schüttelte sich den Kopf frei.

Bug begann, verschiedenste Gegenstände aus ihren Taschen zu ziehen, wusste instinktiv, wo sie was finden würde. In einer Tasche entdeckte sie das Einwickelpapier eines Kaugummis. Nicht ideal, aber es würde gehen. Es *musste* gehen.

»Hey, guck mich an, wenn ich mit dir rede, du aufgeblasener Schlammhaufen!« Sie verrieb die einzelnen Bestandteile zwischen ihren Handflächen und legte alle Kraft hinein, die ihr noch zur Verfügung stand. »Ich wette, du bestehst mindestens zu fünfzehn Prozent aus Hundekacke. Das würde jedenfalls den Gestank erklären.«

Bug schwankte kurz, als der Schmerz so stark durch sie hindurchfuhr, dass ihr übel wurde. Sie war sich nicht sicher, ob sie nah genug dran war, aber sie wusste auch, dass sie fallen würde, wenn sie einen weiteren Schritt wagte. Sie holte mit dem linken Arm aus und schleuderte mit aller Kraft das improvisierte Geschoss von sich. Sie schaute auf und sah, dass es sein Ziel traf. Der Golem taumelte zurück und schlug sich die Hände vor die Augen.

Masina tanzte gewandt um die Kreatur herum und umschloss seine Beine mit einem Zylinder aus Licht. Sie war gerade damit fertig, als die Bärin mit lautem Gebrüll von hinten gegen den Rücken des Golems prallte. Er schien sich noch einen langen Augenblick aufrecht zu halten, schwankte hin und her, dann stürzte er mit voller Wucht zu Boden. Bug konnte sich gerade noch rechtzeitig aus dem Weg rollen.

Blitzartig war die Bärin auf ihm und ließ einen Schlag nach dem anderen auf seinen Kopf niedergehen. Die Klauen waren nur noch verschwommen wahrnehmbar, weil die Bärin in wilde Raserei verfallen war. Sie kreischte und brüllte, während sie auf das Ding eindrosch – wieder und wieder und wieder.

Schließlich ließ ihre Heftigkeit nach. Sanft legte Masina eine Hand auf die Schulter der Bärin. Diese hielt inne und atmete in abgehackten Stößen, hockte aber immer noch auf dem Golem – oder auf dem, was von ihm übrig war. Sein Kopf war nicht mehr zu erkennen.

Ein kleines Stück Papier flatterte im Wind, und Bug fing es auf. Es war in einer Sprache beschrieben, die sie nicht kannte.

Die Bärin verwandelte sich in die unbekleidete Wish zurück, die sofort auf dem Boden zusammenbrach.

—

Adam schaute nicht zurück. Das musste er auch nicht. Er hörte die donnernden Schritte der Verfolger, die über den Rasen stürmten, zur Erinnerung genügten allerdings auch die nach ihm geschleuderten Äxte. Zum Glück hatte ihn bislang keine getroffen. Er hatte nicht die geringste Ahnung, wohin er lief, und konzentrierte sich daher ganz aufs Weglaufen an sich. Vor sich sah er Bäume und Buschwerk. Ihm kam die Idee, sich dort irgendwo zu verstecken, in der unwahrscheinlichen Hoffnung, dass der herannahende Mob ihn aus unerfindlichen Gründen nicht entdecken würde. Es war eher Wunschtraum als Plan, doch seine Möglichkeiten waren begrenzt. Tapferkeit war ja schön und gut, sich im Alleingang einer ganzen Kriegerhorde zu stellen aber reine Dummheit, nichts weiter.

In diesem Punkt zumindest schien ihm Balzar zuzustimmen. »Lauf schneller!«

Adam hatte nicht genug Atem in der Lunge, um darauf zu antworten, fragte sich aber, ob der Nekromant ernsthaft glaubte, dass er nicht von allein darauf gekommen wäre.

Soweit Adam es beurteilen konnte, hatten die Hunnen bislang nur deshalb nicht bis zu ihnen aufgeschlossen, weil die mörderischen Kämpfer immer noch andauernd übereinanderstürzten. Offenbar wollte jeder von ihnen als Erster bei ihnen zu sein. Balzars Beliebtheit hielt sich wirklich in Grenzen.

Als sie eine dichte Hecke erreichten, bog Adam bei der ersten Gelegenheit scharf nach links ab und warf sich in eine Lücke. Hinter ihnen war das Geräusch einer weiteren Kollision zu vernehmen, da einige der Hunnen die Richtung schneller änderten als andere. Das war die gute Nachricht. Die schlechte war, was nun vor ihnen lag.

»See!«, schrie Balzar, als hätte Adam das Gewässer, das sich unmittelbar vor ihnen befand, zufällig nicht bemerkt.

Dicke Hecken schienen es von allen Seiten zu umgeben.

Adam rannte an einem Schild vorbei, das es als den Bootsanleger des Von-Braun-Knabeninternats auswies. Darunter standen mehrere Sicherheitshinweise, aber Adam verschwendete keinen weiteren Blick. Er ging nicht davon aus, dass auch nur einer davon seine derzeitige Problemsituation abdecken würde.

Adam entdeckte eine weitere Lücke in der Hecke auf der anderen Seite des Gewässers. Ohne den Schritt zu verlangsamen, bog er nach links ab und rannte am Ufer entlang. Aus dem Augenwinkel bemerkte er, dass die Hälfte der Verfolger ausgeschert war, um ihm am anderen Ende den Weg abzuschneiden.

»Die werden zuerst da sein!«, schrie Balzar.

»Nein … werden … sie … nicht«, keuchte Adam.

»Doch, werden –«

Ihre Auseinandersetzung kam zu einem vorzeitigen Ende, als Adam über einen hölzernen Steg stolperte, den er im Dunkeln nicht gesehen hatte. Er war zwar wieder rasch auf den Beinen, aber die Verfolger hatten deutlich aufgeholt, und die andere Gruppe würde nun definitiv vor ihm bei der nächsten Lücke ankommen. Er warf einen Blick auf den tückischen Steg. An seinem Ende war ein Ruderboot vertäut.

»Boot!«, schrie Balzar.

Adam rannte darauf zu, sprang hinein, löste das Tau und stieß das Boot vom Steg ab. Schon versuchten mehrere Hände, ihn zu schnappen, aber er entkam ihnen im letzten Moment.

Nun glitten Balzar und er irritierend langsam auf die Mitte des Sees zu.

»Ich gebe zu, dass dies kein optimaler Zeitpunkt für die Frage ist, aber können die Kerle aus deiner Horde zufällig schwimmen?«

»Natürlich können sie das«, sagte Balzar.

»Okay … Und warum wolltest du dann, dass wir in dieses Boot steigen?«

Die Krieger hatten sich entlang des Ufers aufgestellt und rissen sich, in Vorbereitung auf ihr nächtliches Bad, die Kleider vom Leib. Sie schienen von dieser Aussicht geradezu euphorisiert.

»Wollte ich nicht.«

»Du hast ›Boot!‹ geschrien!«

»Aber ich habe nichts von einsteigen gesagt, oder?«

»Ich bin davon ausgegangen, dass sie nicht schwimmen können.«

»Sei nicht albern!«, schnaufte Balzar abfällig. »Jeder kann schwimmen.«

»Ich nicht. Erinnerst du dich an den Teich?«

Balzar schüttelte den Kopf. »So viele Körper auf der ganzen Welt, und ausgerechnet in dem hier musste ich enden.«

»Du undankbarer …«, begann Adam. »Gott, du bist so nervtötend.«

»Das musst du gerade sagen!«, entgegnete Balzar.

»Ach ja?« Adam zeigte wütend in die Gegend. »Diese Bande blutdürstiger Irrer verfolgt uns nicht meinetwegen, oder?«

Balzar hob hochmütig das Kinn. »Das ist alles nur ein großes Missverständnis.«

Ein Stein, der von irgendwo geworfen worden war, klatschte etwa drei Meter von ihnen entfernt ins Wasser. Irgendwer hatte offenbar doch keine Lust zu schwimmen.

Adam schaute zu den Gestalten hinüber, die von allen Seiten ins Wasser hineinwateten. »Tja, ich würde sagen, du hast etwa eine Minute, um dieses kleine Missverständnis auszubügeln. Also, rede mit ihnen!«

—

Natürlich machte sich Ursula Sorgen um Adam, der, verfolgt von einem Großteil der verbliebenen Horde, davongerannt war, aber seine missliche Lage hatte auch ihr Gutes. Und zwar, dass ihre Chancen sich deutlich verbessert hatten, das Dutzend Hunnen, das jetzt noch gegen sie und die Trinitys kämpfte, zu besiegen.

Ursula räumte den letzten ihrer Gegner mit der zügigen Methode eines festen Tritts in die Weichteile aus dem Weg. Als er zu Boden ging, machte das Stöhnen, das seinem Mund entkam, mehr als deutlich, dass er nicht allzu bald wieder aufstehen würde. Und wenn es so weit war, würde er vermutlich nicht darüber reden wollen.

Sie drehte sich zu ihren Mitkämpferinnen um. Die Paladinin, deren linker Arm schlaff herunterhing, und die Söldnerin kamen gerade wieder zu Atem. Die Dämonin hatte ihren letzten Gegner im Schwitzkasten. Zum ersten Mal sah Ursula, dass beide Gesichter eines Angreifers denselben verängstigten Ausdruck zeigten. Das hatte womöglich weniger mit dem Schwitzkasten zu tun als mit der Tatsache, dass die Dämonin ihr Opfer nicht nur fest umklammert hielt, sondern seinen Kopf auch immer wieder mit der Zunge ableckte. Ursula bemerkte, dass das Entsetzen in den Augen einer Ohnmacht wich.

»Am Leben lassen!«, warnte sie.

Die Dämonin ließ den Hunnen augenblicklich fallen und schaute Ursula mit unzufriedener Miene an. Dann hob sie ihre zerbeulte Thermoskanne auf.

Ursula wandte ihre Aufmerksamkeit nun der Bühne zu, wo Madeleine unter der glühenden Kugel stand und sie beobachtete. »So viel zum Thema Überraschungsmoment.« Sie fuhr sich mit den Fingern durchs Haar und warf einen raschen Seitenblick nach links. »Okay«, sagte sie leise zu den Trinitys. »Dies ist unsere letzte Chance. Auf mein Wort stürmen wir nach rechts und schwärmen aus, vielleicht kommt eine von uns durch.«

Die Paladinin nickte, auch wenn ihr Blick keinen Zweifel daran ließ, für wie unwahrscheinlich sie das hielt.

»Ja«, sagte Ursula. »Ich weiß.«

Als sie nach rechts ausbrachen und in Richtung Bühne sprinteten, wurde die Absurdität des Manövers sofort ersichtlich. Madeleine beobachtete ungerührt, wie sie im Zickzack über den Rasen auf sie zustürmten. Dann ließ sie, mit einer beinahe nonchalanten Geste, knisternde Lichtblitzte aus ihren Händen fahren, die die Mädchen augenblicklich von den Füßen fegten.

Ursula wälzte sich auf dem Boden, der Schmerz war unerträglich. Es fühlte sich an, als würden alle Fasern ihres Körpers gegeneinandergerieben. Als es endlich aufhörte, kam es ihr wie ein gewaltiger Segen vor. Sie kämpfte sich auf die Knie und schaute zu den anderen hinüber, die dasselbe taten.

Madeleines Stimme schallte ihnen wütend von der Bühne entgegen. »Warum tut ihr euch das an? Ihr könnt nicht siegen! Bleibt unten!«

Sie sprangen alle vier auf die Füße.

In einer einzigen flüssigen Bewegung zog die Söldnerin eins ihrer Messer und schleuderte es von sich. Einen guten Meter vor ihr blieb es mitten in der Luft stehen, machte kehrt und flog zu ihr zurück. Die Söldnerin gab keinen Ton von sich, als es ihre Schulter erwischte. Sie fiel einfach nur auf ein Knie und zog die Klinge mit einem Knurren aus ihrem Fleisch.

»Vergeblich. Dumm. Sinnlos.« Madeleine schüttelte den Kopf. »LaCroix wird eure Bogenschützin längst getötet haben, und um die anderen hat sich der Golem gekümmert. Das alles ergibt keinerlei Sinn mehr. Gebt einfach auf.«

Die Söldnerin rappelte sich auf, wischte das Blut an der Klinge ihres Messers ab, und steckte es zurück in ihr Gewand.

Ursula atmete tief ein. »Nein. Wir geben nicht auf.« Sie rannte einige Schritte vor, bis ein weiterer Blitz durch ihren Körper fuhr.

Er schien auch die anderen getroffen zu haben, denn sie alle vier gingen erneut zu Boden. Diesmal fühlte es sich an, als würde der Schmerz weitaus länger anhalten.

»Was glaubt ihr, damit zu erreichen?«, fauchte Madeleine. »Ihr wollt, dass am Ende alle tot sind, ist es das? Ist das der Fluch einer jeden Ursula? Habt ihr alle einen Gotteskomplex?«

Langsam zog sich Ursula wieder in die Höhe. Rechts von ihr folgten die drei Trinitys ihrem Beispiel.

»Vielleicht«, sagte Ursula. Sie spuckte auf den Boden, doch der Blutgeschmack blieb in ihrem Mund. Vermutlich hatte sie sich auf die Zunge gebissen. »Auch wenn ich nicht so sicher bin, dass ausgerechnet Sie Ihren Mund aufreißen sollten, wenn es ums Gott-Spielen geht.«

»Ich versuche, diese Welt zu einem besseren Ort zu machen.«

»Oh ja … Indem Sie jede Menge unschuldiger Menschen niedermetzeln.«

»Für die Gerechtigkeit!«

»Quatsch!«, stieß Ursula schwer atmend aus. »Das ist bloß simple, gemeine Rachsucht.«

»Es ist gerechte Rache!« Madeleine schleuderte die Hände in die Höhe. »Du hast meine Geduld nun endgültig erschöpft, mein Kind. Dies ist die letzte Warnung: Noch ein Schritt weiter, und ich werde euch alle niederstrecken! Und diesmal steht ihr nicht wieder auf!«

Ursula nickte entschlossen. »Gut.«

Sie sah an Madeleine vorbei zu Una hinüber, die, gefangen unter der Glasglocke, ihren Blick eindringlich erwiderte. Dann schaute sie zu dem Sockel hinüber, auf dem Delilah lag, deren Leben und deren Kräfte dazu genutzt wurden, um die Kugel anzutreiben, die über ihren Köpfen pulsierte.

Sie wandte sich ihren drei Begleiterinnen zu. »Also, meine Damen, ich denke, es bleibt mir nur noch eins zu sagen: Jetzt!«

—

Trinity hatte sich daran gewöhnt, nicht beachtet zu werden. Es gehörte zu ihrem Job. Sie war diejenige, die die Drei-Frauen-Armee in sich trug. Furcht einflößende Kriegerinnen, die es mit jeder anderen in ihrer Gruppe aufnehmen konnten. Wenn es nötig war, ließ sie sie frei, damit sie in die Schlacht ziehen konnten, während sie selbst in der Gegend herumsaß und genug aß, um vier Menschen gleichzeitig mit Energie zu versorgen. Anschließend musste sie sich von der Anstrengung erholen und schlief in etwa so viel wie eine durchschnittliche Hauskatze. Das war ihr Leben gewesen, solange sie sich erinnern konnte. Sie entließ ihre Inkarnationen in die Welt und verschwand im Hintergrund, suchte sich einen gemütlichen Stuhl und wartete darauf, dass alles vorüber war. Das vergessene Mädchen.

Auf dem Rasen, kurz bevor die verrückte Madeleine den Feuerball auf sie losgelassen hatte, hatte sich Ursula zu ihr umgedreht und ihr vier Wörter ins Ohr geflüstert. Ausnahmsweise mal nicht: »Lass deine Mädchen los!« Eine erfrischende Abwechslung. Sie hatte ihre Mission sofort verstanden.

Noch bevor der Riesenfeuerball in ihre Richtung flog, zog sie sich einige Schritte zurück, bereit, in der Dunkelheit zu verschwinden. Im Schutz der Explosion rannte sie los und kauerte sich hinter einem der Büsche neben dem Labyrinth zusammen. Von dort aus schaute sie zu und wartete.

Sie sah, wie Sasha um ihr Leben rannte. Wie der LaCroix-Typ hinter ihr her ins Labyrinth stolzierte. Selbstgerechtes

Arschloch. Sie dachte drüber nach, sich ihm heimlich an die Fersen zu heften, verwarf die Idee aber sofort wieder. Schließlich hatte sie eine Aufgabe zu erfüllen.

In der Ferne erkannte sie, wie Bug, Wish und Masina um ihr Leben kämpften, während Ursula gemeinsam mit ihren drei Mädchen einen Teil der Horde abzuwehren versuchte.

Trinity erinnerte sich an die Frage, die sie Una einmal gestellt hatte: Was würde passieren, wenn eine ihrer Inkarnationen starb? Sie hatte ihr geantwortet, dass sie es auch nicht wisse. Una hatte angeboten, in den Archiven nachzuschauen, und es hatte sich herausgestellt, dass noch keine der früheren Kohorten über jemanden wie sie verfügt hatte. Sie war einzigartig – was angesichts ihrer besonderen Fähigkeit eine ziemliche Ironie darstellte. Sie vermutete, dass Una angenommen hatte, dass sie sich über ihre besondere Stellung freuen würde, als sie ihr das erzählt hatte. Stattdessen hatte Trinity sich bloß einsam gefühlt.

Und noch etwas hatte Una ihr gesagt: Sie dürfe nicht vergessen, dass die Paladinin, die Söldnerin und die Dämonin Facetten ihrer selbst repräsentierten – ihren Mut, ihre Verschlagenheit und ihren wilden Geist. Daran versuchte sie nun zu denken, während sie sich bemühte, alles auszublenden, was um sie herum passierte – auch ihren Drang, den anderen zu helfen. Sie konzentrierte sich nur auf ihre Aufgabe, schlich langsam am Rande des Labyrinths entlang, hielt sich im Schatten und richtete ihre ganze Aufmerksamkeit auf Madeleine. Sie musste um jeden Preis unsichtbar bleiben.

Sie war etwa zwanzig Meter von der Bühne entfernt, als Ursula in ihrem vergeblichen Vorstoß Richtung Madeleine kurz innehielt, in ihre Richtung schaute und sich mit den Fingern durchs Haar fuhr. Es war ein äußerst subtiles Signal. Trinity hatte inzwischen die Begrenzung des Labyrinths erreicht, und zwischen ihr und ihrem Ziel lag nur noch offenes

Gelände. Als die vier zum ersten Angriff schritten und Madeleine abgelenkt war, huschte Trinity unter die Bühne.

Beim zweiten Angriff zog sie sich an der Hinterseite hinauf und eilte geduckt zum Sockel hinüber. Als sie bei Delilah angekommen war, musste sie ihre gesamte Selbstbeherrschung aufbringen, um nicht vor Entsetzen zu schreien. Die Qual stand ihrer Freundin ins Gesicht geschrieben. Es war entsetzlich. Delilahs Augen waren eingesunken und blutunterlaufen, ihre Tränen schon vor langer Zeit versiegt.

Die Energieranken, die das arme Mädchen an die glühende Kugel über ihr fesselten, gingen von ihrer Brust aus, nährten sich von ihr. Trinity musste sie befreien. Sie riss an den Ketten, die Delilah am Sockel fixierten, aber sie bestanden aus zentimeterdickem Eisen. Trinity hätte einen Monat gebraucht, um sie durchzuhacken, selbst wenn sie die Werkzeuge dafür gehabt hätte.

Sie dachte an die vier Wörter, die Ursula zu ihr gesagt hatte: »Bring Delilah den Kelch!« Also zog sie das silberne Gefäß aus ihrem Rucksack. Erst in diesem Augenblick bemerkte sie, dass Una aus ihrem Glasgefängnis zu ihr herübersah. Als sich ihre Blicke trafen, deutete Una mit einem angespannten Nicken auf den Kelch. Trinity erwiderte das Nicken. Sie hielt das Gefäß in Delilahs Blickfeld, sodass sie es gut sehen konnte. Die Lippen ihrer Freundin bewegten sich. Trinity legte ihr Ohr dicht an Delilahs Mund, um ihre leise gemurmelten Worte zu hören.

Trinity wich zurück, sah sie erschrocken an. Dann aber, nach einem langen Zögern, nickte sie.

Madeleine stand vorn am Bühnenrand, sprach mit den anderen, aber Trinity blendete völlig aus, was sie sagte. Sie konzentrierte sich auf ihre Aufgabe. Wartete auf den richtigen Moment.

Als Ursula »Jetzt!« brüllte, stand sie auf und hielt den

Kelch vor Delilahs Gesicht. Sie beobachtete, wie ihre Freundin die Worte formte, dann setzte Trinity das leere Gefäß an ihre Lippen. Unversehens floss Wasser daraus hervor, rann auf Delilahs eingesunkene Wangen, aber zugleich – was weitaus wichtiger war – in ihren Mund.

Augenblicklich verschwanden die Lichtfäden, die aus Delilahs Brust hervorgekommen waren, und Trinity schaute auf. Sie sah Madeleines wutentbranntes Gesicht.

»Nein. Nein. Nein!«, schrie diese. »Was hast du getan?«

Trinity ging gerade noch rechtzeitig hinter dem Sockel in Deckung, als ein Blitz über ihren Kopf hinwegfuhr.

Nach einigen Sekunden wagte sie einen verstohlenen Blick auf die Bühne. Die Aufmerksamkeit der Magierin galt nicht mehr ihr, sie hatte sich inzwischen ganz auf die Kugel fokussiert. Madeleine hatte ihre Hände ausgestreckt, als versuche sie, das Ding mit aller Kraft zusammenzuhalten, während es sich immer weiter auszudehnen schien.

Was als Nächstes passierte, fühlte sich an wie ein plötzlicher, gewaltiger Windstoß, und als Trinity sich umblickte, kamen einzelne Fetzen leuchtender Energie auf sie zugeschossen, die in die Sphäre hineinflogen. Sie nahm an, dass es sich um die Geister der Hunnen handelte, die dorthin zurückgesogen wurden, wo sie hergekommen waren.

»Nein!«, kreischte Madeleine. »Ihr habt es zerstört, ihr habt alles zerstört!« Mit jeder Faser ihres angespannten Körpers versuchte sie, die gigantische Lichtkugel auf sich zuzuziehen, obgleich diese bereits vom Boden abhob.

Auch der Kelch schwebte von Delilahs Brust in die Höhe.

Trinity sprang auf, wollte ihn aus der Luft greifen. »Nein!«

Jemand warf sie von hinten zu Boden.

Einen Augenblick lang hingen die Kugel aus Energie, der Kelch und Madeleine in der Luft. Dann sog die Sphäre mit einem beängstigenden, schmatzenden Geräusch die Magierin und das Gefäß in sich hinein und löste sich auf.

Nach all dem brüllenden Chaos legte sich völlige Stille über das Gelände.

Trinity schaute sich um und sah, dass es Ursula gewesen war, die sie zurückgerissen hatte. Sie halfen einander auf, und Trinity ging zum Sockel hinüber, wo ihre drei Inkarnationen bereits stumm auf Delilah herabblickten.

Ursula trat an Unas Gefängnis heran, ließ in beiden Händen flammende Schwerter entstehen und schnitt ein Loch in die riesige Glasglocke. Una stolperte auf schwachen Beinen heraus. Sie sah jetzt so viel älter aus. Ursula legte einen Arm um ihre Mentorin, stützte sie und führte sie zu den anderen.

Sie alle standen da und schauten auf Delilah herab. Niemandem musste erklärt werden, dass sie tot war. Tränen rannen über Trinitys Wangen, und rasch verbarg sie ihr Gesicht hinter den Ärmeln ihres Pullis. Sie schaute erst auf, als eine Hand sie sanft berührte.

Una lächelte sie traurig an. »Das hast du gut gemacht.«

Trinity wischte sich unwirsch die Tränen von der Wange. »Sie … sie … Als sie mit mir gesprochen hat … Sie hat gesagt, ich solle sie sterben lassen.«

»Du hast sie von ihrem Leiden erlöst. Mehr hätte niemand tun können.«

»Schaut!«, sagte Ursula.

Alle blickten in die Richtung, in die sie zeigte. Links von der Bühne konnten sie Masina langsam näher kommen sehen. Über der einen Schulter trug sie Bug, über der anderen die nackte Wish. Rechts von ihnen wankte Sasha aus dem Labyrinth und brach sofort zusammen. Ursula rannte zu ihr, um ihr zu helfen.

Trinity drehte sich um, und ihre drei anderen Ichs traten wortlos wieder in sie ein.

Irgendwo in der Ferne waren Sirenen zu hören. Viele, viele Sirenen.

Sie ließ sich schwerfällig auf die Bühnenkante sinken. »Da werden wir wohl einiges erklären müssen.«

KAPITEL 53

Überall liefen Rettungssanitäter und Polizeibeamte hin und her, während die Schüler orientierungslos durch die Gegend wankten. Viele von ihnen sahen nicht sonderlich gesund aus, waren aber am Leben. Feuerwehrleute schnitten immer mehr von ihnen aus dem unerklärlichen rosafarbenen Schaumgebilde. Die Jungs, die aus diesem Gefängnis befreit wurden, wirkten besonders verwirrt, waren aber völlig unversehrt.

Una und die Mädchen saßen derweil am Bühnenrand und warteten. Wish machte einen recht verlegenen Eindruck. Sie war in ein Banner gewickelt, das bei dem ganzen Tumult von der Bühne gefallen war, und verbarg ihre Nacktheit vor der Welt. Sie hatten in Masinas Rucksack zwar Ersatzkleidung mitgebracht, aber der lag irgendwo da draußen im Dunkeln, und niemand brachte die Energie auf, ihn jetzt zu suchen. Masina hatte Bug neben Sasha gesetzt, damit diese sich um die Verletzungen ihrer Freundin kümmerte.

Die Patientin hatte sich jedoch so weit erholt, dass sie sich schon wieder beschweren konnte. »Mir geht's gut«, sagte sie immer wieder. »Hör auf, so ein Theater zu machen!«

»Dir geht's nicht gut«, erwiderte Bug. »Du glaubst nur, dass es dir gut geht, weil ich ein bisschen Heilungs-Voodoo bei dir angewendet habe. Ich bin deutlich weniger verletzt als du, und mir geht's eindeutig nicht gut. Hier muss jetzt die Medizin ran. Du wurdest angeschossen, und du kommst ins Krankenhaus.«

»Nein, komme ich nicht.«

»Ursula?«

»Du kommst ins Krankenhaus«, sagte Ursula.

Sasha schaute zu ihr hinüber. »Ich bin mir ziemlich sicher, dass die Vergeltungsschlacht jetzt endgültig vorbei ist«, entgegnete sie mit einem aufmüpfigen Grinsen. »Das heißt, du hast hier nicht mehr das Sagen!«

»Guter Punkt.« Ursula erwiderte das Grinsen. »Una?«

»Du kommst ins Krankenhaus, Sasha!«, sagte Una streng. »Wir alle, um genau zu sein.« Sie schaute sich um. »Die sollen sich allerdings erst mal um die Jungs kümmern. Die haben eine deutlich niedrigere Schmerzschwelle als wir.« Sie mochte erschöpft sein, aber Una war immer noch Una. »Abgesehen davon, müssen wir warten, bis –« Sie unterbrach sich selbst, als eine Kolonne von sechs schwarzen SUVs durch die Schultore fuhr. »Hat sich erledigt. Da sind sie schon.«

Die Geländewagen kamen mit quietschenden Bremsen zum Stehen, und Ursula erkannte sofort die beiden massiven Bodyguards, die aus den Fahrzeugen stiegen. Ein diensteifriges Polizisten-Duo wagte sich vor, um sich nach ihren Personalien zu erkundigen. Doch nachdem in Sekundenschnelle einige Ausweise vorgezeigt und einige barsche Worte gewechselt worden waren, winkten sie die Männer eilig durch. Einer der Bodyguards öffnete die Hintertür ihres SUVs, und Hermann Wagner kam zum Vorschein.

Bug kicherte.

»Reiß dich bitte zusammen!«, zischte Una. »Es ist nicht wahrscheinlich, dass er das besonders lustig findet.«

Sie bezog sich auf die auffällig pinke Farbe, die Wagners Haut aufwies. Er trug auch keinen Nadelstreifenanzug mehr, sondern überraschenderweise eine kurze Hose und ein Hawaiihemd.

Kaum hatte er die Mädchen entdeckt, stapfte er in ihre

Richtung. Weitere Männer, die zu seinem Sondereinsatzkommando gehörten, stiegen aus den anderen Wagen und folgten ihm. Einige von ihnen sahen ebenfalls verräterisch pink aus.

»Sie sind alle verhaftet!«, blaffte Wagner.

»Interessante Begrüßung«, sagte Una. »Ich hätte mich ja für ein Dankeschön entschieden, aber das muss jeder selbst wissen.«

»Dankeschön?« Wagners Stimme war so hoch, dass sie in den Ohren wehtat. »Haben Sie auch nur die geringste Ahnung, was diese Irren angerichtet haben?«

Una schaute sich um. »Die Stadt vor Tod und Zerstörung in ungeahntem Ausmaß bewahrt?«

»Oh bitte … Sie haben auf Schritt und Tritt für Chaos gesorgt.«

»Haben wir das?«, fragte Ursula. »Oder sind wir nur dort gelandet, wo das Chaos war, weil wir genau dort gebraucht wurden?«

»Ach, wir halten also immer noch an dieser Geschichte fest, ja?«, schnaufte Wagner verächtlich.

»Wenn Sie damit die Wahrheit meinen – ja, das tun wir. Sie haben die Horde, die eine Magierin benutzt hat, um von mehreren Hundert Schülern Besitz zu ergreifen, damit diese blutige Verheerungen anrichten, ganz knapp verpasst.«

Wagner verdrehte die Augen. »Wie entzückend.«

Una zeigte mit dem Finger neben die Bühne. »Dort finden Sie einen geköpften Sportlehrer, der das vermutlich anders sieht.«

Ursula bemerkte einen weißen Rolls-Royce, der durch das Tor gefahren kam.

Wagner wandte sich an Una. »Und wo sind Sie gewesen? Sie sind schließlich verantwortlich für diesen Sauhaufen.«

»Das bin ich nicht. Offiziell ist sie es.« Sie tätschelte Ursulas Knie. »Allerdings bin ich, nur fürs Protokoll, unglaublich stolz auf sie alle. Ich war nicht da, weil man mich entführt hatte, kurz bevor die Vergeltungsschlacht gestoppt wurde – und zwar von der Magierin, deren Plan das alles gewesen ist.« Una deutete mit der Hand in die Runde. »Deshalb sind wir hier.«

»Und sehen Sie sich die Zerstörung an, die Sie angerichtet haben!«

Der Rolls-Royce hatte inzwischen gehalten. Eine große Frau mit lang fließenden weißen Haaren stieg aus. Sie trug ein elegantes violettes Gewand mit Kapuze. Ein junger Mann in farblich passendem Anzug folgte ihr. Sie lächelte die beiden Polizeibeamten an, und sofort ließen sie sie passieren.

»Ich kann Ihnen garantieren, dass wir uns einer deutlich schlimmeren Situation gegenübersähen, wenn meine Mädchen nicht eingegriffen hätten«, sagte Una mit wachsendem Ärger. »Und für den Sieg mussten wir, wenn ich das erwähnen darf, einen hohen Preis zahlen.« Sie deutete auf den Sockel hinter ihnen, über den inzwischen jemand ein Tuch gebreitet hatte.

Wagner öffnete den Mund, um zu antworten, und Ursula spürte, wie sich alle anspannten.

»Bevor Sie irgendwelche weiteren Worte von sich geben«, sagte Ursula, »kann ich Ihnen nur wärmstens empfehlen, sehr sorgsam darüber nachzudenken, welche es sein werden.«

Der Mann, der neben Wagner stand – ein kleiner Typ, der die pinkfarbenen Überreste eines ehemals offenbar sehr schicken Anzugs trug –, legte ihm eine Hand auf den Arm. »Hermann, vielleicht sollten Sie –«

Wagner schüttelte ihn ab. »Nein, ich erwarte eine vollständige Erklärung! Und zwar auf der Stelle!«

»Ja«, sagte die Frau im Kapuzengewand, die hinter ihm aufgetaucht war. »Ich denke, die hätten wir alle gern.«

Der kleinere Mann stieß einen kurzen Schrei aus, als er

sich umdrehte und die Frau erblickte. Dann machte er eine tiefe Verbeugung. »Euer Majestät!«

»Was tun Sie denn hier?«, schnappte Wagner.

Der junge Mann im violetten Anzug trat vor, und Ursula erkannte ihn sofort. Sie spürte ein Kribbeln im Bauch. Seit ihrem letzten Treffen hatte er allen Tentakelmonsterschleim von sich entfernt und sich insgesamt ziemlich herausgeputzt. Er beachtete sie allerdings nicht weiter, da er augenscheinlich viel zu sehr damit beschäftigt war, Wagner böse anzustarren.

»Würden Sie diesen Satz vielleicht noch einmal neu formulieren, und zwar auf deutlich respektvollere Weise?«

Die Frau wandte sich um und tätschelte seinen Arm. »Schon gut, schon gut. Verzeihen Sie Prinz Bartholomäus, er hat die Angewohnheit, seine alte Mutter unentwegt beschützen zu wollen. Ich bin sicher, es war nicht Ihre Absicht, respektlos zu sein, Hermann.«

Prinz? Er war ein Prinz? Ursula überlegte, ob sie irgendwann bewusstlos geschlagen worden war und ihr Hirn nun irgendwelchen Märchen-Unsinn halluzinierte, um sie bei Laune zu halten. Sie widerstand dem starken Drang, sich selbst eine Ohrfeige zu verpassen, um es herauszufinden. Außerdem hatte sie auch schon schlimmere Träume gehabt.

»Ähm, nein, natürlich nicht, Euer Majestät.« Wagner klang deutlich entgegenkommender. »Ich meinte bloß, da Ihre Funktion zwar unschätzbar wertvoll ist, aber natürlich vorranging repräsentativer Natur, hat es mich verwirrt, dass Sie sich hierherbegeben haben. Es handelt sich doch ganz eindeutig um eine Angelegenheit, die in die Zuständigkeit des Scharlachroten Rates fällt.«

Ursula hatte den Eindruck, dass sich hier sehr vieles abspielte, das sie und die Mädchen unmöglich verstehen konnten.

»Nun«, sagte die Königin. »Ich hatte schon lange die

Absicht, wieder häufiger aus dem Haus zu gehen. Und was noch wichtiger ist …« Sie wandte sich den Mädchen zu und schenkte ihnen ein breites Filmstarlächeln. »Ich wollte unbedingt diese unglaublichen jungen Frauen kennenlernen. Darf ich beginnen, indem ich Ihnen für Ihre Dienste danke? Meine Quellen haben mich darüber informiert, dass wir ohne Ihre herausragende Arbeit eine absolute Katastrophe vorgefunden hätten.«

Als Ursula kurz an ihr vorbei sah, entdeckte sie auf Barts Lippen den Hauch eines Lächelns.

»Quellen?«, fragte Wagner.

Die Königin drehte sich nicht zu ihm um. »Ja«, sagte sie. »So etwas kennen Sie doch, Hermann. Kundige Menschen, die ihre Informationen weitergeben, damit wir angemessene Schritte einleiten können. Gewiss verfügt doch auch der Scharlachrote Rat darüber?«

»Nun, ja, natürlich. Über viele. Aber –«

»Entschuldigen Sie«, fuhr die Königin fort und richtete ihre Worte wieder an die Mädchen. »Wie furchtbar unhöflich von mir … Mein Name ist Sophia, und dieser junge Mann ist mein Sohn Bartholomäus.« Sie spitzte die Lippen und legte einen prüfenden Blick auf jedes Mitglied der Kohorte. »Ich würde vermuten«, sagte sie schließlich und streckte Ursula ihre Hand entgegen, »dass Sie Ursula sind?«

Diese nickte nervös, schüttelte die Hand und ließ noch einen verlegenen Knicks folgen. Sie war sich ziemlich sicher, ihn nicht richtig hinbekommen zu haben.

»Unglaublich«, sagte die Königin. »Ich muss sagen, ich kenne natürlich die Legende, wie wir alle. Aber ich hatte keine Ahnung, dass Sie und Ihre Kohorte … Verzeihen Sie, ist das der richtige Ausdruck?«

»Ja.«

»Ich hatte keine Ahnung, dass es die Kohorte überhaupt

noch gibt. Ich war der Ansicht, der Scharlachrote Rat hätte sich um dieses schreckliche Hunnen-Problem schon vor langer Zeit gekümmert.«

»Schön wär's«, erwiderte Ursula und schaute Wagner vielsagend an.

»Ähm«, stammelte dieser, »wir nehmen uns der Sache an.«

»Machen Sie sich keine Mühe!«, sagte Una. »Diese Frauen haben nicht nur den Versuch vereitelt, dass der Tag der Vergeltung für neue Zwecke missbraucht wird, sie haben heute auch mit ziemlicher Sicherheit dafür gesorgt, dass er niemals wieder stattfinden wird.«

»Nun«, sagte die Königin, »das klingt doch wunderbar! Ich bin mir sicher, der Rat wird das sehr zu schätzen wissen.«

»Sollte man meinen«, erwiderte Una sarkastisch.

Die Königin wandte sich wieder an Ursula. »Bitte stellen Sie mir doch die anderen jungen Frauen aus Ihrem fantastischen Team vor!«

Ursula kam der Bitte nach, und die Königin nahm sich die Zeit, jeder von ihnen einzeln zu danken. Zugleich drückte sie ihre Anteilnahme über ihre Verluste aus. Schließlich sagte sie: »Und was, meine Damen, haben Sie nun für Pläne, da Sie von Ihrem Eid gegenüber dieser dankbaren Stadt befreit sind?«

»Genau genommen«, stieß Wagner hervor, »stehen sie alle unter Arrest.«

»Arrest?«, wiederholte die Königin. Sie klang ehrlich schockiert. »Warum das denn, um Himmels willen?«

»Sie ... ähm ... sie haben Mitglieder des Rates angegriffen.«

»Ach ja?« Sie wandte sich dem kleinen Mann zu, der neben Wagner stand. »Ist das wahr, Herr Neidhardt?«

Der Mann schaute Wagner an, dann wieder die Königin. Seine Gedanken liefen offensichtlich auf Hochtouren. »Nein, so kann man das nicht sagen.«

»Na ja ... Nicht direkt«, stammelte Wagner, »aber es gab

eine Explosion, und dann war da dieses rosafarbene Ding, und als wir schließlich befreit wurden, sind wir von Bettlaken mit Wischmopps attackiert worden.«

Die Königin schaute ihn lange an. »Geht es Ihnen gut, Hermann? Vielleicht brauchen Sie mal Urlaub?« Sie musterte ihn von Kopf bis Fuß. »Zumindest sind Sie ja schon entsprechend gekleidet.«

»Aber«, sagte Wagner, wild entschlossen, sich nicht das Wasser abgraben zu lassen, »da wäre immer noch die Tatsache, dass sie heute entgegen meiner Anweisung aus dem Rathaus geflohen sind.«

»Warum sollten sie das für nötig gehalten haben?«

»Sie hatten ein Meeting mit mir«, erwiderte Wagner.

Die Königin lachte und tätschelte seinen Arm. »Das legt nahe, dass Sie an Ihrer Gastfreundlichkeit arbeiten sollten. Ein juristisches Problem sehe ich hier nicht.«

»Fragen müssen beantwortet werden!«, verkündete Wagner, nicht bereit, auch nur einen Millimeter von seiner Forderung abzurücken.

»Natürlich«, erwiderte die Königin auf eine Weise, die deutlich machte, dass sie dieses Ansinnen vollkommen ablehnte. »Nun, ich denke, hier bietet sich eine hervorragende Lösung an, die dieses ganze Durcheinander klären wird. Wie Sie wissen, ist meine Macht derzeit äußert beschränkt, da ich lediglich repräsentative Aufgaben wahrnehme.«

Ursula konnte nur vermuten, dass sich hinter dieser Aussage eine lange Geschichte auftat. Die Spitzen, die in ihren Worten steckten, ließen sich selbst im sanftmütigen Tonfall der Königin nicht überhören.

»Wie dem auch sei, eines der wenigen Rechte, die man mir nach wie vor einräumt, ist, dass mir eine kleine Königliche Garde zusteht.« Sie öffnete die Handflächen in Richtung der Mädchen. »Und ich glaube, die habe ich soeben gefunden.«

Sie wandte leicht den Kopf und warf ihnen ein verschwörerisches Lächeln zu.

»Ganz sicher nicht!«, blaffte Wagner empört.

»Ach nein?«, entgegnete die Königin.

Der kleinere Mann neben Wagner hatte sich nicht bewegt, und trotzdem sah es so aus, als habe er den Abstand zwischen sich und seinem Kollegen deutlich vergrößert.

»Ich komme nicht umhin zu bemerken, dass Sie über eine ziemlich umfängliche Entourage verfügen, Hermann. Wollen Sie etwa behaupten, dass ich weniger persönlichen Schutz benötige als Sie?«

»Nein, Euer Majestät, aber nicht diese Mädchen.«

»Warum nicht? Sie haben außerordentliche Tapferkeit unter Beweis gestellt, und offensichtlich verfügen sie über beeindruckende Fähigkeiten.«

Wagners Gesicht leuchtete auf. »Ah, aber nicht mehr lange! Es ist eine unantastbare Tradition, dass die Mädchen nach der Vergeltungsschlacht aus Hebes Kelch trinken und ihre Kräfte zurückgeben.«

»Ich fürchte, hier besteht ein kleines Problem«, sagte Una. »Der Kelch wurde zusammen mit den Hunnen zerstört. Im Guten wie im Schlechten bleiben die Mädchen nun, wie sie sind, und weder Sie noch irgendjemand sonst kann ihnen ihre Kräfte nehmen …« Una ließ den Satz in der Luft hängen und warf den Mädchen einen Seitenblick zu.

Bei all dem Adrenalin, das nach dem Kampf durch ihren Körper gerauscht war, hatte Ursula überhaupt noch nicht darüber nachgedacht, was die Zerstörung des Kelches bedeutete. Keine zurückgewonnenen Erinnerungen. Keine Familie.

Mit einer seltsamen Mischung aus Scham und Glücksgefühl schaute sie sich um. Vielleicht war es bloß Wunschdenken, aber nach allem, was sie gemeinsam erlebt und verloren hatten, glaubte sie, dass sich auf den Gesichtern der

Menschen, die ihr am meisten bedeuteten, ihre eigenen Gefühle widerspiegelten. Sie wusste, dass man von ihr erwartete, dass sie ihre wirkliche Familie zurückhaben wollte, aber das war nicht der Fall. Nicht, wenn es bedeutete, diese hier zu verlieren. Jetzt hatte sie das Gefühl, dass sie wirklich ihr eigenes Leben lebte. Sie wusste zwar nicht, was die Zukunft bringen würde, aber vermutlich würde sie Teil der Königlichen Garde sein – was auch immer das bedeutete. Trotzdem kam es ihr so vor, als läge es zum ersten Mal in ihrer eigenen Hand zu entscheiden, wie ihr Schicksal aussehen würde.

»Nun, das hätten wir also geklärt«, sagte die Königin.

»Ich verbiete es!«

Das Lächeln verschwand vom Gesicht der Königin, und sie wandte sich zu Wagner um. Auch Bart trat einen Schritt vor.

»Habe ich das richtig verstanden? Wollen Sie sagen, dass Sie mir mein königliches Vorrecht absprechen, meine eigene Garde zu wählen? Ist dies die offizielle Position des Rates, Herr Neidhardt?«

»Nein«, erwiderte dieser beflissen. »Das ist es keineswegs, Euer Majestät.« Er schaute Wagner eindringlich an. »Ich denke, alles wurde in bestem Einvernehmen gelöst.«

Das Lächeln der Königin kehrte zurück, als würde die Sonne durch die Wolken brechen. »Dem stimme ich zu.« Sie winkte kurz mit der Hand und wandte sich zum Gehen. »Auf bald, meine Damen! Wir bleiben in Kontakt.«

Wagner öffnete den Mund, als wolle er noch etwas sagen, aber keine Worte kamen heraus. Ihm blieb nur, beleidigt davonzustürmen. Allerdings fuhr er derartig unvermittelt herum, dass er gegen einen seiner Bodyguards knallte.

Die Mädchen schafften es zu warten, bis er außer Hörweite war. Erst dann fingen sie an zu lachen.

»Tja«, sagte Una, »das scheint doch ziemlich gut gelaufen zu sein, nicht wahr?«

»Ja«, erwiderte Sasha. »Sagt mal, Leute, wie fandet ihr denn diesen Prinzen?«

Ursula ignorierte die Frage demonstrativ und mied Sashas Blick.

»Übrigens«, sagte Una, »was ist eigentlich mit dem komischen kleinen Amerikaner passiert, den wir in letzter Minute rekrutiert haben?«

Ursula klappte die Kinnlade herunter. »Oh Gott! Adam! Wir haben Adam vergessen!«

—

»Hallo? Ist hier irgendwer?«

Alles in allem musste Adam zugeben, dass sich seine Situation deutlich verbessert hatte. Gerade noch waren ihm blutrünstige Hunnen entgegengeschwommen, dann war aber, kaum, dass sie das Boot erreicht hatten, irgendwas geschehen. Die Geister hatten ihre Wirte verlassen und waren, einer nach dem anderen, in den Nachthimmel davongesaust. Zurück ließen sie ziemlich verwirrte Schüler, die mitten in einem See zu sich kamen – offenbar, nachdem sie aus dem absurdesten aller absurden Träume aufgewacht waren. Adam war so erleichtert, dass er einfach in seinem Boot sitzen blieb und gar nicht daran dachte, einen der eilig davonkraulenden Jungen zu bitten, ihm kurz zu helfen. Und so endete er schließlich einsam und verlassen und ohne Paddel inmitten eines Gewässers, auf dem er ziellos umhertrieb.

Kurz versuchte er, die Hände als Rudererersatz zu benutzen, kam aber kaum von der Stelle.

Langsam wurde ihm kalt. Aber gut, es hätte wirklich schlimmer kommen können.

Natürlich tauchte nun auch Balzar wieder aus seiner Schulter auf. »Warum sind wir immer noch hier?«

»›*Warum sind wir immer noch hier?*‹«, äffte Adam ihn nach. »Warum zur Hölle bist *du* immer noch hier?« Er fuchtelte mit den Armen. »All deine ungehobelten Freunde sind weg. Warum du nicht?«

Eine langes peinliches Schweigen legte sich über den See. »Ich hoffe, dir ist klar, dass du mir das starke Gefühl gibst, unerwünscht zu sein«, sagte Balzar schließlich.

»Das liegt daran, dass du unerwünscht *bist.* Du hast gedroht, all meine Haustiere zu schlachten, erinnerst du dich?«

»Das war doch nur ein munteres Wortgefecht«, sagte Balzar. »Genau genommen mag ich Tiere.«

»Ach, halt die Klappe, ja? Sei bitte einfach still!«

Balzar schaffte es, der Forderung für ganze fünfzehn Sekunden nachzukommen. »Können wir mir dann später –«

»Nein«, sagte Adam. »Wir können dir kein Eis besorgen.«

KAPITEL 54

Zwei Wochen später

Joy, die immer noch im Rollstuhl saß, hielt für ihre Schwester den Bogen. Sasha, deren rechter Arm in einem Gips steckte und deren gesamte linke Körperhälfte bandagiert war, zog die Sehne zurück und ließ den Pfeil fliegen. Das Bestattungsboot, das mit den darauf geschichteten Scheiten über den Rhein trieb, fing rasch Feuer. Sasha war selbst mit einer Hand eine unglaubliche Schützin.

Merkwürdigerweise hatte sie es sich angewöhnt, LaCroix' Dreispitz zu tragen, und auch seine Pistole steckte in ihrem Gürtel. Es beunruhigte Ursula ein wenig, aber sie biss sich auf die Zunge. Es stand ihr nicht zu, etwas dazu zu sagen. Sie alle hatten die verschiedensten Wunden davongetragen, und manche würden lange brauchen, um zu heilen.

Den Leichnam der armen Anna hatten sie in der Schule gefunden, bereits für das Begräbnis vorbereitet. Una hatte darauf bestanden, dass Delilah und Anna die vollständigen Bestattungsehren erwiesen wurden, die den Mitgliedern der Kohorte traditionell zustanden. Allerdings mussten sie die Zeremonie um vier Uhr morgens abhalten, und Ursula ging davon aus, dass hierfür zahllose Strippen gezogen worden waren.

Zuvor hatten sie eine Art Gottesdienst veranstaltet. Sie hatten alle gesprochen. Sie hatten alle geweint. Es war schwer zu glauben, dass ihre Freundinnen nicht mehr da waren, aber so war es.

Über Madeleine hatte Una nicht viele Worte verloren, nur in jener Nacht, als sie neben Ursula im Krankenwagen gesessen hatte. Sie sei ein ganz anderer Mensch gewesen, bevor das Leben sie unrettbar gebrochen hatte. Mehr sagte sie zu diesem Thema nicht. Genau genommen hatte sie insgesamt nicht viel gesagt, seit sie vor zwei Wochen ins *Athena* zurückgekehrt waren.

Auch Adam nahm an der Zeremonie teil, sagte aber als Einziger nichts. Er hatte gar nicht kommen wollen, aber die Mädchen bestanden darauf. Er war jetzt einer von ihnen. Nachdem sie ihn auf dem See gefunden und gerettet hatten, war man, zwischen inständigen Entschuldigungen, zu dem Entschluss gekommen, dass er im *Athena* bleiben solle. Zumindest, bis sich eine Lösung für sein Balzar-Problem fand. Immerhin hatte sich der Nekromant während des Gottesdienstes nicht blicken lassen, offenbar besaß selbst er ein Mindestmaß an gesundem Menschenverstand.

Als die Flammen auf dem Boot in die Höhe züngelten, entdeckte Ursula zwei Gestalten auf der nahe gelegenen Brücke. Die eine trug einen Kapuzenumhang, die andere stand aufrecht hinter ihr. Ursula nickte ihnen kurz zu, was von den beiden erwidert wurde.

Die Frauen und Adam warfen gemeinsam einen letzten Blick auf das brennende Boot, dann wandten sie sich ab und gingen davon.

Una hielt Ursulas Arm fest und ließ die anderen vorausgehen.

»Es war eine schöne Zeremonie«, sagte Ursula.

»Ja«, stimmte Una zu. Dann reichte sie ihr eine Tasche aus Seide.

»Was ist das?«

»Briefe. Ich habe für jede von euch einen geschrieben. Da all das nun hinter uns liegt, habe ich mich entschlossen, morgen abzureisen.«

»Aber wir brauchen dich!«, sagte Ursula.

»Nein«, entgegnete Una mit einem sanften Lächeln. »Ihr braucht mich nicht mehr. Ich habe euch gut aufgezogen, und meine Arbeit ist getan. Ich weiß nicht, was das Leben für euch bereithalten wird, aber ich denke, es ist das Beste, wenn ihr euren eigenen Weg findet.«

»Aber …«

Una tätschelte ihren Arm. »Ich möchte es so. Da draußen gibt es eine große weite Welt, und vielleicht möchte ich noch etwas davon sehen.«

Ursula gab nach, was Una sicher erwartet hatte. Nach allem, was sie dieser Frau zu verdanken hatten, war es das Mindeste, das sie tun konnte.

»Gibt es denn irgendwas, das du morgen gern noch tun würdest?«

»Nein«, sagte Una. »Ich meine, nichts für ungut, aber nichts, was mit euch zu tun hätte.«

»Wie charmant!«, sagte Ursula lachend. »Was hast du morgen denn vor?«

Wieder tätschelte Una ihren Arm. »Ich werde die Zeit, die mir auf dieser Erde bleibt, dazu nutzen, ganz neue Erfahrungen zu machen. Morgen fange ich damit an. Dann werde ich zum ersten Mal in meinem Leben … zum Bowling gehen.«

DANKSAGUNG

Ich bin's, Elaine. Schon seit einer ganzen Weile versuche ich, mit Duolingo Deutsch zu lernen, und lange habe ich mich gefragt, wann ich endlich zeigen kann, was ich gelernt habe. Ich bin also hoch erfreut, dass der Zeitpunkt nun endlich gekommen ist, meine neuen Sprachfähigkeiten sinnvoll einzusetzen. So here it goes:

Das Kopfkissen ist sehr weich.

Wir möchten uns beim entzückenden Team des Eichborn-Verlags bedanken, bei Dominique Pleimling, Helen Heidkamp, Uwe Kalkowski, Friederike Achilles und Ella Wonschik. Danke, dass ihr uns durch Köln geführt und unsere Geschichte mit so viel Material versorgt habt.

Vielen Dank für meine Hunde. Sie sind nett, klug und spielen Klavier sehr gut!

Danke an unseren brillanten Übersetzer, André Mumot, dass du so eine fantastische Arbeit leistest und dich immer wieder der Herausforderung stellst, ganz gleich, welche abstrusen Namen oder Orte wir in den Text einfügen. Danke auch an Ed Wilson und Hélène Butler für all eure Unterstützung.

Ich möchte auch *meine Ehemann Caimh* danken, der mich ermutigt hat, Worte aufs Papier zu bringen und die Welt des Geschichtenerzählens zu betreten.

Meine Pflanzen essen gern Fleisch, ist das schlecht?

And last, but by no means least: *Wir möchten uns bedanken bei allen Leserinnen und Lesern, die unser Buch kaufen.* You're Amazing! *Tausend Dank.*

Wein oder Wasser? Immer Wein!